HONNA

AYESHA

HONNA

STORY VIAJ COYNT

GANS
H. RIDER HAGGARD

LYMNYS GANS
MAURICE GREIFFENHAGEN
HA
CHARLES KERR

TRAILYS DHE GERNOWEK GANS
NICHOLAS WILLIAMS

evertype
2016

Dyllys gans/*Published by* Evertype, 73 Woodgrove, Portlaoise, R32 ENP6, Ireland/ Wordhen. *www.evertype.com.*

Mamditel/*Original title*: She: A History of Adventure.
Kensa kevresegyans Hedra 1886-Genver 1887/*First serialized October 1886–January 1887: The Graphic.*
Kensa dyllans in Stâtys Udnys Ameryca Kevardhu 1886/*First US edition December 1886*: Harper's Franklin Square Library, Evrok Nowyth/*New York.*
Kensa dyllans i'n Wlascor Udnys Genver 1887/*First UK edition January 1887*: Longmans, Green, and Co., Loundres/*London.*
Kensa dyllans gans delînyansow i'n Wlascor Udnys Du 1888/*First illustrated UK edition November 1888*: Longmans, Green, and Co., Loundres/*London.*

An dyllans-ma/*This edition* © 2016 Michael Everson.
An trailyans-ma/*This translation* © 2016 Nicholas Williams and Michael Everson.

Y kefyr covath rolyans rag an lyver-ma dhyworth an Lyverva Vretennek.
A catalogue record for this book is available from the British Library.

ISBN-10 1-78201-132-3
ISBN-13 978-1-78201-132-3

Olsettys in/*Typeset in* Marion, Aroania, ɪ₄₁ſ 𝔅𝔞𝔰𝔱𝔞𝔯𝔡 (Ⱨₐₙᵤₐₗ, Ⱨₒₗₗₐₙ𝔡 𝔊𝔬𝔱𝔥𝔦𝔠, & 𝔊𝔲𝔱𝔢𝔫𝔟𝔢𝔯𝔤 𝔅 gans/*by* Michael Everson.

Delînyansow/*Illustrations*: Maurice Greiffenhagen & Charles Kerr, 1888.

Cudhlen/*Cover*: Michael Everson.
    Skeusen/*Photograph*: Alex Buts, Kyiv, *alexbuts.com.*

Pryntys gans/*Printed by*: LightningSource.

ROL AN LYVER

RAGSCRIF AN TRAILYOR

Henry Rider Haggard a veu genys in 1856, an wheffes mab a
William Haggard, dadhelor ha den jentyl a Bradenham,
Norfolk. Nyns o yêhes Rider Haggard re dhâ in dedhyow y
yowynkneth ha ny wrug ev soweny in y dhyscans avarr. Ny veu va
gorrys dhe scol boblek, rag y cresy y das na vedha hedna ma's
scùllyans mona. In le a hedna ev a veu danvenys dhe Scol Gramer
Ipswich. Ny wrug ev spêdya ena naneyl. Warlergh gasa an scol
Rider Haggard a wrug an aposyans rag entra i'n lu, saw ev a fyllys.
I'n vledhen 1875 yth esa ev owth ombarusy y honen dhe'n aposyans
rag cafos tyller i'n Soodh Estren, pàn gafas y das ober dhodho gans
Syr Henry Bùlwer, Leftenant-Governour Natal in Soth-Afryca.

Ev a vetyas lies huny in Afryca, trevesygoryon ha genesygyon
kefrës hag ev a screfas artyklys ow tùchya Afryca hag y a veu dyllys
in jornals in Loundres. Ev a dhewhelys dhe Bow an Sowson ha
dallath studhya an laha. Ev a dhyllas nebes novelys, in aga mesk
King Solomon's Mines (1885) hag *Allan Quartermain* (1887). Rider
Haggard a screfas *She* (1886) ajy dhe whegh seythen. Ow thrailyans
Kernowek a'n lyver dewetha-na a vêdh kefys in dadn an tîtel *Honna*
i'n folednow usy ow sewya.

Derivys yw an whedhel a *Honna* gans Horas Holly, kesvroder a
goljy in Kergraunt ha tas adoptys a Leo Vyncy. Holly y honen yw
pòr skentyl ha pòr grev saw y semlant yw hager dres ehen. Y vab
Leo wàr an tu aral yw kepar ha duw Grêk, perfeth yw y gorf uhel
ha'y vlew crùllys a lyw an owr. Yma dùstuny in posessyon teylu Leo
a vyternes kevrînek wydn in Afryca Cres neb re wrug dyscudha an
sêcret a vêwnans dydhyweth. Yma hy ow rewlya hy fobel gans
nerth cruel, ha rag hedna hy re beu henwys gansans *Honna-a-res-
bos-obeyes*. I'n whedhel yma Horas ha Leo owth ervira mos dhe

Afryca rag dyscudha an vyternes vystycal-ma. Y a's cav hag ymowns y aga dew ow codha in kerensa gensy.

Lies tra a yll bos gwelys i'n whedhel: an dyffrans socyal inter Holly ha Leo ha'ga servont Job, omdhalgh an Sowson wharhës adâl poblow usons y ow consydra wàr level iselha agèssans aga honen ha pelha tybyansow dyvers ow tùchya dyvarwoleth an enef. Saw dres pùptra aral yma an whedhel ow ry acownt a'n cas ha'n own a's teves gwer tro ha'n venyn deg. Indella Honna yw ancresadow teg ha dynyak hag ytho skyla rag euth. Kynth yw an qwestyon gwyskys in dyllas an fuglien, yth o an mater a denva an venyn, hy skentoleth ha'y stauns i'n gowethas arnowyth a bris brâs in Pow an Sowson in dyweth an nawnjegves cansvledhen.

Rider Hagger a screfas lies tra warlergh *Honna*, saw yth yw an lyver-ma an gwelha oll a'y novels.

I'n trailyans-ma me re sewyas an versyon Sowsnek mar stroth dell o possybyl.

Nicholas Williams
Dulyn, Genver 2016

OW TÙCHYA AN OLSETTYANS

Plesour brâs veu ragof avell olsettyor darbary an dyllans-ma. Y feu nyver a veynys prynt ûsys in Chaptra III i'n kensa dyllans Sowsnek hag in oll an dyllansow a'n sewyas. Y feu an scrifow Grêk "ùncyal" rës in "Cambridge Small Pica Sarcophagus" pò in "Figgins Long Primer Inscription" (kynth ylla bos martesen an dhew veyny-ma dhe vos an keth tra).* I'n lyver-ma me re wrug devnyth a "Aroania" gans George Douros (hèn yw meyny grôndys wàr "New Hellenic" gans Victor Julius Scholderer) rag an scrif (folednow 28–29, 31); i'n gwelha prës yth yw kefys i'n meyny-na C, Sygma Lorus ha'n Pî ancyent Π. Yma olow an dascrif in "lytherow cùrsyf Grêk" pòr haval dhe veyny "Figgins Pica No. 4". "Marion" gans Ray Larabie a servyas rag an text Grêk dascrefys ha rag an versyon Latyn kefrës, kynth o res dhybm formya sînys nowyth polytonek rag y voghhe.

I'n kensa dyllans Sowsnek, y feu meyny gothek ûsys rag an scrif Latyn, rag an trailyans Sowsnek ha rag trailyans Latyn an Grêk "ùncyal", saw drefen an textow-ma aga thry dhe vos consydrys dhe dhos dhyworth dewla dyffrans in pùb câss, hag y dhe vos screfys in termynyow dyffrans inwedh, me a gresy y fedha fur ûsya meynys dyvers. "1475 Bastard Manual" gans Gilles Le Corre a servyas rag an scrif Latyn gwredhek (folen 34), kynth o hedna nebes camamserek (cresys yw i'n lyver fatell veu an text screfys i'n vledhen 1445); haval lowr yw an dorn-na dhe'n pëth delînys gans Haggard wàr denewen wàr jy Darn Pot Amenartas (folen 22). Yma an text gothek ow redya *apparet* ha hèn yw dascrefys avell *apparet*; dre lycklod y codhvia dhe'n text gwredhek redya *apet* *apet*. Me re

---

* Bowman, John H. 1998. *Greek printing types in Britain from the late eighteenth ot the early twentieth century*. Thessaloniki: Typophilia. ISBN 960-7285-20-4

wrug nebes amendyansow erel: in le ~~Brittania~~ *Brittania* res yw redya ~~Britannia~~ *Britannia*; in le ~~Mrie~~ *Mrie* res yw redya ~~Mrie~~ *Mrie*.

Rag an an Sowsnek in lytherow gothek, text a veu kefys wàr barchemyn y honen oll (folen 35), me a ûsyas "Holland Gothic" gans Coen Hofmann. Yma dasscrif a'n text-ma dyhaval nebes dhyworth an text gothek gwredhek (y feu ᴅᴇᴘᴇ ha ffoᴡrti rag ensampel dascrefys avell *daye* ha *fowerti*; me re ewnas an dascrif dhe *deye* ha *ffowrti*, hag indella in rag, in udn sensy an spellyans, saw owth efany an cot'heansow: ᴘᴛᴇꜱ dhe p*artes*, ᴡʰᵗ dhe wh*yche*, ᴡⁱ dhe wi*th*, ᴘᵗ dhe *the* (kyn feuma temptys dhe screfa þe), ᴘᵐ dhe *them*, ᴘˢ dhe *this*, ha ᴘⁱ to *that*.

Rag an trailyans Latyn in lytherow gothek dhyworth an Osow Cres a'n text Grêk (folednow 37-38), me a ûsyas meyny teg "Gutenberg B" gans José Alberto Mauricio. Obma inwedh me a amendyas an dascrif may halla va dhe voy compes dysqwedhes an scrif gwredhek, in udn wil devnyth a lytherow italek rag merkya an efanyansow. Nebes errours i'n text re beu ewnys: rag ᴘᴛᴜʟꜱᴀ *p̃cvlſa* res yw redya ᴘᴛᴜʟꜱᴀ *p̃cvlſa*; rag ᴀꜰꜰᴇᴄᴛᴏ *affecto* res yw redya ᴀꜰꜰᴇᴄᴛᴏ *affecto*; rag ɪᴘᴀ *ipa* res yw redya ɪᴘꜱᴀ *ipſa*; rag ᴍᴀʟᴜɪᴛ *maluit* res yw redya ᴍᴀʟᴇʙᴀᴛ *malebat*; rag ᴍᴀɴɪʙ *manib* res yw redya ᴍᴀɴɪʙ̄ *manib̄*; rag ᴘᴏꜱᴛᴇᴀ ᴇᴜ̄ *poſtea eū* res yw redya ᴘᴏꜱᴛᴇᴀ ɪʟʟᴜ̄ *poſtea illū*; rag ᴜᴀɢɪᴛɪʙ̄, ᴍᴇ *vagitib̄, me* res yw redya ᴜᴀɢɪᴛɪʙ̄, ᴇᴛ ᴍᴇ *vagitib̄, et me*; rag ꜱᴄʀɪᴘᴛᴀ *scripta* res yw redya ꜱᴄʀɪᴘᴛᴀ *ſcripta*; rag ᴅᴏᴄᴛɪꜱꜱɪᴍɪ *doctissimi* res yw redya ᴅᴏᴄᴛɪꜱꜱɪᴍɪ *doctiſſimi*. I'n dascrif me re wethas *i, j, u*, ha *v* rag ɪ, ꞁ, ᴜ, ha ᴜ in kettep pedn, kyn whrug vy gorudnya *s hir* ſ gans s.

An cartoush hieroglyfek gwelys in form (☥🐝) wàr folen 21 hag in form (𓇳𓏏) wàr folen 23, a veu dascrefys gans Haggard avell "Sùten se Ra" 'Mab Rial an Howl'. Dre lycklod yth yw hebma form got rag 𓇓𓏏𓆤 𓇳 *ni-swt s꜒ rᶜ*, le mayth yw an ger rag 'mytern' cresys hedhyw i'n jëdh dhe vos redys avell *ni-swt* "Nisùt" adar *swtn* "Sùten" (kynth yw an tôknys dhe redya in ordyr avell 𓇓 *sw*, ⌒ *t*, 〰 *n*).

Michael Everson
Port Laoise, Genver 2016

RAGLAVAR

Dre rêson me dhe vos ow ry dhe'n bës acownt a neb tra, mar pëdh ev gwelys avell aventur yn udnyk, a dal bos consydrys, me a sopos, onen a'n wharvedhyansow moyha marthys ha moyha kevrînek bythqweth a veu prevys gans mebyon tus, me a grës y vos ow devar dhe dherivas fatl'oma kelmys gans an mater i'n kensa le. Ytho, yth yw mar dhâ dhybm avowa nag ov vy hedna usy ow terivas an whedhel; nag oma ma's penscrefor an whedhel fèst stranj-ma; hag ena me a vydn egery in pana vaner y teuth an whedhel y honen inter ow dewla vy.

Nebes bledhydnyow alebma, me, an penscrefor, yth esen owth ôstya gans cothman, *vir doctissimus et amicus meus*, in neb udn Ûnyversyta, ha rag towlow an istory-ma ny a vydn y elwel Kergraunt, pàn veuma sowthenys brâs udn jorna gans an semlant a dhew dhen a welys vy ow mos an strêt wàr nans in brehow y gela. Onen a'n dus jentyl-na o, me a grës, heb dowt vëth an gwas yonk tecka a welys vy bythqweth. Pòr uhel o va, pòr ledan, hag ev a'n jeva fysmant a nerth ha stauns a râss a hevelly bos mar deythiak dhodho ev avell dhe garow gwyls. Pelha y fâss o heb nàm ogasty—fâss teg ha fâss dâ kefrës, ha pàn wrug ev derevel y hot, an pëth a wruga i'n prësna poran rag leverel Dùrda dhywhy dhe arlodhes esa ow mos dresto, me a welas y bedn dhe vos cudhys in dadn gudydnow crùllys a owr hag y ow tevy ogas dhe grogen y bedn.

"Re Dhuw a'm ros," me a leverys dhe'm cothman, esen vy ow kerdhes ganso, "yth hevel an gwas-na kepar hag imaj a Apollô usy an bêwnans devedhys dhodho. Ass ywa den bryntyn!"

"Yw," ev a worthebys, "ev yw an gwas tecka i'n ûnyversyta, hag onen a'n wesyon moyha caradow inwedh. Ymowns y worth y elwel 'an duw Grêk.' Saw mir orth an den aral. Ev yw warden Vyncy (hèn yw hanow an duw), hag y leveryr ev dhe vos leun a bùb skentoleth. Ev yw gelwys 'Câron'." Me a veras ha dyscudha an den cotha dhe vos a gebmys les avell an sampel gloryùs a vab den orth y denewen. Ev a hevelly bos adro dhe dhew ugans bloodh, hag ev o, me a grës, mar hager dell o teg y goweth. I'n kensa le ev o isel, ha garrgabm, pòr dhown o y vrest ha'y vrehow o hir dres ehen. Du o y vlew ha bian y lagasow, hag yth esa an blew ow fâs bys in y dâl wàr nans, ha'y voghvlew bys in blew y bedn, rag hedna scant nyns o tra vëth dhe weles a'y vejeth. Kemerys oll warbarth ev a wrug dhybm perthy cov a gorsym; yth o bytegyns neb tra pòr garadow ha plesont adro dhe lagas an den. Yth esof ow remembra me dhe leverel y carsen y aswon.

"Dâ lowr," yn medh ow hothman dhybm, "nyns eus tra vëth moy êsy. Aswonys yw Vyncy dhybm. Me a vydn y bresentya dhis." Hag indella ev a wrug, ha dres nebes mynys ny a savas in udn gestalkya—adro dhe bobel an Zûlûs, me a grës, rag me o nowyth devedhys dhyworth an Penrîn i'n tor'-na. Dystowgh, bytegyns, arlodhes nebes tew, mayth yw hy hanow ankevys genef, a dheuth an cauns ahës ha gensy mowes teg, melen hy blew. Heb let Mêster Vyncy a jùnyas orth an dhyw-na, rag aswonys dâ êns dhodho, hag ev a gerdhas in kerdh gansans. Yma cov dhybm an mater-na dhe'm dydhana nebes, rag bejeth an den cotha a jaunjyas (Holly o y hanow ev, dell wrug vy dyscudha) kettel wrug ev merkya an benenes ow tos bys dhodhans. Adhesempys ev a cessyas y gows, meras gans reprêv orth y goweth, pendroppya orthyf vy yn cot, trailya ha kerdhes in kerdh y honen oll dres an strêt. Me a glôwas wosa hedna fatell berthy ev kebmys own a venyn ès dell usy an radn vrâssa a dus owth owna ky coneryak, ha hedna a veu an skyla rag ev dhe omdedna mar uskys. Ny allama leverel bytegyns fatell dhysqwedhas Vyncy yonk meur a gas tro ha company benenes. In gwir yth esoma ow remembra me dhe leverel dhe'm cothman nag o ev an sort a dhen a via fur ragos dhe bresentya dhe'n arlodhes esta porposys dhe dhemedhy, rag dre bùb lycklod y whre hy codha mes a gerensa genes jy hag aberth in kerensa ganso ev. Yth o re deg y semlant in pùb fordh, ha pelha nyns esa ev ow tysqwedhes tra vëth a'n omwodhvos-na ha'n gooth-na usy ow shyndya gwesyon deg, hag usy worth aga gwil casadow dh'aga hynsa ha hedna dre rêson dâ.

Ow vysyt a dhewedhas an gordhuwher-na, ha ny wrug vy gweles "Câron" ha'n "duw Grêk" na felha na clôwes ger vëth anodhons dres termyn pòr hir. In gwir ny welys vy an eyl na'y gela alena rag bys i'n jëdh hedhyw, ha dre lycklod ny wrama aga gweles arta. Saw mis alebma me a fanjas lyther ha dew backet, ha dornscrif in onen anodhans. Pàn egerys vy an lyther, me a gafas y vos sînys gans an hanow "Horas Holly," hanow nag o aswonys re dhâ genef i'n tor'-na. An lyther o kepar dell usy ow sewya:—

"Coljy ——, Kergraunt, 1 Mê, 18—

"A SYRA WHEG,—Why a vëdh sowthenys dhe gafos lyther dhyworthyf, pàn nag en ny ma's bohes aswonys an eyl dh'y gela. In gwir me a grës y fia gwell dhybm gwil dhywgh perthy cov fatell wrussyn ny metya unweyth neb pymp bledhen alebma, pàn veun ny, me ha'm ward Leo Vyncy, presentys dhywgh i'n strêt in Kergraunt. Wàr verr lavarow me a vydn dos dhe'm negys. Me re redyas agensow gans meur a les lyver screfys genowgh ow tùchya aventur in Afryca Cres. Me a sopos an lyver-na dhe vos gwir in part hag in part desmygyans pur. Hedna bytegyns re ros tybyans dhybm. Dell wher, why a welvyth i'n dornscrif usy ow tos dhywgh gans hebma (hag yth esof vy worth y dhanvon dhis dre dhorn warbarth gans an Scarab, 'Mab Rial an Howl', ha'n darn pot gwredhek) fatell wrussyn ny, me ha'm ward pò gwelha ow mab asvabys, Leo, tâstya aventur gwiryon in Afryca, aventur o liesgweyth moy marthys ès an aventur esowgh why ow ry acownt anodho, ha rag leverel an gwiryoneth mayth oma methek dh'y settya inter agas dewla rag dowt why dhe sconya dhe gresy ow whedhel. Why a welvyth y vos leverys i'n dornscrif-ma, me, pò gwelha ny, dhe vos ervirys sevel orth pùblyshya an istory-ma hadre ve onen vëth ahanan yn few. Ha ny wrussen ny chaunjya agan brës naneyl, na ve neppyth dhe wharvos i'n mên-termyn. Yth eson ny rag rêsons a yllowgh why desmygy martesen, wosa redya an dornscrif-ma, ow mos in kerdh an prës-ma dhe Asya Cres; rag ena y fëdh skentoleth kefys, mar kylla bos kefys in tyller vëth i'n norvës, hag yth eson ny ow predery fatell vedhyn ny tregys ena termyn hir. Martesen ny wren ny dewheles nefra. I'n cyrcùmstancys nowyth-ma yth eson ny ow covyn orthyn agan honen en ny jùstyfies dhe sensy dhyworth an bobel agan acownt a neb tra a les dybarow, yn udnyk dre rêson agan bêwnans pryveth dhe bertainya dhe'n mater poken dre rêson ny dhe berthy own y whra an bobel wherthyn adro dhyn ha dowtya agan derivas. Me a grës udn dra ha Leo a grës neb tra aral, ha wàr an dyweth, wosa omdhal termyn pell, ny re acordyas gans kesassoylyans, hèn yw dhe styrya: dhe dhanvon an istory dhywgh ha ry dhywgh an gwir dh'y dhyllo mar mydnowgh why, heb kevambos moy ès chaunjya agan gwir-henwyn mar bell dell yllowgh heb shyndya warrantuster an whedhel.

"Ha pandr'allama leverel pelha? In gwir ny worama, ma's martesen dasleverel y whrug kenyver tra wharvos in gwiryoneth kepar dell yw settys in mes poran i'n dornscrif a gefyr gans hebma. Ow tùchya *Honna* hy honen me ny'm beus ken tra vëth dhe addya. Dëdh wosa dëdh yma dhyn dhe voy rêson dhe lamentya na wrussyn ny ûsya an chauns a'gan be a dhyscudha moy dhyworth an venyn varthys-na. Pyw o hy? Fatla wharva y dhe dhos dhe Gâvyow Kôr i'n kensa le, ha pëth o hy gwir-grejyans? Ny wrussyn ny bythqweth desky, ha lebmyn, ellas! ny wren ny desky nefra, pò dhe'n lyha, ny wren ny whath. Yma an qwestyons-ma ha lies onen kepar hag y ow terevel i'm brës, saw i'n tor'-ma ny amownt aga môvya poynt.

"A wrewgh why omgemeres an ober? Yth eson ny ow ry leun-franchys, hag avell reward why a gav, ny a grës, gormola rag dhysqwedhes dhe'n bobel an istory moyha marthys in oll recordys an bës, yw istory gwir adar desmygyans. Gwrewgh redya an dornscrif (me re'n copias in mes yn teg ragowgh why) ha derivowgh dhybm mars owgh why parys dh'y bùblyshya.

"Cresowgh me dhe vos fest lel dhywgh,

"L. Horas Holly.[1]

"GER WARLERGH—Heb mar, mar tewgh why ha gwainya tra vëth dhyworth gwertha an whedhel, mar qwrewgh why y bùblyshya, frank vedhowgh why dhe wil pynag oll dra a vydnowgh gans an mona-na. Mar pëdh coll bytegyns, me a vydn gasa messach gans ow lahysy, Mêstrysy Geoffrey ha Jordan, dh'agas aqwitya. Yth eson ny ow ry an darn pot, an scarab ha'n parchemynednow inter agas

---

1 Warlergh bolùnjeth an auctour an hanow-ma re beu chaunjys dres an lyver.—PENSCREFOR.

dewla dh'aga gwetha yn saw, erna wrellen ny aga govyn arta worthowgh.—L.H.H."

Dell yll bos desmygys, an lyther-ma a'm sowthanas yn frâs, saw pàn dheuth vy dhe veras orth an dornscrif, tra na wrug vy bys pedn dyw seythen dre rêson me dhe vos re vysy gans ober aral, me a veu dhe voy sowthenys, ha me a grës y fëdh an redyor sowthenys inwedh. Rag hedna me a erviras dystowgh herdhya in rag gans an dra. Me a screfas gorthyp indella dhe Vêster Holly, saw seythen wosa hedna me a fanjas lyther dhyworth lahysy an den jentyl-na ow tascor ow lyther dhybm hag ow terivas dhybm aga client ha Mêster Leo Vyncy dhe vos gyllys mes a Bow an Sowson wàr aga fordh tro ha Tubek, ha na wodhyens i'n tor'-na pleth êns y tregys.

Wèl, ny'm beus namoy dhe leverel. Ow tùchya an istory y honen res yw dhe'n redyor jùjya. Yth esof vy worth y ry dhodho kepar dell dheuth dhybmo vy saw gans very nebes chaunjyans, gwrës rag keles orth an bobel honensys an chîf wythresoryon. Porposys oma ragof ow honen dhe sevel orth leverel tra vëth adro dhe'n whedhel. Wostallath me a gresy nag o an istory-ma a venyn, gwyskys i'n brâstereth hy oos heb finweth, esa skeus an Eternyta ow powes warnedhy kepar hag askell dhu an Nos, ma's allegory cowrek na yllyn cachya y styr. Nessa me a gresy y hylly an whedhel bos assay bold dhe baintya in mes an sewyansow a vynsa dos in gwir dhyworth an immortalyta, ow lenwel an sùbstans a nebonen marwyl esa bytegyns ow tedna hy nerth in mes a'n Dor, hag esa in hy holon vortal passyons ow terevel hag ow codha hag ow qweskel kepar dell esa i'n bës dyvarow a bùb tu dhedhy an gwynsow ha lanwes an mor ow terevel hag ow codha hag ow qweskel heb hedhy. Saw kepar dell esen ow mos in rag, me a forsâkyas an tybyans-na kefrës. Yth hevel dhybm bos semlant an gwiryoneth wàr vejeth an whedhel. Res yw dhybm gasa dhe bobel erel dh'y styrya, hag gans an raglavar cot-ma, a veu res dhybm gwil i'n câss arbednek-ma, yth esof vy ow presentya dhe'n bës Ayesha ha Câvyow Kôr.

—AN PENSCREFOR.

GER WARLERGH—Yma neb tybyans aral usy ow tos dhe'm brës wosa redya an istory-ma arta, hag orth ow gweskel mar grev, na allama sconya dhe dedna attendyans an redyor bys dhodho. Ev a vydn percêvya mar bell dell vo y natur dyscudhys dhyn i'n whedhel

HONNA

nag eus tra vëth in teythy Leo Vyncy a vynsa warlergh
ùnderstondyng an radn vrâssa a'n bobel dynya skentoleth mar
alosek avell skentoleth Ayesha tro hag ev. Nyns ywa dhe'm brës vy
dhe'n ma's a nebes les. In gwir, nebonen a alsa desmygy y whre
Mêster Holly in cyrcùmstancys kenyver jorna y bassya yn êsy in
favour *Honna*. A alsa bos ytho fatell usy an pednow pelha ow metya,
may constrînas gorfalster spladn hy skians dre neb dasoberyans
coynt dhe wordhya in templa an devnyth corforek? O an Calycratês
ancyent-na best sêmly yn udnyk, kerys rag an tecter Grêk erytys
ganso? Poken yw an styryans gwir an pëth a gresaf vy y vos—yth
esof vy ow mênya hebma: y hylly Ayesha gweles pelha dell yllyn
nyny gweles, hag indella a wrug hy percêvya sprusen hag elven
vew a vrâster kelys in enef hy haror, hag a wodhya y whre an
elven-na in dadn awedhyans hy ro a vêwnans, dowrhës dre hy
skentoleth, ha golowys gans an howl a'y fresens, blejyowa kepar
ha flour, ha luhesy kepar ha steren, in udn lenwel an bës a wolow
hag a odour wheg?

Ny allama gortheby obma, saw res yw dhybm gasa dhe'n redyor
formya y vreus y honen in mes a'n taclow derivys gans Mêster
Holly i'n folednow usy ow sewya.

I

OW VYSYTYOR

Yma wharvedhyansow a hevel oll an manylyon ha cyrcùm-stancys anodhans argrafys mar stroth wàr an cov na yllyn ny aga ankevy poynt. Indella yth yw an mater esoma ow mos lebmyn dhe ry acownt anodho. Yma va ow terevel mar apert i'm desmyg-yans kepar ha pàn wharva an dra ma's udn jëdh alena yn udnyk.

Yth hapnyas i'n very mis-ma nebes ugans bledhen alebma, me, Lùdwig Horas Holly, dhe vos esedhys i'm rômys in Kergraunt, ow lavurya wàr neb qwestyon a galcoryeth. Ankevys yw genef pana gwestyon o va. Res o dhybm bos examnys rag ow hesvredereth kyns pèdn seythen, hag yth esa ow descador ha'm coljy dre vrâs ow qwetyas me dhe ombrevy yn tâ. Wàr an dyweth, ha me pòr sqwith, me a dowlas ow lyver wàr an bord dhyragof ha mos bys i'n glavel, kemeres pib ha'y lenwel. Yth esa cantol ow lesky wàr an glavel, ha gweder meras hir ha cul adhelergh dhedhy. Pàn esen owth anowy an bib, me a verkyas ow bejeth ow honen i'n myrour ha powes rag ombredery adro dhodho. An tanbredn anowys a loscas in kerdh erna wrug ev gorlesky ow besîas, tra a wrug dhybm y dhroppya; saw me a remainyas whath ow meras stark orthyf ow honen i'n gweder, ha me gyllys in prederow.

"Wèl," yn medhaf vy yn heglew wàr an dyweth, "yma govenek dhybm y hallama gwil neppyth gans ow fedn wàr jy, rag sur oma na allama nefra gwil tra vëth gans gweres an tenewen wàr ves."

Dhe hedna a wrello y redya, styr an lavar-na a wra hevelly nebes tewl, saw in gwiryoneth nag esen ma's ow referrya dhe'n fowtys i'm semlant. Yma neb tra a decter yowynkneth dhe weles wàr form an radn vrâssa a dus ugans bloodh, saw an nebes y honen o sconys dhybm. Me o bian ha tew ha'm brest o mar gow mayth esen owth apperya dyfelebys. Hir keherek o ow brehow, poos o trèm ow fâss,

down ow lagasow
loos, isel ow thâl hanter over-
devys gans blew tew ha tewl, kepar ha lanergh forsâkys esa an
forest ow tevy warnodho arta. Indella yth o ow semlant ogas dhe
bymp warn ugans bledhen alebma. Hag indella gans nebes
chaunjys yw ow semlant hedhyw. Kepar ha Caym me a veu
merkys—merkys gans an Natur der an stampa a hacter dres kynda,
kepar dell veuma endûys gans an Natur gans nerth horn ha gans
skentoleth fest brâs. Mar hager en vy, mayth o poos gans tus yonk
glanyth ow holjy, kynth êns y prowt a'm perthyans corforek ha'n
taclow crev a wren, mayth o poos gansans bos gwelys warbarth
genef. O va marth ytho me dhe vos crowsek ha hâtyor mab den?
O va marth me dhe omsensy dygoweth ha dhe lavurya ow honen
oll, heb cothman vëth—dhe'n lyha heb cothmans vëth marnas
onen? An Natur a'm settyas adenewen dhe vewa heb coweth, ha na
yllyn omgonfortya marnas orth hy brodn hy. Casadow en vy dhe
venenes. Nans o ma's seythen pàn glôwys vy benyn dhe'm gelwel
"euthvil", pàn gresy hy na yllyn vy hy clôwes, ha hy a leverys me
dhe wil dhedhy cresy bos gwir an damcanieth mab den dhe vos
goos nessa an symas. Unweyth rag leverel an gwiryoneth benyn a
omwrug hy dhe'm cara, ha me a spênas orty oll kerensa grunys ow
natur. Saw an mona a veu promyssys dhybm êth dhe nebonen aral,
ha hy a'm forsâkyas. Me a blaintyas gensy dell na wrug vy plaintya
bythqweth gans nebonen bew aral ha na wrama plaintya nefra, rag
me o in dadn hus hy bejeth wheg ha me a's cara. Wàr an dyweth
avell gorthyp hy a'm ledyas dhe'n gweder ha sevel rybof ha meras
orto.

"Lebmyn," yn medh hy, "mars ov vy Tecter, pyw osta jy?" Y
wharva hedna pàn nag en vy ma's ugans bloodh.

Hag indella me a savas ena ha meras, ha me a glôwas lowender
inof dre rêson ow bos dygoweth, rag nyns o dhybm naneyl tas, na

mabm na broder, hag i'n very prës-na nebonen a gnoukyas wàr ow daras.

Me a woslowas kyns ès mos dh'y egery, rag namnag o hanter-nos, ha nyns en vy whensys dhe asa dhe stranjer vëth entra. Ny'm be ma's udn cothman i'n Coljy, pò i'n bës rag leverel an gwiryoneth. An den-na o ev martesen.

I'n tor'-na an den wàr ves a wrug passa ha me a fystenas dhe egery an daras, rag aswonys dhybm o an pas-na.

Den uhel adro dhe dheg warn ugans bloodh, a entras wàr hast. Apert o fatell o pòr deg i'n dedhyow passys saw lebmyn yth esa ev ow trebuchya in dadn boster cofyr brâs horn, esa ev ow ton er y dhornla in y dhorn dyhow. Ev a settyas an cofyr wàr an bord hag ena dallath passa yn uthyk. Ev a wrug passa ha passa erna veu pùrpur pur y vejeth, ha wàr an dyweth sedha in chair ha dallath wheja goos. Me a dheveras nebes dowr tobm dhodho aberth in gwedren ha'y ry dhodho. Ev a'n evas hag apperya nebes dhe well, kynth o va whath pòr dhrog.

"Prag y whrusta gwil dhybm sevel wàr ves i'n yêynder ena?" ev a wovydnas yn crowsek. "Te a wor whethow air yêyn dhe vos mernans dhybm.'

"Ny wodhyen pyw esa worth an daras," me a worthebys. "Te yw vysytyor holergh."

"Ov. Hag in gwir me a grës hebma dhe vos ow vysyt dewetha," ev a worthebys hag assaya minwherthyn in gis grysyl. "Ow dedhyow yw gorfednys, a Holly. Ow dedhyow yw gorfednys. Ny gresaf me dhe weles an jëdh avorow."

"Flows!" yn medhaf vy. "Gas vy dhe gerhes medhek."

Ev a'm stoppyas gans sin diogel a'y dhorn. "Yma furneth i'th lavar, saw nyns eus othem vëth dhybm a vedhygyon. Me re studhyas fysek ha me a wor pùp tra adro dhedhy. Ny yll medhek vëth ow gweres vy. Devedhys yw ow ourys dewetha! Nans yw bledhen nyns esoma ow pewa ma's dre verkyl. Lebmyn goslow orthyf dell na wrusta bythqweth goslowes orth den vëth kyns; rag ny gefyth an chauns dhe wil dhybm leverel ow geryow an secùnd treveth. Ny yw cothmans nans yw dyw vledhen. Lavar dhybm ytho pygebmys a wodhesta adro dhybm?"

"Me a wor dha vos rych, ha dâ o genes dos dhe'n Coljy bledhyd-nyow wosa an oos mayth usy an radn vrâssa a dus orth y asa. Me a wor fatell veusta demedhys ha fatell verwys dha wreg. Me a wor inwedh te dhe vos an cothman gwelha ha martesen an udn cothman bythqweth a'm be."

"A wodhyes mab dhe vos dhybm?"

"Na wodhyen."

"Yma mab dhybm. Ev yw pymp bloodh. Ev a gostyas bêwnans y vabm orthyf, ha ny vedhys vy rag hedna bythqweth meras orth y fâss. A Holly, mars osta parys dhe recêva an devar, me a vydn gasa an maw-na dhis avell y udn warden."

Namna wrug avy lebmel in mes a'm chair. "*Me!*" me a leverys.

"Ea, te. Ny veu heb skyla me dhe'th studhya jy dres dyw vledhen. Me a wor nans yw termyn na alsen pêsya, ha warlergh me dhe gonvedhes hedna, me re beu ow whelas nebonen a yllyn trestya dhodho an maw ha hebma," ha ev a weskys an cofyr horn yn scav. "Te yw an den, a Holly; rag kepar ha gwedhen arow te yw cales ha salow wàr jy. Goslow; an maw a vëdh an udn esel a onen a'n teyluyow moyha ancyent i'n bës, hèn yw mar bell dell yllyr istory teyluyow bos helerhys. Te a wra wherthyn orthyf, pàn wryllyf y leverel, saw udn jëdh y fëdh prevys dhis y feu ow fympes hendas ha try ugans in lînen dhydro pò ow wheffes hendas ha try ugans offeryas Ejyptyon a'n duw Îsys, kynth o va Grek a'y dhevedhyans. Calycratês o y hanow ev.[2] Y das o onen a soudrys gober arvedhys gans Hak-Hôr, Faro Mendêsek a'n nawves dynasty warn ugans, ha'y hendas pò y hengôk, me a grës o an keth Calycratês-na campollys gans Herodotùs.[3] I'n vledhen 339 dhyrag Crist pò ader dro, pàn esa Farôs Ejyp ow codha wàr an dyweth, an Calycratês-ma (an offeryas) a dorras y ly a jastyta ha fia in mes a Ejyp gans pensevyges a woos rial neb o codhys in kerensa ganso. Wosa pùb tra y a sùffras torrva lester wàr gost Afryca, in neb tyller, me a grës, ogas dhe Bay Delagoa i'gan dedhyow-ny, poken nebes dhe'n

2 An Den Crev ha Teg, pò moy kewar, An Den Teg in Crevder.

3 An Calycratês campollys obma gans ow hothman o Spartan, a lever Herodotùs adro dhodho (Herod. ix. 72) ev dhe vos wondrys teg. Ev a godhas in batel wydn Platæa (22 Gwyngala, 479 dhyrag Crist), pàn worras Tus Sparta ha Tus Athênas an Persyans dhe'n fo, hag a ladhas ogas dhe 300, 000 anodhans. Otobma trailyans a'n darn in mes a istory Herodotùs, "Rag Calycratês a verwys in mes a'n vatel; ev a dheuth dhe'n ost avell an den tecka a'n Grêkys an jëdh-na—in mesk Tus Sparta hag in mesk an Grêkys erel kekefrÿs. Pàn esa Pausanias ow sacryfia,

4

North anodho. Ev ha'y wreg a veu selwys hag oll remnant aga hompany a veu dystrôwys i'n udn fordh pò hy ben. Ena y a borthas ponvos brâs, saw wàr an dyweth y a veu entertainys gans Myternes pobel wyls, benyn wydn a decter specyal, ha hy in cyrcùmstancys na allama derivas lebmyn, saw a wrêta desky adro dhedhans neb udn jorna, mar qwrêta pewa, dhyworth an taclow usy i'n cofyr-ma, hy a ladhas ow hendas Calycratês. Y wreg bytegyns a scappyas, ny worama fatla, dhe Athênas, ha hy ow try gensy dy flogh, neb a elwys hy Tisisthenês pò an Dialor Brâs. Pymp cans bledhen warlergh hedna an teylu a wandras bys in Rom in cyrcùmstancys nag eus ol vëth ow remainya anodhans, hag ena, dre rêson dell hevel y dhe vos whensys a wetha an tybyans a venjans yw dhe weles i'n hanow Tisisthenês, y o ûsys dhe gemeres warnodhans an les'hanow Vindex pò Dialor. Ena inwedh y a remainyas dres pymp cansvledhen pò pelha, bys i'n vledhen AD 770 ader dro, pàn wrug Charlemagne goreskydna wàr Lùmbardy, mayth êns y tregys. Gans hedna chyften an teylu a apperyas dhe omgelmy y honen dhe'n Emperour brâs ha dhe dhewheles warbarth ganso dres Menydhyow Alp, ha wàr an dyweth dhe gevanedhy in Breten Vian. Eth denythyans moy adhewedhes y dhieskynyas dydro êth dres an mor in termyn Edward Confessour dhe Bow an Sowson, hag in dedhyow Wella Conqwerrour ev a veu avauncys dhe onour ha dhe allos brâs. Dhyworth an dedhyow-na bys i'n present termyn me a yll helerhy ow devedhyans heb torrva vëth. Saw ny veu teylu Vyncy—hèn o legryans dewetha hanow an teylu wosa y dhe wredhya in dor an Sowson—a roweth brâs alena rag; ny vowns y bythqweth gerys brâs dhyrag an bobel. Y fedhens soudrys traweythyow, ha merchons traweythyow, saw dre vrâs ny vowns y ma's wordhy lowr, heb bos a bris in fordh vëth oll. Dhyworth dedhyow an Secùnd Charlys bys in dallath an gansvledhen-ma y

Calycratês a veu golies i'n tenewen dre seth; hag ena y a wrug omlath, saw pàn esens worth y dhon dhyworth an gas Calycratês a leverys ev dhe lamentya y vernans y honen, ha derivas dhe Arimnestùs, Platean, nag o poos ganso merwel rag kerensa Grêss, saw drog o ganso na weskys ev strocas vëth, na gwil gwythres gwyw vëth, kynth o va whensys dhe wil indella." Herodotùs a lever ow tùchya an Calycratês-ma, a hevel bos mar golodnek dell o va teg, fatell veu va encledhys in mesk an ἰρένες (humbrynkysy yonk) in tyller adenewen dhyworth an Spartans erel ha'n Helotys.—L.H.H.

o marchons. Adro dhe'n vledhen 1790 ow hendas vy a wrug showr
a vona dre negys bryghyans hag omdedna dhyworth an negys. Ev
a verwys i'n vledhen 1821 ha'm tas vy a'n sewyas ha spêna an radn
vrassa a'n mona. Ev a verwys deg bledhen alebma ha gasa dhybm
pegans a dhyw vil puns i'n vledhen. Ena me a omgemeras orthyf
aventur ow tùchya an mater-na" hag ev a dhysqwedhas an cofyr
horn gans y dhorn, "ha'n viaj a worfednas anfusyk lowr. Wàr ow
fordh tre me a viajyas i'n Soth a Ewrop ha wàr an dyweth
drehedhes Athênas. Ena me a vetyas gans ow gwreg veurgerys, ha
hy a alsa bos gelwys 'Teg,' kepar ha'm hendas Grêk i'n dedhyow
coth. Ena me a wrug demedhy gensy, hag udn vledhen warlergh
hedna pàn veu genys ow mab, hy a verwys."

Ev a bowesas pols, y bedn posys wàr y dhorn, hag ena ev a
bêsyas—

"Ow maryach a'm trailyas dhyworth towl na allama collenwel
lebmyn. Nyns eus termyn genef, Holly—nyns eus termyn genef!
Udn jëdh, mar teuta ha degemeres ow threst, te a vydn desky oll
adro dhodho. Wosa mernans ow gwre'ty me a drailyas ow brës
dhe'n towl arta. Saw kyns oll res o dhybm, saw dhe'n lyha, me a
gresy yth o res dhybm desky tavosow an Ÿst ha spessly Arabek.
Rag avauncya ow studhyansow me a dheuth obma. Scon lowr
bytegyns ow cleves a dhysplegyas ha lebmyn re dheuva ow dyweth."
Ha kepar ha pàn ve va ow posleva y eryow ev a veu shakys arta
gans shôra uthyk a bassa.

Me a ros moy a dhowr tobm dhodho ha wosa powes nebes ev a
gontynewas—

Bythqweth ny welys vy Leo, ow mab, dhia bàn o va baby munys.
Ny yllyn bythqweth perthy dh'y weles, saw ymowns y ow leverel
dhybm ev dhe vos flogh teg. I'n mailyor-ma," hag ev a dednas
lyther in mes a'y bocket ha'm hanow vy screfys warnodho, "me re
screfas an resegva a garsen bos sewys ow tùchya adhyscans an maw.
Nebes coynt yw hy. Unweyth arta, a vynta omgemeres rygthy?"

"Kensa res yw dhybm godhvos pandra dal dhybm gwil," me a
worthebys.

"Te a dal ambosa dhe gemeres an mab dhe vewa genes erna vo
va pymp warn ugans bloodh—porth cov, na wrêta y dhanvon dhe
scol vëth. Pàn vo va pymp bledhen warn ugans bloodh, gorfednys
vëdh dha dhevar avell warden, hag ena gans an alwhedhow a

wrama ry dhys lebmyn," (hag ev a's settyas wàr an bord) "te a wra
egery an cofyr hag alowa dhodho gweles ha redya a vo ino, may
halla va leverel ywa parys dhe omgemeres an whelas, ywa pò nag
ywa. Ny vëdh res dhodho omgemeres an dra. Lebmyn, ow tùchya
termys. Ow fegans i'n present termyn yw dyw vil buns ha dew cans
an vledhen. Hanter an sùmen-na me re erviras ragos dre gemynro
erna vy marow, mar teuta hag omgemeres bos y warden—hèn yw
udn vil an vledhen rag dha wober jy, rag res vëdh dhis sacra oll
dha vêwnans dhodho, hag udn cans an vledhen rag tylly ôstyans
an mab. An remnant a wra cruny oker erna vo Leo pymp bledhen
warn ugans, may fo sùmen parys, mar pedhys parys dhe
omgemeres an viaj a wrug vy côwsel orthys adro dhodho."

"Ha pandra a whervyth mar teuma ha merwel?" me a wovydnas.

"Ena res vëdh dhe'n maw bos gwrës ward a Janslereth ha
kemeres y jauns. Saw kebmer with may fo an cofyr horn delyvrys
inter y dhewla dre dha gemynro. Goslow, Holly, na wra ow sconya.
Crës dhybm, y fëdh hebma a brow dhis. Nyns osta gwyw dha
omgemysky gans an bës—ny vynsa hedna ma's dha wherowhe.
Kyns pedn nebes seythednow te a vëdh Kesvroder a'th Coljy ha'n
gober a wrêta dendyl dhyworth hedna warbarth gans an mona a
vanaf vy gasa dhis a wra alowa dhis bewa bêwnans a sygerneth
lettrys, owth eylya gans an sport yw mar gerys genes."

Ev a cessyas ha meras orthyf gans fienasow, saw me a hockyas
whath. An charj a hevelly mar goynt dhybm.

"Rag ow herensa vy, a Holly. Ny re beu cothmans dâ, ha ny'm
beus termyn dhe restry taclow in ken fordh vëth."

"Dâ lowr," me a leverys, "Me a vydn y wil, wàr an ambos nag eus
tra vëth i'n paper-ma a wrello dhybm chaunjya ow brës," ha me a
dùchyas an maylyor a settyas ev war an bord ryb an alwhedhow.

"Gromercy dhis, Holly, gromercy dhis. Nyns eus tra vëth in oll
an bës. Gwra tia dhybm in hanow Duw, y fedhys tas dhe'n mab,
ha gwra sewya ow dyscans warlergh an lytheren."

"Me a'n te dhis," me a worthebys fest solem.

"Dâ lowr, porth cov martesen y fanaf vy govyn orthys dhe ry
acownt a'th ly, rag kyn fyma marow hag ankeveys, whath me a
wra bewa. Nyns eus mernans vëth, Holly; nyns yw ma's chaunj, ha
kepar dell wrêta desky wosa hebma, ha'n chaunj y honen, me a

grës, a yll bos dylâtyas rag nefra in cyrcùmstancys arbednek," hag
ena ev a cessyas y eryow ha dallath onen a'y shôrys passa uthyk.

"Otta," yn medh ev, "res yw dhybm dybarth. Te a'th eus an cofyr
ha'm kemynlyther a vëdh trouvys in mesk ow faperyow, hag in
dadn auctoryta an kemynlyther an flogh a vëdh delyvrys inter dha
dhewla. Te a vëdh aqwitys yn tâ, Holly, ha me a wor te dhe vos
onest; saw mar teuta ha traita ow fydhyans inos, re Dhuw a'm ros,
me a vydn dha drobla."

Ny leverys vy tra vëth rag me o re ancombrys dhe allos côwsel.

Ev a sensys an gantol in bàn, ha meras orth y fâss y honen i'n
gweder. Fass teg veu kyns ena, saw shyndys o dre gleves. "Boos
dhe'n preves," yn medh ev. "Coynt yw predery wosa nebes ourys
me a vëdh serth ha yêyn—an viaj gwrës an gwary bian gwaries.
Ogh, govy, Holly. Ny dal an bêwnans an anken, marnas mars eus
nebonen in kerensa—dhe'n lyha ny veu ow bêwnans vy a brow.
Saw bêwnans an maw a yll bos a valew mara'n jevyth ev colon dhâ
ha fëdh. Farwèl dhys, a gothman!" hag gans môcyon sodyn a
vedhelder ev a dowlas y vrehow adro dhybm hag abma dhybm wàr
an tal. Ena ev a drailyas dhe dhybarth.

"Mir obma, a Vyncy," me a leverys, "mars osta mar glâv dell esta
ow predery, gwell via dhis gasa dhybm kerhes medhek."

"Nâ, nâ," yn medh ev yn crev. "Gwra promysya dhybm na wrêta.
Yth esof vy ow mos dhe verwel, ha kepar ha logosen vrâs neb a
dhebras poyson, me a garsa merwel ow honen oll."

"Ny gresaf vy te dhe wil tra vëth kepar ha hedna," me a
worthebys. Ev a vinwharthas, ha gans an geryow "Porth cov," wàr
y wessyow ev o gyllys. Orth ow thùchya vy ow honen, me a sedhas
ha rùttya ow lagasow, ha me a ow predery fatell en vy in cùsk. Saw
dre rêson na ylly an tybyans-na bos gwir, me a wrug y hepcor ha
dallath predery yth o Vyncy medhow. Me a wodhya fatell veu va
pòr glâv ha fatell o va clâv whath, saw yth hevelly ùnpossybyl
dhybm ev dhe vos in stât mar dhrog, may fe va certan na wre va
bewa dres an nos-na. A pe va mar ogas dhe'n mernans, sur ywa na
alsa ev kerdhes na don cofyr poos in y dhorn. Pàn wrug vy predery
adro dhe'n mater, yth hevelly pùptra dhe vos ancresadow pur, rag
i'n dedhyow-na nyns en vy coth lowr dhe gonvedhes fatell esa lies
tra ow wharvos i'n bës-ma a wrussa an den kebmyn ûsys consydra
bos mar anwirhaval dhe vos ùnpossybyl yn tien. Ny wrug vy

convedhes hedna bys i'n dedhyow dewetha-ma. O va gwirhaval mab dhe vos dhe dhen na welas ev dhia bàn o va baby munys? Nag o. O va gwirhaval y hylly ev profusa y vernans y honen mar gewar? Nag o. O va gwirhaval y hylly ev helerhy devedhyans y deylu wàr dhelergh bys in teyr hansvledhen dhyrag Crist, poken ev adhesempys dhe fydhya y flogh dhe gothman coljy avell warden ha gasa hanter y fortyn dhodho? Nag o heb dowt vëth oll. Apert o Vyncy dhe vos medhow pò muscok. Mars o an mater indella, pandr'o styr an dra ha pandr'esa in cofyr horn selys?

Oll an dra a'm sowthenas ha'g a'm ancombras mar grev na yllyn y berthy na felha. Me a borposas ytho cùsca warnodho. Rag hedna me a labmas in bàn, ha wosa gorra an alwhedhow ha'n lyther gesys gans Vyncy aberth i'n câss dogvednow, ha wosa gorra an cofyr horn in sagh brâs, me êth dhe'm gwely hag a gùscas heb let.

Dell hevelly dhybm na wrug vy cùsca ma's nebes mynys pàn veuma dyfunys gans nebonen ow kelwel ow hanow. Me a sedhas in bàn ha rùttya ow lagasow. Yth esa golow an jëdh ow tos aberth in chambour. Yth o êth eur myttyn.

"Dar, pandr'yw an mater genes, a Jowan, me a wovydna orth an servont esa worth ow servya vy hag ow servya Vyncy. Yth hevell dhybm te dhe weles spyrys!"

"Gwelys, a syra, gwelys," ev a worthebys, "dhe'n lyha me re welas corf, ha hèn yw lacka. Me êth dhe elwel Mêster Vyncy, dell yw ûsys, hag otta va a'y wroweth yêyn ha marow!"

II

AN BLEDHYDNYOW OW TREMENA

Dell yllyr desmygy, mernans sodyn Vyncy truan a sordyas clôwyowgh brâs i'n Coljy; saw dre rêson pùbonen dhe wodhvos y vos clâv ha'n medhek dhe brovia testscrif heb caletter, ny veu whythrans vëth. Ny vedha an mater a destscrifow mar dyckly i'n dedhyow-na avell in agan dedhyow ny; in gwir cas o gans an bobel whythransow, dre rêson a'n sclander. I'n cyrcùmstancys-ma, pàn na veu qwestyon vëth govydnys orthyf, ny omglôwyn devar inof ow honen dhe offra derivas vëth adro dhe'm kescows gans Vyncy an nos kyns ev dhe verwel, avês dhe leverel ev dhe'm vysytya i'm rômys, kepar dell wre va yn fenowgh. Laghyas a skydnyas dhia Loundres dëdh an encledhyas ha sewya corf ow hothman truan dhe'n bedh, ha dewheles i'n eur-na gans y daclow ha'y baperyow, avês heb mar dhe'n cofyr horn, a o gesys genef dhe wetha yn saw. Ny glôwys vy tra vëth a hedna bys pedn seythen moy adhewedhes, hag in gwir me o pòr vysy gans taclow erel, rag yth esa an apposyans rag an Kesvredereth ow tos, ha hedna a'm gwethas dhyworth mos dhe'n encledhyas pò gweles an laghyas. Wàr an dyweth bytegyns an apposyons o gorfednys ha me a dhewhelys dhe'm chambour ha sedha in chair medhel yn lowen, rag me a wodhya fatell wrug vy soweny êsy lowr.

Yn scon bytegyns, pàn veuma sewajys dre rêson gwascas undodn an dedhyow dewetha-na dhe vos lyftys dhywar ow brës, me a dhalathas predery a'n taclow a wharva pàn veu marow Vyncy truan, ha me a wovydnas orthyf ow honen pëth o styr an negys hag a wren vy clôwes tra vëth pelha anodho, ha mar ny glôwyn, pandra dalvia dhybm gwil gans an cofyr horn coynt. Me a sedhas termyn hir ow consydra an mater hag a dhalathas tevy ankenys lowr gans oll an wharvedhyansow: vysyt kevrînek an hanter-nos,

an profecy a
vernans a vedha
collenwys mar scon, an ly
solem a wrug vy tia, hag a resa
dhybm warlergh Vyncy gortheby dhodho
i'n nessa bës in y gever. A wrug an den omladha y honen? Hèn o
semblans an mater. Ha pëth o an whelas a gowsas ev orthyf adro
dhodho? Yth o oll an negys mar stranj, may whrug vy dowtya
nebes, kyn nag oma êsy dhe frobma, ha nag oma ûsys dhe gemeres
own ow tùchya taclow a hevel passya finwedhow an natur, ha pelha
me a dhalathas kemeres edrega me dhe vos kemyskys i'n negys. Ass
esoma dhe voy edregys lebmyn moy ès ugans bledhen moy
adhewedhes!

Pàn esen ow sedha i'm chair gyllys in prederow, me a glôwas
nebonen ow knoukya wàr an daras, ha lyther in maylyor blou brâs
a veu delyvrys dhybm. Me a welas dystowgh an lyther dhe dhos
dhyworth lahysy, ha'm anyen a leverys dhybm an lyther dhe
bertainya dhe'm trest. An lyther, usy whath i'm posessyon, o kepar
dell sew:—

"A SYRA DÂ,—Agan client, M.L. Vyncy tremenys, neb a veu
marow an 9es a'n mis-ma in Coljy ——, Kergraunt, a asas wàr y
lergh Kemynlyther, a wrewgh why gans hebma cafos copy anodho
hag mayth en ny an asectours anodho. In dadn dermys an Kemyn-
lyther-ma why a welvyth why dhe gemeres rag oll agas bêwnans
adro dhe hanter a vona Mêster Vyncy tremenys, yw i'n tor'-ma
kevarhewys in *Consols*, wàr an ambos why dhe dhegemeres an charj
a vos warden y udn vab, Leo Vyncy, neb yw i'n present termyn
flogh, pymp bloodh. Na ve ny dhe dhraftya an dhogven in udn
obeya dyscans cler hag apert Mêster Vyncy, côwsys ha screfys, ha
na ve ev dh'agan assûrya ena ev dh'agan comondya indella dre
rêsons fest dâ, res via dhyn derivas dhywgh ambosow an

11

kemynlyther dhe hevelly mar goynt dhyn, may whrellen ny
omsensy agan honen kelmys dhe settya an negys dhyrag an Gort
a Janslereth, may hallens determya pynag oll maner a wrella
apperya dâ dhedhans ow tùchya âbleth an kemynor pò in neb
fordh aral diogelya les an flogh. Kepar dell yw taclow bytegyns,
awos ny dhe wodhvos an kemynor dhe vos den jentyl a skentoleth
uhella, ha na'n jeva ev goos nessa vëth a alsa ev fydhya y vab
dhodho avell warden, yth hevel dhyn nag eus othem dhyn a wil
indella.

"In udn wetyas clôwes dhyworthowgh may hallen delvyra an
flogh inter agas dewla ha provia myns a'n prowedhow yw dhe dylly
dhywgh,

       "Ny yw, a Syra wheg, yn lel dhywgh,
                 "GEOFFREY HA JORDAN.
"Horas L. Holly, Esqwier."

Me a settyas an lyther wàr an bord ha meras yn uskys der an
Kemynlyther, ha dre rêson y vos anconvedhadow yn tien, me a
welas fatell veu va tednys in bàn war bednrêwlys strotha an laha.
Mar bell dell yllyn dyscudha, bytegyns, yth esa owth acordya in
pùb fordh gans an taclow a leverys ow hothman Vyncy dhybm, an
nos may ferwys ev. Ytho gwir o yth o res dhybm recêva an maw
bian. Dystowgh me a remembras an lyther a asas Vyncy dhybm
warbarth gans an cofyr. Me a'n kerhas ha'y egery. Nyns esa tra
vëth ino marnas an gorhemynadow a ros ev dhybm solabrës ow
tùchya egery an cofyr pàn ve Leo pymp warn ugans bloodh, ha
comondya an fordh ewn rag adhyscans an maw. Ev a dalvia desky
Grêk, an Galcoryeth Uhella hag Arabek. Yth esa ger warlergh
dhe'n lyther, a levery mar teffa an maw ha merwel in dadn an oos
a bymp bloodh warn ugans, tra na vydna wharvos, dell gresy ev,
res via dhybm egery an cofyr ha gwythresa warlergh an enwedhow
ino kepar dell vydna apperya compes dhybm. Mar ny vien parys
dhe wil tra vëth, res via dhybm dystrôwy pùb tra ino. Ny gottha
dhybm in câss vëth oll aga settya inter dewla stranjer vëth.

Dre rêson na wrug an lyther-na addya tra vëth dhe'm godhvos,
hag in gwir na ros ev skyla vëth dhybm dhe sconya dhe
dhegemeres an ober o promyssys genef dhe'm cothman, ny yllyn
gwil ma's udn dra—screfa dhe Vêstrysy Geoffrey ha Jordan ha

derivas dhedhans ow bos vy parys dhe dhegemeres an trest, ha leverel me dhe allos dallath ow devar avell warden wosa deg jorna. Pàn o hedna gwrës genef, me êth dhe auctorytas an coljy, ha wosa ry acownt dhedhans a gebmys a'n negys a hevelly res dhybm, ha ny veu hedna nameur, me a wrug aga ferswâdya gans caletter brâs, a pe kesvredereth dendylys genef, ha me o ogas certan y feu hedna gwrës genef, dhe gabma an rêwlys nebes hag alowa dhybm recêva an flogh dhe vewa genef. Y a acordyas wàr an dyweth dhe hedna wàr an ambos me dhe forsâkya ow chambours i'n coljy ha cafos ôstyans wàr ves. Hedna me a wrug, ha kyn nag o êsy, me a spêdyas dhe drouvya rômys ogas lowr dhe yet an coljy. An nessa tra o cafos nebonen rag y vaga. Hag ow tùchya an mater-na me a erviras neb tra yn cler. Ny vynsen alowa benyn vëth dhe lordya warnaf ow tùchya an flogh, ha ladra y gerensa dhyworthyf. An maw o coth lowr dhe hepcor gweres benyn, rag hedna me a dhalathas whelas gwas gorow compes. Gans nebes caletter me a wrug arveth den yonk rônd y vejeth, neb a veu kyns ena gweresor in stâbyl helghya, saw a leverys ev dhe vos onen a deylu a seytek flogh ha ytho ûsys dâ dhe fordhow flehes. Ev a leverys yth o va pòr barys dhe omgemeres dhe attendya Mêstryk Leo, pàn dheffa ev. Ena me a dhug an cofyr horn genef dhe Loundres ha gans ow dewla ow honen y worra in dadn with i'm arhanty ow honen, me a brenas nebes lyvrow adro dhe yêhes flehes ha'n fordhow ewn dh'aga meythryn. An lyvrow me a redyas ow honen, ha wosa hedna me a's redyas yn heglew dhe Job—hèn o hanow an den yonk—ha gortos.

Wàr an dyweth an flogh a dheuth hag ev in dadn with benyn goth, ha hy a olas yn wherow pàn esa hy ow tybarth dhyworto. Ev o maw teg heb dowt vëth oll. In gwir ny gresaf vy me dhe weles flogh mar berfeth kyns na wosa hedna. Y lagasow o loos, y dâl o ledan, ha'y fâss i'n oos-na kynth o, mar gempen avell camêo heb bos re bynchys. Saw an dra moyha dynyak adro dhodho martesen o y vlew, o a lyw an owr pur ha crùllys yn tydn dres y bedn sêmly. Ev a olas nebes pàn sqwardyas y vagores dhyworto wàr an dyweth orth y asa genen ny. Ny wrama nefra ankevy an vu. Yth esa ev ow sevel ena ha golow an howl dhyworth an fenster ow shînya wàr y vlew crùllys, y dhorn degës wàr an udn lagas ganso hag ev ow meras orthyn gans y gela. Me o sedhys i'n chair hag istyna in mes ow dorn rag y dhynya dhe dhos tro ha me, hag yth esa Job i'n gornel ow ry sort troos a yar, neb a gresy ev dhyworth y experyens kyns ena, poken ow qwil warlergh ûsadow an yar ha hy ow confortya hy edhnygow, y whre coselhe an maw, ha gorra omfydhyans in y vrës yonk. Ena ev a wrug dhe vargh bredn a hacter arbednek ponya in rag ha wàr dhelergh rag nebes mynys in maner a hevelly pòr wocky. Ena dystowgh an maw a istynas y vrehow in mes tro ha me ha ponya bys dhybm.

"Yth esoma worth dha gara jy," yn medh ev, "te yw hager saw te yw dâ."

Deg mynysen wosa hedna yth esa ev ow tebry tebmyn brâs bara ha manyn, hag ev, dell hevelly, pës dâ. Job a garsa gorra jàm warnodhans, saw me a remembras dhodho an lyvrow dâ o redys genen, ha me a'n dyfednas.

Wosa termyn cot (rag, dell esen ow qwetyas me a recêvas an Kesvredereth) an maw a veu cuv colon oll an Coljy—le may fedha ev ow tos hag ow ponya adro awos oll an rêwlys hag ordrys rag y lettya. Ev o alowys dhe vos frank a bùb arhadow, rag y gerensa ev pùb rewl a vedha settys adenewen. Ny yllyr nyvera an oblacyons offrys dhodho, ha res o dhybm strîvya yn sherp gans Kesvreder coth tregys i'n Coljy, neb a verwys bledhydnyow alebma. Ev o consydrys an den crowsecka in oll an Ûnyversyta, ha cas dhodho an very syght a flehes. Me a dhyscudhas bytegyns, pàn esa cleves ow codha mar venowgh wàr an maw, mayth o res dhe Job y wardya yn freth, fatell esa an cothwas gowek-ma worth y dhynya bys in y jambours rag ry dhodho nùmber heb dyweth a whegednow brandy ha worth y gonstrîna inwedh dhe dewel adro dhe'n negys. Job a leverys dhodho y talvia bos methek anodho y honen, "hag ev a'n oos may halsa ev bos hendas, mar teffa ev ha gwil an dra ewn," hèn yw dhe styrya, mar teffa ev ha demedhy—ha hèn o chêson an strîf.

Saw nyns eus spâss genef dhe ry acownt a'n bledhydnyow plêsont-na, usy whath ow remainya yn caradow i'm covyon. An bledhydnyow a bassyas an eyl wosa y ben, ha kepar dell esens y ow tremena ny agan dew a devy dhe voy ha dhe voy ker an eyl dh'y gela. Bohes yw an vebyon a veu mar gerys dell o Leo genef vy, ha bohes yw an tasow a wodhya an gerensa dhown ha lel a'n jeves Leo dhybm.

An flogh a devys dhe vaw ha'n maw dhe dhen, ha kepar dell esa ev ow tevy, indella y decter a wre tevy, ha tecter y vrës a devy ganso. Pàn o va adro dhe bymthek bloodh y a vedha henwys Tecter adro dhe'n Coljy, ha'm les'hanow vy o an Best. An Tecter ha'n Best o aga hanow ûsys ragon ny, pàn wrellen kerdhes alês warbarth, kepar dell wren ny pùb jorna. Unweyth gwas kigor keherek crev, dywweyth mar vrâs avell Leo, a ganas an dhew les'hanow wàr agan lergh, ha Leo a drailyas ha'y assaultya ha'y gronkya dhe'n dor inwedh—y gronkya yn teg. Me a gerdhas in rag owth omwil na welys vy tra vëth, erna veu an omlath a gebmys les dhybm, may trailys ha'y gentrynya in rag dhe vyctory. Y fedha oll esely an Coljy ow wherthyn orthyn pols pell wosa hedna, saw ny yllyn omwetha dhyworth an pëth a wruga. Ena, pàn o Leo nebes cotha an isradhegyon a dhesmygyas henwyn nowyth ragon. Y a'm gelwy Câron ha Leo an duw Grêk! Ny vanaf vy leverel tra vëth ow tùchya ow les'hanow ow honen, ma's dhe avowa na veuma byth-qweth sêmly, ha ny devys vy dhe voy sêmly gans an bledhydnyow. Saw ow tùchya les'hanow Leo, nyns eus dowt vëth hedna dhe vos an hanow ewn. Pàn o va udn warn ugans bloodh, ev a alsa bos kemerys rag imach a Apollo yonk. Bythqweth ny welys vy den vëth o mar deg y semlant avello, na den vëth naneyl a settyas mar vohes vry a'y decter y honen. Ow tùchya y vrës yth o va pòr skentyl, saw scoler nyns o va poynt. Nyns o va mygyl lowr rag hedna. Ny a sewyas dyscans y das rag an taclow a wrug ev studhya, ha dre vrâs Leo a spêdyas, spessly i'n tavosow Grêk hag Arabek. Me a dheskys an secùnd anodhans rag y weres ino, saw wosa pymp bledhen ev a'n godhya mar dhâ avelof—namnag o va mar dhâ avell an descador esa orth agan desky agan dew. Me o bythqweth den brâs sport—hèn yw an udn passyon a'm beus—ha pùb kydnyaf ny a wre viajya neb le rag setha pò rag pyskessa, traweythyow dhe Scotlond, traweythyow dhe Norgagh, hag unweyth dhe Rùssya. Me yw dâ gans godn saw in hebma kyn fe Leo a dheskys dhe'm passya.

Pàn o Leo êtek bloodh, me a dhewhelys dhe'm chambours i'n Coljy ha'y entra ev i'm Coljy ow honen avell isradhek. Pàn o va udn warn ugans bloodh, ev a gemeras y radh—gradh dâ lowr, saw nyns o re uhel. I'n termyn-na rag an kensa prës me a dherivas dhodho neppyth a'y istory y honen, hag a'n mystery esa dhyragon. Heb mar ev a dhysqwedhas whans brâs dhe wodhvos adro dhe hedna, saw ny yllyn y gontentya whath. Warlergh hedna, rag gwil dhe'n termyn passya, me a gomendyas dhodho may whrella studhya dhe vos recêvys avell dhadhelor. Ev a wrug indella, ow studhya in Kergraunt hag ow mos in bàn dhe Loundres rag debry y gynyewow yn udnyk.

Ny'm be ma's udn ponvos ganso, ha hèn o pùb benyn yonk ogasty a wrella metya ganso, dhe godha in kerensa ganso. Hedna a sordyas caleterow ragof, nag eus othem dhybm aga derivas obma, kynth êns y skyla rag anken pàn esens ow wharvos. Dre vrâs y omdhegyans o dâ lowr; ny allama leverel moy ès hedna.

Indella an termyn a bassyas erna wrug ev wàr an dyweth drehedhes y bympes pedn bloodh warn ugans, hag ena yma an istory coynt-ma, yw in fordhow mar uthyk, ow tallath in gwir-yoneth.

III

DARN POT AMENARTAS

An jëdh dhyrag pympes warn ugans pedn bloodh Leo ny agan dew a viajyas dhe Loundres, ha kemeres an cofyr kevrînek in mes a'n arhanty, le may whrug vy y worra in dadn with ugans bledhen alena. Y feu va drës in bàn, dell esoma ow perthy cov, gans an keth scrifwas neb a'n kemeras wàr nans. Ev a remembras yn tâ ev dh'y geles. Na ve ev dhe wil indella, yn medh ev, y fia cales dhodho y gafos arta, cudhys dell o gans gwiasow kefnysen heb nùmber.

An gordhuwher-na ny a dhewhelys dhe Kergraunt gans agan sawgh precyùs, ha bohes in gwir a wrug an eyl pò y gela ahanan cùsca an nos-na. Ternos Leo a entras i'm chambour orth terry an jëdh ha comendya dhyn dallath agan negys heb let. Saw me a sconyas an tybyans-na rag y dhe dhysqwedhes ewl anyagh dhe wodhvos. An cofyr a wortas ugans bledhen, yn medhaf vy, ha rag hedna ev a ylly durya ow cortos erna ve haunsel debrys genen. Orth naw eur poran ytho—nyns o ûsys genen bos mar avarr—ny a gafas agan haunsel; ha mar vysy en vy gans ow frederow ow honen, may whrug vy droppya darn backen aberth in tê Leo in le a dharn shùgra. Yth o Job mar frobmys kefrës may spêdyas ev dhe derry an scovarn dhywar ow hanaf a jêny Sèvres, hanaf neb o gevel an hanaf esa Marat owth eva dhyworto kyns ès ev dhe vos ledhys in y wolghva.

Wàr an dyweth bytegyns an haunsel a veu glanhës in kerdh, ha Job orth ow arhadow a gerhas an cofyr ha'y settya wàr an bord gans rach, kepar ha pàn nag esa ev ow trestya dhodho. I'n eur-na ev êth dhe asa an rom.

"Na wra dyberth, Job," me a leverys, "Mar nyns eus tra vëth gans Mêster Leo wàr y bydn, gwell via genef cafos dùstuny anserhak a'n

negys-ma, a yllyn ny trestya dhodho dhe dewel adro dhe'n mater
erna vo va erhys dhe gôwsel."

"Yn certan, a Êwnter Horas," Leo a worthebys; rag me a'n magas
dhe'm gelwel 'êwnter'—kyn whre va chaunjya an hanow
traweythyow ha'm gelwel "cothwas" heb revrons vëth, poken "ow
nessevyn êwnterek".

Job a davas y bedn, rag ev o heb hot.

"Gorr an daras in dadn alwheth, Job," me a leverys, "ha doro
dhybm ow hâss dogvednow."

Ev a obeyas, ha me a gemeras in mes a'n câss an alwhedhow a
ros Vyncy truan, tas Leo dhybm, nos y vernans. Yth êns y try in

nùmber; an alwheth brâssa o arnowyth lowr, an secùnd alwheth fest ancyent; ha'n tressa anodhans dyhaval yn tien dhyworth alwheth vëth o gwelys genen kyns, formys dell o in mes a dharn hir cul a arhans pur, barr fastys warnodho adreus dhe servya avell dornla, ha nebes treghyon wàr vin an barr. Yth o va moy haval dhe versyon bian a alwheth gonesujy hens horn dhyrag livyow Noy na dhe udn dra aral a alsen tyby anodho.

"Lebmyn, owgh why parys agas dew?" me a wovydnas kepar ha nebonen a vo ow mos dhe setha tardhen. Ny gefys vy gorthyp vëth, hag ytho me a gemeras an alwheth brâs, rùttya nebes oyl salad warnodho, ha wosa fyllel unweyth pò dywweyth, rag yth esa ow dewla ow crena, me a spêdyas dh'y worra aberth i'n toll hag egery an floren. Leo a bosas warnodho ha kemeres an gorher hûjes brâs in y dhewla, ha gans caletter, rag yth esa an bahow cudhys yn tien gans gossen, ev a'n herdhyas wàr dhelergh. Hedna a dhysqwedhas dhyn câss aral cudhys gans doust. Hedna ny a gemeras in mes a'n cofyr horn heb caletter vëth, ha glanhe plosethes an bledhydnyow dywarnodho gans scubylen dyllas.

An box a hevelly bos gwrës a eben, poken a neb predn du poos kepar ha hedna, hag yth esa funednow plat horn adro dhe bùb tenewen anodho. Res o y ves a antyqwyta brâs dres ehen, rag yth esa an predn poos du ow tallath in tyleryow dhe vrowsy der oos.

"Lebmyn agan gwir-negys," me a leverys ow corra an secùnd alwheth aberth in y doll.

Job ha Leo a bosas in rag dianal ha heb côwsel ger. An alwheth a drailyas, me a herdhyas an gorher wàr dhelergh, hag ùttra cry a sowthan, ha nyns o marth hedna, rag ajy dhe'n câss eben yth esa box wondrys a arhans, adro dhe dhewdhek mesva ahës hag alês hag êth mesva in uhelder. Yth hevelly bos a greft Ejyptyon, ha'n peder garr o gwrës a beswar Sfynx, hag yth esa Sfynx wàr an gorher crobm. Heb mar yth o an box-na nàmys hag yth esa lies bûlgh ino, saw avês dhe hedna yth esa ev in stât dâ lowr.

Me a'n lyftyas in mes ha'y settya wàr an bord. Ny wrug den vëth côwsel. Me a worras an alwheth coynt a arhans ajy ha trailya udn fordh ha fordh aral erna wrug an floren omry ha'n box a egoras dhyragon. Lenwys o yn tien gans skethednow a neb stoff gell, moy haval dhe fîber losowek ès dhe baper, ha na sowenys vy bythqweth dhe dhyscudha moy adhewedhes pandr'o va. An skethednow-na

me a gemeras in mes bys in downder neb teyr mesva, pàn dheuth
vy warbydn lyther in maylyor arnowyth, ha'n geryow-ma warnodho
in dornscrefa Vyncy, ow hothman marow:–

"Dhe'm mab Leo, mar teu va ha bewa dhe egery an box-ma."

Me a istynas an lyther dhe Leo, neb a veras orth an maylyor, y
settya wàr an bord, ha gwil sin dhybm dhe bêsya ow kemeres an
taclow in mes a'n box.

An nessa tra a gefys vy o parchemyn rollys in bàn gans rach. Me
a'n dysplêtyas, ha pàn welys vy y vos screfys in dorn Vyncy inwedh,
hag yth esa an tîtel warnodho, "Trailyans a'n Scrif Ùncyal Grêk
wàr an Darn Pot," me a'n settyas wàr an bord ryb an lyther.
Warlergh hedna me a gafas parchemyn aral rollys in bàn, neb o
melen ha crygh gans an bledhydnyow. Me a dhysplêtyas hedna
inwedh. Trailyans o kefrës a'n keth text Grêk, saw in Latyn screfys
in lytherow gothek. Warlergh meras yn uskys orth an spellyans
hag orth natur an trailyans, me a dhetermyas fatell veu an
trailyans gwrës neb termyn adro dhe dhallath an whêtegves cans-
vledhen. In dadn an rol-ma yth esa neb tra cales ha poos, maylys
in sendal melen hag ow crowedha wàr wyscas aral a'n stoff fîbrek.
Ny a dhysplêtyas an sendal yn lent ha gans meur rach, ha
dyscudha darn pot brâs hag ancyent a lyw melenlos! Yth o an darn
pot-ma, me a gresy, radn kyns oll a amfora a vyns naneyl brâs na
bian. Ow tùchya shâp an darn pot, yth o va deg mesva ha hanter
ahës ha seyth mesva alês. Yth o va adro dhe gwarter mesva in
tewder, ha cudhys o an tenewen crobm tro ha goles an box gans
lytherednow ùncyal Grêk pòr glos warbarth; yth o an screfa feynt
in tyleryow saw êsy dhe redya dre vrâs. An covscrif o screfys gans
meur rach dre bluven cors, kepar dell vedha ûsys gans tus an osow
coth. Ha ny goodh dhybm ankevy dhe leverel fatell veu an darn
marthys-ma terrys inter dyw radn, ha jùnys warbarth arta gans
cyment ha gans eth gorthkenter hir. Yth esa meur a scrîfow wàr
an tenewen wàr jy kefrës, saw an re-na o pòr dhyvers, hag apert o
y fowns y gwrës gans dewla dyffrans hag in lies oos dyffrans. Res
vêdh dhybm côwsel anodhans yn scon hag a'n textys wàr an dhew
barchemyn inwedh.

1.

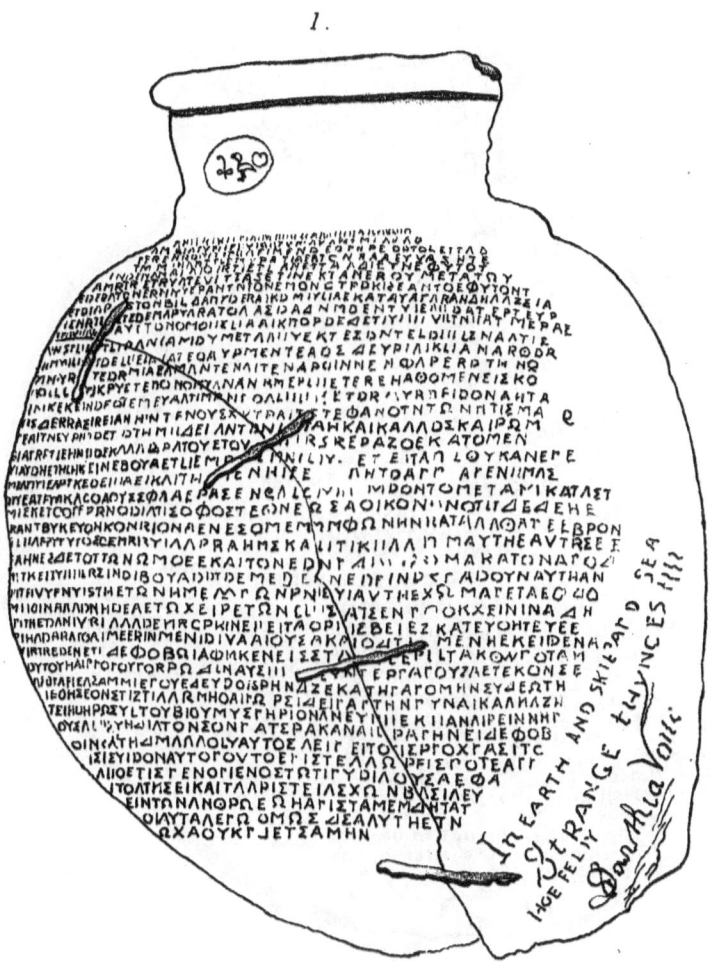

HEVELEP DARN POT AMENARTAS

Hanter y vyns

Hës brassa a'n dra y honen	10 mesva ha hanter
Les brâssa	7 mesva
Poster	1 puns 5 uns ha hanter

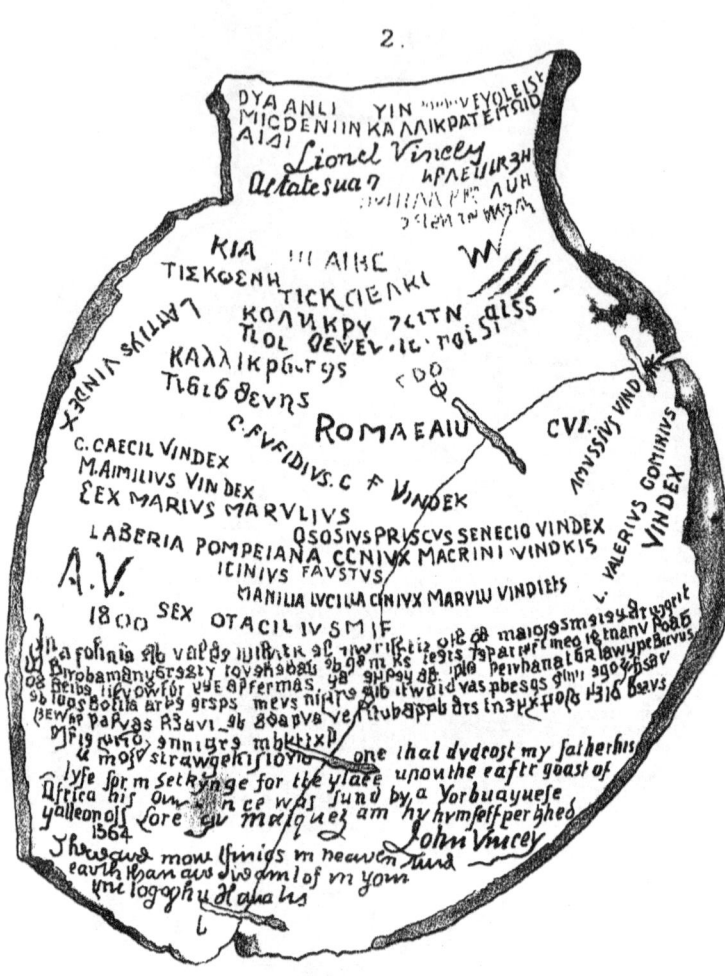

HEVELEP TENEWEN ARAL DARN POT AMENARTAS

Hanter y vyns

"Eus neb tra moy?" Leo a wovydnas in udn whystra yn frobmus.

Me a davas adro ha trouvya neppyth cales, maylys in sagh bian sendal. In mes a'n sagh ny a gemeras kyns oll portrayans bian ha pòr deg gwrës wàr dhans olyfans, ha nessa jowal bian pò *scarabaeùs* a lyw an choclet esa an sînys-ma merkys warnodho:—

Ny a dhyscudhas wosa hedna styr an sînys dhe vos "Sùten se Râ", hèn yw "Mab Rial Râ pò an Howl." An portrayans bian o pyctour a vabm Grêk Leo—benyn pòr deg, tewl hy lagasow. War geyn an portrayans yth o screfys in dorn Vyncy, "Ow gwreg veurgerys."

"Hèn yw oll," yn medhaf vy.

"Dâ lowr," Leo a worthebys in udn settya an portrayans bian wàr an bord, wosa meras orto gans emôcyon brâs warnodho, "ha lebmyn gesowgh ny dhe redya an lyther," ha heb gortos pelha ev a dorras an sêlyans ha redya an geryow esa ino kepar dell usy ow sewya:—

"Leo, a Vab,—Pàn wrylly egery hebma, mar teuta ha bewa rag y wil, te a vëdh leun-devys, ha me a vëdh marow mar bell dhe vos ankevys gans pùbonen a veuma aswonys bythqweth dhedhans. Saw pàn vy ow redya an lyther, porth cov fatell wrug a vy bewa, hag awos tra vëth a woffes, martesen yth esoma whath ow pewa, ha der an kescolm-ma a bluven hag a baper, yth esoma owth istyna tro ha te ow dorn dres islonk an ancow, hag indella yma ow lev vy ow côwsel orthys dhyworth taw an bedh. Kynth oma marow, ha kyn nag eus cov vëth ahanaf gesys i'th vrës, yth esoma warbarth genes bytegyns i'n eur-ma ha te ow redya. Dhyworth dha enesygeth bys i'n jëdh hedhyw scant ny welys vy dha fâss. Gav hebma dhybm. Dha vêwnans jy a gemeras an tyller a nebonen a gerys vy moy ès dell yw benenes kerys yn fenowgh, hag yma an wherôwder ow turya genef whath. Mar teffen ha bewa, me a vynsa wàr an dyweth conqwerrya an emôcyon gocky-ma, saw nyns oma destnys dhe vewa. Mar vrâs yw tormens ow brës ha'm corf na allama aga ferthy, ha

pàn vo restrys genef an taclow yw res rag surhe dha sowena i'n
bledhydnyow usy ow tos, ervirys yw genef gorfedna oll ow fainys.
Mar pedhama ow qwil cabm, re wrello Duw y ava dhybm! Ny alsen
bewa ma's bys pedn udn vledhen pelha dhe'n moyha."

"Ytho ev a omladhas y honen," me a grias. "Me a gresy indella."

"Ha lebmyn," Leo a bêsyas heb gortheby, "hèn yw lowr adro
dhybm ow honen. Yma an pëth yw res dhybm côwsel anodho ow
longya dhyso jy, adar dhybmo vy, ha me ogas marow, hag ankevys
yn tien ogasty kepar ha pàn na veuma bythqweth. Holly, ow
hothman (ha porposys oma dha fydhya jy dhodho ev, mar pëdh ev
parys dhe dhegemeres an charj) re dherivas dhis neppyth adro dhe
oos marthys hir dha deylu. Te a gav prov lowr anodho i'n taclow
gwethys i'n box-ma. An scrif coynt, screfys wàr an darn pot gans
dha henvabm lies denythyans alebma, a veu delyvrys dhybm gans
ow thas wàr y wely mernans. An scrif a sêsyas ow desmygyans yn
crev. Pàn nag en vy ma's nawnjek bloodh, me a erviras, kepar dell
wrug onen a'gan hendasow adro dhe dhedhyow Myternes Elisabet,
dhe whythra gwiryoneth an mater. Ny allama derivas i'n tor-ma
kenyver tra a wharva dhybm. Saw hebma me a welas gans ow
dewlagas ow honen. Wàr gost Afryca, in randir na veu whythrys
whath, neb pellder dhe'n north a'n tyller mayth usy Dowr Zambêsy
ow codha aberth i'n mor, yma pentir, hag orth y bedn pelha arag
yma bre uhel ow terevel aberth i'n ebron kepar ha pedn den du,
haval dhe'n dra a lever an scrif adro dhodho. Me a diras ena ha
desky dhyworth gwandryas genesyk, neb a veu tôwlys in mes gans
y bobel y honen dre rêson a neb hager-ober gwrës ganso, fatell usy
menydhyow brâs pell aberth i'n tir-na, hag y kepar ha hanavow in
shâp, ha câvyow inwedh gans kenegow dyvusur oll adro dhedhans.
Me a dheskys dhyworto inwedh fatell usy pobel an pow-na ow
côwsel radnyeth Arabek, hag y dhe vos rêwlys gans benyn deg
wydn, na vëdh gwelys gansans ma's anvenowgh. Y leveryr adro
dhedhy hy dhe rowtya kenyver tra, bew ha marow. Dew dhëdh
wosa me dhe dhyscudha an taclow-ma an den a verwys a fevyr a
gafas ev in udn viajya der an kenegow, ha me a veu constrînys dre
lack a sosten ha dre rêson a gleves esa ow tos warnaf, hag a'm dros
isel wosa hedna, dhe dhewheles dhe'm scath arta.

"Ny res dhybm derivas lebmyn adro dhe'n aventurs a wharva
dhybm. Me a sùffras torrva gorhal wàr gost Madagascar, hag a veu

selwys nebes mîsyow warlergh hedna gans gorhal Sowsnek, neb
a'm dros dhe Âden. Me a dhalathas wàr ow fordh alena bys in Pow
an Sowson, ha me porposys dhe bêsya gans an whelas, peskytter
may fe lowr preparacyon gwrës genef. Wàr ow fordh tre me a
stoppyas in Grêss, hag ena, rag *Omnia vincit amor*, me a vetyas gans
dha vabm ha demedhy gensy. Ena te a veu genys hag ena hy a veu
marow. I'n eur-na ow cleves dewetha a'm sêsyas, ha me a
dhewhelys obma dhe verwel. Saw whath yth o govenek cog dhybm
ha me a dhalathas desky Arabek, may hallen dewheles dhe gost
Afryca, a callen omyaghhe, hag indella assoylya an mystery, usy an
tradycyon anodho yn few in agan teylu kebmys cansvledhydnyow.
Saw ny dheuth sawment vëth dhybm, ha mar bell dell usy an negys
ow pertainya dhybm, gorfednys yw an whedhel.

"Saw ragos jy, a vab, nyns yw an whedhel gorfednys, hag yth esof
ow ry inter dha dhewla jy an re-ma, frûtys a'm lavur warbarth gans
prov erytys genen dhyworth agan hendasow. Ow intent yw na
vedhons settys in dha dhewla erna vo oos drehedhys genes may
fedhys abyl dhe jùjya ragos dha honen osta whensys dhe whythra
an negys pò nag osta. Mars yw gwir, i'n eur-na res yw an mater dhe
vos an mystery brâssa bythqweth i'n norvës. Saw te a vydn
martesen y settya adenewen kepar ha whedhel cog, desmygys i'n
kensa le gans benyn clâv hy empydnyon.

"Ny gresaf vy an negys dhe vos whedhel gow; me a grës mar
kylla bos dyscudhys, fatell eus tyller mayth yw hewel nerthow an
norvës. Yma an bêwnans dhe gafos; prag na vëdh main dhe gafos
rag y wetha bys nefra kefrës? Saw ny vanaf vy trailya dha vrës adro
dhe'n negys dhyrag dorn. Gwra redya hag ena jùjya ragos dha
honen. Mar pedhys whensys dhe omgemeres an whelas, me re
brovias na vëdh pegans ow lackya dhis. Mar pedhys contentys wàr
an tenewen aral, nag yw an mater yn tien ma's tarosvan, i'n eur-
na me a vydn dha gonjorya dhe dhystrôwy an darn pot ha'n
scrivow, ha re bo skyla rag trobla mab den remôvys dhyworthyn rag
nefra. Hedna martesen a vëdh an gùssul furra. An pëth ùncoth yn
fenowgh yw dowtys avell neb tra uthyk. Saw ny wher hedna, dell
lever an lavar coth, dre rêson mab den dhe gara fâls-crejyans, adar
dre rêson an dra ùncoth dhe vos uthyk in gwiryoneth. Pynag oll a
vydna mellya gans an nerthow brâs ha kevrînek usy ow corra
bêwnans i'n bës, martesen ev a wra codha avell vyctym

dhyragthans. Hag a pe an towl collenwys, mar teffes in mes a'n assay wàr an dyweth teg ha yonk rag nefra, ow tefia an termyn ha'n drog, derevys in bàn a-ugh pedry an kig ha'n skentoleth, pyw a vynsa leverel an chaunjyans wondrys-na dhe vos lowen? Gwra dôwys, a vab, ha re wrello an Gallos usy ow rewlya pùb tra, hag a lever 'te a yll dos mar bell avell hebma, ha te a wra desky kebmys avell hebma', re wrello ev hùmbrank dha dhôwys rag dha lowena ha rag lowena oll an bës—rag mar teuta ha soweny, udn jëdh heb dowt vëth te a wra rêwlya oll an bës der an nerth crunys a'th experyens.—Farwèl."

Indella an lyther a worfednas, nag o sînys hag o heb dedhyans.
"Pëth esta ow predery adro dhe hedna, a Êwnter Holly," yn medh Leo in udn hanaja, hag ev orth y settya wàr an bord arta. "Ny re beu ow whelas mystery, ha certan yw ny dhe gafos onen."
"Pëth esoma ow predery adro dhodho? Dar, yth o dha das truan muskegys, heb mar," me a worthebys yn crowsek. "Me a dhesmygyas hedna an nos-na ugans bledhen alebma, pàn wrug ev ow vysytya i'm chambour. Te a wel fatell wrug ev dh'y vernans fystena, an den truan. Nyns yw hedna mas flows yn tien."
"Hèn yw an gwiryoneth, a syra!" yn medh Job yn solem. Job o esel moyha dyfroth a rencas dyfroth.
"Wèl, gesowgh ny dhe weles pandr'usy an darn pot ow leverel, wàr neb cor," yn medh Leo, in udn gemeres in bàn an trailyans in dorn screfa y das, hag ow tallath redya:—

*"Me, Amenartas, a Jy Rial Faros Ejyp, gwre'ty Calycratês (*Teg in Nerth*), Offeryas dhe Îsys, usy an dhuwow ow chersya ha'n dhewolow owth obeya, kepar dell esoma ow mos dhe verwel, dhe'm meppyk Tisisthenes (*an Dialor Brâs*). Me a fias gans dha das in mes a Ejyp in dedhyow Nectanebes,[4] in udn wil dhodho dre gerensa terry an ambosow a ambosas ev. Ny a fias dhe'n fo tro ha'n Soth, dres an dowrow, ha gwandra i'n gorhal peswar mis warn ugans wàr gost Lyby (*Afryca*) usy ow meras orth derevel an howl, le may ma ryb ryver carrek vrâs kervys in form a Ethyopyan. Peswar dëdh wàr an dowr dhyworth aber ryver galosek ny a veu tôwlys dhywar an gorhal, ha radn ahanan a veu budhys ha radn a verwys a gleves. Saw tus wyls a'gan kemeres dre direth wast ha dre*

4 Nekht-nebf pò Nectanebo II, Faro genesyk dewetha Ejyp a fias dhyworth Ôchùs dhe Ethyopya, 339 Dhyrag Crist.

genegow, le mayth esa ÿdhyn an mor ow cudha an ebron, worth agan don wàr
viaj deg jorna erna wrussyn ny dos bys in meneth cow, le mayth esa cyta vrâs saw
codhys o hy, ha le may ma câvyow na welas den vëth aga fedn; hag y a'gan dros
bys in Myternes a bobel yw ûsys dhe worra pottow wàr bednow stranjers. Hy yw
pystryores hag a's teves godhvos a bùb tra, a vêwnans hag a decter na wra
merwel. Ha hy a dôwlas lagasow kerensa wàr dha das, Calycratês, ha hy a vynsa
ow ladha vy, ha'y gemeres ev avell gour ty, saw ev a'm caras ha perthy own
anedhy hy, ha ny vynsa ev ow ladha. I'n eur-na hy a'gan kemeras in fordhow
uthyk, der an main a bystry du, bys i'n tyller may ma an pyt brâs, mayth esa corf
an fylosofer coth a'y wroweth, ha hy a dhysqwedhas dhyn Pyllar an Bêwnans nag
usy ow merwel, mayth yw y voys kepar ha lev taran, ha hy a savas i'n flabmow,
ha dos in mes dybystyk, ha tecka whath. ¶ Ena hy a dias y whre hy dyvarow dha
das kepar ha hy, mar teffa ev unweyth ha'm ladha vy, hag omry y honen dhedhy
hy, rag ny ylly hy ow ladha vy dre rêson a'm pystry a gefys vy dhyworth ow fobel
ow honen, ha re grev o an pystry-na bys i'n eur-na wàr hy fydn. Hag ev a sensys
y dhewla dhyrag y lagasow ma na wrella gweles hy thecter, ha ny vynsa ev y wil.
Ena in hy sorr hy a'n gweskys dre hus, hag ev a verwys; saw hy a olas a-ughto
ha'y dhon alena gans kynvan: ha dre rêson hy dhe berthy own ahanaf, hy a'm
danvonas dhe aber an ryver brâs le mayth usy an gorholyon ow tos, ha me a veu
degys in kerdh abell wàr an gorholyon le may feusta genys dhybm, ha bys obma,
hèn yw dhe Athênas me a dheuth wàr an dyweth wosa gwandra meur. Lebmyn
me a lever dhis, ow mab, Tisisthenes, whela an venyn, ha desk kevrîn an
bêwnans; ha mar kylta cafos fordh dh'y wil, ladh hy, awos dha das Calycratês;
ha mar pedhys dowtys pò mar qwrêta fyllel, me a lever hebma dhe oll dha has
wàr dha lergh, erna vo kefys den colodnek wàr an dyweth in aga mesk a wrello
omvadhya i'n tan ha sedha in plâss an Farôs. ¶ Me a gôws a'n taclow-na, ha
kynth yns y dres crejyans, me a's gor bytegyns, ha ny lavaraf gow."

"Re wrello an Arlùth gava hedna dhedhy," yn medh Job in udn hanaja, rag ev a woslowas orth an text wondrys-na ha'y anow egerys.

"Saw me ow honen, ny leverys vy tra vëth, rag kyns oll me a gresy fatell o ow hothman in mes a'y rewl pàn screfas ev oll an scrif, kynth hevelly dhybm na ylly whedhel a'n par-na bos desmygys gans nebonen vëth. Re goynt o va. Rag assoylya ow dowtys me a gemeras an darn pot in bàn ha dallath redya an lytherow ùncyal clos an eyl dh'y gela warnodho; ha Grêk pòr dhâ

27

a'y oos ywa, pàn vo remembrys an text dhe dhos dhyworth benyn
genys in Ejyp. Otobma transcrypcyon kewar anodho:—

ΑΜΕΝΑΡΤΑΣΤΟΥΒΑΣΙΛΙΚΟΥΓΕΝΟΥΣΤΟΥΑΙΓΥΠΤΙΟΥΗΤΟΥΚΑΛΛ
ΙΚΡΑΤΟΥΣΙΣΙΔΟΣΙΕΡΕΩΣΗΝΟΙΜΕΝΘΕΟΙΤΡΕΦΟΥΣΙΤΑΔΕΔΑΙΜ
ΟΝΙΑΥΠΟΤΑΣΣΕΤΑΙΗΔΗΤΕΛΕΥΤΩΣΑΤΙΣΙΣΘΕΝΕΙΤΩΠΑΙΔΙΕΠΙΣ
ΤΕΛΛΕΙΤΑΔΕΣΥΝΕΦΥΓΟΝΓΑΡΠΟΤΕΕΚΤΗΣΑΙΓΥΠΤΙΑΣΕΠΙΝΕΚΤΑ
ΝΕΒΟΥΜΕΤΑΤΟΥΣΟΥΠΑΤΡΟΣΔΙΑΤΟΝΕΡΩΤΑΤΟΝΕΜΟΝΕΠΙΟΡΚ
ΗΣΑΝΤΟΣΦΥΓΟΝΤΕΣΔΕΠΡΟΣΝΟΤΟΝΔΙΑΠΟΝΤΙΟΙΚΑΙΚΔΜΗΝΑ
ΣΚΑΤΑΤΑΠΑΡΑΘΑΛΑΣΣΙΑΤΗΣΛΙΒΥΗΣΤΑΠΡΟΣΗΛΙΟΥΑΝΑΤΟΛΑ
ΣΠΛΑΝΗΘΕΝΤΕΣΕΝΘΑΠΕΡΠΕΤΡΑΤΙΣΜΕΓΑΛΗΓΛΥΠΤΟΝΟΜΟΙΩ
ΜΑΑΙΘΙΟΠΟΣΚΕΦΑΛΗΣΕΙΤΑΗΜΕΡΑΣΔΑΠΟΣΤΟΜΑΤΟΣΠΟΤΑΜ
ΟΥΜΕΓΑΛΟΥΕΚΠΕΣΟΝΤΕΣΟΙΜΕΝΚΑΤΕΠΟΝΤΙΣΘΗΜΕΝΟΙΔΕΝΟ
ΣΩΙΑΠΕΘΑΝΟΜΕΝΤΕΛΟΣΔΕΥΠΑΓΡΙΩΝΑΝΘΡΩΠΩΝΕΦΕΡΟΜΕΘ
ΑΔΙΑΕΛΕΩΝΤΕΚΑΙΤΕΝΑΓΕΩΝΕΝΘΑΠΕΡΠΤΗΝΩΝΠΛΗΘΟΣΑΠΟ
ΚΡΥΠΤΕΙΤΟΝΟΥΡΑΝΟΝΗΜΕΡΑΣΙΕΩΣΗΛΘΟΜΕΝΕΙΣΚΟΙΛΟΝΤΙ
ΟΡΟΣΕΝΘΑΠΟΤΕΜΕΓΑΛΗΜΕΝΠΟΛΙΣΗΝΑΝΤΡΑΔΕΑΠΕΙΡΟΝΑΗΓ
ΑΓΟΝΔΕΩΣΒΑΣΙΛΕΙΑΝΤΗΝΤΩΝΞΕΝΟΥΣΧΥΤΡΑΙΣΣΤΕΦΑΝΟΥΝΤ
ΩΝΗΤΙΣΜΑΓΕΙΑΜΕΝΕΧΡΗΤΟΕΠΙΣΤΗΜΗΔΕΠΑΝΤΩΝΚΑΙΔΗΚΑΙΚ
ΑΛΛΟΣΚΑΙΡΩΜΗΝΑΓΗΡΩΣΗΝΗΔΕΚΑΛΛΙΚΡΑΤΟΥΣΤΟΥΣΟΥΠΑΤ
ΡΟΣΕΡΑΣΘΕΙΣΑΤΟΜΕΝΠΡΩΤΟΝΣΥΝΟΙΚΕΙΝΕΒΟΥΛΕΤΟΕΜΕΔΕ
ΑΝΕΛΕΙΝΕΠΕΙΤΑΩΣΟΥΚΑΝΕΠΕΙΘΕΝΕΜΕΓΑΡΥΠΕΡΕΦΙΛΕΙΚΑΙΤ
ΗΝΞΕΝΗΝΕΦΟΒΕΙΤΟΑΠΗΓΑΓΕΝΗΜΑΣΥΠΟΜΑΓΕΙΑΣΚΑΘΟΔΟΥ
ΣΣΦΑΛΕΡΑΣΕΝΘΑΤΟΒΑΡΑΘΡΟΝΤΟΜΕΓΑΟΥΚΑΤΑΣΤΟΜΑΕΚΕΙΤ
ΟΟΓΕΡΩΝΟΦΙΛΟΣΟΦΟΣΤΕΘΝΕΩΣΑΦΙΚΟΜΕΝΟΙΣΔΕΔΕΙΞΕΦΩ
ΣΤΟΥΒΙΟΥΕΥΘΥΟΙΟΝΚΙΟΝΑΕΛΙΣΣΟΜΕΝΟΝΦΩΝΗΝΙΕΝΤΑΚΑΘ
ΑΠΕΡΒΡΟΝΤΗΣΕΙΤΑΔΙΑΠΥΡΟΣΒΕΒΗΚΥΙΑΑΒΛΑΒΗΣΚΑΙΕΤΙΚΑΛ
ΛΙΩΝΑΥΤΗΕΑΥΤΗΣΕΞΕΦΑΝΗΕΚΔΕΤΟΥΤΩΝΩΜΟΣΕΚΑΙΤΟΝΣΟΝ
ΠΑΤΕΡΑΑΘΑΝΑΤΟΝΑΠΟΔΕΙΞΕΙΝΕΙΣΥΝΟΙΚΕΙΝΟΙΒΟΥΛΟΙΤΟΕΜ
ΕΔΕΑΝΕΛΕΙΝΟΥΓΑΡΟΥΝΑΥΤΗΑΝΕΛΕΙΝΙΣΧΥΕΝΥΠΟΤΩΝΗΜΕΔΑ
ΠΩΝΗΝΚΑΙΑΥΤΗΕΧΩΜΑΓΕΙΑΣΟΔΟΥΔΕΝΤΙΜΑΛΛΟΝΗΘΕΛΕΤΩΧ
ΕΙΡΕΤΩΝΟΜΜΑΤΩΝΠΡΟΙΣΧΩΝΙΝΑΔΗΤΟΤΗΣΓΥΝΑΙΚΟΣΚΑΛΛΟ
ΣΜΗΟΡΩΗΕΠΕΙΤΑΟΡΓΙΣΘΕΙΣΑΚΑΤΕΓΟΗΤΕΥΣΕΜΕΝΑΥΤΟΝΑΠΟ
ΛΟΜΕΝΟΝΜΕΝΤΟΙΚΛΑΟΥΣΑΚΑΙΟΔΥΡΟΜΕΝΗΕΚΕΙΘΕΝΑΠΗΝΕΓ

ΚΕΝΕΜΕΔΕΦΟΒΩΙΑΦΗΚΕΝΕΙΣΣΤΟΜΑΤΟΥΜΕΓΑΛΟΥΠΟΤΑΜΟΥ
ΤΟΥΝΑΥΣΙΠΟΡΟΥΠΟΡΡΩΔΕΝΑΥΣΙΝΕΦΩΝΠΕΡΓΛΕΟΥΣΑΕΤΕΚΟ
ΝΣΕΑΠΟΓΛΕΥΣΑΣΑΜΟΛΙΣΠΟΤΕΔΕΥΡΟΑΘΗΝΑΖΕΚΑΤΗΓΑΓΟΜ
ΗΝΣΥΔΕΩΤΙΣΙΣΘΕΝΕΣΩΝΕΠΙΣΤΕΛΛΩΜΗΟΛΙΓΩΡΕΙΔΕΙΓΑΡΤΗΝ
ΓΥΝΑΙΚΑΑΝΑΖΗΤΕΙΝΗΝΓΩΣΤΟΤΟΥΒΙΟΥΜΥΣΤΗΡΙΟΝΑΝΕΥΡΗΣ
ΚΑΙΑΝΑΙΡΕΙΝΗΝΠΟΥΠΑΡΑΣΧΗΔΙΑΤΟΝΣΟΝΠΑΤΕΡΑΚΑΛΛΙΚΡΑΤ
ΗΝΕΙΔΕΦΟΒΟΥΜΕΝΟΣΗΔΙΑΑΛΛΟΤΙΑΥΤΟΣΛΕΙΠΕΙΤΟΥΕΡΓΟΥΠ
ΑΣΙΤΟΙΣΥΣΤΕΡΟΝΑΥΤΟΤΟΥΤΟΕΠΙΣΤΕΛΛΩΕΩΣΠΟΤΕΑΓΑΘΟΣΤ
ΙΣΓΕΝΟΜΕΝΟΣΤΩΠΥΡΙΛΟΥΣΑΣΘΑΙΤΟΛΜΗΣΕΙΚΑΙΤΑΑΡΙΣΤΕΙΑ
ΕΧΩΝΒΑΣΙΛΕΥΣΑΙΤΩΝΑΝΘΡΩΠΩΝΑΠΙΣΤΑΜΕΝΔΗΤΑΤΟΙΑΥΤΑ
ΛΕΓΩΟΜΩΣΔΕΑΑΥΤΗΕΓΝΩΚΑΟΥΚΕΨΕΥΣΑΜΗΝ

Rag comodyta jeneral i'n redya, me re drascrefas yn kewar an inscrypcyon i'n lytherow cùrsyf Grêk obma:—

Ἀμενάρτας, τοῦ βασικοῦ γένους τοῦ Αἰγυπτίου, ἡ τοῦ Καλλικράτους Ἴσιδος ἱερέως, ἣν οἱ μὲν θεοὶ τρέφουσι τὰ δὲ δαίμονια ὑποτάσσεται, ἤδη τελευτῶσα Τισισθένει τῷ παιδὶ ἐπιστέλλει τάδε· συνέφυγον γάρ ποτε ἐκ τῆς Αἰγυπτίας ἐπὶ Νεκτανέβου μετὰ τοῦ σοῦ πατρός, διὰ τὸν ἔρωτα τὸν ἐμὸν ἐπιορκήσαντος. φυγόντες δὲ πρὸς νότον διαπόντιοι καὶ κ'δ' μῆνας κατὰ τὰ παραθαλάσσια τῆς Λιβύης τὰ πρὸς ἡλίου ἀνατολὰς πλανηθέντες, ἔνθαπερ πέτρα τις μεγάλη, γλυπτὸν ὁμοίωμα Αἰθίοπος κεφαλῆς, εἶτα ἡμέρας δ' ἀπὸ στόματος ποταμοῦ μεγάλου ἐκπεσόντες, οἱ μὲν κατεποντίσθημεν, οἱ δὲ νόσῳ ἀπεθάνομεν· τέλος δὲ ὑπ' ἀγρίων ἀνθρώπων ἐφερόμεθα διὰ ἑλέων τε καὶ τεναλέων ἔνθαπερ πτηνῶν πλῆθος ἀποκρύπτει τὸν οὐρανὸν, ἡμέρας ι', ἕως ἤλθομεν εἰς κοῖλόν τι ὄρος, ἔνθα ποτὲ μεγάλη μὲν πόλις ἦν, ἄντρα δὲ ἀπείρονα· ἤγαγον δὲ ὡς βασίλειαν τὴν τῶν ξένους χύτραις στεφανούντων, ἥτις μαλεία μὲν ἐχρῆτο ἐπιστήμη δὲ πάντων καὶ δὴ καὶ κάλλός καὶ ῥώμην ἀλήρως ἦν· ἡ δὲ Καλλικράτους τοῦ πατρὸς ἐρασθεῖσα τὸ μὲν πρῶτον συνοικεῖν ἐβούλετο ἐμὲ δὲ ἀνελεῖν· ἔπειτα, ὡς οὐκ ἀνέπειθεν, ἐμὲ γὰρ ὑπερεφίλει καὶ τὴν ξένην ἐφοβεῖτο, ἀπήγαγεν ἡμᾶς ὑπὸ μαγείας καθ' ὁδοὺς σφαλερὰς ἔνθα τὸ βάραθρον τὸ μέγα, οὗ κατὰ στόμα ἔκειτο ὁ γέρων ὁ φιλόσοφος τεθνεώς, ἀφικομένοις δ' ἔδειξε φῶς τοῦ βίου εὐθύ, οἷον κίονα ἑλισσόμενον φωνὴν ἱέντα καθάπερ βροντῆς, εἶτα διὰ πυρὸς

29

βεβηκυῖα ἀβλαβὴς καὶ ἔτι καλλίων αὐτὴ ἑαυτῆς ἐξεφάνη. ἐκ δὲ τούτων ὤμοσε καὶ τὸν σὸν πατέρα ἀθάνατον ἀποδείξειν, εἰ συνοικεῖν οἱ βούλοιτο ἐμὲ δὲ ἀνελεῖν, οὐ γὰρ οὖν αὐτὴ ἀνελεῖν ἴσχυεν ὑπὸ τῶν ἡμεδαπῶν ἦν καὶ αὐτὴ ἔχω μαγείας. ὁ δ' οὐδέν τι μᾶλλον ἤθελε, τὼ χεῖρε τῶν ὀμμάτων προίσχων ἵνα δὴ τὸ τῆς γυναικὸς κάλλος μὴ ὁρῴη· ἔπειτα ὀργισθεῖσα κατεγοήτευσε μὲν αὐτόν, ἀπολόμενον μέντοι κλάουσα καὶ ὀδυρμένη ἐκεῖθεν ἀπήνεγκεν, ἐμὲ δὲ φόβῳ ἀφῆκεν εἰς στόμα τοῦ μεγάλου ποταμοῦ τοῦ ναυσιπόρου, πόρρω δὲ ναυσίν, ἐφ' ὧνπερ πλέουσα ἔτεκόν σε, ἀποπλεύσασα μόλις ποτὲ δεῦρο Ἀθηνάζε κατηγαγόν. σὺ δέ, ὦ Τισίσθενες, ὧν ἐπιστέλλω μὴ ὀλιγώρει· δεῖ γὰρ τὴν γυναῖκα ἀναζητεῖν ἥν πως τῦ βίου μυστήριον ἀνεύρῃς, καὶ ἀναιρεῖν, ἥν που παρασχῇ, διὰ τὸν πατέρα Καλλικράτους. εἰ δὲ φοβούμενος ἢ διὰ ἄλλο τι αὐτὸς λείπει τοῦ ἔργου, πᾶσι τοῖς ὕστερον αὐτὸ τοῦτο ἐπιστέλλω, ἕως ποτὲ ἀγαθός τις γενόμενος τῷ πυρὶ λούσασθαι τολμήσει καὶ τὰ ἀριστεῖα ἔχων βασιλεῦσαι τῶν ἀνθρώπων· ἄπιστα μὲν δὴ τὰ τοιαῦτα λέγω, ὅμως δὲ ἃ αὐτὴ ἔγνωκα οὐκ ἐφευσάμην.

Kepar dell wrug vy dyscudha wosa whythra pelha an mater, ha dell yll an redyor checkya in udn gomparya an eyl gans y gela, yth o an trailyans dhe Sowsnek kewar ha teg.

Ryb an screfa ùncyal wàr denewen cow an darn pot awartha, paintys in rudh tewl, wàr an pëth o gwelv an amfora i'n termyn eus passys, esa an cartoush a veu mencyon gwrës anedhy wàr an *scarabaeùs* ha neb o kefys genen kefrës wàr an box a arhans. An hieroglyfow pò sînys bytegyns o trailys wàr dhelergh kepar ha pàn vowns y gweskys wàr gor. O hodna cartoush an kensa Calycratês,[5] pò a neb Pryns pò Faro esa y wreg Amenartas ow skydnya dhyworto ny worama; ha ny allama leverel naneyl mar peu va tednys wàr an darn pot pàn veu an Grêk ùncyal screfys pò copies moy adhewedhes dhyworth an *scarabaeùs* wàr an darn pot gans neb esel aral a'n teylu. Nyns o hedna pùptra. Orth goles an screfa, paintys in keth rudh tewl, y hylly bos gwelys lînen adro a byctour garow a

---

5 Ny ylly an cartoush, mars yw hy gwir-gartoush, longya dhe Calycratês, dell usy Mêster Holly ow leverel. Calycratês o offeryas ha nyns o va alowys dhe ùsya cartoush, neb a vedha gwethys rag esely a deylu rial Ejyp yn udnyk, saw y hylly ev kervya y hanow wàr hirgrèn. —PEN- SCREFOR.

bedn ha scodhow Sfynx ha hy gwyskys in dyw bluven, tôknys a vrâstereth mytern. Kynth o an re-na kebmyn lowr wàr imajys a derewy sans hag a sens, ny's gwelys vy bythqweth wàr Sfynx.

Adhyhow wàr fâss an darn pot-ma paintys adreus in paint rudh wàr an spâss nag o cudhys gans an lytherow ùncyal ha sînys in paint blou o an inscrypcyon coynt-ma:—

> IN EARTH AND SKIE AND SEA
> STRANGE THYNGES THER BE.
> HOC FECIT
> DOROTHEA VINCEY.

Sowthenys fest, me a wrug omwheles an dra. Cudhys o dhia an top bys i'n goles gans nôtednow ha sînansow in Grêk, in Latyn hag in Sowsnek. An kensa anodhans o screfys in Grêk ùncyal gans Tisisthenês, an mab may feu an screfa intendys ragtho. An styr o, "Ny yllyn mos. Tisisthenês dh'y vab, Calycratês." Otobma y hevelep ha versyon i'n abecedary Grêk kebmyn:—

ΟΥΚΑΝΔΥΝΑΙΜΗΝΠΟΡΕΥΕϹΘΑΙΤΙϹΙϹΘΕΝΗϹΚΑΛΛΙΚΡΑΤΕΙΤΩΙ
ΠΑΙΔΙ

> οὐκ ἂν δυναίμην πορεύεσθαι.
> Τισισθένης Καλλικράτει τῷ παιδί.

Yth hevel fatell wrug an Calycratês-ma (dre lycklod herwyth an ûsadow Grêk, henwys indella warlergh y syra wydn) neb assay dhe dhallath wàr an whelas, rag y nôtyans y honen in lytherow ùncyal pòr feynt ha dylenus ogasty a lever, "Me a cessyas ow viaj, rag yth o an dhuwow wàr ow fydn. Calycratês dh'y vab." Otobma y hevelep kefrës:—

ΤΩΝΘΕΩΝΑΝΤΙϹΤΑΝΤΩΝΕΠΑΥϹΑΜΗΝΤΗϹΠΟΡΕΙΑϹΑΛΛΙΚΡΑΤ
ΗϹΤΩΙΠΑΙΔΙ

> τῶν θεῶν ἀντιστάντων ἐπαυσάμην τῆς πορείας.
> Καλλικράτης τῷ παιδί.

In dadn an dhew inscrypcyon ancyent-ma, mayth o an secùnd anodhans screfys an pëth awartha dhe woles hag o mar feynt hag ûsys na yllyn scant y redya, na ve me dhe gafos gweres dhyworth an transcrypcyon gwrës anodho gans Vyncy. Rag yth o an inscrypcyon y honen wàr an radn-na a'n darn pot, a veu dhe voyha handlys, ha namnag o va rùttys in kerdh yn tien—in dadnans yth esa sînans cler crev hag arnowyth Lionel Vyncy, "Aetate sua 17," ha hedna me a grës a veu screfys wàr an darn pot gans syra wydn Leo. Adhyhow dhe hedna y hylly redya an tâl-lytherednow "J. B. V." hag indadnans sînansow dyffrans in Grêk, in lytherow ùncyal hag in lytherow kebmyn rônd, ha nebes ensamplys dell esa owth apperya a'n lavar τῷ παιδί (dhe'm mab), tra a vynsa dysqwedhes fatell vedha an dra goth delyvrys yn solem dhia dhenythyans dhe dhenythyans.

An nessa tra a ylly bos redys warlergh an sînansow Grêk o an geryow "ROMAE, A.U.C.," tra a dhysqwedhas fatell o an teylu devedhys dhe Rom. I'n gwetha prës, bytegyns, ny ylly bos redys an vledhen a'ga bos anedhys ena marnas an dyweth (cvi), rag i'n very tyller mayth o screfys an dedhyans-na pis a'n darn pot o terrys in kerdh.

Wosa hedna y hylly bos redys dewdhek sînans in Latyn, screfys obma hag ena, pynag oll dyller mayth esa spâss hag ewn ragthans. Yth esa oll an sînansow marnas try ow tewedha gans an hanow "Vindex" pò "an Dialor", hanow adoptys dell hevel gans an teylu wosa y dhe gevanedhy in Rom avell hanow haval dhe "Tisisthenes" in Grêk. Wàr an dyweth dell ylly gwetyas an les'hanow Latyn-na Vindex a veu transformys kyns oll dhe De Vincey, hag ena dhe'n hanow sempel hag arnowyth Vyncy. A les ywa gweles fatell veu an tybyans a venjans, inspyrys gans benyn Ejyptyon dhyrag oos Crist, carnatys in hanow teylu Sowsnek.

Me a drouvyas moy adhewedhes nebes a'n henwyn screfys wàr an darn pot campollys i'n istorys hag in ken scrîfow istorek. An henwyn a gefys vy o, mars esoma worth aga remembra yn ewn,

MVSSIVS. VINDEX
SEX. VARIVS. MARVLLVS
C. FVFIDIVS. C. F. VINDEX

ha

DARN POT AMENARTAS

LABERIA POMPEIANA. CONIVX. MACRINI. VINDICIS

An hanow dewetha-na heb mar yw hanow neb arlodhes Roman. Yma oll an henwyn Latyn wàr an darn pot dhe redya i'n rol-ma:—

C. CAECILIVS VINDEX

M. AIMILIVS VINDEX

SEX. VARIVS. MARVLLVS

Q. SOSIVS PRISCVS SENECIO VINDEX

L. VALARIVS COMINIVS VINDEX

SEX. OTACILIVS. M. F.

L. ATTIVS. VINDEX

MVSSIVS VINDEX

C. FVFIDIVS. C. F. VINDEX

LICINIVS FAVSTVS

LABERIA POMPEIANA CONIVX MACRINI VINDICIS

MANILIA LVCILLA CONIVX MARVLLI VINDICIS

Warlergh an henwyn Roman, yth hevel bos ajwy a lies cans-vledhen. Ny yll den vëth godhvos pandr'o istory an darn pot i'n osow tewl-na, na fatla veu an dra gwethys i'n teylu. Vyncy, ow hothman truan, a leverys dhybm dell wrug avy derivas solabrës, fatell êth y hendasow Roman ha gwil aga thre wàr an dyweth in Lùmbardy, ha pàn dheuth Charlemagne ha goreskydna warnedhy, y a dhewhelys ganso dres Menydhyow Alp ha kevanedhy in Breten Vian. Y a dheuth dhe Bow an Sowson alena in dedhyow Edward Confessour. Nyns yw godhvedhys dhybm fatla wodhya Vyncy hedna, rag nyns yw naneyl Lùmbardy na Charlemagne campollys wàr an darn pot, kynth eus mencyon warnodho a Vreten Vian, dell vëdh gwelys. Rag pêsya: an nessa taclow wàr an darn pot, mar pedhama cubmyas dhe omyttya merk hir a woos pò a lyw rudh a neb sort, yw dew grows lînednys in colour rudh, hag y dre lycklod ow tysqwedhes cledhydhyow Crowsgadoryon, ha monogràm kempen lowr ("D.V.") in cogh ha blou, gwrës martesen gans an keth Dorothea Vyncy, neb a screfas pò kyns a baintyas an dhyw lînen a wadn-brydydhieth. Aglêdh dhe hedna inscrefys in blou feynt, y hylly redya an tâl-lytherednow A.V. ha wàr aga lergh an vledhen, 1800.

33

Warlergh hedna yth esa an scrif moyha coynt martesen a bùptra wàr an crer marthys-ma a'n osow coth. Screfys yw in lyther du dres an crowsow pò cledhydhyow an crowscadoryon, hag yma an vledhen mil peswar cans dew ugans ha pymp screfys ino. Y fëdh an gùssul wella gasa dhe'n scrif côwsel ragtho y honen, hag ytho yth esoma ow ry obma hevelep an scrif lytherednow gothek, warbarth gans an Latyn gwredhek heb oll an cot'heansow. Y fëdh gwelys dhyworth hedna fatell o hedna neb a'n screfas i'n osow cres scoler dâ a'n tavas Latyn. Hag inwedh ny a dhyscudhas neppyth moy coynt whath, versyon Sowsnek a'n Latyn in lyther du. Yth yw hedna screfys in lyther du inwedh ha ny a'n cafas wàr an secùnd parchemyn i'n cofyr. Nebes cotha o ès an parchemyn o trailyans Latyn dhyworth an osow cres a'n Grêk ùncyal screfys warnodho. Otobma an incrypcyon Latyn ha'n trailyans in Sowsnek Cres.

Hevelep an Inscrypcyon in Lytherednow Gothek wàr Dharn Pot Amenartas.

Ista religia est valde misticū et myrificō opͧ qͩ maiores mei ex Armorica ſſ Britannia m�—ore secū c̄vehebāt et qͩm ſc̄ clericū ſeper p̄ri meo in manͧ ferebat qͩ p̄itus illͧd deſtrueret affirmās qͩ eſſet ab ipſo ſathana c̄flatō preſtigioſa et dyabolica arte qͩe p̄ter mevͧ c̄fregit illͧd ⁊ dvas p̄tes qͩ qͩm ego Joh̄s de Vi̅ceto ſalvas ſervavi et adaptavi ſicut ap̄et die lu̅e p̄o poſt feſt beate M̅rie virḡ anni g̅re mccccxlv

Versyon Istynys a'n Inscrypcyon in Lytherednow Gothek avàn.

"Ista reliquia est valde misticum et myrificvm opus, quod maiores mei ex Armorica, scilicet Britannia Minore, secum convehebant; et quidam sanctus clericus semper patri meo in manv ferebat quod penitus illvd destrueret, affirmans quod esset ab ipso Sathana conflatvm prestigiosa et dyabolica arte, quare pater mevs confregit illvd in dvas partes, quas quidem ego Johannes de Uinceto salvas servavi et adaptavi sicvt apparet die lune proximo post festum beate Marie Virginis anni gratie MCCCCXLV."

Hevelep a'n Trailyans in Sowsnek Cres a'n Inscrypcyon
Latyn dhywar Dharn Pot Amenartas kefys screfys wâr barchemyn.

𝕿hys rellike ys a ryghte mistycall worke & a marveylous yᵉ whyche myne avnceteres afore tyme dyd conveighe hider wᵗ yᵐ ffrom Armoryke whᵉ ys to seien Britayne yᵉ lesse & a certayne holye clerke shoulde allweyes beare my ffadir on honde yᵗ he owghte uttirly ffor to ffrusshe yᵉ same affirmynge yᵗ yt was ffourmyd & confflatyd off Sathanas hym selffe by arte magike & dyvellysshe wherefore my ffadir dyd take yᵉ same & to brast yt yn tweyne but I Iohn de Uincey dyd save whool yᵉ tweye ptes therof & topeecyd yᵐ togydder agayne soe as yee se on yˢ deye mondaye next ffolowynge after yᵉ ffeeste of seynte Marye yᵉ blessed vyrgyne yn yᵉ yeere of salbacioun ffowertene hundreth & ffyve & ffowrti.

Versyon Arnowyth'hës a'n Trailyans in Lytherednow Gothek avàn.

"Thys rellike ys a ryghte mistycall worke & a marveylous, the whyche myne avnceteres afore tyme dyd conveighe hider with them from Armoryke whyche ys to seien Britayne the Lesse & a certayne holye clerke shoulde allweyes beare my ffadir on honde that he owghte uttirly ffor to ffrusshe the same, affirmynge that yt was ffourmyd and confflatyd off Sathanas hym selffe by arte magike & dyvellysshe wherefore my ffadir dyd take the same & to brast yt yn tweyne, but I, Iohn de Uincey, dyd save whool the tweye partes therof & topeecyd them togydder agayne soe as yee se, on this deye mondaye next ffollowynge after the Ffeeste of Seynte Marye the Blessed Vyrgyne yn the yeere of Salvacioun ffowertene hundreth & ffyve & ffowrti."

An nessa scrif o an scrif dewetha marnas onen hag y feu gwrës in rain Myternes Elisabet i'n vledhen 1564, "Whedhel fest coynt hag a gostyas y vêwnans orth ow thas; rag pàn esa ev ow whelas an tyller wàr gost ÿst Afryca, y bynnas a veu budhys gans gallêon

35

Portyngalek ogas dhe Lorenzo Marquez, hag ev y honen a veu kellys.—Jowan Vyncy."

Hag ena y teuth an scrif dewetha, neb a veu gwrës gans neb esel a'n teylu in cres an êtegves cansvledhen, dhe jùjya dhyworth an gis screfa. Cabm-dhevyn o a lînednow aswonys dâ in Hamlet hag yth o indelma: "There are more things in Heaven and earth than are dreamt of in your philosophy, Horatio."[6]

Ha lebmyn nyns esa ow remainya ma's udn dhogven moy dhe examnya—hèn yw dhe styrya, trailyans a'n inscrypcyon ùncyal wàr an darn pot dhe Latyn an osow cres ha screfys in lytherednow gothek coth. Kepar dell vëdh gwelys y feu an trailyans-ma gwrës ha screfys i'n vledhen 1495, gans "den lettrys," Edmùndùs de Prato (Edmund Pratt) y hanow, gradhek in Laha Eglos a Goljy Keresk, Resohen; ev o dyscypel a Grocyn, an kensa scoler dhe dhesky Grêk in Pow an Sowson.[7] Heb dowt vëth, pàn glôwas ev adro dhe'n scolhygieth nowyth, an Vyncy a'n dedhyow-na, martesen an keth Jowan de Vyncy neb a selwys an darn pot dhyworth dystrùcsyon bledhydnyow alena hag a screfas an scrif in lytherednow gothek wàr an darn pot i'n vledhen 1445, a fystenas dhe Resohen dhe weles a ylly an scolers a'n tavas Grêk y weres dhe assoylya mystery an inscrypcyon Grêk. Ny veu va tùllys naneyl, rag yth o Edmùndùs wordhy a'n gorholeth. In gwir y rendrans yw exampyl mar spladn a lien hag a latynyta a'n osow cres, ha kyn fe hebma owth hevelly re a daclow ancyent dhe'n redyor kebmyn, porposys dhe ry hevelep y drailyans, warbarth gans versyon istynys anodho rag an re-na na yll redya an cot'heansow. Y hyllyr gweles nebes teythy coynt i'n trailyans, nag yw res ry acownt anodhans ob ma, saw me a vynsa dry brës scolars dhe'n dyvyn "duxerunt autem nos ad reginam

---

6 Tra aral usy ow qwil dhybm predery y feu an lavar-ma screfys in cres an êtegves cansvledhen yw hebma; stranj lowr me a'm beus copy gwarior a Hamlet screfys adro dhe'n vledhen 1740, hag yma an dhyw lînen-ma cabm-dhevydnys in very fordh ogasty avell i'n scrif, ha sur oma fatell glôwas an Vyncy neb a's screfas a's clôwas cabm-leverys adro dhe'n termyn-na. Heb mar an versyon ewn a'n lînednow yw kepar dell sew;
  There are more things in heaven and earth, Horatio,
  Than are dreamt of in your philosophy.—L.H.H.

7 Grocyn, descador Erasmùs, a studhyas an tavas Grêk in dadn Chalcondylas a Byzantiùm in Florens, hag a ros arethow kyns oll in Hel Coljy Keresk, Resohen, i'n vledhen 1491.—Penscrefor.

advenaslasaniscoronantium," rag yth hevel dhybm dhe vos rendrans delîtabyl a'n Grêk gwredhek, "ἤγαγον δὲ ὡς βασίλειαν τὴν τῶν ξένους χύτραις στεφανούντων."

Trailyans Latyn screfys in Lytherednow Gothek a'n Osow Cres a'n Inscrypcyon Ùncyal wàr Dharn Pot Amenartas

Amenartas e gen. reg. Egyptii uxor Callicratis sacerdot Isidis quã dei fouet demonia attedût filiol' suo Tisistheni iã moribûda ita mãdat: Effugi quõdã ex Egypto regnãte Nectanebo cũ patre tuo, ôpter mei amore pejerato. Fugientes autẽ v'sus Notũ trans mare et xxiiij mẽses p'r litora libye v'sus Oriẽtẽ errant ubi est petra quedã mgna sculpta instar Ethioß capit, deinde dies iiij ab ost flumũ mgni ejecti p'tim submersi sumus p'tim morbo mortui sumũ: in fine autẽ a fer hõibs portabamur ßr paluð et vada. ubi auiũ m'titudo celũ obûbrat dies x. donec adueniñ ad cauũ quẽdã monte, ubi olim mgna urbs erat, cauerne quoq iñẽse: duxerũt autẽ nos ad reginã Aduenaslasaniscoronãtiũ que magit utebatr et peritia omniũ ret et saltẽ pulcrit et vigore iẽescribil' erat. Ijec mgno patt tui amore ßculsa p'mũ q'dẽ ei conubiũ michi morte parabat. postea v'ro recusãte Callicrate amore mei et timore regine affecto nos ßr magicã abduxit p'r vias horribil' ubi est puteus ille ßsûdus, cuius iuxta aditũ iacebat senior philosophi cadauer, et aduenietiũ mõstrauit flamã Vite erectã, istar columne volutãtis, voces emittetẽ ýsi tonitrus: tũc ßr igne ißetu nociuo expers trãssit et iã ipsa sese formosior uisa est.

Quiß fact iurauit se patre tuũ quoq imortale ostesurã esse, si me prius occisa regine cõtuberniũ mallet; neq eni ipsa me occidere ualuit, ôpter nostratũ mgicã cuius egomet ßtem habeo. Ille uero nichil huius gen malebat, maniß ante ocul' passis ne mulier formositate adspiceret: postea illũ mgica ßcussit arte, at mortuũ efferebat îde cũ fletiß et uagitiß, et me ßr timore expulit ad ostiũ mgni flumiñ ueliuoli porro in naue in qua te peperi, uix poſt dies huc Athenas inuecta ſu. At tu, O Tiſiſtheń, ne q'd quorũ mãdo nauci fac: neceſſe enī eſt muliere exquirere ſi qua Uite myſteriũ ipetres et uidicare, quãtũ in te eſt, patrē tuũ Callicrat in regine morte. Bin timore ſeu aliq cauſa rē reliquis īſectã, hoc ipſu oīb poſteī mãdo dũ bonus q̃s inueniatur qui ignis lauacrũ nõ þrhorreſcet et þtentia digń dõiabit hõiũ.

Talia dico incredibilia q̃dē at mīe ficta de reb michi cognitis.

Hec Grece ſcripta latine reddidit uir doctus Edmds de Prato, in Decretis licenciatus e Coll. Exon: Oxon: doctiſſimi Grocyni quondam e pupillis, Jd. Apr. A°. Dñi. MCCCCIXXXXU°.

Versyon Istynys a'n Trailyans in Latyn an Osow Cres avàn

Amenartas, e genere regio Egyptii, vxor Callicratis, sacerdotis Isidis, quam dei fovent demonia attendvnt, filiolo svo Tisistheni iam moribunda ita mandat: Effugi quondam ex Egypto, regnante Nectanebo, cum patre tvo, propter mei amorem pejerato. Fvgientes autem versus Notum trans mare, et viginti quatuor menses per litora Libye versus Orientem errantes, vbi est petra quedam magna scvlpta instar Ethiopis capitis, deinde dies quatuor ab ostio fluminis magni eiecti partim submersi sumus partim morbo mortui sumus: in fine autem a feris hominibus portabamur per palvdes et vada, vbi avium mvltitvdo celum obumbrat, dies decem, donec advenimus ad cavum quendam montem, ubi olim magna vrbs erat, cauerne quoque immense; dvxerunt autem nos ad reginam Aduenaslasaniscoronantium, que magicâ vtebatur et peritia omnium rerum, et saltem pvlcritudine et vigore insenescibilis erat. Hec magno patris tui amore perculsa, primum quidem ei connubium michi mortem parabat; postea vero, recvsante Callicrate, amore mei et timore regine affecto, nos per magicam abduxit per vias horribiles vbi est puteus ille profundus, cuius iuxta aditum iacebat senioris philosophi cadauer, et advenientibus monstravit flammam Uite erectam, instar columne voluntantis, voces emittentem quasi tonitrvs: tunc per ignem impetu nociuo expers transiit et iam ipsa sese formosior visa est.

Quibus factis iurauit se patrem tuum quoque immortalem ostensuram esse, si me prius occisa regine contvbernium mallet; neque enim ipsa me occidere valuit, propter nostratum magicam cuius egomet partem habeo. Ille vero nichil huius generis malebat, manibus ante oculos passis, ne mulieris formositatem adspiceret: postea illum magica percussit arte, at mortuum efferebat inde cum fletibus et vagitibus, et me per timorem expulit ad ostium magni fluminis, veliuoli, porro in nave, in qua te peperi, uix post dies hvc Athenas invecta sum. At tu, O Tisisthenes, ne quid quorum mando nauci fac: necesse enim est mulierem exqvirere si qua Uite mysterium impetres et vindicare, quantum in te est, patrem tuum Callicratem in regine morte. Sin timore seu aliqua cavsa rem relinquis infectam, hoc ipsum omnibus posteris mando, dum bonvs quis inveniatur qvi ignis lauacrum non perhorrescet, et potentia dignus dominabitur hominum.

Talia dico incredibilia quidem at minime ficta de rebus michi cognitis.

Hec Grece scripta Latine reddidit vir doctus Edmundus de Prato, in Decretis Licenciatus, e Collegio Exoniensi Oxoniensi doctissimi Grocyni quondam e pupillis, Idibus Aprilis Anno Domini MCCCCLXXXXV°.

"Wèl," me a leverys wàr an dyweth, pàn o an scrifow-ma ha'n paragrafow-ma redys in mes hag examnys dour genef, dhe'n lyha an re-na a ylly bos redys yn êsy, "hèn yw dyweth oll an negys, Leo, ha lebmyn, te a yll determya dha dybyans adro dhodho. Saw yma ow thybyans gwrës genef vy solabrës."

"Ha pëth yw hedna?" ev a wovydna in y fordh uskys y honen.

"Yth ywa kepar dell sew. Me a grës an darn pot dhe vos fest warrantus, ha kyn fe va pòr varthys, an dra re skydnyas i'th teylu dhyworth an peswora cansvledhen dhyrag Crist. Yma an scrifow warnodho worth y brevy heb dowt vëth oll, hag ytho, kyn nag ywa owth apperya gwirhaval, res yw y avowa. Saw yth esoma ow stoppya ena. Fest certan oma y whrug dha henvabm lies denythyans alebma, an bensevyges Ejyptyon pò neb scrîba in dadn hy hevar-wedhyans hy, screfa an pëth a welyn ny wàr an darn pot, saw certan oma kefrës fatell wrug hy sùffransow ha mernans hy gour trailya hy brës, ha nag o hy ewn in hy fedn pàn screfas hy an dra."

"Fatl'esta ow styrya myns a welas ha myns a glôwas ow thas ena?" Leo a wovydnas.

"Keswharvedhyans. Heb dowt vëth yma gladnow serth wàr gost Afryca yw neppyth haval dhe bedn den, hag yma lies huny ena inwedh usy ow côwsel cragh-Arabek. Ha me a grës bos lies kenek ena kefrës. Ha ken tra, Leo, ha drog yw genef y leverel, saw me a grës nag o dha das truan ewn in y bedn pàn screfas ev an lytherna. Ev a gafas meur a anken hag ev a asas an whedhel dhe drobla y dhesmygyans, ha'y dhesmygyans o pòr rych. Wàr neb cor, me a grës nag yw an negys yn tien saw whedhlow pur heb fùndyans vëth. Me a wor bos taclow coynt ha lies fors i'n natur nag eson ny ow metya gansans ma's anvenowgh, ha pàn wrellen ny aga metya, ny yllyn aga styrya. Saw erna wrellen y weles gans ow lagasow ow honen, tra nag yw dhe wetyas, ny gresaf bos fordh vëth rag goheles an ancow, rag pols cot kyn fe, poken bos pystryores wydn tregys in cres neb kenegen in Afryca. Flows ywa, a vab, flows yn tien!— Pandr'esta jy ow leverel, a Job?"

"Me a lever, a syra, y vos gow. Ha mars ywa gwir, yma dhybm govenek na wra Mêster Leo mellya gans taclow vëth a'n par-na, rag ny yll tra vëth vas dos dhyworto,"

"Yma an gwir genowgh why agas dew martesen," yn medh Leo pòr gosel. "Ny vanaf vy ry opynyon vëth. Saw me a lever hebma: yth esoma ow mos dhe dhetermya an negys unweyth rag nefra, ha mar ny wrewgh why dos genef, me â ow honen oll."

Me a veras orth an den yonk, nag a welas ev dhe vênya an pëth a leverys ev. Pàn usy Leo in sevureth, yma y drèm owth apperya coynt adro dhe'n ganow. Hèn yw onen a'y brattys dhyworth dedhyow y floholeth. Lebmyn, rag leverel an gwiryoneth, nyns en vy pòrposys poynt dh'y alowa dhe viajya dhe dyller vëth y honen oll, ha hedna rag ow herensa vy adar rag y gerensa ev. Ev o mar gerys genef, na yllyn gasa dhodho gwil indella. Nyns oma avell den kelmys dhe lies huny nag ow cara lies huny. Cyrcùmstancys re beu wàr ow fydn i'n mater-ma, hag y fëdh tus ha benenes owth omdedna dhyworthyf, poken yth hevel dhybm y dhe omdedna dhyworthyf, ha hèn yw an keth tra warlergh pùptra, rag y a grës ow thenewen tydn ha sëgh wàr ves dhe vos gwir-alwheth dhe'm natur. Kyns ès perthy hedna, me re dednas ow honen dhyworth an bës, ha goheles kenyver chauns a gowethya yn stroth pò yn êsy gans pobel erel, dell usy an radn vrâssa a dus ow qwil. Rag hedna Leo o oll an bës dhybm—broder, flogh ha cothman—hag erna wrella ev tevy sqwith ahanaf, me a vydna mos dhe byle pynag a wrella ev mos. Saw, heb mar, ny garsen dysqwedhes dhodho ev dhe vos mar brecyùs dhybm, rag hedna me a whelas neb jyn a alsen ûsya avell ascûs.

"Ea, me a vydn mos, a Êwnter; ha mar ny wrama dyscudha 'Pyllar an Bêwnans', wàr neb cor me a vydn cafos chauns spladn dhe sportya gans ow godn."

Hèn o ow chauns vy inwedh, ha me a'n kemeras.

"Sportya gans godn?" yn medhaf vy. "Â! Yn certan, ea. Ny brederys vy adro dhe hedna. Res yw an tyller-na dhe vos randir pòr wyls, ha leun a'n gwelha gam. Me a garsa bythqweth ladha bual kyns ès merwel. A wodhesta, a vab, ny gresaf vy i'n whelas, saw me a grës i'n gam gwyls. Ha mar pedhys ervirys, wosa ombredery adro dhe'n mater, dhe vos dy, me a vydn kemeres degolyow ha dos genes."

"Â," yn medh Leo, "me a gresy na vynses kelly chauns a'n par-na. Saw pandra wren ny ow tùchya mona? Ny a'gan bëdh othem a veur a vona."

"Ny res dhis trobla dha honen adro dhe hedna," me a worthebys. "Dha begans re beu ow cùntell dres an bledhydnyow, ha pelha yma dhybm dyw dressa radn a'n mona a asas dha das genef, dell gresaf vy, in trest ragos. Yma lowr a vona genen."

"Dâ lowr ytho. Y fia dâ dhyn gorra an taclow-ma in dadn with, ha mos in bàn dhe Loundres rag provia godnys dhyn. Ha te, a Job, a vynta jy dos genen inwedh? Yth yw prës ragos dhe weles an bës."

"Wèl, a syra," Job a worthebys yn sogh, "nyns yw powyow astranj a les dhybm, saw mars esowgh why, tus jentyl, agas dew ow viajya, othem vêdh dhywgh a nebonen dhe gôwsel orto—ha nyns oma an den dhe wortos in tre warlergh agas servya dres ugans bledhen."

"Hèn yw ewn, a Job," yn medhaf vy. "Ny wrewgh why dyscudha tra wondrys vëth, saw te a yllvyth sportya yn tâ. Ha lebmyn, merowgh obma, agas dew. Ny vanaf vy may fe campollys udn ger kyn fe a'n flows-ma," ha me a dhysqwedhas an darn pot gans ow dorn. "A pe tra vëth a'n negys godhvedhys adro, ha mar teffa

41

neppyth ha wharvos dhybm, ow nessevyn a vynsa dyspûtya adro dhe'm lyther kemyn, dre rêson me dhe vos muskegys, ha me a via scorn a genyver onen in Kergraunt."

Try mis poran warlergh an jëdh-na yth esen ny in gorhal ow mos dhe Zanzybar.

IV

AN HAGER-AWEL

Ass yw dyhaval an wolok a res dhybm ry acownt anedhy lebmyn dhyworth hodna re beu derivys! Gyllys yw rômys cosel an coljy, an elow Sowsnek ow qwaya i'n gwyns, an bryny tre ow crawkya, ha'n lyvrow aswonys i'n lyverva, hag in aga le yma vesyon ow terevel a'n keynvor cosel brâs ow terlentry in golow arhans in dadn an leun-loor Afrycan. Yma gwyns clor ow lenwel golyow agan gorhal, hag orth agan tedna der an dowr ow lagya gans son melodyùs warbydn y denwednow. Yma an radn vrâssa a'n dus ow cùsca arâg, rag yth yw ogas dhe hanter-nos yma Arab tewl, Mahomed y hanow, ow sevel ryb lew an gorhal ow lewyas yn tiek der an sterednow. Teyr mildir pò pelha adhyhow dhyn y whelyr lînen isel feynt. Hòn yw morrep ÿst Afryca Cres. Yth eson ny ow colya tro ha'n Soth dhyrag Monsoun an North-Ÿst, inter an tir meur ha'n rif usy ow resek lies cans mildir ryb an cost peryllys-ma.

Cosel yw an nos, mar gosel may hyll whystra bos clôwys i'n gorhal arag ha adhelergh; mar gosel mayth usy sownd gwadn kepar ha taran ow rollya dres an dowr bys dhyn dhyworth an tir abell.

Otta an Arab orth an lew ow terevel y dhorn hag ow leverel udn ger:—"*Simba* (lion)!"

Otta ny oll ow sedha in bàn hag ow coslowes. Ena

43

ny a'n clôw arta, sownd lent ha rial, usy ow qwil dhyn crena yn town.

"Avorow warbydn deg eur," yn medhaf vy, "y codhvia dhyn, mar nyns yw an Capten gyllys wàr stray in y rekna, ha dre lycklod gyllys vêdh wàr stray, drehedhes an garrek stranj-na in form pedn den hag ena dallath agan setha."

"Ha dallath whelas an cyta shyndys ha Tan an Bêwnans," yn medh Leo worth ow amendya vy hag ow kemeres y bîb in mes a'y anow gans wharth bian.

"Flows!" me a worthebys. "Yth eses owth assaya dha Arabek gans an lewyth hedhyw dohajëdh. Pëth a leverys ev dhis? Ev re beu ow perna hag ow qwertha (kethyon dell hevel) an côstys-ma ahës dres hanter y vêwnans leun a begh, hag ev a voras unweyth wàr an garrek 'pedn den'. Saw a wrug ev bythqweth clôwes a'n cyta dhystrôwys pò a'n câvyow?"

"Na wrug," Leo a worthebys. "Ev a lever bos kenegow yn tien an pow adhelergh in hans dhe'n cost ha leun a serpons, spessly pythons, ha bestas gam, ha nag eus den vëth tregys ena. Saw yma grugys a genegow oll cost ÿst Afryca ahës hag ytho ny acownt y lavarow nameur."

"Nyns yw hedna gwir," me a leverys, "Yma y lavarow ow styrya cleves sêson. Te a wor pandr'usy an dus jentyl-ma ow predery a'n pow. Nyns yw den vëth anodhans parys dhe dhos genen. Y a grës agan bos muscok, ha wàr ow fay, me a grës hedna dhe vos gwir. Mar teun ny nefra ha gweles Pow an Sowson arta, me a vëdh sowthenys pur. Saw ny vern dhybm nameur i'm oos vy, saw me yw anês ragos jy ha rag Job. Negys gocky yw an viaj-ma, ow mab."

"Dâ lowr, Êwnter Horas. Ragof vy ow honen, me yw parys dhe gemeres ow chauns. Mir! Pandr'yw an cloud-na?" hag ev a dhysqwedhas gans y dhorn splat tewl wàr an ebron sterednek, nebes mildiryow adhelergh dhyn.

"Kê ha govyn orth an lewyth," me a leverys.

Ev a savas, istyna y vrehow, ha dyberth. Ev a dhewhelys yn scon.

"Ev a lever y vos cowas gwyns, neb a wra passya pell adenewen dhyn."

I'n very prës-na Job a dheuth in bàn, hag ev owth apperya tew ha Sowsnek in y sewt setha a wlân dewl, ha trem ancombrys wàr y vejeth onest rônd, trèm o gyllys pòr gebmyn warnodho dhia bàn dhrehedhas ev an dowrow coynt-na.

"Mar pleg dhywgh, a syra," yn medh ev in udn dava y hot, o settys wàr y gilben in maner wharthus, "drefen oll an godnys ha taclow erel dhe vos i'n scath morvil adhelergh, heb côwsel a'n sosten in cùbertys, me a grës y fia gwell, mar teffen vy ha skydnya aberth inhy rag cùsca ena. Ny bleg dhybm golok," (obma ev a dhroppyas y lev dhe whystrans leun a styr) "an dus jentyl du-ma. Yth yns kepar ha ladron in aga omdhegyans. Gesowgh ny dhe soposya radn anodhans dhe slynkya aberth i'n scath dres nos, terry an câbel ha dyberth gensy, a ny via hedna caletter brâs ragon?"

Res yw dhybm styrya obma pandr'o an scath morvil. Y feu hy byldys spessly ragon in Dundê in Scotland. Ny a's dros genen, rag ny a wodhya fatell o an cost-na rosweyth a lohow cul, hag y fedha othem dhyn a neppyth rag mos aberth inhans. Scath fest teg o hy, deg warn ugans tros'hës ahës, gans estyllen cres rag golya, tin gwrës a gober rag gwetha an preves in mes anedhy, hag yth o leun a gùbertys stanch. Capten an gorhal a leverys dhyn dre lycklod na ylly ev golya bys i'n garrek a hevelly bos hodna campollys wàr an darn pot ha gans tas Leo, dre rêson a'n basdhowr hag a'n todnow brâs. Ytho ny a spênas try our an myttyn-na, pàn esa an gorhal in leun-calmynsy, rag an gwyns a dhroppyas orth terry an jëdh, ow kemeres an radn vrâssa a'gan stoff dhywar an gorhal hag orth y gorra aberth in scath morvil. Ny a worras an godnys, an bùlettys, ha sosten sëgh i'n cùbertys stanch parusys spessly ragthans, hag indella ny vedha tra vëth dhe wil genen, peskytter may whrellen gweles an garrek gampollys, ma's skydnya i'n scath ha'y lewyas tro ha'n tir. Rêson aral ragon dhe gemeres an stap ragprederys-ma o hebma: ûsys yw captens Arabek dhe vos dres an poynt usons y ow whelas, awos lack a rach poken dre wall. Lebmyn, dell wor pùb marner yn tâ, y hyll an gorhal Arabek, an *dhow*, golya dhyrag an monsoun, rag hy yw taclys rag hedna, saw na yll hy golya wàr dhelergh wàr y bydn. Rag hedna ny a wrug parusy agan scath, may hallen rêvya bys i'n garrek in prës vëth oll.

"Wèl, a Job," me a leverys, "hedna a via skentyl martesen. Yma meur a lednow gwely ena, saw kebmer with dhe omsensy dha honen in mes a wolow an loor, poken hy a wra trailya dha bedn poken dha dhallhe."

"Re Dhuw a'm ros, a syra! Me a grës na via hedna mater brâs. Yth yw ow fedn trailys solabrës gans an syght a oll an dus dhu-ma ha'ga fordhow plos dysonest. Nyns yns wordhy ma's dhe'n teyl, in gwir; ha'ga saworen yw drog lowr rag hedna solabrës."

Dell yw apert, nyns o Job re gemerys gans manerow hag ûsadow agan breder tewl aga crohen.

Wâr neb cor, ny a dednas an scath gans an lovan tedna, erna veu hy in dadn delergh an gorhal poran, ha Job a skydnyas inhy mar gracyùs avell sagh avallow dor ow codha. Ena ny a dhewhelys ha sedha wâr flûr an gorhal arta, ha tùchya pib ha kestalkya nebes. An nos o mar deg, ha'gan empydnyon o mar leun a frobmans sùppressys a udn sort pò y gela, nag en ny whensys dhe gùsca. Ny a sedhas indella pelha ès our, hag ena ny a godhas in cùsk agan dew, me a grës. Dhe'n lyha yma genef cov a Leo ow teclarya dhybm yn hunek nag o y bedn drog-tyller dhe weskel bual, a callesta y weskel inter an dhewgorn poran pò gorra an bùlet y vriansen wâr nans, pò neb flows a'n par-na.

Ena ny wrug vy remembra tra vëth moy; erna dheuth—uj uthyk an gwyns, cry a vrawagh dhyworth an felshyp dyfunys, ha dowr ow qwana agan bejeth kepar ha whyp. Radn an dus a bonyas dhe lowsya an gwelyny hag dhe dedna an gool dhe'n dor, saw an colm êth maglys ha ny dheuth an welen dhe'n dor. Me a labmas in bàn ha sêsya lovan. An ebron adhelergh dhyn o mar dewl avel pêk, saw yth esa an loor ow spladna glew dhyragon hag ow colowy an duder. In dadn wolow an loor yth esa todn gowrek, ugans tros'hës in uhelder pò moy, ow fystena tro ha'n gorhal. Yth esa an dodn parys dhe derry—gans an lorgan ow colowy an ewon wâr hy crib. Otta an dodn ow hastya in dadn ink an ebron, herdhys in rag der an gowas uthyk wâr hy lergh. Adhesempys in udn labm me a welas shâp du an scath morvil tôwlys yn uhel i'n air wâr grib an dodn esa ow terry. Ena—skît brâs a dhowr sal, ewon ow lagya hag ow pryjyon yn whyls, hag yth esen vy ow clena rag ow bêwnans orth an lovan, ea, herdhys in mes dhyworth an gorhal kepar ha baner i'n gwyns crev.

An dodn o devedhys dres delergh an gorhal.

An dodn a bassyas. Yth hevelly dhybm fatell veuma in dadn an dhowr lies mynysen—in gwir ny veu ma's termyn cot. Me a veras dhyragof. An gowas a dorras an gool brâs, hag yth esa ow treneyja in kerdh dhyrag an gwyns kepar hag edhen cowrek golies. Ena y feu calmynsy rag pols, ha me a glôwas lev Job owth uja yn whyls, "Dewgh obma dhe'n scath."

Amays ha hanter-budhys dell en vy, me a spêdyas dhe fystena bys in delergh an gorhal. Me a bercêvyas an gorhal dhe vos ow sedhy in dadnof—hy o leun a dhowr. Yth esa an scath morvil ow tossya yn coneryak in dadn dhelergh an gorhal, ha me a welas Mahomed an Arab, esa orth an lew, ow lebmel aberth inhy. Me a dednas an lovan gans oll ow nerth rag dry an scath rybof. Me a labmas yn whyls inwedh, Job a'm dalhednas er an vregh ha me a rollyas orth goles an scath. An gorhal a wrug sedhy yn tien ha pàn wharva hedna, Mahomed a dednas y gollan grobm ha trehy an lovan mayth o an scath kelmys dhe'n gorhal dredhy. Ha'n nessa secùnd yth esen ny ow trivya dhyrag an gwyns le mayth esa an gorhal pols cot alena.

"Tru, a Dhuw!" me a scrijas, "ple ma Leo? *Leo! Leo!*"

"Gyllys ywa, a syra, re'n gweresso Duw!" Job a ujas i'm scovarn. Ha mar uhel o an gowas may sowndyas y lev kepar ha whystrans.

Me a wrydnyas ow dewla rag ewn ponvos. Budhys o Leo ha me o gesys yn few rag y lamentya.

"Waryowgh!" Job a grias, "otobma todn aral."

Me a drailyas; yth esa an secùnd todn hûjes brâs orth agan cachya. Yth esa govenek dhybm y whre hy ow budhy. Kepar ha pàn veuma in dadn hus me a veras orty ow tos wàr hy fordh uthyk. Namnag o an loor kelys i'n tor'-na dre gloudys a gowas freth, saw nebes golow a spladnas orth crib an dodn grefny. Yth esa neppyth tewl warnedhy—darn a scobmow an gorhal. Y teuth an dodn warnan, ha namnag o an scath leun a dhowr. Saw hy o byldys yn tien gans radnow stanch—re wrello Duw benyga hedna a's desmygyas!—ha hy a dherevys der an dodn kepar ha swàn. Der an ewon ha'n tervans me a welas an dra dhu ow fysky tro ha me. Me a worras in mes ow bregh dhyhow rag y wetha dhyworthyf, ha'm dorn a dhegeas wàr vregh aral, ha'm besîas a dhalhednas codna an vregh-na fest tydn. Me yw pòr grev saw hag me a'm be neb tra dhe sensy gans an dorn aral, saw namna veu ow bregh sqwardys dhywarnaf der an strîvyans ha dre boster an corf. Mar teffa an dowr ha pêsya pols cot pelha me a vynsa martesen lowsya ow dalhen pò dyberth ganso. Saw an dodn a bassyas orth agan gasa bys in agan dewlin in dowr.

"Dyscargowgh an dowr!" Job a grias hag a dhalathas gwil indella.

Saw ny yllyn y weres i'n very tor'-na, rag kepar dell dhybarthas golow an loor orth agan gasa in tewolgow du, udn golowyn a spladnas wàr vejeth an den o selwys genef, esa ena a'y wroweth hanter-neyjys in goles an scath.

Leo o va. Leo drës wàr dhelergh gans an todn—wàr dhelergh marow pò yn few, in mes a jalla an Ancow.

"Dyscargowgh dowr! Dyscargowgh dowr!" Job a grias, "poken ny a vëdh budhys."

Me a sêsyas bolla brâs a stên ha scovarn warnodho o fastys in dadn onen a'n esedhow, ha ny agan try a dhyscargas dowr yn freth rag selwel agan bêwnans. An hager-awel wyls a whethas dreson hag adro dhyn, in udn dôwlel an scath obma hag ena. An gwyns ha'n nywl ha'n morlewgh a wrug agan dallhe ha'gan ancombra, saw dres pùptra ny a lavuryas kepar ha dewolow gans lowena genys a dhyspêr, rag y hyll an dyspêr y honen lowenhe an den. Udn vynysen! Teyr mynysen! Whegh mynysen! An scath a dhalathas scafhe, ha ny dheuth ken todn vëth warnans. Pymp mynysen pelha hag yth o an scath gwag lowr. Ena adhesempys a-ugh scrija an gwyns ny a glôwas uja brâssa ha moy sogh. Re Dhuw a'm ros! Sownd a dodnow o va!

I'n very prës-na an loor a dhalathas spladna yn cler—i'n tor'-na adhelergh dhe'n gowas. Abell dres brodn drogh an keynvor yth esa golowydnow pylednek an loor ow shînya, hag ena hanter-mildir dhyragon yth esa lînen wydn a ewon, ena spâss bian a dhuder, egerys y anow, hag ena arta lînen wydn aral. Y o an todnow, ha'ga ujow a devy dhe glerra ha dhe glerra, kepar dell esen ny ow fystena bys dhedhans kepar ha gwednal. Ottensy dhyragon, ow pryjyon in bàn in skîtys a vorlewgh, gwydn avell an ergh, ow qweskel hag ow cronkya warbarth kepar ha dens bryght iffarn.

"Kebmer an lew, Mahomed," me a grias in Arabek. "Res yw dhyn assaya dh'aga fassya." I'n keth mynysen me a sêsyas rev, ha'y gorra in mes a'n scath, ow qwil sin dhe Job dhe wil an keth.

Mahomed a gramblas bys in delergh an scath, ha dalhedna an lew. Gans nebes caletter Job, neb a dednas scath vian traweythyow wàr Dhowr Càm, a worras y rev in mes. Warlergh udn vynysen

moy yth esa pedn an scath ow mos strait bys i'n ewon esa ow nessa
heb let, ha hy ow ponya mar uskys avell margh resegva. Dhyragon
poran yth hevelly lînen an todnow dhe vos tanowha ès adhyhow pò
aglêdh—yth o cappa a dhowr nebes moy down. Me a drailyas ha'
dhysqwedhes gans ow dorn.

"Gwra lewyas rag dha vêwnans, Mahomed!" me a grias. Skentyl
o va avell lewyth, hag aswonys dâ o dhodho danjers an cost
peryllys-ma. Me a'n gwelas ow talhedna an lew, posa y gorf poos
in rag, ha meras orth an euth ewonek, ernag esa y lagasow brâs
rônd owth apperya parys dhe lebmel in mes a'y bedn. Yth esa
lagyans an mor owth herdhya pedn arâg an scath adro adhyhow.
Mar teffen ha gweskel lînen an todnow hanter-cans lath adhyhow
dhe'n ajwy, ny a vynsa sedhy heb dowt vëth. An mor o gwel brâs
a dodnow ow troyllya hag ow skîtya. Mahomed a blansas y droos
wàrbydn an eseth dhyragtho, ha pàn verys orto, me a welas besîas
gell y droos dysplêtys kepar ha dorn gans an poos esa ev ow corra
warnodhans hag ev ow strîvya gans an lew. Hy a drailyas nebes,
saw ny veu lowr. Me a grias dhe Job dhe rêvya wàr dhelergh, ha
me ow lavurya hag ow tedna worth ow rev ow honen. An scath
a'gan gorthebys, ha ny veu re avarr.

A Dhuw, yth esen ny inhans! Hag i'n eur-na ny a gafas nebes mynys a frobmans mortal na allama ry acownt anodho. Nyns esoma ow perthy cov ma's a vor ewonek ow scrija, ha'n todnow ow terevel in mes anodho obma, ena, pùb tyller kepar ha spyryjyon venjans dhyworth aga bedhow i'n islonk. Unweyth an scath a veu troyllys adro yn tien, saw gans Mahomed ow lewyas yn skentyl, pedn arâg an scath a dheuth adro arta kyns ès todn dh'y lenwel. Udn dodn moy—ankenel. Ny êth dredhy pò dresty—dredhy kyns ès dresty—hag ena, gans cry gwyls a lowena dhyworth an Arab, ny a fystenas aberth in dowrow cosel lowr inter an lînednow a dodnow an mor hag y ow scrynkya kepar ha dens.

Saw ny arta o leun a dhowr yn tien ogastay, ha le ès hanter-mildir dhyragon yth esa an secùnd lînen a dodnow. Arta ny a dhalathas dyscarga yn coneryak. I'n gwelha prës namnag o gyllys an hager-awel, hag yth esa an loor ow shînya yn spladn, hag ow tysqwedhes dhyn pentir carregek ow herdhya hanter-mildir ader dro aberth i'n mor, hag yth hevelly an secùnd lînen-ma a dodnow dhe vos istynans anodho. Wàr neb cor, yth esa an todnow ow pryjyon adro dh'y droos. Dre lycklod yth esa an vùjoven mayth o an pentir gwrës anedhy owth istyna aberth i'n mor saw orth level iselha, ha hèn o a rîf inwedh. Orth pedn an pentir-ma yth esa gwartha coynt, a hevelly bos le ès hanter-mildir dhyworthyn. Pàn o an scath dyscargys genen an secùnd treveth, er ow lowena vrâs Leo a egoras y lagasow ha stlevy neppyth adro dhe dhyllas an gwelys dhe slyppya dhywarnodho dres nos, ha'y vos termyn dhe sevel ha mos dhe'n chapel. Me a erhys dhodho degea y lagasow ha tewel, ha hedna ev a wrug heb convedhes tra vëth a'n taclow o wharvedhys. Ragof ow honen, y lavarow adro dhe'n chapel a wrug dhybm predery gans hireth clâv, fatell o forsâkys genef ow chambours attês in Kergraunt. Prag y feuma mar fol dh'aga gasa? Hèn yw tybyans neb a dheuth dhybm moy ès unweyth warlergh hedna, ha dhe greffa pùb treveth.

Saw lebmyn yth esen ny ow tryftya wàr nans bys i'n todnow, saw le o agan toth, rag codhys o an gwyns, ha nyns esa ma's an fros pò an mortîd (dell wrussyn ny dyscudha wosa hedna an mortîd o) orth agan herdhya in rag.

Mynysen moy adhewedhes, gans cry dhyworth an Arab dhe Allâh, pejadow dhe Dhuw dhyworthyf vy, ha neppyth nag o re sans dhyworth Job, yth esen ny inhans. Hag ena oll an negys a wharva arta, bys in agan scappyans wàr an dyweth, kyn na veu va mar wyls an treveth-na. Mahomed, an lewyth skentyl ha'n cùbertys stanch a selwys agan bêwnans. Warlergh pymp mynysen ny o gyllys dredhans, hag yth esen ny ow tryftya marthys uskys—rag ny o re sqwith dhe wil neb tra dh'agan gweres, marnas sensy hy fedn arâg yn strait—adro dhe'n pentir yw acownt rës genef anodho.

Ny êth adro gans an mortîd, erna veuma yn tâ in dadn goskes an poynt, hag ena yn sodyn agan toth a lent'has, ny a cessyas gwaya, ha wàr an dyweth apert o ny dhe vos in dowr marow. An hager-awel o dyberthys qwît, in udn asa ebron lân-wolhys wàr hy lergh. Yth esa an pentir ow stoppya an mor poos neb a veu derevys gans an gowas, ha'n mortîd, esa ow resek yn fers an ryver ahës (rag yth esen ny i'n tor'-na in aber) o syger kyns ès trailya, hag ytho ny êth yn cosel gans an dowr, ha kyns ès an loor dhe sedhy ny a spêdyas dhe wakhe an scath yn tâ ha'y restry nebes. Yth esa Leo yn town in cùsk ha me a gonsydras dre vrâs y fedha fur heb y dhyfuna. Gwir o ev dhe gùsca in dyllas glëb, saw yth o an nos mar dobm, may cresyn (kepar dell gresy Job) na wrellens myshevya den mar grev y nas avello ev.

An loor a wrug sedhy heb let orth agan gasa ow mos gans an dowr, esa ow terevel yn clor kepar brest benyn droblys, ha ny a gafas an termyn dhe bredery a vyns a wrussyn sùffra hag a vyns a wrussyn scappya dhyworto. Job a settyas y honen orth pedn arâg an scath, Mahomed a remainyas orth an lew, ha me a sedhas in cres an scath ogas dhe'n tyller mayth esa Leo ow crowedha.

An loor a wrug sedhy yn lent in tecter chast; hy a dhybarthas kepar ha benyn brias aberth in hy chambour, ha skeusow hir kepar ha veyl a gramblas in bàn aberth i'n ebron ha'n sterednow methek a wre gyky in mes dredhans. Yn scon bytegyns y a dhalathas gwadnhe dhyrag rielder i'n Ÿst, hag ena treys jentyl an jëdh nowyth a dheuth in udn fystena dres an blou nowyth-genys, ha shakya an planettys in mes a'ga thyller. An mor a goselha, mar gosel avell an nywl medhel esa ow powes wàr hy brodn, hag ow cudha hy throbyl, kepar dell wra garlons scav a gùsk powes wàr empydnyon an den ankenys, ow qwil dhodho ankevy y dristans. Eleth an myttyn a hastyas dhia an Ÿst bys i'n West, dhia dop udn meneth dhe dop meneth aral, ow scùllya golow gans aga dewla. Y

51

a fystenas in rag in mes a'n tewolgow, parfyt, gloryùs kepar hag enevow an re jùst ow terry in mes a'n bedh; in rag dres an mor cosel, dres an morrep isel, ha dres an kenegow in hans ha dres an menydhyow a-ughtans, dres an re-na esa ow cùsca in cosoleth ha dres an re-na a vynsa dyfuna in anken; dres an debeles ha dres an re dâ; dres an re bew ha'n re marow; dres oll an norvës ha dres kenyver a wra pò a wrug anella ino.

Ass o teg an wolok, ha trist inwedh, dre rêson a'y thecter re vrâs! An howl ow terevel; an howl ow sedhy. Ena ny a gav an tôkyn ha'n tîp a vab den, hag a bùptra a vo mab den ow mellya ganso. An tôkyn ha'n tîp, ea, ha'n dallath wàr an dor ha'n dyweth inwedh. Ha'n myttyn-na hedna a'm gweskys fest crev. An howl neb a savas ragon an jëdh-na, a wrug sedhy an nos newher rag êtek a'gan kesviajyoryon! Sedhys o bys venary rag êtek den o aswonys genen!

Y a veu budhys gans an *dhow*. Yth esens ow tossya adro in mesk an carrygy ha'n goubman, kebmys scobmow denyl in keynvor brâs an Ancow! Ha ny, agan peswar, o selwys. Saw udn jëdh an howldrevel a dheu pàn ven ny in mesk an re-na a vëdh kellys, ha re erel a vydn meras orth an golowydnow gloryùs-na ha trist'he in cres a decter, ha gwil hunros a'n Ancow in leun-wolow an Bêwnans spladn.

Hèn yw destnans mab den.

V

PEDN AN ETHYOPYAN

Wàr an dyweth herôs ha ragresoryon an howl rial a worfednas aga lavur, hag ow whelas an skeusow y a's gorras dhe'n fo. I'n eur-na an howl a ascendyas dhywar y wely i'n keynvor ha budhy an bës in tomder hag in golow. Me a sedhas ena i'n scath ow coslowes orth lagyans clor an dowr hag ow meras ortha an howl ow tos in bàn, hag ena yn scon dryftyans lent an scath a dhros carrek goynt pò topyn coynt an pentir, neb a dheuthen ny adro dhodho gans kebmys peryl, inter me ha'n syght gloryùs, ma na yllyn y weles na felha. Me a bêsyas bytegyns ow meras stark orth an garrek, heb predery nameur, erna veu tan an golow esa owth encressya adhelergh dhedhy kepar hag amal adro dhedhy, hag ena me a blynchyas. Ha nyns o hedna marth, rag me a bercêvyas an topyn, o neb peswar ugan tros'hës in uhelder hag udn cans ha hanter-cans tros'hës awoles, dhe vos formys avell pedn ha fâss den du, ha'y drèm o iffarnak hag uthyk fest. Otta va, yn apert an gwessyow kigek, an bohow tew, an frigow plat ow sevel in mes marthys cler warbydn an gilva a flàm. Awotta inwedh crogen rônd an pedn, shâpys gans lies mil vledhen a wyns hag a awel; ha rag collenwel an hevelep, yth esa when pò kewny pylednek ow tevy warnodho, o kepar in golow an howl ha blew crùllys wàr bedn cowrek. Fest stranj o, mar stranj, mayth esoma ow cresy lebmyn nag o coyntys natur, adar imach hûjes brâs, shâpys, kepar dell o Sfynx aswonys dâ Ejyp, gans pobel ankevys in mes a bel vrâs a ven o ewn rag aga thowl, martesen avell tôkyn dhe warnya pò dhe dhefia escar vëth a vynsa nessa dhe'n porth. I'n gwetha prës ny wrussyn ny bythqweth spêdya dhe dhyscudha o an tybyans-ma gwir pò nag o, dre rêson y vos mar gales drehedhes an garrek dhyworth an tir pò dhyworth an mor, ha ny a'gan be taclow erel dh'agan

sensy pòr vysy. Me ow honen, wosa consydra taclow a welys vy moy adhewedhes, me a grës y feu va shâpys dre dhewla mab den. Na fors mara peu, otta va whath a'y sav ena, in udn veras yn fers dhia oos dhe oos dres chaunjyansow an mor—yth esa an pedn a'y sav in y dyller moy ès dyw vil vledhen alebma pàn wrug Amenartas, an bensevyges Ejyptyon, ha gwreg Calycratês, hengok Leo nans yw termyn pell, meras orth y fâss dyowlak—ha ny'm beus dowt vëth, y fëdh ev a'y sav ena whath pàn vo mar lies cansvledhyn inter hy dëdh hy ha'gan oos ny addys dhe vledhen agan mernans.

"Pandr'esta ow predery adro dhe hedna, a Job?" me a wovydnas orth agan gwas, o sedhys wàr amal an scath hag ow whelas cafos kebmys a wolow howl dell ylly ha'y semlant pòr anfusyk. Me a dhysqwedhas an pedn iffarnak ha'n tan adro dhodho.

"Re Dhuw, a syra," Job a worthebys, in udn verkya an dra rag an kensa prës, "me a grës fatell wrug an Den Jentyl Coth sedha wàr an carrygy-na may halla bos portrayes."

Me a wharthas ha'm wharth a dhyfunas Leo.

"Hô," yn medh ev. "pandr'yw an mater genef? Dywethyn yw oll ow esely—ple ma an *dhow*? Ro dhybm nebes dowr tobm, mar pleg."

"Te a yll grassa dhe Dhuw, nag osta moy dywethyn whath, a vab," me a worthebys. "Budhys yw an *dhow*, ha kenyver onen warnedhy yw marow marnas ny agan peswar yn udnyk. Ha ny veu dha vêwnans jy sawys ma's dre verkyl." Ha pàn esa Job ow whelas an dowr tobm i'n cùbertys, rag yth o golow an jëdh spladn lowr i'n prës-na, me a dherivas dhe Leo whedhel an nos newher.

"Re Synt Jovyn!" ev a leverys a lev gwadn, "ha ny a veu dôwysys dhe vewa dredho!"

Warbydn an termyn-na an dowr tobm o kefys ha ny oll a evas ganowas anodho, ha confort o dhyn. Yth esa an howl owth

encressya y nerth hag ow tobma agan eskern yêyn, rag ny o glëb
nans o pymp our pò pelha.

"Dar," yn medh Leo, in udn hanaja heg ev ow settya bottel an
dowr tobm dhe'n dor, "otta an pedn usy an scrif ow côwsel anodho,
an 'garrek kervys avell pedn Ethyopyan'."

"Ea," yn medhaf vy, "otta hy."

"Wèl, dhana," ev a worthebys, "yth yw gwir pùptra."

"Ny brederaf hedna dhe sewya," me a worthebys. "Ny a wodhya
an pedn-ma dhe vos obma: dha das a'n gwelas. Dre lycklod nyns
yw an pedn-na an pedn campollys i'n scrif. Ha mars yns y an keth
tra, nyns usy hedna ow prevy tra vëth."

Leo a vinwharthas orthyf in maner browt. "Te yw Yêdhow heb
fëdh, a Êwnter Horas," yn medh ev. "An re bew a welvyth."

"Ea, poran," me a worthebys, "ha lebmyn martesen te a vydn
gweles agan bos ow tryftya dres bank aberth in ryver. Gwra sêsya
dha rev, Job, ha ny a wra rêvya ajy ha gweles a yllyn ny cafos tyller
dhe dira."

An aber esen ny owth entra ino, ny hevelly ev bos ledan, kyn na
wrug an nywl an gladnow ahës derevel lowr may hallen ny gweles
pana ledan o an ryver in gwiryoneth. Yth esa bank brâs tewas orth
ganow an ryver, tra ûsys gans pùb ryver in Afryca Ÿst ogasty. A pe
an gwyns ow tos dhyworth an tir, ha'n mortîd ow resek in mes, ny
alsa scath vëth, kyn na ve hy ma's nebes mesvaow i'n dowr, mos
dresto. Saw kepar dell o taclow, ny a spêdyas dh'y bassya êsy lowr,
ha ny gemersyn ny hanaf a dhowr y honen. Warlergh ugans
mynysen ny o gyllys glân dresto, heb rêvya nameur, rag yth esa an
gwyns crev lowr, kyn whre ev chaunjya yn fenowgh, hag yth esen
ny ow mos an ryver in bàn. Warbydn an prës-na yth esa an howl
ow terevel an nywl hag esa ow tevy re dobm, ha ny a welas fatell
o an ryver obma adro dhe hanter-mildir adreus, an gladnow dhe
vos gwernak, ha cudhys gans crocodîlys a'ga groweth oll adro avell
prednyer wàr an lis. Udn vildir dhyragon ogasty, bytegyns, yth
hevelly bos splat a dir fyrm, ha ny a lewyas dy. Warlergh qwarter
eur moy ny a'n drehedhas ha wosa kelmy an scath yn fast dhe
wedhen deg, ledan spladn hy delyow, ha'y flourys a sort an losow
crîben, saw y o gwydnrudh adar gwydn,[8] hag ow cregy a-ugh an

---

8 Yma ehen losowen crîben, gwydnrudh hy flourys, neb yw genesyk in
Sikkim. Hy hanow yw *Magnolia campbellii*—PENSCREFOR.

dowr, ny a diras. I'n eur-na ny a wrug omdhisky, golhy agan honen, ha spredya agan dyllas in howl dhe seha. Hag y a sehas yn scon. Ena ny a gafas goskes in dadn nebes gwëdh, ha debry haunsel dâ a davas pottys "Paysandu", a dhrosyn ny meur anodho genen. Ny a wrug praisya agan honen dre rêson a'gan fortyn dâ a veghya an scath ha gorra agan sosten inhy an jëdh de, kyns ès an hager-awel dhe dhystrôwy an gorhal. Pàn o gorfednys genen aga prës bos, agan dyllas o segh yn tien, ha ny a fystenas dh'aga gorra in agan kerhyn arta, in udn omglôwes refreshys brâs. In gwir heb gwil mencyon a sqwithter hag a nebes brewyon, nyns o den vëth ahanan in poynt vëth dhe lacka wosa brawagh an nos, a ladhas oll agan kescowetha. Leo a veu hanter-budhys, saw ny fors tra a'n par-na dhe dhen yonk scav a bymp bloodh warn ugans.

Warlergh haunsel ny a dhalathas meras adro. Yth esen ny wàr splat cul a dir sëgh adro dhe dhew cans lath alês ha pymp cans ahës. Yth esa an ryver a'n eyl tu, ha war y gela kenegow gwag dydhyweth, esa owth istyna in mes mar bell dell ylly an lagas aga sewya. Yth o an splat tir-ma derevys neb ugans tros'hës a-ugh an kenegow ha'n ryver adro dhyn. In gwir yth hevelly dhyn fatell o darn a dir sëgh gwrës dre dhewla mab den.

"An tyller-ma re beu porthva," yn medh Leo yn fyrm.

"Flows," me a worthebys. "Pyw a via mar wocky dhe dherevel porthva in cres an kenegow uthyk-na in pow nag eus ma's pobel wyls tregys ino—mars yw den vëth tregys obma?"

"Martesen nyns o va kenegow pùpprës, ha martesen nyns o gwyls pobel an pow pùpprës," ev a leverys yn sëgh in udn veras an ladn serth wàr nans, rag yth esen ny ow sevel ryb an ryver. "Mir dres ena," ev a bêsyas, ow tysqwedhes tyller may whrug an hager-awel tedna in bàn onen a'n gwëdh losow crîben, esa kyns an nos newher ow tevy wàr very amal an ladn, mayth esa hy ow ledry aberth i'n dowr. Gans an wedhen pryl brâs a dhor o lyftys kefrës. "A nyns yw hedna menweyth? Mar nyns yw, yth yw pòr haval dhodho."

"Flows," me a leverys arta, saw ny a gramblas dhe'n dor dhe'n tyller ha mos inter an gwredhyow derevys ha'n ladn.

"Wèl?" yn medh ev arta.

Saw ny worthebys vy an treveth-ma. Ny wrug vy ma's whybana. Rag ena, nothhës dre remôcyon an dor, yth esa heb dowt fâssyans a ven settys in blockys brâs ha kelmys warbarth dre cyment gell, mar gales na yllyn vy y verkya gans an lyv in ow hollan helhy. Ha ny veu hedna pùptra naneyl. Me a welas neb tra owth herdhya in mes der an dor orth goles an darn a geryans nooth, ha me a wayas an dor lows gans ow dewla. Hedna a dhyskevras kelgh cowrek a ven, adro dhe dros'hës adreus, hag adro dhe deyr mesva in tewder. Hedna a'm sowthenas yn frâs.

"A nyns usy hedna owth hevelly kepar ha porthva may hylly lestry brâs lowr bos kelmys, a Êwnter Horas?" yn medh Leo, ha minwharth amôvys wàr y wessyow.

Me a whelas leverel "Flows" arta, saw an ger a lenas i'm briansen—yth esa an kelgh ow côwsel ragtho y honen. In neb oos i'n termyn eus passys y fedha lestry kelmys ena, ha heb dowt yth o an fos a ven radn a borthva grev. Dre lycklod yth o an cyta, esa hy ow longya dhedhy, encledhys in dadn an genek adhelergh dhedhy.

"Yth hevel fatell o radn an whedhel gwir wosa pùptra, a Êwnter Horas," yn medh Leo yn lowen. Ow predery adro dhe bedn kevrînek an den du hag adro dhe'n menweyth kevrînek kefrës, ny res vy gorthyp dydro vëth dhodho.

"Pow kepar hag Afryca," me a leverys, "a dal bos leun a daclow gesys gans wharheansow gyllys hag ankevys pell. Ny wor den vëth pana goth yw wharheans an Ejyptyons, ha dre lycklod y's teva branchys in ken tyleryow. Ena y teuth an Babylonyans ha'n Fenycyans ha'n Persyans, ha poblow a genyver sort, hag y oll wharhës moy pò le, heb campolla an Yêdhewon, neb yw desîrys gans pùbonen hedhyw i'n jëdh. Martesen yth esa trevesygeth ader dro obma pò gorsav kenwertha. Esta ow perthy cov a'n cytas encledhys, cytas Persyan in Kilwa,[9] a dhysqwedhas an consùl dhyn?"

"Esof, poran," yn medh Leo, "saw nyns yw hedna an peth a leversys kyns."

---

9 Ogas dhe Kilwa, wàr gost Ÿst Afryca, adro dhe 400 mildir dhe'n soth a Zanzybar, yma âls a veu golhys agensow der an todnow. Wàr dop an âls yma bedhow Persyan godhvedhys dhe vos seyth cansvledhen in oos dhe'n lyha herwyth an dedhyansow a yll bos redys warnodhans. In dadn an bedhow-ma yma gwyscas a attal usy ow tysqwedhes fatell esa cyta i'n tyller. Pelha an âls wàr nans yma remnans a cyta aral whath a gothenep

"Wèl, pandra res dhyn gwil lebmyn?" me a wovydnas, in udn drailya an kescows.

Dre rêson na dheuth gorthyp vëth, ny a gerdhas bys in amal an wern ha meras dresty. Yth hevelly bos heb finwedh, hag flockys hûjes brâs a ÿdhyn dowr a genyver ehen a neyjyas in bàn anedhy, ernag o cales traweythyow gweles an ebron. I'n eur-na yth esa an howl owth ascendya, y whre va tedna cloudys anyagh a nywl venymys dhywar fâss an wern ha dhywar an pollow kelynak a dhowr stronk.

"Yma dew dra cler dhybm," me a leverys dhe'm try howeth, esa ow meras orth an vu-na in dyspêr, "kensa: na yllyn mos dres hedna," ow tysqwedhes an wern, "ha nessa, mar teun ny ha gortos obma, ny a wra merwel heb dout veth a'n fevyr."

"Yth yw hedna mar apert avell das gora, a syra," yn medh Job.

"Dâ lowr, dhana. Ny a'gan beus dew dhôwys dhyragaon. An eyl anodhans yw dhe drailya an scath hag assaya dhe gafos neb porth i'n scath morvil, ha hedna a via peryllys lowr. Y gela yw dhe wolya pò dhe rêvya an ryver in bàn dhe weles pana dyller a wren ny drehedhes."

"Ny worama pandr'yw porposys genowgh why," yn medh Leo, fyrm y anow, "saw yth esoma ow mos an ryver-na in bàn."

Job a dherevys gwydn y lagasow hag a hanajas; an Arab a leverys "Allâh" in dadn y anal, ha hanaja kefrës. Ha me a leverys mar deg dell yllyn, nag o bern dhybm pana fordh a wren ny mos, drefen ny, dell hevelly, dhe vos inter dew dhrog. Saw in gwiryoneth me o mar whensys dhe brocêdya dell o Leo. Pedn brâs an den du ha'n borthva a ven a wrug sordya kebmys whans dhe wodhvos inof mayth en vy methek dh'y avowa, ha me a garsa gwil tra vëth i'n bës rag contentya an whans-na. Ytho, warlergh settya gwern an scath gans rach in hy thyller, gorra an taclow aberth i'n cùbertys, ha kemeres in mes agan godnys hir, ny a ascendyas i'n scath arta. I'n gwelha prës yth esa an gwyns ow whetha dhe'n tir dhyworth an mor, hag indella ny a veu abyl dhe dherevel an gool. In gwir, ny a dhyscudhas moy adhewedhes, fatell vedha an gwyns ow whetha

---

ùncoth saw pòr vrâs. In dadn an cyta awoles y feu kefys agensow neb treghyon a bryweyth gwedrys, a gefyr examplys a'ga sort wàr an cost bys i'n jëdh hedhyw. Ymowns y lebmyn in possessyon Syr Jowan Kirk.— PENSCREFOR.

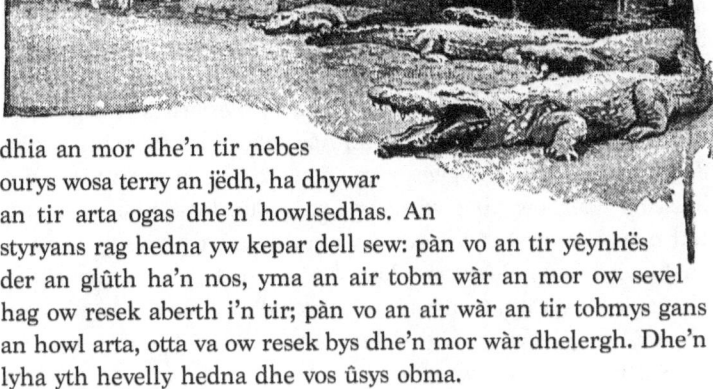

dhia an mor dhe'n tir nebes
ourys wosa terry an jëdh, ha dhywar
an tir arta ogas dhe'n howlsedhas. An
styryans rag hedna yw kepar dell sew: pàn vo an tir yêynhës
der an glûth ha'n nos, yma an air tobm wàr an mor ow sevel
hag ow resek aberth i'n tir; pàn vo an air wàr an tir tobmys gans
an howl arta, otta va ow resek bys dhe'n mor wàr dhelergh. Dhe'n
lyha yth hevelly hedna dhe vos ûsys obma.

Ny a gemeras prow a'n gwyns faverus-ma ha golya yn lowen an
ryver in bàn dres try pò peswar our. Unweyth ny a vetyas gans
bagas dowrvergh, hag y a dherevys hag uja yn uthyk orthyn le ès
deg pò dewdhek lath a'n scath. Hedna a worras own in Job, ha rag
leverel an gwiryoneth, inof vy inwedh. An re-na o an kensa
dowrvergh a welsyn ny bythqweth, hag awos aga whans brâs dhe
wodhvos, dre lycklod ny o an kensa tus wydn a welsons y
bythqweth kefrës. War ow fay, me a gresy unweyth pò dywweyth y
whrêns y tos bys i'n scath rag dyscudha pandr'en ny. Leo a garsa
tedna an godn ortans, saw me a'n cùssulyas dhe sevel orth gwil
indella, rag own a'n pëth a vynsa sewya. Pelha ny a welas lies cans
crocodîl ow crowedha i'n howl wàr lis an gladnow, ha lies mil
ëdhen dowr gwyls. Ny a sethas ha ladha radn a'n re-na, hag in aga
mesk yth esa goodh wyls, neb a's teva dew gentryn lybm wàr hy
eskelly, ha kentryn adro dhe dry wharter mêsva ow tevy dhywar
grogen an pedn poran inter an dhewlagas. Ny wrussyn ny
bythqweth ladha ken goodh kepar ha hy, ha ny worama ytho o hy
"prat natur" pò ehen dhyblans. I'n câss deweth an wharvedhyans-
ma a alsa bos a les dhe naturoryon. Job a's henwys Goodh an Udn
Corn.

Adro dhe hanter-dëdh an howl a devys dywodhaf tobm, ha'n fler tednys in bàn dredho dhywar an kenegow a bùb tu a'n ryver o uthyk dres ehen, ha ny a lonkas avell ragpreder draghtys qwynîn. Yn scon wosa hedna an gwyns a verwys yn tien, ha dre rêson na yllyn ny i'n tomder rêvya agan scath poos warbydn an fros, ny o lowen lowr dhe dhos in dadn skeus nebes gwëdh—neb ehen a helygen—esa ow tevy ryb an ryver, ha growedha ena in udn dhiena, erna wrug an howlsedhas lehe agan anken. Ny a welas, dell gresyn ny, spâss a dhowr egerys dhyragon, ha ny a erviras rêvya dy kyns determya pandra wren ny rag an nos. Pàn esen ny ow mos dhe dhygelmy an scath, bytegyns, yorgh dowr teg, lînen wydn dres y din brâs, ha'y gernow hir owth istyna yn cabm dhyragtho, a dheuth wàr nans dhe'n ryver dhe eva. Ny wrug ev agan gweles ny in dadn an helyk le ès hanter-cans lath dhyworto. Leo a veu an kensa ahanan dh'y verkya, ha dre rêson y vos helhor brâs hag ev whensys dhe scùllya goos an gam gwyls, tra esa va ow qwil hunros anodho nans o mîsyow, ev a wrug serthy y honen dystowgh, ha poyntya kepar ha ky helgh. Pàn welys vy pandr'o an mater, me a istynas an godn hir dhodho, ha kemeres ow godn ow honen i'n keth prës.

"Now dhana," me a whystras, "kebmer with na wrelles fyllel."

"Fyllel?" ev a whystras arta gans scorn, "Ny alsen fyllel, mar teffen ha'y whelas."

Ev a dherevys y wodn hir, ha'n yorgh gellrudh wosa eva lowr, a lyftyas y bedn ha meras in mes dres an ryver. Yth esa ow sevel wàrbydn ebron an howlsedhas poran wàr venedhyk pò crîb, esa ow resek dres an wern—apert o hedna resegva o kerys gans an bestas gwyls—hag yth o neppyth pòr deg ow pertainya dhodho. In gwir, mar teuma ha bewa may fyma cans bloodh, ny gresaf vy y whrama ankevy an vu forsâkys-na mar vrâs y dhynyans. Adhyhow hag aglêdh yth esa ow crowedha splattys ledan a wernow fell dygoweth, heb torrva mar bell dell ylly an lagas drehedhes, marnas traweythyow pollow a dhowr du towarhek, esa golow rudh an howlsedhas ow tewynya in bàn dhywarnodhans kepar ha dywar weder meras. Adhelergh dhyn ha dhyragon yth esa an ryver diek owth istyna in mes, hag i'n pellder lydn ha cors adro dhodho, esa golowys hir an gordhuwher ow qwary war y fâss ha'n gwyns feynt ow qwaya y skeusow. Dhe'n West yth esa an bel gowrek rudh a howl an gordhuwher ow mos mes a wel dres an gorwel nywlek, ow lenwel an ebron uhel dre wolowydnow owrek ha nabmow a lyw an goos. Hag i'n kettermyn yth esa an garanas ha'n ÿdhyn gwyls erel ow neyjya dres gwarek an ebron in lînednow, in fygurs pedrak hag in trielydnow. Hag ena, otta ny agan try, try Sows in scath arnowyth Sowsnek—yth esen ny owth apperya avell stranjers ùncoth i'n dysert dyvusur-na; ha dhyragon yth o an yorgh nôbyl lymnys wàr gilva a ebron rudh.

Bang! Yma an yorgh ow fia gans labm brâs. Leo re fyllys. *Bang!* In dadno arta. Lebmyn res yw dhybmo vy setha, kynth usy ev ow ponya fest uskys hag yma va moy es cans lath dhyworthyn. Re Synt Jovyn! Otta va ow rollya arta hag arta wàr an dor! "Wèl, yth hevel dhybm te dhe vos fethys genef ena, a Vêster Leo," yn medhaf vy, ow strîvya warbydn plesour crefny an helhor moyha cortes pàn geffo ev chauns avell hedna.

"Mollath Duw warnas," yn medh Leo in udn romyal, hag ena gans an minwharth uskys-na ow colowy y vejeth teg—tra yw mar dhynyak orto. "Gav dhybm, a gothwas. Keslowena dhis. Pòr deg o dha dedn jy, ha hager fest o ow thednow vy."

Ny a skydnyas in mes a'n scath ha ponya bys i'n yorgh, esa gweskys der ascorn an keyn ha mar varow avell men. Res veu dhyn spêna moy ès our rag y lânhe ha trehy in kerdh kebmys a'n kig a yllyn ny don. Wosa packya hedna wàr an scath, scant nyns o lowr a wolow dhyn dhe rêvya bys i'n lydn, le mayth esa cow i'n genek ha rag hedna an ryver o moy ledan. Poran kepar dell esa an golow ow tyberth, ny a dowlas ancar adro dhe bymthek tros'hës warn ugans dhyworth gladn an lydn. Ny wrussyn bedha tira, rag ny wodhyen a wren ny cafos dor segh dhe gampya warnodho, hag yth esen ny ow perthy own a air venymys an wern. Ny a gresy agan bos moy frank anodho wàr an dowr. Rag hedna ny a wrug anowy lugarn, ha debry mar dhâ dell yllyn moy a'n tavas pottys avell prës boos an gordhuwher. Ena ny a ombarusas dhe gùsca, saw ny a dhyscudhas nag o possybyl cùsk vëth. Martesen y fedhens y dynys der an lugarn, poken dre saworen nowyth an den gwydn, esens y ow cortos dres an vil vledhen dhewetha-na, saw heb let ny a veu assaultys gans an wybes brâssa, moyha goscar ha moyha dywysyk a welys vy pò a redys vy adro dhodhans bythqweth in oll ow dedhyow. Y whrens y dos in cloudys brâs ow sia hag ow pychya hag ow tynsel erna veun ny ogas muskegys gansans. Ny wre mog tobacko ma's aga hentrydna dhe vêwnans bewha ha moy lowen, erna veun ny constrînys dhe gudha agan honen in dadn lednow, pedn ha corf, ha sedha dhe whesa, dhe gravas ha dhe volethy in dadnans. Pàn esen ny esedhys, y feu clôwys ow tos in mes a'n taw ujow down lion, hag ena ujow lion aral, ow qwaya in mesk an cors le ès tryugans lath dhyworthyn.

"Wàr ow fay," yn medh Leo, in udn herdhya y bedn in mes adhan y ledn, "fortydnys yw nag eson ny wàr an ladn, a nyns yw, a Êwnter? Mollath Duw warnedhy! Gwybesen re wrug ow dynsel wàr ow frigow," ha'y bedn êth mes a wel arta.

Termyn cot warlergh hedna an loor a dherevys, hag in spît dhe bùb ehen a uj a wre dasseny dres an dowr bys dhyn dhyworth an lions wàr an ladn, ny a dhalathas predery agan bos fest salow ha dhe gùsca nebes ha nebes.

Ny worama poran pandra wrug dhybm gorra ow fedn in mes a woskes caradow an ledn. Martesen me a'n gwrug pàn gonvedhys vy fatell esa an gwybes ow tynsel qwît dredhy. Wàr neb cor, pàn wrug vy indella, Leo a whystras dhybm, ownek y lev—

"Ogh, re Dhuw a'm ros, mir ena!"

Dystowgh ny oll a veras, ha hèm o an dra a welsyn ny in golow an loor. Ogas dhe'n ladn yth esa dew gelgh kescresek ow cryhy in kerdh dres bejeth an dowr, hag in colon an dowr yth esa dew dra dewl ow qwaya.

"Pëth ywa?" me a wovydnas.

"An lions molethys-na, a syra," Job a worthebys, in lev neb o kebmysk a bystyk personek, revrons ûsys hag own avowys, "hag ymowns y ow neyjya bys dhyn rag agan debry."

Me a veras arta ha ny ylly an dra bos dowtys. Me a welas aga lagasow fers ow colowy. Tednys der saworen an yorgh dowr nowyth ledhys pò der agan saworen agan honen, yth esa an bestas gwag owth assaultya agan tyller ny.

Yth esa godn in dorn Leo solabrës. Me a elwys dhodho may whrella gortos erna vêns moy ogas, hag i'n mên-termyn me a sêsyas ow godn ow honen. Adro dhe bymthek tros'hës dhyworthyn yth esa bank i'n dowr nag esa ma's adro dhe bymthek mesva in downder, ha dystowgh an kensa lion—an lewes o—a gramblas warnodho, shakya hy honen hag uja. An prës-na Leo a dednas, an bùlet a skydnyas dydro aberth in hy ganow egerys hag in mes a'n

kilben, ha hy a godhas in udn lagya marow. Yth esa an lion aral—gourlion leundevys—dew stap wàr hy lergh. I'n termyn-na ev a settyas y bawyow wàr an bank pàn wharva neb tra goynt—frosans ha tervans dowr, kepar ha'n dra a welyr wàr boll dowr in Pow an Sowson, pàn wrella densak dowr kemeres pysk bian, saw milweyth moy gwyls ha brâssa. Dystowgh an lion a ros uj cowrek ronk ha lebmel in rag wàr an bank in udn dhraggya neb tra dhu ganso.

"Allâh!" Mahomed a grias, "crocodîl re'n dalhednas er an arr!" Ha sur lowr hèn o wharvedhys. Ny a welas an tron hir, an lînednow a dhens spladn ha corf an cramvil wàr aga lergh.

Hag i'n eur-na vu marthys a sewyas. An lion a spêdyas dhe grambla yn tâ wàr an bank, ha'n crocodîl hanter-sevys ha hanter-neyjys whath ow prathy y arr dhelergh. En lion a ujas erna grenas an air gans an tros, hag ena, in udn scrynkya gwyls hag uhel, an lion a drailyas ha sêsya pedn an crocodîl in y skyvlow. An crocodîl a jaunjyas y dhalhen, rag dell wrussyn ny dyscudha wosa hedna, y feu onen a'y dhewlagas sqwerdys in mes a'y bedn, hag ev a drailyas nebes wàr y geyn. Heb let an lion a'n sêsyas er an vriansen ha dalhedna yn crev. Ena y a rollyas arta adro hag adro wàr an bank in udn strîvya yn uthyk. Ny yllyn ny sewya oll aga gwayow, saw pàn wrussyn ny aga gweles yn cler arta, yth esa an crocodîl ow qwainya, rag kynth hevelly y bedn dhe vos goos yn tien, ev a spêdyas dhe dhalhedna corf an lion in y jalla nebes a-ugh an dhywglun, hag yth esa ev worth y wasca ha'y shakya dhia denewen dhe denewen. Ow tùchya an lion, yth esa an best tormentys, owth uja in pain, owth hackya hag ow prathy yn coneryak pedn scantek y escar, hag ow fastya y ewinas brâs delergh in briansen an crocodîl, part medhel a'y gorf comparys gans an radnow erel, ha worth y drehy yn egerys kepar ha nebonen ow sqwardya manek.

Hag i'n eur-na adhesempys an gorfen a dheuth. Pedn an lion a godhas in rag wàr geyn an crocodîl, ha gans hanajen uthyk y ferwys; ha'n crocodîl, wosa sevel mynysen heb gwaya, a rollyas yn lent wàr y denewen, y jalla fastys whath dres corf marow an lion, neb o densys ganso ogasty inter dyw radn.

An kestrîf-ma bys in mernans o golok uthyk ha ny a veu diegrys dredho. Neb tra yw na welas ma's bohes tus—hag indella an gorfen a dheuth.

Pàn o gorfednas, ny a asas Mahomed avell golyador, ha ny a spênas remnant an nos mar gosel dell wrella an gwybes alowa.

VI

SOLEMPNYTA CRISTYON AVARR

Ternos vyttyn, orth terry an jëdh, ny a savas ha golhy agan honen mar dhâ dell yllyn, hag ombarusy dhe dhyberth. Res yw dhybm avowa, me dhe skydnya in wharth peskytter mayth feu lowr an golow ragon dhe weles fâss y gela. Yth o bejeth tewl ha plesont Job ogasty whedhys dhe dhywweyth y vyns ûsys awos brathow an gwybes, ha nyns o stât Leo meur dhe well. In gwir me ow honen a scappyas gwelha a'gan try, dre lycklod drefen ow crohen dhe vos mar dewl hag awos meur anodho dhe vos cudhys gans blew, rag dhia bàn wrussyn ny dallath agan viaj in Pow an Sowson, me a asas dhe'm barv tevy poran kepar dell vydna. Saw yth o an dhew dhen aral dyvarv comparys genef vy, ha hedna a ros dhe'n escar splattys brâssa a bow egerys dhe obery warnodhans. In câss Mahomed bytegyns, an gwybes a aswonas an sawour a lel-gryjyk, ha ny vydnens y dùchya wàr neb cor. Pana lowr torn bys pedn seythen pò dyw warlergh hedna a wrussyn ny whansa ny dhe vos saworys kepar hag Arab!

Wosa ny dhe wherthyn mar freth dell yllyn gans agan gwessyow whedhys, yth o devedhys golow an jëdh hag yth esa gwyns cosel an myttyn ow tos in bàn dhywar an mor in udn drehy fordhow dre nywl tew an gwernow, hag obma hag ena worth aga rollya dhyragtho in pelyow brâs a êth glwânek. Indella ny dherevys agan gool, wosa meras kyns orth an dhew lion marow hag orth an crocodîl. Ny yllyn ny aga dygrohedna heb mar, rag ny'gan be an toulys ewn rag dyghtya an crehyn Ena ny a dhalathas agan viaj, in udn wolya der an lagoun, hag ena ow sewya cors an ryver in hans dhodho. Orth hanter-dëdh, pàn godhas an gwyns, ny a veu fortydnys lowr dhe drouvya splat a dhor sëgh dhe gampya warnodho ha dhe anowy tan. Obma ny a rôstyas dew hoos gwyls ha nebes a gig an yorgh—lowr o agan dyghtyans saw ny wrug an kig tastya re dhâ. An remnant a gig an yorgh ny a skethednas ha'y gregy in bàn i'n howl dhe seha avell "biltong," dell usy an Afrycanoryon orth y elwel. Ny a wortas orth an splat-ma a dhor sëgh bys in terry an jëdh, ha kepar ha kyns, ny a spênas an nos owth omlath gans an gwybes, saw heb ken anken vëth. An nessa dëdh a bassyas in kepar maner, ha heb aventur vëth dhe dherivas, saw ny a ladhas exampyl teg a yorgh gracyùs heb kernow, hag a welas lies ehen a lily dowr gans flourys warnodhans. Nyns o ma's nebes anodhans heb nàm bytegyns, dre rêson a gontronen wydn, glas hy fedn, esa ow pory warnodhans.

An pympes dëdh a'gan viaj, pàn en ny gyllys, mar dhâ dell yllyn ny rekna, adro dhe udn cans ha pymthek mildir wàrn ugans pò udn cans ha dew ugans mildir, dhyworth an cost, y wharva dhyn an kensa wharvedhyans a boster vëth. An myttyn-na, kepar dell o ûsys an gwyns a fyllys adro dhe udnek eur, ha wosa rêvya pols, ny a veu constrînys dhe stoppya, sqwithys yn tien ogasty, orth kemper agan gover ny gans ken gover neb hanter-cans tros'hës alês. Yth esa gwëdh ow tevy in agan ogas—nyns esa gwedhen vëth i'n pow-ma marnas gladnow an ryver ahës, ha ny a bowesas in dadnans, hag ena, drefen an dor dhe vos sëgh lowr obma, ny a gerdhas pols amal an ryver ahës rag whythra an pow ha dhe ladha nebes ÿdhyn dowr avell boos. Kyns ès ny dhe gerdhes hanter-cans lath, ny a gonvedhas na alsen ny mos pelha an gover in badn i'n scath morvil, rag le ès dew cans lath dhyworthyn an ryver in badn yth esa splattys a vasdowr hag a vancow lis, heb moy ès whegh mesva a dhowr warnodhans. Dowrhens dall o va.

Ny a drailyas ha kerdhes pols gladnow an ryver aral ahës, hag yn scon ny a dhetermyas, dhyworth nebes taclow, nag o va ryver màn, saw dowrgledh coth, kepar ha'n dowrgledh a welyr a-ugh Mombasa, wàr gost Zanzybar, usy ow kelmy Dowr Tana gans Dowr Ozy, may hyll an gorholyon a vo ow tos Dowr Tana wàr nans golya adreus dhe Dhowr Ozy ha drehedhes an mor warnedhy, hag indella goheles an bank peryllys usy ow stoppya ganow Dowr Tana. Apert o fatell veu an dowrgledh dhyragon cledhys in mes gans mab den in neb oos pell tremenys, hag yth o frûtys an lavur dhe weles whath i'n gladnow derevys, neb a veu gwrës avell trûlerhow tedna. In tyleryow obma hag ena yth o an gladnow cowys in mes gans an dowr poken codhys dhe'n dor, saw dre vrâs an dhyw ladn a bry serth o a'n keth pellder an eyl dhyworth y ben, hag yth hevelly downder an dowr dhe vos an keth in pùb le. Nyns esa frosans vëth i'n dowr pò very nebes, ha dre rêson a hedna yth o fâss dowr an dowrgledh tegys dre losow ha dre when, hag in tyleryow yth o splattys a dhowr glân gwrës, dell hevelly, gans ÿdhyn dowr ow passya, pò gans pedrevanow crib ha prevyon erel. Lebmyn, pàn o apert na yllyn ny procêdya an ryver in badn, ny a wodhya y fedha res dhyn assaya an dowrgledh pò dewheles dhe'n mor. Ny yllyn gortos le mayth esen, dhe vos pryjys gans an howl ha debrys gans an gwybes, erna wrellen merwel a fevyr i'n genek drist-na.

"Wèl, me a sopos y res dhybm y whelas," me a leverys; ha'n re erel a acordyas in aga fordhow dyvers—Leo kepar ha pàn ve va an ges gwelha in oll an bës; Job yn tyvlasys saw gans revrons; ha Mahomed ow kelwel wàr hanow an Profet, hag ow molethy oll an dhyscryjygyon ha'ga gîsyow tyby ha'ga gîsyow viajya.

Indella, peskytter may skydnyas an howl wàr an gorwel, pàn na yllyn ny gwetyas nameur dhyworth agan gwyns caradow, ny a dhalathas. Rag an kensa our ny a spêdyas dhe rêvya an scath, kynth o va pòr lavurys; saw pàn devys an when re dew dhe asa dhyn obery agan rêvow, ny a veu constrînys dhe'n ober moyha sqwithus, hèn yw dh'y thedna. Ny a lavuryas dres dew our, Mahomed, Job ha me, neb o cresys dhe vos crev lowr rag tedna warbydn an dhew anodhans, wàr an ladn, ha Leo a'y eseth arâg, ow scubya an losow in kerdh adro dhe bedn arâg lybm an scath gans cledha Mahomed. Pàn dheuth an tewolgow, ny a wrug hedhy termyn cot rag powes ha rag enjoya an gwybes, saw adro dhe hanter-nos ny a dhalathas arta, ow qwil prow a yêynder an nos. Orth terry an jëdh ny a bowesas try our moy, hag ena dallath arta, ha lavurya bys in deg eur myttyn pò ader dro, pàn wrug hager-awel agan cachya gans livyow glaw, ha ny a spênas an nessa whegh our in dadn dhowr ogasty.

Ny worama yw res dhybm settya wàr nans oll manylyon an nessa peswar jorna marnas dhe leverel y dhe vos an dedhyow moyha truan a spênys vy bythqweth i'm bêwnans. Nyns êns y ma's lavur poos, tomder, anken ha gwybes. Oll an fordh-na ny a bassyas dre bow a wernow dydhyweth, ha mar qwrussyn ny scappya dhyworth fevyr ha mernans, res yw ascrîbya hedna dhe'n dognow parhaus qwynîn ha dhe'n draghtys pùrjya a wrussyn lenky, hag inwedh dhe'n lavur heb hedhy o res dhyn gwil. An tressa dëdh a'gan viaj an dowrgledh in badn ny a welas bryn rônd yn tyscler dre nywl an genek, ha gordhuwher an peswora jorna, pàn wrussyn campya, an bryn-na a hevelly bos neb ugans pò deg warn ugans mildir dhyworthyn. Ny o lavurys yn tien warbydn an prës-na, ha ny a gresy na ylly agan dewla tedna an scath na felha, cudhys dell êns gans gùsygednow, ha'n gùssul welha a via dhe wrowedha ha merwel in dysert uthyk-na a wernow. Uthyk o agan stât, ha yma govenek dhybm na vëdh den gwydn aral nefra constrînys dh'y wodhevel; ha kepar dell wrug vy tôwlel ow honen dhe'n dor i'n scath rag cùsca sqwithys yn tien, me a gùssyas ow folnep pàn wrug vy bythqweth agria dhe viaj mar wocky. Rag me a wely na alsa an dra gorfedna ma's gans agan ancow i'n pow casadow-na. Yth esen ow consydra, ha me ow codha in cùsk yn lent, pana semlant a's tevedha felshyp agan scath anfusyk udn mis pò dew moy adhewedhes. An scath a wre growedha, hy jùntys egerys ha hy hanter-lenwys a dhowr stronk, ha pàn wrella an gwyns nywlek hy gwaya, y fedha an dowr-na ow colhy in rag ha wàr dhelergh der agan eskern poder. Y fedha hedna hy dyweth, ha'n re-na inhy, neb o whensys dhe whythra whedhlow coth ha whelas styrya taclow sêcret an Natur.

Me a gresy fatell yllyn clôwes solabrës an dowr ow lagya warbydn agan eskern sëgh hag orth aga crehylly, ow rollya crogen ow fedn vy warbydn crogen pedn Mahomed ha'y bedn vy warbydn ow fedn vy, erna wrug pedn Mahomed sevel in bàn yn serth wàr ascorn y geyn ha meras stark orthyf dre dell gwag y dhewlagas rag ow molethy in udn scrynkya gans y jalla, dre rêson me, caughwas Cristyon, dhe ania cùsk dewetha den cryjyk. Me a egoras ow lagasow ha crena orth an hunros scruthus, hag ena me a grenas arta orth neb tra nag o hunros poynt, rag yth esa dewlagas hûjes brâs ow spladna dhe'n dor orthyf der an tewolgow nywlek. Me a strîvyas dhe sevel hag i'm brawagh ha'm deray me a ujas hag a ujas arta, may whrug an re erel lebmel in bàn kefrës, hag y ow trebuchya medhowys gans hun ha gans own. Hag ena dystowgh y whrug dur yêyn luhesy, ha guw brâs a veu sensys warbydn ow briansen, hag adhelergh dhodho yth esa guwyow erel ow terlentry yn cruel.

"Cres," yn medh lev in Arabek, poken in neb radnyêth esa meur a Arabek inhy; "pyw owgh why neb a dheuth obma in udn neyjya wàr an dowr? Côwsowgh pò why a verow," ha'n dur a veu herdhys yn tydn warbydn ow briansen, ow qwil dhybm crena rag ewn yêynder.

"Viajyoryon on ny, ha ny yw devedhys obma dre jauns," me a worthebys in Arabek gwelha gyllyn. Yth hevelly fatell gonvedhas an den, rag ev a drailyas y bedn, hag ow côwsel orth fygur fest uhelha agesso orth y geyn ev a leverys, "A das, a wren ny aga ladha?"

"Pëth yw lyw an dus?" yn medh voys down avell gorthyp.

"Gwydn yw aga lyw."

"Na wra ladha," a veu an gorthyp. "Peswar howl dhia bàn veu drës dhybm an ger dhyworth 'Honna-a-res-bos-obeyes', 'Yma tus wydn ow tos. Mar mydnons dos, na wra aga ladha.' Bedhens hùmbrynkys dhe jy 'Honna-a-res-bos-obeyes'. Drewgh an dus in rag, ha bedhens drës in rag inwedh myns a vo gansans."

"Deus," yn medh an den, hag ev a'm hanter-hùmbrancas ha'm hanter-dednas in mes a'n scath, ha pàn esa ev ow qwil indella, me a welas tus ow servya ow howetha gans kepar caradôwder.

Yth o cùntellys company a neb hanter-cans den. I'n golow-na ny welyn ma's y dhe vos ervys gans guwyow brâs hag y dhe vos pòr uhel, ha gwrës yn crev. Scav lowr o lyw aga crohen hag avês dhe grohen lewpart kelmys adro dhe'n wast y o nooth.

Yn scon Leo ha Job a veu tednys in mes ha settys rybof.

"Pëth in hanow Duw usy ow wharvos?" yn medh Leo, in udn rùttya y lagasow.

"Re Synt Jovyn, a syra," Job a grias, "nyns yw hebma re dhâ!" Hag in very prës-na y feu tervans ha Mahomed a drebuchyas in mes ha codha dhyragon, ha wàr y lergh nebonen tewl ha guw derevys in y dhorn.

"Allâh! Allâh!" Mahomed a ujas, ow cresy na vydna ma's bohes gweres dos dhyworth mab den, "saw vy! saw vy!"

"A Das, yth yw an den du," yn medh lev. "Pandra leverys 'Honna-a-res-bos-obeyes' ow tùchya an den du?"

"Tra vëth ny leverys hy; saw na wra y ladha. Deus obma, a vab." An den a dheuth nes dhodho, ha'n fygur uhel tewl a whystras neb tra.

"Ea, ea," yn medh an den aral, ha wherthyn yn cruel in y vriansen.

"Usy an try den gwydn ena?" an fygur a wovydnas.

"Usy, ottensy."

"I'n câss-na droy obma an pëth re beu preparys ragthans, ha gwrêns an dus kemeres pynag oll dra a allons in mes a'n dra usy ow neyjya wàr an dowr."

Scant ny veu y eryow gorfednys, pàn dheuth tus in bàn hag y ow ton peswar gwely scodhow poran;—peswar degor ha dew dhen pelha dhe genyver gwely scodhow—hag y feu erhys heb let dhyn fatell o res dhyn ascendya ha gorwedha warnodhans.

"Wèl!" yn medh Leo, "fortyn dâ yw cafos tus dh'agan carya ny warlergh ny dhe vos constrînys dhe dhon agan honen mar bell."

Leo a'n jeva ûsadow bythqweth a veras orth taclow yn lowen.

Drefen na ylly y sconya, wosa gweres pùb onen aral aberth in y wely scodhow y honen, me a godhas aberth i'm gwely scodhow ha pòr attês o. Yth hevelly bos gwrës a badn gwies a fîber gwels, ha hedna a wre istyna hag omry dhe bùb gwayans a'm corf, ha dre rêson y vos kelmys awartha hag awoles dhe'n welen dhon, yth esa an gwely ow scodhya an pedn ha'n codna yn tâ.

Scant ny veuma i'm gwely, pàn dhalathas an dhegoryon ponya yn uskys hag y ow cana cân undon. Me a wrowedhas heb gwaya neb hanter-eur, ow predery adro dhe'n aventurs marthys brâs esen ny ow cafos, hag ow covyn orthyf ow honen mar qwrussa onen vëth oll a'm cothmans wordhy a'n fascyon coth in Kergraunt cresy ow whedhel, a pen vy dre verkyl settys rypthans orth an bord kynyow may hallen derivas pùp tra dhedhans. Ny garsen vy gorra in brës nebonen me dhe gonsydra an cothmans lettrys ha wordhy-na dhe vos a'n gis coth, saw yma an experyens worth ow desky y fëdh nebonen ow calghhe in ûnyversyta kyn fe, mar qwra va sewya an keth fordhow re venowgh. Yth esen vy ow calghhe ow honen prës alena, saw gwithva ow thybyans a veu moghhës yn frâs i'n dedhyow dewetha-na. Wèl, me a wrowedhas hag a gonsydras, hag a wovydnas orthyf ow honen in hanow Duw pandra a vedha ragon orth an dyweth. Hag ena wàr an dyweth me a cessyas predery, ha codha in cùsk.

Me a sopos me dhe gùsca neb seyth pò êth our, ha dhe gafos an kensa powes gwiryon a gefys vy dhyworth an nos kyns ès an gorhal dhe sedhy, rag pàn wrug vy dyfuna yth esa an howl in uhel i'n ebron avàn. Yth esen ny whath ow viajya peder mildir i'n our. Me a veras in mes dre groglednow nywlek an gwely scodhow, fastys dell êns yn skentyl orth an welen dhon, hag a welas dhe'm sewajyans brâs, fatell o tremenys genen randir an gwernow heb dyweth, ha fatell esen ny ow mos dres plainys gwerwels tro ha bryn shâpys avell hanaf. O hedna an keth bryn a welsyn ny dhywar an dowrgledh, ny worama, na bythqweth ny veuma abyl dh'y dhyscudha, rag dell wrussyn ny desky warlergh hedna, na wra an bobel-ma ry ma's bohes enwedhow ow tùchya maters a'n par-na. Nessa me a veras orth an dus esa worth ow don. Rial o semlant aga fersons, rag y oll ogasty o moy ès whegh tros'hës in uhelder ha gell pò melen aga lyw. Y o pòr haval dhe bobel Somâly Afryca Ÿst, saw nyns o cryhys aga blew. Gelvynak o aga bejeth, hag in lies câss pòr sêmly, aga dens spessly o rewlys ha teg. Saw awos oll aga thecter, me a gresy dre vrâs, na welys vy bythqweth cùntellyans a fâssow mar dhrog aga gnas. Yth o cruelta yêyn dywharth stampys wàr aga bejeth neb a worras scruth inof, hag in radn anodhans yth o an cruelta-na mar grev dhe vos ancresadow ogasty.

Tra aral adro dhodhans neb a verkys vy o hebma: ny wrêns minwherthyn vëth. Traweythyow y a gana an gân undon a gôwsys vy anedhy, saw pàn nag esens ow cana, y a dewy yn tien, ha ny dheuth golow a wharth bythqweth dhe wolowy aga fâss tewl dynatur. Pana nacyon esa an bobel-ma ow longya dhodho? Aga thavas o cragh-Arabek, saw nyns êns y Arabs; me o sur a hedna. I'n kensa le y o re dewl, pò re velen. Ny wodhyen prag, saw aga semlant a'm lenwy a own clâv en vy methek anodho. Pàn esen whath owth ombredery, gwely scodhow aral a dheuth in bàn ryb ow gwely vy. Yth esa cothwas esedhys warnodho—rag egerys o an croglednow—pows wydn in y gerhyn, gwrës a lien garow, esa ow cregy yn lows adro dhodho. Ev o, me a gonvedhas dystowgh, an fygur skeusek, esa a'y sav wàr an ladn hag esa an re erel orth y elwel "Tas". Ev o den coth, marthys y semlant, y varv mar wydn avell an ergh, ha hy mar hir mayth esa hy cregys dres tenwednow an gwely scodhow. Crobm o y frigow hag a-ughtans yth esa lagasow ow tewynya mar lew avell lagasow serpont; yth o oll y vejeth merkys gans ges ha gans furneth, yw ùnpossybyl dhe dhescrefa wàr baper.

71

"Osta dyfun, a stranjer?" yn medh ev, down hag isel y lev.

"Ov yn certan, a das," me a worthebys yn cortes, ow cresy y fedha gwell plegya dhe'n Tebel-spyrys-ma.

Ev a jersyas y varv hir teg, ha minwherthyn yn feynt.

"Pynag oll bow esta ow tos dhyworto," yn medh ev, "ha wàr neb cor res yw y vos pow mayth yw godhvedhys nebes a'gan yêyth ny, ymowns y ow tesky cortesy ino, a vab alyon. Lebmyn lavar dhybm prag y teuthowgh why dhe'n pow-ma, na wrug scant stranjer vëth trettya warnodho dres covyon mab den? Osta jy hag yw an re-na genes jy sqwith a'gas bêwnans?"

"Ny a dheuth dhe dhyscudha taclow nowyth," me a worthebys yn colodnek. "Ny yw sqwith a'n taclow coth, ha ny yw devedhys in bàn in mes a'n mor dhe wodhvos an pëth ùncoth. Ny yw pobel stowt, nag usy ow perthy own a'n mernans, a das wordhy fest—hèn yw mar kyllyn ny cafos nebes skians kyns ès merwel."

"Hùmf!" yn medh an den jentyl coth, "hedna a yll bos gwir. Dyscortes yw contradia, poken me a vynsa leverel te dhe leverel gow, a vab. Me a lever bytegyns fatell wra '*Honna-a-res-bos-obeyes*' agas contentya i'n negys."

"Pyw yw '*Honna-a-res-bos-obeyes*'?" me a wovydnas yn tywysyk.

An cothwas a veras orth an dhegoryon, hag ena ow gortheby gans minwharth bian, neb a dhros oll ow goos bys i'm colon—

"In gwiryoneth, ow mab alyon, te a vydn desky scon lowr, mar pëdh hy plêsys dhe'th weles jy i'n kig wàr neb cor."

"I'n kig?" me a worthebys. "Pëth usy ow thas ow styrya?"

Saw ny wrug an cothwas ma's wherthyn wharth uthyk, heb gortheby ger vëth.

"Pandr'yw hanow nacyon ow thas vy?" me a wovydnas.

"Hanow ow fobel yw Amahagger" (Pobel an Carrygy).

"Ha mar pedhama cubmyas dhe wovyn, pëth yw hanow ow thas vy?"

"Ow hanow vy yw Bylâly."

"Ha pleth eson ny ow mos, ow thas?"

"Hedna te a welvyth," hag orth tôkyn dhyworto ev y dhegoryon a dhalathas ponya erna dheuthons bys i'n gwely scodhow mayth esa Job ow powes, y arr cregys dres an tenewen. Saw yth hevelly na ylly ev desky nameur dhyworth Job, rag yn scon me a welas y dhegoryon ow ponya in rag tro ha gwely scodhow Leo.

Ha warlergh hedna, dre rêson na wharva tra vëth nowyth, me a wrug omry ow honen dhe môcyon lesca an gwely scodhow, ha cùsca arta. Me o uthyk sqwith. Pàn wrug avy dyfuna, me a welas ny dhe vos ow mos dre geynans meynek formys a lava, serth y denwednow, mayth esa lies gwedhen deg ow tevy ha meur a losow teg ow plejyowa.

Yn scon an keynans-ma êth adro nebes ha syght fest sêmly a veu dysplêtys dhyrag ow lagasow. Adâl dhyn yth esa hanaf hûjes brâs a lyw gwer inter peder mildir ha whegh mildir ahës in shâp kepar ha kelhenva Romanek. Carregek o tenwednow an hanaf brâs-ma, hag yth esa bùshys ow tevy warnodhans, saw cres an hanaf o tireth prasow rych, gans gwedhednow spladn ow tevy obma hag ena ino ha goverow cabm worth y dhowrhe. Wàr an plain rych-ma yth esa gyfras ha gwarthek ow pory, saw ny welys vy davas vëth. Wostallath ny yllyn desmygy pana sort a dyller o hebma, saw heb let me a gonvedhas y cottha dhodho bos an cowdoll a neb loskveneth dyfygys termyn hir, neb a veu lydn brâs wosa hedna hag y feu wosa hedna desehys in neb fordh ùncoth. Hag obma me a yll declarya dhyworth an experyens a gefys vy a'n tyller-ma hag a gen tyller haval dhodho, saw liesgweyth brâssa, ha neb a vanaf vy descrefa pàn dheffa an termyn, me a yll declarya an dùstuny dhe brevy fatell o gwir ow determyans. Ny yllyn vy convedhes udn dra bytegyns: kynth esa pobel ow qwaya adro in udn wetha an gyfras ha'n warthek, ny welys vy sin vëth a anedhow mab den. "Pleth esens y oll tregys?" me a wovydnas orthyf ow honen. Me a dhys-cudhas hedna yn scon. An rew a weliow scodhow a drailyas aglêdh in udn folya tenwednow meynek an cowdoll rag hanter-mildir pò nebes le martesen, hag ena ny a savas. Pàn welys vy an den coth jentyl, ow "thas" adoptys, Bylâly, ow skydnya dhyworth y wely scodhow, me a wrug an keth tra, ha Leo ha Job a wrug indella kefrës. An kensa tra a welys vy a veu agan coweth Mahomed, an Arab anfusyk, a'y wroweth lavurys yn tien wàr an dor. Yth hevelly na veu gwely scodhow provies dhodho, saw ev dhe vos constrînys dhe bonya oll an fordh. Ev o sqwith fest kyns ès ev dhe dhallath, hag i'n tor'-na y stât uthyk dyfrêth.

Pàn wrussyn ny meras adro ny a welas an tyller may safsyn dhe vos soler dhyrag ganow cav brâs, ha crugys in bàn war an soler-ma yth o pùptra in mes a'n scath morvil, bys in rêvow ha'n gool. Adro

dhe anow an cav
yth esa bagasow a'n
dus neb a dheuth
genen ha tus erel
haval dhedhans. Y
oll o uhel ha teg,
kynth êns y dyffrans
an eyl dhyworth y
gela ow tùchya lyw
aga crohen, rag radn
ow mar dewl avell
Mahomed ha radn mar
velen avell Chînek. Y oll
o nooth avês dhe'n crohen
lewpart adro dhe'n cres,
hag yth esa kenyver onen
anodhans ow ton guw
brâs.

Yth esa nebes benenes
in aga mesk, hag in sted
a'n grohen lewpart y o
gwyskys in ken dyghtys
yorgh bian rudh, neppyth
kepar ha'n *oribé*, saw nebes tewlha y lyw. An benenes-ma dre
vrâs o pòr deg, brâs aga lagasow, trem sêmly ha blew tew crùllys—
nyns o va crihys kepar ha blew ûsys an Afrycanes—ha'n blew o a
golorys dyffrans dhyworth gell kesten dhe dhu, hag oll an lywyow
intredhans. Yth o radn a'n benenes gwyskys in pows velen, kepar
dell esa in kerhyn Bylâly, saw hòn o, dell wrussyn ny desky wosa
hedna, tôkyn a roweth adar ehen a dhyllas. Dre vrâs nyns o an
benenes mar uthyk avell an dus, ha traweythyow y a wre

minwherthyn, kyn nag o yn fenowgh. Peskytter may whrussyn skydnya, y a gùntellas adro dhyn hag a wrug agan whythra mès heb amôvyans vëth. Saw apert o fatell wrug fygur keherek crev Leo ha'y fâss sêmly Grêk tedna aga attendyans, ha pàn wrug ev derevel y hot yn cortes dhedhans, ha dysqwedhes y vlew owrek crùllys, y feu clôwys son gwadn a estymacyon. Na ny wrug an negys cessya ena naneyl, rag wosa y whythra dhia droos dhe bedn, an venyn decka in mesk an benenes yonk—onen esa pows velen in hy herhyn, ha'y blew inter gorm ha gell kesten—a nessas dhodho dre dowl, hag in fordh a via dynyak, na ve ev mar dhetermys, a worras hy bregh yn cosel adro dh'y godna, posa in rag hag abma dhodho wàr an gwessyow.

Me a dednas anal, rag yth esen ow qwetyas Leo dhe vos gwenys heb let gans guw; ha Job a grias, "An flownen—assa veu hedna taunt!" Ow tùchya Leo, ev a apperyas nebes sowthenys; hag ena ev a leverys agan bos devedhys dhe bow esa ow sewya ûsyans an Gristonyon avarr, hag ena dre dowl ev a's byrlas hy arta.

Me a wrug diena arta, ow cresy y whre neb tra wharvos, saw er ow sowthan brâs, kyn tysqwedhas nebes a'n benenes yonk aga bos nebes engrys, ny wrug an benenes coth ha'n dus ma's minwherthyn yn scav. Warlergh ny dhe dhesky ûsadow an bobel goynt-ma, an mystery a veu styrys. Ny a gonvedhas ena, contrary dhe bùb pobel wyls aral ogasty i'n norvës, benenes in mesk an Amahagger dhe vos egwal yn tien dh'aga thus, ha moy ès hedna, nag êns y kelmys rag nefra dhedhans. Devedhyans an flehes yw sewys der an vabm yn udnyk, ha kynth yw persons in aga mesk mar browt a vos esely a deylu spadn wàr denewen an vabm dell on nyny prowt a'gan teyluyow in Ewrop, nyns yw bern dhe nebonen y das ha ny re va revrons vëth dhodho, kyn fo apert dhodho ha dhe genyver onen aral pyw yw y das. Ny vëdh mes udn gorow yn chyften orth pùb trib, pò pùb "Meyny", dell ywa gelwys gansans, hag ev yw y rewlor dêwysys dydro, hag a gav an tîtel "Tas." Rag ensampel, an den Bylâly o tas an "meyny"-ma, ha'n meyny a'n jeva adro dhe seyth mil berson ino warbarth. Ny vedha ken gorow vëth bythqweth gelwys gans an hanow "tas." Pan wrella den plêsya benyn, hy a wre dysqwedhes hy dôwys dre nessa dhodho ha'y vyrla dhyrag an bobel, kepar dell wrug an arlodhes teg ha strîk-ma, neb o gelwys Ùstanê, kemeres Leo inter hy dewvregh. Mar qwre an gorow abma dhedhy wàr dhelergh, hèn a vedha tôkyn ev dh'y degemeres, ha'n cowethyans a wre pêsya erna ve an eyl pò y gela sqwith anodho. Res yw dhybm avowa, bytegyns, nag o an chaunjyans a wer ty bëth mar venowgh dell alsa nebonen gwetyas. Ha ny wre strîvyans sordya dhyworto, dhe'n lyha in mesk an wer ty. Pàn wrella aga gwrageth aga forsâkya ha jùnya orth kescaror, an wer a acordya dhe'n negys, kepar dell eson ny owth acordya dhe dylly toll gober pò dhe sewya an lahys ow tùchya maryach, kepar ha taclow a brow rag les an bobel, kyn fowns y casadow dres ehen traweythyow dhe'n den udnyk.

Pòr goynt yw merkya fatl'yw dyvers ûsadow mab den i'n materma in powyow dyffrans, hag indella fatl'yw an moralyta carnal negys efan y oryon; an dra neb a vo ewn ha wordhy in udn tyller, a via cabm ha dysonest in tyller aral. Res yw ùnderstondya bytegyns, dre rêson oll nacyons wharhës dhe recêva avell neb tra apert an solempnyta dhe vos scantlyn an moralyta, nyns eus tra vëth dysonest herwyth agan tybyansow in ûsadow-ma an Amahagger kyn fe, pàn wrellyn consydra fatell wra an keschaunj a abmow gortheby dh'agan ceremony a dhemedhyans, ha dell woryn ny yn tâ, yma hedna ow jùstyfia nùmber dyvusur a daclow.

VII

ÙSTÂNÊ OW CANA

Pàn o gorfednys negys an abmow—wàr neb cor, ny offras onen vëth a'n arlodhesow yonk dhe'm chersya vy indella, kyn whelys vy onen anodhans ow terneyjya adro dhe Job, neb tra a sordyas anken i'n keth den wordhy—an cothwas, Bylâly, a nessas hag a wrug sîn gracyùs dhyn dhe entra i'n cav. Ny a entras ytho, hag Ùstânê a'gan sewyas. Rag nyns o hy parys dell hevelly dhe verkya an hyntys a res vy dhedhy ow tùchya an pryvetter esen ny ow tesîrya.

Kyns ès ny dhe gerdhes pymp stap, me a verkyas nag o an cavna an ober a Natur, adar i'n contrary part, gwrës o dre dhewla mab den. Mar bell dell yllyn ny rekna, yth o va adro dhe cans tros'hës in pellder ha hanter-cans tros'hës alês. Pòr uhel a-uhon o an nen, hag indella moy haval o an cav dhe gasel beneglos ès dhe gen tra vëth. Dhyworth an hel cres yth esa tremenva owth egery pùb dewdhek pò pymthek tros'hës, hag yth esa an re-na, me a sopos, owth hùmbrank bys in chambours biadnha. Adro dhe hanter-cans tros'hës dhyworth ganow an cav, le mayth esa an golow ow lehe poran, yth esa tansys brâs ow lesky, hag ow tôwlel skeusow cowrek wàr an fosow tewl ader dro. Obma Bylâly a savas, hag erhy dhyn sedha, in udn leverel fatell wre an bobel dry sosten dhyn. Rag hedna ny a sedhas wàr an leurlednow a grehyn bestas dysplêtys ragon ha gortos. Heb let y feu drës gans mowysy yonk dhyn an sosten, hèn o kig gavar rôstys, levryth in pot pry, ha pednow bryjys a ÿs Eyndek. Ny o ogas marow rag nown, ha ny gresaf vy fatell wrug vy bythqweth debry gans kebmys plesour. In gwir, kyns ès ny dhe worfedna, yth o devorys genen kenyver tra settys dhyragon.

Pàn o gorfednys an prës boos, agan ost morethek, Bylâly, neb a veras orthyn yn tawesyk, a savas in bàn ha côwsel orthyn. Ev a

leverys y feu tra varthys wharvedhys. Ny glôwas den vëth byth-
qweth a stranjers gwydn ow trehedhes Pow Pobel an Carrygy.
Traweythyow, saw yn anvenowgh, tus du o devedhys obma, ha
dhywortans y a dheskys adro dhe bobel moy gwydn agessans aga
honen, esa ow colya wàr an mor in gorholyon brâs, saw ny wharva
bythqweth tus wydn dh'aga vysytya. Ny a veu gwelys bytegyns ow
tedna an scath an dowrgledh in bàn, hag ev a gowsas dhe blebmyk
ha derivas dhyn fatell veu erhys dhodho dystowgh mos dh'agan
ladha, drefen bos defednys rag alyon vëth dhe entra i'n pow-ma;
saw ena messach a dheuth dhyworth "*Honna-a-res-bos-obeyes*" ow
leverel y cottha selwel agan bêwnans, ha'gan dry bys obma.

"Gav dhybm, ow thas," me a leverys ow coderry y eryow ena,
"saw mars yw '*Honna-a-res-bos-obeyes*' tregys in tyller pelha whath,
fatl'alsa hy godhvos fatell esen ny ow tos?"

Bylâly a drailyas, ha pàn welas ev nag esa ken den vëth genen—
rag an venyn yonk, Ùstânê a wrug omdedna pàn dhalathas ev
côwsel—ev a leverys gans wharth cosel coynt—

"A nyns eus den vëth in agas pow why, a yll gweles heb lagasow
ha clôwes heb scovornow? Na wra govyn tra vëth. *Honna* a wodhya."

Pàn glôwys vy hedna, me a dherevys ow scodhow, hag ev a
bêsyas ha leverel na veu arhadow moy vëth recêvys ow tùchya an
pëth a gottha bos gwrës genen. Drefen taclow dhe vos indella, yth
esa ev ow mos dhe gestalkya gans "*Honna-a-res-bos-obeyes*", gelwys
"Hiya" pò *Honna* avell form got. Hy, ev a avîsyas, o Myternes an
Amahagger, hag y fydna ev desky dhyworty pandra garsa hy.

Me a wovydnas orto pes jorna a vedha ev gyllys, hag ev a leverys,
mar teffa ev ha viajya yn uskys, y halsa martesen dewheles an
pympes dëdh. Saw yth esa lies mildir a wernow dhe bassya kyns ès
ev dhe dhos dhe'n tyller mayth o *Honna* tregys. Ev a leverys i'n
eur-na fatell vedha gwrës pùptra rag agan gwil attês pàn ve va
gyllys. Ha pelha, dre rêson ev dhe vos plêsys genen, yth esa ev in
gwiryoneth ow qwetyas ev dhe dhry arta dhyworth *Honna* gorthyp
faverus dhe dhuryans agan bêwnans. Ny vydna ev bytegyns keles
dhyworthyn ev dhe vos dowtys adro dhe'n mater, rag y fedha
kenyver stranjer bythqweth a entras i'n pow gorrys dhe'n mernans
heb tregereth in dedhyow y dhama goth, in dedhyow y vabm hag
in y dhedhyow y honen; ha pelha nag o va parys dhe ry acownt a'n
fordh may fowns y oll ledhys, rag dowt agan ownekhe. Saw pùptra

a veu gwrës warlergh arhadow *Honna* hy honen, pò dhe'n lyha ev
a gresy y feu va gwrës warlergh hy bolùnjeth hy. Dhe'n lyha ny
wrug hy bythqweth mellya i'n negys rag aga selwel.

"Dar!" me a leverys, "Fatla yll hedna bos? Te yw den coth, ha'n
termyn esta ow cows anodho a dal istyna wàr dhelergh dres
bêwnans try den. Fatl'alsa *Honna* ytho comondya may fe ledhys
nebonen, orth dallath dedhyow dha dhama wydn, pàn na alsa hy
honen bos genys whath?"

Arta ev a vinwharthas—an minwharth feynt ha coynt-na, ha
wosa plegya yn town ev a dhybarthas, heb gortheby. Ha ny wrussyn
ny y weles arta bys pedn pymp dëdh.

Pàn o va gyllys ny a dhebâtyas an stât esen ny ino, rag me o leun
a own. Nyns esa an acownt a'n Vyternes goynt-ma, '*Honna-a-res-bos-
obeyes*', pò cotta *Honna* worth ow flêsya poynt. Dell hevelly hy a wre
comondya mernans rag stranjer anfusyk vëth in fordh dhybyta.
Leo inwedh o pòr drist adro dhe'n mater, saw ev a gonfortyas y
honen dre dheclarya yn vyctoryùs fatell o an *Honna*-na heb dowt
vëth an person campollys i'n scrif wàr an darn pot hag in lyther y
das, hag avell prov ev a gampollas derivas Bylâly ow tùchya hy
bloodh ha'y gallos. Me o warbydn an termyn-na mar fethys gans
an wharvedhyansow, na'm be an golon dhe dhyspûtya ganso adro
dhe dybyans mar wocky. Rag hedna me a leverys fatell vedha dâ
dhyn whelas mos in mes rag omwolhy agan honen, rag ny oll a'gan
be othem anodho.

Rag hedna wosa derivas dhe dhen in cres y oos, morethek dres
ehen y vejeth, in mesk an bobel drist-ma kyn fe, ny dhe whansa
omwolhy agan honen, rag yth hevelly fatell veu va erhys dhe
gemeres with ahanan, warlergh Tas an dre vian dhe vos gyllys in
kerdh, ny a dhalathas oll warbarth wàr agan fordh. Saw kyns oll
ny a wrug anowy agan pîbow. Avês dhe'n cav ny a gafas cùntellva
vrâs lowr a bobel, esa ny a gresy, worth agan gortos. Saw pàn
wrussons agan gweles ow tos in mes, y a bonyas pùb fordh ha mos
mes a wel, in udn gria in mes agan bos pystryoryon vrâs. In gwir
ny wrug tra vëth adro dhyn, agan godnys comprehendys, aga
sowthanas kebmys avell mog agan tobackô.[10] Wosa hedna ny a
spêdyas dhe dhrehedhes gover, ow tos dhyworth penfenten grev

---

10 Ny a gafas tobackô ow tevy i'n pow-ma kepar dell usy ow tevy in
   radnow erel a Afryca. Kyn na wodhyens tra vëth a'y vertus erel benegys,

i'n dor. Ny a wrug omwolhy agan honen in cres, kyn whelas nebes a'n benenes, Ùstânê in aga mesk, dh'agan sewya bys i'n very gover kefrës.

Warlergh ny dhe worfedna agan omwolgh, neb a'gan refreshyas yn frâs, yth esa an howl ow sedhy. In gwir, pàn wrussyn dewheles dhe'n cav brâs, an howl o sedhys solabrës. Yth o an cav y honen leun a bobel a'ga eseth adro dhe dansysow—rag nebes moy a dansysow o anowys—hag yth esens ow tebry aga frës boos gordhuwher i'n golow gwadn, hag in golow a lugern dyffrans settys adro pò cregys dhywar an fosow. Yth o an lugern-ma gwrës a bry garow pebys, hag a lies shâp dyvers, radn anodhans teg lowr. An lugern brâssa o gwrës a bottow pry ha lenwys a vlonek tedhys, porven inhans herdhys dre gelgh predn esa ow lenwel top an pot. Y fedha res kemeres with pùpprës a'n sort-ma a lugarn rag dowt an flàm dhe dhyfudhy, rag nyns esa fordh vëth rag encressya an flàm. An lugern dorn o biadnha in myns, hag in le porven y a's teva inhans bewesen dhyworth palmwedhen pò traweythyow dhyworth reden deg arbednek. An vewesen-na wàr jy a vedha passys in mes dre doll in pedn an lugarn, hag yth esa darn a bredn cales ha lybm kelmys dhe'n lugarn, a yllens gwana an vewesen dredho rag hy thedna in bàn, pàn wrella an golow apperya dhe vos ow lesky re isel.

Ny a sedhas ha meras pols orth an bobel vorethek-ma ow tebry aga boos gordhuwher in taw mar vorethek avellons aga honen. Hag ena, pàn veun ny sqwith a'n syght ha skeusow brâs ow qwavya war an fosow a garrek, me a leverys dh'agan gwethyas y carsen ny mos dh'agan gwely.

Ev a savas in bàn heb leverel ger, hag a gemeras ow dorn in y dhorn ev, ha kerdhes in udn dhon lugarn bys in onen a'n tremenvaow bian a verkys vy owth egery wàr an cav cres. Ny a sewyas hodna adro dhe bymp stap, pàn wrug hy egery in mes avell chambour bian, adro dhe êth tros'hës ahës hag alês, kervys dell hevelly in mes a'n garrek. Wàr an eyl tu yth esa leghven adro dhe dry dros'hës dhia an leur, hag ow resek oll tenewen an chambour ahës, kepar ha gwely in cabyn gorhal. An gwethyas a boyntyas dhe'n leghven avell an tyller may fedha res dhybm cùsca. Nyns esa

yma an Amahagger orth y ûsya avell podn strewy hag avell medhegneth.

80

fenester na toll air vëth i'n chambour, na mebyl vëth naneyl. Pàn wrug vy whythra an tyller moy glew, me a dhesmygyas er ow euth nag o an chambour ma's bedh men rag corf marow adar rom cùsca rag an re bew. Me a dhyscudhas wosa hedna fatell o gwir ow desmygyans. An preder a gùsca ena a wrug dhybm crena; saw me a fethas an emôcyon-na mar dhâ dell yllyn, rag res o dhybm cùsca in neb tyller, ha me a dhewhelys dhe'n cav rag dascafos ow ledn, o drës in bàn in mes a'n scath gans an stoff aral. Ena me a vetyas orth Job, neb a veu drës dhe jambour kepar ha'm chambour vy hag a sconyas yn tien remainya ino, in udn leverel an tyller dhe vos re scruthus. Y fia mar dhâ ragtho, yn medh ev, bos marow hag encledhys dystowgh in bedh bryck y sîra wydn. Ev a leverys y vos determys dhe gùsca warbarth genef vy, a pe va alowys. Me heb mar o lowen dhe ry an cubmyas-na dhodho.

Ny o pòr attês an radn vrâssa a'n nos-na. Me a lever hedna, rag me a sùffras hulla uthyk ow cresy me dhe vos encledhys yn few. Y teuth hedna heb dowt dre rêson an chambour dhe vos bedh men. Orth terry an jëdh ny a veu dyfunys dre sownd uhel a drompa, gwrës dell wrussyn ny dyscudha wosa hedna gans gwas yonk a'n Amahagger ow whetha dre doll tardrys in tu dans olyfans, gwethys gansans avell daffar mûsyk.

Ny a gemeras an hynt, sevel in bàn ha skydnya dhe'n gover rag omwolhy agan honen. Wosa hedna an haunsel a veu drës in mes. Orth an prës-na, onen a'n benenes, nag o pòr yonk na felha, a dheuth in rag hag abma dhe Job. Me a grës hedna dhe vos an dra moyha delycyùs (avês dhe'n lack a onester martesen) a welys vy bythqweth. Nefra ny wrama ankevy an brawagh hag euth wàr fâss wordhy Job, rag Job, kepar ha me, o neppyth a hâtyor benenes— dre rêson, me a sopos, ev dhe vos esel a deylu a seytek person—ha'n emôcyons dysqwedhys wàr y vejeth, pàn gonvedhas ev hy dh'y vyrla dhyrag an bobel, heb pesy cubmyas dhyworto y honen, hag i'n presens a'y vêstrysy inwedh, o re gemyskys ha re ankensy dhe vos descrefys yn compes. Ev a savas wàr y dreys hag a herdhyas an venyn dhyworto—person ledan a neb tredhek warn ugans bloodh.

"Dar! Re Dhuw a'm ros!" ev a grias in udn dhiena. Ha hy, ow cresy nag o Job ma's nebes methek, a abmas dhodho arta.

"Kê dhe ves! Gas cres dhybm, te debel-venyn!" ev a grias, in udn shakya an lo a bredn, esa ev ow tebry y haunsel gensy, in bàn ha dhe'n dor dhyrag fâss an arlodhes. "Gevowgh dhybm, a dus jentyl, me yw certan na wrug vy ry colon vëth dhedhy. A Dhuw! Otta hy ow tos dhybm arta. Gwrewgh hy gwetha, a Vêster Holly, me a'gas pës! Gwra hy sensy! Ny allama hy ferthy! Na allama nes. Ny wharva hebma dhybm bythqweth kyns, a dus jentyl, bythqweth. Ny allama bos acûsys a dhrog-vëth," hag ena ev a cessyas, ha ponya scaffa gylly an cav wàr nans, ha me a welas pobel an Amahagger ow wherthyn rag an kensa prës. Ow tùchya an venyn, bytegyns, ny wharthas hy poynt. I'n contrary part, yth hevelly hy dhe vos ow conery yn frâs, ha ny wrug ges an benenes erel ma's encressya hy sorr. Hy a savas ena ow scrynkya hag ow fernewy, ha pàn verys vy worty, me a garsa Job dhe dôwlel y scrûplys dhe'n Jowl, rag me a dhesmygyas y whre y omdhegyans onest peryllya agan bêwnans ny.

Pàn wrug an venyn omdedna, Job a dhewhelys frobmys brâs hag ow meras yn sherp orth kenyver benyn a wrella nessa dhodho. Me a sêsyas an chauns dhe styrya dh'agan ôstys fatell o Job den demedhys, hag ev dhe vos pòr anfusyk gans y wre'ty, ha hedna dhe vos an rêson ragtho dhe dhos genen, ha rag y euth peskytter may whrella ev gweles benyn vëth. Saw ny veu ow lavarow ma's recêvys gans taw grysyl; apert o omdhegyans agan coweth dhe vos consydrys dyspît dhe oll an "meyny", kyn whrug an benenes, warlergh fascyon aga whereth i'n poblow moyha cyvyl, lowenhe orth sconyans onen a'ga howethesow.

Wosa haunsel ny a gerdhas alês rag whythra bestas an Ama-hagger, ha'ga thiryow gonedhys kefrës. Y a's teves dyw ehen a warthek, onen brâs ha pedrak, heb kernow, saw dâ rag provia leth fin; y ben, ehen rudh, pòr vian ha tew, pòr dhâ avell kig, saw heb valew vëth rag godra. An ehen dhewetha-na yw pòr haval dhe vuhas pednrudh Norfolk, saw yma an kernow ow cabma in rag dres an pedn, traweythyow mar bell, mayth yw res aga threhy, rag dowt y dhe devy aberth in ascorn an grogen. Hir yw blew an gyffras, ha ny wrer aga sensy ma's rag kig. Ow tùchya gonys dor an Amahagger, nyns ywa avauncys poynt, rag y a wra pùptra gans pal horn (yma an bobel-ma ow tedha hag owth obery horn). Yth yw an bal moy haval dhe wuw brâs ès dhe dra vëth aral, ha ny's teves scoodh vëth a yll an troos bos settys warnedhy. Awos oll hedna pòr lavurys yw aga gis a balas. Yma pùb ober gonys gwrës gans an gorow; contrary dhe ûsadow an radn vrâssa a boblow gwyls, y fêdh an benenes frank yn tien dhyworth lavur dewla. Saw, dell leverys vy solabrës, in mesk an Amahagger, yma hy gwiryow ervirys fast gans an benow.

Kyns oll ny a veu ancombrys ow tùchya devedhyans an nacyon coynt-ma hag ow tùchya aga gîsyow, ha ny wrêns y styrya nameur adro dhedhans dhyn. Kepar dell esa an termyn ow passya bytegyns—rag an nessa peswar dëdh a bassyas heb tra vëth nowyth—ny a dheskys neppyth dhyworth Ùstânê, carores Leo, rag hy wàr neb cor a lenas orth an den yonk kepar ha'y skeus y honen. Ow tùchya aga dallath, ny wodhyens tra vëth, herwyth hy skians hy. Yth esa bytegyns, hy a dheclaryas dhyn, crugyow a venweyth ha lies pyllar ogas dhe'n tyller mayth o tregys *Honna*, ha hanow an tyller-na o Kôr. Ha'n dus fur a levery an taclow-na dhe vos treven i'n termyn eus passys ha pobel tregys inhans, hag y fedha derivys y oll dhe skydnya dhyworth an bobel-na. Ny vedha den vëth dos ogas dhe'n magoryow brâs-na, dre rêson y dhe vos menouhys gans spyryjyon: ny wrêns y ma's meras ortans abell. Y hylly bos gweles magoryow erel kepar hag y in radnow erel a'n pow, hèn yw dhe styrya, in tyller vëth mayth esa onen a'n menydhyow ow terevel yn uhel a-ugh an gwernow. An câvyow inwedh, êns y tregys inhans, a veu kervys in mes a'n garrek gans tus, martesen an keth re neb a wrug an cytas. Ny's teva y aga honen laha screfys vëth. Ny's teva ma's ûsadow, saw hedna o mar stroth ragthans. Mar qwre nebonen offendya warbydn ûsadow y bobel, ev a vedha ledhys warlergh arhadow Tas an "Meyny." Me a wovydnas fatla vedha offendyor ledhys, saw ny wrug hy ma's minwherthyn ha leverel me martesen dh'y weles scon lowr.

Yth o Myternes dhedhans bytegyns. *Honna* o aga Myternes, saw ny vedha hy gwelys ma's yn anvenowgh, unweyth martesen pùb dyw vledhen pò pùb tressa bledhen martesen, pàn wrella hy omdhysqwedhes rag jùjya offendoryon, hag i'n eur-na hy a vedha maylys in mantel vrâs, ma na ylly den vëth meras orth hy fâss. Hy servysy o bodhar hag omlavar, hag indella ny yllens ry acownt vëth anedhy, saw leverys vedha hy dhe vos tecka ès ken benyn vëth, be hy bew pò marow. Whystrys vedha hy dhe vos dyvarow, ha hy dhe rewlya pùptra dre hy gallos. Saw ny ylly Ùstânê confyrmya hedna. Hy a gresy an Vyternes dhe dhôwys gour ty dhia dermyn dhe dermyn, ha peskytter may fedha mowes genys dhedhans, y fedha an gour-na, na veu bythqweth gwelys, gorrys dhe'n mernans. Ena an vowes a devy in bàn ha kemeres le an Vyternes pàn wrella merwel hy mabm, ha wosa hedna hy dhe vos encledhys i'n câvyow brâs. Saw ny ylly Ùstânë côwsel gans certuster ow tùchya an taclowna. Saw *Honna* a vedha obeyes dres oll an pow, ha mar teffa nebonen ha sevel orth hy arhadow, ev a via ledhys dystowgh. Hy a's teva gwethysy, saw nyns esa army parhaus i'n pow, ha dysobedyens dhe *Honna* o ancow sur.

Me a wovydnas orty pana vrâs o an pow, ha pes person esa tregys ino. Hy a worthebys fatell esa deg "Meyny" ino mar bell dell wodhya hy, ow comprehendya an "Meyny" brâs, i'n tyller mayth esa an Vyternes. Yth o oll an "Meynys" tregys in câvyow, in radnow a'n pow kepar ha'n darn-ma a dhor derevys in tyleryow, obma hag ena i'n gwernow dydhyweth, na ylly bos passys marnas in trûlerhow sêcret. Yn fenowgh an "Meynys" a wre omlath an eyl gans y gela, erna wrella *Honna* danvon ger dhedhans dhe cessya, hag ena y a wre hedhy heb let. Hedna ha'n fevyr a wrêns cachya dre viajya dres an gwernow a's gwetha dhyworth tevy re lies in nùmber. Ny vedhens ow cowethya gans ken pobel vëth; nyns esa pobel vëth tregys in aga ogas, ha ny ylly ken trib vëth gwil aga fordh der an gwernow hûjes brâs. Unweyth ost dhyworth pow an ryver brâs (Dowr Zambesy, me a grës) a whelas aga assaultya, saw an army-na êth wàr stray i'n gwernow, hag i'n nos pàn wrellens gweles pelyow brâs tan ow qwaya adro ena, y a whelas dos bys dhedhans, ow cresy an pelyow dhe dhysqwedhes caslës aga eskerens, ha hanter aga nùmber a veu budhys. Ow tùchya an remnant, y a verwys in scon a'n fevyr pò dre fowt sosten, kyn na veu dorn vëth derevys wàr aga fydn. Ùstânê a dheclaryas na ylly den vëth passya der an gwernow marnas an re-na a ve an trûlerhow aswonys dhedhans, ha hedna me a gresy êsy lowr. Ny wrussen ny agan honen bythqweth drehedhes an tyller-ma, na ve re erel dh'agan dry dhy.

Ny a dheskys an taclow-na ha lies tra moy dhyworth Ùstânê i'n powes a beswar jorna, kyns ès agan aventurs dhe dhallath in gwiryoneth. Ha dell yllyr desmygy, y a ros dhyn lowr dhe bredery anodho. Marthys dres ehen o pùptra, ancresadow marthys ogasty, ha'n dra moyha coynt o fatell esa pùptra owth agria moy pò le gans an scrif coth wàr an darn pot. Ha lebmyn yth hevelly fatell esa Myternes gevrînek, neb a's teva teythy mystycal warlergh an whedhlow uthyk saw ancresadow, ha hy o aswonys der an tîtel anpersonek *Honna*, hanow grysyl lowr dhe'm breus vy. Ny yllyn styrya oll an negys, ha ny ylly Leo y styrya naneyl, saw heb mar ev a wre bôstya a'y vyctory orthyf vy, dre rêson me dhe scornya oll an mater heb hedhy. Ow tùchya Job, ev a forsâkyas assay vëth a obery y skentoleth wàr an negys, hag ev o parys dhe alowa y dybyansow dhe dhryftya wàr vor an cyrcùmstancys present. Mahomed, an Arab, a vedha dyghtys yn cortes gans an Amahagger, kyn whrêns y dhysprêsya yn yêyn; ev o ownek brâs a neppyth, me a wodhya, saw ny yllyn dyscudha pandr'esa va ow perthy kebmys own anodho. Ev a spêna oll an jorna esedhys in cornel a'n cav in udn elwel wàr Allâh ha wàr an Profet dh'y wetha. Pàn wrellen vy govyn orto adro dhodho, ev a levery ev dhe berthy own drefen an bobel-na dhe vos dewolow, kyns ès tus ha benenes, ha'n pow-na dhe vos in dadn hus. Ha res yw dhybm avowa, unweyth pò dywweyth wosa hedna, me dhe vos acordys ganso. Indella an termyn a bassyas, bys in nos an peswora dëdh wosa Bylâly dh'agan gasa, pàn wharva neppyth.

Yth esen ny agan try hag Ùstânê ow sedha adro dhe dansys i'n cav, nebes dhyrag prës gwely, pàn savas an venyn, esa kyns ena owth ombredery yn trist heb leverel ger, ha hy a settyas hy dorn wàr vlew owrek ha crùllys Leo. Lebmyn whath, pàn wryllyf degea ow lagasow, me a yll hy gweles, prowt ha rial, gwyskys par termyn in skeusow tewl, par termyn in flyckrans rudh an tan, an crespoynt a wolok mar goynt dell welys vy bythqweth, ha hy ow teclarya hy thybyansow ha'y ragown in sort a gows rythmek esa ow resek nebes avell hebma:—

Te yw ow gour dôwysys—me re wortas dhyworth an dallath!
Ass osta sêmly! Pyw a'n jeves blew avelos, pò crohen mar wydn?
Py a'n jeves bregh mar grev, hag yw kebmys a dhen?
Dha dhewlagas yw an ebron, ha'n golow inhans yw an ster.
Te yw heb nàm ha perfeth yw dha fâss; ow holon a drailyas tro ha te.
Ea, pàn godhas ow lagasow warnas, me a'th tesîryas—
Ena me a'th kemeras dhybm—Ô, a Guv Colon meurgerys,
Ha'th sensy fast, rag dowt drocoleth dhe'th shyndya.
Ea, me a gudhas dha bedn gans ow blew, rag dowt an howl dh'y weskel;
Ha te o dhybm, ha me o dhis yn tien.
Indella an negys êth erna veu an Termyn in golovas gans Hager-Dëdh;

Ha pandra wharva an jëdh-na? Ellas, a Guv Colon meurgerys, ny wòn!
Saw me, me ny'th welys arta—me o gyllys wàr stray i'n tewolgow.
Ha hy neb yw creffa agesof a'th kemeras; ea, hodna neb yw tecka ès
Ùstânê.
Saw te a wrug trailya bytegyns ha'm gelwel, ha gasa dhe'th tewlagas
gwandra i'n tewolgow.
Saw hy a fethas bytegyns, dre Decter, ha'th hùmbrank bys in tyleryow
uthyk,
Hag i'n eur-na, ogh, a Guv Colon meurgerys—

Obma an venyn goynt-ma a dewys ha cessya hy lavarow pò hy hân nag o dhyn ma's kebmys flows, kynth yllyn ny convedhes an taclow esa hy ow leverel; ha hy a fastyas hy lagasow bryght wàr an skeusow down dhyrygthy. Ena yn sodyn hy lagasow a veras gans mir uthyk, kepar ha pàn vêns y ow whelas convedhes neb euth hanter-gwelys. Hy a dherevys hy dorn dhywar bedn Leo, ha poyntya i'n tewolgow. Ny oll a veras saw ny welsyn ny tra vëth; saw hy a welas neb tra, pò a gresy hy dhe weles neb tra. Hedna a wrug dh'y nervow crev plynchya, rag heb gwil son vëth, hy a glamderas ha codha dhe'n dor intredhon.

Leo, esa an person stranj ha yonk-ma ow tevy pòr garadow dhodho, a glôwas ino y honen fienasow hag anken brâs. Ha rag leverel an gwiryoneth, me a godhas in stât ogas lowr dhe own dyrêson. Oll an negys o coynt dres natur.

Hy a dheuth dhedhy hy honen yn scon, hag a sedhas in bàn in udn dheglena gans shora uthyk.

"Pandr'esta ow styrya, Ùstânê?" Leo a wovydnas, rag grâssow dhe vledhydnyow a dhyscans, ev a gôwsy Arabek heb hockya.

"Nâ, ow den dôwysys," hy a worthebys, owth assaya dhe wherthyn. "Ny wrug vy ma's cana dhis warlergh ûsadow ow fobel. In gwir nyns esen ow mênya tra vëth. Fatl'yllyn côwsel a daclow na wharva whath?"

"Ha pëth a welsys, Ùstânê?" me a wovydnas, ow meras glew orty in hy dewlagas.

"Nâ," hy a worthebys arta, "Ny welys vy tra vëth. Na wovyn orthyf pêth a welys. Prag y carsen agas ownekhe?" Hag ena in udn drailya dhe Leo gans moy a gerensa bur dhe redya wàr y fâss ès dell welys vy bythqweth wàr fâss benyn wyls pò benyn wharhës, hy a

gemeras y bedn inter hy dewla hag abma dhodho wàr an tâl kepar
ha mabm.

"Pàn vyma gyllys dhyworthys, a garadow dôwysys," yn medh hy,
"pàn wrylly istyna in mes dha dhorn i'n nos heb gallos ow
throuvya, ena te a dal predery ahanaf, rag in gwir, me a'th car yn
frâs, kyn nag oma wordhy dhe wolhy dha dreys. Ha lebmyn,
gesowgh ny dhe omgara ha dhe gemeres an pëth yw rës dhyn, ha
dhe lowenhe; rag nyns eus kerensa vëth na tomder vëth i'n bedh,
ha vy vëdh gwessyow ow tùchya gwessyow. Ny vëdh tra vëth mar-
tesen, ma's covyon wherow a'n pëth a alsa bos. Haneth ny a bew
an ourys; fatla yllyn ny leverel pyw a's bewvyth avorow?"

VIII

AN KYFFEWY HA WÀR Y LERGH!

An negys stranj-ma a bryntyas y honen yn town wàr agan cov, moy martesen dre rêson a'n taclow a wrug ev profusa ès an pëth a veu dhysqwedhys ino. An jëdh wosa hedna y feu declarys y fedha kyffewy sensys i'n agan onour ny. Me a wrug oll ow ehen scappya dhyworto, in udn leverel ny dhe vos tus uvel ha nag esa festow worth agan plêsya nameur, saw ny veu ow lavarow clôwys ma's gans dysplesour. Rag hedna me a gonsydras tewel dhe vos an gùssul wella.

Indella termyn cot dhyrag an howlsedhas y feu leverys dhybm bos pùptra parys, ha gans Job warbarth genef, me a entras i'n cav. Ena me a vetyas orth Leo, ha kepar dell o ûsys, yth esa Ùstânê worth y sewya. An dhew-ma o gyllys alês rag kerdhes warbarth in neb le, ha ny wodhyens tra vëth a'n kyffewy ervirys. Pàn glôwas Ùstânê an dra, me a welas euth ow spredya wàr hy bejeth teg. Hy a drailyas ha sêsya den esa ow kerdhes der an cav er an vregh ha govyn neb tra orto, hautyn hy lev. Y worthyp a's confortyas nebes rag hy a veu nebes sewajys, saw contentys nyns o hy màn. Nessa hy a assayas dhe argya gans an den, neb o person in auctoryta, saw ev a gowsas yn serrys orty, ha'y shakya dhyworto, hag ena ev a jaunjyas y vrës ha'y settya hy a'y eseth intredho y honen ha den aral i'n kelgh adro dhe'n tan. Me a bercêvyas fatell gresy hy y vos an gùssul welha rygthy gwil warlergh y lavarow.

Yth o an tan i'n cav spessly brâs an nos-na, hag in kelgh efan yth o cùntellys adro dhe bymthek den warn ugans ha dyw venyn, Ùstânê, ha'n venyn a wrug Job goheles, ow kemeres warnodho y honen an part a nebonen aral in mes a'n scryptour. Yth esa an dus a'ga eseth heb leverel ger vëth, kepar dell o aga ûsadow, ha kenyver onen anodhans a'n jeva y wuw ow sevel in bàn yn serth wàr y lergh in morter kervys in leur an garrek rag an porpos-na. Yth esa an padn melen adro dhe onen pò dew anodhans yn udnyk. An remnant o nooth avês dhe'n grohen lewpart adro dhe'n wast.

"Pëth usons y ervirys dhe wil i'n tor'-ma, a syra?" Job a wovydnas gans dowtys in y lev. "Arlùth nev re'm gweresso, otta an venyn-na arta. Lebmyn, sur yw na yll hy bos intentys dhe'm helghya arta, rag ny res vy confort vëth dhedhy. Ymowns ow qwil dhybm scrutha, kenyver onen anodhans, ha hèn yw an gwiryoneth. Dar, y re besys Mahomed dhe gynyewel genen kefrës. An venyn-na neb a whelas ow dynya, otta hy ow côwsel orto in maner fest cyvyl. Wèl, lowen oma hy dhe'm gasa in cres wosa pùptra."

Ny a veras in bàn, hag in gwir an venyn o sevys hag yth esa hy ow lêdya Mahomed truan dhyworth y gornel, le mayth esa ev esedhys, fethys gans an euth esa ow codros, in udn grena hag ow kelwel orth Allâh. Yth hevelly nag o va whensys dhe dhos, martesen rag an udn skyla an dra dhe vos warbydn ûsadow, rag kyns ena y voos a vedha drës dhodho adenewen y honen oll. Wàr neb cor, me a welas ev dhe vos lenwys a euth brâs, rag yth esa ev ow trebuchya ha scant ny wre y arrow perthy y gorf brâs ha tew. Me a grës na wrug ev assentya dhe dhos ma's dre rêson a'n cowr gwyls adhelergh dhodho esa guw brâs in y dhorn. Na ve ma's dynyans an venyn, me a grës na vynsa ev dos poynt.

"Wèl," me a leverys dhe'n re erel, "nyns usy an wolok-na worth ow flêsya. Saw me a sopos fatell yw res dhyn hy ferthy. Esowgh why, agas dew, ow ton agas pystolys tro? Mars esowgh, kemerowgh with aga bos cargys."

"Yma ow fystol vy genef," yn medh Job, ow tùchya y bystol, "saw ny'n jeves Mêster Leo ma's y gollan helghya, saw yth hevel dhybm hodna dhe vos brâs lowr."

Drefen ny dhe gresy na via fur ragon gortos erna wrella Leo kerhes y bystol, ny êth in rag yn colodnek, ha sedha in lînen, gans tenewen an cav orth agan keyn.

Kettel wrussyn ny sedha, y feu pot pry passys adro ha dewas bragesys ino. Plesont lowr o y saworen saw re barys dhe drailya an bengasen. Yth o va gwrës in mes a ÿs brêwys—nyns o va ÿs Eyndek adar ÿs bian gell usy ow tevy in bagasow wàr welen an plans. Kepar ywa dhe'n dra gelwys ÿs Kafyr in Soth a Afryca. An cafas esa an dewas-ma ino o pòr goynt, ha dre rêson y vos pòr haval dhe lies

89

onen aral ûsys gans an Amahagger, y fëdh fur dhybm y dhescrefa. Fest coth yw an cafasow-ma hag ymowns y kefys in lies myns dyvers. Res yw na veu onen vëth gwrës i'n pow nans o lies cans, nâ, lies mil vledhen. Ymowns y kefys i'n bedhow men, a wrama ry acownt anodhans i'n tyller ewn, ha me ow honen a grës, fatell vedhens y ûsys i'n termyn eus passys rag recêva enether an re marow, kepar dell o an gis in mesk an Ejyptyons. In gwir yth esa neb cowethyans inter tregoryon an pow-ma ha pobel Ejyp. Yma Leo ow cresy bytegyns, fatell vedhens y settys i'n bedhow may halla an re marow gwil devnyth spyrysek anodhans. Yma dyw scovarn wàr an radn vrâssa a'n pottow, hag ymown y kefys in pùb myns; re anodhans o teyr thros'hës in uhelder, ha'n re biadnha mar vian avell teyr mesva. Dyffrans yns in shâp inwedh, saw y oll ow teg ha grassyùs, gwrës dell yns a bry fin du, avlenter ha nebes garow. Wàr an gilva-na yma fygurs brithweythys, moy gracyùs ha moy naturek ès pyctours vëth aral a welys vy bythqweth tednys war gafasow ancyent. Yma radn a'n gologow ow tysqwedhes vuys kerensa gans sempleth flehyl ha gans franchys a vaner, na wrussa plêsya crytycoryon agan dedhyow ny. Wàr radn aral arta y hyll bos gwelys mowysy ow tauncya, ha wàr radn aral vuys helghya. Rag ensampel, an pot esen ny i'n tor'-na owth eva anodho a'n jeva wàr an eyl tu pyctour bew a dus, gwydn aga crohen dell hevelly, ow settya orth gour-olyfans gans guwyow, ha wàr y gela, helhor ow setha sethow orth gavrewyk esa ow ponya dhyworto, hag a gresyn vy dhe vos *eland* pò *kûdû*.

Hèm yw gwandrans bian i'n termyn a bris, saw nyns ywa re hir rag an ocasyon, rag yth o an ocasyon y honen pòr hir. Avês dhe'n pot ow mos adro traweythyow, ha'n gwayans a vedha res rag tôwlel cunys wàr an tan, ny wharva tra vëth dres an radn vrâssa a our. Ny gowsas den vëth ger. Otta ny oll a'gan eseth in taw perfeth, ow meras orth golow ha flabmow an tansys, hag orth an skeusow towlys in udn flyckra gans an lugern pry (nyns o an re-na a oos brâs wàr neb cor). I'n spâss egerys intredhon ny ha'n tan yth esa servyour brâs, peswar dornla warnodho, poran kepar ha servyour kigor, kyn nag o an dornleow cow. Ryb an servyour ny a welas pynsor brâs, hir y sheftys, ha wàr an tu erel a'n tan yth esa pynsor aral. Nyns esa an servyour ha'n pynsors orth ow flêsya poynt. Ena me a remainyas in udn veras ortans hag orth an kelgh a fâssow fers

ha sevur hag a leverys dhybm ow honen an negys dhe vos uthyk
fest, ha ny dhe vos in dadn gowl-danjer an bobel ownek-ma. Hag
yth êns y skyla a euth creffa dhyn, drefen na wodhyen ny
convedhes aga gwir-natur. Y a ylly bos lacka ès dell esen ny ow
cresy, saw me a gresy i'n gwetha prës y dhe vos lacka, hag ena ny
veuma camgemerys. Ass o coynt an kyffewy, me a leverys dhybm
ow honen, ow tùchya y natur; yth o kyffewy a ehen Barmecîd, rag
ny veu provies tra vëth oll dhe dhebry.

Wàr an dyweth, pàn esen owth omglôwes me dhe vos hudys, y
wharva neppyth. Heb gwarnyans vëth dhyrag dorn, nebonen wàr
an tu aral a'n kelgh a grias in mes yn uhel—

"Ple ma an kig a wren ny debry?"

Ena kenyver onen i'n kelgh a worthebys in ton lent ha down, in
udn istyna y vregh dhyhow in mes tro ha'n tan—

"*An kig a wra dos.*"

"Ywa gavar?" an keth den a wovydnas.

"*Gavar heb kernow yw, ha moy ès gavar, ha ny a vydn y ladha,*" y a
worthebys oll warbarth, hag in udn drailya hanter adro y oll a
sêsyas sheft aga guw gans an dorn dyhow, hag ena y a's lowsyas oll
warbarth.

"Ywa ojyon?" yn medh an den arta?"

"*Ojyon heb kernow ywa, ha moy ès ojyon, ha ny a vydn y ladha*," a veu an gorthyp, hag arta an guwyow a veu sêsys ha lowsys arta.

I'n eur-na y feu powes, ha me a verkyas, meur ow euth, ha'm blew a savas wàr ow fedn, fatell dhalathas an venyn ryb Mahomed y jersya, ow tava y vohow hag orth y elwel gans henwyn kerensa, hag oll an termyn yth esa hy lagasow fers ow qwandra y gorf in bàn ha dhe'n dor, hag ev prest ow crena. Ny worama prag y kemerys vy kebmys own dhyworth an vu, saw ny oll a veu ownekhës yn uthyk dredho, spessly Leo. Yth o an venyn haval dhe serpont in hy chersyans, hag apert o hy dh'y dhyghtya herwyth neb furvel hegas a dalvia bos sewys.[11] Me a welas Mahomed ow trailya gwydn in dadn y grohen dewl, gwydn rag ewn own.

"Yw an kig parys dhe rôstya?" an lev a wovydnas dhe voy uskys.

"*Parys yw; parys yw.*"

"Yw an pot tobm rag y rôstya?" an lev a bêsyas, ow terevel dhe scrij, neb a wrug dasseny der oll cornelly an cav.

"*Tobm yw; tobm yw.*"

"Re'n Arlùth Duw!" Leo a ujas, "remembrowgh an scrif: an '*bobel yw ûsys dhe worra pottow wàr bednow stranjers.*'"

Kepar dell leverys ev an geryow, kyns ès ny dhe allos gwaya, pò convedhes pëth esa ow wharvos, dew dhen avlythys brâs a labmas in bàn, sêsya an pynsors hir ha'ga herdhya in cres an tan. An venyn, esa ow chersya Mahomed, a dhros in rag adhesempys cabester a lovan gwels adhan hy grugys ha'y slyppya dres y scodhow, y dydnhe, ha'n dus ryptho a'n dalhednas er an garrow. Dew dhen an pynsors in udn scùllya an tan a bùb tu wàr an leur a garrek a dherevys pot brâs a bry, tobmys gwydn, in mes a'n flabmow. Heb let y a dhrehedhas an tyller mayth esa Mahomed ow strîvya. Ev a wrug omlath kepar ha dyowl in y dhyspêr gwyls, hag in spît dhe'n lovan adro dhodho, ha nerth an dus esa ow sensy y arrow, ny ylly an debeles rag pols collenwel aga forpos, ancresadow hag uthyk dell o, *dhe settya an pot tobm rudh wàr y bedn.*

Me a labmas in bàn in udn uja gans euth, hag a dednas ow fystol ha'y setha der anyen strait orth an venyn iffarnak, esa mynysen alena ow chersya Mahomed ha lebmyn orth y wrydnya in hy brehow. An bùlet a's gweskys i'n keyn ha'y ladha. Bys i'n jëdh hedhyw lowen oma me dh'y wil, rag y feu dyscudhys moy adhewedhes fatell wrug hy devnyth a ûsadow an Amahagger avell debroryon tus dhe restry oll an negys dhe venjya an bysmêr a gafas hy dhyworth Job. Hy o marow ha pàn godhas hy er ow euth ha'm anken, Mahomed, gans strîvyans ancresadow, a scappyas dhyworth y dormentours, ha lebmel uhel in bàn, ha codha in newores wàr hy horf hy. An bùlet poos dhyworth ow fystol a herdhyas dre hy horf hy ha dre y gorf ev, ow ladha an voldrores hag ow selwel hy vyctym dhyworth ancow liesgweyth mar uthyk ès an mernans a

---

11 Ny a dheskys wosa hedna fatell o towl an chersyans gwil wis an vyctym dhe vos kerys hag estêmys, hag indella dhe gonfortya y emôcyons ha dhe wil dhodho merwel yn lowen ha contentys in y vrës.—L.H.H.

gafas ev. Drog-labm grym veu saw drog-labm mercyabyl fest inwedh.

Y feu taw sowthenys rag tecken. Ny wrug an Amahagger clôwes sownd dhyworth godn kyns ena, hag y a gemeras own. Saw an nessa secùnd den rybof a dheuth dhodho y honen hag a sêsyas y wuw. Porposys o dhe weskel Leo dredho, rag yth esa ev ryptho.

"Gwra ponya rag dha vêwnans!" me a ujas, ow qwil indella ow honen, rag me a dhalathas ponya an cav in bàn scaffa gyllyn. Me a vynsa scappya bys i'n air, a callen, saw yth esa tus i'm fordh, ha pelha, me a welas pobel ow sevel yn cler warbydn an ebron in hans dhe anow an cav. Me êth an cav in bàn, ha'n re erel a'm sewyas, ha wàr aga lergh oll cùntellva an dhebroryon tus, serrys brâs dre vernans an venyn. Gans labm me êth dres corf Mahomed. Pàn esen ow neyjya dresto me a glôwas tomder an pot tobm rudh, esa ow crowedha rybof, dhe dùchya ow garrow, ha dre wolow gwadn an pot me a welas y dhewla—rag nyns o va marow yn tien—ow qwaya yn tyfreth. Orth pedn an cav yth esa soler bian a garrek neb try thros'hës in uhelder hag adro dhe eth tros'hës ahës, may fedha dew lugarn settys warnodho i'n nos. Ny worama, mar peu an soler-ma gesys avell esedhva, pò avell tyller uhel may halla moy a balas bos gwrës warnodho, hag ena an soler a vedha trehys dhe ves. Dhe'n lyha ny wodhyen an dra i'n tor'-na. Wàr neb cor ny agan try oll a dhrehedhas an soler ha lebmel in bàn warnodho, parys dhe omlath in fers kyns ès merwel. Rag pols an bùsh brâs a dus esa worth agan sewya yn clos a savas, rag y a'gan gwelas ow trailya wàr aga fydn. Yth esa Job wàr an garrek aglêdh, Leo i'n cres ha me adhyhow. Adhelergh dhyn yth esa an lugern. Leo a bosas in rag ha meras orth tremenva hir an skeusow, hag orth hy fedn an tansys ha'n lugern anowys. Yth esa agan mùrdroryon intendys ow fysky dredhy ha'n golow feynt ow spladna wàr aga guwyow, rag aga sorr y honen ow mar dawesyk avell ky tarow. Y hylly udn dra moy bos gwelys, hèn o an pot tobm ow colowy yn feynt whath i'n tewolgow. Me a welas golow coynt in lagasow Leo, ha'y fâss teg o mar fast avell men. Yth esa y gollan boos helghya in y dhorn dyhow. Ev a dednas hy cron nebes codna y vregh in bàn hag ena gorra dhorn adro dhybm ha'm byrla yn tâ.

"Genes farwèl, a gothwas," ev a leverys, "a gothman meurgerys dhybm, moy ès tas. Nyns eus chauns vëth genen warbydn an debeles-ma. Y a wra agan ladha heb let ha'gan debry wosa hedna, me a sopos. Farwèl. Me a'th hùmbrancas aberth in hebma. Yma govenek dhybm Duw dh'y ava dhybm. Farwèl genes, Job."

"Re bo gwrës bolùnjeth Duw," yn medhaf vy in udn dhegea ow dens rag metya gans ow mernans. I'n prës-na Job a dherevys y bystol. Ev a sethas ha gweskel nebonen. Ny veu va an den esa Job ow medra orto dell hevelly. Pynag oll dra a wrella Job medra orto y fia saw yn tien.

Y a dheuth in rag in udn fysky, ha me a sethas scaffa yllyn, ha'ga lettya—intredhon, Job ha me, avês dhe'n venyn, ny a ladhas pò a debel-wolias pymp den gans agan pystols kyns ès y dhe vos gwag. Saw ny'gan beu termyn vëth dh'aga dascarga; ha whath yth esa agan eskerens ow tos in fordh o mar spladn dell o dybreder, rag ny wodhyens y na yllyn ny pêsya ow setha rag nefra.

Qwallok brâs a labmas in bàn wàr an soler, ha Leo a'n gweskys marow gans udn strocas a'y vregh grev, in udn dhanvon an gollan qwît der y gorf. Me a wrug an keth tra gans den aral, saw Job a gollas y strocas, ha me a welas Amahagger brâs orth y dhalhedna er an wast ha'y droyllya dhywar an soler. Nyns o an gollan kelmys gans cron ha hy a neyjyas in mes a dhorn Job, pàn godhas ev y honen, ha dre jauns pòr lowen an gollan a londyas hy dornla in bàn wàr an garrek, kepar dell wrug corf an Amahagger, esa in dadn Job, gweskel poynt an gollan hag ev a veu gwenys dredhy. Ny worama pëth a wharva dhe Job wosa hedna, saw yth hevel dhybm fatell wrug ev growedha wàr gorf marow y escar tremenys, owth omwil dhe vos marow. Worth ow thùchya vy ow honen, me a veu maglednys yn scon gans dew sherewa, hag i'n gwelha prës, aga guwyow o gesys wàr aga lergh gansans, ha rag an kensa treveth i'm bêwnans, an nerth brâs a gorf rës dhybm gans an Natur a veu a weres dhybm. Me a hackyas pedn udn den mar grev gans ow hollan helghya, o mar vrâs ha mar boos avell cledha cot, may whrug an dhur lybm falsa y grogen wàr nans bys in y lagasow, hag yth o hy sensys mar fast ino, pàn godhas ev yn sodyn adenewen, may feu an gollan wrestys in mes a'm dorn.

Ena an dhew dhen aral a labmas warnaf. Me a's gwelas ow tos, ha gorra bregh adro dh'aga wast aga dew, ha ny a godhas wàr an leur warbarth, in udn rollya dres y gela. Y o crev, saw me o muskegys gans sorr ha gans an lust uthyk-na rag ladhva, a wrella

95

slynkya aberth in den moyha wharhës ahanan, pàn vo strocosow ow neyjya hag pàn vo bêwnans pò mernans i'n vantol. Yth esa ow dywvregh adro dhe'n dhew dhyowl du, ha me a's gwrydnyas erna glôwys vy aga asow ow crackya hag ow tardha in dadn ow dalhen. Y a drailyas hag a omgabmas kepar ha serpons, ha'm scravynyas ha'm cronkya gans aga dornow, saw me a's sensys fast. A'm groweth ena may halla aga horfow ow gwetha dhyworth guwyow ow pechya a-ughtans wàr nans, yn lent me a wrydnyas an bêwnans in mes anodhans, ha pàn esen orth y wil, me a brederys adro dhe'n pëth a vynsa Pedn an Coljy in Kergraunt (hag ev yw esel a Gowethas an Cres) ha'm Kesvreder leverel, a callens y dre bystry ow gweles vy yn arbednek ow qwary sport mar wosek. Yn scon ow eskerens a glamderas, ha cessya dhe omlath; aga anal a fyllys hag yth esens ow merwel, saw whath ny vedhys aga gasa, rag yth esens ow merwel pòr lent. Me a wodhya, mar teffen ha lowsya ow dalhen, y a vynsa dasvewa. Dre lycklod an debeles erel a gresy—rag yth esen ny agan try ow crowedha in skeus an soler—ny oll dhe vos marow warbarth. War neb cor ny wrussons mellya gans agan trajedy bian.

Me a drailyas ow fedn, hag dell esen ow tiena i'n cres an omlath uthyk-na, me a welas fatell o Leo devedhys dhywar an garrek, rag yth esa leun-wolow an lugern ow spladna warnodho. Yth esa ev whath wàr y dreys, saw in cres a strif kemyskys a dus. Yth esens ow whelas y dedna dhe'n dor kepar dell usy bleydhas ow qwil gans carow. A-ughtans y hylly bos gwelys y vejeth teg in dadn y gùrun a vlew owrek crùllys (Leo yw whegh tros'hës dyw vesva in uhelder), ha me a welas ev dhe omlath yn tybreder gans dyspêr, ha'y nerth ha'y fors o spladn ha hager i'n keth prës. Ev a herdhyas y gollan dre gorf udn den—yth êns y mar glos dhodho ha mar gemyskys ganso na yllens medra orto dh'y ladha gans aga guwyow brâs, hag y ny's teva naneyl collan na lorgh. An den a godhas, ha in neb fordh an gollan a veu wrestys in mes a'y dhorn, ha'y asa heb defens vëth, ha me a gresy bos devedhys y dhyweth. Saw nag o; in udn strîvya heb rach ev a lowsyas y honen dhywortans, sêsya corf an den o nowyth ledhys ganso, y dherevel yn uhel i'n air ha'y dôwlel aberth in bùsh y eskerens. Gans an strocas ùncoth-ma pymp pò whegh den anodhans a veu scubys dhe'n dor. Saw wosa tecken y oll a savas in bàn marnas udn den, rag sqwattys o y bedn, hag yth

esa ev orth y dhalhedna arta. Hag ena yn lent, ha gans lavur brâs,
an bleydhas a dhysevys an carow. Hag ena whath Leo a dheuth
dhodho y honen arta ha cronkya Amahagger dhe'n dor gans y
dhorn, saw yth o dres gallos udn den omwetha y honen dhyworth
kebmys anodhans; ha wàr an dyweth ev a fyllys wàr an garrek, ow
codha kepar ha derwen ow try ganso oll an re-na o glenys orto. Y
a'n sêsyas er y vrehow ha'y arrow ha sevel dhywar y gorf.

"Guw!" lev a grias—"guw dhe drehy y vriansen ha vessyl dhe gachya y woos."

Me a dhegeas ow lagasow, rag me a welas den ow tos gans guw, ha me a wodhya na yllyn gwaya rag gweres Leo, rag yth esen ow tevy gwadn, ha nyns o marow whath an dhew dhen warnaf. Cleves mortal a'm sêsyas.

Ena yn sodyn y feu tervans, ha heb y wodhvos me a egoras ow lagasow arta, ha meras tro ha tyller an mùrder. An vowes Ùstânê a dowlas hy honen wàr Leo a'y wroweth wàr an leur, in udn gudha y gorf ev dre hy horf hy honen, hag ow fastya hy brehow adro dh'y godna. Y a whelas hy draggya dhywarnodho, saw hy a drailyas hy garrow adro dh'y arrow ev, ha'y sensy kepar ha ky tarow, poken kepar hag idhyow ow clena orth gwedhen, ha ny yllens hy thedna dhywarnodho. Ena y a assayas y wana i'n tenewen heb hy fystyga hy, saw hy a's lettyas, ha ny veu va mas golies.

Wàr an dyweth aga ferthyans o gorfednys.

"Gwra herdhya an guw der an den ha'n venyn warbarth," yn medh lev; an keth lev neb a wovydnas an qwestyons orth an kyffewy uthyk, "indella in gwir y a vëdh demedhys."

Ena me a welas den ha'n guw in y dhorn ow parusy y honen rag an ober. Me a welas an dhur yêyn ow terlentry avàn, hag arta me a dhegeas ow lagasow.

Pàn wrug vy indella, me a glôwas lev den ow cria in mes avell taran ha'y gry a wrug dasseny an fordhow meynek ahës—

"Cessyowgh!"

Ena me a glamderas, ha pàn esa ow kelly aswonvos yth hevelly dhybm me dhe bassya aberth in ancof dewetha an mernans.

IX

TROOS BIAN

Pàn wrug vy egery ow lagasow arta, me a gafas ow honen ow crowedha wàr strail crohen ogas dhe'n tan a wrussyn ny cùntell adro dhodho rag an kydnyow uthyk-na. Yth esa Leo a'y wroweth i'm ogas hag ev, dell hevelly, clamderys whath. Yth esa fygur hir an vowes, Ùstânê, ow posa a-ughto hag ow colhy goly down guw in y denewen gans dowr yêyn, kyns ès mailya an pystyk in lysten. Yth esa Job ow posa warbydn fos an cav adhelergh dhedhy, hag ev, dell hevelly, heb pystyk, saw brêwys hag ow crena. In hans dhe'n tan, tôwlys ader dro, kepar ha pàn wrussons tôwlel aga honen wàr an leur hag y sqwithys yn tien, yth esa corfow an re-na ledhys genen ny in agan strîvyans uthyk dhe selwel agan bêwnans. Me a's reknas: yth êns y dewdhek heb rekna an venyn, ha corf Mahomed truan, neb a verwys der ow dorn vy. Yth o y gorf ev settys orth pedn an lînen avrewlys ha ryptho an pot, namys dre dan. Aglêdh yth esa bagas tus ow chainya brehow an dhen-debroryon o whath yn few, hag ena worth aga fastya warbarth dew ha dew. Yth esa an debeles owth omry, cosoleth crowsek dhe redya wàr aga fâss, saw nyns esa hedna owth agria gans an godnar sowthenys ow terlentry in aga lagasow morethek. Dhyrag an dus-na, in udn dhyrectya an ober, yth esa ow sevel agan cothman Bylâly. Kynth hevelly ev bos nebes sqwith, ev o kepar ha patryark wordhy gans y varv hir, ha mar vygyl avell den a via ow kevar-wedhya tus ow trehy ojyon.

Yn scon ev a drailyas hag ow qweles me dhe vos esedhys in bàn ev, a dheuth dhybm, ha dre gortesy brâs ev a leverys ev dhe wetyas me dhe omglôwes dhe well. Me a worthebys na wodhyen i'n tor'-na fatl'esen vy owth omglôwes, marnas me dhe sùffra painys in oll ow esely.

Ena ev a grobmas dhe'n dor hag examnya goly Leo.

"Drog-pystyk ywa," yn medh ev, "saw ny wrug an guw gwana y enether. Ev a wra gwellhe."

"Meur râss dhe'th tevedhyans jy, a das," me a worthebys. "Mynysen moy adhewedhes ha ny oll a via dres gweres, rag an dhewolow a'th pobel a vynsa agan ladha kepar dell wrussons ladha agan servont," ha me a dhysqwedhas corf Mahomed.

An cothwas a scrynkyas, ha me a welas golow stranj atty ow shînya in y lagasow.

"Na borth awher, a vab," ev a worthebys, "venjans a wra skydnya warnodhans, a wrella dhe'th kig deglena wàr dha eskern in udn glôwes anodho yn udnyk. Dhe *Honna* y a wra mos, ha'y venjans hy a vëdh wordhy a'y brâster. An den-na," yn medh ev, ow tysqwedhes Mahomed gans y dhorn, "a vynsa merwel mernans truethek comparys gans an mernas a wra godhevel an usvilas-ma. Lavar dhybm, y praydha, fatla wharva."

Wàr verr lavarow me a ros acownt dhodho.

"Â, in gwir," ev a worthebys. "Te a wel, a vab, fatell eus ûsadow obma, mar teu stranjer aberth i'n pow-ma, ev a vëdh ledhys der an pot ha debrys wosa hedna."

"Hèn yw wolcùm trailys an pëth awartha dhe woles," me a worthebys gwadn lowr. "In agan pow ny ny a wra entertainya stranjer ha offra boos dhodho. Obma why a'n deber hag a vëdh entertainys."

"Ûsadow ywa," ev a worthebys in udn dherevel y scodhow. "Me ow honen a grës y vos tebel-practys; saw wàr neb cor," ev a addyas kepar ha preder warlergh, "nyns usy saworen stranjers orth ow flêsya, spessly warlergh y dhe wandra der an gwernow ha bewa wàr ŷdhyn gwyls. Pàn dhanvonas *Honna-a-res-bos-obeyes* arhadow dhe sparya agas bêwnans why, ny leverys hy tra vëth ow tùchya an den du. Rag hedna, dre rêson y dhe vos uthvilas gwyls, an dus-ma a dhesîryas y gig, ha'n venyn, neb a wrusta ladha der ewnhenseth, a'n gorras in aga brës dhe settya an pot tobm warnodho. Wèl, y a vëdh rewardys. Gwell via dhedhans heb bos genys bythqweth ès sevel dhyrag *Honna* in hy sorr uthyk. Gwydn aga bës an re-na a veu marow der agas dewla why."

"Â," yn medh ev in udn bêsya, "ass o bold an strîf a wrussowgh why omlath. A wodhesta, te vaboun a'n brehow hir, fatell wrusta sqwattya asow an dhew-na usy a'ga groweth ena, kepar ha na vêns y ma's plysken oy? Ha'n den yonk, an lion, ass o teg an stauns a sensys ev—onen warbyn kebmys eskerens—ev a ladhas tredden wàr udn labm, ha'n den-na," hag ev a boyntyas dhe gorf esa whath ow qwaya nebes—"a wra merwel yn scon, rag y bedn yw crackys adreus, ha pystygys yw radn an re-na yw kelmys genen. Omlath stowt veu, ha te hag ev, why re wrug cothman ahanaf vy dredho, rag dâ yw genef gweles batel dhâ. Saw lavar dhybm, ow mab, te vaboun—ha lebmyn yth hevel dhybm dha fâss re vlewak ha kepar ha fâss baboun poran—fatla wrussowgh why ladha an re-na usy toll inhans? Why a wrug tros, yn medhans y, ha'ga ladha—y a godhas wàr aga fâss pàn glôwsons an tros?"

Me a ros acownt dhodho gwelha gyllyn, saw wàr verr lavarow a vertus an polter godn—rag me o uthyk sqwith, ha me a veu persâdys dhe gôwsel yn udnyk der an own a offendya den mar alosek, mar teffen ha sconya kestalkya ganso. Saw heb let ev a gomendyas dhybm dhe dhysqwedhes an gallos-na dhodho der y obery wàr onen a'n prysners. Ny via an lack a onen anodhans merkys nefra, yn medh ev, hag y fedha an mater a les brâs dhodho y honen, ha fordh dhâ via rag venjya agan honen. Ev a veu sowthenys brâs pàn wrug vy derivas dhodho nag o agan ûsadow tôwlel dial in goos yêyn, ha fatell wren ny gasa venjans dhe'n laha ha dhe allos uhella, na wodhya ev tra vëth adro dhodho. Me a addyas bytegyns, pàn wrellen yaghhe, me dh'y gemeres genen ow setha gam genen, hag y hylly ev ladha best ragtho y honen. Pàn glôwas ev hedna, ev a veu mar lowen avell flogh pàn vo gwariel nowyth promyssys dhodho.

I'n tor'-na Leo a egoras y lagasow in dadn an awedhyans a dhowr tobm (rag ny a'gan be nebes whath) deverys y vriansen wàr nans gans Job, ha'gan kescows a dhewedhas.

Warlergh hedna ny a spêdyas dhe worra Leo, esa in drog-stât in gwir, ha hanter-clamderys whath, in y wely, scodhys gans Job ha gans an vowes stowt-na, Ùstânê. Na ve me dhe owna hy dhe serry, me a vynsa yn sur ry bay dhedho, dre rêson a'y omdhegyans spladn, pàn wrug hy selwel bêwnans ow maw in udn beryllya hy bêwnans hy honen. Saw nyns o Ùstânê an sort a venyn yonk a garsa nebonen bos re frank gensy, heb bos sur na vedha an dêda myskemerys. Rag hedna me a sùppressyas ow whans. Ena brêwys ha gweskys, saw gans an sens a sawment i'm colon na wrug vy clôwes inof ow honen nans o nebes dedhyow, me a gramyas in kerdh dhe'm logel vian ow honen, ha ny ankevys vy kyns ès growedha dhe rassa a leun-golon dhe Furneth Duw nag o an tyller-na ow bedh in gwir. Na ve kebmysk marthys a wharvedhyansow, na allama ascrîbya ma's dhe Furneth Duw, me a via marow heb dowt vëth an nos-na. Bohes yw an dus esa mar ogas dhe'n ancow hag a wrug scappya dhyworto, kepar dell wrussyn ny an jëdh uthyk-na.

Drog-cùscor oma i'n termyn gwelha, ha'm hunrosow an nos-na, pàn wrug vy wàr an dyweth codha in cùsk o anwhek lowr. Me a wely inhans vesyon uthyk a Mahomed truan ow strîvya dhe dhiank dhyworth an pot tobm rudh, hag ena i'n gilva, te a alsa leverel, yth esa fygur kelys in veyl pùpprës ow treneyja, ha par termyn an fygur a hevelly tedna dhywarnedhy hy dyllas, in udn dhyscudha shâp perfeth a venyn deg flour, ha par termyn hy a vedha corf eskern gwydn in udn dheskerny orthyf, ha pàn esa hy ow stryppya hy honen, hy a levery an lavar kevrînek mès dystyr:—

"An dra a vo yn few hag a wrug tâstya mernans, ha'n dra neb yw marow, ny yll nefra merwel, rag in Kelgh an Spyrys nyns yw tra vëth an bêwnans ha nyns yw tra vëth an mernans. Ea, y fëdh pùptra ow pewa rag nefra, kyn whrellens cùsca ha kyn fowns ankevys pols."

An myttyn a dheuth wàr an dyweth, saw pàn dheuth an jëdh, me a dhyscudhas ow honen dhe vos re dhywethyn ha re glâv dhe sevel. Adro dhe seyth eur Job a dheuth, ow cloppya yn uthyk, ha'y fâss a lyw aval pedrys. Ev a leverys dhybm fatell gùscas Leo dâ lowr, saw ev dhe vos pòr wadn. Dew our warlergh hedna Bylâly (Job a'n gelwy "Bylly-gavar", hag in gwir ev o nebes haval dhe wour-avar dre rêson a'y varv wydn; pò traweythyow "Bylly" avell versyon cotta) a dheuth inwedh, hag yth esa lugarn in y dhorn. Namnag esa y fygur uhel ow trehedhes nen an chambour bian. Me a omwruk ow bos in cùsk, ha der ow abransow hanter-egerys me a veras orth y fâss coth wherow saw teg. Ev a fastyas y dhewlagas orthyf ha chersya y varv gloryùs gwydn, neb a via talvejys a gans puns gans barbour vëth in Loundres rag hy ûsya avell argebmyn.

"Â!" me a'n clôwas ow stlevy (Bylâly o ûsys dhe stlevy dhodho y honen), "ass ywa hager—mar hager dell yw an den aral teg—baboun pur, hèn o an hanow ewn. Saw yma an den orth ow flêsya.

Ass yw stranj i'n henys nebonen dhe'm plêsya. Pëth yw an lavar
coth—'Na wra trestya den vëth, ha mars osta ow mystrestya re,
gwra y ladha. Hag ow tùchya benenes, gwra fia dhywortans, rag y
yw tebeles, ha wàr an dyweth an debel-dra a wra dha dhystrôwy.'
Dâ yw an lavar coth, spessly an radn dhewetha. Me a grës fatell veu
va desmygys gans an dus coth. Bytegyns, yma an Baboun-ma worth
ow flêsya, ha dâ via genef dyscudha ple whrug ev desky y brattys,

ha yma govenek dhybm na wra *Honna* y huda. An Baboun truan! Res yw ev dhe vos sqwith warlergh an omlath-na. Me a vydn dybarth rag dowt y dhyfuna."

Me a wortas ernag o va dyberthys ogasty der entrans an chambour, in udn gerdhes yn cosel wàr vleynow y dreys. Ena me a grias wàr y lergh.

"A das," yn medhaf vy, "yw hedna te?"

"Ea, a vab; yth esoma obma; saw bydner re wryllyf dha ania. Ny wrug avy dos ma's dhe weles fatl'esta, ha dhe leverel dhis, fatell usy an re-na a whelas dha ladha abell wàr aga fordh bys in *Honna*. *Honna* a leverys inwedh y codhvia dhywgh dos dystowgh, saw yma own dhybm na yllowgh whath."

"Nâ," yn medhaf vy, "na yllyn erna ven ny yaghhës nebes; saw gwrêns y ow don in mes bys in golow an jëdh, a das. Cas yw genef an tyller-ma."

"Â, nâ," ev a worthebys, "yma semlant trist obma. Yth esoma ow perthy cov pàn en vy maw, me dhe gafos corf benyn deg ow crowedha le mayth esta lebmyn, ea, wàr an very benk-na. Hy o mar deg, mayth en vy ûsys dhe gramyas ajy obma ha lugarn i'm dorn rag meras orty. Na ve hy dewla mar yêyn, me a alsa cresy hy dhe vos ow cùsca ha hy dhe dhyfuna udn jëdh, rag hy o mar deg ha mar gosel ha'y fowsyow gwydn in hy herhyn. Hy o gwydn kefrës ha melen o hy blew dhia hy fedn bys in hy threys ogasty. Yma lies benyn kepar ha hy a'ga groweth i'n bedhow in tyller may ma tregys *Honna*, rag an re-na neb a's settyas i'n tyller-na a wodhya fordh, ùncoth dhybm yn tien, rag goheles dorn fell an Dyfygyans—ea, kyn whrug an Ancow aga ladha. Ea, me a wre dos obma kenyver jorna, ha meras orty, erna wrug vy—na wra ges ahanaf, a stranjer, rag nyns en vy mès maw gocky—erna wrug vy cara an form varow-na, an blysken-na esa an bêwnans inhy kyns ena. Me a wre slynkya in bàn bys dhedhy hag abma dh'y fâss yêyn, ha govyn orthyf ow honen pygebmys den a vêwas hag a verwys dhia bàn veu hy yn few, hag a's caras hag a's chersyas i'n dëdhyow gyllys pell. Hag, a Vaboun, me a grës fatell dheskys vy skentoleth dhia an venyn varow-na, rag in gwir an negys a wrug dhybm convedhes pana got yw an bêwnans ha pana hir yw an Mernans, ha fatell usy pùptra in dadn ebron ow mos an keth trûlergh wàr nans, ha fatell yns y ankevys. Indella me a wre ombredery, hag yth hevelly fatell esa furneth ow resek aberth inof dhywar an re marow, erna wrug ow mabm vy, benyn hewol, saw cot hy ferthyans, ow sewya vy udn jorna, rag hy a wely me dhe vos chaunjys. Hy a welas an venyn deg wydn hag a gemeras own me dhe vos in dadn bystry (me o hudys in gwir). Hanter-dowtys ha hanter-serrys hy a gemeras an lugarn hag a bosas an venyn varow warbydn an fos ena, ha gorra tan in hy blew. An venyn a loscas yn fers, bys in hy threys, rag yma an re embaumys indella ow lesky pòr dhâ.

"Mir, a vab, otta wàr an nen mog hy loskvan."

Me a veras in bàn dowtys brâs, saw ena in gwir wàr nen an logel, me a welas merk oylek a hylgeth, try thros'hës pò moy alês. In sur an mog o rùttys in kerdh dhywar denewednow an cav bian, saw yth esa va whath wàr an to, ha ny alsa den vëth myskemeres y semlant.

"Hy a loscas," ev a bêsyas in udn ombredery, "bys i'n treys, saw me a dhewhelys hag a selwys an treys in udn drehy an ascorn leskys dhywortans. Ena me a's kelas in dadn an benk a ven ena, mailys in darn cendal. In gwir yth esoma ow perthy cov a'n jëdhna kepar ha na wharva ma's de. Martesen yma an treys ena whath, mar ny wrug den vëth aga throuvya bys i'n jëdh hedhyw. Gorta, me a vydn whelas." Ev êth wàr bedn dewlin ha tava adro gans y vregh hir i'n kyl in dadn an benk a ven. Yn scon y fâss a veu golowys, ha gans cry ev a dednas in mes neppyth cudhys yn tien dre dhoust. An doust ev a shakyas wàr an leur. An dra o cudhys gans clowt coth pedrys hag ev a'n egoras ha dysqwedhes dhybm sowthenys brâs dell veuma, troos teg gwydn benyn, a hevelly bos fresk ha fyrm, kepar ha na veu va settys ena ma's mynysen alena.

"Te a wel, a vab, a Vaboun," yn medh ev trist y lev, "me a leverys an gwiryoneth dhis, rag ot obma udn troos whath ow remainya. Kebmer e, a vab, ha mir orto."

Me a gemeras an tabm yêyn-ma a vortalyta i'm dorn ha meras orto in golow an lugarn, ha ny allama descrefa ow emôcyons, rag y o kebmysk a sowthan, a own hag a dhynyans. Scav o, fest scaffa me a vynsa leverel, ès dell o pàn esa an venyn ow pewa, ha'n kig dhe'm lagasow vy o kig whath, kynth esa odour feynt wheg ow clena orto. Pelha, ny veu va lehës na gwedhrys, na du ha hager, kepar ha kig an mùmys Ejyptyon, saw leun ha teg, hag avês dhe'n tyller may feu leskys nebes, mar berfeth o avell an jëdh a'y vernans—gweyth embaumyor skentyl pur.

Troos bian truan! Me a'n settyas wàr an benk a ven, lay mayth esa hy ow crowedha mar lies mil vledhen, hag govyn orthyf pyw o an venyn deg scodhys gans an troos in solempnytas hag in pajontry wharheans ankevys—kyns oll avell flogh lowen, wosa hedna avell maghteth vethek, ha wàr an dyweth avell benyn gowldevys. Pana sort o an lÿsyow may whre hy stap medhel dasseny dredhans, ha wàr an dyweth pana golon dhâ a's teva hy pàn gerdhas hy tro ha fordhow podnek an Mernans! Pyw o an den may whre hy slynkya bys in y denewen i'n nos tawesyk, pàn esa an servont du ow cùsca wàr an leur a varbel, ha pyw a vedha ow coslowes rag hy clôwes ow slynkya? Troos bian sêmly! Y hylly ev heb dowt vëth bos settys wàr godna prowt a gonqwerrour hag ev ow plegya wàr an dyweth dhe decter benyn, y hylly gwessyow myterneth ha gwessyow bryntynyon abma dh'y wynder in mesk y jowalys.

Me a vailyas an remnant-ma a'n dedhyow passys i'n lien coth, neb o dell hevelly, radn a dhyllas bedh an venyn varow, rag gorleskys o va, ha me a'n settyas i'm sagh Gladstone—kebmysk coynt, me a bredery. Ena gans gweres Bylâly me a drebuchyas in kerdh dhe weles Leo. Me a'n trouvyas brêwys yn uthyk, lacka ès ow honen kyn fe, dre rêson martesen a wynder marthys y grohen. Ev o feynt ha gwadn inwedh drefen ev dhe gelly meur a wos dhyworth an pystyk in y denewen. Ev o maga fery avell hôk bytegyns, ha a besys nebes haunsel. Job hag Ùstânê a spêdyas dh'y settya wàr stras poken wàr badn garow a wely scodhow, o remôvys dhyworth y sheft rag an porpos-na, ha gans gweres Bylâly coth, y a'n dug in mes bys i'n skeus orth ganow an cav. Gyllys alena o pùb tôkyn a ladhva an nos kyns, hag ena ny a dhebras haunsel, ha wosa hedna ny a bassyas oll an jëdh-na i'n keth plâss ha'n radn vrâssa a'n nessa jorna kefrës.

An tressa myttyn me ha Job, yth en ny yaghhës yn tien ogasty. Yth o Leo fest gwell ha rag hedna me a acordyas gans pejadow freth Bylâly dhe dhalath heb gortos na felha wàr agan fordh bys in Kôr. Y feu derivys dhyn hedna dhe vos hanow an tyller mayth o tregys *Honna* gevrînek. Yth esen vy bytegyns whath ow towtya y whre an viajya shyndya Leo, ha spessly na wrella an môcyon gwil dh'y woly, scant nag o cudhys dre grohen whath, terry yn egerys arta. In gwir, na ve fienasow Bylâly ow tùchya agan dyberth yn scon, a wrug dhyn owna y whre caletter pò peryll agan godros marnas ny dhe viajya heb let, ny vynsen acordya dhe dhyberth poynt.

X

RESNANSOW

Wàr an dyweth le ès our wosa ny dhe borposya dhe dhyberth, y feu pymp grava drës bys in daras an cav, ha warbarth gans kenyver onen anodhans peswar degor ha dew dhen moy, ha bagas kefrës a hanter-cans Amahagger ervys. An re-na a vedha worth agan gedya hag ow ton an fardellow. Try a'n gravathow-na heb mar o intendys ragon ny, hag onen anodhans rag Bylâly, ha me a veu sewâjys yn frâs pàn glôwys vy ev dhe dos genen. Yth esen ow qwetyas an pympes grava dhe vos ervirys rag Ùstânê.

"A vëdh an venyn ow tos genen, a das," me a wovydnas orth Bylâly, hag ev ow sevel in udn gevarwedhya taclow.

Ev a dherevys y scodhow, pàn wrug ev gortheby—

"Mars yw hy whensys. I'n pow-ma y fëdh an benenes oll ow qwil aga bodh. Yth eson ny worth aga gordhya hag ow plegya dhedhans, rag hepthans ny alsa an bës pêsya; y yw penfenten an bêwnans."

"Â," yn medhaf vy, rag ny wrug vy meras orth an negys i'n fordh-na bythqweth kyns.

"Yth eson ny worth aga gordhya," ev a dhuryas, "dres termyn, erna vowns y dywodhaf, hag yma hedna," ev a addyas, "ow wharvos adro dhe bùb nessa denythyans."

"Hag i'n tor'-na pandr'esowgh why ow qwil," me a wovydnas, whensys dhe wodhvos.

"I'n eur-na," ev a worthebys hag yth esa minwharth gwadn wàr y wessyow, "yth eson ny ow sordya hag ow ladha an re coth avell exampyl dhe'n benenes yonk, ha may hallons convedhes ny dhe vos creffa agessans. Y feu ow gwreg druan ledhys indella teyr bledhen alebma. Pòr drist o an dra, saw rag leverel an gwiryoneth, a vab, ow bêwnans yw dhe lowenha dhyworth an prës-na, rag yma ow oos orth ow gwetha rag an benenes yonk."

107

"Wàr verr lavarow," me a worthebys, in udn ûsya geryow den fur na wrug y furneth golowy tewolgow an Amahagger whath, "te re gafas dha stât dhe sensy moy a franchys saw le a omgemeryans."

An geryow-na a'n ancombras wostallath dre rêson aga bos dysclêr, kynth esen ow cresy ow thrailyans dhe leverel an dra yn compes. Wàr an dyweth ev a'm convedhas ha plêsys veu.

"Ea, ea, a Vaboun wheg," yn medh ev, "me a'n gwel lebmyn, saw yth yw ledhys oll an 'omgemeryansow' ha hèn yw an skyla nag eus ma's bohes benenes coth ader dro i'n tor'-ma. Wèl, mars yns y ledhys, y aga honen yw dhe vlâmya. Ow tùchya an vowes-ma," ev a gontynewas dhe voy sad, "ny worama pëth a dal dhybm leverel. Hy yw mowes colodnek, ha hy a gar an Lion (Leo). Te a welas fatell wrug hy glena orto ha selwel y vêwnans. Hag inwedh warlergh agan ûsadow ny yth yw hy demedhys ganso, ha hy a's teves an gwir dhe vos pynag oll forth a wrella ev mos, marnas," hag ev a addyas yn sevur, "*Honna* a wrella hy dyfendya, rag hy ger hy yw creffa ès gwir vëth."

"Ha mar teffa *Honna* hag erhy dhedhy y forsâkya ev, ha mar teffa an vowes ha sconya dh'y wil? Pandra a vynsa wharvos ena?"

"Mar teu an corwyns," yn medh ev in udn dherevel y scodhow, "ha comondya dhe'n wedhen plegya, ha mar ny wra an wedhen plegya, pandra wher?"

Hag ena heb gortos gorthyp, ev a drailyas ha kerdhes bys in y grava. Ha deg mynysen wosa hedna yth esen ny oll wàr agan fordh.

Ny a spênas our ha moy rag mos dres hanaf plain an loskveneth, ha hanter-our warlergh hedna dhe grambla an amal wàr an tenewen pelha. Pàn wrussyn ny drehedhes an tyller-na bytegyns, an vu o spladn dres ehen. Dhyragon yth esa leder hir ha serth a blain gwelsek, terrys obma hag ena dre vodnys a dhreyn. Orth goles an leder glor-ma, neb naw pò deg mildir abell, ny a verkyas mor dyscler a wernow, esa an tebel-ethow cregys a-ughtans kepar ha mog adro dhe cyta. Êsy o an kerdh rag an dhegoryon in udn skydnya an leder, ha warbydn hanter-dêdh ny a dhrehedhas emlow an wern drist. Obma ny a bowesas rag debry agan prês hanter-dêdh hag ena in udn sewya trûlergh cabm ha gwiùs, ny a entras i'n tir dowrak. Heb let an trûlergh, dh'agan lagasow nag o ûsys dhodho dhe'n lyha, a devys mar feynt, scant na ylly ev bos decernys dhyworth an fordhow gwrës gans bestas ha gans ÿdhyn an dowr; ha

bys i'n jëdh hedhyw mystery ywa dhybm fatla wrug agan degoryon trouvya aga fordh dres an gwernow. Yth esa dew dhen ow kerdhes orth pedn agan party ha gwelyny hir in aga dewla; trawethyow y a's pychya aberth i'n dor dhyrag-thans. Y a wre hedna dre rêson gnas an dor dhe jaunjya yn fenowgh, rag causys na worama, hag indella y fedha tyller saw lowr dhe vos dresto udn mis ha'n nessa mis an keth tyller a vynsa lenky an tremenyas. Bythqweth ny welys vy syght mar drist ha mar druethek. Mildir wosa mildir a wern, na vedha varys marnas dre dharnow a dhor gwer ha fyrm lowr, ha dre bollow down ha grym, porf uhel adro dhedhans, esa an clabytours owth uja ha'n qwylkyd-now ow renky inhans heb cessya. Mildiryow wosa mildiryow anedhy heb torrva inhy, marnas nywl an fevyr a ylly bos gelwys torrva. Nyns esa bêwnans veth i'n wern vrâs-ma marnas ÿdhyn an dowr ha'n bestas esa worth aga debry. Yth esa nùmber heb rekna a'n dhew sort. Yth esa godhow, garanas, heyjy, corrheyjy, dowryer, kiohas ha kernwhyly ow neyja oll adro dhyn, ha lies anodhans o sortow nowyth yn tien dhybm, hag y mar dhov may halla nebonen martesen aga dysevel gans lorgh. In mesk an ÿdhyn-ma me a verkyas yn arbednek ehen fest teg a giogh lywys, mar vrâs avell kevelek ogasty, ha'y neyj hy o moy haval dhe neyj an kevelek ès dhe neyj an kiogh Pow an Sowson. I'n pollow inwedh ny a wely ehen a gowrbedrevan pò igwana, ny worama pyneyl, esa ow tebry ÿdhyn dowr, herwyth Bylâly, ha lies hager-sarf dhowr dhu, yw hy brath pòr beryllys, kyn nag ywa mar varwyl avell an brath a'n cobra pò a'n whethnader. An qwylkydnow tarow o pòr vrâs kefrës ha'ga lev o mar vrâs avell aga myns; hag ow tùchya an gwybes—Job a's gelwy an "musqueteers"—y o, mars o hedna possybyl, gweth whath ès wàr an ryver, ha ny a vedha tormentys gansans. Heb dowt vëth, bytegyns, an dra lacka oll ow tùchya an wern o an saworen a losow pedrys ow cregy a-ughty, a vedha dywodhaf traweythyow, ha whethow a gleves sêson ow mos gensy hag a vedha res dhyn anella heb mar.

Ny êth in rag dredho oll, erna wrug an howl sedhy in splander crowsek, poran dell esen ny ow trehedhes nebes dor derevys adro dhe dhyw erow in brâster—gwerva vian in cres an dysert gwernek—le may teclaryas Bylâly y whren ny campya. An campyans a veu pòr sempel: in gwir ny wrussyn ny ma's sedha wàr an dor adro dhe dan truan a gorsednow sëgh hag a nebes prednyer a dhrosen ny genen. Saw ny a wrug myns a yllyn ny ha ny a wrug debry ha megy mar freth dell o possybyl gans saworen glos an tomder ha'n glebor, rag pòr dobm o wàr an dor isel-ma, saw coynt inwedh y fedha yêyn traweythyow. Kynth o va bëth mar dobm, ny o lowen lowr dhe remainya ogas dhe'n tan, rag ny a dhyscudhas na gara an gwybes an mog. Yn scon ny a vailyas agan honen in agan lednow ha whelas cùsca. Saw ragof ow honen yth o an cùsk ùnpossybyl dre rêson a'n qwylkydnow tarow, hag ujow coynt ha'n sowndys ownek gwrës gans lies cans kiogh ow terneyjya yn uhel avan—heb gwil mencyon a'n taclow erel esa worth agan dysconfortya. Me a drailyas ha meras orth Leo, esa rybof; yth esa ev ow tergùsca, saw y fâss a hevelly bos gwresek, semlant na blegyas dhybm; hag in flyckrans golow an tan, me a welas Ùstânê, esa ow crowedha wàr an tu aral anodho, derevel hy honen wàr hy elyn ha meras orto, brâs lowr hy fienasow.

Ny yllyn vy gwil tra vëth ragtho bytegyns, rag ny oll a gemeras dogen crev a gwynîn, neb o an udn vedhegieth lestus a'gan be. Me a wrowedhas ytho ha meras orth an sterednow ow tos in mes in aga mîlyow, erna veu gwarek dhyvusur an ebron lenwys a boyntys golow, ha pùb poynt anodhans y vës y honen! Otta syght gloryùs may halla mab den musura y fowt a styr wàr y lergh! Yn scon me a cessyas dhe bredery anodho, rag yma brës an den ow sqwitha yn scon pàn wrella assaya dhe gonvedhes an Dydhyweth, ha dhe hellerhy olow treys an Duwsys Ollgalosek hag ev ow kerdhes dhia bel dhe bel i'n spâss, pò dhe dhetermya y borpos dhyworth oberow y dhewla. Nyns yw taclow kepar ragon ny dhe wodhvos. Yma skentoleth ow longya dhe'n re crev, ha ny yw gwadn. Re a furneth martesen a vynsa dallhe agan golok ùnperfect, ha re a grevder a vynsa agan medhowy ha overgarga agan rêson gwadn erna wrella codha, ha ny budhys in downder agan vanyta agan honen. Rag pandr'yw kensa frût an encressyans a skentoleth mab den, styrys ganso in mes a'n lyver a Natur der an dywysycter a nôtyans y dhewlagas dyfreth? An nyns ywa re venowgh an ûsadow a dhowtya exystens y Formyor, pò pelha dowtya porpos vëth avês dh'y borpos y honen? Yma veyl adro dhe'n gwiryoneth, rag ny alsen ny meras orth hy glory bëth pelha ès dell alsen meras orth an howl. Hedna a wrussa agan dystrôwy. Nyns yw leun-skentoleth intendys rag mab den, kepar dell usy mab den obma i'n bës, rag munys yw y deythy, kyn whrella ev aga honsydra brâs. Y fëdh an vessyl lenwys yn scon, hag a pe an milves radn a'n furneth uthyk ha tawesyk usy ow kevarwedhya rollyans an pelyow golow-na ha'n Fors usy ow qwil dhedhans rollya, a pe va deverys aberth ino, an vessyl a via sqwattys dhe dybmyn. Martesen in ken le hag in ken termyn y fëdh taclow dyffrans—pyw a wor? Obma devar mab den genys a'n kig yw dhe wodhevel whes hag anken, dhe gachya whethfyansow dowr whethys gans an Destnans, an pëth usy ev ow kelwel plesour, hag ev yw pës dâ mar towns ha powes tecken in y dhorn kyns ès tardha; ha pàn vo gwaries an trajedy, ha termyn yw ragtho dhe verwel, res yw dhodho passya yn uvel, ny wor ev dhe byle.

Yth esa an sterednow eternal ow terlentry a-uhof ha me a'm groweth, hag otta orth ow threys pelyow tan genys i'n wern ow rollya obma hag ena, tôwlys gans an nywl hag ow tesîrya an dor, hag i'n dhew dra-na me a gresy me dhe weles imach ha pyctour a natur mab den, hag a'n dra martesen a vëdh gwelys in mab den neb udn jorna martesen, mar teu an Nerth bew, neb a erhys dhodho derevel, mar teu va hag orna hebma kefrës. Gony, na yllyn ny powes bledhen warlergh bledhen wàr an level uhel a golon a wren ny drehedhes traweythyow rag tecken! Gony na yllyn ny whath fria eskelly prysonys an enef ha neyjya in bàn bys i'n pryck uhel-na, kepar ha tremenyas in udn whythra an spâss dhywar an meneth brâssa in Darién, may hallen ny gans lagasow spyrysek meras yn town aberth i'n Infynyta!

Fatla via a callen ny gorra dhywarnan an bows varwyl-ma, dhe vos gorfednys rag nefra gans prederow an norvës gans an whansow truethek-ma! I'n eur-na ny vien ny na felha kepar ha tan nos dhe vos tossys pùb fordh dre nerthow na yllyn ny rêwlya; poken, mar kyllyn ny aga rêwlya, ny yw traweythyow constrînys dre finwedhow agan natur dhe obeya! Ea, dhe vos abyl dh'aga gorra dhywarnan, dhe dhewedha gans tyleryow vil ha cales an bës, ha haval dhe'n poyntys lenter a-uhof, dhe bowes avàn i'n splander agan natur uhelha, usy i'n tor'-ma kyn fe ow spladna inon kepar ha'n tan ow shînya yn feynt ajy dhe'n pelyow bryght-na; indella ny a vynsa settya dhe'n dor agan gnas bian in gordhyans efan agan hunrosow, an Dâ dywel usy oll adro dhyn hag yw an benfenten a bùb gwiryoneth hag a bùb tecter!

An prederow-na ha lies onen kepar hag y a bassyas der ow fedn an nos-na. Ymowns y ow tos rag agan tormentya in pùb termyn, rag ellas! ny wra agan prederow ma's musura in mes an natur dyweres a'gan skians. Pandr'yw porpos agan criow feynt in taw uthyk an efander? A yll agan skentoleth tewl redya kevrînow an ebron sterednek-na? A wra gorthyp vëth dos in mes anodho? Ny dheu gorthyp vëth oll nefra. Ny dheu tra vëth ma's dassonyow ha vesyons tarosvanus! Saw ny a grës yth yw gorthyp dhe gafos, y whra dos Howldrevel ha golowy in kerdh fordhow agan nos parhaus. Ny a'n crës, rag yma y decter solabrës ow tewynya in bàn heb hedhy in agan colon adhan an gorwel a'n bedh, ha ny a'n gelow Govenek. Heb Govenek ny a wrussa godheval mernans moral, ha dre weres an Govenek-na ny a yll whath martesen ascendya bys i'n nev, pò dhe'n lyha, mar ny vëdh hy ma's ges caradow rës dhyn rag agan gwetha dhyworth dyspêr, ny a vëdh iselhës aberth in islonk an cùsk heb dyweth.

Ena me a dhalathas predery adro dhe'n viaj esen ny warnodho, ha pana wyls o va; saw pana gewar esa an whedhel owth acordya gans an pëth screfys cansvledhydnyow alebma wàr an darn pot. Pyw o an venyn goynt-ma, myternes a bobel neb o, dell hevelly, mar goynt avelly hy honen, ha hy ow rainya in mesk an remnans a cyvylysacyon kellys? Ha pandr'o styr an whedhel-ma a'n Tan, esa ow provia bêwnans eternal? O va possybyl y halsa lydn pò lycour bos kefys a alsa crefhe an fosow-ma a gig, may hallens omwetha aga honen warbydn tanbelednow hag assaultyans an dyfyk? Possybyl o, saw gwirhaval nyns o poynt. Kepar dell leverys Vyncy truan, ny via an duryans heb dyweth a vêwnans mar varthys avell an denythyans a vêwnans ha'y dhuryans rag prës. Hag a pe va gwir, pandra dhana? Hedna neb a wrella y gafos a alsa heb dowt vëth governa an bës. Ev a alsa cruny rycheth oll an bës, hag oll an gallos, hag oll an skentoleth, rag gallos yw hedna. Ev a alsa sacra

bledhydnyow udn vêwnans dhe studhya creft pò sciens. Wèl, a pe
hedna gwir, hag a pe an *Honna*-ma dyvarow ogasty, saw nyns esen
ow cresy hedna in fordh vëth oll, fatla wharva gans oll an taclow-
ma orth hy threys hy dhe breferrya gortos in cav in mesk trib a
dhendhebroryon? Hedna yn certan a wrug gortheby an qwestyon.
Oll an negys o whedhel dygnas, nag o wordhy ma's a oos an fâls-
crejyans pàn veu va screfys. Wàr neb cor me o sur na wrussen
assaya dhe dastya bêwnans heb dyweth. Me a gafas re a anken, a
dùll hag a wherowder in dadn gel dres ow bêwnans a neb dew
ugans bledhen dhe dhesîrya an stât-ma a daclow dhe dhurya heb
gorfen vëth. Bytegyns res o dhybm avowa, comparys gans pobel
erel, ow bêwnans o lowen lowr bys i'n termyn-na.

Hag ena, pàn wrug vy convedhes an peryl moyha i'n prës-na dhe
vos an cot'heans agan resegva i'n bës-ma adar y dhe vos hirhës bys
venary, me a spêdyas wàr an dyweth dhe gùsca. Ha hèn yw tra a
wra pynag oll a wrella redya an narracyon-ma, mar teu den vëth
ha'y redya, aswon grâss dhe nev ragtho.

Pàn wrug vy dyfuna arta, yth esa an jëdh ow terry hag yth esa
an wethysy ha'n dhegoryon ow kerdhes adro der nywl tew an
myttyn, ow parusy taclow ragon dhe dhallath i'n fordh. An tan o
dyfudhys qwît, ha me a savas hag istyna ow honen, ha pùb esel a'm
corf ow crena gans glebor yêyn terry an jëdh. Ena me a veras orth
Leo. Yth esa ev esedhys in bàn ow sensy y dhewla dh'y bedn, ha
me a welas fatell o rudh hy fâss ha bryght y lagas, saw melen adro
dhe vew an lagas.

"Wèl, Leo," me a leverys, "fatl'esta owth omglôwes."

"Kepar ha pàn ven parys dhe verwel," ev a worthebys yn ronk.
"Yma ow fedn ow falja, ow horf ow crena ha me yw mar glâv avell
cath."

Me a whybanas, pò mar ny wrug vy whybana, me o whensy dh'y
wil—Leo a gafas shôra lybm a'n fevyr. Me êth dhe Job ha pesy an
qwynîn dhyworto, hag i'n gwelha prës ny a'gan be lowr anodho,
saw me a dhyscudhas nag o Job meur dhe well. Ev a groffolas a
bainys dres an keyn hag a scafter pedn, ha scant ny ylly omweres.
Ena me a wrug an udn dra a yllys i'n cyrcùmstancys-na—me a ros
dhedhans aga dew adro dhe dheg greunen a gwynîn, ha lenky
nebes le ow honen avell ragpreder. Warlergh hedna me a gafas
Bylâly ha declarya dhodho fatl'o taclow ha me a wovydnas orto

pandra gresy ev dhe vos an gùssul welha. Ev a dheuth genef ha meras orth Leo hag orth Job (Job ev a elwy an Porhel, dre rêson a'y dewder, y fâss rônd ha'y lagasow bian).

"A," yn medh ev, pàn esen ny mar bell dhywortans, na yllens agan clôwes, "an fevyr! Me a gresy an mater dhe vos indella. Yth yw an Lion drog-tùchys, saw ev yw yonk ha dre lycklod bewa a wra. Ow tùchya an porhel, nyns yw y shôra ev re dhrog; ev re gachyas an 'fevyr bian,' usy pùpprës ow tallath gans painys dres an keyn. An cleves a wra spêna y honen wàr y vlonek ev."

"A yllens y procêdya, a das?" me a wovydnas.

"Nâ, a vab; res yw dhedhans procêdya. Mar towns y ha powes obma, y a verow yn certan. Ha pelha gwell vëdh dhedhans i'n gravathow ès wàr an dor. Warbydn an nos haneth, mar teu pùptra in rag yn tâ, an wern a vëdh tremenys genen, ha ny a vëdh i'n air dâ. Deus, gesowgh ny dh'aga derevel aberth i'n gravathow may hallen ny dallath, rag pòr anyagh yw sevel heb gwaya i'n nywl myttyn-ma. Ny a yll debry haunsel pàn ven ny i'n fordh."

Hedna ny a wrug, ha me, poos ow holon, a dhalathas arta unweyth wàr agan viaj coynt. An nessa try our a bassyas mar dhâ dell ylly bos gwetys, hag ena y wharva drog-labm ha namna wruge kemeres dhyworthyn agan cothman wordhy Bylâly. Yth esa ev i'n grava ow lêdya oll agan party. Yth esen ny ow passya dres splat peryllys pur a lis lenky, may whre an dhegoryon sedhy traweyth-yow bys in aga dewlin. In gwir mystery o dhybm fatla wrêns y spedya dhe dhon gravathow mar boos dres dor kepar ha'n dor esen ny ow passya dresto, kynth o res heb mar dhe'n dhew dhen dres nyver gweres an peswar den aral ow ton gwelen an grava.

Yn scon, pàn esen ny ow trebuchya hag ow cloppya in rag, y feu clôwys cry lybm, hag ena hager-awel a volothow, ha wàr an dyweth lagyans uthyk brâs, hag oll an keskerth a savas.

Me a labmas in mes a'm grava ha ponya in rag. Adro dhe ugans lath dhyragof yth esa an amal a onen a'n pollow towarhek hag anwhek-na a gôwsys vy anodhans. Yth esa an trûlergh esen ny ow sewya ow resek wàr dop y ladn, ha'n ladn-na dell wharva o serth lowr. Pàn verys vy orth an poll-na, me a welas er ow euth, fatell esa grava Bylâly ow neyjya warnodho, hag ow tùchya Bylâly y honen, ny ylly ev bos gwelys in tyller vëth. Rag clerhe taclow res yw dhybm obma styrya an pëth a wharva. I'n gwetha prës onen a dhegoryon Bylâly a drettyas wàr serpont esa owth omhowla y honen, ha'n serpont a'n brathas i'n arr. Ev a lowsyas y dhalhen wàr welen an grava, hag ena, in udn gonvedhes ev y honen dhe slynkya an ladn wàr nans, ev a sêsyas an grava rag selwel y honen. An sewyans a veu kepar dell ylly bos gwetys. An grava a veu tednys dres amal an ladn, an dhegoryon a'n relêssyas, hag oll an dra, Bylâly ha'n den brathys comprehendys, a rollyas aberth i'n poll lisak. Pàn wrug vy drehedhes amal an dowr, ny ylly an eyl na'y gela bos gwelys. In gwir ny veu an degor anfusyk gwelys bythqweth wosa hedna. Ev a weskys y bedn warbydn neb tra, poken ev a veu fastys i'n lis, pò martesen brath an serpont a'n paljyas. Wàr neb cor ev êth mes a wel. Kyn na ylly Bylâly bos gwelys, apert lowr o pleth esa ev, dre rêson a wayow an grava neyjys wàr an dowr, rag yth o va maglednys i'n padn degyans hag i'n croglednow.

"Otta va ena! Otta agan tas ena!" yn medh onen a'n dus, saw ny wrug ev tra vëth dhe wil gweres dhodho; ha ny wrug onen vëth a'n re erel tra vëth naneyl. Ny wrussons ma's sevel in udn veras orth an dowr.

"In mes a'm fordh, why dus vylen!" me a grias in Sowsnek, ha disky ow hot ha lebmel pell in mes aberth i'n poll uthyk a lis. Nebes strocosow a'm dros dhe'n tyller mayth esa Bylâly ow strîvya in dadn an padn.

In neb fordh, ny worama in pana vaner poran, me a spêdyas dhe herdhya an gweth dhywarnodho, ha'y bedn wordhy, cudhys gans kewny glas, kepar ha Bacchùs melen ha delyow idhyow warnodho, a dheuth in bàn bys in bejeth an dowr. An radn aral a'n negys a veu êsy, rag Bylâly o den fest fur, hag ev a gonvedhas na dalvia dhodho ow dalhedna kepar dell wra lies huny in peryl a vudhy. Indella me a'n sêsyas er an vregh, ha'y dedna bys i'n ladn, ha ny a veu draggys gans caletter in mes a'n lis ena. Ny welys vy bythqweth kyns ena na wosa hedna syght mar blos dell wrussyn ny presentya i'n tor'-na. Saw martesen me a vydn hyntya nebes a'n dynyta bryntyn dres ehen dysqwedhys gans Bylâly, pan wryllyf leverel, kynth o va hanter-tegys, hanter-budhys ha cudhys dhia bedn dhe droos gans kewny glas, y semlant dhe vos wordhy a revrons ha nôbyl pùpprës, hag yth esa y varv deg ow tewedha gans poynt glëb, poran kepar ha plethen nowyth-oylys a Gathayan.

"Mollath orthowgh, why brathkeun!" ev a leverys dhe'n dhegoryon, kettel veu va restorys lowr dhe gôwsel, "why a'm gasas vy, agas tas why, dhe vudhy. Na ve an stranjer-ma, ow mab, an Baboun, me a via budhys heb dowt vëth oll. Wèl, me a vydn perthy cov anodho," hag ev a veras stark ortans gans y lagas lenter, saw nebes dowrak, in fordh, dell welys vy, na wrug aga flêsya, kyn whrusson whelas omdhysqwedhes mygyl crowsek.

"Saw te, a vab," an den coth a bêsyas, in udn drailya dhybm hag ow sensy ow dorn, "bëdh assurys me dhe vos dha gothman na fors pynag a wharfo. Te re sawyas ow bêwnans, ha martesen dëdh a vydn dos, pàn yllyf vy selwel dha vêwnans jy."

Warlergh hedna ny a wrug glanhe agan honen gwelha gyllyn, hag a dednas an grava in mes a'n dowr ha mos in rag, heb an den budhys. Ny worama pandr'o an skyla, y vos den casadow, pò dre rêson a vygylder an den genesyk pò omgerensa aga natur, saw res yw dhybm leverel nag omdhysqwedhas den vëth dhe lamentya mernans sodyn an degor, marnas martesen an dus-na neb o constrînys dhe wil y radn ev a'n lavur.

XI

PLAINYS KÔR

Adro dhe udn our dhyrag an howlsedhas ny a dheuth (hag assa veuma plêsys) in mes a'n wern vrâs ha bys in tireth esa ow rollya in bàn kepar hag in todnow. Ny a bowesas rag an nos wàr an tu-ma a'n kensa todn. An kensa tra a wrug avy a veu dhe whythra stât Leo. Mars o hedna possybyl, gweth o ev ès i'n myttyn, ha tôkyn nowyth a'n cleves a apperyas: Leo a dhalathas wheja ha pêsya ow wheja bys in terry an jëdh. Ny gùscas vy tabm an nos-na rag me a's passyas ow qweres Ùstânê, neb o onen a'n clâvjioresow moyha clor ha moyha dywysyk a welys vy bythqweth, ha hy ow kemeres with a Leo hag a Job. Saw an air ena o mygyl wheg heb bos re dobm, ha nyns esa gwybesen vëth adro. Ha pelha yth esen ny a-ugh level nywl an wern, o lêsys in mes dhyragon kepar ha mog dysclêr a-ugh cyta, golowys obma hag ena dre belyow a dan hevuf. Comparys gans an nosow kyns apert o ny dhe vos in poynt dâ.

Warbydn howldrevel ternos vyttyn pedn Leo o scav, hag yth esa ev ow tesmygy ev dhe vos rydnys inter dyw radn. Meur o ow fienasow, ha me a dhalathas govyn orthyf ow honen ha me anês gans own pandra vedha dyweth an shôra. Ellas, me a glôwas re lowr ow tùchya gorfen ûsys an shôrys-ma. Pàn esen owth ombredery, Bylâly a dheuth in bàn dhybm, ha leverel y resa dhyn mos in rag, spessly, yn medh ev, mar ny wrussen ny drehedhes neb tyller may hylly Leo powes ha recêva attendyans compes kyns ès pedn an nessa hanter-dëdh, ny wrussa ev bewa ma's udn jëdh pò dew. Ny yllyn sevel orth acordya ganso; ny ytho a settyas Leo wàr an grava, ha dallath wàr agan fordh. Y whre Ùstânê kerdhes ryptho rag sensy an kelyon dhywarnodho, ha dh'y wetha dhyworth tôwlel y honen in mes wàr an dor.

Le ès hanter-our wosa terry an jëdh ny a dhrehedhas gwartha an vùjoven a wrug vy côwsel anedhy ha vu pòr deg a egoras in mes dhyragon. In dadnon yth esa tireth rych, glas gans gwels ha teg gans delyow ha flourys. I'n pellder, mar dhâ dell yllyn vy rekna, neb êtek mildir ahanan, yth esa meneth hûjes brâs ow terevel yn serth dhywar an plain. Goles an meneth-ma a hevelly bos leder welsek, saw ow terevel dhywar hedna, me a vynsa leverel dhyworth y whythra wosa hedna, neb pymp cans tros'hës a-ugh level an plain, yth esa fos crackya codna a ven noth dhe'n lyha dewdhek cans pò pymthek cans tros'hës in uhelder. Rônd o form an meneth neb a veu gwrës gans loskveneth heb dowt vëth; dre rêson nag o hewel ma's radn a'y gelgh cales o rekna y vyns kewar, saw hèn o cowrek brâs dres ehen. Me a dheskys warlergh hedna na ylly ev cudha le ès hanter-cans mildir bedrak a dir. Ny welys vy bythqweth neb tra mar rial ha mar vryntyn avell an castel naturek brâs-ma, ow tallath in glory dygoweth dhywar an plain gwastas. Y unycter a addyas dh'y rielder, ha'y âlsyow uhel serth a hevelly bos owth abma dhe'n ebron. In gwir dre vrâs yth esa cloudys in aga herhyn, hag y kepar ha gwlân wydn wàr aga crenellys ledan plat.

Me a sedhas in bàn i'm gwely scodhow ha meras in mes dres an plain orth an syght marthys riel-na, ha me a sopos fatell wrug Bylâly ow merkya, rag ev a dhros y rava y honen rybof.

"Otta chy '*Honna-a-res-bos-obeyes*'!" yn medh ev. "A veu tron kepar bythqweth dhe vyternes?"

"Marthys ywa, a das," me a worthebys, "Saw fatl'yllyn ny entra ino? Yth hevel an âlsyow-na pòr gales dhe grambla."

"Te a vydn gweles, a Vaboun. Now, mir orth an trûlergh in dadnon. Pëth esta ow tyby hedna dhe vos? Den fur osta. Deus, lavar dhybm."

Me a veras ha gweles neb tra kepar ha lînen fordh ow resek strait tro ha goles an meneth, kynth o va cudhys gans gwels. Yth esa gladnow uhel wàr y dhew denewen, terrys obma hag ena, saw an radn vrâssa anedhy heb torrva. Ny yllyn y styrya rag yth hevelly dhybm pòr goynt rag nebonen dhe dherevel gladnow a bùb tu a fordh

"Wèl, a das," me a worthebys, "me a sopos y vos fordh; poken me a vynsa leverel y vos gwely ryver, pò moy gwirhaval," me a addyas in udn verkya pana gompes o y lînen, "gwely dowrgledh."

Bylâly—nag o tra vëth dhe lacka wosa y vos glebys an jëdh kyns—a bendroppyas yn fur ha gortheby—

"Te a lavar gwir, a vab. Shanel ywa, trehys in mes gans an re-na neb a dheuth dhyragon i'n tyller-ma, rag don dowr in kerdh. Me yw certan a hebma: ajy dhe gelgh meynek an meneth, eson ny ow viajya dhodho, yth esa lydn brâs i'n termyn eus passys. Saw an re-na neb a dheuth dhyragon dre greftow marthys na worama tra vëth anodhans, a hackyas fordh rag an dowr dre garrek grev an meneth, in udn delly bys in gwely an lydn. Saw kyns oll y a drohas an shanel a welta dres an plain. Ena, pàn dardhas an dowr in mes wàr an dyweth, ev a resas an shanel wàr nans gwrës spessly ragtho, hag a frosas dres an plain erna wrug drehedhes an tireth isel adhelergh dhe'n vùjoven, hag ena dre lycklod, an dowr a wrug an wern may whrussyn ny dos dredhy. I'n eur-na, pàn veu sëgh an lydn, an bobel esoma ow côwsel anodhans, a dherevys cyta vrâs wàr y wely, ha nyns yw gesys anedhy ma's magoryow ha'n hanow Kôr, ha dhia oos dhe oos y a gervyas in mes an câvyow ha'n tremenvaow a vynta gweles."

"Hedna a yll bos," me a worthebys, "saw mars yw an negys indella, fatla wher na wra an lydn lenwel arta gans an glaw ha gans dowr an penfentydnyow?"

"Nâ, a vab, an bobel-na o pòr fur, hag y a asas fordh in mes may halla an dowr sygera in mes dredhy. A welta an ryver adhyhow?" hag ev a dhysqwedhas gans y dhorn gover brâs lowr esa ow cabma dres an plain, neb peder mildir dhyworthyn. "Hòn yw an fordh in mes rag an dowr, hag yma hy ow tos dre fos an meneth, le may ma an trogh-ma owth entra. Kyns oll martesen y whre an dowr resek an shanel wàr nans, saw warlergh hedna an bobel a'n trailyas hag a ûsyas an shanel avell fordh."

119

"Hag a nyns eus ken tyller vëth may hyll nebonen entra aberth i'n meneth brâs," me a wovydnas, "marnas der an shanel-na?"

"Yma tyller," yn medh ev, "may hyll entra buhas ha tus adroos gans meur a lavur, saw sêcret ywa. Te a alsa whelas bledhen heb y drouvya. Ny vëdh ev ûsys ma's unweyth i'n vledhen, pàn vo an greow, wosa pory wàr ledrow an meneth ha wàr an plain-ma, drîvys aberth i'n spâss wàr jy."

"Hag yw *Honna* tregys ena pùpprës?" me a wovydnas, "pò a dheu hy traweythyow in mes a'n meneth?"

"Nâ, a vab, in tyller mayth usy hy, ena yma hy."

Warbydn an termyn-na yth en ny devedhys pell wàr an plain brâs, hag yth esen ow honen ow whythra gans plesour an tecter lieslyw a'y flourys ha'y wëdh hanter-tropek. Ow tùchya an gwëdh, yth esens ow tevy dybarow, pò dhe'n moyha gans teyr gwedhen pò peder gwedhen warbarth. Meur anodhans o pòr vrâs ha dell hevelly y o neb ehen a dherow bÿthwer. Me a welas kefrës lies palmwedhen, radn anodhans moy ès cans tros'hës in uhelder, ha'n reden mytern tecka a welys vy bythqweth. Oll adro dhodhans yth esa ow terneyja cloudys a ÿdhyn mel kepar ha jowalys hag a dycky duwas, brâs aga eskelly. Yth esa gam a bùb sort ow qwandra adro in mesk an gwëdh pò ow plattya i'n gwels hir pluvak dhyworth an trongornvil bys i'n bestas bian. Me a welas trongornvilas, bualas (gre brâs), êland, qwagga, ha gavrewyk dhu, an best tecka a oll an bùckys, heb gwil mencyon a sortow erel a vestas gwyls. Try strus a bonyas in kerdh dhyragon kepar hag ergh gwydn dhyrag gwyns crev. Mar lies o an bestas gwyls na yllyn y berthy na felha. Me a'm be genef godn sportya genef i'n grava (yth o an "Express" re boos) ha pàn wrug vy aspias êland teg tew ow rùttya y honen in dadn onen a'n derowednow, me a labmas in mes a'n grava ha dallath cropya mar ogas dhodho dell yllyn. Ev a'm alowas dhe nessa dhodho ajy dhe beswar ugans lath. Ena ev a drailyas y bedn, ha meras orthyf, parys dhe bonya in kerdh. Me a dherevys an godn hag ow medra adro dhe hanter y scoodh wàr nans, rag y denewen ev o adâl dhybm, me a dednas. Bythqweth ny wrug vy setha dhe voy glân in oll ow dedhyow, rag an bùck brâs a labmas i'n air in bàn ha codha marow. An dhegoryon, neb a savas rag gweles an negys, a gowsas in dadn aga anal, meur aga sowthan—prais warbydn ûsadow dhyworth pobel na hevelly bythqweth dhe vos sowthenys dre dra vëth. Party a'n wethysy a bonyas in kerdh rag trehy an best. Me ow honen, kynth en vy whensys dhe veras orto, me a dhewhelys yn lent dhe'm grava, kepar ha pàn ven ûsys dhe ladha êlands dres oll ow bêwnans. Me a gresy inwedh fatell vedha an Amahagger worth ow estêmya dhe voy, rag y a gonsydras an mater dhe vos dysqwedhyans skentyl a bystry. Rag leverel an gwiryoneth bytegyns, ny welys vy êland gwyls bythqweth kyns ena. Bylâly a'm recêvas gans lowena vrâs.

"Marthys ywa, a vab, te Vaboun," ev a grias, "marthys! Te yw den pòr vrâs, kynth osta hager. Na ve me dh'y weles, nefra ny vynsen y gresy. Ha te a lever y whrêta desky dhybm ladha i'n vaner-na?"

"Heb dout vëth, a das," me a leverys yn êsy, "nyns ywa tra vëth."

Saw ervirys crev o genef, peskytter may whrella "ow thas" dallath setha, me a vynsa heb falladow growedha wàr an dor, poken keles ow honen adhelergh dhe wedhen."

Warlergh an wharvedhyans bian-na, ny hapnyas tra vëth bys adro dhe our kyns ès howlsedhas, pàn wrussyn ny drehedhes an meneth hûjes brâs hag ev in dadn skeus, a rës vy acownt anodho solabrës. Ùnpossybyl yw descrefa y rielder grym, dell esa owth apperya dhybm ha'm degoryon, hir aga ferthyans, ow lavurya gwely an shanel coth ahës bys i'n tyller mayth esa an âls gorm ow terevel yn serth dhia glegar dhe glegar erna veu y gùrun kellys in cloud. Ny allama leverel ma's hebma: namna wrug an meneth ow ownekhe der y vrâster crev, udnyk ha solem. Ny êth in rag an leder vryght ha howlek in bàn, erna wrug an skeusow slynkya wàr nans ha lenky an golow. Yn scon ny a dhalathas passya dre drogh kervys in mes a'n garrek vew. An ober marthys-ma a devys dhe dhownha ha dhe dhownha, ha res o fatell esa mîlyow a dus owth obery warnodho dres lies bledhen. In gwir, ny allama desmygy bys i'n jëdh hedhyw kyn fe, fatell veu an ober gwrës heb dînamît ha heb polter tardha. Yth yw hedna onen a vysterys an pow gwyls-na. Ny allama ma's soposya an trohow-ma ha'n câvyow cowrek kervys in mes a'n carrygy dhe vos omgemeryansow Stât pobel Kôr, neb o tregys obma in osow kellys an bës, ha kepar ha'n covebow Ejyptyon, y dhe vos collenwys gans an lavur constrînys a dhegow a vîlyow a gethyon, ha'n ober dhe dhurya dres lies cansvledhen. Saw pyw o an bobel?

Wàr an dyweth ny a dhrehedhas enep an glegar y honen, ha ny a gafas agan honen ow meras aberth in ganow keyfordh, neb a dhros dhe'm brës an keyfordhow-na formys gans injynoryon a'gan nawdhegves cansvledhen rag an hensow horn. In mes a'n geyfordh-ma yth esa fros vrâs lowr ow resek. In gwir, kyn na gresaf me dh'y gampolla, ny a sewyas an gover-ma, neb a veu wàr an dyweth an ryver a wrug vy descrefa kyns lebmyn hag ev ow cabma in kerdh adhyhow, dhyworth an tyller mayth esa ow tallath an trogh i'n garrek. Hanter an trogh-ma o shanel rag an gover, ha hanter, o nebes uhella—eth tro'shës martesen—a veu sacrys dh'y borpos avell fordh. Orth dyweth an trogh, bytegyns, yth esa an gover ow trailya in kerdh dres an plain in udn sewya y shanel y honen. Orth ganow an cav an keskerdh a veu stoppys, ha'n dus a veu bysy in udn anowy nebes lugern a bry drës gansans. Bylâly a skydnyas dhywar y wely scodhow, ha derivas dhybm yn cortes fatell o erhys gans *Honna* frodn dhall dhe worra adro dh'agan lagasow, rag dout ny dhe dhesky kevrîn an trûlerhow aberth i'n menydhyow. Me a assentyas dhe hedna yn lowen heb mar, saw nyns o plêsys Job, neb o meur yaghhës awos oll an viaj, rag ev a gresy an gudhlen dhe vos an kensa stap ha warlergh hedna ev dhe recêva an pot tobm. Saw ev a veu nebes confortys pàn dhysqwedhys vy dhodho nag esa pot vëth i'n tyller, ha mar bell dell wodhyen, nag esa tan vëth rag tobma pot naneyl. Ow tùchya Leo truan, wosa trailya wàr y wely our wosa our, dhe'm content brâs ev o codhys in cùsk pò clamderys, ny worama pyneyl, hag ytho nyns esa othem vëth a gudha y dhewlagas. An frodn dhall o darn a lyn melen trailys tydn adro dhe'n lagasow. An padn-na o an stoff a wre pynag oll a'n Amahagger a ve parys dhe vos gwyskys in tra vëth y dhyllas anodho. Me a dhyscudhas wosa hedna nag o an lyn gweyth genesyk, saw y feu kemerys in mes a'n bedhow. An lysten wosa bos trailys adro dhe'n pedn a veu kelmys gans colm orth an kilben, ha pednow an padn drës dhe'n dor in dadn an elgeth ha kelmys arta, ma na wrella an dra slyppya. Ùstânê a recêvas frodn dhall kefrës, na worama prag. Martesen rag dowt hy dhe egery kevrînow an fordh dhyn.

Pàn o an negys-na collenwys, ny a dhalathas unweyth arta, hag yn scon dhyworth dassonyow olow treys an dhegoryon ha dhyworth tros encressys an dowr i'n spâss strothys, me a wodhya ny dhe vos

owth entra in torr an meneth brâs. Sensacyon uthyk o, bos degys
in rag aberth in colon varow an garrek, na wodhyen pyle, saw me
o ûsys dhe sensacyons coynt warbydn an termyn-na, ha me o parys
rag pynag oll a wrella wharvos. Rag hedna me a wrowedhas yn
cosel in udn woslowes orth stankyans an dhegoryon hag orth an
dowr ow frosa, ha me a wrug wis me dhe vos lowen. Yn scon an
dus a dhalathas an gân vorethek a glôwys vy an kensa nos, pàn
veun ny kechys i'n scath morvil, ha'n effeth a warias aga levow
warnaf o pòr goynt, ha ny allama y dhescrefa. Warlergh termyn an
air a dhalathas tewhe, hag in gwir, me a gresy y whren vy taga,
erna wrug an grava trailya yn lybm, ha trailya arta hag arta, ha son
a resek an dowr a cessyas. Wosa hedna an air a veu dhe voy fresk,
saw an grava a bêsyas ow trailya, ha me a veu ancombrys fest in
dadn ow frodn dhall. Me a assayas gwil mappa a'n trailyansow i'm
brës, a pe res dhyn nefra scappya der an fordh-ma, saw heb mar,
me a fyllys yn tien. Hanter-our moy a bassyas hag adhesempys me
a gonvedhas agan bos arta in dadn an ebron arta. Me a wely golow
an jëdh der ow lysten, ha me a glôwas an air yn fresk wàr ow
crohen. Nebes mynys moy ha'n keskerdh a savas, ha me a glôwas
Bylâly ow comondya Ùstânê dhe gemeres hy lysten dhywar hy
lagasow ha dhe dhygelmy agan lysten ny. Heb hy gortos, me a
lowsyas an colm i'm lysten ha meras in mes.

Kepar dell esen ow qwetyas ny o devedhys qwît dres an glegar
hag yth esen ny i'n tor'-na wàr an tenewen pell, hag in dadn y
vejeth balak poran. Kyns oll me a verkyas nag o an âls mar uhel
obma, iselha o, me a vynsa leverel, neb pymp cans tros'hës. Yth esa
hedna ow prevy an tyller esen ny ow sevel warnodho, gwely an
lydn poken pyt rônd an loskveneth coth, dhe vos uhella ès an plain
oll adro dhe'n meneth. Wàr neb cor ny a gafas agan honen in
hanaf cowrek ha carrek adro dhyn; haval o dhe'n kensa tyller may
whrussyn ny ôstya saw degweyth brâssa. In gwir, scant ny yllyn
decernya lînen asper an âlsyow adâl dhyn. Y fedha gonedhys radn
vrâs a'n plain kerhydnys indella gans an Natur, hag yth esa lies ke
warnodho, settys rag sensy an buhas ha'n gyfras, meur aga nùmber,
rag terry aberth in lowarthow. Obma hag ena yth esa crugyow brâs
gwelsek ow terevel, ha tro ha cres an plain me a gresy y hyllyn
decernya magoryow cowrek. Ny gefys vy chauns vëth dhe verkya tra
vëth moy, rag y teuth rûthow brâs a Amahagger adro dhyn

dystowgh, y haval in pùb fordh dhe'n re-na o aswonys dhyn solabrës. Ny gôwsens nameur saw y a herdhyas aga honen mar glos adro dhyn, na ylly den a'y roweth in grava gweles ma's bohes. Ena adhesempys nùmber a dus ervys, arayes in bagasow a dheuth yn uskys in mes a vejeth an glegar, kepar ha muryon ow tos in mes a'ga thell. An dus-ma o kevarwedhys gans offycers esa gwelyny a dhans olyfans in aga dewla. Oll an dus-ma ha'ga offycers o gwyskys in powsyow warbarth gans an crehyn lewpart, ha me a dheskys y dhe vos gwethysy personek *Honna* hy honen.

An chif-offycer a gerdhas tro ha Bylâly, y salujy in udn settya y welen a dhans olyfans adreus y dâl, ha govyn orto neb qwestyons na spêdys dhe glôwes. Warlergh Bylâly dh'y wortheby, oll an rejyment a drailyas ha keskerdhes tenewen an âls ahës, agan processyon a ravathow worth aga sewya. Wosa mos adro dhe hanter-mildir i'n vaner-ma, ny a savas arta adâl dhe anow cav cowrek, try ugans tros'hës in uhelder hag adro dhe beswar ugans tros'hës alês. Ena Bylâly a skydnyas rag an prës dewetha ha'gan pesy ny, me ha Job, dhe skydnya inwedh. Heb mar, Leo o re glâv dhe wil tra vëth kepar. Me a skydnyas, ha ny a entras i'n cav brâs, esa golow an howl owth entra ino bys pedn pellder lowr. Dres golow an jëdh yth o an cav golowys gans lugern, hag yth hevelly dhybm fatell esa an cav owth istyna in rag pellder dyvusur, kepar ha golowys gass a strêt gwag in Loundres. Me a verkyas dystowgh an fosow dhe vos cudhys gans baskervyansow, a sort kepar ha'n pyctours a welsyn ny wàr an pottow a gôwsys vy anodhans solabrës; dres pùptra vuys a gerensa, ena pyctours a helghya, pyctours a execûcyons, ha pyctours a dormentya felons dre settya pot (dell hevelly tobm rudh) wàr an pedn. Apert o dhyworth an re-na ple cafas agan ôstys an practys caradow-na. Bohes o an pyctours a vatellys, kynth esa meur a omlath dewdhen, hag a dus ow ponya hag owth omdôwlel. Dre rêson a'n re-na me a dÿb nag o an bobel-na vyctyms a eskerens a'n tu wàr ves, martesen dre rêson na ylly dos nes dhedhans awos an tyller mayth êns tregys, pò martesen awos aga nerth brâs. Inter an pyctours yth esa colovednow a lytherow men a sort na welys vy bythqweth kyns. Wàr neb cor nyns o an scrifow naneyl Grêk, nag Ejyptyon, nag Ebrow, nag Assyryan—certan oma a hedna. Y o moy haval dhe scrif Cathayek na dhe gen scrif aswonys dhybm. Ogas dhe anow an cav an pyctours ha'n scrifow o rùttys in kerdh, saw pelha ajy y o yn fenowgh fresk pur ha mar berfeth avell an jëdh may cessyas an gravyor ow lavurya warnodhans.

Ny dheuth rejyment an wethysy pelha ès entrans an cav, hag ena y a savas adenewen may hallen ny passya dredhans. Pàn wrussyn ny entra i'n tyller y honen, bytegyns, den in dyllas gwydn a'gan salujas in udn blegya yn uvel, saw ny leverys ev ger vëth. Nyns o hedna marthus, dell wrussyn ny desky moy adhewedhes, rag ev o omlavar ha bodhar.

Neb ugans tros'hës dhyworth ganow an cav yth esa ow resek yn pedrak dhyworto cav biadnha pò soler ledan, kervys in mes a'n garrek adhyhow hag aglêdh a'n jif-ogo. Yth esa dew wethyas ow sevel dhyrag an soler aglêdh dhyn, ha dhyworth hedna me a dhesmygyas fatell o an soler-na an fordh aberth in chambours *Honna* hy honen. Nyns esa gwethyas vëth dhyrag ganow an soler adhyhow, ha'n den omlavar a wrug sin dhyn dhe entra ino. Wosa kerdhes nebes lathow an dremenva-ma wàr nans, golowys dell o dre lugern, ny a dheuth bys in entrans a jambour esa croglen gwrës a neb gwels, pòr haval dhe strayl a Zanzybar, ow cregy dres an daras. An den omlavar a dednas an groglen wàr dhelergh in udn blegya yn town arta, ha'gan lêdya aberth in rom ledan lowr, hackys heb mar in mes a'n garrek. Saw er ow joy brâs yth o an chambour golowys der shafta kervys in mes a'n glegar. I'n chambour-ma yth esa gwely a ven, pottow leun a dhowr rag omwolhy, ha crehyn lewpart, kyfethys yn teg, dhe servya avell lednow gwely.

Ny a asas Leo ena, hag ev fast in cùsk, hag Ùstânê a remainyas ganso. Me a verkyas fatell veras an den omlavar yn sherp orty, kepar dell vydna ev leverel, "Pyw osta jy, ha pana auctoryta a'th eus dhe dhos obma?" Ena ev a'gan lêdyas dhe jambour kepar neb a gemeras Job, hag ena dhe dhew jambour moy, onen rag Bylâly ha'y gela ragof vy.

XII

"HONNA"

Wosa vysytya Leo, yth o bern dhybmo vy ha dhe Job omwolhy agan honen ha gorra dyllas glân adro dhyn, rag ny wrussyn ny chaunjya agan dyllas dhia bàn veu kellys an *dhow*. I'n gwelha prës, dell leverys vy solabrës, me a grës, y feu an radn vrâssa a'gan fardellow personek gorrys aberth in scath morvil, hag y fowns selwys ytho—ha drës bys obma gans an dhegoryon—kynth o kellys oll an taclow porposys genen rag bargenya gans an enesygyon pò dhe ry dhedhans avell royow. Oll agan dyllas ogasty o gwrës a wlanen loos ha crev, hag omdednys yn tâ dhyrag dorn, ha me a's kevy pòr dhâ rag viajya i'n tyleryow-na, rag nyns o poster jerkyn, hevys ha lavrak gwrës anedhy ma's adro dhe beswar puns, mater a les brâs i'n powyow tobm, le may fëdh pùb ûns pelha ow sqwitha nebonen; tobm o an wlanen hag yth esa resystens dâ inhy dhe wolowydnow an howl, ha gwelha oll, dhe'n yêynder usy ow tos gans chaunjyans sodyn i'n gwres.

Nefra ny wrama ankevy an confort a'n omwolgh plesont-na hag a'n dyllas glân a wlanen. Nyns o othem a dra vëth moy ès câken a sebon, rag ny'gan be sebon vëth.

Wosa hedna me a dhyscudhas, fatell esa an Amahagger, nag usy ow rekna mostethes in mesk aga theythy hegas, owth ûsya neb sort a dhor leskys rag golhy aga honen. Kynth ywa hager pàn wrella nebonen y dava, erna vo va ûsys dhodho, dâ lowr ywa in le sebon.

Me a worras ow dyllas i'm kerhyn ha crîba ha tacla ow barv dhu, rag kyns ena ow barv o mar dhygempen mayth esa an gwir gans Bylâly pàn wre va ow gelwel "Baboun." Saw i'n tor'-na me a omglôwas gwag dres ehen. Rag hedna ny veu drog genef pàn veu tôwlys adenewen an groglen dres daras ow chambour heb gwarnyans vëth ha mowes yonk, omlavar inwedh, a entras ha

126

dysqwedhes dhybm dre sînys—in udn egery hy ganow hag in udn boyntya war nans—fatell o parys neppyth dhe dhebry. Ytho me a's sewyas aberth i'n nessa chambour, na wrussyn ny entra ino whath, hag ena me a gafas Job, hùmbrynkys dhy er y sham brâs gans mowes teg omlavar aral. Ny dhascafas Job bythqweth y gespos warlergh an kensa venyn-na dhe brofya kerensa dhodho, ha dowtys vedha pùpprës y fydna gwil an keth tra kenyver mowes a wrella dos nes dhodho.

"Yma maner a veras orth nebonen, a syra, gans an mowysy yonkma," yn medh Job orth omdhyvlâmya, "na gresaf vy dhe vos onest."

An chambour-ma o dywweyth brâssa ès an câvyow cùsca, ha me a welas dystowgh fatell vedha ûsys wostallath avell bewdern, hag avell rom embaumya rag Offerysy an Re Marow; rag y tal dhybm leverel obma heb hockya ow tùchya an câvyow cowys in mes, nag êns tra vëth ken ès cladhgellow cowrek, may fedha sensys inhans i'n termyn eus passys corfow an bobel dhyfudhys esa aga drehevyansow oll adro dhyn. Hag yth o an fordhow a wetha an corfow mar skentyl ha mar berfeth, na veu gwelys aga far bythqweth wosa hedna hag yth yns y kelys lebmyn rag nefra. A bùb tu a'n chambour-ma a garrek yth esa bord hir a ven, adro dhe dry thros'hës alês ha thry thros'hës ha hanter in uhelder, kervys in mes a'n garrek, o va radn anedhy, rag jùnys o an bord dhe'n garrek orth an goles. Yth o an bordys-ma cowys in mes pò stubmys aberth nebes dhe ry spâss dhe dhewlin nebonen a vo esedhys wàr an legh a ven kervys in mes avell esedhva tenewen an cav ahës adro dhe dhew dros'hës dhyworth an bord. Y feu pùb bord arayes mayth esa ow corfedna poran in dadn shafta kervys in mes a'n garrek rag alowa golow hag air ajy. Pàn wrug avy aga whythra gans rach, bytegyns, me a welas bos dyffrans intredhans na verkys vy kyns oll. Onen a'n bordys, an bord aglêdh ha ny owth entra i'n chambour, a vedha ûsys rag embaumya adar rag debry warnodho. Ny ylly hedna bos dowtys rag yth esa pymp cow bas in men an tâbel, y oll shâpys avell corf person, gans tyller arbednek rag an pedn, ha pons bian rag scodhya an codna, ha pùb pans a vyns dyffrans, may halla corfow a vynsow dyvers fyttya inhans, corf den leundevys bys in corf flogh bian, hag yth esa tell gwrës i'n bordys may halla lydn frosa in kerdh dredhans. Hag in gwir, a pe othem a dhùstuny moy, nyns o res ma's meras orth fosow an cav dh'y drouvya. Rag yth o kervys ena oll adro dhe'n rom, ha mar fresk ogasty avell an jëdh may feu gwrës, mernans, embaumyans hag encledhyas a dhen coth, hir y varv, dre lycklod mytern pò bryntyn a'n pow-ma.

I'n kensa pyctour y feu gwelys y vernans. Yth esa ev ow crowedha wàr loven, a's teva peswar post cabm cot orth an cornelly, clopen rônd orth pedn kenyver onen anodhans, neppyth haval dhe nôta mûsyk screfys. Dell hevelly yth esa an den coth in newores. Yth o cùntellys adro dhe'n gwely benenes ha flehes hag y oll owth ola, blew an benenes ow cregy dhe'n dor wàr aga heyn. Y feu proces y embaumyans gwelys i'n nessa pyctour, an corf noth a'y wroweth wàr vord esa an dyppys ino, kepar ha'n bord dhyragon; in gwir dre lycklod an keth sam bord. Yth esa tredden ow qwil an ober—onen anodhans ow kevarwedhya, an secùnd ow sensy in y dhewla corn denewy kepar ha sythel portwin, o an pedn idn anodho gorrys aberth in trogh i'n brest, heb dowt goth vrâs an cloos dywvron, hag yth esa an tressa den, a'y sav gavlak a-ugh an corf, ow sensy in bàn pycher, hag ow tevera in mes anodho lydn ethednus esa ow codha poran i'n corn denewy. An dra moyha coynt ow tùchya an imajery-ma o hebma: yth yw an den usy an corn denewy in y dhewla ha'n den usy ow tevera an lydn dysqwedhys in udn sensy aga dewfrik, poneyl dre rêson a'n fler ow terevel dhywar an corf, pò dre lycklod dhe sensy in mes an êthen saworek esens y ow tevera aberth in gwythy an den marow. Ken tra goynt, na allama styrya, o pùbonen anodhans dhe vos dysqwedhys gans lysten a lyn kelmys adro dhe'n fâss, ha tell gwrës inhy rag an dhewlagas.

Yth esa an tressa imajery ow tysqwedhes encledhyas an den marow. Otta va, serth ha yêyn, pows lyn adro dhodho, ha ev istynys in mes wàr legh a ven, kepar ha'n legh a wrug vy ow honen cùsca warnedhy in agan kensa ôstyans. Yth esa lugern ow lesky orth pedn ha treys an corf, ha ryptho yth o settys nebes a'n pottow paintys teg, a wrug vy descrefa solabrës, ha dre lycklod yth o an vessyls des-mygys dhe vos leun a sosten. Yth esa bùsh brâs a bobel i'n chambour bian, menstrels ow seny wàr dhaffar haval dhe lyra, hag in ogas dhe dreys an corf yth esa den ow sevel ha lien brâs in y dhewla, hag ev parys dhe gudha an corf dhyworth golok an bobel.

An imajys-ma, avell oberow art yn udnyk, o mar goynt, nag eus othem vëth omdhyvlâmya rag ry acownt mar leun anodhans. Y a apperyas dhybm dhe vos a les brâs, rag yth esens ow tysqwedhes yn kewar dyghtyans an re marow in mesk pobel ankevys. Ha pàn esen ow meras ortans, yth esen ow predery i'n very tor'-na fatell via an antyqwarys in mesk ow hothmans in Kergraunt envies wàr ow fydn, mar teffen nefra an chauns dhe ry acownt a'n remnans marthys-ma dhedhans. Dre lycklod y a vynsa leverel me dhe vos ow corlywa, kynth usy kenyver folen a'n istory-ma ow perthy dùstuny brâs a'y vos gwir, hag ùnpossybyl yn tien via ragof dh'y dhesmygy.

Dhe dhewheles. Wosa me dhe whythra an imajery-ma gwrës avell baskervyans (tra na wrug vy campolla solabrës, dell hevel dhybm), ny a sedhas dhe brës boos pòr dhâ a gig gavar bryjys, levryth ha câkys a vleus, pùptra servys wàr dallyours glân a bredn.

Pàn o agan prës gorfednys, ny a dhewhelys dhe weles fatell esa Leo ow tos in rag, ha Bylâly a leverys y fedha res dhodho i'n tor'-na attendya *Honna* ha clôwes hy arhadow. Pàn wrussyn ny drehedhes chambour Leo, ny a gafas an maw truan in drog-stât. Ev o dyfunys in mes a'y glamder hag yth o va mes a'y rewl yn tien, ow clappya adro dhe neb resegva scathow wàr Dhowr Càm, hag ev parys dhe ûsya nerth garow. In gwir, pàn wrussyn ny entra i'n chambour, yth esa Ùstânê worth y sensy wàr an gwely. Me a gowsas orto ha'm lev vy a apperyas y gonfortya; wàr neb cor ev a devys dhe goselha, hag a feu perswâdys dhe lenky dogen qwynîn.

Me o sedhys ganso dres our martesen—wàr neb cor me a wodhya fatell esa an jëdh ow tevy mar dewl, scant na yllyn vy gweles y bedn a'y wroweth kepar ha golowyn owrek wàr an bluvak gwrës rag tro genen in mesa a sagh cudhys gans ledn, pàn dheuth Bylâly yn sodyn ha semlant warnodho a roweth brâs. Ev a dherivas dhybm fatell o whans dhe *Honna* ow gweles vy—onour, ev a addyas, na veu vossawys ma's dhe vohes. Me a grës ev dhe gemeres euth pàn dhegemerys an onour in maner vygyl, saw an gwiryoneth o nag esen owth omglôwes overcùmys gans grassow, ha me ow mos dhe weles neb myternes tewl ha gwyls, ny vern pana alosek ha pana gevrînek o hy. Moy a lès dhybm o stât Leo, rag yth esen ow tallath kemeres own adro dh'y vëwnans ev. Me a savas in bàn, bytegyns, rag y sewya ev, ha pàn wrug vy indella, me a verkyas neb tra vryght a'y groweth wàr an dor, ha me a lyftyas an dra. An redyor, martesen, a wra perthy cov fatell esa i'n box warbarth gans an darn pot *scarabaeùs,* ha tednys warnodho o O rônd, goodh ha tôkyn coynt aral esa ow mênya "Sùten se Ra" pò "Mab Rial an Howl." Leo a inias may fe an *scarabaeus,* neb yw o pòr vian, settys in besow a owr, a'n sort ûsys rag modrewiow sêlya, hag yth o an besow-ma a dherevys vy ena. Me a sopos fatell wrug ev y dedna dhywar y vës in shôrys y fevyr ha'y dôwlel wàr an leur a ven. Me a gresy y whre va mos in stray, me a'n slyppyas wàr ow bës bian ow honen hag ena me a sewyas Bylâly, in udn asa Job hag Ùstânê gans Leo.

Ny êth an dremenva wàr nans, kerdhes dres an cav brâs kepar ha corf eglos ha drehedhes an dremenva wàr an tu aral esa ow cortheby dh'agan tremenva ny. Yth esa dew wethyas a'ga sav orth ganow an dremenva-na hag y haval dhe dhew imach. Pàn dheuthon ny, y a blegyas rag agan salujy, hag ena y a dherevys aga guwyow hir ha'ga settya adreus dh'aga thâl, kepar dell wrug hùmbrynkysy an soudrys a vetyas orthyn gans aga gwelyny a dhans olyfans. Ny a gerdhas intredhans ha cafos agan honen in soler haval in pùb poynt dhe'n soler esa ow ledya dh'agan chambours agan honen. Saw an soler-ma hevellys orth agan soler ny o golowys yn spladn. Nebes stappys wàr nans peswar omlavar a vetyas orthyn—dew dhen ha dyw venyn—hag y a blegyas yn isel hag ena araya aga honen, an benenes dhyragon ha'n dus adhelergh dhyn. I'n ordyr-ma agan processyon êth in rag dres nebes darasow ha croglednow dhyragthans kepar ha'n croglednow aberth in agan chambours ny, hag o, dell wrug vy dyscudha moy adhewedhes, anedhys gans an re omlavar esa ow servya *Honna.* Nebes stappys pelha ha ny a dheuth bys in daras adâl dhyn, adar aglêdh dhyn kepar ha'n darasow erel. Hedna a hevelly bos tôkyn a worfen an dremenva. Obma yth esa ow sevel dew wethyas moy, gwydn pò melen aga fows, hag y a blegyas inwedh ha gasa dhyn passya der an croglednow poos aberth in stevel vrâs arâg, dew ugans tros'hës ahës dhe'n lyha ha kebmys alês, le mayth esa esedhys neb eth pò deg benyn, an radn vrâssa anodhans yonk ha teg, melen aga blew, wàr bluvogyon owth obery gans najedhow a dhans olyfans wàr daclow a hevelly bos frâmys brosweyth. An benenes-ma o bodhar hag omlavar kefrës. Orth an pedn pelha a'n chambour brâs-ma, golowys dre lugern, yth esa daras aral, degës gans croglednow poos, kepar ha croglednow dhyworth an Ÿst. Obma yth esa dyw vowes teg dres ehen a'ga sav, aga fedn plegys wàr aga brest ha'ga dewla crowsys in tôkyn a uvelder gostyth. Pàn esen ny ow tos, y aga dyw a istynas bregh in mes ha tedna an croglendow wàr dhelergh. I'n tor'-na Bylâly a wrug tra pòr goynt. Ev êth wàr nans, an den coth jentyl ha wordhy-na—rag Bylâly yw den jentyl y nas—wàr y dhewlin ha'y dhewla, hag i'n stât-na heb dynyta, y varv hir wydn ow traylya wàr an dor, ev a dhalathas cramyas aberth i'n chambour in hans. Me a'n sewyas, ow sevel wàr ow threys i'n vaner ûsys. Ev a veras dres y scoodh ha'm percêvya.

"Dhe'n dor genes, a vab, te Vaboun. Dhe'n dor wàr dha feswar paw. Yth eson ny owth entra in presens *Honna*, ha mar ny vedhys uvel, heb dowt vëth hy a wra dha dhystrôwy i'n tyller mayth esta."

Me a savas ha kemeres own. In gwir ow dewlin a dhalathas plegya a'ga bodh aga honen. Saw prederyans a wrug gweres dhybm. Sows en vy, ha prag y codhvia dhybm, me a wovydnas orthyf ow honen, cramyas dhyrag neb benyn wyls, avell sym in gwir kepar hag in hanow? Ny vynsen y wil, ny alsen y wil, na ve me dhe wodhvos yn sur ow bêwnans pò ow honfort dhe scodhya war an dra. Mar teffen unweyth ha cramyas wàr ow dewlin, me a via constrînys dhe gramyas pùpprës, hag indella me a vynsa aswon ow bos a roweth isel. Ytho crefhës dre ragvreus an Sowson warbydn hùmblya agan honen—ha kepar ha'n radn vrâssa a'gan ragvreusow yma lowr a furneth in hodna—me a gerdhas yn colodnek ajy warlergh Bylâly. Me a gafas ow honen in ken chambour, nag o mar vrâs avell an chambour arâg, hag yth o cregys wàr oll y fosow croglednow rych kepar ha'n groglen dhyrag an daras. Me a dhyscudhas moy adhewedhas an croglednow-na dhe vos ober an benenes omlavar esa ow sedha i'n chambour arâg. Y a wre aga gwia in lystednow, a vedha gwries warbarth wosa hedna. Obma hag ena inwedh i'n rom yth esa gweliow dëdh a bredn du kepar hag eben, afînys gans dans olyfans. Yth esa tapîtys pò straylyow wàr oll an leur. Orth pedn an chambour-ma yth esa neppyth kepar ha kyl ha croglednow dhyragtho. Nyns esa den vëth i'n tyller marnas ny agan honen.

Yn lent ha gans caletter brâs Bylâly coth a wrug cramyas an cav ahës, ha me a'n sewyas in udn gerdhes gans an dynyta brâssa a yllyn comondya. Saw me a gresy na wrug vy spêdya. I'n kensa le ùnpossybyl yw dhe nebonen omdhysqwedhes wordhy pàn vo va ow sewya cothwas ow slynkya in rag wàr y dorr kepar ha sarf, ha

pelha, may hallen avauncya lent lowr, res o dhybm sensy ow garr
i'n air pols gans kenyver stap, poken mos in rag gans powes inter
pùb dew stap, kepar ha Maria Myternes Scotas ow kerdhes dh'y
dybednans in gwary. Nyns o skentyl Bylâly ow cramyas, dre rêson
a'y oos, me a grës, ha'gan processyon an chambour-na in bàn o
lent dres ehen. Yth esen adhelergh dhodho ha moy ès unweyth
me a veu temptys dh'y weres der y bôtya yn tâ. Wharthus ywa dos
dhyrag myternes wyls avell Godhal a Wordhen ow trîvya y vogh
dhe'n varhas, rag hèn o agan semlant, ha namna wrug an tybyans
gwil dhybm codha in wharth stag ena. Res veu dhybm dyfudhy ow
desîr dhe wherthyn yn anwyw dre whetha ow dewfrik, gwythres a
lenwys Bylâly coth a euth, rag ev a veras dres y scoodh, ha gwil
mowa uthyk orthyf, ha me a'n clôwas ow stlevy in dadn y anal,
"Ogh, ow Baboun truan!"

Wàr an dyweth ny a dhrehedhas an groglen, hag ena Bylâly a
blattyas flat wàr y dorr, ha'y dhewla istynys in mes dhyragtho kepar
ha pàn ve marow. Me, drefen na wodhyen pëth a godhvia dhybm
gwil, me a dhalathas meras adro. Saw dystowgh me a omglôwas
fatell esa nebonen ow meras orthyf dhyworth an tu aral a'n
croglednow. Ny welyn an person saw me a glôwas y vir ev pò y mir
hy, ha pelha ow nervow a veu nasys in maner goynt. Me a gemeras
own, ny worama prag. Stranj o an tyller, yth yw gwir, ha dygoweth
o y semlant, awos an tapîtys rych ha golow medhel an lugern—in
gwir an taclow-na a encressyas unycter an chambour kyns ès y lehe,
poran kepar dell usys strêt golowys owth hevelly moy udnyk ès
strêt tewl. Yth esa taw perfeth i'n tyller, hag yth esa Bylâly ow
crowedha kepar ha den marow dhyrag an croglednow poos, esa
odour wheg ow sygera in bàn dredhans, me a gresy, bys in
tewolgow gwarek an nen. Mynysen a bassyas ha mynysen moy, ha
whath ny welys vy tôkyn vëth a vêwnans na ny wrug an groglen
gwaya naneyl; saw me a glôwas mir an person ùncoth ow sedhy
aberth inof ha dredhof, ha worth ow lenwel a euth dyhanow, ernag
esa an whes ow sevel in paderednow wàr ow thâl.

Wàr an dyweth an groglen a dhalathas gwaya. Pyw a ylly bos
adhelergh dhedhy?—neb myternes wyls ha lobm-noth, neb Asyanes
syger teg, poken benyn yonk a'n nawdhegves cansvledhen owth eva
tê an dohajëdh? Ny wodhyen tra vëth anedhy, ha ny vien
sowthenys mar teffen ha gweles onen vëth a'n teyr benyn. I'n tor'-

na ny yllyn bos sowthenys re. An groglen a shakyas nebes, hag ena dystowgh yth apperyas inter hy flegow dorn gwydn ha sêmly, maga whydn avell an ergh, ha'n besîas o hir ha mon, fest gwydnrudh aga ewinas. An dorn a dhalhednas an groglen, ha'y thedna adenewen; ha kepar pàn esa ow qwil indella, me a glôwas lev, an lev medhelha ha moyha haval dhe arhans pur a glôwys vy bythqweth. An lev a wrug dhybm predery a dhowr gover ow resek yn cosel.

"A Dhen astranj," yn medh an lev in Arabek, saw Arabek purra ès moy classyk ès yêth an Amahagger—"a Dhen astranj, prag yth esta ow kemeres kemmys own?"

Now, me a gresy fatell wrug vy sensy dalhen fyrm orth ow bejeth, awos oll ow euth wàr jy, ha rag hedna me a veu nebes ancombrys der an qwestyon-na. Kyns ès me dhe dhetermya an fordh ewn rag y wortheby, bytegyns, an groglen a veu tednys wàr dhelergh, hag yth esa fygur uhel ow sevel dhyragon. Me a lever 'fygur', rag yth esa an corf ha'n fâss kefrës mailys in stoff gwydn medhel ha boll, ha pàn y'n gwelys rag an kensa prës me a prederys a gorf in y lien bedh. Saw whath ny worama poran pandra worras an tybyans-na i'm pedn, pàn o an mailyans mar danow, may halla kig gwydnrudh bos gwelys dredho. Me a sopos y feu dre rêson a'n fordh mayth o arayes, dre wall martesen, pò dre dowl, an pëth o dhe voy gwirhaval. Wàr neb cor, me a omglôwas dhe ownecka whath dyrag an vesyon-ma kepar ha tarosvan, ha'm blew a dhalathas sevel wàr ow fedn, ha me ow tyby y bosa in presens neb tra nag o warlergh natur. Me a ylly, bytegyns, cler decernya fatell o an form vailys kepar ha mùmy dhyragof an fygur a venyn uhel sêmly, endûys gans tecter in kenyver part, ha gans neb gnas grassyùs avell sarf, na welys vy y eqwal bythqweth kyns. Pàn wrella hy gwaya dorn pò troos, hy a hevelly bos ow todny, ha ny wre an codna cabma, adar plegya.

"A Dhen astranj, prag yth esta ow kemeres kemmys own?" an lev wheg a wovydnas arta—lev a hevelly bos ow tedna an golon in mes ahanaf, kepar ha nôtys a'n melody moyha clor. "Eus tra vëth ow pertainya dhybm a vynsa gorra own in den? I'n tor'-na yth yw an dus chaunjys dhyworth an gis coth!" Hag gans gway dynyak hy a drailyas ha sensy udn vregh in bàn, may hallen gweles oll hy thecter ha'n blew rych a dhuder an vran esa ow codha in todnow hy dyllas erghwydn wàr nans bys in sandalys hy threys.

"Yth yw dha decter jy, a Vyternes, usy ow corra own inof," me a worthebys yn uvel, rag scant ny wodhyen pandra gottha dhybm leverel, hag yth hevelly dhybm me dhe glôwes Bylâly coth, esa whath ow crowedha wàr y fâss, "Pòr dhâ, a Vaboun; pòr dhâ."

"Me a wel y whor an dus whath in pana vaner a yllons agan dynya ny, benenes, gans aga fâls-geryow. Ogh, a Dhen astranj," hy a worthebys in udn wherthyn kepar ha clegh arhans abell, "te a gemeras own, rag yth esa ow dewlagas ow whythra dha golon, ha hedna a wrug dhis dowtya. Saw drefen ow bos vy benyn, me a wra gava an gow dhis, rag y feu va leverys dre gortesy. Ha lebmyn lavar dhybm fatla dheuthowgh why bys i'n pow-ma a dregoryon an câvyow—pow a wernow hag a debel-taclow hag a skeusow coth an re marow? Pandr'esewgh why ow whelas gweles pàn wrussowgh why obma? Fatla wher why dhe gonsydra agas bêwnans dhe vos a valew mar vian, mayth esowgh why worth y settya intra dewla *Hiya*, intra dewla *Honna-a-res-bos-obeyes*? Lavar dhybm inwedh fatla wher te dhe gôwsel ow thavas vy. Hen-yêth yw hy, flogh wheg a'n Syryek coth. Usy hy whath ow pewa i'n bës? Te a wel me dhe vos tregys i'n câvyow hag in mesk an re marow, ha ny worama tra vëth a negyssyow mab den, ha nyns oma whensys dhe wodhvos naneyl. Me re vewas, a Dhen astranj, gans ow hovyon, hag yma ow hovyon in bedh neb a wrug palas ow dewla ow honen, rag yma leverys fatell usy flogh an den ow qwil tebel-fordh a'y fordh y honen;" ha'y lev teg hy a grenas, hag a veu nôta mar glor avell an gân a edhen vëth a'n coos. Adhesempys hy lagas a apperyas dhe godha wàr form spredys Bylâly, ha me a gresy hy dhe remembra hy honen.

"Â! Yth esta ena, a gothwas. Lavar dhybm fatla where taclow dhe vos camm i'th teylu. Forsoth, yth hevell fatell veu an re-ma, ow ôstysy, assaultys. Ea, ha namna veu onen anodhans ledhys der an pot tomm, may halla ev bos debrys gans an milas-na, dha flehes jy. Na ve an re erel dhe omlath yn colonnek, y inwedh a via ledhys, ha ny alsen vy ow honen daskelwel dhedha an bêwnans lowsys dhyworth an corf. Pandr'usy hemma ow styrya, a gothwas? Pandr'ylta leverel rag ow gwetha rag dha dhelyvra dhe'n re-na usy ow têwlel ow dial ragof?"

Hy lev a dherevys in hy sorr, hag yth esa ow seny cler ha yêyn warbydn an fosow a ven. Me a gresy inwedh fatell yllyn gweles hy dewlagas ow tewynya adhelergh dhe'n padn boll esa worth aga heles. Me a welas Bylâly truan, a gresyn dhe vos den a golon vrâs, ow crena rag ewn euth orth hy geryow.

"A 'Hiya'! A *Honna*!" yn medh ev, heb lyftya y bedn gwydn dhywar an dor. "Ogh, a *Honna*, kepar dell osta brâs, bëdh mercyabyl, rag me yw dha servont jy kepar ha bythqweth parys dhe obeya. Ny veu va towl vëth na fowt vëth dhyworthyf vy, a *Honna*. Y feu an negys tôwlys gans an re-na yw gelwys ow flehes. Y a veu kentrydnys gans benyn neb o scornys gans an Porhel, hag y a vynsa sewya ûsadow coth an pow ha debry an stranjer tew ha du, neb a dheuth bys i'n pow-ma gans dha ôstysy, an Baboun, ha'n Lion, neb yw clâv. Rag y a gresy na dheuth ger vëth dhyworthys ow tùchya an Den Du. Saw pàn welas an Baboun ha'n Lion an pëth o ervirys gansans, y a ladhas an venyn hag a ladhas an Den Du kefrës rag y selwel dhyworth euth an pot. I'n tor'-na an debeles-na, ea, flehes an Bylen usy tregys i'n Pyt, a vuscogas gans whans rag goos, hag y a herdhyas aga honen wàrbydn briansen an Lion, an Baboun ha'n Porhel. Saw y a omladhas gans colon vrâs. A *Hiya*, y a omladhas kepar ha gwir-wer, hag a ladhas lies huny, hag a wethas aga thir; hag ena me a dheuth ha'ga sawya. Ha me a dhanvonas an debel-oberoryon obma dhe Kôr, may hallens bos jùjys gans dha Vrâstereth Rial, a *Honna*, hag ottensy obma."

"Ea, a gothwas, me a wor, hag avorow me a vynn esedha i'n hel brâs rag gruthyl jùstys warnedha, na borth dowt i'n mater. Ha me, scant ny vynnaf vy gava dhis. Kemmer with dhe rewlya dha deylu dhe well. Kê dhe ves!"

Bylâly a savas wàr y dhewlin marthys uskys, plegya y bedn tergweyth, cramyas an chambour wàr nans, y varv wydn ow ow scubya an leur, kepar dell wrug ev cramyas in bàn, ha wàr an dyweth ev êth in mes a wel der an croglednow, worth ow forsâkya vy, er ow euth, heb ken coweth vëth gans an venyn dhynyak-ma, an venyn uthyk dres ehen.

XIII

AYESHA OW TYSQWEDHES HY HONEN

"Otta va," yn medh *Honna*, "gyllys in kerdh, bobba coth an varv wydn! Â, pana vohes yw an furneth kefys gans nebonen in y vêwnans. Yma va worth y gùntell kepar ha dowr, saw an furneth a wra resek der y vesîas kepar ha dowr. Mar pëdh y dhewla mar lÿb avell an glûth yn unnyk, otta denythyans a felyon ow cria in mes, 'Merowgh, den fur yw henna!' A nyns ywa indella. Saw lavar dhymm dha hanow jy? 'Baboun' a lever ev," ha hy a wharthas; "saw hèn yw ûsadow an bobel wyls-ma heb desmygyans; ymowns y ow mos dhe'n bestas rag cafos hanow. Fatla wrer dha elwel i'th pow dha honen, a stranjer?"

"Holly a'm gelwyr, a Vyternes," me a worthebys.

"Holly," yn medh hy in udn leverel an ger gans caletter, saw gans ton pòr dhynyak," ha pÿth yw 'Holly'?"

"'Holly' yw gwedhen dhreynek," me a leverys.

"Ytho. Wèl, te a'th eus semlant dreynek ha kepar ha gwedhen. Te yw crev mès hager, ha mar nyns yw camgemerys ow furneth, yth osta gwiryon i'th colon, ha te yw lorgh fast dhe bosa warnodho. Te yw nebonen usy owth ombredery. Saw na sav ena, deus ajy genef hag eseth rybof. Ny garsen dha weles in unn gramyas dhyragof kepar ha'n gethyon-na. Sqwith oma a'ga gordhyans hag a'ga euth. Ymowns y worth ow ankenya traweythyow ha me a alsa agan dystrêwy rag dydhana ow brÿs, may hallen gweles an remnant ow trailya gwynn bys i'n golon." Ha gans hy dorn a lyw dans an olyfans hy a sensys an groglen adenewen may hallen entra.

Me a entras in udn grena. Uthyk fest o an venyn. Ajy dhe'n groglen yth esa skyl, adro dhe dhewdhek tros'hës ahës ha deg tros'hës alês. I'n skyl yth esa gwely dëdh ha ha frût ha dowr bryght war vord. Ryb an bord, orth y bedn, yth esa vessyl kepar ha

besythven kervys, ha hèn o leun a dhowr kefrës. Yth esa lugern teg
ow colowy an tyller yn whar hag yth esa odour wheg ha feynt ow
cregy wàr an air ha wàr an croglendow. Yth hevelly inwedh fatell
esa odour teg ow tos dhyworth blew gloryùs *Honna* ha dhyworth hy
dyllas gwydn boll. Me a entras i'n rom bian ha sevel ena in udn
hockya.

"Eseth," yn medh *Honna* ow tysqwedhes gans hy dorn an gwely
dëdh. "Nyns eus skyla vÿth genes rag perthy own ahanaf. Mar pÿdh
skyla genes, ny wrêta perthy own ahanaf re bell, rag me a wra dha
ladha. Ytho, bedhens lowen dha golon."

Me a sedhas wàr woles an gwely dëdh ogas dhe'n besythven leun
a dhowr, ha hy a skydnyas yn cosel wàr an pedn pell.

"Lemmyn, Holly," yn medh hy, "fatla wher te dhe gêwsel
Arabek? Yth ywa ow thavas meurgerys ow honen, rag me yw
Arabes dre enesygeth, ea 'al Arab al Ariba' (Arabes a'n Arabyon),
hag a deylu agan hendas Yárab, mab Kâhtan.[12] Rag me a veu genys
i'n cyta goth teg-na Ozal, in provyns Yaman Lowen. Nyns esta
bytegyns ow kêwsel kepar dell wren ny i'n dedhyow coth. Yma
mûsyk yêth velys trîbys Hamyar ow lackya dhe'th tavas, yêth a
glêwyn vy. Yth hevel dhymm inwedh rann a'n geryow dhe vos
chaunjys, kepar dell yns chaunjys in mesk an Amahagger, neb re
wrug gwethhe ha mostya glander an tavas. Res yw dhymm ytho
kêwsel orta in neb tra yw tavas alyon dhymm."

"Me re wrug y studhya," me a worthebys, "lies bledhen. Hag yth
yw an tavas côwsys in Ejyp kefrës hag in tyleryow erel."

"Yth ywa kêwsys whath ytho, ha usy whath Ejyp i'n bÿs? Ha
pana Faro usy esedhys wàr an tron? Ywa whath onen a has Ôchùs
Persya, poken yw gyllys yw mebyon Achaemenês, rag pell alemma
yw dhedhyow Ôchùs."

---

12 Yárab mab Kâhtan, esa ow pewa nebes cansvledhydnyow dhyrag
termyn Abram, o hendas an Arabyon goth, hag a ros hy hanow Araby
dhe'n pow. Pàn wrella hy côwsel anedhy hy honen avell 'al Arab al
Ariba', heb dowt yma *Honna* whensys dhe dherivas hy dhe vos a'n gwir-
woos Arab, adar a'n Arabyon naturhës, dieskynysy Ismael, mab Abram
ha Hagar. An Arabyon-na a vedha aswonys avell 'al Arab al mostáraba.'
Radnyêth an Koreish a vedha gelwys an Arabek 'cler' pò hewel, saw yth
o an radnyêth Hamarytek nessa dhe lanythter an vabm-Syryek.—
L.H.H.

"Gyllys yw an Persyans mes a Ejyp nans yw dyw vil vledhen ogasty, ha dhyworth an termyn-ma mebyon Ptolemy, an Romans ha lies onen aral a wrug floryshya ha rêwlya ryb Dhowr Nîl, hag y oll a godhas pàn dheuth an prës ewn," me a leverys rag ewn euth. "Pëth a wodhes jy a'n Persyan, Artaxerxes?"

Hy a wharthas, saw ny ros hy gorthyp vëth, hag arta yêynder a bassyas dredhof. "Ha'n Grêss," yn medh hy, "usy an pow-na whath i'n bÿs? Â, ass o kerys genef an Grêkys! Y o mar deg avell an jëdh, saw fers in aga holon ha brottel bytegyns."

"Ea," yn medhaf vy, "yma Grêss whath i'n bës, hag yth yw hy pobel unweyth arta. Saw nyns yw Grêkys agan dedhyow ny kepar ha Grêkys an dedhyow coth, ha nyns yw Grêss hy honen mas scorn comparys gans an pow coth."

"Dar! Usy an Ebrowyn whath in Jerùsalem? Hag usy an Templa whath ow sevel, neb a veu derevys gans an myghtern fur? Ha mars usy whath ow sevel, pana Dhuw a vedhons y ow cordhya ino? A dheuth aga Messias whath, a wrêns y pregoth kemmys anodho ha profusa mar uhel adro dhodho? Usy ev ow rewlya an norvÿs?"

"Trogh ha dyberthys yw an Yêdhewon, hag yma remnans aga fobel scùllys alês i'n bës, ha Jerùsalem yw dystrôwys. Hag ow tùchya an templa derevys gans Erod—"

"Erod!" yn medh hy. "Ny worama tra vëth a Erod. Saw gwra pêsya."

"An Romans a's loscas, hag yth esa eras an Romans ow neyjya dres hy magoryow, ha lebmyn gwylfos yw Jûdy."

"Indella yth yw! Y o pobel vrâs, an Romans-na, hag a wre mos heb gortos bys in aga forpos poran—ea, y whrêns y fystena dhodho avell an Destnans, pò kepar ha'ga eras aga honen bys in aga fray!— ha gasa a wrêns an cres adhelergh dhedhans.

"*Solitudinem faciunt, pacem appellant,*" me a leverys.

"Â, te a yll kêwsel Latyn kefrës, dell welaf vy!" yn medh hy gans lev sowthenys. "Yma va ow sowndya coynt i'm scovornow wosa oll an dedhyow-ma, hag yth hevel dhymm nag usy dha leveryans ow codha kepar dell wre in ganow an Romans. Pyw a screfas an geryow-na? Nyns yw aswonys an lavar dhymm, saw gwir yw adro dhe'n bobel vrâs-na. Me a grës y whrug vy trouvya den lettrys inos—nebonen may whrug y dhewla sensy an dowr a skians an bÿs. A yllyth kêwsel Grêk inwedh?"

138

"Gallaf, a Vyternes, ha nebes Ebrow kefrës, saw ny allama aga hôwsel yn tâ. Y aga dew yw tavosow kellys hedhyw."

Hy a dackyas dewla in lowender flehyl. "In gwir, hager-wedhen kynth os, yma an frûtys a furneth ow tevy orthys, a Holly," yn medh hy, "saw a dheuth Messias an Yêdhewon-na, hag usy ev ow rêwlya an bÿs? Cas êns y genef, rag y a'm gelwy 'dyscryjyges' pàn garsen desky ow fylosofy dhedha."

"Y teuth aga Messias," me a worthebys gans revrons, "saw Ev a dheuth bohosak hag uvel, ha ny garsens goslowes Orto. Y a'n whyppyas ha'y growsya wàr wedhen, saw yma y lavarow ha'y oberow whath ow pewa, rag Ev o Mab Duw, ha lemmyn in gwir yma va ow rêwlya hanter an bës, saw nyns ywa Empîr a'n Bës."

"Â, an bleydhas fers aga holon," yn medh hy, "sewysy Skians ha lies duw—crefny rag gwain ha sqwardys gans ancrês. Me a yll gweles aga fâssow tewl whath. Ytho, y a growsyas aga Messias? Me a yll y gresy. Ev dhe vos Mab a'n Spyrys Bew, ny via henna tra vÿth dhedha, mars o ev henna in gwir. Ny a vynn kêwsel a henna moy adhewedhes. Ny vynsens gruthyl vry a Dhuw vÿth marnas Henna a dheffa gans solempnyta ha gans gallos. Y, pobel dhêwysys, vessyl a Henna usons y ow kelwel Yehowah, ea, ha vessyl a Baal, ha vessyl a Astoreth, ha vessyl a dhuwow an Ejyptyons—pobel hautyn aga thorr, crefny rag neb tra a vynsa dry dhedha rycheth ha gallos. Y a growsyas aga Messias, dre rêson ev dhe vos avell den uvel—ha lemmyn ymowns y scùllys i'n bÿs alês? Dar, mars esoma ow perthy cov, indella y leverys onen aga frofusy y fedha an dra. Wèl, gwrêns y dyberth—y a dorras ow holon, an Yêdhewon-na, hag a wrug dhymm meras gans tebel-lagasow dres an bÿs, ea, hag a'm drîvyas bys i'n dysert-ma, bys i'n tyller-ma a bobel esa i'n bÿs dhyragtha. Pàn garsen vy desky furneth dhedha in Jerùsalem, y a'm labedhas; ea, orth Yet an Tempel, an fêcloryon-na, gwynn aga barvow ha'n Rabys a inias an bobel dhe'm labedha! Mir, otta an merk a henna bys i'n jëdh hedhyw!" Ha gans gway sodyn hy a dednas in badn an mailyans boll adro dh'y bregh rônd, ha dysqwedhes clêsen rudh warbydn an crohen deg, mar wydn avell leth.

Me a blynchyas rag ewn euth.

"Gav dhybm, a Vyternes," yn medhaf vy, "saw me yw ancombrys brâs. Namnag yw dyw vil vledhen passys dhia bàn veu Messias an Yêdhewon cregys wàr y grows in Golgotha. Fatla alsesta ytho desky dha fylosofy dhe'n Yêdhewon dhyrag y oos ev? Benyn osta adar spyrys. Fatla yll benyn bewa dyw vil vledhen? Prag yth esta ow whelas ow thùlla, a Vyternes?"

Hy a bosas wàr dhelergh wàr an gwely dëdh, hag unweyth arta me a veu war a'n lagasow kelys ow qwary warnaf hag ow whythra ow holon.

"Te dhen!" yn medh hy wàr an dyweth, in udn gôwsel pòr lent ha wosa predery, "yth hevel bos taclow i'n bÿs na wodhesta tra vÿth anedha. Esta whath ow cresy fatell usy taclow ow merwel, kepar dell esa an Yêdhewon-na ow cresy? Me a lever dhis na wra merwel tra vÿth. Nyns eus Mernans vÿth, kynth eus tra yw gelwys Chaunj. Mir," ha hy a dhysqwedhas nebes kervyansow wàr an fos a ven. "Tergweyth teyr mil vledhen re bassyas abàn godhas an den dewetha a'n nacyon neb a wrug an pyctours-na dhyrag anal an plag, a dhros aga mernans. Saw nyns yns y marow. Ymowns y whath ow pewa. Martesen y fÿdh aga spyryjyon tennys bys dhyn i'n very eur-ma," ha hy a veras adro. "In gwir, yth hevel dhymm traweythyow me dhe allos aga gweles gans ow dewlagas."

"Ea, saw dhe'n bës marow yns y."

"Ea, rag prÿs. Saw dhe'n bÿs y honen y a vÿdh genys arta hag arta. Me, ea, me ow honen, Ayesha[13]—rag henna yw ow hanow vy— me a lever dhis ow bosa ow cortos omma erna vo daskenys nebonen a gerys vy. Yth esoma ow strechya omma erna wrello ev ow throuvya, rag me a wor yn certan ev dhe dhos, hag omma, omma yn unnyk y whra va ow dynerhy. Dar, a vynta cresy, me, neb yw ollgalosek, ha me, yw ow thecter brâssa ès beawta Helen an Grêkys, a wrêns y cana anedhy, me, yw ow furneth ledanha ha downha ès furneth Salamon—me mayth yw godhvedhys dhym kevrînow an norvÿs ha'y rycheth, me neb a yll trailya kenyver tra dhe'm devnyth ow honen—me neb re fethas rag tecken an Chaunj, yw gelwys mernans genowgh why—me a wovyn orthys, a stranjer,

---

13 Ashsha yw an leveryans—L.H.H. [In y raglavar dhe *Ayesha: Dewhelans Honna*, whedhel a sewyas *Honna*, an auctour a lever "an hanow Ayesha, neb yw kefys yn fenowgh i'n Ÿst dhyworth dedhyow an profet Mahomet in rag (ev y honen a'n jeva gwreg a'n hanow-na) a dal bos leverys *Ashsha*." Dell hevel hèn yw [ˈaːʃə]. Hanow gwreg Mùhamad dell yw ûsys yw trascrefys *Aysha*; an form Arabek yw عائشة, ʿ*Ā'ishah*, leverys [ˈʕaːʔiʃa], kynth yw moy kebmyn an leveryansow [aːˈjɛʃə] pò [aːˈjiːʃə].—M.E.]

prag yth esta ow cresy me dhe vugelya omma gans pobel wyls, isella ès an bestas?"

"Ny worama," me a leverys yn uvel.

"Rag me dhe wortos henna a garaf. Martesen me re wrug drog i'm bêwnans, me ny wòn—rag pyw a yll decernya inter dâ ha drog?—rag henna me a'm beus own a verwel, a callen unweyth merwel, saw ny allama bos marow erna dheffo ow thermyn, dhe viajya ha dh'y whylas i'n le may ma va; rag martesen fos a alsa derevel intredhon na alsen crambla, dhe'n lyha, own a'm beus a henna. Hag yn certan pòr êsy via mos wàr stray i'n efander brâsna may ma an planettys ow qwandra bys venary. Saw an jëdh a vynn dos, martesen pàn vo passys pymp mil vledhen whath, hag y kellys ha tedhys aberth i'n cladhgellow an Termyn, poran kepar dell usy an cloudys bian ow tedha in tewolgow an nos, pò martesen avorow vÿdh, pàn vo ev, ow herensa vy, daskenys, hag ena, in unn sewya laha yw creffa ès towl vÿth a vab den, ev a wra ow throuvya vy omma, le may whrug ev ow aswon unweyth kyns, hag yn sur y golon a wra medhelhe tro ha me, kyn whrug vy peha wàr y bydn, ea, kyn na vyma aswonys arta dhodho, mès ev a'm carvyth arta, rag ow thecter dhe'n lyha."

My a veu ancombrys rag tecken ha ny yllyn gortheby. Re alosek o an negys rag ow brës dh'y gonvedhes.

"Saw ena whath, a Vyternes," yn medhaf vy wàr an dyweth, "mar pedhyn ny, tus, genys arta hag arta, nyns yw an mater indella genes jy, mars esta ow leverel an gwiryoneth." Ena hy a veras in bàn yn lybm, hag unweyth arta me a welas an golow i'n lagasow kelys-na; "te," me a bêsyas dre hast, "na wrug bythqweth merwel."

"Te a lever gwir," yn medh hy, "hag yma taclow indella, rag hanter dre jauns ha hanter dre skians me re assoylyas onen a kevrînow brâssa an bÿs. Lavar dhymm, te stranjer: yma bêwnans i'n bÿs—prag ytho na alsa an bêwnans bos hirhës rag tecken? Pÿth yw deg bledhen pò ugans bledhen pò hanter-cans mil vledhen in istory an bêwnans? Dar, dres deg mil vledhen scant ny wra an glaw ha'n hager-awel iselhe gwartha meneth unn dhornva in uhelder. Ny wrug an câvyow-ma chaunjya dres dyw vil vledhen, ny wrug tra vÿth chaunjya ma's an bestas ha'n den, neb yw kepar ha'n bestas. Nyns eus marthus vÿth i'n mater, mar calles unweyth y gonvedhes. Marthys yw an bêwnans, ea, saw nyns yw marthys y dhe vos hirhës nebes. Yma hy spyrys bew i'n Natur kepar dell eus spyrys bew in mab den, rag mab den yw flogh a'n Natur. Ha henna neb a gaffo an spyrys-na, ha mar qwra va gasa dhodho anella warnodho y honen, ev a wra bewa gans hy bêwnans. Ny wra va bewa rag nefra, rag nyns yw an Natur heb dyweth, ha res yw dhedhy hy honen merwel, poran kepar dell yw marow natur an loor. Hy a res merwel, poken me a lever, chaunjya ha cùsca erna dheffo an prÿs rygthy dhe vewa arta. Saw p'eur fÿth hy marow? Ny vÿdh whath, me a grës, ha pàn vo hy ow pewa, indella inwedh y whra henna bewa a's teffo oll hy sêcret. Ny'm beus pùptra whath, me a'm beus nebes anedha, moy martesen ès ken den vÿth a dheuth dhryagof. Now dhyso jy, me yw sur, an dra-ma yw mystery brâs, rag henna ny vynnaf vy dha fetha ganso i'n tor'-ma. Ken termyn ha me a vynn derivas moy dhis, mar pedhama whensys, saw martesen ny wrama nefra kêwsel arta orthys a'n mater. Esta ow covyn orthys dha honen fatla wodhyen why dhe vos ow tos dhe'n pow-ma, hag indella fatla wrug vy agas gwetha rag an pot tomm?"

"Esof, a Vyternes," me a worthebys yn feynt.

"I'n eur-na mir orth an dowr-na," ha hy a dhysqwedhas gans hy dorn an vessyl kepar ha besythven, hag ena hy a bosas in rag ha sensy hy dorn a-ughto.

Me a savas in bàn ha meras, ha dystowgh an dowr a veu tewl. Ena cler a veu, ha me a welas mar apert dell welys vy tra vëth in oll ow bêwnans—me a welas agan scath wàr an dowrgledh uthyk-na. Otta Leo a'y wroweth in cùsk wàr an stras, ha côta tôwlys dresto rag gwetha an gwybes dhywarnodho, ha'y fâss o cudhys, hag otta ny, Job, Mahomed ha me ow tedna wàr an ladn.

Me a blynchyas rag euth, hag a grias in mes hedna dhe vos pystry, rag me a aswonas oll an vu—yth o va neppyth a wharva in gwiryoneth.

"Nâ, nâ, a Holly," hy a worthebys, "pystry nyns ywa màn, hèn yw desmygyans a dhen dyskians. Nyns eus pystry vÿth i'n bÿs, kynth yw possybyl dhe wodhvos kevrînow an Natur. An dowr-na yw ow gweder vy hag ino me a wel pypynag a wharfo, mar pethaf whensys dhe somona an pyctours, saw ny vedhaf whensys yn fenowgh. Me a yll dysqwedhes i'n dowr-na pynag oll a vynny a'n dedhyow tremenys, mars ywa tra vÿth a vo ow pertainya dhe'n pow-ma, pò mars ywa neb tra godhvedhys gans an aspior, hèn yw, genes jy.

Preder a fâss, mar mynta, ha dastewynys vÿdh ragos wàr an dowr. Ny wòn vy oll an kevrîn whath—ny allaf vy redya tra vÿth a'n termyn usy ow tos. Saw sêcret coth yw hemma. Ny wrug avy y dhyscudha. Godhvedhys o dhe'n nygromoncers in Araby hag in Ejyp nans yw lies cansvledhen. Indella unn jëdh me a hapnyas dhe bredery a'n dowrgledh coth-na—passys yw ugans oos abàn wrug vy golya warnodho, hag ena me a welas an scath ha tredden ow kerdhes, hag onen, na yllyn gweles y fâss, saw den yonk, bryntyn y form, in cùsk i'n scath, hag ytho me a dhanvonas arhadow ha'gas selwel. Ha lemmyn farwèl. Saw gorta, derif dhymm a'n den yonk-ma—an Lion, dell ywa gelwys gans an cothwas. Me a garsa meras orto, saw ev yw clâv, te a lever—clâv a'n fevyr ha golies veu inwedh i'n omlath."

"Pòr glâv ywa," me a worthebys yn trist; "a ny ylta gwil tra vëth ragtho, a Vyternes? Te a wor kebmys."

"Yn certan me a yll y sawya. Saw prag yth esta ow kêwsel mar drist? Esta ow cara an den yonk? Ywa martesen dha vab jy?"

"Ev yw ow mab asvabys, a Vyternes! A vëdh ev drës ajy dhy-ragos?"

"Na vÿdh. Pes termyn usy ev ow codhaf an fevyr?"

"Hedhyw yw an tressa dëdh."

"Dâ, ytho. Gwrêns ev gorwedha unn jëdh whath. I'n eur-na martesen ev a wra têwlel an fevyr dhywarnodho der y nerth y honen, ha gwell yw henna ès ow sawment vy, rag ow fysek a wra shakya y vêwnans in y dyller crev. Mar ny wra va amendya erbynn an gordhuwher avorow, an eur pàn wrug an fevyr y sêsya kyns oll, i'n eur-na me a vynn dos dhodho rag y sawya. Gorta, pyw usy ow kemeres with anodho?"

"Agan servont gwydn, ev usy Bylâly ow kelwel an Porhel; hag inwedh," hag i'n tor'-na me a hockyas nebes, "benyn gelwys Ùstânê, benyn pòr sêmly a'n pow-ma, neb a dheuth ha'y vyrla pàn wrug hy kensa y weles. Hy re wortas ganso dhyworth an termyn-na, dell esoma ow convedhes ûsadow dha bobel, a Vyternes."

"Ow fobel! Na gêws orthyf a'm pobel vy," hy a worthebys in hast; "nyns yw pobel vÿth dhymm an gethyon-ma. Nyns yns y ma's keun dhe wruthyl ow arhadow erna dheffo dëdh ow lyfrêson. Hag ow tùchya aga ûsadow, nyns esoma ow mellya ganso. Hag inwedh, na wra ow gelwel vy Myternes—sqwith oma a fêkyl-lavarow hag a dîtlys—galow vy Ayesha; yma an hanow-na ow sowndya wheg i'm scovornow; dasson yw dhyworth an termyn eus passys. Ow tùchya an Ùstânê-ma, ny wòn vy. Martesen hy yw honna may feuma gwarnys wàr hy fydn, hag a wrug vy wàr ow thro vy hy gwarnya. A wrug hy—gorta, me a welvyth;" hag in udn bosa in rag, hy a bassyas hy dorn dres an besythven a dhowr ha meras orto yn tywysyk. "Mir," yn medh hy yn cosel, "yw honna an venyn?"

Me a veras abeth i'n dowr, hag ena, dysqwedhys wàr y vejeth cosel, yth esa kelghlînen a vejeth sêmly Ùstânê. Yth esa hy ow posa in rag, hag y hylly kerensa fest cuv bos redys wàr hy fâss, ha hy ow meras orth neb tra in dadny, ha'y blew gell kesten ow codha wàr hy scoodh dhyhow.

"Hodna yw hy," me a leverys, isel ow lev, rag unweyth arta me a veu ancombrys brâs der an vu coynt-ma. "Yma hy ow meras orth Leo usy in cùsk."

"Leo!" yn medh Ayesha, pell dhyworthyf hy brës, "dar! Hèn yw 'lion' in Latyn. An cothwas a wrug desmygy hanow ewn rag unweyth. Pòr goynt ywa," hy a bêsyas, in udn gôwsel orty hy honen, "pòr goynt. Mar haval yw hy—saw ny yll henna bos!" Hy a wayas hy dorn dres an dowr arta, cot hy ferthyans. An dowr a dewlhas arta ha'n pyctour êth mes a wel yn tawesyk hag in maner gevrînek. Hag unweyth arta nyns esa ow spladna orth enep cosel an myrour glân ha bew-na ma's golow an lugern.

"A vynta govyn ken tra vŷth orthyf, Holly, kyns dyberth?" yn medh hy, wosa predery tecken. "Bêwnans garow a res dhis bewa omma, rag pobel wyls yw an dus ha'n benenes omma, ha ny wodhons y fordhow an den wharhës. Nyns oma troblys dre henna, rag otta ow boos," ha hy a dhysqwedhas an frût wàr an bord bian. "Nyns â aberth i'm ganow vy nefra ma's frût yn unnyk—frût ha câkys a vleus, ha nebes dowr. Me re erhys dhe'm mowysy dha servya. Y yw omlavar, dell wodhesta, omlavar ha bodhar, ha rag henna an servysy an moyha saw, marnas dhe'n re-na a allo redya aga fâss ha'ga thôknys. Me a's magas indella—henna a dhuryas lies cansvledhen hag a gostyas meur a anken; saw me re wainyas wàr an dyweth. Me a spêdyas unweyth kyns lemmyn, saw re hager o an bobel, hag ytho me a asas dhedha merwel in kerdh. Saw nyns yw an re-ma indella, dell welta. Unweyth me a vagas nacyon a gewry,

saw wosa termyn, ny garsa an Natur hy honen pêsya gansa, hag y
a verwys ha mos in kerdh. Ota whensys dhe wovyn neb tra orthyf?"

"Ov, me a garsa udn dra, a Ayesha," me a leverys in maner vold,
saw nyns esen vy owth omglôwes bold in gwiryoneth. "Me a garsa
meras orth dha fâss."

Hy a wharthas yn wheg. "Ombreder, Holly," hy a worthebys;
"ombreder. Yth hevel bos aswonys dhis whedhlow duwow coth an
Grêkys. A ny veu den i'n temyn eus passys henwys Actaeon, neb a
verwys dre rêson ev dhe weles kemmys tecter? Mar teuma ha
dysqwedhes dhis ow fâss, martesen te a wra merwel kefrÿs.
Martesen te a vêdh consûmys gans whans dyfrêth. Godhvÿth nag
oma ragos jy—nyns oma rag den vÿth marnas dhe onen, neb re
beu saw nyns yw whath."

"Kepar dell vydnes, Ayesha," me a leverys. "Nyns oma dowtys
a'th tecter. Me re worras ow holon pell dhyworth beawta benyn,
usy ow qwedhra kepar ha flour."

"Nag usy, yth esta in errour," yn medh hy, "nag usy ow qwedhra
poynt. Ow thecter vy a wra durya rag nefra, kepar dell esoma ow
turya ow honen. Bytegyns, mars ota whensys, a dhen dybreder, re
bo genes dha dhesîr; saw na wra ow blâmya vy, mar teu passyon
hag eskynna wàr dha furneth, kepar dell wre an varhogyon
Ejyptyon eskynna wàr vargh yonk, ha'th lêdya dhe dyller na garses.
Pynag oll a vo ow thecter dyscudhys dhodho, a vÿdh anteythy dh'y
worra in mesa a'y benn. Hag ytho gans an bobel wyls-ma aga
honen me â adro ha'm bejeth mailys, rag dowt y dhe'm ankenya,
ha me dh'aga ladha. Lavar, ota whensys dhe weles?"

"Ov," me a worthebys, rag y whrug ow fetha an whans dhe
wodhvos.

Hy a dherevys hy brehow gwydn ha rônd—bythqweth ny welys
vy brehow a'n par-na—hag yn lent, pòr lent, he a dhygolmas neb
tra in dadn hy blew. Ena adhesempys an mailyans hir kepar ha
lien bedh a godhas dhywarnedhy wàr an dor, hag ow lagasow a
viajyas hy form in bàn, heb tra vêth in hy herhyn ma's pows a
wydn boll, na wrug ma's dysqwedhes hy shâp perfeth hag impyryal,
endûys gans bêwnans o moy ès bêwnans, ha gans neb grâss kepar
ha serpont o moy ès denyl. Yth esa sandalys adro dh'y threys bian,
hag y kelmys gans bothow owr. Ena me a veras hy dewufern moy
perfeth ès dell dhesmygyas imajor bythqweth. Adro dh'y wast yth

o hy fows kelmys gans serpont dew benn a owr pur, hag a-ugh henna hy form grassyùs a dherevys in lînednow mar bur dell êns sêmly, erna wrug an bows dewedha wàr an ergh arhansek a'y dywvron, esa hy brehow plegys drestans. Me a veras a-ughtans orth hy bejeth, ha—nyns esoma ow corlywa—me a blynchyas dallhës ha sowthenys. Me a glôwas a decter a'n re nevek, i'n eur-na me a'n gwelas, saw an tecter-na, gans oll y veawta uthyk ha'y lander, o tebel y nas, pò dhe'n lyha i'n prës-na, me a'n cresy drog. Fatl'allama y dhescrefa? Ny allama—war verr lavarow, ny allama. Nyns eus den ow pewa a alsa ry neb sens a vyns a welys. Me a alsa côwsel a'n lagasow, pùpprës ow chaunjya, a'n du moyha down, a'n fâss lywys teg, a'n tâl ledan ha nôbyl, esa an blew ow tevy yn isel warnodho, a'n tremyn fin ha compes. Saw kynth o oll an re-na teg, teg dres ehen, nyns esa an tecter ow powes inhans y. Yth esa an tecter dres pùptra, mars yw possybyl leverel an tecter dhe vos tregys i'n tra vëth, in neb rielder hewel, neb grâss impyryal, in stampa duwyl a allos medhelhës, esa ow terlentry wàr an bejeth spladn-na, kepar hag owrgelgh bew. Bythqweth kyns ny wrug vy desmygy pandr'alsa bos an tecter gwrës goruhel—saw tewl o an goruhelder—nyns esa gordhyans an nev in kenyver part—kynth o va gloryùs bytegyns. Kynth o hy fâss an fâss a venyn yonk, nag o moy ès deg warn ugans blooth, i'n kensa sowena a decter athves, yth o va merkys bytegyns gans an wolok a experyens na ylly bos ùttrys, ha gans aswonvos down a bassyon hag a dristans. Ny ylly an minwharth sêmly esa ow terneyjya adro dh'y gwessyow keles an skeus-na a begh ha a voreth. Yth esa an re-na ow terlentry i'n golow an dewlagas gloryùs-na, yth o present i'n air a vrâstereth, hag yth hevelly bos ow leverel: "Mir orthyf vy, moy sêmly ès benyn vëth a veu pò a vëdh, dyvarow ha hanter duwyl; yma an covyon orth ow menowhy dhia oos dhe oos, hag yma passyon orth ow lêdya er an dorn—me re wrug drog, ha dhia oos dhe oos me a vydn gwil drog, ha tristans a vëdh aswonys dhymm erna dheffo ow redempcyon."

Me a veu tednys der neb nerth tenveynek, na yllyn sevel orto, ha me a asas dhe'm lagasow powes wàr hy dewlagas bryght, ha me a glôwas fros a dredan ow passya dhywortans bys dhybm hag a wrug ow amaya ha'm sowthanas.

Hy a wharthas—pana wheg o mûsyk hy wharth! ha hy a bendroppyas orthyf gans an air a dhynyores uhel, a vynsa gwainya crejys rag Venùs Victrix.

"Te dhen dybreder!" yn medh hy, "kepar hag Actaeon, te a gafas dha dhesîr. Kebmer with, rag dowt te dhe verwel yn trist kepar hag ev, sqwardys dhe dymmyn gans an keun a'th passyons dha honen. Me inwedh yw duwes ha maghteth, ha ny vedhama môvys marnas gans unn den; ha nyns ota jy an den-na. Lavar dhymm, a wrusta gweles lowr?"

"Me re veras orth tecter, ha dallhës veuma," me a leverys, ronk ow lev, ha me a dherevys ow dorn dhe gudha ow lagasow.

"Dar! Pandra leverys vy dhis? An tecter yw haval dhe'n luhes. Hegar ywa, saw yma va ow tystrêwy kefrÿs—gwëdh yn arbennek, a Holly!" hag arta hy a bendroppyas in udn wherthyn.

Adhesempys hy a dewys, ha der ow besîas me a welas chaunjyans uthyk ow tos wàr hy fâss. Hy lagasow brâs a gemeras warnodhans aga honen tremyn, esa euth ow strîvya ino gans govenek brâs in mes a dhownder hy enef. An bejeth caradow a veu serth, ha'n form heblyth sêmly a hevelly tydnhe hy honen.

"Te dhen," yn medh hy, ow whystra hag ow sia warbarth, ha hy a dossyas hy fedn wàr dhelergh kepar ha serpont parys dhe weskel—"Te dhen, ple gefsys an scarab wàr dha dhorn? Cows, pò re Spyrys an Bêwnans me a vynn dha sqwattya i'n tyller mayth esos!" Ha hy a gemeras udn stap scav tro ha me, hag y whrug dewynya dhyworth hy lagasow golow mar uthyk—yth hevelly flàm dhybm ogasty—may whrug vy codha wàr an dor dhyrygthy, ha me ow clattra rag ewn euth.

"Pais," yn medh hy, ha'y maner a jaunjyas yn sodyn, ha hy a gowsas in hy lev medhel avell kyns. "Me a worras own inos! Gav dhymm! Saw traweythyow, Holly, yma an brës ogasty heb finweth ow tevy sqwith a sygerneth an dra lymytys, ha temptys vedhaf dhe wruthyl devnyth a'm gallos rag ewn sorr—namna wrug vy dha ladha, saw me a borthas cov—. Saw an scarab—ow tùchya an *scarabaeùs!*"

"Me a'n kemeras in bàn dhywar an leur," me a leverys yn feynt, ha me ow sevel arta wàr ow threys. Ha'n gwiryoneth yw me dhe vos mar ancombrys i'n tor'-na na yllyn perthy cov a gen tra vëth ès me dh'y dherevel in cav Leo.

"Ass ywa coynt," yn medh hy adhesempys, ha hy ow crena kepar ha benyn ha hy frobmys brâs, neppyth a hevelly dhybm nag esa ow tesedha dhe'n venyn uthyk-ma—"saw unweyth me a welas scarab kepar hag ev. Yth esa ow cregy adro dhe gonna—dhe gonna den a garen vy," ha hy a olas nebes, ha me a welas wosa pùptra nag o hy ma's benyn, kynth o hy martesen benyn pòr ancyent.

"Ytho," hy a bêsyas, "res yw an scarab-ma dhe vos haval dhe'n scarab aral, saw bythqweth ny welys vy scarab kepar, rag yth esa whedhel ow longya dhodho, ha'n den esa va in y gerhyn a sensy meur anodho.[14] Saw an scarab aswonys dhymmo vy, nyns o va settys indella in besow. Kê dhe ves, Holly, kê dhe ves, ha mar kyllyth, whyla ankevy y whrussys a'th folnep meras orth tecter Ayesha," hag in udn drailya dhyworthyf, hy a dôwlas hy honen wàr an gwely ha budhy hy fâs i'n pluvogow.

Me ow honen a drebuchyas in mes a'y fresens, ha ny worama in pana vaner a wrug vy drehedhes ow fogo ow honen.

---

14 Ejyptologyth lettrys ha gerys brâs a lever dhybm, may whrug vy dysqwedhes an scarab teg-ma, "Sùten se Ra", meur y les dhodho, na welas ev bythqweth onen kepar. Kynth yw rës dhodho an tîtel rës yn fenowgh dhe vyterneth Ejyp, yma va ow cresy nag ywa heb dowt vëth an cartoush a neb Faro, rag y fëdh tron pò hanow personek an mytern kervys dell yw ûsys wàr an sort-na. I'n gwetha prës ny yllyr bos determys lebmyn pëth o istory an scarab arbednek-ma, saw dre lycklod yma va ow pertainya dhe whedhel an Bensevyges Amenartes ha'y haror Calycratês, offeryas negedhys Îsys.—PENSCREFOR.

XIV

ENEF IN IFFARN

Namnag o deg eur i'n nos pàn wrug vy tôwlel ow honen wàr an gwely, dallath coselhe ow thybyansow ancombrys, hag ombredery adro dhe'n taclow gwelys ha clôwys genef. Saw dhe voy a wrug vy ombredery, adro dhedhans, dhe le a yllyn convedhes tra vëth anodhans. En vy muscok, pò medhow? Esen ow qwil hunros? Poken a veuma yn sempel an vyctym a neb dysseyt liesplek brâs? A alsa den vëth cresy me dhe vos ow kestalkya nebes mynys alena gans benyn neb dyw vil vledhen bloodh, me den dooth, a wodhya an chif-poyntys sciensek a'gan istory, ha neb a veu bys i'n eur-na den dyscryjyk yn tien ow tùchya oll an flows a vëdh gelwys in Ewrop 'taclow gornaturek'? Yth o an negys contrary dhe'n prevyans ha dhe natur mab den, ha pelha ùnpossybyl o in pùb fordh. Fatla yllyn vy styrya kefrës an pyctours wàr an dowr, pò skentoleth marthys an venyn ow tùchya maters i'n dedhyow pell passys, ha'y lack a wodhvos, dell hevelly, a wharvedhyans vëth wosa an termyn-na? Ha pelha, fatla yllyn vy styrya hy thecter marthys hag uthyk? Hèn o dhe'n lyha mater gwiryon, ny welas den vëth bew benyn mar sêmly avelly. Ny alsa benyn vortal vëth terlentry gans splander mar nevek. Dhe'n lyha hy a leverys an gwiryoneth adro dhe hedna—nyns o salow rag den vëth meras orth tecter a'n par-na. Me o vessyl cales i'n negyssyow-na, rag tu avês dhe udn brevyans tydn hag ankensy in dedhyow ow yowynkneth, me a worras cowethyans gans benenes (y yw gelwys medhel ha clor traweythyow saw camgemeryans yw hedna, me a grës) in mes a'm brës yn tien ogasty. Saw lebmyn, er ow euth brâs, me a wodhya na alsen nefra ankevy an vesyon a'n lagasow gloryùs-na; hag ellas! dewlujy an venyn-na, kynth o va uthyk ha scruthus dhybm, moy dynyak o va bytegyns. Heb dowt vëth y tylly codha in kerensa gans benyn, neb

a's teva an experyens a dhyw vil vledhen, hag a wodhya an fordh
gevrînek dhe omwetha hy honen rag an mernans. Saw, ellas, nyns
o qwestyon vëth o hy wordhy a gerensa, saw a neb tra aral. Me ow
honen, na wodhyen meur in maters a gerensa, me, kesvroder a'm
coljy, hag aswonys gans ow hothmans avell hâtyor benenes, me o
codhys in kerensa yn tien hag yn tyweres gans an bystryores wydn-
ma. Flows ha whedhlow! Res o an dra dhe vos flows ha whedhlow!
Hy a'm gwarnyas yn teg, ha me a sconyas recêva hy gwarnyans.
Mollath war an whans uthyk-na a vëdh pùpprës ow kentryna den
dhe gemeres an veyl dhywar an venyn—ha mollath wàr an iniadow
natùral usy worth y dhenethy! Hèn yw hanter—ea, ha moy ès
hanter—a'gan anken. Prag na yll den bewa y honen oll ha bos
lowen, ha prag na yll an venyn bewa hy honen oll inwedh, ha bos
lowen kefrës? Saw martesen ny via an benenes lowen, ha nyns oma
sur y fien ny lowen naneyl. Ass yw ancombrynsy an negys-ma. Me,
orth ow oos vy, dhe godha vyctym dhyrag Circê arnowyth! Saw
nyns o hy arnowyth, dhe'n lyha hy a leverys nag o. Namnag o hy
mar ancyent avell Circê hy honen.

Me a sqwardyas ow blew, ha lebmel dhywar ow gwely, ha me ow
cresy marnas me a wrella neb tra, y whren vy muskegy yn tien. Ha
pëth esa hy ow mênya ow tùchya an *scarabaeus*? *Scarabaeus* Leo o va,
neb a dheuth in mes a'n box coth, gesys gans Vyncy i'm chambour,
adro dhe udn vledhen warn ugans alena. A ylly bos, ytho, fatell o
gwir oll an whedhel, ha nag o fug-scrif an scrif wàr an darn pot,
ha na veu va desmygys gans neb muscok coynt ha pell ankevys?
Mars o maters indella, a ylly Leo bos an den esa *Honna* ow cortos—
an den marow neb o destnys dhe vos daskenys? Ùnpossybyl! Flows
dystyr o pùptra! Pyw a glôwas bythqweth a dhen dhe vos daskenys?

A pe va possybyl dhe venyn bewa dres dyw vil vledhen, hedna
parhap a via possybyl inwedh—y halsa tra vëth i'n bës bos possybyl.
Me ow honen, rag kebmys a wodhyen, a alsa bos an carnacyon a
neb me ow honen aral, pò martesen an den dewetha in rew hir a'm
persons istorek. Wèl, *vive la guerre!* Prag nâ? Saw i'n gwetha prës
ny'm be cov vëth a'n condycyons kyns. Yth o an tybyans gocky dres
ehen dhybm, ha me a godhas in wharth, ha me a veras orth
gwerrour grym i'n kervyans wàr an fos ha cria in mes dhodho,
"Pyw a wor, a gothman dâ? Martesen me o den a'n keth oos genes
jy. Re Jovyn! Martesen me o te, ha te yw me," hag ena me a

wharthas arta adro dhe'm folnep, ha'n tros a'm wharth a wrug
sowndya yn trist in dadn an nen uhel, kepar ha pàn wrug spyrys
an gwerrour dasseny an spyrys a wharth.

Ena me a borthas cov na wrug vy mos dhe weles fatell o Leo. Rag
hedna me a gemeras onen a'n lugern, esa ow lesky ryb ow gwely,
gorra ow eskyjyow dhywar ow threys ha slynkya an dremenva wàr
nans bys in entrans y gav cùsca. Yth esa whethow a air an nos ow
qwaya y groglen in rag ha wàr dhelergh yn clor, kepar ha pàn veu
dewla an spyryjyon orth hy thedna adenewen ha wàr dhelergh arta.
Me a slyppyas aberth in chambour ha meras adro. Yth esa lugarn
ow lesky ha me a welas fatell esa Leo ow cùsca wàr an gwely hag
ow tossya in ancrês y fevyr, saw in cùsk bytegyns. Ryptho, a'y
hanter-wroweth wàr an leur, ha hanter-bosys wàr an gwely a ven
me a welas Ùstânê. Yth esa hy ow sensy onen a'y dhewla in hy
dewla hy honen, hag ow tergùsca kefrës. Pyctour teg pò pyctour
trist êns y. Leo truan! Yth o cogh y vohow gans tan an fevyr, yth
esa skeusow tewl in dadn y lagasow hag ev owth anella yn poos.
Fest clâv o va, hag arta an own uthyk a'm sêsyas y hylly ev merwel,
ha me dhe vos gesys ow honen oll i'n bës. Saw mar teffa ev ha
bewa, ev a via ow kestrîvya genef rag kerensa Ayesha; ha mar ny
via ev an den-na, pana jauns a'm bia, uthyk hager hag in cres ow
oos warbydn y decter yonk spladn? Wèl, grassow dhe Dhuw! Nyns
o marow ow honscyans. Ny wrug hy ladha hedna whath. Ha pàn
esen ow sevel ena, me a besys Nev may whrella bewa ow maw vy,
moy ès ow mab—ea, kyn wrella ombrevy dhe vos an den rag
Ayesha.

I'n eur-na me a dhewhelys mar gosel dell wrug vy dos, saw
whath ny yllyn cùsca. An semlant a Leo cuv ha'n preder anodho
a'y wroweth ena a encressyas ow anês. Sqwithter ow horf ha'n brës
re strîk a dhyfunas inof desmygyans dynatur. Y whrug tybyansow,
vesyons hag anyen ogasty terneyjya dhyrag ow brës in colorys
wondrys bew. Yth o hager lowr anodhans, ha radn o scruthus, ha
radn a wrug dhybm remembra taclow ha experyens neb o
encledhys in scùllyon ow bêwnans passys. Saw yth esa ow treneyja
a-ughtans hag adhelergh dhedhans form a'n venyn uthyk-na, ha
dredhans yth esa ow terlentry an cov a'y thecter hudol. Me a
drettyas in bàn ha wàr nans i'n cav—in bàn ha wàr nans.

Adhesempys me a welas, tra na verkys kyns ena, toll i'n fos a
ven. Me a gemeras an lugarn ha'y whythra. Yth esa an toll ow
lêdya bys in tremenva. Now, me o fur lowr i'n tor'-na dhe
gonvedhes nag ywa plêsont, in plît kepar ha'gan plît ny, mars eus
tremenva ow tos aberth i'm chambour gwely dhyworth tyller na
wodhyen tra vëth adro dhodho. Mars eus tremenva, pobel a yll
entra dredhy; y a yll entra pàn vo nebonen in cùsk. In part rag
gweles pleth esa ow lêdya, hag in part dre rêson a whans anês a wil
neb tra, me a sewyas an dremenva. Y whrug hy lêdya bys in stairys
a ven, ha me a ascendyas an re-na; orth pedn an stairys yth esa
tremenva aral, pò keyfordh, trehys in mes a'n men kefrës, hag ow
ponya mar bell dell yllyn determya, in dadn an soler poran esa ow
lêdya bys in entrans agan chambours ha dres cav brâs i'n cres. Me
êth an dremenva wàr nans, mar gosel evell an bedh, saw tednys
bytegyns dre neb dynyans na yllyn styrya. Me a brocêdyas ha'm
treys i'ga lodrow ow codha heb gwil tros vëth wàr an leur smoth a
ven. Pàn en vy gyllys neb hantercans lath, me a dheuth bys in
tremenva aral, ow resek yn pedrak dhe'm tremenva vy. Ena tra
uthyk a wharva, rag wheth lybm a dhyfudhas ow lugarn hag a'm
gasas in cowl-tewolgow i'n cres an tyller kevrînek-na. Me êth nebes
stapys in rag rag mos dres an keyfordh esa ow trehy ow thremenva
ow honen, rag me a gemeras own brâs me dhe vos an dremenva
aral in bàn mar teffen ha mos in stray, hag ena me a bowesas pols
rag ombredery. Pandra gottha dhybm gwil? Ny'm beu tanbredn;
yth hevelly uthyk whelas dhe dhewheles ow kerdhes der an duder,
saw ny yllyn sevel i'n tyller-na dres nos; ha mar teffen ha gwil
indella, dre lycklod ny via meur a brow in hedna ragof, rag in cres
an garrek hanter-dëdh a via mar dewl avell hanter-nos. Me a veras
wàr dhelergh dres ow scoodh—ny veu tra vëth dhe weles na son
vëth dhe glôwes. Me a veras in rag i'n tewolgow: yn certan i'n
pellder, me a welas neppyth kepar ha tan feynt. Martesen cav o
may hyllyn cafos golow—dhe'n lyha hedna a dylly bos whythrys. Yn
lent ha gans caletter me a slynkyas an geyfordh ahës, ow sensy ow
dorn wàr an fos, hag ow tava pùb stap gans ow throos kyns ès me
dh'y settya wàr nans, rag dowt me dhe godha in neb pytt. Try stap
wàrn ugans—yth esa golow, golow ledan esa ow tos hag ow mos in
kerdh, ow spladna dre groglednow! Hanter-cans stap—yth o va
ogas! Try ugans stap—ogh, a Dhuw in nev!

Me a dheuth bys i'n croglednow ha nyns êns clos warbarth. Rag
hedna me a welas yn cler aberth i'n ogo vian in hans. Yth o an cav
kepar ha bedh, hag yth o golowys dre dan ow lesky i'n cres anodho
gans flàm gwydn heb mog vëth. In gwir aglêdh yth esa estyllen a
ven hag amal warnedhy neb teyr mêsva in uhelder. Wàr an estyllen
me a welas neppyth kepar ha corf, ha neb tra wydn tôwlys
warnodho. Adhyhow dhe'n estyllen yth esa estyllen aral ha

kewletys brosys warnedhy. Yth esa benyn ow posa a-ugh an tan, hy
thenewen trailys dhybm hag adâl an corf. Hy o mailys in mantel
dewl o hy cudhys in dadny avell lenes ha capa adro dhedhy. Hy a
hevelly bos ow meras orth flyckrans an flâm. Yn sodyn, pàn esen
ow whelas determya an pëth ewn dhe wil, an venyn a savas yn
serth in bàn—gans gway a ros dhybm an argraf a fors hag a
dhyspêr, ha hy a dowlas dhywarnedhy an vantel.

Honna y honen o hy!

Yth o hy gwyskys, kepar dell wrug vy hy gweles hy pàn worras
hy hy dyllas dhyworty, in pows a wydn clos dh'y crohen, trehys yn
isel wàr hy dywvron, ha kelmys adro dhe'n wast der sarf gruel an
dhew bedn, ha kepar ha kyns yth esa hy blew du ow codha yn
todnow tew hy heyn wàr nans. Saw me a veu tednys dhe veras orth
hy bejeth ha scant ny yllyn meras orth tra vëth ken. Nyns esa hy
thecter orth ow dynya i'n tor'-na saw own uthyk. Yth o hy teg
whath heb mar, saw an anken, an passyon dall ha'n whans
dydrueth a venjans dhe redya i'n fâss ownek-na hag i'n lagasow
tormentys o mar grev na alsen nefra aga descrefa.

Hy a savas heb gwaya tecken, hy dewla derevys a-ugh hy fedn,
ha pàn wrug hy indella, an bows wydn a slyppyas dhywarnedhy
bys i'n grugys a owr ha dyskevra tecter dywodhaf hy form. Otta hy
a'y sav ena, hy besîas degës yn tydn, ha'n mir uthyk a spît a
gùntellas hag a encressyas wàr hy fâss.

Adhesempys me a brederys a'n pëth a vynsa wharvos, mar teffa
hy ha'm dyscudha, ha'n tybyans a'm gwrug clâv ha gwadn. Saw a
coffen y fedha res dhybm merwel, mar teffen ha gortos ena, me a
grës na alsen gwaya, rag yth esen in dadn hus. Me a wodhya an
peryl. Mar qwrussa hy ow clôwes, pò ow gweles der an groglen,
mar qwrussen unweyth ha strewy, pò mar qwrussa hy fystry leverel
dhedhy ow bosama ow meras orty—assa via uskys ow ancow!

An dhewla degës yn tydn a skydnyas bys in hy thenewednow,
hag in bàn arta a-ugh hy fedn, ha dell yw Duw ow dùstuny, flàm
gwydn an tan a labmas in bàn wàr aga lergh, bys i'n nen ogasty,
ow tôwlel golow bryght hag uthyk warnedhy hy honen, wàr an
shâp gwydn in dadn an gudhlen, ha wàr vanylyon oll an
kervyansow i'n garrek adro dhedhy.

An brehow a lyw dans an olyfans a skydnyas arta, ha pàn dheuthons dhe'n dor, hy a gowsas, pò hy a sias, in Arabek, in lev a wrug dhe'm goos tedha, ha dhe'm colon stoppya rag tecken.

"Ow mollath warnedhy ha re bo hy molethys rag nefra."

An dhywvregh a godhas ha'n flàm a wrug sedhy. Y êth in bàn arta, ha tavas ledan an tan a labmas in bàn wàr aga lergh; hag ena y a godhas arta.

"Ow mollath wàr an cov anedhy—re bo molethys cov an Ejyptyones."

In bàn arta hag arta wàr nans.

"Ow mollath warnedhy, myrgh Dowr Nil, awos hy thecter.

"Ow mollath warnedhy, drefen hy fystry dhe'm fetha.

"Ow mollath warnedhy, drefen hy dhe sensy ow herensa dhyworthyf."

Hag arta an flàm a wrug codha ha lehe.

Hy a worras hy dewla dhyrag hy lagasow, hag in udn forsâkya an sians in hy lev, hy a grias in mes:—

"Ny amownt màn molethy! Hy a'm fethas ha gyllys yw hy."

Hag ena hy a dhalathas arta hag encressys yn uthyk o hy nerth:—

"Ow mollath warnedhy ple pynag a vo hy. Re wrello ow molothow hy drehedhes ple may ma hy rag ancresya hy fowes.

"Re bo hy molethys dres spâcys an ster. Re bo molethys hy skeus.

"Re wrello ow gallos hy throuvya ena kyn fe.

"Re wrello hy ow clôwes ena. Re wrello hy omgeles i'n duder.

"Re wrello hy dieskynna bys in pyt an dyspêr, rag me a vynn hy dyscudha neb unn jëdh."

Arta an flàm a godhas hag arta hy a gudhas hy lagasow gans hy dewla.

"Ny amownt hemma màn," hy a olas; "pyw a yll drehedhes an re-na usy i'n cùsk? Ny allama ow honen aga drehedhes."

Hag ena arta hy a dhalathas hy lavarow ansans.

"Ow mollath warnedhy pàn vo hy daskenys. Re bo hy daskenys in dann vollath.

"Re bo hy molethys yn tien dhyworth termyn hy genesygeth bys may wrello an hun hy hafos.

"Ea, dhana, re bo hy molethys; rag me a vynn hy hachya gans ow venjans, ha'y dystrêwy yn tien."

Hag indella in rag. An flàm a dherevy hag a godha, ow tastewynya in hy lagasow tormentys, hy molothow uthyk ow sia pùpprës hag ow resek adro wàr an fosow, ha ny yll ger vëth dhyworthyf vy styrya pana uthyk êns y, in udn verwel in kerdh in dassonyow bian; yth esa an golow spladn han duder down ow sewya an eyl y gela wàr an fygur uthyk gwydn istynys in mes wàr an masken-na a ven.

Saw wàr an dyweth hy a hevelly sqwitha hy honen ha cessya. Hy a esedhas wàr an leur a ven, hag a shakyas cloud tew a'y blew teg dres hy fâss ha'y brest, ha dallath ola in torment a dhyspêr a'y holon drogh.

"Dyw vil vledhen," he a leverys in udn hanaja—"dyw vil vledhen me re wortas ha re dhuryas; saw kynth usy cansvledhen ow sewya cansvledhen, ha kynth usy oos owth omry dhe oos, nyns yw lehës an gwan a'm cov, nyns usy golow govenek ow splanna dhe voy glew. Ogh, govy ow pewa dyw vil vledhen, ha'm passyon ow tebry ow holon ha'm pegh dhyragof pùb eur! Ogh, govy na yll an bêwnans dry dhymm ancof! Ogh, an bledhynnyow sqwith neb a veu hag yw whath dhe dhos, bys vycken rag nefra heb dyweth vyth!

"A guv colon! A guv colon! A guv colon! Prag y whrug an stranjer-na dha dhry arta dhymm indelma? Dres pymp cans bledhen ny wrug vy godhevel kepar ha hemma. Ogh, mar qwrug vy peha wàr dha bynn, a ny wrug vy defendya an pegh dhe ves? Pana dermyn a wrêta dewheles dhymm, usy pùptra dhymm, saw hebos jy, ov heb tra vÿth? Pandr'allama gruthyl? Pandra? Pandra? Pandra? Martesen yma an Ejyptyones tregys genes i'n tyller mayth esta, rag scornya ow hov. Ogh, prag na yllys vy merwel genes jy, me neb a'th ladhas? Ellas na allama merwel! Ellas! Ellas!" Hy a dowlas hy honen dhe'n dor wàr hy fâss, hag a olas hag a dheveras dagrow, erna gresys hy y whre hy holon terry inter dyw radn.

Adhesempys hy a cessyas, sevel in bàn, restry hy fows, hag ow tossya hy blew hir wàr dhelergh, cot hy ferthyans, hy a scubyas dres an chambour dhe'n tyller mayth esa an fygur ow crowedha wàr an men.

"Ogh, a Calycratês," yn medh hy gans cry, ha me a grenas in udn glôwes an hanow, "res yw dhymm meras orth dha vejeth arta, kyn fo va torment tynn. Yma denythyans tremenys abàn verys vy worthys, me neb a wrug vy ladha—gans ow dorn ow honen," ha hy a sêsyas gans besias diantel cornelly an lien mailya adro dhe'n corf wàr an masken a ven. Saw ena hy a savas. Pàn gowsas hy arta, yth esa hy ow whystra kepar ha pàn o uthyk dhedhy hy honen an tybyans.

"A vannaf vy dha dhrehevel?" yn medh hy ow côwsel, dell hevelly dhybm, orth an corf, "may hylly sevel dhyragof kepar hag i'n dedhyow coth? Me a yll y wruthyl," ha hy a istynas in mes hy dewla dres an corf marow in dadn an lien, ha'y fram hy honen a devys serth hag uthyk o hy semlant. Hy lagasow a veu fast ha dall. Adhelergh dhe'n groglen me a gemeras euth, ha'm blew a dherevys wàr ow fedn. Ny worama o va ow desmygyans pò a wharva an dra in gwir, saw me a gresy fatell wrug an corf in dadn an gudhlen dallath crena, ha fatell wrug an lien bedh derevel nebes, kepar ha pàn esa ow powes wàr vrest nebonen in cùsk. Adhesempys hy a dednas hy dewla wàr dhelergh, ha me a gresy an corf dhe cessya y wayans.

"Pana brow a vŷdh in hemma?" hy a leverys yn trist. "Pana brow ywa dha elwel wàr dhelergh dhe'n semblans a vêwnans, pàn na allama daskelwel an spyrys? A pesta ow sevel dhyragof kyn fe, ny wrussys ow aswon, ha ny alses gruthyl marnas a vo erhys dhis genef. An bêwnans inos a via ow bêwnans vy, adar dha vêwnans jy, a Calycratês."

Rag tecken hy a savas ena in hy thristans, hag ena hy a dowlas hy honen dhe'n dor wàr hy dewlin ryb an corf ha dallath tùchya an lien gans hy gwessyow hag ola. Yth esa neppyth mar uthyk i'n wolok a'n venyn varthys-ma ow lowsya hy fassyon wàr gorf marow—liesgweyth moy uthyk ès tra vëth a wharva kyns ena—na yllyn na felha perthy an syght anedhy, ha me a drailyas ha dallath cramyas yn lent an dremenva dhu dewl ahës, kynth esen vy ow crena in pùb esel a'm corf. Yth esen owth omglôwes i'm colon frobmys fatell welys vy vesyon a enef in iffarn.

Me a drebuchyas in rag, scant ny worama fatla. Me a godhas dywweyth, unweyth me a drailyas crows-tremenva in bàn, saw i'n gwelha prës me a gonvedhas ow errour abrës. Dres ugans mynysen me a gramyas in rag, erna dheuth an preder dhybm me dhe bassya an stairys bian a wrug vy skydnya warnodhans. Indella, lavurys yn tien, hag ownekhës dhe'n mernans ogasty, me a wrowedhas ena wàr an leur a ven ha kelly aswonvos.

Pàn wrug vy dos dhybm arta, me a verkyas golowyn gwadn i'n dremenva adhelergh dhybm. Me a gramyas bys dhodho, ha trouvya yth o hedna a stairys bian esa terry an jëdh ow spladna gwadn lowr drestans. Me a ascendyas an stairys ha cafos ow chambour yn saw. Me a dowlas ow honen wàr an gwely ha ny veu pell erna veuma kellys in cùsk, pò rag leverel an gwiryoneth, in clamder.

XV

JÙJMENT AYESHA

An nessa tra a wrug vy remembra a veu me dhe egery ow
lagasow ha gweles fygur Job, o yaghhës a'n fevyr yn tien
ogasty. Yth o va a'y sav i'n golowyn esa ow tos aberth i'n cav
dhyworth an air wàr ves hag ow shakya ow dyllas vy in mes dre
rêson na'n jeva ev scubylen rag aga scubya. Ena ev a's plegyas yn
kempen ha'ga settya wàr droos an gwely a ven. Pàn o hedna gwrës
ganso, ev a gemeras ow scryp golhy in mes a'n sagh Gladstone,
ha'y egery yn parys ragof. Kyns oll ev a'n settyas orth troos an
gwely inwedh. Saw dell hevelly dhybm, ev a gemeras own me dh'y
bôtya dhywar an gwely, hag a'n settyas wàr grohen lewpart wàr an
leur, ha kemeres udn stap pò dew rag whythra an mater. Nyns o
va plêsys ganso, ha rag hedna ev a dhegeas an sagh, y drailya wàr
y denewen, ha warlergh y bosa warbydn troos an gwely, ev a settyas
an scryp golhy warnodho. Ena ev a veras orth an pottow leun a
dhowr; ny'gan beu ma's an re-na rag golhy agan honen. "Â!" me
a'n clôwas ow croffolas, "nyns eus dowr tobm vëth i'n tyller uthyk-
ma. Me a sopos na wra an creaturs truan y ûsya ma's rag bryjyon
y gela ino," hag ev a hanajas yn town.

"Pandr'yw an mater, Job?" yn medhaf vy.

"Saw revrons ahanowgh why, a syra," ev a leverys ow tùchya y
vlew. "Me a gresy why dhe vos ow cùsca, hag yth hevel dhybm bos
othem dhywgh why a gùsk. Nebonen a vynsa crejy dhyworth agas
semlant why, why dhe gawas drog-nos."

Ny wrug vy y wortheby ma's dre hanajen. In gwir drog-nos a
gefys vy hag yma govenek dhybm na wrama cafos nos kepar ha hy
nefra arta.

"Fatl'yw Mêster Leo, a Job?"

"Yth ywa kepar dell o, a syra. Mar ny wra va gwellhe yn scon,
ev a verow, a syra. Kynth yw res dhybm avowa fatell usy an venyn
wyls-na, Ùstânê, worth y attendya gwelha galla, kepar ha
Cristyones besydhys ogasty. Y fëdh hy ogas dhodho pùb eur hag ow
kemeres with anodho, ha mar qwrama mellya, uthyk a vëdh hy
fysmant. Otta hy blew ow terevel in bàn, ha hy ow molethy hag ow
cùssya in hy thavas pagan—dhe'n lyha me a grës hy dhe vos ow
molethy dre rêson a'y semlant.

"Ha pandr'esta ow qwil i'n eur-na?"

"Yth esoma ow plegya yn cortes dhedhy, ha me a lever, 'A venyn
yonk, agas savla obma yw neppyth na worama convedhes, ha na
allama aswon. Gesowgh dhybm dhe dherivas dhywgh fatell yw res
dhybm gwil ow devar dhe'm mêster, neb yw anyagh gans cleves, ha
me a vydn y wil bys i'n termyn na vedhama abyl dh'y wil.' Saw ny
wra hy ow attendya, na wra màn. Ny wra hy ma's cùssya lacka ès
bythqweth. Newher hy a worras hy dorn in dadn an bows nos usy
adro dhedhy hag otta hy ow kemeres in mes collan, cabm y laun.
Rag hedna me a gebmer in mes ow fystol, hag otta ny ow kerdhes
an eyl adro dh'y gela, adro hag adro erna wrella hy skydnya in
wharth. Nyns yw hedna an dyghtyans ewn rag den Cristyon dhe
wodhaf dhyworth benyn wyls, kyn fo hy bÿth mar deg. Saw yth yw
an pëth a dal dhe bobel gwetyas, mars yns y mar wocky," (Job a
boslevas an ger "wocky") dhe dhos dhe dyller kepar ha'n tyller-
ma, ow whelas taclow nag yw ewn rag den vëth trouvya. Jùjment
ywa warnan, a syra—hèn yw ow thybyans vy; ha me, ow honen, me
a grës nag yw an dra hanter-gorfednys whath. Ha pàn vo va
gorfednys, ny a vëdh gorfednys kefrës, ha ny a wra gortos i'n
câvyow uthyk-ma gans an spyryjyon ha gans an corfow marow rag
nefra. Ha lebmyn, a syra, res yw dhybm kemeres with a gowl Leo,
mar teu an gathes wyls-na y alowa dhybm. Ha martesen why a
vynsa sevel, a syra, rag yma va wosa naw eur myttyn."

Ny veu lavarow Job a'n sort dhe lowenhe nebonen a wrug passya
nos kepar ha'n nos passys genef vy. Ha pelha yth hevelly dhybm
ev dhe leverel an gwiryoneth. Me a gresy, ow kemeres pùptra
warbarth, y vos ùnpossybyl ragon ny nefra dhe scappya dhyworth
an tyller mayth esen ny. Gesowgh ny dhe soposya Leo dhe yaghhe,
ha gesowgh ny dhe soposya y whre *Honna* gasa dhyn dyberth, ha
dowtys en adro dhe hedna, ha na wre hy agan gweskel neb termyn

pàn ve hy engrys, ha gesowgh ny dhe soposya na wre an
Amahagger gorra an pot tobm warnan, ny alsen ny nefra gwil agan
fordh dres an gwernow, esa owth istyna in mes lies mildir a bùb
tu. Rag y o calessa dhe bassya ès kerweyth vëth gwrës gans dewla
mab den. Nâ, ny yllyn ny gwil ma's udn dra—procêdya gans an
negys. Ha ragof ow honen, kynth o ow nervow trogh yn tien, ny
garsen vy gwil ken tra vëth ès gortos, kyn fe res dhybm tylly rag
ow whans dhe wodhvos gans ow enef ow honen. Mars yw an sciens
a fysyologieth a les dhe nebonen, fatl'alsa ev sconya dhe studhya
benyn kepar ha'n Ayesha-ma, pàn vo an chauns dhodho? Yth esa
euth ow longya dhe'n whelas ha hedna a'n gwrug dhe voy dynyak.
Ha pelha, dell o res dhybm avowa dhybm ow honen in golow yêyn
an jëdh, hy a's teva an gallos dhe'm tedna, ha ny yllyn ankevy an
gallos-na. Ny alsa an wolok uthyk a welys vy an nos newher drîvya
an folnep-na in mes a'm brës. Hag ellas! res yw dhybm confessya
inwedh na veu va drîvys in mes a'm brës bys i'n jëdh hedhyw
naneyl.

Warlergh me dhe wysca ow dyllas adro dhybm, me a bassyas
aberth i'n chambour debry (poken an chambour embaumya), hag
y feu boos drës dhybm gans radn a'n mowysy omlavar. Pàn o
gorfednys ow frës boos, me êth hag a welas Leo truan dhe vos
muskegys yn tien. Ny wrug ev ow aswon vy ow honen. Me a
wovydnas orth Ùstânê fatl'o va in hy thybyans hy, saw ny wrug hy
ma's shakya hy fedn hag ola nebes. Dell hevelly, ny's teva hy ma's
bohes govenek. Ha stag ena me a erviras, a pe va possybyl, dhe wil
dhe *Honna* dos ha'y weles. Certan o y hylly hy y yaghhe, a pe hy
whensys—dhe'n lyha hy a leverys y hylly. Pàn esen i'n chambour,
Bylâly a entras hag ev inwedh a shakyas y bedn.

"Ev a wra merwel haneth," yn medh ev.

"Duw dyfen, a das," me a worthebys, hag a drailyas adenewen yn
trist.

"Yma *Honna-a-res-bos-obeyes* owth erhy dhis dos dhyrygthy, a
Vaboun," yn medh an cothwas pyskytter may whrussyn ny
drehedhes an groglen, "saw a vab ker, kebmer moy a with. Me o
certan de, pàn na wrusta cramyas wàr dha dorr dhyrygthy, hy
dhe'th tystrôwy. Yma hy esedhys i'n hel brâs i'n very tor'-ma rag
collenwel jùstys wàr an re-na a vynsa dha weskel jy ha gweskel an
Lion. Deus in rag, a vab. Deus yn uskys."

Me a drailyas hag a'n sewyas an dremenva ahës, ha pàn dheuthen ny dhe'n cav cres brâs, me a welas fatell esa meur a'n Amahagger ow fystena dredho, radn anodhans gwyskys i'n powsyow ha radn gans crohen lewpart yn udnyk in aga herhyn. Ny a wrug kemysky gans an rûth, ha kerdhes an cav brâs in bàn, a hevelly bos heb dyweth vëth. Yth o an fosow kervys yn maner afînys oll an fordh, ha kenyver ugans stap pò ader dro yth esa tremenva owth egery in mes yn pedrak dhyworto. Yth esa pùb tremenva ow lêdya, warlergh geryow Bylâly, bys in bedhow cowys in mes a'n garrek 'gans an bobel a dheuth dhyragon.' Nyns esa den vëth ow vysytya an câvyow-na na felha, yn medh ev; ha res yw dhybm avowa fatell wrug ow holon lowenhe pàn wren vy predery a'n chauns esa dhyragof a whythrans hendhyscansek.

Wàr an dyweth ny a dheuth bys in pedn an cav, le mayth esa soler a ven, pòr haval dhe'n soler-na may feun ny assaultys mar wyls warnodho. Hedna a dhysqwedhas dhybm fatell vedha an soleryow-ma ûsys avell alteryow, dre lycklod rag solempnytas cryjyk, ha spessly rag ceremonys ow longya dhe encledhyas an re marow. A bùb tu a'n soler-ma yth esa tremenvaow ow lêdya, dell leverys Bylâly dhybm, dhe gâvyow erel, leun a gorfow. "In gwir," ev a addyas, "yma oll an meneth lenwys a gorfow marow, hag y oll ogasty yw perfeth."

Yth o cùntellys adâl an soler bùsh brâs a bobel, tus ha benenes, esa ow sevel hag ow meras adro yn trist herwyth aga gis ûsys, ha hedna a vynsa trist'he Mark Tapley y honen ajy dhe bymp mynysen. Yth esa wàr an soler chair garow a bredn du afînys gans dans olyfans. Yth esa esedhva a wels gwies warnodho, ha scavel droos a dharn predn fastys dhe fram an chair y honen.

Yn sodyn y feu clôwys cry a "Hiya! Hiya!" ("Honna! Honna!") ha gans hedna oll rûth an bobel a dowlas aga honen wàr an dor, ha growedha heb gwaya kepar ha pàn veu kenyver onen a'ga nùmber gweskys marow. Y a'm gasas ytho a'm sav ena kepar ha nebonen a scappyas yn saw dhyworth ladhva. Pàn wrug an rûth hedna, lînen hir a wethysy a dhalathas kerdhes in mes a dremenva aglêdh hag araya aga honen a bùb tu a'n soler. Wàr aga lergh y teuth adro dhe ugans den omlavar, ha kebmys benenes omlavar ha lugern i'ga dewla. Ena fygur uhel a dheuth in mes. Yth o hy mailys dhia bedn dhe droos in dyllas gwydn ha me a's aswonas avell Honna hy honen.

He a ascendyas an soler, ha sedha wàr an chair, hag a gowsas orthyf in Grêk, dre rêson, me a sopos, nag o hy whensys y whre an bobel present convedhes hy geryow.

"Deus nes, a Holly," yn medh hy, "ha gwra esedha orth ow threys, ha te a'm gwelvyth ow collenwel jùstys wàr an re-na o whensys dhe'th ladha. Gav dhybm mars usy ow geryow Grêk ow cloppya kepar ha den mans. Ny glêwys vy y son nans yw termyn pell, serth yw ow thavas adro dhe'n yêth, ha ny wra va ow ganow plegya yn ewn dhe'n lavarow."

Me a blegyas dhedhy, ascendya an soler ha sedha orth hy threys.

"Fatla wrusta cùsca, a Holly wheg?" hy a wovydnas.

"Ny wrug vy cùsca yn tâ, a Ayesha!" me a worthebys gans gwiryoneth pur, hag y feuma dowtys martesen hy dhe wodhvos in pana vaner a wrug vy passya an nos.

"Indella," yn medh hy, ha hy a wharthas nebes. "Me inwedh, ny gùskys vy yn tâ. Newher me a gafas hunrosow, hag yth hevel dhybm te dh'aga somona dhymm, a Holly."

"Pandra wrusta hunrosa adro dhodho. a Ayesha?" me a wovydnyas mygyl lowr.

"Me a'm beu hunros a nebonen yw cas dhymm hag a nebonen esof ow cara," hag ena, kepar ha pàn garsa hy trailya mater an cows, hy a drailyas dhe gapten an wethysy ha leverel dhodho in Arabek: "Bedhens drês an dus dhyragof."

An capten a blegyas yn isel, rag ny wrug an wethysy ha'y servysy hy tôwlel aga honen wàr an dor, saw y a remainyas a'ga sav, hag ev a dhybarthas gans an dus in dadno aberth in tremenva adhyhow.

Y wharva taw i'n tor'-na. *Honna* a bosas hy fedn mailys wàr hy dorn hag a hevelly bos gyllys in prederow down, hag oll an termyn-na yth esa rûth an bobel ow crowedha wàr aga thorr, ha radn anodhans ow cabma aga fedn adro nebes rag agan gweles ny gans udn lagas. Ny wre aga Myternes apperya dhyragthans ma's anvenowgh, hag indella y o parys dhe wodhaf an ancombrynsy-ma ha peryllya aga honen moy whath, rag cafos an chauns a veras orth hy form, pò a veras orth hy dyllas, rag nyns esa den vëth i'n company-na, marnas me ow honen yn udnyk, a welas bythqweth hy fâss. Wàr an dyweth ny a welas golowys ow lesca, hag a glôwas tus ow trettya an dremenva ahës. An wethysy a gerdhas ajy, ha gansans y yth esa an re gesys a'gan denledhysy intendys. Yth êns yw adro dhe ugans den pò moy, ha wàr aga bejeth yth esa semlant a sorr ow kestrîvya gans an euth esa ow lenwel aga holon wyls. Yth êns y arayes dhyrag an soler, hag y ow parys dhe dôwlel aga honen wàr an dor kepar ha'n aspioryon erel, saw *Honna* a's lettyas.

"Nâ," yn medh hy, pòr vedhel hy lev, "sevowgh, me a'gas pÿs, sevowgh. Martesen an prÿs a wra dones, pàn vowgh why sqwith a vones istynys in mes," ha hy a wharthas yn wheg.

Me a welas an dus dampnys dhe grena gans own, ha kynth êns y tebel-sherewys me a gemeras pyteth anodhans. Nebes mynys, dyw vynysen pò teyr mynysen martesen, a bassyas kyns ès ken tra vëth dhe wharvos. I'n termyn-na *Honna* a hevelly bos owth examnya kenyver felon yn lent gans rach—me a wodhya hedna dyworth gwayow hy fedn, rag heb mar ny yllyn gweles hy lagasow. Wàr an dyweth hy a gowsas orthyf vy, ha lent ha cosel o hy voys.

"Esta owth aswon an dus-ma, a ôstyas?"

"Esof, a Vyternes, y oll ogasty," me a leverys, ha me a's gwelas ow plegya tâl orthyf hag y serrys brâs.

"I'n eur-na derif dhymmo vy ha dhe'n company brâs-ma an whedhel a glêwys vy anodho."

Comondys indella, me a ros acownt in mar vohes geryow dell yllyn a gyffewy an dhendhebroryon, ha'n tormentyans intendys rag agan servont truan. Y feu an narracyon recêvys in taw perfeth, gans an re acûsys ha gans an wolsowysy kefrës. *Honna* a woslowas heb leverel ger inwedh. Pàn o gorfednys ow geryow, Ayesha a elwys Bylâly er y hanow, hag ev a dherevys y bedn dhywar an dor, saw ny wrug ev sevel, hag ev a gonfyrmyas ow whedhel vy. Ny veu dùstuny vëth moy kemerys dhyworth den vëth.

"Why re glêwas," yn medh hy wàr an dyweth, yêyn ha cler hy lev, nag o kepar ha'y lev ûsys—in gwir hèn o onen a'n taclow moyha wondrys ow tùchya an person marthys-ma, hy lev dhe allos chaunjya herwyth othem an termyn. "Pandr'eus genowgh dhe leverel, why flehes dywostyth? Prag na vÿdh dial têwlys warnowgh?"

Ny dheuth gorthyp vëth rag tecken, saw wàr an dyweth onen a'n dus a gowsas, gwas brav, ledan y scodhow, avauncys dâ in cres y oos, y dremyn merkys down wàr y vejeth, ha'y lagas kepar ha lagas hôk, a leverys y dhe gafos arhadow na wrellens pystyga an dus

wydn; ny veu tra vëth leverys ow tùchya an servont du. Ytho,
kentrynys gans benyn, nag esa whath ow pewa, y a omsettyas dhe
worra an pot tobm warnodho herwyth ûsadow coth hag onourys
aga fow, may hallens y dhebry wosa hedna. Ow tùchya aga
assaultyans sodyn warnan ny, y feu hedna gwrës pàn êns y serrys
brâs, ha drog o gansans adro dhe'n negys. Ev a dhewedhas y eryow
dre besy may hallens y bos exîlys dhe'n gwernow, dhe vewa ha dhe
verwel dell ylly wharvos; saw screfys yn apert o wàr y fâss, na'n jeva
ev ma's bohes govenek a gafos mercy.

Ny gowsas den vëth, hag y feu taw perfeth rag pols i'n tyller, neb o golowys dre flyckrans an lugern ow tôwlel clowtys a wolow hag a dewolgow wàr an fosow a ven. Hèn o golok mar goynt dell welys vy bythqweth i'n pow gwyls-na kyn fe. Wàr an dor dhyrag an soler yth o istynys in mes pobel in aga ugansow hag y kepar ha corfow, erna veu kellys in duder an gilva an lînednow dewetha anodhans. Dhyrag an aspioryon istynys wàr an dor yth esa bagasow an dhrog-oberoryon, hag y ow wheles cudha aga euth adhelergh dhe semlant mygyl. Adhyhow hag aglêdh yth esa ow sevel an wethysy dawesyk, dyllas gwydn adro dhedhans ha guwyow ha dagyers in aga dewla; ha'n bobel omlavar, tus ha benenes, ow meras yn tywysyk, cales aga lagasow. Ena, a'y eseth in hy chair cruel a-ugh kenyver onen, ha me orth hy threys, yth esa an venyn wydn, cudhys in hy dyllas, a hevelly hy thecter ha'y gallos uthyk dhe vos ow terlentry adro dhedhy kepar hag owrgelgh, pò kyns kepar ha golow dywel ow spladna. Bythqweth ny omdhysqwedhas dhybm hy fygur mailys dhe vos mar uthyk avell i'n tyller-na, pàn esa hy ow terevel rag tôwlel dial.

Wàr an dyweth an dial a dheuth.

"Keun ha serpons," *Honna* a dhalathas, isel hy lev, saw hy lev a encressyas nerth dell esa hy ow mos in rag, ernag esa an tyller ow tasseny ganso. "Why dhebroryon a gig mab den, why re wrug dew dra. Kensa why re assaultyas an stranjers-ma, hag a vynsa ladha aga servont, ha rag henna heb ken skyla vÿth ancow re beu dendylys genowgh. Saw nyns yw hedna pùptra. Why re vedhas gruthyl erbynn ow gorhemynadow vy. A ny wrug vy danvon ow ger dhywgh dre Bylâly, ow servont ha tas agas teylu? A ny erhys vy may whrellewgh why wolcùmma an ôstysy-ma yn hel, a wrussowgh why whylas aga ladha, ha na ve y dhe vones colonnek crev dres nerth mab den, y fiens ledhys genowgh? A ny veu deskys dhywgh dhyworth dedhyow agas yowynkneth laha *Honna* dhe vones laha fast rag nefra, ha mara teu nebonen ha terry kyn fe an rann lyha anodho, y tal dhodho merwel? Hag a nyns yw laha an ger scaffa dhyworthyf vy? A ny wrug agas tasow desky henna dhywgh, pàn nag ewgh why, me a lever, marnas flehes? A ny wodhowgh why y vones mar êsy dhywgh pesy an câvyow cowrek-ma dhe godha warnowgh, pò an howl dhe cessya y fordh dres an ebron, dell via gwetyas ow thrailya vy dhyworth ow entent, pò dhe wruthyl ow ger vy poos pò scav herwyth agas breus why? Why a'n gor yn tâ, why Tebeles. Saw tebel owgh why—tebel bys i'n golon—yma an camhenseth ow sordya inowgh why kepar ha fenten i'n gwaynten. Na ve me dhe vones omma, why a wrussa cessya agas bêwnans, rag why gans agas drog-fordhow a wrussa dystrêwy an eyl y gela. Ha lemmyn, drefen why dhe wruthyl an dra-ma, drefen why dhe whylas gorra an dus-ma, ow ôstysy vy dhe'n mernans, ha whath drefen dhe voy why dhe vedha dysobeya ow ger vy, hèm yw ow breus vy ragowgh. Why dhe vos degys bys in cav an tormens[15] ha delyvrys inter dewla an tormentours, ha pàn wrello howl an jëdh avorow sedhy, mar pÿdh den vÿdh ahanowgh whath ow pewa, ev dhe vos ledhys, kepar dell wrussowgh why ladha servont ow ôstyas omma."

Hy a dewys hag y feu croffal gwadn a euth ow resek adro i'n cav. Ow tùchya an vyctyms, peskytter may whrussons convedhes uthycter aga destnans, aga gnas mygyl a's forsâkyas, hag y a dowlas aga honen wàr an dor, hag ola ha pesy mercy in fordh o grysyl dhe glôwes. Me inwedh a drailyas dhe Ayesha hag a's pesys dh'aga sparya pò dhe'n lyha dh'aga gorra dhe'n mernans in fordh moy mercyabyl. Saw hy o mar gales avell men flynt adro dhe'n mater.

"Holly wheg," yn medh hy in udn gôwsel orthyf in Grêk, ha rag leverel an gwiryoneth, me a gafas hedna cales lowr dhe gonvedhes, kynth en vy consydrys scoler gwell i'n tavas-na ès an radn vrâssa a dus, rag coodh an poslev o dyhaval dhyworth an pëth o deskys genef vy. Ayesha heb mar a gôwsy Grêk herwyth ûsadow hy oos, saw ny ny'gan be ma's tradycyon ha'n poslev arnowyth rag agan gêdya dhe'n leveryans ewn. "Holly wheg, ny yll henna bones. A qwren vy unweyth dysqwedhes tregereth dhe'n bleydhas-ma, ny

15 "Cav an tormens". Me a welas an tyller uthyk-na moy adhewedhes, ertons inwedh dhyworth an bobel ragistorek o tregys in Kôr i'n termyn pell alebma. Nyns esa tra vëth i'n cav marnas lehow a ven settys in lies savla dyffrans rag êsya gwythres an tormentours. Meur a'n lehow, gwrës dell êns a ven tellek, o namys gans goos vyctyms an dedhyow coth. In cres an chambour yth esa fornys ha cow ino may halla bos tobmys an pot istorek. Saw an dra moyha uthyk adro dhe'n cav o hebma: a-ugh kenyver legh yth esa kervyans ow tysqwedhes an sort a dorment a resa dhe'n vyctym godhevel. Yth o an imajys-ma mar scruthus, na wrama ancrêsya an redyor gans acownt anodhans. —L.H.H.

via agas bêwnans why saw unn jëdh in mesk an bobel-ma. Nyns
yns y aswonys dhis. Y yw tigras rag eva goos, ha lemmyn whath
ymowns y ow whansa agas ladha. Fatl'esoma ow rewlya an bobel-
ma, esta ow cresy? Me ny'm beus ma's rejyment a wethysy rag
gruthyl ow arhadow. Rag henna res yw dhymm aga governa dre
euth, adar dre nerth. Ow empîr vy yw empîr a'n desmygyans. Ny
wrama kepar dell wrug vy namnygen marnas unweyth in unn
denythyans, ha ladha ugans den dre dorment. Na crÿs me dhe
vones mar gruel pò dhe dêwlel dial wàr neb tra mar isel. Pana
brow ywa dhymm dhe vones venjys wàr dus kepar ha'n re-ma?
Pynag oll a wrello bewa termyn hir, ny'n jeves ev whans; ny'n jeves
ev mas prow. Kynth esoma owth omdhysqwedhes dhe vones serrys
ha dhe ladha dre sorr, nyns yw an negys indella. Te re welas i'n
ebron fatell usy an cloudys bian ow whetha omma hag ena heb
skyla, saw adhelergh dhedhans otta an gwyns brâs ow scubya in rag
dell vo whensys wàr y fordh. Me yw kepar ha henna, a Holly. Ow
cher ha'm sorr yw an cloudys bian, hag ymowns owth apperya dhe
jaunjya yn fenowgh; saw adhelergh dhedhans yma ow forpos brâs.
Nâ, res yw dhe'n dus merwel, ha merwel i'n fordh dell leverys vy."
Ena hy a drailyas yn sodyn dhe gapten an wethysy:—

"Kepar dell yw ow ger, indella re bo!"

XVI

BEDHOW MEN KÔR

Warlergh an prysners dhe vos kemerys in kerdh, Ayesha a swaysyas hy dorn, ha'n aspioryon a drailyas ha dallath cramyas in kerdh an cav ahës kepar ha flock deves ow scùllya. Pàn esens y pell lowr dhyworth an soler, bytegyns, y a savas in bàn ha kerdhes wàr aga fordh, in udn asa an Vyternes heb coweth vëth marnas me ow honen, ha'n bobel omlavar ha'n re-na a'n wethysy neb o gesys. An radn vrâssa a'n wethysy o dyberthys gans an dus dampnys. Me a sêsyas ow chauns, hag a besys *Honna* dhe dhos genef dhe weles Leo, rag me a styryas dhedhy y vos ev in drog-stât. Saw ny vynsa hy dos, rag hy a leverys na wre va merwel kyns nos, ha na wre den vëth merwel a'n sort-na a fevyr marnas orth dallath nos pò orth terry an jëdh. Hy a leverys inwedh y fedha gwell alowa dhe'n cleves spêna y nerth mar bell dell ylly bos kyns ès hy dh'y sawya. Indella yth esen vy ow terevel dhe dhyberth, pàn wrug hy ow fesy may hallen hy sewya, rag hy dhe vos whensys dhe gestalkya genef, ha dhe dhysqwedhes dhybm marthùjyon an câvyow.

Me o mar dhown kechys i'n roos a'y dynyans hudol na yllyn hy sconya, a pen vy whensys, saw nyns en vy whensys màn. Hy a savas in mes a'y chair, ha wosa gwil nebes sînys dhe'n bobel omlavar, hy a skydnyas dhywar an soler. Gans hedna peder mowes a gemeras lugern hag araya aga honen dyw dhyragon ha dyw adhelergh dhyn, saw an remnant a dhyberthas ha'n wethysy kefrës.

"Lemmyn," yn medh hy, "a garsesta gweles nebes a varthùjyon an tyller-ma, Holly? Mir orth an cav brâs-ma. A wrusta bythqweth gweles cav kepar? Saw y feu va ha lies cav aral kepar hag ev poran kervys in mes a'n garrek gans dewla an trib marow o tregys i'n termyn coth omma in cyta an plain. Res yw aga bos pobel vrâs ha pobel varthys, tus Kôr, saw kepar ha'n Ejyptyons, y fedhens y ow predery dhe voy a'n re marow ès a'n re bew. Pana lies den, esta ow cresy, o othem anedha rag cowa an cav-ma hag oll y dremenvaow in mes ha pana lies bledhen esens ow lavurya?"

"Degow a vilyow," me a worthebys.

"Indella, a Holly. Yth o an bobel-ma pobel goth kyns ès termyn an Ejyptyons. Me a yll redya nebes a'ga hovscrivow, rag me a dhyscudhas an alwheth ragthans—ha mir omma, hèm o onen a'n câvyow dewetha kervys in mes gansa," hag ow trailya dhe'n garrek adhelergh dhedhy, hy a wrug sin dhe'n mowysy omlavar dhe sensy an lugern in bàn. A-ugh an soler yth o kervys i'n men an fygur a gothwas esedhys in chair, ha gwelen a dhans olyfans in y dhorn. Heb let me a brederys y vejeth dhe vos pòr haval dhe fâss an den o y embaumyans dysqwedhys i'n chambour, may whren ny debry agan boos. In dadn an chair i'n kervyans, ha dre hap yth o an chair kepar ha'n chair esa Ayesha esedhys warnodho pàn ros hy hy brusyans, me a welas covscrîf cot i'n lytherow coynt, a wrug vy côwsel anodhans kyns lebmyn. Nyns esoma ow perthy cov a lowr anodhans dhe ry pyctour obma anedhans. Yth o scrîf moy haval dhe scrîf Cathayek ès dhe lytherow vëth erel aswonys dhybm. Ayesha a brocêdyas dhe redya a lev uhel an covscrîf-na, ha gans caletter hag ow hockya nebes hy a'n trailyas. Yth o hy styryans hy indelma:—

"I'n vledhen peder mil dew cans naw ha hantercans wosa fùndacyon Cyta Kôr imperyal y feu an cav-ma (pò an encladhva-ma) gorfennys gans Tysno, Myghtern Kôr. Pobel an cyta ha'ga hethyon a wrug lavurya warnodho dres try denythyans, may halla va bos encladhva ewn rag cytesen a roweth brâs a wrello dos wàr aga lergh. Re wrello banothow an nev a-ugh an nevow powes wàr ober aga dewla, ha gruthyl dhe gùsk Tysno, an myghtern brâs, mayth yw y dremyn kervys a-uhon, bos fast ha lowen erna wrello ev dyfuna,[16] hag indella re bo cùsk y servysy, ha cùsk pobel y ehen, pàn wrellons dos wàr y lergh, rag y a wra growedha indella inwedh."

"Te a wel, a Holly," yn medh hy, "an bobel-ma a fùndyas an cyta, usy hy magoryow whath dhe weles wàr an plain dres ena, peder mil vledhen kyns ès an cav-ma dhe vos gorfednys. Saw pàn wrug ow dewlagas y weles kyns oll, nans yw dyw vil vledhen, yth o va poran kepar dell ywa i'n tor'-ma. Preder ytho, pana goth a dalvia an cyta-na bos! Ha lemmyn, gwra ow sewya, ha me a dhysqwa dhis

---

16 Marthys yw an lavar-na rag yma va ow tysqwedhes crejyans in stât dhe dhos—PENSCREFOR.

in pana vaner a godhas an bobel vrâs-ma, pàn dheuth an termyn ewn ragtha dhe godha," ha hy a lêdyas an fordh wàr nans bys i'n cav cres, ha hy a savas in tyller mayth o carrek rôndys settys aberth in toll brâs, orth y lenwel yn compes, poran kepar dell usy an plâtyow a horn ow lenwel an spâssys in cauncys Loundres may fëdh an glow tôwlys aberth inhans. "Te a'n gwel," yn medh hy. "Lavar dhymm, pÿth ywa?"

"Nâ, ny worama," me a worthebys. Ha gans hedna hy êth adreus bys in tenewen cledh an cav (ow meras tro ha'n entrans) hag a ros sînys dhe'n mowysy omlavar dhe sensy an lugern in bàn. Yth o paintys wàr an fordh in paint rudh in lytherow haval dhe'n scrif kervys in mes in dadn imaj Tysno, Mytern Kôr. Hy êth in rag ha trailya ragof an covscrif-ma, rag yth o an paint fresk lowr dhe dhysqwedhes form an lytherow. Yth o va kepar dell usy ow sewya:

"*Me, Jûnys, oferyas a Dempla Brâs Kôr, a scrif hemma wàr garrek an ancladhva i'n vledhen peder mil eth cans ha try dhyworth fùndacyon Kôr. Codhys yw Kôr! Ny wra an vrâsyon golya na felha in hy helyow, ny wra hy rewlya an bÿs na felha, na ny wra hy gonesujy mos in mes na felha rag kenwertha gans an bÿs. Kôr yw codhys! Ha codhys yw hy oberow brâs. Oll cytas Kôr hag oll an porthow a vyldyas hy ha'n dowrgledhow a wrug hy a vÿdh an drigva alemma rag a'n bleydh, an ûla, rag swàn an cosow ha rag an bobel wyls a vynn dones wàr agan lergh. Pymp warn ugans mis alemma cloud a wrug esedha wàr Kôr, ha wàr gans cyta Kôr, hag in mes a'n cloud y teuth plag neb a ladhas an bobel, yonk ha coth, rych ha bohosak, den ha benyn, pryns ha keth. An plag a ladhas hag a ladhas, ha ny cessyas dëdh na nos, ha'n re-na neb a scappyas dhyworth an plag a veu ledhys dre nown. Ny ylly corfow flehes Kôr bos gwethys warlergh an ûsadow coth, drefen nyver an re marow dhe vos re vrâs. Rag henna y a veu têwlys aberth i'n pyt brâs in dadn an cav, der an toll in leur an cav. Ena wàr an dyweth remnant a'n bobel vrâs-ma, golow oll an bÿs, êth wàr nans bys i'n cost ha golya dhe'n North; ha lemmyn, me, Jûnys Oferyas, yth esof ow screfa hemma, ha me yw an den dewetha gesys yn few i'n cyta vrâs-ma, saw eus ken den vëth gesys ow pewa in onen vÿth aral a'n cytas, ny wòn vy. Me a scrif hemma ha'm colon trogh, kyns ès merwel, drefen Kôr imperyal dhe vos gyllys, ha drefen nag eus den vÿth gesys dhe wordhy in hy thempla, ha gwag yw oll hy falycys, ha'y fensevygyon ha'y haptênow, ha'y marchons ha'y benenes teg yw gyllys dhywar fâss an bÿs.*"

Me a hanajas gans sowthan—mar grev o an anken dysqwedhys in scrîf garow-ma. Uthyk o predery a'n udn den-ma ow pewa wosa mernans an bobel alosek hag ow recordya aga destnans kyns ès ev y honen dhe skydnya dhe'n tewolgow kefrës. Pëth o prederow an den coth-na, in euth hag in own heb coweth vëth, golowys gans udn lugarn feynt i'n duder, pàn wrug ev in nebes lînednow cot paintya wàr fos an cav an istory a vernans y nacyon? Pana vater a via ena rag an moralyst, pò rag an lymnor, pò rag pynag oll a alla desmygy!

"A nyns esta ow consydra hemma, a Holly," yn medh Ayesha dhybm, in udn settya dorn wàr ow scoodh, "an dus-na neb a wrug golya dhe'n North, y a alsa bos hendasaow an kensa Ejyptyons?"

"Nâ, ny worama," yn medhaf vy; "yth hevel an bës dhe vos pòr goth."

"Coth? Ea, coth ywa in gwir. Termyn wosa termyn nacyons, ea, nacyons rych ha crev, deskys dâ i'n creftow, a dheuth hag a dhyberthas hag y yw ankevys, ma nag eus gesys cov vÿdh anedha. Nyns yw an nacyon-ma marnas onen anedha; rag yma an Termyn ow tebry oberow mab den, marnas in gwir ev dhe balas in câvyow kepar ha pobel Kôr, hag ena martesen yma an mor orth aga lenky poken yma an dorgîs orth aga shakya ajy. Pyw a wor pÿth a veu i'n norvÿs ha pÿth a vÿdh ino? Nyns eus tra nowyth vëth in dadn an howl, dell screfas an Ebrow fur lies bledhen alemma. Saw a ny veu an bobel-ma dystrêwys yn tien dell esoma ow predery? Nebes anedha a remainyas i'n cytas erel, rag y a's teva lies cyta. Saw pobel wyls dhyworth an Soth, pò martesen ow fobel vy, an Arabs, a dheuth warnedha, ha kemeres aga benenes yn gwrageth, ha trib an Amahagger usy omma lemmyn, yw kemmysk bastard a vebyon alosek Kôr, hag ottensy tregys lemmyn i'n bedhow warbarth gans eskern aga thasow.[17] Saw ny wòn vy. Pyw a yll godhvos? Ny yll ow creftow vy entra mar dhown aberth in duder nos an Termyn. Pobel vrâs vowns y. Y a gonqwerryas ernag o gesys den vëth dhe gonqwerrya; hag ena y a vewas attês ajy dh'aga fosow meynek i'n menydhyow, gans aga servysy, aga mowysy, aga menstrels, aga gravyoryon, aga howethesow gwely, hag y a wre kenwertha hag omdhal, ha debry ha helghya ha cùsca ha lowenhe, erna dheuth

---

17 Hanow pobel Ama-hagger a hevel dysqwedhes kebmysk coynt a lynajys, neb a alsa wharvos in kentrevogeth Dowr Zambezy. An ger-rag 'Ama' yw kebmyn in mesk an Zûlû ha'n nacyons udnys dhedhans, hag yma va ow styrya 'pobel', saw 'hagger' yw ger Arabek usy ow styrya 'men'.— *Penscrefor.*

aga thermyn. Saw deus, me a vynn dhysqwedhes dhis an pyt brâs
in dadn an cav usy an scrîf ow kêwsel anodho. Nefra ny wra dha
dhewlagas gweles golok kepar."

Indella me a's sewyas bys i'n tremenva tenewen owth egery in
mes a'n cav cres. Me a's sewyas ena lies degrê wàr nans ha shafta
ahës, na ylly bos le ès try ugans tros'hës in dadn fâss an garrek, hag
a gefy air dre dell coynt esa ow resek in bàn, ny worama ple. Yn
sodyn an dremenva a dhewedhas, ha hy a savas hag a erhys dhe'n
mowysy omlavar sensy an lugern in bàn; ha kepar dell wrug hy
profusa, me a welas golok na vynsen gweles tra vëth haval dhedhy
nefra arta. Yth esen ny ow sevel in pyt brâs dres ehen, poken wàr
y amal, rag yth esa an pyt y honen ow skydnya dhe voy down—ny
worama pana dhown—ès an level esen ny ow sevel warnodho. Yth
esa fos isel a ven oll adro dhe'n pyt. Mar bell dell yllyn jùjya yth o
an pyt-ma mar vrâs avell an spâss in dadn to crobm Peneglos Sen
Pawl in Loundres, ha pàn veu derevys an lugern, me a welas nag
o an tyller ken tra vëth ès ancladhva vrâs, leun dell o a vîlyow a
gorfow eskern a bobel, crugys in bàn in udn pyramyd cowrek
gwydn, formys gans an corfow dhywar an top dell vedha corfow
nowyth droppys warnodhans avàn. Ny allama desmygy tra vëth
moy uthyk ès an kebmysk cabûlys-ma a'n remnans a nacyon
ankevys. Ha'n tra moyha uthyk o hebma: dre rêson a'n air sëgh lies
onen a'n corfow o desehys yn sempel hag yth esa an grohen
warnodhans whath. Lebmyn ottensy ow meras orthyn ny hag y
fastys in lies stauns dyvers, ensomplys scruthus a vebyon tus. Me
a veu kebmys sowthenys may whrug vy ùttra ger a varth, ha
dassonyow ow voys ow seny yn toll i'n plâss cowrek in dadn an to
crobm a wrug omwheles crogen pedn, esa owth omberthy yn
compes dres lies mil vledhen ogas dhe dop an crug. An pedn a
rollyas wàr nans, ow lebmel in rag yn jolyf tro ha ny, ha heb mar
ow try gensy coodh a eskern erel wàr hy lergh, ernag esa oll an pyt
ow clattra gans aga gwayans, kepar ha pàn esa an corfow eskern ow
sevel in bàn rag agan dynerhy.

"Deus," me a leverys. "Me re welas lowr. An re-ma yw corfow an
bobel a verwys gans an cleves brâs, a nyns yns?" me a addyas, pàn
esen ny ow trailya in kerdh.

"Yns. Pobel Kôr a wre embaumya aga horfow, kepar dell wre an
Ejyptyons, saw creffa o aga creft y ages creft an Ejyptyons. Rag an

Ejyptyons a gemera in mes an enether ha'n empynyon, pobel Kôr a wre skîtya lynn aberth i'n gwythy, hag indella drehedhes kenyver part a'n corf. Saw gorta, te a welvyth," ha hy a savas kepar ha dre jauns orth onen a'n darasow bian owth egery in mes a'n dremenva esen ny ow kerdhes dredhy, ha hy a wrug sînys dhe'n mowysy omlavar dhe dhon an lugern ajy dhyragon. Ny a entras in chambour bian kepar ha'n rom a wrug vy cùsca ino pàn wrussyn ny stoppya kensa. Saw in le a udn benk pò gwely, yth esa dew anodhans i'n chambour. Yth esa fygurs ow crowedha wàr an gweliow hag y cudhys gans lyn melen,[18] hag yth o doust fin dywel cùntellys war an padn, saw nyns o an doust mar dew dell ylly den gwetyas martesen, rag i'n câvyow down-ma nyns eus stoff vëth a alsa trailya dhe dhoust. Yth esa lies vessyl paintys adro dhe'n corfow wàr an estyll a ven ha wàr leur an bedh, saw ny welys vy ma's pòr nebes tegednow pò arvow in onen vëth a jambours an bedhow.

"Gwra drehevel an pannow, a Holly," yn medh Ayesha, saw pàn istynys vy ow dorn rag gwil indella, me a'n omdednas arta. Yth hevelly dhybm bos sacrylych, ha rag leverel an gwiryoneth, me a veu overcùmys dre solempnyta uthyk an tyller, ha'n corfow dhyragon. Ena, in udn wherthyn nebes adro dhe'm own, hy a's tednas hy honen, saw ny dhysqwedhas hedna ma's padnow moy fin whath a'ga groweth dres an fygurs wàr an legh a ven. Hy a dednas an re-na adenewen inwedh, hag ena rag an kensa prës nans o mîlyow wàr vîlyow a vledhydnyow, lagasow bew a veras orth fàssow yêyn an re marow-na. Benyn o; hy o pymthek warn ugans bloodh martesen, po nebes yonca, hag in gwir pòr deg o hy. I'n very tor'-na hy bejeth o pòr sêmly, clor ha glanyth dell o hy fâss, gans abransow fin ha blew lagas hir, esa ow tôwlel skeusow dhyworth an lugern wàr bejeth a lyw dans olyfans ha teg dres ehen o hy. Ena gwyskys in gwydn, ha'y gols glasdhu ow tevera hy fows wàr nans, yth esa hy ow cùsca hy hùsk dewetha, ha wàr hy bregh yth esa baby bian. Mar wheg o an wolok ha mar uthyk, scant na yllyn vy—heb sham me a'n avow—sevel orth ola. Mabm ha flogh a'm

---

18 Oll an padn lyn a wre gwysca an Amahagger a veu kemerys in mes a'n bedhow, ha hèn o an skyla rag y lyw melen. Y fedha golhys yn tâ bytegyns, ha pàn vedha cadnys arta, y whre lyw gwydn an ergh dos dhodho wàr dhelergh; yth o va an cendal gwelha ha moyha medhel a welys vy bythqweth.—L.H.H.

dros wàr dhelergh dres islonk tewl an osow bys in neb chy lowen
in Kôr impyryal ankevys, may whrug an arlodhes wheg-ma bewa
ha merwel gans tecter oll adro dhedhy. Ha pàn verwys, hy a
gemeras gensy hy flogh dewetha bys i'n bedh. Ottensy dhyragon,
mabm ha flogh, covyon gwydn a istory a bobel ankevys, ow côwsel
orth agan colon moy freth ès record screfys vëth a'ga bêwnans.
Gans revrons brâs me a settyas aga fadnow bedh wàr dhelergh,
hag in udn bredery gans hanajen fatell wrug flourys mar deg
blejyowa warlergh bolùnjeth Duw Dydhyweth termyn mar got dhe
vos cùntellys dhe'n bedh, me a drailyas dhe'n corf wàr an legh
adâl dhyn, hag yn clor me a'n dyscudhas. An corf o a dhen
avauncys in y oos, ha hir o y varv loos. Ev inwedh o gwyskys in
gwydn. Dre lycklod ev o gour ty an venyn, ha wosa bewa wàr hy
lergh lies bledhen, ev a dheuth wàr an dyweth dhe gùsca warbarth
gensy arta unweyth.

Ny a asas an tyller-na hag a entras in rômys erel. Re hir via
descrefa myns a welys vy inhans. Yth esa y dregor in kenyver onen
anodhans, rag an pymp cans bledhen neb a bassyas inter
cowlwrians an cav ha dystrùcsyon an bobel o lowr, dell hevelly,
dhe lenwel oll an chambours encledhyas, kynth o heb dyweth aga
nùmber. Oll an corfow a apperyas dhe vos poran kepar dell êns,
pàn vowns y settys in aga thyller. Me a alsa lenwel lyver gans
acownt anodhans, saw ny via hedna mas dhe dhasleverel myns a
leverys vy bys lebmyn saw gans nebes dyffransow.

Mar skentyl o an creft a embaumyans ûsys rag aga dyghtya,
mayth o oll an corfow ogasty mar berfeth dell êns y, pàn wrussons
merwel mîlyow a vledhydnyow alebma. Ny dheuth tra vëth rag aga
fystyga in taw down an garrek vew: yth esens y in hans dhe
domder, dhe yêynder ha dhe lebor; hag apert o an droggys wheg a
vowns y dyghtys dredhans dh'aga chaunjya rag nefra ogasty. Obma
hag ena bytegyns, ny a welas excepcyon, hag i'n câssys-na, kynth
esa an kig ow meras salow lowr wàr ves, mar teffa den ha'y dùchya,
y whre va codha ajy, ha dysqwedhes nag o an corf in gwiryoneth
ma's crug a dhoust. Hedna a wre wharvos, warlergh ger Ayesha,
drefen an corfow arbednek-na, dre rêson a hast, dhe vos glehys in
lynn embaumya[19] in le skîtya an stoff aberth i'n kig y honen.

---

19 Moy adhewedhes Ayesha a dhysqwedhas dhybm an wedhen a vedha an
   lynn embaumya gwrës a'y delyow. Gwedhen isel yw hy kepar ha bùsh,

Res yw dhybm leverel nebes ow tùchya an bedh dewetha a wrussyn ny vysytya, rag yth esa an taclow ino ow côwsel dhe voy helavar dhe golon mab den ès corfow an kensa chambour. Nyns esa ma's dew berson i'n bedh men deweth-ma, hag yth esens ow crowedha warbarth wàr an udn legh. Me a dednas an padnow adenewen, hag ena an eyl in dywvregh y gela yth esa den yonk ha mowes in flour hy oos. Yth esa hy fedn hy ow powes wàr y vregh ev, ha'y wessyow ev ow tùchya hy thâl. Me a egoras pows lyn an den, hag otta a-ugh y golon me a welas goly dagyer, hag in dadn dywvron teg an venyn y hylly bos gwelys gwan gruel, a wrug hy bêwnans sygera in mes dredhy. Wàr an garrek a-ughtans yth esa covscrif a dry ger. Ayesha a'n trailyas dhybm: *Demedhys in Mernans*.

Pandr'o istory an dhew-na, in gwir, neb o teg pàn esens ow pewa, ha na veu keskerys in aga ancow?

Me a dhegeas ow lagasow, ha'm desmygyans a gemeras in bàn neujen an prederow, ha danvon y wenhal yn uskys dres an osow, in udn wia pyctour wàr dhuder crehyn ow dewlagas o mar wiryon ha mar vewek in y vanylyon, may whrug vy rag tecken tybya me dhe gonqwerrya an Dedhyow Passys, ha lagasow ow spyrys dhe wana mystery an Termyn.

Me a gresy yth esen ow qweles fygur teg an vowes-ma—hy blew melen ow codha dres hy horf wàr nans warbydn hy dyllas maga whydn avell an ergh, ha'y dywvron o gwydnha whath ès an dyllas, in udn dewlhe kyn fe hy thegednow a owr polsys . Me a gresy me dhe weles an cav brâs, leun a werroryon varvek, y gwyskys i'n

hag yma hy plenta anedhy ow tevy wàr denewednow an menydhyow, pò kyns wàr an ledrow usy ow lêdya bys i'n fosow meynek. Hir ha cul yw an delyow, gwer spladn aga lyw, saw ymowns y ow trailya dhe rudh i'n kydnyaf, ha dre vrâs y yw kepar ha delyow an lorwedhen. Pàn vowns y glas, nyns eus odor vëth dhedhans, saw pàn vo an delyow bryjys an sawor dhywortans yw mar grev, scant na yll den y berthy. An gwelha kebmysk bytegyns a vedha gwrës dhyworth an gwredhyow, hag in mesk pobel Kôr yth esa laha, hag Ayesha a dhysqwedhas dhybm mencyon gwrës anodho wàr nebes a'n covscrîfow, nag o alowys embaumya den vëth in dadn renk arbednek gans droggys gwrës gans gwredhyow an wedhen. Towl ha sewyans an laha-ma, heb mar, o dhe wetha an wedhen dhyworth bos dystrôwys yn tien. Gwertha an delyow ha'n gwredhyow o monopoly Governans, ha dhyworth an trad-na myterneth Kôr a gefy radn vrâs a'ga fegans pryveth.—L.H.H.

caspows, ha wàr an soler golowys, may whrug Ayesha ry jùjment warnodho, den ow sevel, mantel adro dhodho hag oll adro dhodho an tôknys a'y brontereth. Hag y teuth wàr y lergh nebonen gwyskys in pùrpur, ha dhyragtho menstrels ha mowysy teg, ow cana cân demedhyans. Yth esa an vaghteth wydn ow sevel warbydn an alter, tecka ès an vowes tecka i'n tyller-na—moy glanyth ès lylien, ha yêynha ès an glûth usy ow spladna in hy holon. Saw pàn esa an den ow nessa hy a wre crena. Hag ena in mes a'n rûth den yonk, tewl y vlew, a lebmys in bàn ha gorra y dhywvregh adro dhe'n vaghteth ankevys termyn pell, hag a abmas dh'y fâss gwydn hy, may whrug an goos spryngya in bàn ino kepar ha golowys terry an jëdh dres an ebron dawesyk. I'n tor'-na y feu deray ha hùbbadùllya, ha cledhydhyow a wrug terlentry, hag y a sqwardyas an den yonk in mes a'y dywvregh, ha'y wana; saw gans cry hy a sêsyas an dagyer adhan y wrugys, ha'y herdhya aberth in hy brest mar wydn avell an ergh bys i'n golon; ha hy a godhas dhe'n dor, hag ena, gans criow ha gans olva ha pùb son a gynvan, an pajont a rollyas in kerdh dhyworth gwaryva ow syght, ha'n termyn passyas a dhegeas y lyver unweyth arta.

Re wrello an redyor gava dhybm gorra hunros aberth in istory gwir. Saw an pëth a apperyas dhybm—me a'n gwelas dystowgh mar gler; ha pelha, pyw a yll leverel pygebmys a'n gwiryoneth a'n termyn eus passys, pò an termyn present pò a'n devedhek yw dhe gafos i'n desmygyans? Pandr'yw desmygyans? Martesen yth ywa an skeus yn udnyk a'n gwiryoneth dygorf, martesen yth ywa prederow an enef.

Oll an negys a bassyas der ow empydnyon kettoth ha'n ger, hag yth esa *Honna* ow côwsel orthyf.

"Otta destnans mab den," yn medh Ayesha in dadn hy veyl, ha hy ow tedna an lien bedh wàr dhelergh dres an garoryon varow, ha hy ow côwsel in voys solem ha dynyak, esa owth agria yn perfeth gans an hunros a'm beu: "ny a res dos wàr an dyweth dhe'n bedh ha dhe'n ancof usy ow keles an bedh! Ea, me inwedh, esof ow pewa bledhynyow mar hir. Ragof vy ow honen kyn fe, mîlyow wàr vîlyow a vledhynyow i'n termyn usy ow tos, warlergh te dhe vos der an yet rag bones kellys i'n nywl, dëdh a vynn terry may fŷdh res dhymm merwel, ha bones kepar dell osta ha dell yw an re-ma. Hag ena pana brow a vŷdh dhymm me dhe vewa nebes pelha, ow qwetha dhyworthyf an mernans der an skians a wrug vy sêsya in mes a'n Natur, rag res vŷdh dhymmo vy kefrŷs merwel? Pana valew yw an spâss a dheg mil vledhen, pò a dhegweyth deg mil vledhen, in istory an Termyn? Nyns ywa kepar ha tra vŷth oll—yth ywa kepar han nywl a vo ow rollya in bàn in golow an howl; yma va ow fystena in kerdh avell our a gùsk pò avell wheth a'n Spyrys Eternal. Otta destnans mab den! Yn certan an destnans-na a wra agan cachya, ha ny a wra cùsca. Yn certan inwedh ny a vynn dyfuna ha bewa arta; hag arta ny a wra cùsca, hag indella hag indella dres osow, spâssys ha dres termynyow, dhia oos dhe oos, erna vo marow an bŷs, hag erna vo marow an bysow in hans dhe'n bŷs, pàn na vo ow pewa ma's an Spyrys neb yw Bêwnans. Saw ragon ny agan dew ha rag an re marow-ma, a vŷdh Bêwnans dyweth a'n dywedhow pò a vŷdh ev Mernans? Whath nyns yw an Mernans ma's Nos an Bêwnans, saw in mes a'n nos y fŷdh genys an Myttyn arta, hag arta yma va ow tenethy an Nos. Pàn vo an Bêwnans ha'n Mernans gorfennys ha lenkys dre henna a wrussons dones in mes anodho, pŷth a vŷdh agan destnans ny, a Holly? Pyw a yll gweles mar bell? Ny allama ow honen y weles kyn fe!"

Hag ena hy a jaunjyas ton hy lev ha'y omdhegyans hag a leverys—

"A wrusta gweles lowr, a ôstyas hag a stranjer, pò a wrama dysqwedhes dhis moy a varthùjyon an bedhow-ma neb yw helow ow falys? Mar mynta, me a yll dha lêdya bys i'n tyller, may ma Tysno encledhys, an myghtern moyha galosek ha moyha colonnek a vyghterneth Kôr. In y dhedhyow ev y feu gorfennys an câvyow-ma hag yma va whath ow crowedha in splander mar rial, usy owth apperya dhe wruthyl ges a'n gwacter ha dhe gomondya skeusow an dedhyow coth dhe blegya dhyrag y vanyta kervys!"

"Me re welas lowr, a Vyternes," me a worthebys. "Overcùmys yw ow holon gans gallos an Mernans present. Gwadn yw an mortalyta, hag yth ywa terrys dhe'n dor yn êsy dre vos in company an doust-na usy worth y wortos y honen wàr an dyweth. Gwra ow lêdya alebma, a Ayesha!"

XVII

YMA AN VANTOL OW TRAILYA

Ny a wrug sewya lugern an mowysy omlavar ha'n lugern sensys in mes dhyworth aga horf kepar dell usy degor ow sensy dowr in vessyl, a hevelly bos ow neyjya an tewolgow wàr nans aga honen oll, ha warlergh nebes mynys ny a dhrehedhas stairys esa ow lêdya bys in chamabour arâg *Honna.* Hèn o an keth tyller may whrug Bylâly cramyas wàr y beswar paw an jëdh kyns. Obma me a vynsa gasa farwèl gans an Vyternes, saw ny wrug hy y alowa dhybm.

"Nâ, nâ," yn medh hy, "gwra entra genef, a Holly, rag in gwir yma dha gescows jy worth ow flêsya. Gwra consydra, a Holly, dres an spâss a dhyw vil vledhen me ny gefys den vëth rag kestalkya ganso ma's kethyon ha'm prederow ow honen. Ha kyn teuth meur a furneth dhyworth ow frederow ha kyn feu lies kevrin clerhës, me yw bytegyns sqwith a'm prederow ow honen. Cas lemmyn yw ow howethas ow honen genef, rag yn certan wherow dhe dastya yw an boos rës dhyn gans an covyon, ha ny yllyn ny perthy dh'y dhynsel ma's der an dens a wovenek. Lemmyn, kynth yw gwer ha tender dha brederow, dell dhegoth dhe nebonen mar yonk avelos, y yw bytegyns an prederow a empynyon down, hag in gwir yth esta ow cruthyl dhymm perthy cov nebes a'n fylosofers coth a wrug vy dyspûtya gansa i'n dedhyow tremenys in Athênas hag in Becca in Araby, rag yma genes an keth semlant ponnek hag asper, kepar ha pàn wrusta passya oll dha dhedhyow in unn redya tebel-Grêk, ha te merkys yn tewl dre vostethes mamscrîfow. Ytho, gwra tedna an groglen, hag esedha omma rybof, ha ny a dheber frûtys, ha kêwsel a daclow plesont. Mir, me a vynn dysqwedhes ow honen dhis arta. Te re dhros hemma warnas dha honen, a Holly. Me re'th warnyas yn teg—ha te a wra ow gelwel teg, poran kepar dell wre an

180

fylosofers coth-na. Fy dhedha, bythqweth pàn wrussons ankevy aga fylosofy!"

Ha heb namoy geryow hy a savas in bàn ha shakya dhywarnedhy an bows wydn, ha dos in mes spladn ha lenter, kepar ha neb serpont ow tewynya pàn vo têwlys dhyworty hy crohen; ha hy a fastyas warnaf hy lagasow marthys—moy peryllys ès lagasow ruysarf vëth—ha'm dewanas yn tien gans aga thecter, ha hy a dhanvonas hy wharth scav ow tasseny der an air kepar ha'n son a glegh a arhans.

Hy cher o chaunjys, hag in dadn hedna yth hevelly bos lyw hy brës chaunjys kefrës. Nyns o hy tormentys ha casadow na felha, kepar dell wrug vy hy gweles ha hy ow molethy hy hestrîvores ryb flyckrans an flabmow, nyns o hy yêyn hag uthyk, dell o hy i'n hel a jùjment, nyns o hy rych ha trist ha rial, kepar ha cendal Tiryan, kepar dell o hy in trigva an re marow. Nâ, i'n tor'-ma yth o hy cher hedna a Afrodîtê vyctoryùs. Yth hevelly bos Bêwnans—spladn, wondrys, lowenek—ow resek in mes anedhy hag adro dhedhy. Yth esa hy ow wherthyn hag ow hanaja yn cosel, hag ow tôwlel hy lagasow warnaf ha wàr bùptra adro dhedhy. Hy a shakyas hy blew poos, ha'ga odour wheg a lenwy an tyller; hy a wesky hy throos bian gwyskys in sandal wàr an leur, hag in dadn hy anal yth esa hy ow sùdonedny neb cân maryach a'n Grêkys coth. Gyllys o oll hy rielder, poken yth esa an rielder ow lùrkya hag ow spladna yn feynt dre wharth hy lagasow, kepar ha luhes gwelys dre wolow an howl. Hy a dowlas dhywarnedhy euth an flabmow ow lebmel, gallos yêyn an brusyans esa ow pos collenwys i'n very tor'-na, ha tristans fur an bedhow—y oll o tôwlys dhywarnedhy, kepar ha lien bedh gwydna a vedha hy gwyskys ino, hag i'n tor'-na otta hy an carnacyon pur a'n venyn deg ha dynyak, ha gwrës moy perfeth—hag in neb fordh moy spyrysek—ès dell o benyn bythqweth kyns.

"Ytho, Holly wheg, gwra esedha i'n tyller may hylta ow gweles vy. Porth cov henna dhe vones dha volùnjeth dha honen. Na wra ow blâmya vy mar teuta ha spêna bledhynyow cot dha vêwnans ha te clâv i'th colon, ha te edrygys bythqweth te dhe settya dha dhewlagas whansek orthyf. Ena, gwra esedha, ha lavar dhymm, rag in gwir yma gormola ow plegya dhymm—a nyns oma teg? Nâ, na gows dre hast; gwra ombredery adro dhe'n mater. Mir orthyf rann wosa rann, heb ankevy ow fygur, ow threys ha'm dewla, ha'm

181

blew, ha gwynder ow crohen, hag ena lavar dhymm in gwir, a wrusta bythqweth gweles benyn vÿth in neb poynt munys vÿth, in shâp hy abrans kyn fe, pò ow tùchya form hy scovarn, mar deg avell crogen, a vo wordhy dhe gomparya hy honen genef? Lemmyn, ow wast! Martesen te a grÿs y vos re vrâs, saw in gwiryoneth nag yw. Yth yw an serpont-ma a owr re vrâs, ha nyns usy henna worth ow helmy adro yn ewn. Serpont ledan ywa, hag ev a wor y vones re glâv dhe gelmy yn tynn. Saw mir, ro dhymm dha dhewla—indella—ha gwra aga gwasca adro dhymm, ha gans nebes fors yma dha vesîas ow tùchya an eyl y gela, a Holly wheg."

Ny yllyn y berthy na felha. Nyns oma ma's den, ha hy o moy ès benyn. Duw a wor pëth o hy—ny worama ow honen! Saw me a godhas wàr ow dewlin stag ena dhyrygthy, ha leverel dhedhy in kebmysk trist a davosow—rag yma termynyow a'n par-na owth ancombra an empydnyon—me dh'y gordhya in maner na veu benyn vëth gordhys kyns, ha me dhe vos parys dhe dhascor ow enef imortal rag demedhy gensy, tra a wrussen gwil heb dowt vëth i'n tor'-na, hag in gwir, indella y whrussa ken den vëth pò oll an gùntellva a dus rollys in udn den warbarth. Hy a omdhysqwedhas sowthenys rag tecken, hag ena hy a dhalathas wherthyn, ha tackya dewla yn jolyf.

"Ogh, mar scon, a Holly!" yn medh hy. "Yth esen vy owth omwovyn pes mynysen a vedha res rag dha dhry jy dhe'n dor wàr dha dhewlin. Ny welys vy den wàr y dhewlin mar lies jorna, ha crÿs dhymm, an wolok yw wheg dhe golon benyn; ea, nyns usy furneth ha hirder dedhyow ow kemeres dhyworthyf an plesour caradow-na neb yw an unn gwir a'n benenes.

"Pandra garsesta?—pandra garsesta? Ny wodhes pÿth esta ow cruthyl. A ny leverys vy dhis nag oma ragos jy? Ny garaf ma's unn den yn unnyk, ha nyns ota an den-na. Â, a Holly, awos oll dha furneth—ha te yw fur wàr fordh—nyns ota ma's fol ow ponya warlergh folnep. Te a garsa meras aberth i'm dewlagas—te a garsa amma dhymm! Wèl, mars yw henna worth dha blêsya, mir!" ha hy a bosas in rag nessa dhybm, ha fastya hy lagasow tewl orth ow lagasow vy ha'm colon a labmas. "Ea, hag amma dhymm kefrÿs, rag grassow dhe'n destnans, nyns eus bay vÿth ow casa merk wàr y lergh, marnas wàr an golon yn unnyk. Saw mar teuta hag amma dhymm, me a lever dhis in very gwiryoneth, te dhe dormentya dha

golon dha honen dre gerensa ragof, ha te a verow!" ha hy a bosas
dhe voy ogas dhymm erna wrug hy blew medhal tùchya orth ow
thâl, ha'y anal wheg a jersyas ow fâss, orth ow gwil feynt ha gwadn.
Ena adhesempys, pàn esen vy owth istyna in mes ow dewla rag hy
dalhedna, hy a êwnas hy honen; hag y teuth chaunj uskys
warnedhy. Hy a worras in mes hy dorn ha'y sensy a-ugh ow fedn,
hag yth hevelly dhybm fatell wrug neppyth devera in mes a'y dorn
ha'm yêynhe ha'm dry arta dhe furneth, ha dhe onester ha dhe
vertus kenyver jorna.

"Lowr a'n foly dygabester-ma," yn medh hy hag yth esa sevureth
in hy lev. "Goslow orthyf, a Holly. Te yw den dâ ha gwiryon, ha
dâ via genef dha sparya; saw ass yw cales rag benyn kemeres
tregereth. Me re leverys nag oma ragos jy, hag ytho gas dhe'th
prederow passya dresof kepar ha gwyns scav, ha gas dhe dhoust
dha dhesmygyans codha aberth in islonk—a dyspêr, mar mynta.
Nyns oma aswonys dhis, a Holly. Mar qwrusses ow gweles deg our
alemma, pàn wrug ow fassyons ow sêsya, te a vynsa omdenna
dhyworthyf in unn grena gans own. Me a'm beus lies cher dyffrans,
ha kepar ha'n dowr i'n vessyl-na, yth esoma ow tastewynya lies tra;
saw ymowns y ow passya, a Holly wheg; ymowns y ow passya, hag
y a vŷdh ankevys. Saw yth yw an dowr prest dowr, me yw me
whath, ha henna neb a wrello an dowr a'n gwra, ha henna neb a'm
gwrello vy, a'm gwra vy, ha ny yll ow theythy bones chaunjys. Rag
henna na wra attendya an pŷth esof vy owth hevelly bones, rag ny
ylta jy nefra godhvos pŷth oma. Mar teuta ha'm trobla arta, me a
vynn mailya ow honen, ha ny wrêta gweles ow fâss na felha."

Me a savas, hag ena me a sedhas wàr bluvogow an gwely dëdh
rypthy, ha me whath ow crena gans emôcyon crev, kynth o gyllys
dhyworthyf rag pols ow fassyon gwyls, kepar dell usy delyow an
wedhen whath ow crena, kynth yw gyllys an wheth a's gwayas. Ny
vedhys vy leverel dhedhy me dh'y gweles hy i'n cher down hag
iffarnak, ha hy ow stlevy molethow dhe'n tan in chambour an
bedhow.

"Ytho," hy a bêsyas, "deber lemmyn nebes frût. Crŷs dhymm,
hèn yw an unn gwir-voos rag mab den. Ô, derif dhymm a fylosofy
Messias an Ebrowyon, a dheuth wàr ow lergh, hag usy dell leverta
ow rewlya Rom ha Grêss hag Ejyp i'n tor'-ma, ha'n poblow gwyls
in hans dhedha. Res yw y fylosofy dhe vones fest coynt, rag i'm

dedhyow vy ny vynsa an poblow clêwes tra vÿth a'gan fylosofys. Kyffewy ha whans carnal ha dewas, goos ha dur yêyn, ha tus cùntellys in batel owth omlath erbynn y gela—an re-na o dyscas aga crejyans y."

Me o nebes yaghhës warbydn an termyn-na, hag yth esen ow perthy sham a'n gwander a wrug vy omry ow honen dhodho. Me a wrug oll ow ehen dhe styrya dyscas an Cristoneth dhedhy, saw yth hevelly na welas hy tra vÿth a les ino, marnas in agan crejyans adro dhe Nev hag Iffarn. Saw meur a les dhedhy o an Den neb a dheskys an Cristoneth dhyn. Me a leverys dhedhy inwedh fatell dherevys profet gelwys Mohamed, in mesk an Arabs, hy fobel hy honen, ha fatell wrug ev desky crejyans nowyth, mayth o lies myllyon a vebyon tus esely anedhy.

"Â!" yn medh hy; "me a wel—dyw grejyans nowyth! Mar lies crejyans re beu aswonys dhymm, hag y feu lies moy, abàn veuma strothys dhe'n câvyow-ma, câvyow Kôr. Yma mab den ow pesy an Nevow pùpprës dhe styrya dhodho pÿth usy in hans dhedha. Euth dhyrag an dyweth yw henna, ha nyns ywa ma's omgerensa moy sotel—hèn yw an dra a vo ow tenethy crejyansow. Godhvÿdh, a Holly wheg, pùb crejyans dhe vones ow tedhewy an termyn usy ow tos rag hy sewysy, pò dhe'n lyha dhe'n re dâ in aga mesk. An drog yw destnans an bobel velegys na vynn cafos tra vÿth anodho; pàn wrellons gweles an golow, an wir-gryjygyon a wra y wordhya, kepar dell wra an pùscas gweles an ster, saw yn tyscler. Yma an crejyansow ow tos hag ow tyberth, hag yma an wharheansow ow tos hag ow tyberth, saw nyns eus tra vÿth ow turya marnas an bÿs ha natur mab den. Â! Goev mab den nag usy ow qweles bones govenek ow tos dhyworto y honen wàr jy, adar dhyworth a vo wàr ves—ev a dalvia convedhes bones res dhodho obery y salvacyon in mes y honen! Otta va i'n bÿs, hag yma anal an bêwnans ino hag ev a'n jeves an gallos dhe dhecernya inter an drog ha'n dâ. Gwrêns ev sevel in bàn yn prowt, heb têwel y honen dhe'n dor dhyrag an imach a neb Duw ùncoth, shâpys in y hevelep y honen, saw gans empynyon brâssa dhe wruthyl an drog ha gans bregh hirra rag y gollenwel."

Me a brederys, tra usy ow tysqwedhes pana goth yw rêsnans a'n par-na, in gwir onen a'n taclow moyha kebmyn in dyspûtyans adro dhe dhyvynyta, fatell esa hy argùmentys hy ow sowndya poran

kepar ha radn a'n argùmentys a glôwys vy i'n nawnjegves cans-
vledhen, hag in ken tyleryow ès câvyow Kôr; argùmentys a res
dhybm avowa nag oma acordys poynt gansans, saw nyns en vy i'n
tor'-na whensys dhe dhebâtya an qwestyon gensy. I'n kensa le, ow
brës o re sqwithys der oll an emôcyons a wrug vy passya dredhans,
hag i'n secùnd le, me a wodhya yn tâ y fedhen vy fethys gensy.
Ober lavurys ywa argya gans materyalyth kebmyn, a vo ow tôwlel
statystygyon ha lies gwyscas a factys geologyl orth dha bedn, pàn
na ylta jy dha honen ma's ev a frappya gans desmygyansow ha gans
anyen ha pluv ergh an fëdh, taclow, ellas! a wra dre lycklod tedha
in regyth agan ponvos. Pana vohes chauns a'm bia ytho warbydn
nebonen a veu hy empydnyon lebmys in fordh dres natur, hag a's
teva an experyens a dhyw vil vledhen, heb gwil mencyon a bùb
sort a gevrin natùral a ylly hy somona dhedhy! Me a gresy y vos
moy gwirhaval hy dhe'm trailya vy ès me dh'y thrailya hy, ha rag
hedna me a gresy y vos fur gasa dhe'n mater powes. Ytho me a
sedhas in udn dewel. Liesgweyth warlergh hedna me a borthas
edrek tydn me dhe wil indella, rag me a gollas an udn chauns a'm
beu, dell esoma ow remembra, a wodhvos pandr'o crejyans Ayesha
in gwiryoneth, ha pëth o hy "fylosofy" hy.

"Wèl, a Holly wheg," hy a bêsyas, "an bobel-ma, ow fobel vy, re
gafas profus, fâls-profus dell esta ow leverel, rag nyns ywa dha
brofus jy dha honen, hag in gwir me a grÿs henna. Saw in ow
dedhyow vy ny, Arabs, ny a'gan be lies duw. Yth o Allât, ha Saba,
Ôst Nev, Al Ùzza ha Manah veynek, a wre goos an vyctyms resek
rygthy, ha Wadd ha Sawâ, ha Yaghûth, Lion tregoryon Yaman, ha
Yaûk, Margh Morad, ha Nasr, Er Hamyar; ea, ha lies moy whath.
Ogh, ass o foly! Sham ha foly truethek! Saw pàn wrellen sevel in
furneth ha kêwsel adro dhe'n negys, y a vynsa ow ladha vy in
hanow aga duwow defolys. Wèl, yth o taclow indella dhyworth an
dallath; saw, a Holly wheg, osta sqwith ahanaf solabrës, ha te owth
esedha heb leverel ger? Poken osta ownek me dhe dhesky ow
fylosofy dhis?—Rag godhvydh bones fylosofy dhymm. Pandra via
descajores heb hy fylosofy hy honen dhedhy? Ha mar teuta ha'm
vexya re, bÿdh war! rag me a vynn gruthyl dhis y dhesky, ha te a
vÿdh ow dyscypyl, ha ny agan dew a vynn fùndya crejyans a wrello
lenky in bàn pùb crejyans aral. Den dyslel! Ha nyns yw ma's
hanter-our alemma hag yth eses wàr dha dhewlin dhyragof—nyns

usy an stauns-na compes ragos, a Holly—te ow tias yth eses orth ow hara vy. Pandra yllyn ny gruthyl?—Nâ, me a wor. Me a vynn dos ha gweles an den yonk-ma, an Lion, dell usy Bylâly cothwas orth y elwel, an den yonk neb a dheuth genes hag yw mar glâv. Res yw an fevyr dhe vos dewedhys lemmyn, ha mars usy ev parys dhe verwel, me a vynn y sawya. Na borth awher, a Holly wheg, ny vanaf vy gruthyl devnyth a bystry vÿth. A ny wrug vy leverel dhis nag eus pystry vÿth i'n bÿs, saw yma skians ha'n oberyans a fors Natur? Kê lemmyn, ha pàn vo parys an medhegneth genef, me a vynn dha sewya."[20]

Rag hedna me êth, ha cafos Job hag Ùstânê in gref brâs, ow terivas Leo dhe vos in newores, hag y dhe vos orth ow whelas pùb le. Me a fystenas bys i'n gwely ha meras orto: apert o ev dhe vos ow merwel. Ev o dyswar, hag ev owth anella yn poos, saw yth esa y wessyow ow trembla, ha traweythow kern bian a shakyas y gorf. Me a wodhya lowr a fysek dhe gonvedhes y fedha ev dres gweres den ajy dhe udn our pelha—ajy dhe bymp mynysen martesen. Assa wrug vy molethy ow omgerensa ha'n foly, neb a'm sensys ow strechya gans Ayesha, pàn esa ow maw ker a'y wroweth wàr y wely mernans! Ellas, ellas! Ass yw êsy rag an re gwelha intredhon dhe vos kemerys dhe'n dor dhe dhrog der an golow in lagasow benyn! Ass en vy bylen heb conscyans! In gwir dres an hanter-our dewetha-na scant ny brederys vy unweyth a Leo, hag ev o, na wrên ny ankevy, an den neb o ow howeth kerra dres ugans bledhen, ha'n chif poynt a les i'm bêwnans. Ha lebmyn, dre lycklod re holergh o!

Me a wrydnyas ow dewla ha meras adro. Yth esa Ùstânê esedhys ryb an gwely, hag in hy lagasow hy me a welas golow sogh an dyspêr ow lesky. Yth esa Job owth ola kepar ha flogh—drog yw genef, saw ny allama y dherivas in ken fordh—yn heglew i'n gornel. Pàn welas ev me dhe vos ow meras orto, ev êth in mes rag omry dh'y anken i'n dremenva. Apert o na ylly den vëth agan gweres ma's Ayesha y honen. Hy, ha hy honen oll—marnas hy a

---

20 Kymyst brâs o Ayesha, in gwir yth hevel na's teva hy ma's an kymystry rag hy dydhana ha hy sensy bysy. Hy a wrug dhe onen a'n câvyow bos fyttys in bàn avell whelva, ha kynth o garow hy daffar heb mar, kepar dell vo cler moy adhewedhes i'n narracyon-ma, frûtys hy whythransow a veu mater a sowthan.—L.H.H.

186

veu feytoures, ha hedna ny gresyn màn—a alsa y sawya ev. Me a vynsa mos ha'y fesy hy dhe dhos. Pàn dhalethys gwil indella, bytegyns, Job a entras i'n chambour in udn fysky, hag yth esa y vlew ow sevel wàr y bedn rag ewn euth.

"Ogh, re wrella Duw agan gweres, a syra!" ev a grias in udn whythra yn ownek, "otta corf ow slynkya an dremenva wàr nans!"

Me a veu ancombrys rag tecken, saw heb let me a gonvedhas fatell welas ev Ayesha, mailys in hy fows kepar ha lien bedh, hag ev dhe vos tùllys dre hy herdh smoth ha clor hag a gresys hy dhe vos spyrys ow slynkya bys dhodho. In gwir, i'n very tor'-na an negys o assoylys, rag yth esa Ayesha hy onen i'n drigva, pò gwelha i'n cav. Job a drailyas hag a welas hy fygur mailys, hag ena in udn scrija "Otta va ow tos" ev a lebmys aberth in cornel ha herdhya y fâss warbydn an fos, hag Ùstânê, ow tesmygy pyw o an presens uthyk, a dowlas hy honen wàr hy fâss.

"Yth esta ow tos i'n prës ewn, Ayesha," yn medhaf vy, "rag yma ow maw vy ow crowedha in newores."

"Indella," yn medh hy yn cosel, "marnas ev a vo marow, ny vern, rag me a yll y dhry dh'y vêwnans, a Holly wheg. Yw an den-na dha servont, hag yw honna an fordh mayth usy servysy ow welcùma stranjers i'th pow jy?"

"Yma va ow kemeres own a'th tyllas—y yw kepar ha dyllas corf marow," me a worthebys.

Hy a wharthas.

"Ha'n vowes? Â, me a wel hy dhe vones honna a wrusta kêwsel orthyf anedhy. Wèl, comond dhedha aga dew dhe dhyberth, ha ny a vynn kemeres with a hemma, dha Lion clâv. Ny garsen vy may fedha kethyon present rag gweles ow skians."

Gans hedna me a leverys dhe Ùstâne in Arabek ha dhe Job in Sowsnek gasa an chambour; arhadow neb a folyas Job heb let, hag ev o lowen dhe obeya, rag ny ylly ev in fordh vëth oll conqwerrya y own. Saw ny veu indella an negys gans Ùstânê.

"Pëth usy *Honna* ow whansa?" hy a leverys, rydnys inter hy own a'n Vyternes Uthyk, ha'y whans dhe remainya ogas dhe Leo. "Certan yth ywa gwir an wre'ty bos ogas dh'y gour ty pàn wrello ev merwel. Nâ, ny vanaf vy dyberth, a Arlùth, a Vaboun."

"Prag na vynn an venyn-na agan gasa, a Holly wheg?" Ayesha a wovydnas dhyworth an pedn pelha a'n cav, le mayth esa hy ow whythra heb rach onen a'n kervyansow wàr an fos.

"Nyns yw hy whensys dhe forsâkya Leo," me a worthebys, rag ny wodhyen an pëth ewn dhe wortheby. Ayesha a drailyas adro dystowgh, hag ow tysqwedhes an vowes Ùstânê gans hy dorn, ny leverys hy ma's udn ger, saw lowr veu hedna, rag ton an ger a leverys meur.

"Kê!"

Hag i'n eur-na Ùstânê a gramyas wàr hy feswar paw ha dyberth.

"Te a wel, a Holly wheg," yn medh Ayesha in udn wherthyn yn scav, "y feu res dhymm ry lesson munys in obedyens dhe'n bobel-ma. Namna wrug an vowes-na sconya dhe wruthyl ow arhadow, saw ny dheskys hy myttyn hedhyw in pana vaner a vedhama ow tyghtya an re dywostyth. Wèl, gyllys yw hy lemmyn, ha gas dhymm gweles an den yonk i'n tor'-ma," ha hy a slynkyas tro ha'n gwely mayth esa Leo ow crowedha, ha'y fâss i'n skeusow ha trailys dhe'n fos.

"Nôbyl yw y form ev," yn medh hy, ha hy ow posa a-ughto rag gweles y vejeth.

An nessa secùnd yth esa hy fygur uhel ha tanow ow trebuchya wàr dhelergh dres leur an chambour, kepar ha pàn veu hy gwanys pò sethys, ha hy a drebuchyas wàr dhelergh erna wrug hy gweskel fos an cav, hag ena y tardhas dhyworth hy gwessyow an scrij mohya uthyk ha moyha dynatur a glôwys vy bythqweth.

"Praga? Pandr'yw an mater, Ayesha?" me a grias, "Ywa marow?"

Hy a drailyas ha lebmel orthyf kepar ha tigres.

"Te vrathky!" yn medh hy in hy whystrans uthyk, esa ow sowndya kepar ha sarf ow sia, "prag y whrusta keles hemma dhyworthyf?" Ha hy a istynas in mes hy bregh, ha me a gresy y whre hy ow ladha.

"Pandra?" me a grias, ha me a gemeras euth brâs; "pandra?"

"Â!" yn medh hy, "martesen na wodhyes adro dhodho. Gwra desky hemma, a Holly wheg: otta a'y wroweth—otta Calycratês neb o kellys dhymm. Calycratês neb a dhewhelys dhymm wàr an dyweth, kepar dell wodhyen y whre, dell wodhyen y whre," ha hy a dhalathas ola ha wherthyn, ha dre vrâs omdhon kepar ha ken arlodhes vëth neb yw nebes ancombrys, ha hy a bêsyas ow stlevy "Calycratês, Calycratês!"

"Flows," me a brederys, saw ny'n leverys; hag in gwir i'n prës-na yth esen ow tyby adro dhe vêwnans Leo, rag me a ancovas pùptra aral i'm anken brâs. An pëth en vy dowtys adro dhodho o Leo dhe verwel kyns ès Ayesha dhe gosolhe hy honen.

"Mar ny ylta jy y weres, Ayesha," me a leverys dhedhy rag gwil dhedhy perthy cov, "dha Calycratês yn scon a vëdh dres gweres dhyworthys. Yn certan yma va ow merwel lebmyn."

"Te a lever gwir," yn medh hy dystowgh. "Ogh, prag na wrug vy dos kyns lemmyn! Ass oma amôvys—yma ow dorn ow crena, ow dorn ow honen—saw pòr êsy yw an negys. Deus, a Holly, kemer an fiol-ma," ha hy a dhros in rag pot pry munys in mes a blegyow hy fows, "ha dever an lynn y vriansen wàr nans. An medhegneth a wra y yaghhe, mar nyns ywa marow solabrës. Fystyn lemmyn! Fystyn! Yma an den ow merwel!"

Me a veras tro hag ev; gwir o hy lavar, yth esa Leo in newores. Me a welas y fâss truan ow trailya dhe lyw lusow, ha me a glôwas an anal ow clattra in y vriansen. Yth o an fiol stoppys in bàn gans darn bian a bredn. Me a'n tednas in mes gans ow dens, ha badna a'n lydn a neyjyas in mes wàr ow thavas. Wheg o y sawour, ha rag tecken cot hedna a wrug dhe'm pedn troyllya adro, ha dhe nywl cùntell dhyrag ow lagasow, saw in gwelha prës an taclow-na êth in kerdh mar scon dell wrussons wharvos.

Pàn wrug vy drehedhes Leo, apert o ev dhe vos ow merwel—yth esa y bedn owrek ow trailya yn lent dhia denewen dhe denewen, ha'y anow o nebes egerys. Me a elwys dhe Ayesha dhe sensy y bedn, ha hy a spêdyas dhe wil hedna, kynth esa hy ow trembla dhyworth top hy fedn bys in hy threys, kepar ha delen ethlen pò margh sowthenys. Ena me a egoras y jalla nebes moy, ha devera oll lydn an fiol aberth in y anow. Heb let nebes eth a dherevys dhywar-nodho, kepar dell wher pàn wrella nebonen styrrya trenk nîtrek, ha ny wrug hedna encressya an govenek a'm be y whre an medhegneth soweny, ha bohes o ow govenek solabrës.

Certan o udn dra: painys an mernans a cessyas—kyns oll me a gresy ev dhe bassya dredhans ha dhe vos gyllys dres an ryver uthyk. Y fâss a drailyas dhe lyw loos, ha strocosow y golon, neb o gwadn lowr kyns ena, a wrug hedhy yn tien, dell hevelly dhybm. Nyns esa ow qwaya ma's y abrans nebes. In ow dowtys me a veras in bàn orth Ayesha, o an padn adro dh'y fedn slyppys wàr dhelergh der hy frobmans pàn êth hy in udn drebuchya dres an chambour. Yth esa hy whath ow sensy pedn Leo in hy dewla, hag yth o hy bejeth mar wydn avell y vejeth ev, ha hy ow meras orth y fâss gans anken dywodhaf, na welas vy y bar bythqweth kyns. Apert o na wodhya hy a wre va bewa pò merwel. Pymp mynysen a bassyas yn lent ha me a welas fatell esa hy ow kelly govenek; hy fâss sêmly hirgren a hevelly codha warbarth ha tevy dhe danowha in dadn an gwascas a dorment in hy brës, ha me a welas lînednow du adro dh'y dewlagas. An lyw gwydnrudh a forsâkyas hy gwessyow, erna vowns y mar wydn avell fâss Leo, hag yth esens y ow trembla yn truethek. Scruth o dhybm meras orty; i'm anken ow honen me o war a'y gref hy kefrës.

"Ywa re holergh?" me a wovydnas dre hanajen.

Hy a gudhas hy fâss in hy dewla heb gortheby, ha me inwedh a drailyas in kerdh. Saw pàn esen vy ow qwil indella me a glôwas anal dhown, hag ow meras dhe'n dor me a welas lînen a golor ow slynkya dres fâss Leo, hag ena nebes moy ha nebes moy, hag ena, merkyl a verclys, an den a gresyn ny dhe vos marow a drailyas wàr y denewen.

"Te a wel," me a leverys in udn whystra.

"Me a wel," hy a worthebys yn ronk. "Ev yw selwys. Me a gresy agan bos re holergh—mynysen moy adhewedhes—hag ev a via gyllys!" ha hy a godhas in olva uthyk, ha hy dheveras dagrow kepar ha pàn esa hy holon ow terry, saw yth o hy i'n prës-na tecka ès bythqweth. Wàr an dyweth hy a cessyas.

"Gav dhymm, a Holly wheg—gwra gava dhymm ow gwander," yn medh hy. "Te a wel warlergh pùptra nag oma ma's benyn. Preder—preder anodho i'n tor'-ma. Hedhyw myttyn te a wrug côwsel orthyf adro dhe'n tyller a dorment appoyntys gans dha grejyans nowyth jy. 'Iffarn' te a'n gelwys—tyller mayth usy an gnas bew whath ow pewa ha cov personek dhedhy, hag i'n tyller-na oll an errours ha'n fowtow a vreus, an passyons ufer ha'n own dygorf a veu res dhe'n brës dêlya gansa, ymowns y oll ow tos dhe'n enef rag y scornya ha'y drobla ha'y ancrêsya ha dhe dormentya y golon rag nefra der an vesyon a'y dhyspêr. Indella, ea, indella me re vewas dyw vil vledhen leun—neb whegh denythyans wàr try ugans, kepar dell esowgh why ow rekna an termyn—in Iffarn, dell esta worth y elwel—tormentys gans an cov a hager-ober, tormentys dëdh ha nos gans whans heb collenwel—heb cowethas, heb confort, heb mernans, ha lêdys yn udnyk ow fordh drist wàr nans gans an tan nos a'm Govenek, ha kyn whre an tan-na flyckra omma hag ena, ha par termyn splanna yn crev, hag ena mos mes a wel, kepar dell levery ow furneth dhymm, me a wodhya y whre va wàr an dyweth ow hùmbrank vy bys i'm savyour.

"Hag ena—preder anodho whath, a Holly, rag nefra ny wrêta clôwes whedhel kepar ha'n whedhel-ma, ha nefra ny wrêta gweles golok kepar, nâ, mar teffen ha ry dhis deg mil vledhen a vêwnans—ha te a gyv henna avell gweryson mar mynta—preder: wàr an dyweth ow savyour a dheuth—henna a wrug vy gortos ha gwetyas der an denythyansow—i'n termyn appoyntys ev a dheuth dhe'm whylas, dell wodhyen y resa ev dos, rag ny ylly ow skentoleth bos in errour, kyn na wodhyen in pana vaner na pana dermyn. Te a wel myns ow nycyta! Te a wel pana vohes o ow skians, ha pana wann o ow nerth! Yth esa ev ow crowedha ena clâv bys in mernans, ha ny wrug vy y glêwes inof—me neb a wrug y wortos dyw vil vledhen—me ny'n godhyen. Hag ena wàr an dyweth me a'n gwel, ha mir, gyllys yw ow chauns ogasty rag yma va in newores, na yll gallos vŷth dhyworthyf y wetha ragtho. Ha mar teu va ha merwel, yn certan res vŷdh dhymm godhevel an Iffarn-na unweyth arta—unweyth arta y fŷdh an cansvledhynyow sqwithus dhyragof, ha res vŷdh dhymm gortos, ha gortos, bys may whrella an Termyn dry arta dhymm ow Huv Colon. Hag ena te a ros an medhegneth dhodho, hag y whrug an pymp mynysen-na passya pòr lent erna veuma abyl dhe leverel a wre va bewa pò merwel. Saw wàr an dyweth y a bassyas, ha whath nyns o tôkyn vŷth, ha me a wodhya, mar ny vŷdh an drogga owth obery i'n tor'-na, ny wra va obery poynt. Ena me a gresy arta ev dhe vos marow, hag oll tormens an bledhynyow a gùntellas aga honen aberth in unn guw venemys, ha'm dewana der ow holon, rag arta Calycratês o kellys genef! Hag ena, pàn o pùptra gwrës, mir! ev a hanajas, mir, ev a vewas, ha me a wodhya y whre va bewa, rag ny wra den vŷth merwel mar teu an drogga na ha'y dhalhenna. Preder anodho lemmyn, a Holly wheg—preder a'n marthus-ma! Ev a wra cùsca dewdhek our hag ena gyllys vŷdh an fevyr dhyworto!"

Hy a cessyas, ha settya hy dorn wàr y bedn a owr, hag ena crobma hag abma dh'y dâl gans joy tender ha chasties. Hedna a via teg dhe weles, saw an wolok a'm trehys der an golon—rag yth o avy dhybm anodho.

XVIII

"KÊ, A VENYN!"

I'n eur-na y feu taw pols, ha *Honna*, dhe jùjya dhyworth an lowena a eleth wàr hy bejeth—rag hy a omdhysqwedha kepar hag el traweythyow—a hevelly bos lowen dres ehen. Dystowgh, bytegyns, preder nowyth a dheuth dhedhy, ha'y fysmant a veu kepar ha fysmant dyowl.

"Namna wrug vy ankevy," yn medh hy, "an venyn-na, Ùstânê. Pëth yw hy dhe Calycratês—y vowes poken—," ha hy a cessyas ha'y lev a grenas.

Me a dherevys ow dywscoth. "Dell esoma ow convedhes, yth yw hy demedhys ganso warlergh ûsadow an Amahagger," me a worthebys; "saw ny worama."

Hy fâss a veu mar dewl avell cloud taran. Kynth o hy pòr goth, ny spêdyas Ayesha dhe asa avy wàr hy lergh.

"Ena yma dyweth rygthy," yn medh hy; "hy a dal merwel, i'n eur-ma!"

"Pana dhrog-ober yw gwrës gensy?" me a wovydnas dre euth. "Nyns yw hy cablus a dra vëth nag osta dha honen cablus anodho, Ayesha. Hy a gar an den, hag ev re beu plêsys dhe recêva hy herensa. Ytho, ple ma hy fegh hy?"

"In gwir, Holly, ass ota gocky," hy a worthebys ha namnag esa hy ow mûtya. "Ple ma hy fegh hy? Hy fegh hy yw hy dhe sevel intredhof vy ha'm desîr. Wèl, me a wor y hallaf vy y gemeres dhyworty—usy den ow pewa i'n oll an norvŷs, Holly, a alsa omwetha ragof, a qwren vy devnyth a'm nerth? Yth yw lel an dus yn unnyk hadre vo temptacyon ow passya drestans. Mar pŷdh crev lowr an temptacyon, ena an den a wra omry y honen, rag pùb den, kepar ha pùb lovan, a'n jeves y denva terry; ha passyon dhe'n dus yth yw kepar hag owr ha gallos dhe venenes—an poos wàr aga gwander. Crÿs dhymm, drog vÿdh plît an benenes mortal i'n nev a wrusta kêwsel anodho, unweyth mar pÿdh an spyryjyon tecka agessa, rag ny wra aga arlydhy nefra trailya dhe veras orth aga gwrageth, ha'ga Nev y a vÿdh aga Iffarn. Rag y hyll an den bos pernys dre decter benyn, mar pÿdh lowr an tecter; ha tecter benyn a yll bos pernys der owr, mar pÿdh lowr an owr. Indella yth o i'm dëdh vy, hag indella y fÿdh bys in dyweth an Termyn. Marhas vrâs yw an bÿs, a Holly wheg, le mayth yw kenyver tra dhe wertha dhe henna a vo ow profya an moyha in mona agan whansow."

Yth o an geryow-na mar dhyscryjyk dell ylly bos gweytys dhyworth benyn a oos Ayesha hag a'y experyens, ha me a veu dysplêsys brâs dredhans. Me a worthebys nebes serrys nag esa maryach in agan nev ny na kemeres dhe wreg.

"Poken ny via nev, esta ow styrya?" yn medh hy. "Fy dhyso, Holly, mars esta kemmys worth agan dysprêsya ny, benenes! Ywa ytho an maryach usy ow merkya an oryon inter dhe nev ha'th iffarn jy? Saw lowr a hemma. Ny'gan beus termyn vÿth rag debâtya ha dhe jalynjya agan brës. Prag y fedhyth ow tyspûtya pùb termyn? Ota jy fylosofer a'n dedhyow dewetha-ma? Ow tùchya an venyn-ma, res yw dhedhy merwel; rag kyn hallaf kemeres hy haror dhyworty, hadre vo hy ow pewa, ev a alsa predery anedhy gans covyon cuv, ha henna ny allaf vy godhevel. Ny wra ken benyn vÿth bewa in prederow ow arlùth; ow empîr vy a vÿdh dhymm ow honen yn unnyk. Hy re gafas hy dëdh. Bedhens hy contentys, rag gwell yw our a gerensa ès cansvledhen a hireth—lemmyn an nos a wra hy lenky."

"Nâ, nâ," me a grias, "hedna a via sherewynsy uthyk; ha ny dheu dhyworth sherewynsy ma's an pëth yw drog. Rag dha gerensa dha honen, na wra an dra-ma."

"Ywa sherewynsy ytho, te dhen gocky, dystrêwy a vo ow sevel intredhon hag agan towlow? Ena nyns yw agan bêwnans ma's un drog-ober hir, Holly wheg, rag kenyver jorna yth eson ny ow tystrêwy may hallen ny bewa, rag i'n norvÿs-ma ny yll durya ma's an re creffa. An re gwann a dal merwel; an re grev a bew an bÿs, ha'y frûtys. Rag kenyver gwedhen a vo ow tevy, ugans gwedhen a wra gwedhra, may hallo an wedhen grev kemeres aga rann. Yth eson ny ow ponya dhe gafos tyller ha gallos dres an corfow marow a'n re-na a vo ow fyllel hag ow codha. Yth eson ny ow qwainya agan boos in mes a anow an babiow a vo ow merwel dre nown. Te a lever fatell usy trespas ow maga sherewynsy, saw i'n mater-na ny'th eus lowr a experyens; rag yma lies tra dhâ ow tevy in mes a dhrog-oberow, hag yma meur a dhrog ow tos in mes a'n dâ. Sorr cruel an turont a yll bos benneth dhe vîlyow a wrello dos wàr y lergh, ha colon wheg ha medhel a dhen sans a yll gwil kethyon a nacyon. Yma mab den ow cruthyl hag ow cruthyl henna in mes a'n dâ pò a'n drog in y golon; saw ny wor ev màn prag yma y skians a voralyta worth y inia; rag pàn wrello ev gweskel, dall ywa ow tùchya an tyller may whra codha an strocas, ha ny yll ev naneyl rekna oll an neujennow tanow a vo ow formya an gwias a cyrcùmstans. Dâ ha drog, kerensa ha cas, nos ha dëdh, wheg ha wherow, den ha benyn, ebron avàn ha'n norvŷs awoles—yma othem a oll an re-na, an eyl dh'y gela, ha pyw a wor an gorfen a bùbonen anedha? Me a lever dhis fatell yw an dorn a dhestnans usy worth aga qwia in bàn rag perthy an begh a'y borpos, hag yma kenyver tra cùntellys warbarth i'n lovan vrâs-na mayth eus othem dhedhy a bùptra. Rag henna ny dheseth dhyn leverel bos drog an dra-ma ha dâ an dra-na, pò an tewolgow dhe vos casadow ha caradow an golow; rag dhe gen lagasow ès agan lagasow-ny an drog a yll bos dâ, ha'n tewolgow tecka ès an jëdh; pò an dhew dra a yll bos teg. Esta worth ow clêwes, a Holly wheg?"

Me a gresy nag o fur whelas dhe argya warbydn fâls-resnans a'n sort-na, rag a pêns y degys bys in dyweth an fordh, y a wrussa dystrôwy pùb moralyta, dell esen ny worth y gonvedhes. Saw hy hows hy a ros own nowyth dhybm; rag pandra na via possybyl dhe nebonen, na via constrînys dre lahys mab den, ha na wor tra vëth a'n dyffrans inter an dâ ha'n drog? Rag kynth yw agan conscyans anberfeth ha formys warlergh ûsadow agan hynsa, yma va worth agan inia dhe omdhegyans moral hag yth yw agan conscyans an udn dra usy worth agan kescar dhyworth an bestas.

Saw me o whensys fest dhe sawya Ùstânê dhyworth an destnans uthyk esa worth hy godros dhyworth dewla hy kestrîvores galosek, rag me a'm be kerensa ha revrons ryghty. Indella me a wrug ow appêl dewetha.

"Ayesha," yn medhaf vy, "te yw re sotel ragof vy. Saw te dha honen a leverys dhybm fatell yw res dhe genyver onen bos y laha y honen ha sewya whans y golon. A nyns eus tregereth vëth i'th

colon jy tro ha hodna a garses kemeres hy thyller? Gwra consydra—
dell esta ow leverel—kyn na allama cresy an mater poynt—hedna
esta ow cara yw dewhelys dhis wosa lies oos; ha lebmyn, kepar dell
esta ow leverel inwedh, te re wrug y sêsya in mes a jalla an
mernans. A vynta solempnya y dhevedhyans ev dre ladha nebonen
a wrug y gara, hag a wrug ev martesen hy hara hy—nebonen, neb
a's selwys ragos pàn esa guwyow dha gethyon parys dh'y dhystrôwy?
Te a lever fatell wrusta peha yn poos warbydn an den-ma i'n
dedhyow coth, pàn wrusta y ladha gans dha dhorn dha honen dre
rêson a Amenartas Ejyptyones, esa ev ow cara."

"In pana vaner a wodhesta hedna, a stranjer? In pana vaner a
wodhesta an hanow-ma? Me ny'n leverys dhis," hy a grias dystowgh
in udn dhalhedna ow bregh.

"Martesen me a'n hunrosas," me a worthebys, "yma hunrosow
coynt ow terneyjya adro i'n câvyow-ma. Yth hevel y feu an hunros
skeus a'n gwiryoneth in gwir. Pëth a dheuth dhis dre rêson a'th
trog-ober muskegys?—dyw vil vledhen a wortos, nâ? Ha lebmyn a
garses dasvewa an istory-na? Lavar an pëth a vednes, me a lever
dhis y teu drog dhyworto. Rag dhe'n lyha hedna a'n gwrella dâ, dâ
a dheu dhodho; ha mar qwra va an drog, drog a dheu dhodho, kyn
whrella dâ dos dhyworth an drog i'n dedhyow pelha arâg. Res yw
bos offencys i'n bës, saw goev a wrella an offens dos dredho. Indella
a gowsas an Messias, a dherivys vy dhis adro dhodho; hag ev a
gowsas an gwiryoneth. Mar teuta ha ladha an venyn inocent-ma,
me a lever dhis y fedhys molethys, ha na wrêta nefra cùntell frût
vÿth dhywar dha wedhen goth a gerensa. Hag inwedh, pëth esta ow
predery? A vydn an den-ma dha dhegemeres yn lowen ha'th tewla
rudh gans goos a hodna neb a'n caras hag a gemeras with anodho?"

"Ow tùchya henna," hy a worthebys, "me re'n leverys dhis
solabrÿs. A qwrellen vy dha ladha warbarth gensy hy, ev a wrussa
ow hara vy bytegyns, a Holly, drefen na alsa ev omwetha rag
henna, kepar na alses omwetha dha honen dhyworth an mernans,
mar teffen vy dre jauns dha ladha jy, a Holly. Saw yma gwiryoneth
i'th eryow martesen; rag ymowns y ow posa wàr ow brÿs. Me a
vynn par hap sparya an venyn-ma. A ny wrug vy derivas dhis nag
oma cruel rag kerensa an cruelta? Ny garaf vy gweles pobel ow
sùffra, na dhe wil dhe bobel sùffra. Gas hy dhe dhos dhyragof—yn

uskys kyns ès ow cher dhe jaunjya," ha hy a gudhas hy fâss der y vailyans boll.

Me a veu plêsys dâ pàn wrug vy spêdya i'n negys-ma, hag êth in mes dhe'n dremenva hag a elwys Ùstânê, rag me a welas hy fows wydn neb pellder dhyworthyf ha hy gyllys in gron warbydn onen a'n lugern a bry settys pùb nebes lathow an geyfordh ahës. Hy a savas in bàn ha ponya tro ha me.

"Yw marow ow arlùth? Na lavar dhybm y vos marow," hy a grias, in udn dherevel hy bejeth nôbyl, namys dre dhagrow dell o, hag yth esa pejadow truethek dhe redya warnodho—tra neb a wanas ow holon.

"Nag yw; yma va ow pewa," me a worthebys. "*Honna* re wrug y sawya. Deus ajy."

Hy a hanajas yn town hag a entras in udn godha wàr hy feswar paw, warlergh ûsadow an Amahagger, dhyrag *Honna* uthyk.

"Sav," yn medh Ayesha, ha yêyn dres ehen o hy lev, "ha deus omma."

Ùstânê a obeyas, hag a savas dhyrygthy, plegys hy fedn.

Ena y feu taw, hag Ayesha a'n torras.

"Pyw yw an den-ma?" yn medh hy, ow tysqwedhes Leo, esa ow cùsca.

"An den yw ow gour ty," hy a worthebys, isel hy lev.

"Pyw a'n ros dhis yn gour?"

"Me a'n kemeras warlergh ûsadow agan pow ny, a *Honna*."

"Te re gabmwruk, a venyn, pàn wrusta kemeres an den-ma, yw alyon. Nyns ywa den a'th pobel jy, hag yma an ûsadow ow fyllel. Goslow orthyf: martesen te a wrug an dra-ma dre nycyta, rag henna, a venyn, me a vynn dha sparya, poken te a wrussa merwel. Goslow arta. Kê alemma wàr dhelergh dhe'th tyller dha honen, ha na vedh nefra arta kêwsel orth an den-ma na'y weles. Nyns ywa dhis. Goslow an tressa treveth. Mar qwrêta terry hemma, ow laha vy, i'n tor'-na te a verow. Gwev ow golok."

Saw ny wrug Ùstânê gwaya.

"Kê, a venyn!"

Ena hy a veras in bàn ha me a welas bos y fâss sqwardys dre sorr.

"Nâ, a *Honna*. Ny vanaf vy dyberth," hy a worthebys, tegys hy lev: "ow gour ty yw an den-ma, ha me a'n car—me a'n car, ha ny vanaf y forsâkya. Pana wir a'th eus dhe gomondya dhybm forsakya ow gour?"

Me a welas kern munys passya corf Ayesha wàr nans, ha me a dremblas ow honen, rag me a dhowtyas an lacka tra dhe wharvos.

"Kebmer trueth," me a leverys dhe Ayesha in Latyn; "nyns yw mas an Natur usy owth obery yn udnyk."

"Yth esoma ow kemeres trueth," hy a worthebys i'n keth tavas; "na ve me dhe gemeres trueth, hy a via marow solabrÿs." Ena hy a leverys dhe Ùstânê: "A venyn, me a ergh dhis dyberth kyns ès me dhe'th testrêwy i'n tyller mayth esta!"

"Ny vanaf dyberth! Me a'n pew—me a'n pew!" hy a grias, meur hy anken. "Me a'n kemeras, hag a selwys y vêwnans. Gwra ow dystrôwy ena, mar kylta! Ny vanaf vy ry ow gour ty dhis—nefra—nefra!"

Ayesha a wayas mar uskys, scant na veuma abyl dh'y sewya, saw yth hevelly dhybm fatell weskys hy an vowes truan yn scav wàr hy fedn gans hy dorn. Me a veras orth Ùstânê hag ena trebuchya wàr dhelergh gans euth, rag otta wàr hy fedn, dres hy blew a lyw brons, yth esa merk a dry bës Ayesha, mar wydn avell an ergh. Ow tùchya an vowes hy honen, hy a worras hy dewla dh'y fedn, ha hy a apperyas sowthenys brâs.

"Re Dhuw a'm ros!" me a leverys, ownekhës der an dysqwedh-yans-na a allos mab den; saw ny wrug Honna ma's wherthyn nebes.

"Te a grÿs, te foles dhyskians," yn medh hy dhe'n venyn sowthenys, "na'm beus vy an gallos dhe ladha. Gorta, otta myrour," ha hy a dhysqwedhas gweder omdhyvarva rônd Leo, o settys warbarth taclow erel wàr y sagh dre dhewla Job; "ro henna dhe'n venyn-ma, a Holly wheg, ha gwrêns hy gweles an pÿth usy ow crowedha dres hy blew, ha mar callaf ladha pò mar ny allaf."

Me a gemeras in bàn an gweder ha'y sensy dhyrag lagasow Ùstânê. Hy a veras hag ena tava hy blew, hag ena meras arta. I'n eur-na hy a godhas wàr an dor ha hy owth ola.

"Lemmyn, a wrêta dyberth, pò a vÿdh res dhymm gweskel an secùnd treveth?" Ayesha a wovydnas in udn wil ges anedhy. "Mir, me re settyas ow sel orthys, may hyllyf vy dha aswon erna vo oll dha vlew mar wynn. Mar qwelaf vy dha vejeth arta, bÿdh sur y fÿdh dha eskern gwynha ès ow merk vy wàr dha vlew."

An venyn druan, ownekhës yn tien ha trogh hy holon, a savas wàr hy threys ha merkys gans an tôkyn uthyk-na hy a asas an rôm in udn ola yn wherow.

"Byner re bo dha semlant mar ownekhës, a Holly wheg," yn medh Ayesha, pàn o gyllys Ùstânê. "Me a lever dhis na vedhaf vy ow cruthyl devnyth a bystry—nyns eus pystry vÿth i'n bÿs. Nyns ywa ma's fors na ylta convedhes. Me a's merkyas may hallen hy brawehy, poken res via dhymm hy ladha. Ha lemmyn me a vynn comondya ow servysy dhe dhon ow Arlùth Calycratês dhe jambour ogas dhe'm chambour vy, may hyllyf kemeres with anodho, ha may hyllyf bos parys dh'y wolcùbma pàn wrello ev dyfuna. Ha te a vynn dos dy genef inwedh, a Holly wheg, ha'n den gwynn, dha servont. Saw porth cov a unn dra er dha beryl. Ny leverta tra vÿth dhe Calycratês ow tùchya dyberth an venyn-ma, ha ny leverta ma's bohes dhodho ahanaf vy. Now, me re'th warnyas!" Hy a slynkyas in kerdh rag ry hy arhadow, orth ow gasa vy moy ancombrys ès bythqweth. In gwir me o mar ancombrys, ha mar dossys ha tôwlys adro gans kebmysk a emôcyons dyvers, may whrug vy dallath cresy me dhe vos ow muskegy. Saw ny'm be ma's nebes termyn dhe ombredery, i'n gwelha prës martesen, rag yn scon an dus omlavar a dheuth dhe dhon Leo, esa prest ow cùsca, dres an cav cres, ha dre rêson a hedna yth o pùptra hùbbadùllya rag prës. Yth esa agan rômys nowyth adhelergh dhe jambour Ayesha poran—an spâss gans an groglen dhyragtho may whrug vy hy gweles kyns oll. Ny wodhyen ple whre hy cùsca, saw pòr ogas o an tyller-na.

Me a bassyas an nos-na in chambour Leo, saw ev a gùscas dredhy kepar ha den marow, ha ny wrug ev unweyth gwaya. Me inwedh a gùscas dâ lowr kefrës, rag yth o othem dhybm a hedna, saw me a wrug lies hunros dres nos adro dhe oll an euth ha'n merclys a wrug vy prevy. Moy ès ken tra vëth me a veu troblys gans an dewlujy uthyk-na, pàn asas Ayesha merk hy besîas wàr vlew hy hestrîvores. Yth o neppyth fest bylen ow tùchya hy gway uskys kepar ha serpont, ha gwydnheans heb let a'n lînen drybleg-na ow qwydnhe blew an vowes, hag a pe an sewyansow fest brâssa, me a grës na wrussens gwil argraf mar grev warnaf. Bys i'n jëdh hedhyw, yth esoma yn fenowgh ow qwil hunros a'n wolok uthyk-na, ha me a wel an venyn owth ola, gwedhowes, ha merkys avell Caym, ha hy ow meras rag an prës dewetha wàr hy huv colon, hag ow cramyas in mes a bresens a'y Myternes ahas.

Ha hèm o ken hunros neb a'm troblas: dallath a wrug i'n pyramyd cowrek a eskern. Me a hunrosas fatell wrussons y oll sevel wàr aga threys hag ow kerdhes dresof in aga mîlyow hag ina degow a vîlyow—in bagasow, in companys hag in ôstys—hag yth esa golow an howl ow spladna dres aga asow gwag. Y a herdhyas in rag dres an plain bys in Kôr, aga thrigva impyryal. Me a welas an pons derevel owth omry dhyragthans, hag a glôwas aga eskern ow clattra der an yettys a vrest. Y êth in rag, an strêtys gorwyw in bàn, in rag dres fentydnyow, dres palycys ha dres templys na wrug lagas mab den gweles aga hevelep bythqweth. Saw nyns esa den vëth rag aga wolcùbma aberth in plâss an varhas, ha ny apperyas bejeth benyn vëth orth an fenestry—ny veu clêwys ma's lev dygorf ow mos dhyragthans hag ow kelwel: *"Codhys yw Kôr Impyryal!—codhys!—codhys! codhys!"* An renkyow gwydn-na a soudrys a gerdhas in rag der an cyta, hag yth esa clattra aga stapys ascornek ow tasseny der an air tawesyk hag y ow procêdya. Y a bassyas der an cyta hag a gramblas wàr an fos, hag y a gerdhas istynys in mes wàr an fos erna wrussons wàr an dyweth drehedhes an pons derevel arta. Ena, pàn esa an howl ow sedhy, y a dhewhelys tro ha'ga enclathva, hag yth esa y wolow ev ow terlentry yn uthyk in tell aga lagasow gwag, ow tôwlel skeusow cowrek a'ga eskern, esa owth istyna in mes, hag ow cramyas kepar ha garrow brâs kefnys ha'n ost anodhans ow qwia dres an plain. Ena y a dheuth dhe'n cav, hag unweyth arta an eyl wosa y gela y a dowlas aga honen in cowethasow dydhyweth der an toll aberth in pyt a eskern, ha me a dhyfunas, in udn grena, hag a welas *Honna,* sevys dell o hy inter ow gwely vy ha gwely Leo, slynkya kepar ha skeus in mes a'n chambour.

Warlergh hedna me a gùscas arta, hag yn fast an prës-na, bys i'n myttyn, pàn wrug vy dyfuna, refreshys yn tâ, ha me a savas. Wàr an dyweth an termyn a dheuth, pàn wre Leo dyfuna, warlergh tybyans Ayesha, hag i'n eur-na *Honna* a dheuth, mailys dell o ûsys.

"Te a wel, a Holly," yn medh hy, "heb let ev a wra dyfuna, yagh y vrës, rag gyllys vÿdh an fevyr dhyworto."

Scant nyns o an geryow-na devedhys in mes a'y ganow, pàn wrug Leo trailya hag istyna in mes y vrehow. Ev a wrug dianowy, hag egery y lagasow. Pàn welas ev fygur a venyn ow posa a-ughto, ev a dowlas y vrehow adro dhedhy hag abma dhedhy, rag dell hevelly, ev a gresy hy dhe vos Ùstânê. Wàr neb cor ev a leverys in Arabek, "Dùrda dhis, Ùstânê, prag y whrusta kelmy dha bedn indella? Eus an drog dens genes?" Hag ena in Sowsnek ev a leverys, "Wàr ow fay, me yw pòr wag. Dar, a Job, a goweth, pleth eson ny lebmyn?"

"Certan yw, a Vêster Leo, na worama," yn medh Job ow tos yn towtys dres fygur Ayesha, rag yth esa ev whath ow meras orty gans euth ha gans cas, rag nyns o va sur nag o hy corf marow dasvewys; "saw res yw dhywgh sconya dhe gôwsel, a Vêster Leo. Why re beu pòr glâv, hag a ros dhyn meur a fienasow, hag a pe an arlodhes-ma," in udn veras orth Ayesha, "pës dâ dhe waya in mes a'n fordh, me a vydn dry dhis dha gowl."

Hedna a dhros brës Leo dhe'n "arlodhes", esa ow sevel ryptho heb leverel ger vëth. "Dar!" yn medh es, "nyns yw hodna Ùstânê—ple ma Ùstânê?"

I'n eur-na rag an kensa prës Ayesha a gowsas orto, ha'y geryow kensa dhodho o gow. "Hy res êth alemma wàr vysyt," yn medh hy; "ha mir, yth esoma omma in hy thyller hy avell dha vowes."

Yth hevelly dhybm fatell veu brës hanter-dyfunys Leo ancombrys dre lev Ayesha, kepar hag arhans, ha dre hy fygur mailys in powsyow corf. Ny leverys ev tra vëth i'n tor'-na bytegyns, saw ev a dhebras y gowl gans whans, hag ena ev a drailyas adro hag a gùscas bys i'n gordhuwher. Pàn wrug ev dyfuna rag an secùnd prës, ev a dhalathas govyn orthyf pëth a wharva, saw me a wrug oll ow ehen rag dylâtya y gwestyons bys in nessa jorna, pàn dhyfunas ev yaghhës yn tien, kepar ha dre verkyl. Ena me a leverys neb tra dhodho a'y gleves hag a'm gwrians vy, saw dre rêson bos Ayesha present, ny yllyn derivas nameur dhodho, marnas hy dhe vos Myternes an pow-ma, ha hy dhe vos caradow dhyn, ha fatell o dâ gensy mos adro yn mailys. Kyn whrug vy côwsel orto in Sowsnek, heb mar, me a'm be own y hylly hy convedhes agan kescows dhyworth semlant agan fâss, ha pelha yth esen ow perthy cov a'y gwarnyans.

An nessa jorna Leo a savas in bàn hag ev o yaghhës yn tien ogasty. Sawys o an goly in kig y denewen, ha'y gorf, o crev dre natur, a worras dhyworto an sqwithter a dheuth gans y fevyr mar uskys, na allaf vy y styrya marnas dre vertu a'n drogga marthys a ros Ayesha dhodho. Ha pelha y gleves o re got rag y wadnhe yn frâs. Pàn dheuth ev arta dh'y yêhes, ev a remembras oll y aventurs bys i'n termyn may collas ev aswonvos i'n wern, hag ev a remembras Ùstânê inwedh heb mar, ha me a dhyscudhas fatell o hy kerys brâs ganso. In gwir ev a'm ancombras gans lies qwestyon adro dhe'n vowes druan, ha ny vedhys vy aga gortheby, rag wosa Leo dhe dhyfuna an kensa prës *Honna* a'm somonas hag arta hy a'm gwarnyas yn solem na wrellen dyskevra tra vëth a'n whedhel dhodho. Ha hy a hyntyas mar teffen ha leverel tra vëth, me dhe sùffra ragtho. Hy a erhys dhybm inwedh rag an secùnd prës ow dyfedna dhe leverel tra vëth moy dhe Leo adro dhedhy hy honen ès dell o res dhybm. Hy a leverys hy dhe dhyscudha hy honen dhodho in hy thermyn ewn.

In gwir hy cher a jaunjyas yn tien. Wosa pùptra a welys vy, yth esen ow qwetyas hy dhe gafos an chauns moyha avarr a wil clem dhe'n den a gresy hy dhe vos hy garor i'n dedhyow coth, saw hedna, rag neb rêson aswonys dhedhy hy honen ny wrug hy poynt. Ny yllyn convedhes an negys wàr neb cor. Ny wre hy ma's servya y othobmow yn cosel hag yn uvel, ha hedna ow pòr dhyhaval dh'y omdhegyans hautyn kyns ena. Hy a gowsy orto pùpprës gans meur a revrons, ha hy a'n sensy gensy moyha gylly. Heb mar y whans dhe wodhvos a sordyas yn frâs ow tùchya an venyn gevrînek-ma, poran kepar dell veu ow whans dhe wodhvos amôvys gensy, hag ev a garsa gweles hy fâss, ha me a leverys dhodho, heb derivas oll an poyntys munys, hy bejeth dhe vos mar deg avell hy fygur ha'y lev. Hèm o lowr rag derevel an govenek a dhen yonk vëth dhe bryck peryllys, ha na ve ev whath dhe vos ow sùffra nebes dre rêson a'y gleves, ha drefen ev dhe vos anês in y vrës ow tùchya Ùstânê, a gôwsy ev a'y herensa ha'y devocyon hardh in fordh fest tender, me yw certan fatell wrussa ev acordya gans towlow Ayesha ha codha in kerensa gensy dre wovenek. Kepar dell o taclow, bytegyns, nyns o va ma's ow tesîrya godhvos adro dhedhy, ha kepar ha me ow honen, yth esa ev ow perthy own anedhy, rag kyn na ros Ayesha hynt vëth dhodho a'y oos marthys, heb mar ev a dheuth dh'y honsydra hy an venyn may feu côwsys anedhy wàr an darn pot. Wàr an dyweth, pàn veuma herdhys aberth in cornel der oll y gwestyons, a wrug ev govyn orthyf hag ev owth omwysca an tressa myttyn, me a wrug y referrya dhe Ayesha hy honen. Me a leverys gans gwiryoneth perfeth na wodhyen poynt pleth esa Ùstânê.

Indella, warlergh Leo dhe dhebry haunsel dâ, ny a dheuth dhyrag *Honna*, rag hy servysy omlavar a recêvas an arhadow dh'agan alowa ny ajy pùb termyn i'n jëdh pò i'n nos.

Yth o hy esedhys, dell o ûsys in hy chambour pryveth, ha pàn veu tednys an croglednow adenewen, hy a dherevys dhywar hy gwely dëdh, hag in udn istyna in mes hy dewla hy a dheuth in rag dh'agan wolcùbma, pò gwelha, dhe wolcùbma Leo; rag i'n tor'-na, dell yll bos desmygys, me a veu ankevys gensy. Golok deg o gweles hy form vailys ow slynkya tro ha'n Sows yonk brav, gwyskys in y sewt a wlanen loos; rag kynth yw hanter-Grêk y dhevedhyans, Leo yw, avês dh'y vlew, onen an dus moyha Sowsnek aga semlant a welys vy bythqweth. Nyns usy ow longya dhodho tra vëth a fygur sotel nag a vanerow slynk an Grêk arnowyth, kynth esoma ow soposya ev dhe gafos tecter marthys y berson dhyworth y vabm alyon, mayth yw ev pòr haval dh'y fortrayans hy. Ev yw pòr uhel ha ledan yw y vrest, saw nyns ywa cledhek, dell yw lies den brâs; y bedn yw settys wàr y gorf in fordh usy ow ry dhodho semlant prowt ha crev. Yth o hedna dhe weles poran in y hanow an Amahagger ragtho: an "Lion."

"Wolcùm dhis, a arlùth yonk astranj," yn medh hy in hy lev moyha medhel. "Ass oma lowen dhe'th weles wàr dha dreys. Crÿs dhymm, na ve me dhe'th selwel, nefra ny wrusses sevel wàr dha dhewdros arta. Saw gyllys yw an peryl, ha me a omgemmer"—ha hy a dowlas meur a styr aberth i'n geryow—"na wrello an peryl nefra dewheles."

Leo a blegyas dhedhy, hag ena in y Arabek gwelha, ev a aswonas grâss dhedhy a'y jentylys hag a'y hortesy ow kemeres with a nebonen nag o aswonys dhedhy.

"Nâ," hy a worthebys yn cosel, "scant ny alsa an bÿs durya heb den kepar ha te. Re draweythys yw tecter ino. Na wra grassa dhymm, rag me yw lowenhës dre dha dhevedhyans."

"Hùmf! mâta," yn medh Leo adenewen dhybm in Sowsnek, "an arlodhes yw pòr gortes. Yth hevel dhybm ny dhe vos pòr fortydnys. Yma govenek dhybm te dhe wil gwain a'th chauns. Re Jovyn, ass yw teg hy dywvregh hy!"

Me a herdhyas ow elyn ino rag gwil dhodho tewel, rag me a verkyas golok in lagasow mailys Ayesha, esa ow meras orthyf yn maner goynt.

"Me a drest," Ayesha a bêsyas, "ow servysy dhe'th tyghtya yn tâ; mar kyll confort vŷth bones kefys i'n tyller bohosak-ma, bŷdh sur yma va worth dha wortos. Eus ken tra vŷth a allaf vy gruthyl ragos?"

"Ea, a *Honna*," Leo a worthebys dre hast. "Dâ via genef godhvos pleth yw gyllys an arlodhes yonk-na esa ow kemeres with ahanaf."

"Â," yn medh Ayesha: "an vowes—ea, me a's gwelas. Nâ, ny wòn vy. Hy a leverys y whre hy dyberth, saw ny wòn vy py le. Martesen hy a wra dewheles, martesen ny wra. Ober sqwithus yw attendya an glevyon, ha'n benenes gwyls-ma yw brottel."

Leo a apperyas troblys der an geryow-na hag a wrug mowa.

"Pòr goynt ywa," ev a leverys dhybm in Sowsnek. Ena ev a leverys dhe *Honna*, "Ny worama convedhes. An arlodhes yonk ha me—wèl—wàr verr lavarow, yth en ny plêsys an eyl gans y gela."

Ayesha a wharthas nebes yn wheg, hag ena hy a jaunjyas mater an cows.

XIX

"DREWGH DHYBM GAVAR DHU!"

Drefen an cows dhe vos mar dhystyr warlergh hedna, ny allama perthy cov anodho yn tien. Rag neb rêson, martesen drefen hy dhe dhesîrya gwetha hy honensys ha'y natur kelys, ny gôwsy Ayesha mar fre dell o ûsys. Heb let, bytegyns, hy a dherivas dhe Leo hy dhe araya dauns an nos-na rag agan dydhana. Sowthenys veuma pàn glôwys vy hedna, rag me a gresy an Amahagger dhe vos re vorethek dhe enjoya uvereth a'n par-na; saw, dell vëdh apert yn scon, nag yw dauns in mesk an Amahagger kepar ha'n joy ha'n lowender a neb pobel erel, beva gwyls pò wharhës. Ena, pàn ny owth omdedna, hy a leverys y carsa Leo martesen gweles nebes a varthùjyon an câvyow, ha pàn wrug ev acordya gensy, ny oll a dhyberthas ha kerdhes bys dy hag yth esa Job ha Bylâly warbarth genen. Mar teffen ha ry acownt a'gan vysyt, ny vien ma's ow tasleverel meur a'n taclow leverys genef solabrës. An bedhow a wrussyn ny entra inhans o dyffrans yn tien, rag yth o oll an garrek crîben mel a vedhow,[21] saw haval o an taclow inhans dre vrâs. Warlergh hedna ny a vysytyas an pyramyd a eskern a welys vy i'm hunrosow an nos newher, ha dhyworth an tyller-na ny êth tremenva hir wàr nans bys in onen a'n dorgellow brâs, mayth esa corfow an cytysens bohosak a Kôr Imperyal inhans. Nyns o an corfow-na mar dhâ gwethys avell corfow an bobel rych. Yth o lies anodhans heb cudhlen a badn lyn warnodhans, ha pelha y feu dhia bymp cans corf dhe vil gorf encledhys i'n keth tyller, ha traweythyow yth o an corfow crugys yn tew an eyl wàr y gela.

---

21 Termyn hir ny yllyn desmygy pëth a alsa bos gwrës gans myns an men a veu cowys in mes a'n câvyow cowrek-ma. Saw wosa prës me a dhyscudhas fatell veu va ûsys dre vrâs rag gwil fosow ha palycys Kôr, hag inwedh rag gwil an creunvaow ha'n carthpîbow.—L.H.H.

Heb mar yth o an wolok varthys hag uthyk-ma a les brâs dhe Leo, hag in gwir lowr o hy dhe dhyfuna desmygyans bewek in pedn nebonen. Saw ny veu Job plêsys gans an dra. Y nervow ev o shakys solabrës der oll an experyens a gafas ev dhia bàn wrussyn ny entra i'n pow uthyk-na, ha dell yll bos tybys, y a veu crehyllys dhe voy gans an syght a lies corf marow, hag y oll gwethys yn perfeth dhyrag y lagasow, kynth o kellys rag nefra aga levow in taw eternal an bedh. Ha ny veu va sewajys naneyl pàn leverys Bylâly, in udn whelas confortya y brederow frobmys, na godhvia dhodho perthy own a'n taclow marow-na, rag nag o pell erna ve va y honen kepar hag y.

"Ass yw hedna tra deg dhe leverel dhe nebonen," ev a grias, pàn wrug vy trailya an lavar bian dhodho, "saw pëth a ylta jy gwetyas dhyworth dendebror coth ha gwyls? Kynth esoma ow predery ev dhe leverel an gwiryoneth," yn medh Job hag ev a hanajas yn trist.

Pàn wrussyn ny gorfedna agan whythrans a'n câvyow, ny a dhewhelys hag a dhebras boos, rag yth o wosa peder eur dohajëdh, ha ny oll—ha spessly Leo—a'gan be othem a voos ha a bowes. Orth whegh eur ny warbarth gans Job a vysytyas Ayesha, ha hy a omsettyas dhe vrawahy agan servont truan dre dhysqwedhes dhodho pyctours wàr an dowr i'n vessyl. Hy a dheskys dhyworthyf vy fatell o va onen a seytek flogh, hag ena hy a erhys dhodho predery a oll y vredereth ha'y whereth, poken kebmys anodhans dell ylly, hag y cùntellys warbarth in chy bian y das. Ena hy a gomondyas dhodho mos ha meras i'n dowr, hag ena ow tastewynya dhywar enep cosel an dowr otta an syght marow-na a lies bledhen alena, kepar dell o va remembrys in empydnyon agan gwas ny. Yth o radn a'n fâssow apert lowr, saw nyns o radn anodhans ma's splattys dyscler pò y a's teva tremyn gorlywys; rag dell wharva i'n examplys-na ny ylly Job perthy cov kewar a'n persons-na, pò ny wrug ev aga remembra ma's dre onen a'ga theythy, ha ny ylly an dowr ma's dysqwedhes dhodho an pëth esa ev ow qweles gans lagasow y vrës. Res yw perthy cov fatell o strothys brâs gallos *Honna* i'n mater-ma. Ny ylly hy ma's tôwlel pyctour wàr an dowr a'n pëth esa i'n tor'-na in brës a nebonen present dhyrygthy, hag ena der y volùnjeth ev yn udnyk. Saw mars o neb tyller aswonys dhedhy yn personek dhedhy, hy a ylly, dell wrug hy genen ny ha'n scath morvil, tôwlel y byctour wàr an dowr; hag inwedh, dell hevelly, dastewynyans a gen tra vëth a vedha ow passya i'n prës-na. Ny wre an power-na, bytegyns, istyna bys in brës a bobel erel. Rag ensampel, hy a ylly dysqwedhes dhybm an tu wàr jy a japel ow holjy in Kergraunt, kepar dell esen vy worth y remembra, adar kepar dell o in termyn a'n desmygyans. Rag ow tùchya pobel erel, hy art a vedha lymytys yn serth dhe daclow pò dhe govyon present in aga omwodhvos i'n termyn-na. Mar wir o hedna, may feu an sewyans pòr anberfeth pàn wrussyn ny assaya, rag hy dydhana, dhe dhysqwedhes dhedhy pyctour a vyldyansow gerys brâs, Peneglos Sen Pawl, rag ensampyl, pò Treven Parlement. Rag kynth o an semlant jeneral a'n byldyans aswonys genen, ny yllyn ny perthy cov a semlant kewar an byldyansow, ha rag hedna yth esa lack a vanylyon an benserneth ow lettya dastewynyans perfeth. Saw ny yllyn ny gwil dhe Job ùnderstondya hebma, ha pell dhyworth recêva styryans natùral rag an dra, kynth esa an mater owth apperya coynt lowr, ev a gresy nag o va tra vëth ken ès pystry iffarnak. Ny wrama ankevy nefra an cry a euth a ùttras ev pàn welas ev an portrayans a'y vredereth scùllys alês nans o termyn hir hag y ow meras orto dhywar an dowr cosel; ny wrama ankevy naneyl an wharth jolyf dhyworth Ayesha a vetyas y vrawagh. Ha Leo y honen a leverys inwedh nag o an dra worth y blêsya naneyl. Ny wrug ev mes tedna y vesîas der y vlew melen ha leverel an dra dhe worra scruth ino.

Adro dhe our warlergh dydhana agan honen indella, na gemeras Job part vëth i'n radn dhewetha a'n negys, an servysy omlavar a dhysqwedhas dhyn fatell esa Bylâly whensys dhe gôwsel yn pryva gans *Honna*. Ev a veu comondys ytho dhe "gramyas in bàn", ha hedna ev a wrug mar gledhek dell o ùsys ganso, hag ev a dheclar-yas bos an dauns ow mos dhe dhallath, mars o *Honna* ha'n stranjers gwydn parys dhe dhos. Yn scon wosa hedna ny a savas in bàn, ha pàn dowlas Ayesha mantel dewl wàr hy dyllas mailya gwydn (yth o hodna an keth mantel esa adro dhedhy pàn wrug vy hy gweles ow molethy ryb an tan), ny a dhalathas wàr agan fordh. Determys o y fedha an dauns sensys in dadn an ebron, wàr an plain a garrek smoth dhyrag an cav brâs, ha ny a gerdhas dhe'n tyller-na. Adro dhe bymthek pàss dhyworth ganow an cav ny a gavas settys try chair, hag ena ny a sedhas ow cortos, rag ny veu dauncyor vëth gwelys whath. Namnag o an nos tewl yn tien, rag nyns o an loor

sevys whath, ha yth esen ny ow covyn orthyn agan honen in pana
vaner a alsen ny gweles an dauncya.

"Te a vydn convedhes yn scon," yn medh Ayesha gans wharth
bian, pàn wovydnas Leo orty; ha hedna ny a wrug in gwir. Scant
ny veu an geryow côwsys gensy, pàn welsyn ny fygurs tewl ow ponya
in bàn dhyworth kenyver qwartron, hag yth esa pùbonen anodhans
ow ton neb tra kepar ha torchen gowrek. Pynag oll dra êns an
taclow, yth esens ow lesky yn whyls rag yth esa an flabmow owth
istyna in mes adhelergh dhe bùb degor. Ottensy ow tos, hanter-

cans anodhans pò moy, y ow ton aga fardellow tan, hag y o haval
dhe lies dyowl in mes a iffarn. Leo a veu an kensa den anodhans
a dhyscudhas pëth o an beghyow-na.

"Re Dhuw a'm ros!" yn medh ev, "y yw corfow gans tan!"

Me a veras stark arta hag arta—ev a leverys gwir—an torchednow
esa ervirys rag golowy agan intertainment o corfow embaumys in
mes a'n câvyow!

Degoryon an corfow gans tan a bonyas in rag, hag ow tos
warbarth in tyller adro dhe ugans pâss dhyragon, y a settyas aga
beghyow uthyk dres y gela rag gwil tansys cowrek. A Dhuw, assa
wrug an corfow fernewy ha golowy! Ny alsa balyer tar lesky avell
an mùmys-na. Ha nyns o hedna pùptra naneyl. Dystowgh me a
welas qwallok brâs ow talhedna bregh den neb o godhys dhywar y
gorf, hag ow ponya in kerdh aberth i'n tewolgow. Ev a wrug hedhy
yn scon, ha snod uhel tan a labmas in bàn i'n air, ow colowy an
duder, ha'n lugarn may whrug an flàm lebmel dhywarnodho. An
lugarn o corf benyn kelmys dhe styken grev settys i'n garrek, hag
ev a worras tan in hy blew. Ev êth in rag nebes stapys ha tùchya
an secùnd corf, hag ena an tressa, ha'n peswora, erna veun ny wàr
an dyweth in cres kelgh a gorfow ow lesky yn whyls; rag an stoff
may fowns y embaumys ganso a's gwrug mar helosk, may whre an
flabmow skitya in mes a'n scovornow hag a'n ganow yn tavosow tan
udn tros'hës pò moy in hirder.

Nêro a wre golowy y lowarthow dre Gristonyon vew sûbys in tar,
hag i'n tor'-na ny a gavas syght kepar, dre lycklod rag an kensa
prës dhyworth y dhedhyow ev, saw i'n gwelha prës nyns esa ow
pewa agan lugern ny.

Kyn na'gan be an radn-na a'n euth i'n gwelha prës, me a wor na
allama descrefa yn ewn brâster uthyk ha scruthus a'n hager-wolok,
ha rag hedna scant ny vanaf vy y assaya. I'n kensa prës, yth esa an
negys ow chalynjya colon ha moralyta mab den. Yma neb tra pòr
uthyk saw pòr dhynyak inwedh adro dhe ûsya corfow an re-na a
verwys pell alebma rag golowy lowender an re bew. An dra ino y
honen o ges, ow mockya an re bew ha'n re marow kefrës. Doust
Cesar—pò ywa doust Alexander?—a yll bos ûsys rag stoppya toll.
Saw y feu devnyth gwrës a'n Cesars marow-na rag golowy dauns a
bobel wyls ha pagan. Ny a yll skydnya dhe ûsyans mar isel, rag ny
a vêdh a valew mar vunys in lagasow an denythyansow a wra dos

dhyworthyn. In le dysqwedhes revrons dh'agan cov ny, meur anodhans a vydn agan molethy dre rêson ny dh'aga denethy aberth in bës mar leun a anken.

Ass o marthys ha coynt tenewen fysycal an solempnyta-ma. An cytysens coth-na a Kôr a veu leskys, dell wrussons bewa (dhe jùjya dhyworth aga imajery ha dhyworth aga scrîvow), yn uskys ha gans helder brâs. Ha pelha yth esa meur anodhans. Peskytter may whrella mùmy lesky bys i'n ufernyow, tra a wre va ajy dhe neb ugans mynysen, y fedha pôtys in kerdh an treys, hag y fedha mùmy nowyth gorrys in y le. Yth o an tansys gwethys ow lesky mar larych, hag yth esa an flabmow ow lebmel in bàn, ow sia hag ow crackya, neb ugans pò deg warn ugans tros'hës aberth in air, in udn dôwlel golowydnow cowrek pell in mes i'n tewolgow, mayth esa fygurs tewl an Amahagger ow fysky obma hag ena ino kepar ha dewolow ow maga tanow iffarn. Ny a savas in udn veras gans euth—diegrys brâs saw in dadn hus kefrës, ow meras orth syght mar goynt, ha ny ow hanter-gwetyas gweles spyrysyon an fygurs tanek-na ow slynkya in mes a'n skeusow rag dial venjans wàr an re-na a wrug aga defolya.

"Me a bromyssyas golok goynt dhis, a Holly wheg," yn medh Ayesha in udn wherthyn, rag ny veu shakys hy nervow hy yn udnyk; "ha mir, ny wrug vy fyllel dhis. Hag yma lesson in hemma inwedh. Na wra trestya dhe'n termyn usy ow tos, rag pyw a wor pandra vëdh drës gans an termyn usy ow tos! Rag henna, gwra bewa rag an jëdh, na na whyla scappya dhyworth an doust, a hevel bos gorfen mab den. Pandra vynsa an vryntynyon ankevys-na predery, i'th tybyans jy, a coffens y fedha res dhedha unn jëdh golowy an dauns pò bryjyon an pot rag pobel wyls? Saw mir, ot omma an dhauncyoryon, felshyp jolyf—a nyns yns? Golowys yw an waryva. An gwary lemmyn."

Pàn esa hy whath ow côwsel, ny a welas dew rew a fygurs, gorow wàr an eyl tu, benow wàr y gela, hag y oll o cans in nùmber ader dro, hag yth esens ow tos in rag adro dhe'n tansys a gorfow mab den, hag y gwyskys in crehyn lewpart ha yorgh. Heb leverel ger vëth y a formyas dew rew an eyl adâl y gela, hag yth esa an tan intredhon ny hag y; hag ena an dauns a dhalathas—sort a *cancan* iffarnak. Ny yllyr y dhescrefa, saw y feu ino meur a dossya garrow hag a dhraylya treys. Yth hevelly dhyn ny, nag o ûsys dhodho, dhe vos moy a wary ès a dhauns, ha kepar dell o apert kyns ena, an bobel uthyk-na a apperyas kemeres aga thybyansow dhyworth an câvyow esens y tregys inhans. Y feu aga ges ha'ga solas tednys dhyworth an wythva dhydhyweth a gorfow embaumys esens y ow radna aga threven gansans. An gwary a hevelly bos pòr uthyk. Me a wor kyns oll fatell veu portrayes ino an assay a voldra nebonen, ha warlergh hedna y feu encledhys an vyctym hag ev whath ow pewa, hag ev ow strîvya in mes a'n bedh. Kenyver act i'n gwary uthyk, neb a veu gwaries heb leverel tra vëth, a vedha gorfednys gans dauns dyvlas adro dhe'n den esa ow kemeres part an vyctym, ha hy ow cabma hy honen wàr an dor in golow rudh an tansys.

Wosa pols bytegyns an gwary plêsont-ma a veu goderrys. Dystowgh y wharva nebes tervans, ha benyn vrâs ha galosek, o merkys genef solabrës avell onen a'n dauncyoryon moyha freth, a dheuth in rag, muskegys ha medhow dre frobmans ansans, hag y a labmas hag a drebuchyas tro ha'n tyller mayth esen ny, ha hy ow scrija:—

"Me a garsa Gavar Dhu, yma othem dhybm a Avar Dhu, drewgh dhybm Gavar Dhu!" ha hy a godhas wàr an leur a ven in udn omgabma hag owth ewony hag ow scrija rag Gavar Dhu. Hèn o an haccra syght a alsa bos desmygys.

Heb let an radn vrâssa a'n dhauncyoryon a dheuth ha cùntell adro dhedhy, kyn whrug radn anodhans pêsya gans aga gwary adhelergh.

"Yma dyowl inhy," onen anodhans a grias. "Ponyowgh ha kevowgh gavar dhu. Saw te, a Dhyowl, taw tavas! Te a gav an gavar heb let. Ymowns y gyllys rag hy herhes, a Dhyowl."

"Me a garsa Gavar Dhu, yma othem dhybm a Avar Dhu!" a scrijas an venyn arta ha hy ow rollya hag owth ewony wàr an dor.

"Dâ lowr, a Dhyowl, an avar a vëdh obma yn scon. Taw tavas, kepar ha Dyowl dâ!"

Hag indella an cows a dhuryas erna veu an avar kemerys in mes a *kraal* ogas dhyn a dhrehedhas an tyller. Yth esa an avar ow pos tednys bys dhyn er hy hornow.

"Yw hy Gavar Dhu? Yw hy Gavar Dhu?" a scrijas an venyn esa an jowl inhy.

"Yw, yw, a Dhyowl, mar dhu avell an nos;" hag ena y feu leverys adenewen, "gwra hy sensy adhelergh dhis, ma na wello an Jowl bos spot gwydn wàr hy thin, ha spot gwydn aral wàr hy thorr. Kyns pedn mynysen, a Dhyowl. Otta, gwra trehy hy briansen yn uskys. Ple ma an sowcer?"

"An Avar! An Avar! An Avar! Rewgh dhybm goos a'm gavar dhu! Res yw dhybm y gafos, a ny welowgh why bos othem dhybm anodho? Ogh, ogh, ogh! Rewgh dhybm goos an avar."

I'n tor'-na y feu clôwys *bâ* ownek ha ny a gonvedhas fatell veu sacryfies an avar druan. An nessa mynysen benyn a bonyas in bàn hag in hy dewla sowcer leun a woos. An venyn vuscok, neb esa ow fernewy hag owth ewony yn tygabester, a sêsyas an sowcer hag a evas an goos. Heb let hy a veu saw, heb ol vëth a vuscogneth pò a gonar, pò a bynag oll dra esa hy ow sùffra. Hy a istynas in mes hy dywvregh, minwherthyn yn feynt ha kerdhes yn cosel wàr dhelergh bys i'n dhauncyoryon. Yn scon an re-na a wrug omdedna in lînen dhobyl poran kepar dell wrussons dos, hag asas an spâss intredhon ny ha'n tansys heb den vëth ino.

Me a gresy ena fatell o gorfednys an intertainment, hag owth omglôwes nebes clâv, me o parys dhe wovyn orth *Honna* mar kyllyn ny derevel, dystowgh pàn dheuth baboun, dell hevelly dhybm, in udn lebmel adro dhe'n tan. Heb let lion, pò moy kewar, nebonen gwyskys in crohen lion, a'n dierbynas wàr an tenewen aral. Ena gavar a dheuth in rag, hag ena den wrappys in crohen ojyon, ha'y gernow ow trebuchya pùb qwartron in maner wocky. Ev a veu sewys gans ewyk, gans impâla, gans kûdû, ha gyfras moy ha lies best moy, in aga mesk mowes gwries in crohen slynk ha scantek nader strotha, hag yth esa nebes lathow a'n grohen ow traylya wàr an dor wàr hy lergh. Pàn o cùntellys oll an bestas, y a dhalathas dauncya adro in maner cledhek cabm, ha dhe wil an sonyow gwrës gans an bestas dybarow esens y gwyskys avellons, erna veu oll an air lenwys dre ujow, dre vryvow ha dre sia. An re-na a dhuryas termyn hir, hag ena, pàn en ny sqwithys gans an anterlyk, me a wovydnas orth Ayesha mar mydna hy alowa dhybm ha dhe Leo kerdhes adro rag whythra torchednow an corfow. Drefen na's teva hy tra vëth warbydn hedna, ny a dhalathas kerdhes adro aglêdh. Wosa meras orth onen pò dew a'n corfow anowys, yth en ny parys dhe dhewheles, ha ny dyvlasys yn tien dre goyntys dynatur an syght, pàn veu agan brës tednys bys in onen a'n dauncyoryon, lewpart bewek dres ehen, neb a wrug kescar y honen dhyworth an bestas erel, y gowetha, hag esa ow troyllya adro in agan ogas, saw tabm ha tabm ow trehedhes tyller mayth o moyha tewl an skeus, an keth pellder dhyworth an dhew vùmy anowys. Tednys der agan whans dhe wodhvos ny a'n sewyas, hag ena dystowgh an lewpart a fystenas dreson aberth in tewolgow in hans dhyn. Ena an lewpart a savas wàr y arrow delergh ha whystra, "Dewgh," in lev a wrussyn ny aswon heb let avell lev Ùstânê. Heb gortos dhe omgùssulya genef, Leo a drailyas hag a's sewyas in mes in tewolgow wàr ves. Ha me, in udn omglôwes clâv i'm colon, a wrug mos wàr aga lergh. An lewpart a gramyas in rag neb hanter-cans pâss—pellder lowr in hans dhe wolow an tan ha'n torchednow—hag ena Leo a dheuth in bàn dhodho, pò in gwiryoneth, dhe Ùstânê.

"A, a arlùth," hy leverys in udn whystra, "me re'th trouvyas! Goslow, yth esoma in peryl ow bêwnans dhyworth *Honna-a-res-bos-obeyes*. Sur oma fatell dherivas an Baboun dhis in pana vaner a wrug hy ow drîvya vy dhyworthys? Me a'th car, ow arlùth, ha warlergh ûsadow an pow-ma me a'th pew. Me a sawyas dha vêwnans! Ow Lion, a wrêta lebmyn ow thôwlel vy dhyworthys?"

"Na wrama heb mar," Leo a grias. "Me re beu owth omwovyn pleth es gyllys. Gesowgh ny dhe vos ha dhe styrya taclow dhe'n Vyternes."

"Nâ, nâ, hy a vynsa agan ladha. Ny wodhes hy gallos—an Baboun ena, ev a'n gor, rag ev a'n gwelas. Nâ, nyns eus ma's udn fordh; mar teuta ha glena orthyf, res vêdh dhis fia genef dres an gwernow i'n very tor'-ma, hag ena martesen ny a yll diank."

"Abarth Duw, a Leo," me a dhalathas, saw hy a wrug goderry ow geryow.

"Nâ, na wra goslowes orto. Uskys—bêdh uskys—yma mernans i'n air eson ny owth anella. Solabrës martesen yma *Honna* worth agan clôwes," ha heb namoy geryow hy êth in rag dhe grefhe hy argùmentys dre dôwlel hy honen inter y dhywvregh. Pàn wrug hy indella, pedn an lewpart a slynkyas dhywar hy blew ha me a welas try merk gwydn an besîas warnodho, ow spladna yn feynt in stergan. Unweyth arta me a gonvedhas pana beryllys o an savla, ha me o parys dhe vellya i'n negys, rag me a wodhya yn tâ nag o colon Leo re grev ow tùchya benenes, pàn—ogh! ogh! euth!—me a glôwas wharth arhansek munys adhelergh dhybm. Me a drailyas, hag otta dhyragon *Honna* hy honen, ha warbarth gensy Bylâly ha dew dhen omlavar. Me a dednas anal yn cales ha namna wrug vy codha wàr an dor, rag me a wodhya na wre dos dre lycklod dhyworth an negys-na ma's wharvedhyans truesy, ha pelha me dhe vos an kensa vyctym. Ow tùchya Ùstânê, hy a gemeras hy dywvregh dhyworth scodhow Leo hag a gudhas hy lagasow der hy dewla. Ny wrug Leo, rag nyns esa ev ow convedhes leun-euth an mater, ma's rudhya ha meras mar wocky dell yw ûsys gans den kechys in maglen a'n par-na.

XX

VYCTORY

Tecken a sewyas a'n taw moyha anês a wrug vy prevy bythqweth. An taw a veu terrys gans Ayesha pàn gowsas hy orth Leo.

"Nâ, nâ, a arlùth hag a ôstyas," yn medh hy in hy lev moyha medhel, esa an son a dhur cales ino, "na vëdh mar vethek. Ass o teg an syght—an lewpart ha'n lion!"

"Mollath Duw wàr an dra!" yn medh Leo in Sowsnek.

"Ha te, Ùstânê," hy a bêsyas, "me a wrussa mos dresos, na ve an golow dhe godha wàr dha vlew," ha hy a a dhysqwedhas amal spladn an loor esa i'n tor'-na ow terevel a-ugh an gorwel. "Wèl, wel! An dauns yw gorfennys—mir, leskys dhe'n dor yw oll an cantolyow, hag yma pùptra ow tewedha in taw hag in lusow. Ytho, Ùstânê, ow mowes vy, te a gresy an termyn dhe vos ewn rag kerensa—ha me, ow cresy te dhe vos gyllys pell alemma solabrÿs, ny brederys vy y whrussa nebonen ow dysobeya."

"Na wra gwary genef," yn medh an venyn druan yn trist; "ladh vy ha bedhens dyweth gwrës."

"Nâ, nâ, praga? Nyns yw dâ mos yn uskys dhyworth gwessyow tomm dha gerensa bys in ganow yêyn an bedh," ha hy a wrug sin dhe'n servysy omlavar. Heb let y a gerdhas in rag ha cachya an vowes er hy dywvregh. Gans mollath Leo a labmas wàr an den nessa dhodho ha'y dôwlel dhe'n dor, hag ena ev a savas a-ughto, fyrm y fâss.

Ayesha a wharthas arta. "Henna a veu têwlys yn tâ, a ôstyas. Ass yw crev dha vregh rag nebonen a veu clâv agensow. Saw lemmyn er dha jentylys, me a'th pÿs, gas dhe'n den-na bewa ha gwil warlergh ow arhadow. Ny wra va pystyga an vowes. Yma air an nos ow tevy yêyn, ha me a garsa hy wolcùmma aberth i'm tyller vy.

215

Yn certan, honna usy ow cafos favour dhyworthys a wra cafos favour dhyworthyf vy kefrÿs."

Me a gemeras Leo er y vregh, ha'y dedna dhywar an den omlavar wàr an dor. Ha Leo, hanter-sowthenys, a obeyas ow môcyon. Ena ny oll a dhalathas kerdhes bys in cav dres an gwastattir, le mayth o grahel a lusow mab den myns o gesys a'n tan a wrug golowy an dauns, rag an dhauncyoryon aga honen o dyberthys.

In dew termyn ny a dhrehedhas chambour pryva Ayesha—re scon, dell hevelly dhybm, rag yth esen vy, trist ow holon, ow tesmygy an pëth a wre wharvos.

Ayesha a esedhas wàr hy fluvogow, ha wosa gorra Job ha Bylâly dhyworty, hy a wrug sînys dhe'n bobel omlavar restry an lugern hag omdedna, kenyver onen anodhans marnas udn vowes yn udnyk, neb o hy servyades moyha kerys. Ny agan try a remainyas ow sevel, Ùstânê druan a'y sav nebes aglêdh dhyn.

"Lemmyn, a Holly," Ayesha a dhalathas, "fatla wharva te dhe'm clêwes owth erhy dhen debel-venyn-ma"—ha hy a dhysqwedhas Ùstânê—"mayth ella hy alemma—te, neb a'm pesys dhe sparya hy bêwnans—fatla wharva, me a lever, te dhe vos kevrennek i'n negys a welys vy haneth? Gwra gortheby, ha rag dha gerensa dha honen, lavar an gwiryoneth, rag nyns oma porposys dhe glêwes gowegneth i'n mater-ma!"

"Dre wall y wharva, a Vyternes," me a worthebys. "Ny wodhyen tra vëth anodho."

"Me a'th crÿs, a Holly," hy a worthebys yn yêyn, "ha dâ yw dhis me dhe'th cresy—hag ytho yma hy oll dhe vlâmya."

"Ny gresaf hy dhe vos dhe vlâmya in poynt vëth," yn medh Leo ow coderry agan geryow. "Nyns yw hy demedhys gans ken den vëth, hag yth hevel hy dhe dhemedhy genef warlergh ûsadow an tyller uthyk-ma. Indella pyw yw dhe lacka? Wàr neb cor, a vadama," ev a bêsyas, "pynag oll dra yw gwrës genes, me re'n gwrug inwedh. Ytho mars yw res hy fùnyshya hy, re byma pùnyshys warbarth gensy hy inwedh. Ha me a lever dhis," yn medh ev ow tevy dhe voy serrys, "mar teuta hag erhy dhe onen vëth dhe'n sherewys dall hag omlavar-na may whrellens settya dorn orty unweyth arta, me a vydn y sqwardya dhe dybmyn!" Ha'y semlant a dhysqwedhas ev dhe vos in sevureth.

Ayesha a woslowas orto in taw yêyn, ha ger vëth ny leverys hy. Pàn o gorfednys y gows ev, bytegyns, hy a gowsas orth Ùstânê.

"Eus tra vŷth genes dhe leverel, a venyn? Te gala gocky, te bluven, eses ow predery y hyllys neyjya tro ha sowena dha bassyon—warbynn gwyns brâs ow bolùnjeth vy! Lavar dhymm, rag me a garsa convedhes. Prag y whrusta gruthyl an dra-ma?"

Hag ena me a grës me dhe weles an dysqwedhyans creffa a gorach moral hag a omdhegyans diown a yll bos desmygys. Rag an vowes truan, heb govenek vëth, rag hy a wodhya yn tâ an pëth a wre dos dhedhy dhyworth dewla hy Myternes uthyk, hag a wodhya kefrës pana vrâs o gallos hy envy; saw hy a gùntellas hy honen bytegyns hag in mes a dhownder hy dyspêr hy a gafos devnyth rag hy defia.

"Me a'n gwrug, a *Honna*," hy a worthebys, ow terevel bys in hy leun-uhelder stâtly, hag ow tôwlel dhywar hy fedn crohen an lewpart, "dre rêson bos creffa ow herensa vy ès an bedh. Me a'n gwrug dre rêson ow bêwnans heb an den-ma dôwysys gans ow holon a via mernans bew. Rag hedna me a beryllyas ow bêwnans, ha lebmyn, pàn worama ow bêwnans dhe vos kellys dhyrag dha sorr, lowena oma me dh'y beryllya indella, hag orth y beryllya me a vydn y gelly, ea, drefen ev dhe'm embracya unweyth ha leverel dhybm ev dhe'm cara whath."

Ena Ayesha a hanter-savas dhywar an gwely dëdh, hag ena esedha arta.

"Me ny'm beus pystry vëth," Ùstânê a bêsyas, hag yth esa hy lev rych ow seny crev ha leun, "ha nyns oma Myternes naneyl. Na nyns esoma ow pewa rag nefra, saw pòr boos yw colon benyn dhe sedhy der an dowrow, na fors pana dhown a vedhons, a Vyternes! Ha lagasow benyn a yll gweles yn uskys—dre dha veyl kyn fe, a Vyternes!

"Goslow: me a'n gor, yth esta dha honen ow cara an den-ma, hag awos hedna te a garsa ow dystrôwy vy esoma ow sevel adreus dha fordh. Ea, yth esoma ow merwel—ow merwel hag owth entra i'n tewolgow, ha ny worama ple fedhama ow mos. Saw me a wor hebma. Yma golow ow spladna i'm brèst hag i'n golow-na me a wel an gwiryoneth, avell in golow lugarn, ha me a wel an termyn usy ow tos na wrama tastya ow tyspletya dhyragof kepar ha rol screfa. Pàn aswonys vy ow arlùth kyns oll," ha hy a dhysqwedhas

217

Leo, "me a wodhya an mernans dhe vos an ro demedhyans a wre
va ry dhybm—hedna a dheuth dhybm in udn fysky, saw ny wrug
vy trailya wàr dhelergh, rag parys en vy dhe dylly an pris. Hag ot
obma ow mernans! Ha kepar dell wodhyen vy hedna, lebmyn me
a wor kefrës, ha me ow sevel wàr druthow an destnans, na wrêta
cafos prow vëth dhyworth dha hager-ober. Me a'n bew, ha kyn fe
dha decter jy ow spladna kepar ha'n howl in mesk an ster, me a'n
bewvyth ha nefra ny vëdh ev ragos jy. Nefra i'n bêwnans-ma ny wra
va meras orth dha lagasow ha'th elwel y wreg. Te inwedh yw
destnys dhe vernans, me a wel"—ha'y lev hy a sowndyas kepar ha
lev a brofuses inspirys; "â, me a wel—"

Ena avell gorthyp y feu clôwys cry a sorr hag euth kemyskys. Me
a drailyas ow fedn. Ayesha o derevys hag yth esa hy ow sevel, hy
dorn istynys in mes rag dysqwedhes Ùstâne, neb a dewys. Me a
veras orth an venyn druan, ha pàn esen vy ow meras y teuth wàr
hy bejeth an tremyn ownek gwag-na a vrawagh, tra a welys vy
unweyth kyns pàn dhalathas hy hy hân wyls. Hy lagasow a
voghhas, hy frigow a lêsas ha'y gwessyow a veu gwydn.

Ny leverys Ayesha tra vëth, ny ùttras hy tros vëth, ny wrug hy
mas derevel in bàn, istyna hy bregh in mes, hag a apperyas dhe
veras stark orth hy vyctym, hy fygur uhel ow crena kepar ha delen
ethlen. Pàn wrug hy indella Ùstânê a worras hy dewla dh'y fedn,
cria in mes yn sherp, trailya adro dywweyth hag ena codha wàr
dhelergh dhe'n dor gans bobm brâs. Me ha Leo warbarth, ny a
bonyas bys dhedhy—marow o hy—gorrys dhe'n mernans dre neb
power tredanek pò neb nerth a ylly *Honna* comondya.

Rag tecken ny wodhya Leo poran pandr'o wharvedhys. Saw pàn
wrug ev convedhes, ass o uthyk y fâss ev. Gans mollath wyls ev a
savas wàr y dreys dhywar an corf, hag in udn drailya ev a labmas
orth Ayesha. Saw yth esa hy ow meras, ha pàn wrug hy y weles ow
tos, hy a istynas hy dorn arta, hag ev blynchyas dystowgh in udn
drebuchya tro ha me. Na ve me dh'y gachya ev a vynsa codha. Moy
adhewedhes ev a leverys dhybm fatell glôwas ev kepar ha pàn gafas
ev strocas sodyn i'n brest, hag ev a veu gwadnhës yn tien ha'n
manhot dhe vos kemerys qwît dhyworto.

Ena Ayesha a gowsas. "Gav dhybm, a ôstyas," yn medh hy,
medhel hy lev, "mar qwrug vy dha ancombra gans ow jùstys."

"Gava dhis, te dhyowles!" Leo a ujas, in udn wrydnya y dhewla gans anken ha gans sorr. "Gava dhis, te voldrores! Re Dhuw a'm ros, me a vydn dha ladha, mar callaf!"

"Nâ, nâ," hy a worthebys i'n keth lev medhel, "nyns esta ow convedhes—devedhys yw an prÿs ragos dhe dhesky. Te yw ow herensa vy, Calycratês, ow Den Teg, ow Den Crev! Dyw vil vledhen, Calycratês, me re'th wortas. Ha lemmyn wotyweth, te re dhewhelys dhymm. Ow tùchya an venyn-ma," ow tysqwedhes an corf, "yth esa hy ow sevel intredhof vy ha te, hag indella me re's gorras i'n doust, a Calycratês."

"Gow molethys yw hedna!" yn medh Leo. "Nyns yw Calycratês ow hanow vy! Me yw gelwys Leo Vyncy. Calycratês o ow hendas pell alebma—dhe'n lyha me a grês ev dh'y vos."

"Â, yth esta worth y leverel—dha hendas o Calycratês, ha te, te dha honen, yw Calycrates daskenys, dewhelys—ha'm arlùth meurgerys ow honen!"

"Nyns oma Calycratês, hag ow tùchya bos dha arlùth jy, pò mellya genes in fordh vëth, gwell via genef bos an arlùth a dhyowles in mes a iffarn, rag hy a via gwell agesos jy."

"A leverta henna—a leverta henna, a Calycratês? Nâ, saw ny wrusta ow gweles nans yw termyn mar bell, nag eus cov vÿth ahanaf ow remainya i'th vrÿs. Saw me yw pòr deg, a Calycratês!"

"Cas osta dhybm, te voldrores, ha ny'm beus whans vëth a'th weles jy. Nyns yw bern dhybm pana deg osta. Yth esoma worth dha hâtya!"

"Saw kyns na pell, te a vynn cramyas bys i'm glin ha ty te dhe'm cara vy," Ayesha a worthebys ha hy a wharthas yn wheg orth y scornya. "Deus, nyns yw termyn vÿth gwell ès an present termyn, omma dhyrag an vowes varow-ma, neb a'th caras. Gesowgh ny dh'y brevy.

"Mir orthyf lemmyn, a Calycratês!" ha gans gway sodyn hy a shakyas hy mailyans boll dhyworty hy honen, ha sevel dhyragtho in hy fows isel ha'y grugys kepar ha sarf, in hy thecter gloryùs spladn hag in hy grâss imperyal, ow terevel in mes a'y dyllas kepar ha Gwener dhywar an todn, poken Galatea in mes a'y marbel, pò spyrys tekhës ow sevel in mes a'n bedh. Hy a savas in rag ha fastya hy lagasow down ha spladn wàr lagasow Leo, ha me a'n gwelas y dhornow degës owth egery ha'y vejeth fyrm ha fast ow lowsya in

219

dadn hy golok. Me a welas y varthus ha'y sowthan ow passya dhe blesour hag ena dhe wordhyans, ha dhe voy a wre va strîvya, dhe voy me a welas gallos hy thecter uthyk obery warnodho ha kemeres posessyon anodho, ow qwil dh'y sencys medhowy hag ow kemeres an golon in mes anodho. A ny wodhyen vy ow honen an proces-na? A ny wrug avy y brevy solabrës, kynth en vy dywweyth cotha agesso? A nyns esen i'n very tor'-na worth y wodhevel an secùnd treveth, kyn nag o ragof vy hy golok vedhel ha leun a gerensa? Ea, ellas, yth esen worth y wodhevel! Me a alsa lebmel warnodho, er ow gu! An venyn a wrug ancombra ow sens a voralyta, namna wrug hy y dhystrôwy yn tien, kepar dell resa dhedhy gwil dhe genyver den a wrella meras orth hy thecter dynatur. Saw—ny worama poran fatla—me a ylly controllya ow honen, hag a drailyas unweyth arta rag gweles dyweth an whedhel trist.

"A Dhuw in Nev!" yn medh Leo in udn dhiena, "osta jy benyn?"

"Benyn oma in gwiryoneth—in gwiryoneth heb dowt vÿth, ha'th wre'ty jy kefrÿs, a Calycratês!" hy a worthebys owth istyna in mes dhodho hy bregh sêmly gwydn, hag ow minwherthyn pòr wheg orto!

Ev a veras hag a veras, hag yn lent me a bercêvyas fatell esa ev ow nessa dhedhy. Dystowgh y lagas a godhas wàr gorf Ùstânê druan, hag ev a grenas ha hedhy.

"Fatl'allama gwil hebma?" yn medh ev yn ronk. "Te yw moldrores; hy a'm caras."

Me a verkyas fatell esa ev solabrës owth ankevy ev dh'y hara hy.

"Nyns ywa tra vÿth," yn medh hy yn cosel, ha hy lev o mar wheg avell gwyns an nos ow passya der an gwëdh. "Nyns ywa tra vÿth in oll an bÿs. Mar qwrug vy peha, gwrêns ow thecter gortheby rag ow fegh. Mar qwrug vy peha, me a'n gwrug rag dha gerensa jy. Re bo ow fegh ytho gorrys adenewen hag ankevys." Hag unweyth arta hy a istynas in mes hy dywvregh ha whystra "Deus," hag ena wosa nebes secùnds moy y feu gorfednys pùptra.

Me a'n gwelas ow strîvya—me a'n gwelas ow trailya dhe fia dhe'n fo kyn fe; saw hy lagasow a'n tednas dhe greffa ès carharow horn, ha pystry hy thecter ha'y bolùnjeth tydn ha'y herensa a entras ino ha'y overcùmya—ea, in very tyller-na, dhyrag an corf a'n venyn a wrug y gara mar lel dhe verwel ragtho. Yma an dra owth hevelly uthyk ha tebel lowr, saw nyns yw Leo dhe vlâmya re, ha bedhowgh sur fatell wra y begh y dhyskevra. An dhynyores neb a'n tednas dhe'n drog, hy o moy es benyn a gynda mab den, ha'y thecter o moy ès tecter mowysy pobel an bës.

Me a veras in bàn arta, hag i'n tor'-na yth esa hy form berfeth ow crowedha in y dhywregh ev, hag yth o hy gwessyow tydn warbydn y anow; hag indella, owth ûsya corf y gerensa varow avell alter, Leo Vyncy a bromyssyas y gerensa eternal dh'y moldrores, rudh hy dewla—y bromyssya rag nefra. Rag pynag oll a wrella gwertha y honen dhe vêstry a'n par-na, ow qwertha y onour y honen, hag ow tôwlel y enef wàr an vantol dhe wil dhedhy sedhy bys in level y debel-whansow, ny yll den a'n par-na gwetyas lyfrêson i'n bës-ma nag i'n bës usy ow tos. Kepar dell wrug ev gonys has, indella ev a wra mejy, ha mejy a wra whath pàn vo gwedhrys in y dhewla flourys a vyllas an gerensa, ha ny'n jevyth ev ma's trevas wherow, cùntellys in gwalgh.

Dystowgh, gans môcyon kepar ha serpont, hy a apperyas dhe slynkya in mes a'y dhywvregh, hag ena dallath wherthyn gans scorn vyctoryùs.

"A ny leverys dhis kyns na pell y whrêta cramyas dhe'm dewlin, a Calycratês? Hag in gwir ny veu an termyn re hir!"

Leo a wrug kyny gans sham ha tristans. Kyn feu va overcùmys ha drës isel, nyns o va mar gellys na ylly ev aswon downder an bysmêr may feu va tôwlys ino. I'n contrary part, an tu gwell a'y natur a dherevys yn crev warbydn an tu kellys, dell welys vy cler lowr moy adhewedhes.

Ayesha a wharthas arta, hag ena yn uskys hy a vailyas hy honen arta, ha ry sin dhe'n vowes omlavar, esa ow meras orth oll an negys, ledan-egerys hy lagasow sowthenys. An vowes a dhyberthas ha dewheles heb let. Yth esa dew dhen omlavar orth hy sewya ha'n Vyternes a ros sin aral dhedhans. Ena y oll aga thry a dhalhednas an corf a Ùstânê druan er hy brehow, ha'y draggya yn poos an cav wàr nans hag in kerdh der an croglednow pell. Leo a veras orth hedna pols, hag ena cudha y lagasow gans y dhorn, hag i'm fancy frobmys me a gresy bos corf an vowes ow meras orthyn ny dell esa hy ow tyberth.

"Otta ow tremena an termyn eus passys, an termyn marow," yn medh Ayesha yn solem, pàn esa an croglednow ow crena hag ow codha wàr dhelergh in aga thyller, ha pàn o an processyon uthyk gyllys mes a wel adhelergh dhedhans. Hag ena, dell o kebmyn gensy, hy a dransformyas hy honen in udn dôwlel dhywarnedhy hy veyl, ha dallath declarya prydydhieth warlergh ûsadow coth tregoryon Araby,[22] ow qwil cân a vyctory pò cân a varyach. Gwyls o an gân-na ha teg dres ehen, saw pòr gales yw hy thrailya dhe Sowsnek. Y coodh dhedhy in gwiryoneth bos kenys dhe vûsyk, adar bos screfys ha redys. Rydnys o an gân in dyw radn—onen anodhans ow tescrefa ha'y gela moy personek. Mar bell dell esoma ow perthy cov, yth o hy kepar dell usy ow sewya:—

---

22 In mesk an Arabs coth y fedha an gallos dhe dheclarya cows an prydyth, be va avell bardhonek pò avell yêth plain, a vedha estêmys brâs, ha hedna neb a dhysqwedha an gallos-na i'n uhella degrê a vedha gelwys *Khâteb* pò Arethyor. Y fedha sensys cùntellva kenyver bledhen may whre an brydydhyown kestrîvya ha declarya aga oberow. Pàn veu kebmyn creft an scrîfwas an oberow neb a veu jùjys an re gwelha a vedha screfys wàr owrlyn in lytherow owr, ha dysqwedhys dhe'n bobel. An re-na a vedha gelwys *Al Modhahabât* pò versyow owrek. I'n bardh-onek rës a-uhon gans Mêster Holly, dell hevel yma Ayesha ow sewya gis tradycyonal hy fobel, hèn yw dhe styrya, dhe settya in mes aga frederow in rew a lavarow dybarow, pùbonen anedhans dhe braisya awos y decter ha'y gomposter gracyùs.—PENSCREFOR.

Yth yw kerensa kepar ha flour i'n dysert.

Yth yw hy kepar hag aloe Araby na wra blejyowa ma's unweyth hag ow
merwel; yma va ow plejyowa wàr wacter sal an Bêwnans; settys yw hy
thecter splann wàr an dyfyth kepar ha steren wàr hager-awel.

Hy a's teves an howl avàn neb yw an Spyrys, hag yma ow whetha a-ughty
air hy duwsys.

Pàn wrella stap dasseny, yma Kerensa ow plejyowa, dell lavaraf. Yma
Kerensa ow plejyowa, dell lavaraf, hag ow stôpya hy thecter dhe'n dor
dhe henna a vo ow passya.

Ev a's cùntell, ea, ev a gùntell an hanaf rudh lenwys a vel, hag a's deg in
kerdh; in kerdh dres an dysert, in kerdh erna vo gwedhrys an flour in
dyfyth an Bêwnans.

Kerensa yw an flour-na!

Nyns eus ma's unn steren stag in oll agan gwandryans.

An steren-na yw Kerensa!

Nyns eus ma's unn govenek in nos agan dyspêr.

An govenek-na yw Kerensa.

Falsury yw pùptra aral. Pùptra aral yw skeus ow qwaya wàr dhowr. Pùptra
aral yw gwyns hag uvereth.

Pyw a yll leverel pÿth yw poster pò musur Kerensa?

Genys yw i'n kig, yth yw trigys i'n spyrys. Yma hy ow tenna hy honfort in
mes a'n dhew.

Rag tecter yw hy kepar ha steren.

Lies yw hy formys, saw y oll yw teg, ha ny wodher ple terevys an steren,
na'n gorwel may whra hy sedhy.

Ena, in udn drailya dhe Leo, hag ow settya hy dorn wàr y
scoodh, hy a bêsyas, leunha ha moy vyctoryùs hy lev, ow côwsel in
lavarow ·kesposys esa ow tevy hag owth encressya dhyworth yêth
plain fin bys in prydydhieth rial ha glân:—

Me re'th caras termyn pell, a guv colon; saw ny slackyas ow herensa.

Me re'th wortas termyn pell, ha mir, yma ow gweryson i'm ogas—otta va
omma!

Me a'th welas unweyth abell, ha te a veu kemerys dhyworthyf.

Ena in bedh me a wonedhas an hasen a hirberthyans, hag a splannas
warnedhy howl govenek, hy dowrhe dre dhagrow edrega, hag anella
warnedhy anal ow skians. Ha lemmyn, mir! yma hy spryngys in bàn,

223

ha hy re dhug frût. Mir! Yma hy lemmys in mes a'n bedh. Ea, dhywar
an eskern sëgh ha lusow an re marow.
Me re wortas hag yma genef ow gweryson.
Me re overcùmyas Ancow, hag Ancow a dhros wàr dhelergh dhymm henna
o marow.
Rag henna yth esof ow lowenhe, rag teg yw an termyn usy ow tos.
Glas yw an trûlerhow a wren ny trettya dres an prasow eternal.
Ogas yw an prÿs. Yth yw an Nos fies aberth i'n tenwyn.
Yma terry an jëdh owth amma dhe dop an menydhyow.
Ny a wra bêwa medhel, a guv colon, hag êsy vëdh agan fordh.
Cùrunys vedhyn gans cùrun Myghterneth.
Gordhyans ha marthùs a weskys oll poblow an bÿs,
Dallhës y a wra codha dhyrag agan tecter ha'gan nerth.
Dhyworth oos dhe oos agan brâster a wra tarenna in rag,
Ow rollya kepar ha charet dre dhoust dedhyow dydhyweth.
In unn wherthyn ny a wra spêdya agan vyctory ha'gan solempnytas,
Ow wherthyn kepar ha Golow an Jëdh in unn lemmel wàr an brynyow.
In rag, vyctoryùs whath dhe vyctory bÿthnowyth!
In rag, in agan gallos bys in gallos na veu drehedhys!
In rag, heb sqwithter, gans dyllas beawta i'gan kerhyn!
Erna vo collenwys agan destnans, ha'n nos uskys ow codha.

Hy a bowesas in hy allegory a gân goynt ha pygus, na allaf vy i'n
lacka prës ma's ry an sens jeneral anodho, ha hedna gwadn lowr.
Ena hy a leverys—

"Martesen nyns esos ow cresy dhe'm lavarow, a Calycratês—
martesen te a grÿs me dhe'th tùlla, ha na wrug vy bewa oll an lies
bledhen-ma, ha na veusta daskenys dhymm arta. Nâ, na wra meras
orthyf indella—gorr dhyworthys an dowt gwynnyk-na, rag te a yll
bos certan nag eus errour vÿth i'n negys-ma! An howlow a wra
ankevy aga resegva, ha'n wennol a wra kelly hy neyth kyns ès ow
enef vy dhe dy gowegneth dhis ha dhe vos in stray dhyworthys, a
Calycratês. Gwra ow dallhe, kemmer ow dewlagas dhyworthyf, ha
gas dhe'n tewolgow ow degea ajy yn tien, saw whath ow scovornow
a vynsa clêwes an ton a'th lev bythqweth remembrys, ow qweskel
dhe creffa wàr dharasow ow sens ès galow trompys a vrest. Stop in
bàn ow clêwans kefrÿs, ha gas dhe vil dhen tùchya ow thâl, ha me
a alsa dha henwel jy in mes anedha oll; ea—kemmer dhyworthyf

224

pùb sens, ha mir orthyf ow sevel bodhar, dall hag omlavar, ha'm
nervow mar wann na alsens percêvya tùch a dhen vÿth, ena
bytegyns ow spyrys a vynsa lemmel inof kepar ha flogh ow qwaya
i'm torr hag a vynsa gelwel dhe'm colon, otta Calycratês! Mir, te
wolyador, gorfennys yw ourys an nos! Mir, henna esos ow whylas
in termyn an nos, dha Verlewen, yma va ow trehevel."

Hy a cessyas pols hag ena pêsya, "Saw gorta, mars yw cales'hës
whath dha golon erbynn an gwiryoneth galosek, ha mars eus
othem dhis a brov rag prevy an pÿth esta ow tyby re dhown dhe
gonvedhes, henna a vÿdh rës dhis i'n very tor'-ma, ha dhyso jy, a
Holly wheg. Degens pùbonen ahanowgh lugarn, ha gwrewgh ow
sewya dhe'n tyller may whrama agas hùmbrank."

Heb gortos rag predery—in gwir me ow honen, namna wrug vy
forsâkya an mater a bredery rag yth hevelly hedna dhe vos uver yn
tien i'n tor'-na, rag yth esa ow frederow owth ombrevy dyfreth
warbydn lies marthùs—ny a gemeras an lugern ha'y sewya hy. Hy
êth dhe bedn hy chambour pryva, derevel croglen ha dysqwedhes
stairys bian a sort yw pòr gebmyn i'n câvyow tewl-ma in Kôr. Pàn
esen ny ow skydnya an stairys dre hast, me a verkyas fatell o pùb
stair ûsys i'n cres, mayth o radn anodhans lehës dhia seyth mesva
ha hanter ader dro (hèn o aga uhelder gwredhek warlergh ow
desmygyans) bys in teyr mesva ha hanter. Now, oll an stairys erel
gwelys genef vy i'n câvyow o heb bos lehës poynt, ha nyns o marth
hedna, rag ny wre passya warnodhans bythqweth ma's an re-na
esa ow ton begh nowyth dhe'n bedh. Rag hedna uhelder lehës an
stairys-ma a'm gweskys gans fors coynt, kepar dell yw an gis pàn
wrella taclow overcùmya agan brës gans ùnderstondyng nowyth;
gweskys plat, kepar ha'n mor in dadn kensa wheth an corwyns,
mayth usy kenyver tra vian war enep an dowr owth omdhys-
qwedhes in maner dhynatur.

Orth goles an stairys me a savas ha meras orth uhelder lehës
pùb stair. Ayesha a drailyas hag a'm gwelas.

"Esta ow covyn orto dha honen pyw a wrug ûsya in kerdh an
men gans y dreys, a Holly wheg?" yn medh hy. "Ow threys vy a'n
gwrug—ea, ow threys scav ow honen! Yth esoma ow perthy cov a'n
jëdh pàn o an stairys-na fresk ha gwastas, saw dres an spâss a dhyw
vil vledhen ha moy, me re skydnyas warnodhans pùb jorna, ha
mir, ow sandalys re wrug ûsya an garrek grev!"

Ny worthebys vy tra vëth, saw yth hevel dhybm na welys vy na ny glôwys vy tra vëth a wrug dhybm convedhes pana ancyent o an venyn-na avell an garrek gales cowys in mes gans hy threys gwydn medhel. Pana lies treveth a wrug hy skydnya hag ascendya wàr an stairys rag collenwel an dra?

Yth esa an stairys ow ledya dhe geyfordh, ha nebes stapys an geyfordh wàr nans yth esa croglen dell o ûsys ow cregy dhyrag daras. Pàn welys vy an groglen me a gonvedhas heb let hy dhe vos an keth tyller may feuma dùstuny a'n syght uthyk-na ryb an flabmow ow lebmel in bàn. Ha me a dremblas ow perthy cov a'n negys. Ayesha a entras i'n bedh dhyragon (rag bedh o va) ha ny a's sewyas. Me ow honen o pòr lowen y fedha an mater clerhës wàr an dyweth, saw own a'm be a hedna bytegyns.

XXI

DEN BEW HA CORF MAROW

"Gwelowgh lemmyn an tyller may whrug vy cùsca dres dyw vil vledhen," yn medh Ayesha, ow kemeres an lugarn in mes a dhorn Leo hag orth y sensy a-ugh hy fedn. An golowydnow a godhas wàr gow bian i'n leur, le may whelys vy an flabmow ow lebmel, saw dyfudhys o an tan i'n tor'-na. An golow a godhas wàr form wydn istynys ena in mes in dadn y vailyans wàr wely a ven, wàr gervyansow completh an bedh, ha wàr estyllen aral a ven adâl an men mayth esa ow crowedha an corf, saw wàr denewen aral an cav.

"Omma," Ayesha a bêsyas, ow tùchya an garrek gans hy dorn—"omma me re gùscas nos warlergh nos dres oll an denythyansow-ma, saw yth esa mantel worth ow hudha. Nyns o ewn ragof growedha wàr wely medhel, pàn esa ow gour ty ena," ha hy a dhysqwedhas an fygur serth, "ow crowedha cales dywethyn in mernans. Omma nos wosa nos me re gùscas in y gowethas yêyn ev—erna veu an legh dew-ma, kepar ha'n stairys may whrussyn ny dieskynya warnedha, tanowhës der ow shâp ow tossya—rag me re beu mar lel dhis in chambour dha gùsk y honen, a Calycratês. Ha lemmyn, ow herensa vy, te a welvyth marthus—ow pewa te a wra gweles dha honen marow—rag me re gemeras with dâ ahanas oll an bledhynyow-ma, a Calycratês. Ota parys?"

Ny wrussyn ny gortheby ger, saw meras an eyl orth y gela gans own in agan lagasow, rag an wolok o mar uthyk ha mar solem. Ayesha êth in rag ha settya hy dorn wàr gornel an lien, ha hy a gowsas unweyth arta.

"Na borth awher," yn medh hy, "kynth usy an dra owth hevelly marthys dhis—ny oll usy ow pewa, ny re vewas kyns; ha nyns yw an shâp eson ny ino stranjer dhe'n howl! Saw ny'n godhyn ny, rag

nyns usy an cov ow scrifa record vÿth, ha'n dor re gùntellas
dhyworthyn an dor a wrug hy lendya dhyn, rag ny wrug den vÿth
sawya agan glory dhyworth an bedh. Saw me, der ow creft ha dre
greft an dus varow-na a Kôr, ow descadoryon, me re'th wethas
dhyworth an doust, a Calycratês, may halla durya rag nefra dhyrag
ow dewlagas stampa an tecter kepar ha cor wàr dha fâss. Vysour o
a ylly bos lenwys der an cov, dâ rag formya dha bresens in mes a'n
termyn passys, ha dh'y grefhe dhe wandra dre jambours ow
frederow, gwyskys dell o in dyllas a vêwnans gow, lowr rag
contentya ow whans gans an vesyon a dhedhyow marow.

"Merowgh lemmyn, gwrêns an Den Marow metya gans an Den
Bew! Dres islonk an Termyn y yw onen whath. Ny'n jeves an
Termyn gallos vÿth erbynn Honensys, kyn whrug an cùsk gans y
dregereth glanhe tablettys agan brÿs, ha der ancov kyn whrug sêlya
an anken a vynsa agan herdhya dhyworth bêwnans dhe vêwnans,
ow stoffya an empynyon gans painys cùntellys, erna wrellons
tardha in muscogneth an dyspêr dywodhaf. Whath y yw onen, rag
mailyans agan cùsk a vynn rollya in kerdh kepar ha cloudys taran
dhyrag an gwyns; lev rewys an termyn eus passys a wra tedha in
mûsyk kepar hag ergh an menydhyow dhyrag an howl; hag olva ha

wharthow an ourys kellys a vÿdh clêwys unweyth arta ow tasseny yn wheg âlsow dyvusur an termyn in bàn.

"Ea, an cùsk a vynn rollya in kerdh, ha'n levow a vÿdh clêwys, pàn vo passys luhes an Spyrys an chain wàr nans, gwrës in mes a oll agan bêwnansow, rag collenwel porpos agan bosva; in unn vewhe hag in unn dedha oll dedhyow dybarow an bêwnans, hag orth aga shâpya dhe lorgh a yllyn ny posa agan honen warnodho, ha ny ow kerdhes bys in agan destnans appoyntys.

"Ytho, na borth own, a Calycratês, pàn wrylly—ow pewa, ha genys agensow—meras orthys dhe honen tremenys, neb a anella hag a verwys mar lies bledhen alemma. Ny wrama ma's trailya unn folen in Lyver dha Vosva, rag dysqwedhes dhis myns yw screfys warnedhy.

"*Mir!*"

Hy a wayas dystowgh ha tedna wàr dhelergh an lien dhywar an form yêyn, owth alowa dhe wolow an lugarn gwary warnodho. Me a veras ha plynchya gans euth; rag pynag oll dra a ylly hy leverel rag y styrya, an syght o dres natur—rag ny ylly agan brës lymytys convedhes hy styryansow, ha pàn vowns y kemerys dhyworth an nywl dyscler a fylosofy kevrînek, ha pàn vowns y comparys gans an gwiryoneth yêyn hag uthyk, yth esa an negys ow remainya mar dhystyr avell kyns. Rag i'n tyller-na yth o istynys wàr an masken a ven dhyragon, mailys in pows wydn ha gwethys yn perfeth, neb tra a hevelly bos corf Leo Vyncy. Me a veras dhyworth Leo, ow sevel ena yn few, dhe Leo a'y wroweth ena marow, ha ny yllyn gweles dyffrans vëth, saw an corf wàr an masken a hevelly bos cotha. Ow tùchya tremyn an fâss ha teythy an corf, y o kehaval, bys i'n blew crùllys a owr, neb o an pëth moyha coynt in tecter Leo. Yth hevelly dhybm inwedh, pàn esen ow meras orth bejeth an den marow, fatell o va pòr haval dhe fâss Leo, pàn vedha ev ow cùsca yn town. Wàr verr lavarow, res yw dhybm meneges na welys vy bythqweth gevellas o mar haval an eyl dh'y gela avell an den bew ha'n den marow-na.

Me a drailyas dhe weles pana fara a wre Leo ow qweles y honen marow, ha me a gafas ev dhe vos sowthenys yn frâs. Ev a savas dyw vynysen pò teyr mynysen ow meras, heb leverel ger vëth, ha pàn gowsas ev wàr an dyweth, ny grias ev ma's—

"Gwra y gudha, ha kebmer vy alebma."

"Nâ, gorta, a Calycratês," yn medh Ayesha. Yth esa hy ow sevel ena ha'n lugarn derevys a-ugh hy fedn, ow tevera y wolow wàr hy thecter rych ha wàr varthùs yêyn a'n den marow wàr an masken. Moy haval o hy dhe Sybyl inspîrys ès dhe venyn, ha hy ow rollya in mes hy lavarow rial gans gordhyans ha frethter helavar, na allama, ellas! settya wàr baper yn ewn obma.

"Gorta, me a garsa dysqwedhes dhis neb tra, ma na vo kelys dhyworthys part vÿth a'm drog-oberow. Gwra egery an bows, a Holly, wàr vrest Calycratês marow, rag martesen ow arlùth a wra kemeres own dhe dùchya y honen.

Me a sewyas hy geryow, saw yth esa ow dewla ow crena. Yth hevelly dhybm bos defolyans ha tra ansans tava an imach cùskys a'n den bew rybof. Heb let y vrest ledan o nooth, hag ena, dres an golon poran, ny a welas goly, gwrës dell hevelly, gans guw.

"Te a wel, a Calycratês," yn medh hy. "Godhvyth ytho me dhe'th ladha jy. In Tyller an Bêwnans me a ros dhis Ancow. Me a'th ladhas awos Amenartas Ejyptyones, eses ow cara, rag yth esa hy ow sensy dha golon der hy dynyans, ha ny yllyn hy gweskel hy kepar dell wrug vy gweskel an venyn-na agensow, rag hy o re grev ragof. I'm hast hag i'm sorr wherow me a'th ladhas jy, ha lemmyn dres oll an dedhyow-na me re beu worth dha lamentya hag ow cortos dha dhevedhyans. Ha devedhys ota, ha ny yll den vÿth sevel intredhos jy ha me; hag in gwir in le a vernans me a vynn ry bêwnans dhis—ny vÿdh henna bêwnans eternal, rag ny yll den vÿth ry henna dhis—saw me a re dhis bêwnans ha yowynkneth a wra durya milyow wàr vîlyow a vledhynyow, ha ganso gordhyans ha gallos ha rycheth, ha pùptra a vo dâ ha teg, na gafas den vÿth bythqweth kyns, ha na'n jevyth den vÿth rag nefra arta. Ha lemmyn unn dra moy, ha te a wra powes hag ombarusy rag dëdh dha dhaskenesygeth. Te a wel an corf-ma neb o dhyso. Dres oll an cansvledhynyow-ma ev re beu ow honfort yêyn ha'm coweth vy. Saw lemmyn ny'm beus othem anodho na fella, rag yma dhymm dha bresens bew, na ny yll hemma ma's sordya covyon a'n dra a garsen ankevy. Ytho gwrêns ev dewheles arta dhe'n doust may whrug vy y sensy dhyworto.

"Mir! Me re barusas rag an our lowen-ma!" Ha hy êth dres an cav bys i'n legh pò estyllen aral, a leverys hy y whre servya dhedhy avell gwely, ha hy a gemeras dhywarnedhy vessyl dywscovarn a weder, mayth o an ganow anodho kelmys in bàn dre wùsygen. Hodna hy a dhygolmas, hag ena hy a blegyas hag abma yn cosel dhe dâl an den marow. Ena hy a lowsyas an vessyl ha devera a veu ino gans rach dres an fygur, ow kemeres with, dell verkys vy, na wrella badna vŷth hy thùchya hy nag agan tùchya ny. Ena hy a dheveras remnant an lydn wàr an brest ha wàr an pedn. Heb let eth tewl a dherevys, ha'n cav a veu lenwys a vog tagus, ma na yllyn ny gweles tra vŷth, pàn esa an trenk mortal (rag me a grës yth o va neb tra alosek a'n par-na) ow qwil y ober. Dhyworth an tyller mayth o an corf a'y wroweth ny a glôwas tythya ha crackya, saw hedna a cessyas kyns ès an mog dhe dhyberth. Wàr an dyweth an mog o gyllys kefrës, kynth ywa wondrys dhe dherivas, nyns o gesys tra vëth wàr an legh a ven a wrug corf Calycratês ancyent growedha warnedhy mar lies cansvledhen ma's nebes polter gwydn ha mog ow terevel dhywarnodho. An trenk a wrug dystrôwy an corf yn tien, hag in tyleryow debry an men kefrës. Ayesha a blegyas, hag in udn gemeras dornas a'n polter-ma, hy a's towlas i'n air hag a leverys i'n keth termyn, solem ha gwastas hy lev—

"Doust dhe dhoust!—an termyn passys dhe'n termyn passys!—an re marow dhe'n re marow!—Calycratês yw marow, hag yth ywa genys arta!"

An lusow a neyjas heb son vëth dhe'n leur a ven, ha ny a savas in taw ownek ha meras ortans ow codha, re amôvys rag leverel ger vëth.

"Lemmyn kewgh dhyworthyf," yn medh hy, "ha cùscowgh mar kyllowgh. Res yw dhymm golyas ha predery, rag i'n nos avorow ny a vynn mos alemma, ha ny wrug vy kerdhes nans yw termyn pell an fordh a res dhyn sewya."

Ytho ny a blegyas ha dyberth dhyworty.

Pàn esen ny ow tremena bys in agan chambour agan honen, me a wrug gyky aberth in chambour Job dhe weles fatl'esa ev ow fara, rag ev o gyllys in kerdh dhyrag agan kescows gans Ùstânê ha kyns ès Ayesha dh'y moldra, rag ev a gemeras own hag euth pàn welas ev solempnyta an Amahagger. Yth esa ev ow cùsca yn town, gwas dâ lel dell o. Nyns o crev y nervow, kepar ha nervow lies huny dydhysk, ha me a lowenhas na wrug ev gortos dhe weles golok dhewetha a'n jëdh uthyk-na. Ena ny a entras in agan chambour, hag obma wàr an dyweth fros a dristans a dardhas in mes a Leo, rag abàn welas ev an imach rewys anodho y honen, namnag esa ev in stât a sowthan diegrys. I'n tor'-na, pàn nag esa na fella in presens *Honna* uthyk, y sens a'n scruth a bùptra a wharva, ha spessly a'n denlath bylen a Ùstânê, a'n gweskys kepar ha hager-awel, rag ev a veu kelmys dhedhy mar stroth, hag ev a sùffras edrek tydn hag a gemeras euth dres musur. Scant ny yllyn godhaf y glôwes, rag ev a wrug molethy y honen—ha molethy an prës may whelas ev kensa scrif an darn pot, a veu verefies in maner mar gevrînek. Ha dres pùptra ev a wrug molethy y wander y honen. Ny vedhas ev molethy Ayesha—pyw a vynsa côwsel droktra a venyn kepar ha hy? Ha martesen, ny'n godhyen yn certan, yth esa hy ow meras orthyn i'n very prës-na.

"Pandra dal dhybm gwil, a goweth coth?" yn medh ev yn trist, in udn bosa y bedn wàr ow scoodh ha'y dhyspêr mar lybm. "Me a asas dhedhy bos ledhys—ny yllyn lettya hedna, saw kyns ès pedn pymp mynysen yth esen owth abma dh'y moldrores dres hy horf. Me yw best bylen, saw ny allama omwetha" (hag i'n tor'-na y lev a dhroppyas) "rag an bystryores uthyk-na. Me a wor fatell wrama an keth tra avorow; me a wor ow bos in y danjer hy rag nefra. Mar ny wrellen hy gweles unweyth arta, ny wrussen predery a gen benyn vëth oll dedhyow ow bêwnans. Me a res hy sewya, kepar dell usy an najeth ow sewya an tenven. Ny vynsen dyberth lebmyn, a callen. Ny alsen hy gasa. Ny wrussa ow garrow ow don, saw yth yw ow brës cler lowr whath, hag i'm brës vy cas yw hy genef—dhe'n lyha, me a grës hy bos cas genef. Yma pùptra mar uthyk; ha'n—corf marow-na! Fatla yll hedna bos styrys? Me o an den marow-na. Me re beu gwerthys aberth in captyvyta, a goweth coth, ha hy a vydn kemeres ow enef vy avelly hy fris hy honen!"

Ena rag an kensa prës, me a leverys dhodho nag esen vy ow honen in stât vëth gwell. Ha res yw dhybm avowa, awos y gerensa fol y honen, ev a veu onest lowr dhe gescodhevel genef. Martesen ev a gresy na dalvia dhodho perthy envy ahanaf, dre rêson na'm be vy chauns vëth gans an arlodhes. Me êth in rag ha profya dhodho y fedha dâ ragon martesen fia dhe'n fo. Saw ny a sconyas dhe wil hedna yn scon rag ny ylly an dra bos collenwys, ha rag leverel an gwiryoneth, me a grës na wrussa onen vëth ahanan forsâkya Ayesha, mar teffa neb power gornaturek ha'gan carya in mes a'n câvyow tewl-na ha'gan settya wàr nans in Kergraunt. Ny yllyn ny namoy hy gasa hy ès dell yll an tycky duw nos forsâkya an golow a wra y dhystrôwy. Ny o kepar ha debroryon cùskles: in prës agan skentoleth ny a wodhya pana varwyl o agan fara, saw yn sur nyns en ny parys dhe forsâkya an plesour uthyk.

Ny vynsa den vëth oll a'y vodh, wosa gweles *Honna* heb hy mailyans, wosa clôwes hy lev ha wosa eva skians wherow hy geryow, forsâkya an wolok rag cùntellyans a blesours clor. Pyseul dhe voy, ytho, y fia hedna gwirhaval in câss Leo, pàn wrug an venyn varthys-na meneges hy dhe vos sacrys corf hag enef dhodho, hag a ros dhodho prevyans fatell wrug hy herensa ragtho durya neb dyw vil vledhen?

Tebel-venyn o hy heb dowt vëth, ha heb dowt vëth y feu Ùstânê ledhys gensy pàn esa hy ow sevel in hy fordh, saw hy o pòr lel inwedh, hag dre laha natur ny wra den ma's consydra hager-oberow benyn a vohes poster, spessly mars yw teg an venyn, ha mar peu an hager-ober comyttys rag y gerensa ev.

Hag ena, pelha, pana dermyn a dheuth chauns bythqweth dhe dhen kepar ha'n chauns esa dhyrag Leo i'n tor'-na? In gwir, mar teffa ev ha jùnya orth an venyn uthyk-na, ev a vynsa gorra y vêwnans in dadn arlottes tebel-venyn gevrînek,[23] saw hedna a vynsa wharvos dhodho in neb maryach kebmyn. Wàr an tenewen aral, ny alsa maryach kebmyn vëth dry dhodho tecter mar vrâs ha mar uthyk—rag uthyk yw an ger compes rag y dhescrefa—ha

---

[23] Wosa predery adro dhe'n lavar-ma dres nebes mîsyow, res yw dhybm avowa nag oma contentys yn tien y dhe vos gwir. Gwir yw fatell wrug Ayesha comyttya denlath, saw a pen ny agan honen endewys gans an keth gallos dygabester-na, hag a pen ny ow tesîrya taclow freth dell o Ayesha, me a grës dre lycklod ny dhe omdhon in kepar maner. Ha kefrës res yw perthy cov fatell esa hy ow consydra mernans Ùstânê dhe vos pùnyshment lafyl rag fowt a obedyens in dadn sytem a wre ladha den vëth dywostyth. Mar teun ny ha settya adenewen an qwestyon a'n denlath, nyns yw hy hager-oberow ma's taclow nag usy owth acordya gans agan moralyta avowys, kyn nag yw indella agan practys. Lebmyn orth an kensa golok, hebma a yll bos kemerys avell prov a debel-natur, saw pàn wrellen ny consydra oos pòr hir a'n venyn, res yw dhyn avowa nag o hy fara tra vëth ken ès an cynykuster natùral usy ow tos gans oos ha gans experyens wherow hag inwedh gans gallos marthys a whythrans. Mater aswonys yn tâ yw (mar teun ny ha gasa dedhyow an maw yonk adenewen) fatell eson ny ow tevy dhe voy cynykus ha

kerensa mar nevek, skentoleth mar dhown, power wàr gevrînow an natur, ha'n roweth ha'n gallos a vynsa dos gans oll an re-na. Ha wàr an dyweth hy a rosa dhodho an gùrun a yowynkneth eternal, mars o hedna possybyl in gwiryoneth. Nâ, ow consydra pùptra, nyns o marth nag o Leo parys dhe fia dhyworth y fortyn dâ marthys, kynth o va budhys in sham hag in anken, poran kepar ha den jentyl vëth i'n keth cyrcùmstancys.

Ow thybyans vy yw y fia Leo muscok, mar teffa ev ha gwil indella. Saw yth esoma owth avowa bos res rêceva ow opynyon gans ambosow. Yth esoma ow cara Ayesha bys i'n jëdh hedhyw, ha gwell via genef enjoya hy herensa dres an spâss a udn seythen got ès cafos kerensa ken benyn vëth dres oll ow bêwnans. Ha gesowgh vy dhe addya, mar pëdh nebonen ow towtya an lavar-na, ha mar crës ev ow bosama gocky rag y leverel, mar teffa ev ha gweles Ayesha ow tedna hy veyl hag ow tysqwedhes hy leun-decter dh'y lagasow, ev a vynsa leverel an keth tra poran avelof vy. Heb mar, yth esoma ow côwsel rag den vëth oll i'n bës. Ny gefsyn ny bythqweth an prow a vreus benyn ow tùchya Ayesha, saw me a grës y hylly hy martesen hâtya an Vyternes; ha mar teffa hy ha dysqwedhes hy fowt a gerensa rygthy, wàr an dyweth Ayesha a wrussa hy dystrôwy.

Dres dew our ha pelha Leo ha me, ny a sedhas, shakys agan nervow hag ownek agan lagasow, ha côwsel adro dhe'n wharvedhyansow marthys a wrussyn ny bewa dredhans. Yth hevelly an dra dhe vos hunros pò whedhel coynt, in le a'n

cales'hës gans an bledhydnyow. Ea, nyns yw nebes ahanaf sawys dhyworth dellny moral pò dhyworth podrethes moral kyn fe, marnas dre vernans. Ny wra den vëth naha bos an den yonk gwell dre vrâs ès an den coth, rag ev yw heb an experyens a'n ordyr a daclow, neb a wrella in tus a'n natur prederus sordya cynykuster ha'n dysdain rag fordhow aswonys ha practysyow ûsys, neb yw gelwys drog-oberow genen. Lebmyn an den cotha in oll an norvës o flogh comparys gans Ayesha, ha ny'n jevia an den moyha skentyl in oll an bës ma's an tressa radn a'y skentoleth hy. Ha frût hy skentoleth o hebma: nag esa i'n bêwnans tra vëth o wordhy dhe vewa ragtho ma's an gerensa in y styr uhella. Ha rag gwainya an dra-na, nyns o hy parys dhe vos lettys dre daclow trufyl. Hebma in gwir yw an sùmen a'y hager-oberow, ha res yw perthy cov wàr an tenewen aral, pynag oll eson ny ow predery anodhans, res yw avowa fatell wre hy dysqwedhes vertus nag yw kebmyn in mesk benenes na tus—lendury rag ensompel.—L.H.H.

gwiryoneth solem crev. Pyw a vynsa cresy yth o gwir an scrîf wàr
an darn pot, ha pelha fatell wren ny bewa rag prevy an gwiryoneth-
na? Ha ny agan dew, ow mos rag hy whelas, dhe gafos hodna esa
ow gortos gans hirberthyans agan devedhyans bys in bedhow Kôr?
Pyw a vynsa cresy fatell wre an venyn gevrînek-ma in person Leo
y honen dyscudha an den esa hy ow gortos dhia gansvledhen dhe
gansvledhen, ha fatell o gwethys gensy embaumys y gorf kensa bys
i'n very nos-na? Saw yth o an negys indella. Awos pùptra a welsyn,
cales o dhyn avell tus kebmyn a's teva rêson heb cresy y wiryoneth.
Rag hedna ny a istynas agan honen ahës rag cùsca, uvel agan colon
hag ow convedhes pana dhyfreth yw skians mab den, ha pana
daunt yw nebonen mar lever ev bos neppyth ùnpossybyl yn udnyk
drefen na'n jeves ev experyens vëth anodho. Ytho ny a gùscas hag
a worras agan destnans in dewla an Ragwelesygeth-na a alowas
dhyn tedna adenewen an veyl a dhyskians mab den, ha dhe
dhyskevra dhyn neb golok rag dâ pòr rag drog a'n taclow possybyl
i'n bêwnans-ma.

XXII

PROFECY JOB

Orth naw eur ternos vyttyn Job a entras rag ow dyfuna. Yth hevelly ev stella ownek ha dowtys, saw ev a veu lowen lowr pàn wrug ev agan cafos i'gan gweliow ha whath ow pewa, rag nyns esa ev ow qwetyas hedna. Pàn dherivys vy dhodho mernans uthyk Ùstânê druan, ev o dhe voy lowen na wrussyn ny merwel, saw diegrys o va inwedh—kyn na wrug Ùstânê bythqweth y blêsya, ha ny wrug ev plêsya dhedhy hy naneyl. Hy a'n gelwy "porhel" in cragh-Arabek, hag ev a's gelwy "flownen" in Sowsnek dâ. Saw an tîtlys plêsont-na a veu ankevys dhyrag an hager-mernans a gafas hy orth dewla hy Myternes.

"Ny vanaf vy leverel tra vëth nag yw vas, a syra," yn medh Job, pàn o va leun-uthykhës der ow whedhel, "saw me a grës an *Honna-na* dhe vos an Tebel-el y honen, pò martesen gwreg an Tebel-el, mara'n jeves ev kespar, ha dre lycklod ev a'n jeves gwreg, rag ny ylly ev bos mar dhrog y honen oll. Comparys gensy hy Colyoges En-dor o benyn wocky, a syra. Saw revrons ahanowgh why, mar êsy via dhedhy hy gwil dhe bùb den jentyl i'n Beybel dasserhy in mes a'n bedhow vil-ma dell via dhe vy tevy beler in mes a wlanen goth. Pow dewolow yw an pow-ma, a syra, ha hy yw an chif-dhyowl anodhans oll. Ha mar teun ny nefra ha scappya in mes anodho, hedna a vëdh moy ès dell esoma ow qwetyas. Ny welaf vy fordh vëth in mes anodho. Ny vydn an bystriores-na gasa dhe dhen yonk brav kepar ha Mêster Leo diank dhyworty."

"Do way," me a leverys, "wàr neb cor hy a wrug selwel y vêwnans."

"Gwrug, ha hy a vydn kemeres y enef avell pêmont. Hy a vydn gwil pystrior anodho, kepar dell yw hy pystriores. Me a grës y vos drog mellya in neb fordh gans pobel a'n sort-ma. Newher, a syra, yn tyfun i'm gwely me a redyas i'm Beybel bian, a ros ow mabm

236

goth truan dhybm, adro dhe'n taclow a whervyth dhe bystrioresow ha benenes a'n sort-na, ha'm blew a savas wàr ow fedn. Abarth Duw, assa via an arlodhes coth sowthenys, mar coffa hy plît Job, hy mab!"

"Ea, in gwir, pow coynt ywa, ha coynt yw an bobel kefrës, Job," me a worthebys yn trist, rag kyn nag oma hegol kepar ha Job, res yw dhybm meneges bos gwell genef omdedna (kyn na allama leverel prag) dhyworth taclow a hevel bos a-ugh an Natur.

"Yma an gwir genes, a syra," ev a worthebys, "ha mar ny wrewgh ow fredery pòr wocky, me a garsa leverel neb tra dhywgh, abàn yw Mêster Leo gyllys dhyworthyn" (Leo a savas yn avarr ha gyllys in mes o rag kerdhes adro)—"ha hèn yw: me dhe wodhvos an tyller-ma dhe vos an pow dewetha a wrama gweles i'n norvës. Me a hunrosas newher me dhe weles ow thas coth vy gwyskys in hevys nos, neb tra haval dhe'n bows a vo adro dhe'n bobel-ma pàn wrellons omwysca aga honen yn teg. Ev a'n jeva nebes gwels pluvak in y dhorn, a wrug ev cùntell wàr y fordh obma martesen, rag me a welas meur a'n gwels-na de ow tevy cans lath dhyworth ganow an cav uthyk-ma.

"'Job,' yn medh ev dhybm, yn solem saw contentys lowr, moy haval ès ken tra vëth dhe bregowthor Methodyst neb a werthas margh clâv dh'y gentrevak ow leverel y vos yagh hag a wainyas ugans puns i'n chyffar—'Job, devedhys yw dha dermyn, Job; saw bythqweth ny brederys vy y resa dhybm dos ha'th whelas i'n tyller-ma, Job. Ass o cales dhybm dha dhyscudha. Nyns o caradow ahanas gwil dhe'th sîra dos mar bell, heb gwil mencyon a'n nùmber brâs a debel-wesyon usy tregys i'n tyller-ma, in Kôr.'"

"Edhnow coynt," me a leverys.

"Ea, a syra—heb mar, a syra, hèn yw an pëth poran a leverys ow thas adro dhodhans—'edhnow coynt, pobel dhe vos gohelys'—a syra, ha me yw sur ow bosama acordys ganso, awos a welys vy anodhans, hag a'ga fottow tobm," Job a bêsyas yn trist. "Wàr neb cor, ev o certan ow thermyn dhe vos devedhys, hag ev a dhyberthas ow leverel y whren ny agan dew gweles moy an eyl a'y gela yn scon ès dell garsen ny, ha me a sopos fatell esa ev ow remembra na ylly ev ha me agria warbarth moy ès try jorna dhe'n moyha, ha me a grës y fëdh taclow kepar pàn wrellen ny metya arta."

"Yn sur," me a leverys, "nyns esta ow cresy te dhe verwel drefen te dhe hunrosa fatell welsys dha das coth. Mars usy nebonen ow merwel, pàn wrella ev hunrosa a'y das, pandra wher dhe hedna a vo ow hunrosa a'y dhama dhâ?"

"Ogh, a syra, yth esowgh why ow qwil ges ahanaf," yn medh Job; "saw why a wel, nag o ow thas coth aswonys dhywgh. A pe ken den vëth i'm hunros—ow modryp Maria, rag ensompel, a vedha dywysyk pùpprës, ny wrussen preder meur a'n negys, saw ow thas o mar dhiek, tra na godhvia dhodho, tas dell o a seytek flogh, me a grës na vynsa ev ania y honen may teffa ev obma yn udnyk rag gweles an tyller. Nâ, a syra, me a wor fatell o va in sevureth. Wèl, a syra, ny allama omweres. Me a sopos bos res dhe genyver onen merwel neb termyn, saw cales yw merwel in tyller avell hebma, le na yll den bos encledhys avell Cristyon, na fors pygebmys owr a'n jeffa. Me re whelas bos densa, a syra, ha dhe wil ow devar yn onest, ha na ve an fordh hautyn a wrug ow thas omdhon y honen newher—orth ow despîtya avell den nag esa ow predery meur a'm test-scrîfow rag an bës nessa—me a via êsy lowr i'm brës. Wàr neb fordh a syra, me re beu servont dâ dhywgh why ha dhe Vêster Leo, bedneth Duw dhodho!—dar, yth hevel dhybm na veu ma's degensetê pàn esen orth y lêdya i'n strêtys ha whypp deneren in y dhorn—ha mar tewgh why nefra diank in mes a'n tyller-ma—ha drefen na wrug ow thas vy mencyon ahanowgh why, martesen why a wra diank—yma govenek dhybm why dhe remembra yn kerenjedhek ow eskern gwydn ha sconya nefra arta dhe vellya gans scrîf Grêk wàr bottow flourys, a syra, mars yw alowys dhybm leverel hedna dhywgh."

"Do way that, a Job," me a leverys yn sevur, "hèm yw flows yn tien, te a wor. Y coodh dhis heb predery taclow a'n par-na. Ny re vewas dre nebes taclow coynt, hag yma govenek dhybm ny dhe bêsya indella."

"Nâ, nâ, a syra," Job a worthebys, hag ev a'n leverys mar grev may feuma anês, "nyns ywa flows. Me yw dampnys, ha me a'n clôw inof, ha pòr dhyscomfortys oma, a syra, rag ny allama sevel orth omwovyn fatla wra dos ow mernans. Mars esoma ow tebry kydnyow, me a breder a boyson, ha nyns yw hedna dâ rag an bengasen. Ha mar pedhama ow kerdhes in onen a'n tell conyn-ma, me a breder a gellyl, hag a Dhuw, assa vedhama ow trembla! Nyns yw hedna bern dhybm, a syra, mar pëdh ow mernans uskys, kepar ha'n vowes truan-na, ha lebmyn, awos hy dhe vos gyllys, drog yw genef pàn wrug vy côwsel tebel-taclow wàr hy fydn—kyn nag oma acordys gans hy omdhegyans ow tùchya demedhy, rag hy o re uskys ganso dhe vos onest. Whath, a syra," yn medh Job truan ha'y vejeth a drailyas gwydn, "yma govenek na vëdh e an gwary-na gans an pot tobm."

"Flows," me a leverys yn serrys, "flows!"

"Dâ lowr, a syra," yn medh Job, "nyns yw ewn ragof vy strîvya genowgh, a syra, saw mar tewgh why ha mos dhe dyller vëth, a syra, me a vynsa aswon meur râss dhywgh mar callewgh why ow dry vy genowgh, rag me a vëdh lowen dhe gafos bejeth caradow dhe veras orto pàn dheffa an termyn, rag ow gweres ow sùffra, why a alsa leverel. Ha lebmyn, me a vydn parusy an haunsel," hag ev êth in mes orth ow gasa vy in stât anês. Me a gara Job coth yn town, hag ev o onen a'n dus welha ha moyha onest a wrug vy dêlya gansans in rencas vëth i'n bës, ha rag leverel an gwiryoneth, ev o cothman kyns ès servont, ha'n tybyans a neppyth ow wharvos dhodho a dhros hanajen dhe'm briansen. Me a welas yn apert in dadn oll y lavarow gocky ev dhe gresy yn fyrm y whre neppyth wharvos dhodho, ha kynth usy an radn vrâssa a'n taclow-na ow trailya in mes avell whedhlow pur—ha'n profecy-ma yn arbednek a ylly bos styrys der an tyller morethek hag ùncoth esen ny ino—geryow Job bytegyns a worras yêynder i'm colon, poran dell wra own vëth a yll bos gwir, kyn fo an dra vÿth mar wocky. An haunsel a dheuth yn scon, ha Leo warbarth ganso, rag ev a wrug kerdhes adro avês dhe'n cav—dhe glerhe y vrës, dell leverys ev—ha me a veu pòr lowen dhe weles an dhew anodhans, rag y a ros dhybm termyn a bowesva dhyworth ow frederow morethek. Warlergh haunsel ny êth ow kerdhes arta, ha ny a welas radn a'n Amahagger ow conys hâs in splat a dhor, ha'n has o an ÿs usons y ow qwil aga coref in mes anodho. An gonys a vedha gwrës dell vedha gwrës i'n Beybel: yth esa den mayth o scryp a grohen gavar kelmys adro dhodho ow mos in bàn ha wàr nans dres an gwel hag ev ow scùllya an has. Remedy rag an brës o gweles onen a'n bobel uthyk-na ow qwil neppyth mar blêsont ha sempel avell gonys has, martesen dre rêson an ober-na dh'ag helmy gans an remnant a gynda mab den.

Pàn esen ny ow tewheles Bylâly a vêtyas genen ha derivas dhyn fatell o *Honna* whensys may whrellen hy vysytya, hag indella ny a entras in hy fresens, rag excepcyon a'n rewl o Ayesha hy honen in gwir. Dhe voy esen ny worth hy aswon, dhe voy esa ow sordya inon kerensa ha marth. Nyns esa despîtyans ow sordya poynt.

Dell o ûsys ny a veu drës ajy gans an bobel omlavar, ha warlergh an re-na dhe omdedna, Ayesha a worras dhywarnedhy hy mailyans, hag unweyth arta hy a erhys dhe Leo hy byrla. Awos oll y dowtys a'n nos newher, ev a wrug hedna gans mal ha dhe dobma ès dell esa cortesy ow reqwîrya.

Hy a settyas hy dorn gwydn wàr y bedn, ha meras orth y lagasow yn kerenjedhek. "Esta owth omwovyn, a Calycratês wheg," hy a leverys, "pana dermyn a wrêta ow gelwel dha wreg, ha pana dermyn a vedhyn ny in gwir an eyl rag y gela? Me a vynn leverel dhis. Kyns oll te a res bos kepar ha me. Ny vedhyth dyvarow, rag nyns ov vy dyvarow ow honen, saw te a vÿdh mar gales'hës ha dyffresys warbydn assaultyans an Termyn may whrello y sethow lemmel dhywar gaspows dha vêwnans freth dell usy golowynnow an howl ow taslemmel dhywar an dowr. Ny allaf vy parya genes whath, rag dyhaval on ny, te ha me, ha golow pur ow bosva a vynsa dhe lesky in bàn yn tien, ha martesen dha dhystrêwy. Ny alses meras orthyf re hir kyn fe, rag dowt dha dhewlagas dhe'th pystyga, ha rag henna," (hy a bendroppyas nebes) "me a vynn omgudha ow honen arta." (Wàr neb cor ny wrug hy indella) "Nâ, goslow, ny vedhyth assayes dres dha allos, rag haneth, unn our dhyrag an howlsedhas, ny a vynn dyberth alemma, ha kyns ès nos avorow, mar pÿdh pùptra compes, ha mar ny vedhaf vy gyllys wàr stray, ha me a bÿs na vo indella, ny a vynn sevel in tyller an Bêwnans, ha te a wra omvadhya i'n tan, ha dos in mes gloryfies, dell na veu den vÿth dhyragos, hag ena, Calycratês, te a vynn ow gelwel gwreg, ha me a vynn dha elwel jy ow gour ty."

Pàn glôwas Leo an lavar marthys-na, ev a leverys neb tra in dadn y anal, ny worama pandra; ha hy a wharthas nebes orth y ancombrynsy, hag a bêsyas.

"Ha te inwedh, Holly. Me a vynn provia an ro dhis inwedh, hag ena in gwir te a vÿdh bÿthwer, ha me a vynn gruthyl indella awos te dhe blegya dhymm. Rag Holly, nyns ota fol yn tien kepar ha'n rann vrâssa a vebyon tus, ha kyn fo dhis scol a fylsosofy mar leun a flows avell fylosofy an dedhyow coth, te re'm plêsyas, rag ny wrusta ankevy an fordh dhe leverel lavarow teg ow tùchya dewlagas benyn."

"Hô, a gothman coth!" Leo a whystras, rag dewhelys dhodho o y lowender ûsys, "a wrusta praisya tecter an venyn-ma? Bythqweth ny wrussen desmygy hedna dhyworthys!"

"Gromercy dhis, a Ayesha," me a worthebys gans kebmys dynyta dell yllyn, "saw mars eus tyller kepar ha hedna esta owth henwel, ha mar kefyr ena vertu tanek a yll gwetha Mernans dhyworthyn, pàn dheffa ev dh'agan kemeres er an dorn, ny vanaf vy bos kevrednek anodho. Ragof vy ny wrug an bës ombrevy neyth mar vedhel mayth oma whensys dhe wrowedha ino benary. Agan dor ny yw mabm cales hy holon, ha meyn yw an taclow usy hy ow ry dh'y flehes pùptëdh oll. Meyn neb yw wherow dhe dhebry ha dowr wherow avell dewas, ha strocosow in le megyans tender. Pyw a vynsa perthy an re-na der an spâss a lies bêwnans? Pyw a vynsa beghya y honen gans covyon a ourys passys hag a gerensa gellys, hag a anken y gentrevak na yll ev lehe, ha gans furneth na yll y gonfortya? Cales yw merwel rag yma agan kig medhel ow plynchya dhyrag an prëv na wra va clôwes, ha'n bës ùncoth yw kelys dhyworthyn der an lien bedh. Saw calessa via dhybmo vy durya i'm bêwnans, gwer ha fresk dhe weles, saw pedrys wàr jy, ha clôwes an prëv aral-na, prëv an covyon, ow knias ow holon pùpprës."

"Gwra predery, Holly," yn medh hy, "yma bêwnans hir, nerth ha tecter dres ehen ow styrya gallos hag oll an taclow yw plegadow dhe vab den."

"Ha pandr'yw an taclow-na, a Vyternes," me a leverys, "neb yw plegadow dhe vab den? A nyns yns taclow trufyl heb valew vëth? Pandr'yw uhelwhans marnas skeul dhyworfen, na yll drehedhes uhelder vëth erna vo drehedhys an gris dewetha, na yll nefra bos cramblys? Rag yma uhelder ow lêdya dhe uhelder, ha ny vëdh powesva warnodhans, hag yma gris ow tevy war an gris dhyragtho, ha nyns eus finweth dhe'n nùmber anodhans. A nyns usy rycheth ow qwalha hag ow tyvlasa, ha wàr an dyweth nyns usy ow contentya nag ow perna our kyn fe a gosoleth? Ha pelha eus gorfen vëth dhe'n skentoleth, a yllyn ny gwetyas drehedhes? Pelha, dhe voy a wrellen ny desky, a ny vedhyn ny dhe voy abyl dhe gonvedhes agan nycyta? Mar teffen ny ha bewa deg mil vledhen, a alsen ny gwetyas assoylya kevrînow an howlow hag a'n spâss in hans

dhedhans, hag a'n Dorn neb a's settyas i'n ebron? A ny via agan
furneth tra vëth ken ès nown lybm ow kelwel agan brës dëdh wosa
dëdh dhe gonfessya whansow gwag agan enef? A ny via an furneth-
na kepar ha golow in onen a'n câvyow brâs-ma? Kyn whrella lesky
dhe voy ha dhe voy, ny wrussa tra vëth ma's dysqwedhes pana
dhown yw an tewolgow oll adro. Ha pana dra dhâ usy dres hedna
a alsen ny cafos dre hirder bêwnans?"

"Nâ, a Holly wheg, yth yw kerensa—kerensa usy ow tekhe
kenyver tra, hag usy owth anella duwsys aberth i'n very doust in
dadn agan treys. Gans kerensa an bêwnans a wra rollya in rag
dhyworth bledhen dhe vledhen, kepar ha'n sownd a neb mûsyk
brâs, a yll sensy colon henna a'n clêwo ow neyja wàr eskelly er a-
ugh sham mostys ha folneth an norvÿs."

"Hedna a yll bos gwir," me a worthebys; "saw mar pëdh an
person kerys corsen drogh rag agan pechya, pò mar pëdh uver an
gerensa—pandra dhana? A wra nebonen kervya y dristans wàr ven,
pàn nag eus othem dhodho ma's a dhowr rag y screfa? Nâ, a *Honna*,
me a vydn bewa ow dedhyow, tevy coth gans ow denythyans,
merwel an mernans appoyntys ragof ha bos ankevys. Rag yth
esoma ow qwetyas bêwnans eternal, ha comparys gans hedna ny
vëdh an spâss bian a ylta jy martesen profya dhybm ma's mesva ryb
efander an norvës. Ha porth cov a hebma! An bêwnans dyvarow
esoma ow qwetyas, ha neb yw promyssys dhybm der ow fëdh, a
vëdh frank yn tien dhyworth an colmow a vëdh ow lesta ow spyrys
obma. Rag hadre vo an kig ow turya, y fëdh ow turya kefrës tristans
ha drog warbarth gans scorpyon-whyppys an pegh. Saw pàn vo
codhys dhyworthyn an kig, i'n tor'-na an spyrys a wra terlentry in
splander an dâ eternal, ha'y air kebmyn a vëdh eth mar bur a
brederow nôbyl, may fo whansow uhella agan manhot pò an incens
glânha a bejadow maghteth re boos dhe neyjya ino."

"Yth esta ow meras uhel in bàn," Ayesha a worthebys, gans
wharth munys, "hag yth esta ow côwsel mar gler avell trompa ha
sur yw y son. Saw me a grÿs bytegyns, y whrusta kêwsel namnygen
a'n 'dra Ùncoth' kelys dhyworthyn der an lien bedh. Saw martesen,
te a wel gans an lagas a Fÿdh, in unn veras orth an splander a
vÿdh der an gweder lywys a'th imajynacyon. Coynt yw an pyctours
lymnys indella gans mab den der an scubylen-ma a fÿdh ha dre
baint lieslyw an imajynacyon! Coynt inwedh yw nag eus onen vÿth

anedha ow acordya an eyl gans y gela! Me a alsa leverel dhis—saw
do way, na fors. Prag y whrussen kemeres y degen dhyworth an
den gocky? Gesowgh ny dhe dewel adro dhodho. Ha me a bÿs, a
Holly, pàn wrelles clêwes an henys ow cramyas yn lent bys dhis,
ha'n ancombrynsy a gothny ow cruthyl deray i'th empynyon, na
wrylly perthy edrega wherow te dhe dêwlel dhyworthys an prow
rial a garsen ry dhis. Saw y feu maters indella bythqweth: ny vÿdh
mab den contentys nefra gans an dra a yll y dhorn cùntell. Mara'n
jeves ev lugarn in y dhorn rag golowy y fordh i'n tewolgow, res yw
dhodho y dêwlel dhyworto drefen nag ywa steren. Yma an
lowender ow tauncya dhyragtho pùpprÿs, kepar ha'n tanow i'n
wern, hag res yw dhodho cachya an tan, ha sensy an steren! Nyns
yw tra vÿth dhodho an tecter, rag yma i'n bÿs gwessyow moy melys
whath; ha nyns yw tra vÿth rycheth, rag y hyll tus erel y veghya
gans bathow possa; ha nyns yw tra vÿth hanow brâs, rag y feu tus
brâssa agesso i'n norvÿs. Te dha honen a'n leverys, hag yth esoma
ow trailya dha eryow dha honen er dha bynn. Wèl, yth esta owth
hunrosa te dhe gachya an steren. Me ny'n cresaf poynt, ha me a'th
crÿs jy fol, a Holly wheg, mar qwrêta têwlel dhyworthys an lugarn."

Ny worthebys vy tra vëth, rag ny yllyn—spessly dhyrag Leo—
meneges dhedhy wosa me dhe weles hy fâss, me a wodhya y fedha
hedna dhyrag ow lagasow benary, hag indella nag en whensys dhe
hirhe ow bêwnans, troblys ha tormentys pùb termyn dre hy hov,
ha der an wherowder dewetha a gerensa heb collenwel. Saw indella
yth o, hag indella yth yw whath bys i'n very present termyn-ma!

"Ha lemmyn," *Honna* a bêsyas, in unn jaunjya ton hy lev ha'n
mater a gescows, "lavar dhymm, a Calycratês wheg, rag me ny'n
gòn whath, fatla wharva why dhe dhos omma rag ow whylas?
Newher te a leverys Calycratês—henna neb a welsys—dhe vos dha
hendas. Fatla wharva henna? Derif dhymm—ny vedhyth ow kêwsel
re!"

Conjùrys indella, Leo a dherivas dhedhy an whedhel coynt a'n
cofyr hag a'n darn pot, inscrîbys gans y henvabm, Amenartas
Ejyptyones, a veu an main dh'agan gêdya bys dhedhy. Ayesha a
woslowas yn tywysyk, ha pàn o gorfednys ganso, hy a gowsas orthyf
vy.

"A ny leverys dhis unn jëdh, pàn esen ny ow kestalkya adro dhe'n
dâ ha'n drog, a Holly—pàn esa ow huv colon a'y wroweth mar

243

glâv—yth esa an dâ ow tos dhyworth an drog, ha'n drog dhyworth
an dâ—an re-na esa ow conys has, na wodhyens pana drevas a wre
tevy, na na wodhya henna a wrella gweskel, ple fedha an strocas?
Mir lemmyn, an venyn Ejyptyon, an Amenartas-ma, an flogh rial-
ma a Dhowr Nil, mayth en vy cas gensy, hag yw cas genef whath,
rag in fordh hy a spêdyas er ow fynn—mir lemmyn: hy hy honen
re beu an main dhe dhry hy haror bys i'm dywvregh! Rag hy

herensa hy me a'n ladhas, ha lemmyn, mir, dredhy hy ev yw
dewhelys dhymm! Hy a vynsa gruthyl dregyn dhymm, ha gonys hy
has may hallen vy mejy gwegas, ha mir, hy re ros dhym moy ès dell
alsa oll an norvÿs ry. Otta pedrak coynt ragos dhe fyttya aberth
i'th kelgh a'n dâ hag a'n drog, a Holly!

"Hag indella," hy a bêsyas wosa powes tecken—"hag indella hy
a gomondyas dh'y mab ow dystrêwy mar kylly, drefen me dhe
ladha y das. Ha te, a Calycratês wheg, yw an tas, hag in neb styr
inwedh yth ota an mab kefrÿs. Hag a garses venjya dha dhrog, ha
drog dha vamm pell alemma warnaf vy, a Calycratês? Mir," ha hy
a godhas wàr hy dewlin ha tenna an bows wydn dhe bellha dhywar
hy dywvron a lyw dans an olyfans—"mir, ot omma yma ow holon
ow qweskel, hag yma collan ena rybos, ha hy yw poos, hir ha
lymm, an gollan ewn rag ladha pehadores gensy. Kemmer hy
lemmyn, ha bÿdh venjys. Gwesk ha gwesk yn town!—indella te a
vÿdh contentys, a Calycratês, ha mos dre dhe vêwnans yn lowen,
drefen te dhe dêwlel dial wàr an camm, ha dhe obeya arhadow an
dedhyow coth."

Ev a veras orty, hag ena istyna in mes y dhorn ha'y derevel wàr
hy threys.

"Sa'bàn, Ayesha," yn medh ev yn trist; "te a wor yn tâ na allama
dha weskel, nâ, na alsen rag kerensa an venyn a wrusta ladha
newher kyn fe. Yth esoma in dadn dha dhanjer, ha keth oma dhis
yn tien. In pana vaner a alsen dha ladha jy?—Kyns ès hedna me a
vynsa ladha ow honen."

"Namnag esta ow tallath ow hara vy solabrÿs, Calycratês," hy a
worthebys gans minwharth. "Ha lemmyn derif dhymm adro dhe'th
pow dha honen—y yw pobel vrâs, a nyns yns? Hag y a's teves empîr
kepar hag empîr Rom! Yn certan te a garsa dewheles dy, ha hèn
yw dâ, rag nyns yw ervirys genef ragos dhe vos tregys omma in
câvyow Kôr. Nâ, pan vy jy poran kepar ha me, ny a wra mos
alemma—na borth awher, me a vynn cafos fordh—ha ny a vynn
viajya bys in Pow an Sowson, dha bow jy, ha bewa ena dell dhegoth
dhyn. Dyw vil vledhen me re wortas an jëdh may hallen gweles an
syght dewetha a'n câvyow casadow-ma hag a'n bobel-ma, morethek
aga fâss, ha lemmyn ow nessa yma an prÿs, hag yma ow holon ow
lemmel inof kepar ha colon flogh ow mos wàr hy degolyow. Rag
te a wra rewlya Pow an Sowson, an pow-na—"

Saw ny a'gan beus myternes solabrÿs," yn medh Leo ow tos dhyrygthy dre hast.

"Nyns yw henna tra vÿth, nyns ywa tra vÿth," yn medh Ayesha; "hy a yll bos omwhelys."

I'n tor'-na ny agan dew a dhalathas cria in mes diegrys brâs, ha styrya dhedhy y fedha mar dhâ genen omwheles agan honen.

"Saw hèn yw tra goynt," yn medh Ayesha yn sowthenys, "myternes neb yw kerys gans hy fobel! Yn sur an bÿs re wrug chaunjya abàn oma tregys in Kôr."

Arta ny a styryas dhedhy fatell o chaunjys natur an vyterneth ha'n myternesow, ha'n vyternes esen ny ow pewa in dadny, a vedha onourys ha kerys gans oll pobel fur in hy gwlascorow ledan brâs. Ha ny a dherivas dhedhy fatell esa an gwir-allos i'n agan pow ny ow powes gans pobel an pow, ha ny dhe vos rewlys dre vôtys an rencasow isella ha moyha dydhysk in agan mesk.

"Â," yn medh hy, "democratieth—ena heb dowt vëth yma turont, rag me a welas pell alemma nag eus bolùnjeth vÿth aga honen dhe'n powyow democratek, hag ytho ymowns y ow ry oll an gallos dhe duront hag orth y wordhya."

"Ea," me a leverys "yma dhyn agan turons."

"Wèl," hy a worthebys nebes trist, "wàr neb cor ny a yll dystrêwy an turons-ma ha Calycratês a wra rewlya i'n pow."

Dystowgh me a styryas dhe Ayesha na ylly "dystrùcsyon" bos gwrës in Pow an Sowson heb bos pùnyshys, ha mar teffa nebonen ha whelas gwil indella, ev a via tries gans an laha ha dre lycklod dewedha y vêwnans wàr scaffot.

"An laha," hy a wharthas, meur hy scorn, "an laha! A ny ylta jy convedhes, a Holly, me dhe vos a-ugh an laha, ha'm Calycratês a vÿdh a-ughto kefrÿs? Oll lahys mebyon tus a vÿdh dhyn ny kepar ha gwyns an North dhe veneth. Usy an gwyns ow plegya dhe'n meneth, pò an meneth dhe'n gwyns?"

"Ha lemmyn gwra ow gasa, me a'th pÿs, ha te inwedh, Calycratês cuv colon, rag me a garsa ombarusy rag agan viaj, ha res yw dhywgh why agas dew gruthyl indella ha dh'agas servont kefrÿs. Na wra kemeres meur a daclow genes, rag ny vedhyn ny gyllys ma's try dëdh. I'n eur-na ny a vynn dewheles omma, ha me a vynn têwlel towl may hyllyn ny gasa farwèl rag nefra gans an bedhow-ma, gans bedhow Kôr. Ea, yn sur te a yll amma dhe'm dorn!"

Indella ny a dhyberthas dhyworty, ha me ow honen ow predery yn town adro dhe'n tebel-plît esen ny ino. Dell hevelly, porposys o *Honna* uthyk mos dhe Bow an Sowson, ha me a grenas gans own ow tyby a'n pëth a wrella wharvos, a calla hy drehedhes an pow. Me a wodhya pana allos a's teva hy, ha nyns esen ow towtya màn y whre hy gwil leun-dhevnyth anodho. Y fia possybyl hy rêwlya rag termyn, saw heb dowt vëth hy spyrys gothys ha leun uhelwhans a vynsa tardha in mes ha tôwlel dial rag an cansvledhydnyow hir a'y bêwnans dygoweth. A pe res dhedhy, ha mar ny via hy thecter lowr rag hy forpos, hy a vynsa dystrôwy pùbonen rag gwainya hy thowl, ha dre rêson na ylly hy merwel, ha ny wodhyen vy a ylly hy bos ledhys,[24] pandra alsa hy lettya? Wàr an dyweth heb dowt vëth, hy a vynsa gorra an Empîr Bretednek ha dre lycklod oll an norvÿs in dadn hy arlottes. Ha kynth hevelly dhybm y whrussa hy yn uskys gwil a'gan empîr an empîr moyha gloryùs ha rych bythqweth a veu, ny alsa hedna dos ma's der an sacryfîs uthyk a lies bêwnans.

Yth esa oll an negys ow sowndya kepar ha hunros pò kepar ha desmyk neb empydnyon pollansek, saw an gwiryoneth o—gwiryoneth marthys—mayth o oll an norvÿs ow mos dhe verkya yn scon. Pandr'o styr an mater yn tien? Wosa predery termyn hir, res o dhybm determya, fatell esa an Ragwelesygeth parys dhe ûsya an creatur marthys-ma, neb a veu chainys mar lies bledhen hag indella heb myschyf vëth, rag chaunjya ordyr an bës, ha martesen, dhe dherevel in bàn power na ylly bos omwhelys dre rebellyans na bos chalynjys na moy ès arhadow an Destnans, ha dh'y wellhe rag nefra.

---

24 Drog yw genef confessya na yllyn bythqweth dyscudha o *Honna* dybystyk warbydn droglabmow ûsys an bêwnans. Dre lycklod yth o hy indella, pò neb meschauns a vynsa hy gorfedna neb termyn i'n lies cansvledhen. Gwir yw fatell offras hy dhe Leo hy ladha, saw dell hevel na veu hedna ma's prevyans dhe assaya y nas ha'y stauns in hy hever. Ny wrug Ayesha bythqweth omry hy honen dhe iniadow sodyn heb towl a bris.—L.H.H.

XXIII

TEMPLA AN GWIRYONETH

Ny wrussyn ny spêna termyn hir owth ombarusy. Ny a worras chaunj a dhyllas rag pùbonen ahanan ha botas moy i'm sagh Gladstone. Ny a gemeras genen pystols inwedh ha godnys hir scav ha lowr a vùlettys. Yth o an Ragwelesygeth, me a grës, a wrug dhyn gwil warlergh an ragpreder-na, rag an godnys warlergh hedna a sawyas agan bêwnans arta hag arta. Ny a asas wàr agan lergh an remnant a'gan stoff ha'n godnys poos.

Nebes mynys dhyrag an prës appoyntys ny a veu gwetys arta in chambour pryva Ayesha, ha ny a's cafas parys inwedh, hy mantel dhu tôwlys dres hy mailyans gwydn.

"Owgh why parys rag an aventur brâs?" yn medh hy.

"On," me a worthebys, "kyn na'm beus vy fêdh vëth ino, Ayesha."

"Â, a Holly wheg," yn medh hy, "in gwir te yw dyscryjyk kepar ha'n Yêdhewon goth-na—mayth usy an cov anedha whath orth ow ankenya yn lymm—lent êns dhe dhegemeres an pëth na wodhyens kyns. Saw te a welvyth, marnas ow myrour in hans dhe leverel gow," ha hy a dhysqwedhas an vessyl a dhowr glân, "yma an trûlergh egerys whath, kepar dell o i'n dedhyow coth. Ha lemmyn gesowgh ny dhe dhallath wàr agan bêwnans nowyth, a wra dewedha—pyw a wor, py le?"

"Â," me a leverys wàr hy lergh, "pyw a wor py le?" ha ny a skydnyas bys i'n cav brâs cres hag in mes in dadn wolow an jëdh. Orth ganow an cav ny a gafas udn grava ha whegh degor (y oll o omlavar) orth agan gortos. Ha me a veu lowen pàn welys warbarth gansans agan coweth coth Bylâly, rag me a'n cara. Yth hevelly rag rêsons nag eus othem aga nyvera obma, Ayesha dhe dhetermya y fedha gwell ragon ny oll, marnas rygthy hy honen, dhe gerdhes adroos. Ha nyns o poos genen gwil indella, wosa bos prysonys termyn mar hir i'n câvyow-na. Kyns êns y dâ lowr avell bedhow,

y o trigva drist rag tus vew. Dre wall martesen pò dre dowl *Honna*,
yth o an spâss dhyrag an cav, may whrussyn ny gweles an dauns
uthyk-na, o glân yn tien a bobel. Ny ylly den vëth bos gwelys, ha
rag hedna me a grës na wodhya nagonen ny dhe vos dyberthys,
avês dhe'n servysy omlavar, ha heb mar y o ûsys dhe dewel adro
dhe'n taclow a welens.

Orth pedn nebes mynys yth esen ny ow kerdhes yn uskys dres
an plain brâs gonedhys (pò dres gwely an lydn), kepar hag emerod
in settyans a âlsyow grym, ha me a gafas chauns aral dhe wovyn
orthyf ow honen ow tùchya an tyller marthys dêwysys gans pobel
ancyent Kôr rag aga fedn-cyta; ha gwil marthùjyon a'n lavur brâs,
a'n injyn hag a'n skentoleth in injynorieth ûsys gans fùndoryon
an cyta rag deseha kebmys dowr, ha dh'y wetha in mes bythqweth
wosa hedna. Yth o hedna, mar bell dell worama, ensompyl heb
parow a'n pëth a yll mab den collenwel warbydn natur. Rag dhe'm
breus vy, nyns usy Dowrgledh Sûez na Keyfordh Mownt Cenis
ogas poynt dhe'n ober ancyent-ma ow tùchya brâster ha rielder y
dhesmygyans.

Warlergh ny dhe gerdhes adro dhe hanter-our, ow lowenhe yn
frâs in yêynder teg a wre skydnya wàr blain brâs Kôr i'n radn-na
a'n jëdh, hag o lowr dhe wil amendys rag an lack a wyns—rag pùb
gwyns a vedha gwethys dhyworthyn der fos veynek an menydh-
yow—ny a dhalathas merkya an pëth a dherivas Bylâly dhyn dhe
vos magoryow an cyta veur. Ha dhyworth an pellder kyn fe ny a
wely pana varthys o an magoryow-na, ha hedna a devy dhe voy
cler gans kenyver stap. Nyns o brâs an cyta comparys gans Babylon
pò gans Thêbys, pò gans cytas erel an antyqwyta pell. Yth esa
martesen neb dewdhek mildir bedrak ajy dh'y fosow, pò nebes moy.
Ha pàn wrussyn ny aga drehedhes, ny a welas nag o an fosow-na
pòr uhel; dre lycklod nyns êns y moy ès dewgans tros'hës in
uhelder, hag y o stella mar uhel, i'n tyleryow na wrussons codha
dre rêson a'n dor dhe sedhy pò a neb skyla aral. Y o gwethys mar
dhâ dell hevelly drefen pobel Kôr dhe vos gwethys orth assaultyans
dhyworth an tenewen wàr ves der an menydhyow serth, neb o
liesgweyth brâssa ès dell ylly dorn mab den aga gwil, nag esa othem
a'n fosow ma's avell dysqwedhyans ha rag gwetha an dregoryon
orth tervans in mesk an cytysens. Wàr an tenewen aral an fosow o
mar ledan dell êns y uhel, byldys a veyn trehys yn tien, kervys in

mes heb dowt vëth a'n câvyow brâs, hag yth esa oll adro dhedhans cledh adro dhe dry ugan tros'hës alês, ha partys anodho o stella lenwys a dhowr. Neb deg mynysen kyns ès howlsedhas, ny a dhrehedhas an cledh-ma, hag a bassyas wàr nans ha dredho, ow crambla wàr an brêwyon a bons brâs dhe wil indella, hag ena gans nebes caletter ny êth dres leder an fos bys i'n vùjoven. Govy na'm beus an teythy ewn dhe ry neb acownt obma a rielder an syght a welsyn ny i'n tor'-na. Ena badhys in golow rudh an howlsedhas, yth esa mildir wosa mildir a vagoryow—colovednow, templys, scrynyon, ha palycys mytern, hag intredhans oll splattys a vùshys gwer. Heb mar yth o tohow an drehevyansow-ma codhys pell alena ha gyllys, saw dre rêson a vrâster dres ehen a'n gis a vyldya ha dre rêson a galetter ha crefter an garrek ûsys, yth esa an radn vrâssa a'n fosow wàr jy hag a'n colovednow whath ow sevel.[25]

Adâl dhyn yth esa owth istyna aberth in pellder dhyworthyn an strêt neb o chif-fordh an cyta. Pòr ledan o, moy ledan ès Tobmen Dowr Tamys in Loundres, ha rewlys, rag yth o cauncys, dell wrussyn ny dyscudha moy adhewedhes, pò kyns martesen byldys yn tien gans darnow a ven trehys, haval dhe'n veyn ûsys i'n fosow. Nyna o an strêt ma's bohes overdevys i'n tor'-na gans gwer ha losow na ylly cafos downder vëth a dhor dhe devy ino. An lowarthow ha'n parcow in contrary part o forest tew. In gwir êsy o abell merkya tyleryow an fordhow dyfrans dhyworth semlant leskys a'n gwer tanow esa ow tevy warnodhans. A bùb tu a'n fordh vrâs yth esa blockys hûjes brâs a vagoryow, hag yth esa inter pùb dew vlock spâss a vüshys tew ha maglys; an re-na dre lycklod o lowarthow i'n dedhyow coth. Yth o oll an drehevyansow byldys gans an keth men lywys, hag yth o colovednow dhyrag an radn vrâssa anodhans. Ny yllyn ny ma's merkya hedna pàn esen ny ow passya yn uskys an jif-fordh in bàn. Me a grës ow lavar dhe vos gwir, pàn lavaraf na wrug

---

25 Ow tùchya stât gwethys dâ an magoryow-ma wosa kebmys termyn— whegh mil vledhen dhe'n lyha—res yw perthy cov na veu Kôr leskys na dystrôwys gans escar na gans dorgis, saw forsâkys veu, dre rêson a blag uthyk. Indella y feu an treven gesys heb shyndya; hag inwedh yth o aireth an plain marthys brav ha sëgh, ha ny vëdh ma's bohes glaw ha gwyns ena. Ytho ny veu res dhe'n remnans-ma a vyldyansow ma's omwetha rag an termyn yn udnyk, ha nyns usy an termyn ma's owth obery yn lent wàr dharnow brâs dres ehen a venweyth.—L.H.H.

troos den bew tressya wàr an strêt-na nans o mîlyow a vledhydnyow.[26]

Yn scon ny a dheuth dhe grug cowrek, ha ny a dhesmygyas yn ewn fatell o hedna templa, ow cudha adro dhe eth erow a dir, hag yth o an tyller arayes avell kevres a gortys, pùbonen anodhans adro dhe gort aral nag o mar vrâs. Y a veu byldys warlergh gis a neyth Cathayek a voxys, hag yth o pùb cort anodhans separâtys dhyworth y gela gans resyow a golovednow brâs. Ha pàn esoma ow côwsel anodhans, res yw dhybm campolla poynt stranj aral ow tùchya shâp an colovednow. Nyns êns y haval dhe gen sort vëth a golovednow a welys vy bythqweth, rag y o gwrës gans sort wast i'n cres hag y tewha awoles hag avàn. Kyns oll ny a gresy fatell esa an shâp-na porposys dhe dhysqwedhes fygur benyn, kepar dell o kebmyn in mesk lies pobel ancyent a grejyansow dyvers. Ternos bytegyns, kepar dell esen ny owth ascendya leder an meneth, ny a dhyscudhas lies palmwedhen stâtly ow tevy ena, hag yth o stockys a'n gwëdh-na a'n very shâp-na. Ny'm beus dowt vëth lebmyn, y whrug an kensa desînyor a'n colovednow-na tedna y awen dhyworth cabmans sêmly an palmwëdh-na, neb eth pò deg mil vledhen alena, esa ow tekhe ledrow an meneth, neb o i'n tor'-na gladnow an lydn loskvenedhek.

Dhyrag an templa-ma agan processyon bian a savas hag Ayesha a skydnyas dhywar hy grava. Yth o an templa cowrek-ma mar vrâs ogasty avell templa El-Karnac in Thêbys. Orth tâl an templa me a vusuras radn a'n colovednow brâssa, hag y neb êtek pò ugans tros'hës adro awoles, ha martesen deg tros'hës ha tryugans in uhelder.

"Yth esa tyller omma, a Calycratês," yn medh hy dhe Leo, neb a bonyas in bàn rag hy gweres ow tos dhe'n dor, "may hylly

---

26 Bylâly a dherivas dhybm fatell esa an Amahagger ow cresy bos tyller an cyta troblys gans spyryjyon, ha ny yllens bos compellys dhe entra inhy in fordh vëth. In gwir apert o dhybm nag o va y honen plêsys dhe wil indella, ha ny veu va sewajys marnas der an tybyans ev y honen dhe vos in dadn with dydro *Honna* hy honen. Leo ha me a gresy y vos coynt na's teva an Amahagger tra vëth warbydn bewa in mesk an re marow, ha dre rêson y dhe vos ûsys dhe'n corfow y dhe wil devnyth anodhans avell cunys rag aga thanow, saw wàr an tu aral y dhe vos ownek dhe nessa dhe drigva an corfow pàn êns y yn few. Wosa pùptra nyns yw hedna ma's fowt kessenyans in mesk pobel wyls.

nebonen cùsca. Dyw vil vledhen alemma, te ha me ha'n sarf Ejyptyon, ny oll a bowesas ino, saw dhyworth an termyn-na ny wrug vy, ha ny wrug den vëth, settya troos warnodho, ha martesen codhys yw dhe'n dor," ha ny a's sewyas dell skydnyas hy grisyow trogh ha terrys aberth i'n gort wàr ves, ha meras adro i'n tewolgow. Dystowgh hy a hevelly perthy cov, ha wosa kerdhes nebes stapys ahës an fos aglêdh, hy a savas.

"Yma va obma," hy a leverys hag i'n keth prës hy a wrug sin dhe dhew dhen omlavar, esa ow ton sosten warbarth ha'gan pegans, may hallens dos in rag. Onen anodhans a wrug indella ha dry in mes lugarn. Ev a wrug y anowy dhyworth y gysten tan (pàn wrellens mos wàr viaj, yma an Amahagger ow try gansans kysten tan pùpprës ogasty rag provia tan dhedhans). Yma devnyth golow an gysten tan-ma gwrës a vrêwyon mùmy, glebys yn ewn. A pe an glebyans gwrës yn kewar, y whrussa an mater ansans-ma lesky yn syger dres meur a dermyn.[27] Pàn veu anowys an lugarn, ny a entras i'n tyller may whrug Ayesha sevel dhyragtho. Ny a welas fatell o chambour cowys in mes a dewder an fos. Yth esa bord cowrek men ino, ha hedna a wrug dhybm predery y whre an tyller servya avell rom jorna, martesen rag onen a borthoryon an templa brâs.

Ny a savas ena ha warlergh glanhe an tyller nebes rag agan gwil mar attês dell ylly bos i'n tewolgow, ny a dhebras nebes kig yêyn; dhe'n lyha Leo, Job ma me a'n debras, rag, dell leverys vy solabrës, me a grës, ny wre Ayesha consûmya bythqweth ma's câkys bleus, frût ha dowr. Pàn esen ny ow tebry, an loor, neb o leun, a dherevys a-ugh fos an menydhyow ha dallath badhya an tyller in arhans.

"A wodhowgh why prag y whrug vy agas dry omma haneth, a Holly wheg?" yn medh Ayesha, ow posa hy fedn wàr hy dorn hag ow meras orth an loor dell esa hy ow terevel, kepar neb myternes a'n nev, a-ugh colovednow solem an templa. "Me re'gas dros—nâ, stranj yw, saw a wodhesta, a Calycratês, te dhe vos ow crowedha in very plâss mayth o a'y wroweth dha gorf marow pàn wrug vy dha dhry wàr dhelergh dhe'n câvyow-na in Kôr nans yw mar lies

27 Wàr neb cor nyns on ny meur dhyrag an Amahagger i'n negyssyow-ma. Yma "gell mùmy" ûsys yn kebmyn gans lymnoryon agan dedhyow ny, ha'n paint-na yw gwrës a gorfow Ejyptyons coth. Yma an lyw-na kerys yn arbednek gans an re-na usy ow whelas daswil pyctours an mêstrysy coth.—PENSCREFOR.

bledhen? Yma pùptra ow tewheles dhe'm brës lemmyn. Me a'n gwel hag uthyk yw dhymm an syght anodho!" ha hy a grenas.

Ena Leo a labmas in bàn hag a jaunjyas y esedhva in hast. Pynag oll dra esa Ayesha ow predery a'n negys, apert o nag esa an whedhel orth y blêsya poynt.

"Me a'gas dros omma," Ayesha a bêsyas yn scon, "may hallewgh why gweles an wolok moyha marthys bythqweth a veu gwelys gans lagasow mab den—an loor leun ow splanna a-ugh magoryow Kôr. Pàn vo gorfennys agas prës boos—govy na allama agas desky dhe sconya kenyver boos marnas frût yn unnyk, Calycratês, saw henna a wra dos warlergh te dhe'th wolhy dha honen i'n tan. Me a wre debry kig pell alemma, kepar ha best gwyls. Pàn vo gorfennys genowgh, ny a wra mos in mes, ha me a vynn dysqwedhes dhywgh an templa brâs-ma ha'n duwsys a wre an pobel gordhya ino pell alemma."

Heb mar ny a savas in bàn dystowgh, ha dallath wàr agan fordh. Hag obma arta yma ow fluven ow fyllel dhybm. Mar teffen ha ry cùntellyans a vusurow ha manylyon cortys dyffrans an templa, a pêns y genef, ny via hedna mas chêson sqwithter, saw ny allama ry acownt ewn a'n taclow a welsyn ny, gloryùs dell êns avell magoryow kyn fe. Scant ny alsa nebonen desmygy gordhyans an syght. Cort wosa cort tewl, rew warlergh rew a golovednow cowrek, radn anodhans (spessly avell yettys) kervys dhia an goles bys i'n gwartha—spâss warlergh spâss a jambours gwag, esa ow côwsel moy freth dhe'n imajynacyon na strêtys leun a bobel. Hag a-ugh kenyver tra taw an re marow, an sens a'n purra unycter dygoweth, ha spyrys poos an Termyn eus Passys! Ass o va teg, hag ass o va trist inwedh! Ny gefsyn ny an corach dhe gôwsel yn heglew. Y feu Ayesha hy honen uthykhës dhyrag cothenep comparys ganso nag o hy oos hir hy honen ma's termyn cot. Ny wrussyn ny ma's whystra an eyl dh'y gela, hag yth hevelly fatell esa agan whystrans ow resek dhia goloven dhe goloven, erna vedha kellys i'n air cosel. Splan o golow an loor esa ow codha wàr goloven ha wàr gort ha wàr fos trogh. Ha'n golow-na a wyscas in arhans kenyver torrva ha kenyver trogh, ow lendya dhe'n brâstereth coth glory arbednek an nos. Marthys o an wolok, an loor leun ow meras orth magoryow templa Kôr. Marthys o predery pes mil vledhen an bellen varow avàn ha'n cyta varow awoles a wrug meras indella an eyl orth y gela hag in purra unygeth an spâss y ow tevera in mes dh'y gela an

253

whedhel a'ga bêwnans kellys ha'ga glory dyberthys pell. Yth esa an golow gwydn ow codha, ha pùb mynysen y whre an skeusow cosel cramyas dres an cortys overdevys gans gwels kepar ha'n spyryjyon a'n offerysy coth ow menowhy trigva aga servys—yth esa an golow gwydn ow codha, ha'n skeusow hir a devy, erna wrug tecter ha rielder pùb vu ha glory heb tempra a'y Vernans present sedhy aberth in agan enef, ha côwsel orthyn moy uhel es criow a ôstys ow tùchya bobans ha splander lenkys gans an bedh hag ankevys kyn fe gans an cov.

"Dewgh," yn medh Ayesha, wosa ny dhe veras ny worama pana bell, "ha me a vynn dysqwedhes dhywgh flour meynek an Tecter ha'n very cùrun a Varth, mars usy ev whath ow sevel dhe scornya an termyn gans y decter ha dhe lenwel colon mab den gans desîr rag a vo adhelergh dhe'n veyl," ha heb gortos gorthyp vëth, hy a'gan lêdyas der an colovednow a dhyw gort moy bys in scryn pelha aberveth a'n templa coth.

Hag ena in cres an gort wàr jy, a ylly bos hanter-cans lath pedrak pò nebes moy, yth esen ny ow sevel adâl an ober brâssa martesen a art alegorek bythqweth a veu rës dhe'n bës gans y flehes. Rag in cres poran an gort, settys wàr legh dew men, yth esa pel gowrek a garrek dewl, neb ugans tros'hës adreus, hag ow sevel wàr an bel yth o fygur hûjes brâs a decter mar dhynyak ha mar dhuwyl, pàn verys vy orto rag an kensa prës in golow hag in skeus splander an loor, may whrug ow holon cessya rag tecken dhe weskel.

Yth o an imach kervys in mes a varbel mar bur ha mar wydn, mayth esa stella ow shînya warlergh oll an osow-na kepar dell esa golowydnow an loor ow tauncya warnodho. Yth o va, me a vynsa leverel, nebes moy ès ugans tros'hës in uhelder. Fygur askellek a venyn o ha hy o mar wondrys teg ha mon, may hevelly hy myns moghhe kyns ès lehe hy thecter denyl, ha dhe encressya hy gnas spyrysek. Yth esa hy ow posa nebes in rag hag owth omberthy wàr hy askelly hanter-lêsys rag hy sensy dhyworth codha. Yth o hy dyvwregh istynys in mes avell benyn parys dhe gemeres inter hy dywvregh nebonen o meur-gerys gensy, hag yth esa oll hy stauns ow tysqwedhes an gorholeth moyha tender. Nooth o hy fygur perfect ha grassyùs—hag otta tra pòr goynt—avês dh'y fâss, esa veyl boll warnodho, ma na yllyn ny ma's gweles hy bejeth in maner dhysclêr. Yth o an veyl tôwlys adro dh'y fedn, radn anodho codhys

dres hy brodn gledh, a ylly bos gwelys in dadno, hag yth esa pedn
aral an veyl ow neyjya in mes adhelergh dhedhy, saw i'n tor'-na yth
o terrys solabrës.

"Pyw hy hy?" me a wovydnas, peskytter may hyllyn kemeres ow
lagasow dhyworth an imach.

"A ny ylta jy desmygy, a Holly?" Ayesha a worthebys. "Ple ma
dha imajynacyon? Hy yw an Gwiryoneth ow sevel wàr an Bÿs, hag
ow somona hy flehes dhe dhyscudha hy fâss. Mir an pÿth yw
screfys wàr an legh. Heb dout vÿth kemerys veu in mes a Scryptour

an dus-ma a Kôr," ha hy a'n lêdyas bys in goles an imach, le mayth esa covscrif i'n hieroglyfow ûsys, hag y kepar ha scrif Cathayek. Yth o an scrif kervys mar dhown mayth o va whath êsy dhe redya, dhe Ayesha dhe'n lyha. Warlergh hy thrailyans hy, yth o an covscrif kepar dell sew:—

"A nyns eus den vÿth a wrello tenna ow veyl ha meras wàr ow fâss, rag pòr deg ywa? Henna a wrello tenna ow veyl, me a'n pewvyth, ha me a vynn ry cres dhodho, ha flehes wheg skentoleth hag oberow dâ."

Ha lev a elwys, 'Oll an re-na a vo worth dha whylas, ymowns y worth dha dhesîrya, saw, mîr! Maghteth ota ha Maghteth te a vÿdh erna vo gorfennys an Termyn. Nyns eus den vÿth genys a venyn a wrello tenna dha veyl ha bewa, ha ny vÿdh nefra. A Wiryoneth, ny yll dha veyl bos tennys marnas dre Vernans yn unnyk!'

Ha'n Gwiryoneth a istynas in mes hy dywvregh hag ola, rag ny yllens hy throuvya an re-na esa worth hy whylas, naneyl ny yllens meras orty fâss dhe fâss.

"Te a wel," yn medh Ayesha, pàn o gwrës hy thrailyans gensy, "An Gwiryoneth o Duwes pobel Kôr coth, ha dhedhy hy y a vyldyas aga scrynys, hag y a's whyla, kyn whodhyens na wrêns nefra hy throuvya, saw whath y a wre hy whylas."

"Hag indella," me a addyas yn trist, "yma tus ow qwil bys i'n very tor'-ma, saw nyns usons y ow tyscudha; ha kepar dell lever an Scryptour-ma, ny wrowns nefra dyscudha; rag nyns yw an Gwiryoneth aswonys ma's in Mernans."

Hag ena ny a veras unweyth arta orth an tecter spyrysek-ma in dadn hy veyl—tra neb o mar berfeth ha mar bur may whrella nebonen cresy fatell esa golow a spyrys bew ow spladna der an pryson a varbel dhe lêdya mab den in bàn dhe brederow uhel nevek—hunros an prydyth a decter rewys dhe ven, ha tra na wrama ankevy bys i'm dêdh dewetha. Ena ny a drailyas ha dewheles der an cortys brâs in dadn wolow an loor bys i'n tyller may whrussyn ny dallath dhyworto. Ny welys vy an imach bythqweth arta, ha me yw dhe voy edrygys adro dhe hedna, rag yth o lînednow kervys wàr an bel vrâs esa an imach ow sevel warnedhy. Dre lycklod a pe golow lowr ny a wrussa dyscudha an lînednow-na dhe vos mappa a'n norvës kepar dell o va aswonys dhe bobel Kôr. Wàr neb cor, yth hevel yth o neb skentoleth sciensek dhe'n dhyskyblyon-ma a'n Gwiryoneth kynth yns y gyllys nans yw termyn pell. Aswonys o dhedhans an bÿs dhe vos in form a bel.

XXIV

DRES AN BLYNKEN

Ternos vyttyn an dus omlavar a'gan dyfunas dhyrag terry an jëdh. Wosa ny dhe lânhe agan lagasow môlys, ha nebes golhy agan honen in fenten, esa whath ow spryngya in bàn aberth in bason marbel in cres pedrak north an gort vrâs wàr ves, ny a gafas *Honna* ow sevel ryb an grava ha hy parys dhe dhallath. Yth esa Bylâly ha'n dhew dhegor omlavar ow cùntell an fardellow warbarth. Dell o ûsys *Honna* o mailys kepar ha'n imach a Wiryoneth (wàr neb cor yth esoma ow covyn orthyf ow honen mar cafas hy an tybyans a vailya hy thecter dhyworth an imach-na). Me a verkyas bytegyns fatell o *Honna* pòr drist. Gyllys dhyworty o an hy omdhegyans prowt ha bew-na a vynsa hy dyskevra in mesk mil venyn a'n keth uhelder, kyn fêns y oll mailys. Pàn dheuthyn ny, hy a veras in bàn ha Leo a wovydnas orty fatla wrug hy cùsca.

"Ny wrug vy cùsca yn tâ, a Calycratês wheg," hy a worthebys. "Hunrosow coynt hag uthyk a dheuth in unn gramyas der ow empynyon, ha ny wòn vy pandr'usons ow targana. Namnag esoma owth omglêwes neb drog dhe'm braggya, saw fatla yll drog ow thùchya vy? Yth esoma ow covyn orthyf," hy a bêsyas, ha medhelder benyn a dheuth warnedhy dystowgh, "Yth esoma ow covyn orthyf, mar teffa neb tra ha wharvos dhymm, ha me dhe gùsca ha te yn tyfun, a vynses predery ahanaf yn caradow? A vynses gortos erna wrellen dewheles, kepar dell wrug vy dha wortos jy mar lies cansvledhen?"

I'n eur-na heb gortos gorthyp hy a bêsyas: "Dewgh, gesowgh ny dhe dhallath agan fordh, rag yma viaj pell dhyragon, ha kyns ès an jëdh avorow dhe vos genys i'n ebron enos, ny a vŷdh ow sevel in tyller an Bêwnans."

Kyns pedn pymp mynysen, yth esen ny unweyth arta ow kerdhes dre vagoryow an cyta vrâs, esa ow meras yn tawesyk orthyn a bùb tu i'n dëdhtardh loos, tra o rielder ino ha godros inwedh. Kettel dhalathas golowydnow kensa an howl setha adreus dhe'n dyfethma a vyldyansow, ny a dhrehedhas an fos pelha wàr ves, ha wosa meras arta udn treveth orth brâstereth loos an colovednow, may whrussyn ny travalya dredho, ha wosa ny dhe hanaja yn edrygys (avês dhe Job, rag nyns o magoryow a les vëth dhodho ev) na gefsyn ny moy a dermyn rag whythra an cyta, ny a bassyas der an cledh brâs, hag in rag bys i'n plain in hans.

Kepar dell esa an howl ow terevel, indella yth esa cher Ayesha ow qwellhe. Warbydn brës haunsel hy o mar lowen dell o ûsys gensy, ha hy a wharthas hag ascrîbya hy dyglon dhe'n tyller may whrug hy cùsca.

"Yma an bobel wyls-ma ow ty Kôr dhe vos troblys gans tebelspyryjyon," yn medh hy, "hag in gwir me a grÿs an pÿth a leverons, rag bythqweth ny gefys vy nos mar dhrog marnas unn nos yn unnyk. Y feu an nos-na i'n very tyller-na, pàn eses ow crowedha yn farow orth ow threys, a Calycratês. Ny vanaf vy y vysytya nefra arta. Plâss ywa drog y nas."

Warlergh powes termyn cot rag debry haunsel, ny a fystenas in rag mar dhâ may whrussyn ny drehedhes warbydn dyw eur dohajëdh troos an fos cowrek a ven esa ow formya gwelv an loskveneth. Dhyworth an tyller-na yth esa an meneth ow terevel yn serth mil ha pymp cans tros'hës pò dyw vil tros'hës a-uhon. Ena ny a savas, ha ny gemerys vy marth a hedna, rag ny wodhyen convedhes fatla yllyn ny mos pelha.

"Lemmyn," yn medh Ayesha, in udn skydnya dhywar hy grava, "yma ow tallath agan lavaur, rag omma yth yw res dhyn gasa farwèl gans an dus-ma, ha res yw dhyn alemma rag carya agan honen;" hag ena ow côwsel orth Bylâly, "Gwrewgh why, te ha'n gethyonma, gortos omma erna wryllyn dewheles. Ny a vÿdh genowgh avorow erbynn hanter-dëdh. Mar ny vedhyn ny omma, gortowgh."

Bylâly a blegyas yn uvel hag a leverys y codhvia gwil warlergh hy arhadow nôbyl, mar teffens ha gortos erna vowns y gyllys coth.

"Ha'n den-ma, a Holly," yn medh *Honna*, ow tysqwedhes Job, "an dra welha yw ev dhe remainya omma inwedh, rag mar ny vÿdh uhel y golon ha brâs y goraj, martesen neb drocoleth a vynn y fetha. Ha pelha, ny dheseth dhe lagasow kemmyn gweles kevrînow an tyller."

Me a drailyas hedna dhe Job, hag ev heb let a'm pesys yn freth, ha namna dheuth dagrow dh'y lagasow, na wrellen ny y asa wàr dhelergh. Ev a leverys na ylly ev gweles tra vëth lacka ès an taclow gwelys ganso solabrës, hag ev dhe berthy own mortal a vos gesys y honen oll gans an bobel omlavar-ma, neb a vynsa dre lycklod sêsya aga chauns ha'y ladha gans an pot tobm.

Me a drailyas y eryow dhe Ayesha, ha hy a dherevys hy dywscoth ha gortheby, "Wèl, deuns ev inwedh; na fors dhymm. Ev a wra dones genen wàr y beryl y honen. Hag ev a wra servya rag nebonen dhe dhon an lugarn ha hemma," ha hy a dhysqwedhas plynken idn, neb whêtek tros'hës ahës, o kelmys a-ugh gwelen perthy hir hy grava. Me a gresy yth o an blynken porposys rag gwil dhe'n croglednow spredya in mes dhe well, saw yth hevelly lebmyn, hy dhe vos ervirys rag neb tra esa ow longya dh'agan viaj coynt.

An blynken, ytho, neb o crev saw pòr scav, a veu rës dhe Job, may halla ev hy don, hag onen a'n lugern kefrës. Me a dowlas an lugarn aral wàr ow heyn warbarth gans vessyl moy a oyl. Leo a gemeras in bàn an sosten ha nebes dowr in crohen myn. Pàn o hedna gwrës, *Honna* a erhys dhe Bylâly ha'n wheg degor omlavar kildedna adhelergh dhe gelly vian a losow crîben adro dhe cans lath dhyworthyn, ha gortos ena erna ven ny gyllys mes a wel. Y a blegyas yn uvel, hag a dhyberthas, ha pàn esa ev ow mos in kerdh, Bylâly coth a shakyas dewla genef yn caradow, hag ev a whystras dhybm ev dhe vos lowen me adar ev dhe vos ow kerdhes wàr an viaj marthys-ma gans "*Honna-a-res-bos-obeyes*," ha wàr ow fëdh, yth esen owth acordya ganso. Udn vynysen moy ha gyllys yns, ha wosa govyn orthyn ên ny parys, Ayesha a drailyas, ha meras orth an âls serth a-uhon.

"Re Dhuw a'm ros, Leo," me a leverys, "yn sur nyns eson ny ow mos dhe grambla an clegar-na!"

Leo a dherevys y dhywscoth, rag yth o ev hanter-hudys, hanter-ancombrys heb godhvos pëth a vedha ow tos. Dystowgh Ayesha a dhalathas crambla an clegar, ha heb mar res o dhyn ny hy sewya. Fest marthys o gweles pana êsya ha gracyùs o hy in udn lebmel dhia garrek dhe garrek, hag ow lesca hy honen an lehow ahës. Nyns o an fordh in bàn mar gales dell hevelly, kynth o nebes hager-tyleryow, le nag o fur dhe nebonen meras wàr dhelergh. Yth esa an garrek stella ow ledry, saw nyns o hy mar grackya-codna dre rêson hy bos pelha in bàn. Indella, heb lavur brâs dres ehen, ny a ascendyas neb hanter-cans tros'hës a-ugh agan powesva dhewetha. An udn dra dyckly o plynken Job. Pàn o an uhelder-na drehedhys genyn, ny o neb hanter-cans pò try ugans pass aglêdh dhe'n tyller may whrussyn dallath, rag ny êth in bàn adenewen kepar ha kencras. Yn scon ny a dheuth dhe legh, idn lowr wostallath, saw neb a lêsas in mes dell esen ny worth y sewya, ha pelha yth esa hy ow ledry ajy kepar ha petal flour. Pàn esen ny worth hy folya, ny êth tabm ha tabm aberth in pleg pò in rygol a garrek, ha'n pleg a devy dhe dhownha ha dhe dhownha, erna veu va kepar ha bownder in Densher gwrës a ven. Yth esa an pleg orth agan keles orth den vëth wàr an leder awoles, a pe nebonen ena rag meras orthyn. An vownder-ma a hevelly bos neb tra natùral hag a wrug istyna in rag adro dhe hanter-cans pò try ugans pass. Ena adhesempys an pleg a dhewedhas gans cav, neb o natùral inwedh, esa ow resek yn pedrak dhodho. Certan oma an cav dhe vos natùral, adar formys dre dhorn mab den, dre rêson a'y shâp avrewlys cabm ha'n fordh dredho. Yth hevelly fatell veu va whethys der an meneth gans gass ow tardha yn uthyk hag ow sewya an fordh moyha êsy. Shâp câvyow Kôr, i'n contrary part, kervys in mes dell êns dre dhewla mab den, o rewlys hag a gemusur perfeth. Orth ganow an cav Ayesha a savas ha'gan pesy dhe anowy an dhew lugarn, tra a wrug vy, ha me a ros onen dhedhy hy ha sensy an lugarn aral dhybm ow honen. Ena hy êth dhyragon in udn brocêdya der an cav, ow qwil hy fordh gans meur rach. Res o gwil indella rag an leur o pòr avrewlys—yth esa meyn vrâs scùllys in deray warnodho, kepar ha gwely gover, ha yth esa tell down in tyleryow, may fia êsy dhe berson terry y arr inhans.

Ny a sewyas an cav-ma ugans mynysen pò moy, rag yth o hy, mar dhâ dell yllyn vy jùjya, adro dhe gwarter a vildir ahës. Nyns o êsy determya hedna dre rêson an cav dhe drailya ha dhe gabma mar venowgh.

Wàr an dyweth bytegyns, ny a savas orth an pedn pelha, ha pàn esen ow meras der an dewolgow, wheth brâs a êth a resas an cav wàr nans hag a dhyfudhas an dhew lugarn.

Ayesha a'gan gelwys, ha ny a wrug cramyas bys dhedhy, rag yth esa hy nebes dhyragon. An syght neb a welsyn, a wrug agan ownekhe der y rielder ha'y euth. Yth esa dhyragon islonk brâs i'n garrek dhu, dynsak, trogh ha sqwerdys dell veu in dedhyow gyllys pell dre neb tervans grysyl a Natur, kepar ha pàn veu feljys dre luhesen wosa luhesen. Yth esa âls wàr agan tenewen a'n islonk, ha dre lycklod yth esa âls wàr an tenewen pelha inwedh, kyn na yllyn ny y weles. Y halsa an islonk bos a hës vëth saw ow jùjya dhyworth y dewlder, ny gresaf fatell o an islonk pòr ledan alês. Ùnpossybyl o determya meur a'y shâp, pò pana hir esa owth istyna, rag an tyller mayth esen ny ow sevel o mar bell dhyworth fâss awartha an âls, mil dros'hës ha pỳmp cans pò dyw vil dros'hës dhe'n lyha, nag esa ma's very nebes golow ow sygera dhe'n dor dhyn. Ganow an cav a wrussyn ny sewya a egoras wàr esker gowrek coynt a garrek, hag owth herdhya in mes i'n air neb hanter-cans lath bys i'n islonk dhyragon, hag yth esa poynt lybm wàr y dhyweth. An dra neb o va moyha haval dhodho in shâp o an kentryn wàr droos culyak. An esker vrâs-ma o jùnys orth hy goles dhe'n âls hy honen (ha'n goles-na o brâs dres ehen), poran kepar dell yw kentryn an culyak jùnys dh'y arr. Marnas hedna yth o an esker frank yn tien.

"Res yw dhyn mos adreus omma," yn medh Ayesha. "Gwait-yowgh na wrella scafter penn agas fetha, pò an gwyns agas scubya aberth i'n islonk in nans, rag in gwir ny'n jeves goles vÿth." Ha heb gasa moy termyn vëth dhyn dhe gemeres own, hy a dhalathas kerdhes wàr an esker ahës, ha res veu dhyn hy holya gwelha gyllyn. Yth en vy nessa dhedhy; wosa hedna yth esa Job ow tos in udn dedna y blynken, hag yth o Leo an person dewetha. Syght marthys veu gweles an venyn dhiown-ma ow slynkya heb own vëth an tyller uthyk-na ahës. Rag ow fart vy ow honen, nyns en vy gyllys ma's nebes lathow, pàn gefys vy, awos whetha an air ha'm own uthyk a'n pëth a vynsa wharvos mar teffen ha slyppya, y bosa res dhybm skydnya wàr ow dewlin ha cramyas. An dhew erel a wrug an keth tra.

Saw bythqweth ny wrug Ayesha omry dhe wil indella. Otta hy ow mos in rag, ow posa hy horf warbydn whethow an gwyns, ha byth-qweth ny veu scav hy fedn saw yth esa hy owth omberthy yn tâ.

Wosa nebes mynys ny o gyllys neb ugans pass an pons uthyk-ma ahës, esa owth idnhe kepar dell esen ny ow mos in rag. Ena dystowgh wheth brâs a wyns a dheuth in udn stêvya der an fals. Me a welas Ayesha ow posa hy honen warbydn an gwyns, saw an wheth crev eth in dadn hy mantel dewl, ha'y sêsya dhyworty, ha'n vantel a neyjyas dhe'n dor i'n gwyns ow flappya kepar hag edhen pystygys. Uthyk o y weles ow tyberth, erna veu kellys i'n duder. Me a lenas orth an dyber a ven, ha meras adro, hag oll an termyn, yth esa an esker kepar ha tra vew ow crena hag ow whyrny in dadnon. Skyla a euth dhyn o an wolok in gwir. Otta ny cregys i'n tewolgow inter dor ha nev. In dadnon yth esa cansow wàr gansow o wacter, esa ow tevy dhe dewlha tabm ha tabm, erna veu va du yn tien. Pana dhownder in dadnon esa an goles, o moy ès dell yllyn desmygy. A-uhon yth esa spâss hûjes brâs a air pednscav, hag i'n pellder avàn lînen a ebron las. Hag yth esa an corwyns ow whetha hag owth uja an islonk brâs ahës, en ny esedhys diantel warnodho, ha'n gwyns ow herdhya cloudys ha darnow sqwerdys a nywl dhyragtho, erna veun ny dallhës ogasty hag ancombrys yn tien.

Yth o oll an negys mar alosek, ha mar bell dres natur, mayth esoma ow cresy agan euth dhe vos lehës ganso, saw bys i'n very eur-ma, me a'n gwel yn fenowgh i'm hunrosow, ha pàn wryllyf y weles dre hunros, lowr yw hedna dhe'm dyfuna glebys gans whes yêyn.

"In rag! In rag!" a grias an form wydn dhyragon, rag i'n tor'-na, pàn o gyllys an vantel, hy o gwyskys in gwydn, ha moy haval o hy dhe spyrys ow marhogeth an gwyns wàr nans ès dhe venyn. "In rag, poken why a wra codha ha bones sqwerdys dhe dymmyn. Sensowgh agas lagasow fastys orth an dor, ha dalhednowgh an garrek yn clos."

Ny a wrug warlergh hy arhadow ha cramyas gans caletter dres an men esa prest ow crena. Yth esa an gwyns owth uja hag ow cria hag ow shakya an esker, ow qwil dhedhy croffal kepar ha forgh tûnya gowrek. Ny êth in rag, ny worama pes mynysen, ha ny wrussyn ny meras adro ma's anvenowgh pan vedha res, erna welsyn ny dhe vos wàr an poynt poran a'n esker, legh vrâs, nag o brâssa ès bord kebmyn, saw esa ow lebmel hag ow polsa kepar ha gorhal tan ow mos re uskys. Otta ny ow crowedha, ow clena orth an leur, hag ow meras ader dro, pàn esa Ayesha ow sevel, posys in rag warbydn an gwyns, ha'y blew hir ow neyjya alês, heb predery màn a'n hager-downder in dadnhy, hag ow poyntya dhyrygthy gans hy dorn. Ena ny a welsyn prag y feu provies an blynken idn, tednys yn tydn in rag inter Job ha me. Dhyragon yth esa spâss gwag, ha neb tra wàr an tu aral, saw ny welyn ny pëth o, rag obma—dre rêson a skeus an âls adâl dhyn, poken dre neb rêson aral—yth o an tewolgow kepar ha'n nos.

"Res yw dhyn gortos pols," Ayesha a elwys; "y fÿdh golow yn scon."

I'n eur-na ny wodhyen desmygy pëth esa hy ow styrya. Fatl'alsa moy golow nefra dos dhe'n tyller uthyk-na? Pàn esen vy whath ow covyn orthyf, dystowgh, kepar ha cledha brâs flàm, golowyn dhyworth an howlsedhas a dhewanas an tewolgow du, ha gweskel blyn an garrek, mayth esen ny ow crowedha, ow qwysca fygur teg Ayesha in splander gloryùs. Govy na allama descrefa tecter gwyls ha marthys a'n cledha-na a dan, pàn dheuth der an duder ha der an nywl ow resek i'n islonk. Ny worama fatell dhrehedhas an golow an tyller-na; me a sopos fatell esa neb toll pò fals i'n âls adâl dhyn, ha fatell dheuth an golow dredho pàn esa an howl dhyrag an toll-na poran. Ny allama leverel ma's hebma: y feu an syght-na an pyctour moyha marthys a welys vy bythqweth. An cledha-na a flàm a bystygas colon an tewolgow, hag i'n tyller mayth esa an golowyn ow crowedha yth o an golow bew dres ehen. Mar vew o, may hyllyn ny abell gweles gwias an garrek. Avês dhe'n golow, nebes mesvaow kyn fe dhyworth amal lybm an golowyn, ny ylly bos gwelys ma's skeusow dysclêr.

Hag i'n eur-na, gans an golowyn-ma, esa *Honna* ow cortos, ny a welas an pëth esa dhyragon. Ayesha a wrug araya agan devedhyans dhe vetya gans an golow-na, rag hy a wodhya dres mîlyow a vledhydnyow an golowyn dhe weskel an legh indella in termyn an howlsedhas. Ajy dhe udnek pò dewdhek tros'hës dhe boynt an garrek idn mayth esen ny ow sevel, yth esa pykern ow terevel dre lycklod dhywar stras pell an islonk hag yth esa y wartha adâl dhyn poran. Saw na ve ena ma's gwartha yn udnyk, ny via hedna a brow vëth dhyn, rag yth o an poynt moyha ogas a'y amal neb dew ugans tros'hës dhyworthyn. Wàr welv an gwartha-ma bytegyns, neb o rônd ha cow, yth esa owth omberthy bûlien blat vrâs, neppyth kepar ha men rewyva—martesen men rewyva o in gwiryoneth— hag yth esa pedn an vûlien-ma adro dhe dhewdhek tros'hës dhyworthyn. Nyns o an men hûjes brâs-na tra vëth ken ès men omborth, ow kesposa yn compes wàr amal an pykern, kepar ha bath hanter-cùrun ow kesposa wàr amal gwedren gwin; hag i'n golow glew ny a wely an men ow crena in whethow an gwyns.

"Yn uskys!" yn medh Ayesha; "an blynken, ny a res mos dresty pàn vo an golow ow pêsya. Gyllys vÿdh heb let."

"Ogh, a Dhuw, a syra!" Job a groffolas, "yn certan nyns yw hy porposys ny dhe gerdhes bys dy wàr an dra-na," hag ev ow herdhya an blynken bys dhybm herwyth ow arhadow.

"Hèn ywa, Job," me a grias yn lowender uthyk, kyn nag esa an tybyans a gerdhes dres an blynken bÿth gwell genef vy ès ganso ev.

Me a herdhyas an blynken in rag dhe Ayesha, ha hy a'n herdhys dres an islonk mayth esa udn pedn ow powes wàr an men omborth, ha'n pedn aral ow remainya wàr amal an esker, esa pùpprës ow crena. Hag i'n eur-na hy a settyas hy throos wàr an blynken, rag gwetha an dra rag codha dhyrag an gwyns, ha trailya dhybmo vy.

"Abàn veuma omma rag an prÿs dewetha, a Holly," hy a grias, "yma scodhyans an men omborth lehës nebes, ma na wòn vy a wra va perthy agan poster, a wra pò na wra. Rag hedna me a vynn mones dresty kyns oll, rag ny whervyth dregyn vÿth dhymm," ha heb namoy geryow, hy a drettyas yn scav saw yn fyrm dres an pons gwadn, ha wosa pols cot yth esa hy ow sevel yn saw wàr an men diantel.

"Saw ywa," hy a elwys. "Mir, gwra sensy an blynken! Me a vynn sevel wàr denewen an men omma, ma na wrello codha in dadn agas poster brâssa agesof. Now, deus, a Holly, rag an golow a wra fyllel yn scon."

Me a dherevys wàr ow dewlin, ha mar qwrug vy bythqweth omglôwes ownekhës yn tien i'm bêwnans, y feu i'n tor'-na, ha ny'm beus sham vëth dhe avowa me dhe hockya.

"Yn certan nyns esta ow kemeres own," an creatur coynt-na a elwys in spanell in ujow an gwyns, dhyworth hy savla, ow powes wàr an poynt uhella a'n men omborth. "Gas cres ytho, ha gwrêns Calycratês dos dhyragos."

Hedna a'm inias. Gwell yw codha aberth in islonk ha merwel ès bos scornys gans benyn avelhy. Rag hedna me a settyas ow challa, ha dystowgh yth esen wàr an blynken uthyk, idn ha hebleg-na, hag in dadno hag oll adro dhybm yth esa islonk dywoles. Cas o genef bythqweth uhelder brâs, saw bythqweth kyns ny wrug vy ùnderstondya euth a savla kepar ha hedna. Ogh, ass o uthyk clôwes an blynken-na, scodhys dell o hy wàr dhew boynt diantel, owth omry in dadnof. Ow fedn a veu scav, ha me a gresy y whren codha heb dowt vëth. Yth esa scruth in ascorn ow heyn; yth hevelly dhybm me dhe godha, ha ny allama gorra in geryow ow lowena, pàn wrug vy cafos ow honen lêsys in mes wàr an men omborth-na, esa ow terevel hag ow codha in dadnof kepar ha gorhal in mor garow. Ny worama ma's hebma: me a ros grassow cot dhe'n Ragwelesygeth rag ow selwel bys i'n tor'-na.

Ena y teuth tro Leo, ha kynth hevelly ev nebes coynt, ev a dheuth adreus kepar ha kerdhor tynlovan. Ayesha a istynas hy dorn in mes rag dalhedna y dhorn ev, ha me a's clôwas ow leverel, "Gwrës yn colonnek, a guv colon—gwrës yn colonnek. Yma spyrys coth an Grêkys whath yn few inos!"

I'n tor'-na nyns o gesys wàr an tenewen pell ma's Job truan. Ev a gramyas bys i'n blynken hag a grias in mes, "Ny allama y wil, a syra. Me a vydn codha aberth i'n tyller uthyk-na."

"Te a res y wil," me a remembras me dhe leverel gans jolyfter anewn—"te a res y wil. Mar êsy ywa avell cachya kelyon." Me a sopos fatell leverys vy hedna dhe gonfortya ow honscyans, rag kynth usy an lavar-na ow côwsel adro dhe ês marthys an ober, rag leverel an gwiryoneth nyns eus negys calessa in oll an norvës ès cachya kelyon—hèn yw in kewar dobm—marnas martesen gwybessa.

"Ny allama, a syra—ny allama."

"Gwrêns an den dones, poken gwrêns ev gortos ha merwel ena. Mir, yma an golow ow merwel! Tecken whath hag y fÿdh gyllys!" yn medh Ayesha.

Me a veras. Hy a leverys an gwiryoneth. Yth esa an howl ow passya in dadn level an toll i'n âls, esa an golow worth agan drehedhes dredho.

"Mar teuta ha gortos ena, a Job, te a wra merwel dygoweth," me a elwys; "yma an golow ow tyberth,"

"Deus! Gwra ombrevy manly, a Job," Leo a ujas. "Êsy lowr ywa."

Conjùrys indella, Job truan, a ujas yn uthyk, ha tôwlel y honen wàr y dorr orth an blynken—ny vedhas ev kerdhes dresty, ha nyns yw dhe vlâmya poynt rag hedna. Ev a dhalathas tedna y honen

dresty in jaggys bian, y arrow truan ow cregy wàr nans a bùb tu
aberth i'n gwacter in dadno.

Y jaggys crev wàr an blynken wadn a wrug dhe'n men brâs, posys
dell o yn udnyk wàr nebes mesvaow a garrek, lesca yn maner
uthyk, ha rag gwil taclow lacka whath, pàn esa ev hanter-fordh
dres an pons, an golowyn a splander an howl a dhyfudhas, kepar
ha lugarn dyfudhys in rom ha'n croglednow wàr nans. Indella y feu
oll dyfeth an air owth uja in cowl-duder.

"Deus in rag, a Job, rag kerensa Duw!" me a grias painys dell en
vy gans own, hag yth esa an men ow qwaya dhe voy gans kenyver
jag, a lescas mar grev mayth o cales y sensy. Ass o uthyk an savla.

"A Dhuw, kebmer mercy ahanaf!" Job a grias in mes a'n
tewolgow. "Ogh, yma an blynken ow slyppya!" ha me a glôwas
tervans crev, hag a brederys ev dhe vos gyllys.

Saw i'n tor'-na y dhorn istynys in mes in udn dhalhedna yn
ownek i'n air a vetyas ow dorn ow honen—assa wrug vy tedna, owth
ûsya oll an nerth a veu an Ragwelesygeth plêsys dhe ry dhybm
kebmys anodho—hag er ow joy an nessa mynysen yth esa Job ow
tiena wàr an garrek rybof. Saw an blynken! Me a's tùchyas dell
esa ow slyppya, hag a's clôwas ow qweskel warbydn garrek valak,
ha gyllys o.

"Re Dhuw a'm ros!" me a grias. "In pana vaner a yllyn ny
dewheles?"

"Ny worama," yn medh Leo in mes a'n tewolgow. "'Lowr dhe'n
jëdh hedhyw yw y dhrog y honen.' Me yw lowen lowr dhe vos
obma."

Saw ny wrug Ayesha ma's gelwel dhybm dhe gemeres hy dorn ha
dhe gramyas wàr hy lergh.

XXV

SPYRYS AN BÊWNANS

Me a wrug kepar dell veu erhys dhybm, hag ow trembla rag ewn own, me a omglôwas ow honen gêdys dres amal an men. Me a lêsas ow garrow in mes, saw ny yllyn tùchya tra vëth.

"Codha a wrav!" me a leverys in udn dhiena.

"Nâ wreth, gwra omry dha honen ha trestya dhymmo," Ayesha a worthebys.

Lebmyn mar pëdh an mater consydrys, y fëdh convedhys yn êsy fatell o brâssa an gorholeth-ma wàr ow threst ès dell o warrantys dre bùptra a wodhyen vy a natur Ayesha. Ny yllyn bos sur nag esa hy worth ow dampnya dhe vernans uthyk. Saw i'n bêwnans-ma res vëdh dhyn traweythyow gorra agan fëdh wàr alteryow stranj, hag indella yth o taclow i'n tor'-na.

"Gwra omry dha honen!" hy a grias, ha drefen na'm beu dôwys, me a wrug indella.

Me a omglôwas ow honen ow slynkya pass pò dew enep ledrek an garrek wàr nans, hag ena aberth i'n air, ha'n preder a resas der ow empydnyon, me dhe vos kellys. Saw na veuma! Tecken aral ha'm treys a weskys warbydn leur a ven, ha me a wodhya ow bosama ow sevel wàr neb tra grev, hag in goskes dhyworth an gwyns, esa ow cana a-uhof abell. Pàn esen ow sevel ena ow ry grassow dhe'n Nev rag an mercy bian-ma, y feu clôwys slynk ha tervans, ha Leo a dheuth dhe'n dor rybof.

"Hô, a gothwas!" ev a grias, "esta ena? Ass yw meur a les an negys-ma, a nyns yw?"

I'n tor'-na poran, Job in udn uja yn uthyk a lôndyas warnan, hag a wrug agan knoukya dhe'n dor. Pàn wrussyn ny derevel gans caletter wàr agan treys, yth esa Ayesha in agan mesk ha hy owth

267

erhy dhyn anowy an lugern. In gwelha prës nyns o myshevys an re-na, ha'n vessyl a oyl o saw kefrës.

Me a dednas in mes ow box a danbrednyer cor, hag y a gemeras tan mar jolyf ena dell wrussens in rom bewa in Loundres.

Warlergh nebes mynys y feu an dhew lugarn anowys ha ny a welas syght pòr goynt. Ny o cùntellys warbarth in chambour meynek, neb deg tros'hës ahës hag alês, ha ny oll a apperyas ownek lowr—avês dhe Ayesha, esa ow sevel yn cosel ha'y dywvregh plegys, in udn wortos an lugern dhe lesky yn tâ. An chambour a hevelly bos natùral in part, hag in part cowys in mes a wartha an pykern. To an radn natùral o formys gans an men omborth, ha keyn an chambour, esa ow ledry wàr nans, a veu kervys in mes a'n garrek vew. Wàr neb cor an tyller o mygyl ha sëgh—harber perfeth comparys gans an pynakyl pednscaf a-uhon, ha'n esker dhiantel esa owth herdhya in mes in air dhe vetya ganso.

"Indelma," yn medh *Honna*, "devedhys on ny yn saw, kyn whrug vy kemeres own unweyth y whre an men omborth codha genes, ha'th têwlel aberth i'n downder dywoles in dadnos, rag me a grÿs yma an fals ow tieskynna bys in very torr an bÿs. An garrek usy an men owth omberthy warnedhy a wrug brewy in dadn an poster ow lesca orty. Ha lemmyn, dre rêson a henna," ha hy a bendroppyas tro ha Job, esa owth esedha wàr an leur owth assaya deseha y dâl gans lien dorn a goton rudh, "yw gelwys an 'Porhel' yn ewn, rag ev yw mar dalsogh avel porhel, dhe asa dhe'n blynken codha, ny vÿdh êsy dewheles dres an islonk, ha rag henna res yw dhymm têwlel towl. Saw lemmyn powesowgh rag pols, ha merowgh orth an tyller-ma. Pandr'ywa, esowgh why ow cresy?"

"Ny woryn ny," me a worthebys.

"A vynses cresy, a Holly, nebonen unweyth dhe dhêwys an neyth airek-ma rag y drigva kenyver jorna, hag ev dhe dhurya omma lies bledhen. Ny wre va gasa an tyller-ma ma's unn jëdh in mes a dhewdhek rag whylas boos ha dowr hag oyl, a vedha drës dhodho gans an bobel, moy ès dell ylly ev don, ha settys avell offryn orth ganow an geyfordh a wrussyn ny passya dredhy ow tones omma?"

Ny oll a veras in bàn gans marth, ha hy a bêsyas—

"Saw yth o an maters indella. Yth esa den—Nût a elwy ev y honen—ha kyn whrug ev bewa in dedhyow moy adhewedhes, ev a'n jeva furneth tus Kôr. Ev o ermyt ha fylosofer, hag ev o deskys

brâs in kevrînow an Natur, hag ev a veu henna neb a dhyscudhas
an Tan a wrama dysqwedhes dhywgh, neb yw goos ha bêwnans an
Natur; hag ev a dhyscudhas pynag oll a wrella troncas ino, hag
anella anodha, a wre bewa bys in gorfen an Natur. Saw kepar ha
te, a Holly, an den-ma, Nût, ny vynna ev trailya y skians dhe brow.
'Drog o,' yn medh ev 'dhe vab den bewa, rag genys o mab den dhe
verwel.' Rag henna ny dherivas evy gevrîn dhe dhen vŷth, ha rag
henna ev a dheuth dhe vos tregys omma, le may fo res dhe whelor
an Bêwnans passya, hag ev a vedha sensys brâs gans Amahagger y
dhedhyow ev avell sans hag ermyt. Ha pàn wrug vy dones dhe'n
pow-ma kyns oll—a wodhesta, a Calycratês, in pana vaner a dheuth
vy? Me a vynn y dherivas dhis neb termyn aral, rag coynt yw an
whedhel—me a glêwas adro dhe'n fylosofer, ha me a'n gortas pàn
dheuth ev dhe gerhes y voos, ha me a dhewhelys ganso dhe'n
tyller-ma, kynth esen ow perthy own brâs a drettya dres an islonk.
Ena me a'n tùllas der ow thecter ha'm skentoleth, ha me a'n
flattras gans ow thavas, may whrug ev ow lêdya wàr nans ha
dysqwedhes an Tan dhymm, hag ev a dherivas dhymm kevrînow
an Tan, saw ny asas dhymm trettya aberth ino. Ha drefen me dhe
berthy own y whre va ow ladha, me a omwethas rag godhevel
henna, rag me a wodhya an den dhe vones pòr goth, hag ev dhe
vos marow yn scon. Ha me a dhewhelys, wosa desky dhyworto
myns a wodhya ev adro dhe Spyrys marthys an Bŷs, ha meur o
henna, rag an den o fest fur ha fest coth, ha dre lanythter ha dre
benys ha dre brederow y vrŷs gwergh, ev a danowhas an veyl inter
an pŷth eson ny ow qweles ha lies gwiryoneth brâs ha dywel, taclow
eson ny ow clêwes hanas aga eskelly traweythyow hag y ow scubya
der air mostys an bŷs. I'n eur-na—nyns o ma's nebes dedhyow wosa
henna—me a'th vetyas jy, a Calycratês wheg, te neb a wandras bys
i'n tyller-ma gans Amenartas, an Ejyptyones teg, ha me a dheskys
cara rag an kensa prŷs ha rag an prŷs dewetha inwedh. Ytho me a
brederys a dhones omma genes, ha dhe recêva an ro a Vêwnans
dhyso jy ha dhymmo vy. Rag henna ny a dheuth omma, warbarth
gans an venyn Ejyptyon-na na vynna bones gesys wàr dhelergh, ha
mir, ny a gafas an den coth, Nût, a'y wroweth nowyth-marow. *Ena
yth esa ev ow crowedha, hag yth esa y varv wynn adro dhodho
kepar ha pows,"* ha hy a dhysqwedhes spot ogas dhe'n tyller mayth

269

esen esedhys; "saw sur yw ev dhe vos brêwys dhe dhoust ha'n gwyns dhe dhon y lusow alemma."

Ena me a worras in mes ow dorn ha tava i'n doust, ha heb let ow besîas a dùchyas neb tra. Dans a vab den o va, pòr velen saw salow. Me a'n senys in bàn ha'y dhysqwedhes dhe Ayesha, ha hy a wharthas.

"Ea," yn medh hy, "dans dhyworto yw henna, heb dowt vÿth. Merowgh myns yw gesys a Nût, hag a furneth Nût—densyk bian! Saw yth o oll bêwnans in dadn dhanjer an den-na, ha rag kerensa y gonscyans, ny vynna ev mellya ganso. Wèl, yth esa va ow crowedha nowyth-marow, ha ny a dhieskynnas dhe'n tyller may whrama agas lêdya dhodho, hag ena, ow cùntell oll ow horaj hag ow qwary gans an ancow may hallen martesen gwainya cùrun mar gloryùs, me a drettyas aberth i'n tan, ha merowgh! bêwnans na wrewgh why aswon nefra, erna wrellowgh why y dastya, a resas aberth inof, ha me a dheuth in mes a'n tan dyvarow ha teg dres desmygyans mab den. Ena me a istynas in mes ow dywvregh bys dhis, a Calycratês, ha me a'th pesys dhe gemeres dha venyn brias dyvarow, ha mir, kepar dell esen ow kêwsel orthys, dallhës dell es der ow thecter, te a drailyas dhyworthyf ha têwel dha vrehow adro dhe gonna Amenartas. Hag ena me a veu lenwys a sorr brâs, ha me a dhalhennas an guw esta ow ton, hag a'th wanas, may whrusta codha orth ow threys vy poran, in tyller an Bêwnans, in udn groffolas in pain ha te a verwys. Ny wodhyen i'n tor'-na me dhe allos ladha gans ow dewlagas ha dre nerth ow bolùnjeth. Rag henna i'm conar me a'th ladhas gans an guw.[28]

---

28 Y fëdh merkys nag yw acownt Ayesha a vernans Calycratês kepar ha'n whedhel screfys wàr dharn pot Amenartas. An scrif wàr an darn pot a lever, "Ena in hy sorr hy a'n gweskys dre hus, hag ev a verwys." Ny wrussyn ny bythqweth determya pyneyl anodhans o an versyon ewn, saw an redyor a wra remembra fatell esa goly guw in corf Calycratês, hag yth hevel hedna dhe gonclûdya an mater, marnas an pystyk dhe vos gwrës wosa mernans. Tra aral na wrussyn bythqweth determya o in pana vaner a ylly an dhyw venyn—Honna hag Amenartas Ejyptyones—don corf an den kerys gansans aga dyw dres an islonk uthyk ha'n esker dhiantel ahës. Pana syght coynt a godhvia hedna bos! An dhyw venyn mar deg, y muskegys gans tristans, ow lavurya der an tebel-tyller-na ha corf an den marow intredhans! Dre lycklod an viaj o moy êsy i'n termyn-na.—L.H.H.

270

"Ha pàn veusta marow, ogh! me a olas, drefen te dhe vos marow
ha me dyvarow. Me a olas ena i'n tyller an Bêwnans, hag a pen vy
mortal whath, ow holon yn certan a via trogh. Ha hy, an
Ejyptyones dhu—hy a'm molethys re dhuwow Ejyp. Re Osîrys hy
a'm molethys ha re Îsys, re Nefthys, re Anùbys, re Sekhet, pedn
cath y bedn, ha re Set, in unn elwel drocoleth warnaf, hag awher
eternal. Dar! me a yll gweles hy fâss tewl whath orth ow braggya
kepar ha hager-awel, saw ny ylly hy ow myshevya, ha me—ny wòn
a callen hy fystyga hy. Ny whylys vy y wruthyl; nyns o bern dhymm
an mater i'n tor'-na. Indella ny agan dyw a wrug dha dhon jy
alemma. Ha wosa henna me a's fêsyas—an Ejyptyones—der an
gwernow, hag yth hevel hy dhe vewa hir lowr dhe dhenethy mab
ha dhe screfa an whedhel, a wre dha lêdya jy, hy gour hy, wàr
dhelergh dhymmo vy, hy hestrîvyores ha'th voldrores.

"Yth yw an whedhel indella, a guv colon, ha lemmyn ow nessa
yma an prÿs a wra settya cùrun warnodho. Kepar ha pùptra i'n
bÿs, kemmysk yw a dhrog hag a dhâ—moy a dhrog, martesen; ha
screfys in lytherow goos. An gwiryoneth yw; ny wrug vy keles tra
vÿth dhyworthys, a Calycratês. Ha lemmyn unn dra moy kyns ès
tecken dhewetha dha drial. Yth eson ny ow tieskynna aberth in
presens an Mernans, rag pòr ogas an eyl dh'y gela yw Bêwnans ha
Mernans, ha—pyw a wor—neb tra a alsa wharvos rag agan kescar
bys penn termyn aral a wortos. Nyns oma ma's benyn, profuses
nyns oma poynt, ha ny allama redya an termyn usy ow tos. Saw me
a wor hemma—rag me a'n deskys dhywar wessyow an den fur,
Nût—na veu ow bêwnans ma's hirhës ha tekhës. Ny allama bewa
rag nefra. Ytho, kyns ès ny dhe dhyberth, lavar dhymm, a
Calycratês, te dhe ava dhymm, ha te dhe'm cara vy a leun-golon.
Mir, Calycratês; me re wrug meur a dhrocoleth—martesen drog
veu ragof dhe weskel an vowes-na dhe vernans yêyn, esa worth dha
gara—saw hy a'm dysobeyas ha'm sorras, ha hy a brofusas myshyf
ragof, ha me a's gweskys. Pàn dheffo power dhis, kemmer with, rag
dowt te inwedh dhe weskel i'th sorr pò i'th avy, rag nerth dydrygh
yw arv lymm in dewla pehador. Ea, me re behas—in mes a'n
wherowder genys a gerensa vrâs me re behas—saw whath me a yll
decernya inter dâ ha drog, ha pelha nyns yw cales'hës ow holon yn
tien. Dha gerensa jy, a Calycratês, a vÿdh yet ow redemcyon, poran
kepar dell o ow fassyon kyns lemmyn an trûlergh a wrug vy ponya

271

warnodho bys i'n drog. Rag kerensa dhown heb collenwel yw iffarn rag an golon nôbyl hag erytans dhe'n re molethys, saw an gerensa a vo dastewynys moy perfeth wàr dhelergh dhyworth enef agan cuv, yma an gerensa-na ow cruthyl ragon eskelly dh'agan derevel a-uhon agan honen ha dh'agan perfethhe. Ytho, a Calycratês, kemmer vy er an dorn, ha gwra derevel ow veyl yn tiown, kepar dell vien vy neb myrgh tiak yn unnyk, adar an venyn furra ha tecka in oll an norvŷs, ha mir orthyf i'm dewlagas, ha lavar te dhe ava dhymm a leun-golon, hag a leun-golon yth esta worth ow gordhya vy."

Hy a dewys, ha ton tender hy lev a hevelly terneyja adro dhyn kepar ha cov. Me a wor fatell wrug an sownd a'y lev ow amôvya vy moy ès hy geryow, rag hy lev o lev a'n purra benyn in oll an bës. Colon Leo inwedh a veu tùchys in maner stranj. Kyns ès an prës-na ev a vedha dynys warbydn y breus welha, kepar dell yw edhen tùllys gans sarf, saw i'n tor'-na me a grës fatell o hedna gyllys oll, hag ev a gonvedhas ev dhe gara an creatur coynt ha gloryùs-na, dell esen vy, ellas! orth hy hara inwedh. Wàr neb cor, me a welas y lagasow ow lenwel a dhagrow, hag ev a gerdhas yn uskys bys dhedhy, dygelmy an veyl boll, kemeres hy dorn, hag in udn veras aberth in hy lagasow down, ev a leverys, heglew y lev—

"Ayesha, me a'th car a leun-golon, ha mar bell dell allama gava, gyvys dhis genef yw mernans Ùstânê. Inter te ha'th Formyor yw radn aral an negys. Ny worama tra vëth adro dhodho. Ny worama ma's me dhe'th cara dell na gerys vy bythqweth kyns, ha me dhe lena orthys bys in dyweth ow bêwnans."

"Lemmyn," Ayesha a worthebys, der uvelder prowt—"lemmyn pàn usy ow arlùth ow kêwsel mar rial indelma hag ow vossawya mar fre, ny dheseth dhymm treynya gans ow geryow, ha gweles ow helder bohosakhës. Merowgh!" ha hy a gemeras y dhorn ha'y settya wàr hy fedn sêmly hy honen, hag ena hy a blegyas wàr nans erna wrug udn glin tùchya an dor rag pols—"Mir! Avell tôkyn a obedyens yth esoma ow plegya dhe'm arlùth! Merowgh!" ha hy a abmas dh'y wessyow, "avell tôkyn a'm gerensa avell gwre'ty, yth esoma owth amma dhe'm arlùth. Merowgh!" ha hy a settyas hy dorn wàr y golon, "re'n pegh a wrug vy, re'n osow dygoweth a spênas vy ow cortos may feu ow fegh defendys dredha, re'n gerensa vràs esoma ow cara gensy, ha re'n Spyrys—an Dra Eternal usy ow

tenethy pùb bêwnans, hag mayth usy pùb bêwnans owth omdenna
dhyworto hag ow tewheles arta dhodho—yth esoma ow ty:—

"Yth esoma ow ty i'n eur-ma a Venensys collenwys, y whrama
forsâkya an Drog ha chersya an Dâ. Yth esoma ow ty me dhe vos
nefra lêdys gans dha lev in fordhow ewnha an Devar. Yth esoma

ow ty y whrama avoydya uhelwhans, ha dres oll ow dedhyow dydhyweth settya a-uhof an Furneth avell Berlewen rag ow hùmbrank dhe Wiryoneth ha dhe wodhvos Ewnhenseth. Yth esoma ow ty y whrama dha onoura ha'th chersya jy, a Calycratês, neb re beu scubys gans tonnow an termyn wàr dhelergh dhe'm dywvregh, ea, bys i'n dyweth, gwrêns henna dones yn avarr pò holergh. Yth esoma ow ty—nâ, ny wrama ty na felha, rag pandr'yw geryow? Saw whath te a wra desky na's teves Ayesha tavas gow.

"Indella me re dos, ha te, Holly wheg, yw dùstuny ow ly. Omma inwedh yth on ny demedhys, ow gour ty ha me, gans an tewolgow avell nenlen briosol—demedhys bys in gorfen pùptra; omma yth eson ny ow screfa agan ambosow demedhyans wàr an gwynsow uskys, hag y a's deg bys i'n nev, hag adro dhe'n bÿs-ma usy prest ow rollya.

"Hag avell ro demedhyans me a'th cùrun gans cùrun sterennek ow thecter, gans bêwnans a wra durya, gans furneth dres musur ha gans rycheth na yll bos acowntys. Mir! Brâsyon an bÿs a wra cramyas adro dhe'th treys, ha'y venenes teg a wra cudha aga lagasow dre rêson a glory splann dha vejeth; ha re fur an bÿs a vÿdh iselhës dhyragos. Te a wra redya colon tus kepar ha scrif egerys, ha te a wra aga hùmbrank omma hag ena, oll a'th vodh. Kepar ha Sfynx coth Ejyp i'n termyn eus passys, te a wra esedha avàn dhia oos dhe oos, ha nefra y a wra cria orthys dhe assoylya desmyk dha vrâster na wra dyberth; ha nefra te a wra aga scornya gans dha daw!

"Mir! Unweyth arta yth esoma owth amma dhis, ha der an bayna, yth esoma ow ry dhis arlottes wàr an mor ha wàr an dor, wàr an den bohosak in y grow, wàr an myghtern in y balys, ha wàr cytas leun a dourow ha wàr bùbonen a vo owth anella inhans. Pynag oll le may fÿdh an howl ow crena in mes y wuwyow, ha may fÿdh an dowrow dygoweth ow tastewynya golow an loor, may fÿdh hager-awel ow rollya, ha may fÿdh gwarek lywys Nev dres an ebron—dhyworth an North glân gwyskys in ergh, dres tyleryow cres an bÿs, bys i'n Soth carnal, ow crowedha kepar ha benyn brias wàr wely blou hy morow hag owth anella hy anal gwrës melys gans an saworen a vyrtwëdh—ena y whra dha allos kerdhes ha'th arlottes cafos y drigva. Naneyl cleves, nag own yêyn, nag anken, na wastyans gwynn a shâp nag a vrës, usy pùpprÿs ow terneyja dres kynda mab den, ny wra onen vÿth an re-na têwlel skeus y eskelly warnas. Te a vÿdh kepar ha Duw, ow sensy an dâ ha'n drog in torr dha dhorn, ha me, me ow honen, yth esoma owth uvelhe ow honen dhyragos. Indella yth yw an gallos a Gerensa, hag indella yth yw an ro demedhyans esoma ow ry dhis, a Calycratês, ow Arlùth vy, hag Arlùth Kenyver Onen.

"Ha lemmyn colenwys yw. Deuns hager-awel, deus howl, deuns dâ, deuns drog, deuns bêwnans, deuns mernans, nefra, nefra ny ylla bones dyswrës. Rag in gwir, an pÿth yw, yw, ha mars ywa gwrës, gwrës yw rag nefra, ha ny ylla bos chaunjys. Me re gêwsas.— Deun ny alemma, may hallo pùptra bos colenwys in ordyr ewn;" hag in udn gemeres onen a'n lugern, hy êth in rag bys in pedn an chambour, esa an men omborth avell nen a-ughto. Ena hy a savas.

Ny a's sewyas, ha gweles fatell esa grisyow in fos an pykern, pò dhe vos moy compes, nebes talpednow a garrek o shâpys indella mayth êns y pòr haval dhe stairys. Ayesha a dhalathas skydnya wàr an re-na, in udn lebmel dhyworth gris dhe gris, kepar ha gavrewyk. Ny a dheuth wàr hy lergh in maner le grassyùs. Pàn o skydnys genen neb pymthek pò whêtek gris, ny a dhyscudhas y dhe dhewedha in leder vrâs a garrek, ow ponya in mes kyns oll, hag ena ajy, kepar ha leder a bykern omwhelys, pò kepar ha keyfordh. Pòr serth o an leder, ha traweythyow crackya codna, saw ny a ylly passya dresty, ha gans golow an lugern ny a skydnyas heb caletter brâs, kynth o va morethek lowr kerdhes in rag indella, ow skydnya ny wodhya den vëth ahanan pyle, aberth in colon varow a loskveneth. Dell esen ny ow procêdya, bytegyns, me a gemeras rach dhe verkya agan fordh mar dhâ dell yllyn; nyns o hedna re gales naneyl, rag an meyn neb o scùllys adro a's teva shâpys marthys coynt, ha moy haval êns y dhe *gargoyls* a'n osow cres ès dhe garrygy kebmyn.

Termyn pell ny a gerdhas in rag indella, hanter-our me a vynsa leverel, ha wosa ny dhe skydnya lies cans tros'hës, me a welas fatell esen ny ow trehedhes poynt an pykern omwhelys. Kyns pedn mynysen moy ny o devedhys, hag a gafas poynt isella an pykern dhe vos tremenva, mar isel ha mar idn, may feu res dhyn plegya ha ny ow cramyas dredho an eyl warlergh y gela. Wosa neb hanter-cans lath a gramyas indella, an dremenva dystowgh a veu cav, mar vrâs na ylly bos gwelys naneyl to na tenwednow. Ny a wodhya y vos cav yn udnyk dre dhasson agan treys ow trettya ha dre daw perfeth an air poos. Ny a brocêdyas lies mynysen heb leverel ger vëth, kepar hag enevow kellys in downder Iffarn, hag yth esa form wydn Ayesha, kepar ha spyrys, ow treneyja dhyragon. Wàr an dyweth an tyller a worfednas gans tremenva esa owth egery wàr gav aral, fest biadnha ès an kensa cav. In gwir ny a ylly decernya yn cler gwarek ha tenwednow meynek an secùnd cav-ma. Dre rêson a'ga semlant sqwerdys ha dynsak ny a gonvedhas, poran kepar an kensa keyfordh hir a wrussyn ny dos dredhy kyns ès ny dhe dhrehedhes an esker dhiantel, an dremenva-ma dhe vos sqwerdys in mes a enether an garrek gans nerth uthyk a neb gass hedarth. Wàr an dyweth an cav-ma a worfednas gans an tressa tremenva, mayth esa golow feynt ow terlentry dredhy.

Me a glôwas Ayesha owth hanaja yn sewajys pàn welsyn ny an golow-na.

"Dâ yw," yn medh hy. "Ombarusowgh lemmyn dhe entra in torr an Dor, may fŷdh hy ow concêvya an Bêwnans a welowgh why drës in rag in mab den hag in best—ea, hag in kenyver gwedhen ha kenyver flour."

Yn uskys hy a gerdhas in rag, ha ny a drebuchyas wàr hy lergh gwelha gyllyn, hag yth o agan colon lenwys avell hanaf a own hag a whans dhe wodhvos. Pëth a wren ny gweles? Ny a bassyas an geyfordh wàr nans; an golow a spladna dhe greffa ha dhe greffa, worth agan drehedhes in golowydnow brâs kepar ha golowydnow chy golow, hag y tôwlys an eyl wosa y gela wàr dhuder an dowrow. Nyns o hedna pùptra naneyl, rag gans an golowydnow ny a glôwas sownd kepar ha taredna ha gwëdh ow codha. I'n eur-na ny o passys der an geyfordh, hag—a Dhuw!

Yth esen ny ow sevel i'n tressa cav, neb hanter-cans tros'hës ahës, martesen an keth myns in uhelder, ha deg warn ugans tros'hës alês. Yth esa tewas fin gwydn wàr an leur, ha'y fosow o gwrës smoth dre neb gwythres na yllyn desmygy. Nyns o tewl an cav-ma kepar ha'n re erel; yth o va lenwys a wolow medhel a lyw gwynrudh, tecka dhe weles ès tra vëth a alsa bos concêvys. Saw wàr an dallath ny welsyn ny golowyn vëth, ha ny glôwsyn ny an taredna na felha. Yn scon, bytegyns, pàn esen ny ow sevel yn amays, ow meras orth an syght wondrys, hag ow covyn orthyn agan honen pana le esa an golow gwynrudh ow tos dhyworto, y wharva tra uthyk, tra deg. Cloud uthyk pò pyllar a dan, lieslyw avell an cabmdhavas ha spladn avell luhesen, a dardhas in mes dres an pedn pelha a'n cav, in udn wil sownd a grackya hag a velyas. Mar uthyk veu ha mar ownek, may whrussyn ny oll trembla, ha Job a godhas wàr y dhewlin. Rag pols, dew ugans secùnd martesen, an golow a flamyas hag a ujas indella, in udn drailya yn lent adro, hag ena tabm ha tabm an tros uthyk a cessyas ha'n tan a dhyberthas—ny worama dhe byle—in udn asa wàr y lergh an golow gwynrudh a welsyn ny kyns oll.

"Dewgh nes, dewgh nes!" Ayesha a grias, hag yth esa amôvyans frobmys in hy lev. "Merowgh orth an very Fenten ha Colon a Vêwnans dell usy ow qweskel in brest an bÿs brâs. Merowgh orth an sùbstans usy pùptra ow tenna aga fors in mes anodho, Spyrys splann Pel an Bÿs. Ny yll an bÿs bewa heptho, saw y fia mar yêyn ha marow avell an loor. Dewgh nes, ha gwrewgh golhy agas honen in flammow bew, ha tannowgh aga vertu in oll y crefter gwergh aberth in agas framys truan. Ny vedhons kepar dell yns lemmyn, sythlys dre grodrow fin a vîlyow a vêwnansow intredhowgh ha'n tan, saw kepar dell yw omma in very fenten hag esedhva a Vosva an norvÿs."

Ny a's sewyas der an golow gwynrudh bys in pedn an cav, erna wrussyn ny wàr an dyweth sevel dhyrag an tyller mayth esa an pols brâs ow qweskel ha'n flàm brâs ow passya. Dell esen ny ow kerdhes, ny a bercêvyas inon lowena wyls ha marthys, sens gloryùs a vewder fers an Bêwnans, esa an prÿsweythyow spladnha agan nerth owth hevelly mygyl ha dov comparys ganso. Ny veu hedna ma's awedhyans an flàm, an ethen sotel esa ev ow tôwlel dhyworto in udn bassya, ha hy owth obery warnan hag orth agan gwil mar grev avel kewry ha mar uskys avell eras.

Ny a dhrehedhas pedn an cav, meras an eyl orth y gela i'n golow gloryùs ha wherthyn yn heglew—Job y honen a wharthas, ha ny wrug ev wherthyn nans o seythen—dre scafter agan colon ha dre vedhêwnep duwyl agan empydnyon. Me a wodhya fatell o skydnys warnaf oll skentoleth dyvers a yll brës mab den gwil y honen mêster anodho. Me a alsa i'n tor'-na côwsel in prydydhieth deg kepar ha Shakespeare, tybyansow a lies sort a resas der ow brës; yth o kepar ha pàn o lowsys colmow ow hig owth alowa an spyrys dhe neyjya in bàn aberth in ebron y nerth genesyk. Ny yllyr bos

descrefys an prederow sotel a dheveras aberth inof. Me a gresy me
dhe vewa dhe voy freth, dhe dhrehedhes lowena uhelha, ha dhe
eva dhyworth hanaf a dybyansow moy skentyl ès dell wrug vy
bythqweth kyns. Me o person aral, ow honen leun a wordhyans,
hag oll fordhow ledan an Possybyl o egerys dhyragof rag tecken
hag y ow ledya ow stappys bys i'n Gwir.

Ena dystowgh, pàn esen vy ow lowenhe i'n nerth marthys-ma
a'm person nowedhys, y feu clôwys croffal fell isel, a wrug tevy ha
tevy erna veu crack hag uj, ow sensy ino pùptra uthyk ha spladn
kemyskys i'n bës a son. Ow nessa yth esa hag ow nessa, erna veu
ogas dhyn in udn rollya kepar ha rosow taredna nev adhelergh
dhe vergh an luhes. An son a dheuth in rag, ha ganso golow
gloryùs lieslyw worth agan dallhe, hag a savas dhyragon rag tecken,
in udn trailya adro yn lent, dell hevelly, hag ena, gans y son
marthys an golow a dhyberthas, ny worama dhe byle.

Ny a veu kebmys sowthenys der an wolok wondrys may whrussyn
ny oll sedhy dhyrygthy, ha cudha agan bejeth i'n tewas. Ny oll,
marnas *Honna* yn udnyk, rag hy a savas in bàn hag istyna hy dewla
tro ha'n tan.

Pàn o gyllys an golow, Ayesha a gowsas.

"Lemmyn, a Calycratês," yn medh hy, "yma devedhys an prÿs
galosek. Pàn dheffo an flàm brâs arta, te a dal sevel ino. Kyns oll
têwl dhyworthys dha dhyllas, rag an flàm a's lesk, saw ny wra va
dha bystyga jy. Te a dal sevel i'n flammow hadre vy crev lowr, ha
pàn wrello dha jersya, gwra sùgna an tan aberth i'th colon, ha gas
dhodho lemmel ha gwary adro dhe bùb radn ahanas, ma na vo
kellys genes part vÿth a'y vertu. Esta worth ow clêwes, a
Calycratês?"

"Me a'th clôw jy, Ayesha," Leo a worthebys, "saw in gwir—nyns
oma coward—saw me a'm beus own a'n flàm whyflyn-na. Fatla
worama na wra va ow dystrôwy yn tien, ma whryllyf kelly ow
honen ha'th kelly jy kefrës? Bytegyns me a'n gwra," ev a addyas.

Ayesha a brederys tecken hag ena hy a leverys—

"Nyns yw marth te dhe berthy own. Lavar dhymm, a Calycratês:
mar teuta ha'm gweles vy ow sevel i'n flàm hag ow tones in mes
heb pystyk, a vynta jy entra kefrës?"

"Manaf," ev a worthebys, "me a vydn entra ow honen, mar qwra
va ow ladha kyn fe. Me re leverys lebmyn me dhe entra i'n flàm."

"Ha me a vydn gwil indella kefrës," me a grias.

"Pandra, a Holly wheg!" yn medh hy in udn wherthyn; "me a gresy na vynnys cafos tra vÿth a bellder dedhyow. Dar, fatla wharva hemma?"

"Nâ, ny worama," me a worthebys, "saw yma neb tra i'm colon usy worth ow gelwel dhe dâstya an flâm ha dhe vewa."

"Dâ yw," yn medh hy. "Nyns osta kellys yn tien in folnep. Merowgh, rag an secùnd treveth me a vynn gruthyl troncas i'n badh bew-ma. Dâ via genef moghhe ow thecter ha hirder ow bêwnans, mar kyll henna bones. Mar ny ylla bones, dhe'n lyha ny ylla ow myshevya.

"Inwedh," hy a bêsyas wosa tewel tecken, "yma genef ken rêson ha rêson downha me dhe vones whensys dhe droghya ow honen i'n flâm. Pàn wrug vy tâstya y vertu kyns oll, leun o ow holon a sorr hag a gas rag Amenartas an Ejyptyones-na, hag ytho awos oll ow strîvyans dhe vones frank anedha, passyon ha cas re beu stampys wàr ow enef dhyworth an termyn trist-na bys i'n jêdh hedhyw. Saw yth yw taclow chaunjys lemmyn. Lemmyn lowen yw ow cher, ha me yw lenwys a'n rann burra a breder, ha me a garsa bos indelma rag nefra. Ytho, a Calycratês, me a vynn golhy ow honen unweyth arta ha'm gwil pur ha glân ha moy gwyw whath ragos jy. Ytho te inwedh, a Calycratês, pàn wrylly sevel i'n tan, gorr in mes a'th colon pùb drocoleth, ha gas dhe lowender medhel sensy kespos dha vrÿs. Gwra shakya yn fre eskelly dha spyrys, ha sev wàr an amal a ombrederyans sans; ea, gwra hunros a vay mamm, ha trail dha honen tro ha'n vesyon a'n dâ uhella a wrug bythqweth scubya wàr eskelly arhans dres taw dha hunrosow. Rag dhyworth an hasen a'th nas i'n prÿs uthyk-na a wra tevy frût a'th natur dres bledhydnyow heb rekna.

"Lemmyn, gwra ombarusy, gwra ombarusy! kepar ha pàn ve devedhys dha our dewetha, ha res dhis passya bys in Pow an Skeusow, adar dre Yettys an Glory aberth in gwlascor an Bêwnans tekhës. Gwra ombarusy, me a lever dhis!"

XXVI

AN PËTH A WELSYN NY

Ena y feu nebes mynys a bowes, pàn hevelly Ayesha dhe vos ow cùntell hy nerth rag an assay dre dan, hag yth esen nyny ow clena an eyl orth y gela ow cortos saw heb leverel tra vëth.

Wàr an dyweth an kensa hanas a sownd a veu clôwys i'n pellder, hag y whrug tevy ha tevy erna dhalathas crackya hag uja i'n pellder. Pàn glôwas Ayesha an son, hy a dôwlas dhywarnedhy hy mailyans boll, lowsya grugys sarf owrek dhywar hy fows, hag ena ow shakya hy blew gloryùs in hy herhyn avell dyllas, in dadn an gudhlen-na hy a dheuth in mes a'y fows ha gorra an grugys adro dhedhy wàr ves dh'y blew todnek leun. Yth esa hy ow sevel ena dhyragon, kepar dell alsa Eva sevel dhyrag Adam, heb dyllas vëth adro dhedhy marnas palster hy blew o sensys adro der an grugys a owr. Ny yll ger vëth dhyworthyf vy leverel pana wheg a hevelly hy—ha pana dhuwyl inwedh. Yth esa rosow taredna an tan ow nessa pùpprës, ha kepar dell esens ow tos, hy a herdhyas udn vregh a lyw dans an olyfans der hy blew tewl y lyw, ha'y thôwlel adro dhe godna Leo.

"A guv colon, a guv colon," yn medh hy in dadn hy anal, "a wrêta nefra godhvos pana vrâs o ow herensa dhis?" ha hy a abmas dh'y dâl, hag ena mos ha sevel in fordh flàm an Bêwnans.

Yth esoma ow perthy cov, yth o neppyth rag tùchya an golon in hy geryow, hag i'n bay-na wàr an tâl. Y feu va kepar ha bay dhyworth mabm, hag yth hevelly dry banneth ganso.

An tros a grackya hag a rollya a dheuth in rag, ha'n sownd anodho o kepar ha forest ow pos levenhës dre wyns brâs, hag ena tossys i'n air kepar ha myns brâs a wels, hag ena ow taredna leder meneth wàr nans. Nessa ha nessa an son a dheuth; i'n tor'-na yth esa golowydnow, ragresoryon an pyllar a flàm, ow passya kepar ha

sethow der an air gwydnrudh; ena amal an pyllar y honen a
omdhysqwedhas. Ayesha a drailyas tro ha'n pyllar hag istyna in
mes hy dywvregh rag y wolcùbma. An pyllar a dheuth in rag yn
lent, hag a lagyas adro dhedhy gans flàm. Me a welas an tan ow
resek hy form in bàn. Me a's gwelas hy ow terevel an tan gans hy

dewla kepar ha pàn ve dowr, ha'y dhevera dres hy fedn. Me a's gwelas owth egery hy ganow kyn fe rag y dedna aberth in hy skevens, ha golok varthys hag uthyk veu.

Ena hy a bowesas, hag a istynyas hy dywvregh in mes in udn sevel heb gwaya, hag yth esa minwharth nevek wàr hy fâss, kepar ha pàn o hy an very Spyrys a'n Flàm y honen.

Yth esa an tan kevrînek ow chersya hy blew todnek tewl, ow trailya hag ow troyllya dredho hag adro dhodho avell neujednow a lâss owrek; yth esa an tan ow spladna wàr hy brest ha wàr hy scodhow a lyw dans an olyfans, may feu an blew codhys adenewen dhywortans; an tan a slynkyas dres hy briansen hir ha'y bejeth fin hag a apperyas trega rag pols i'n dhewlagas gloryùs lenter-na, hag yth esens y ow spladna moy glew ès an essens spyrysek y honen.

Ogh, ass o hy teg ena i'n flàm! Ny ylly el vëth devedhys dhyworth nev bos gwyskys in tecter brâssa. Hedhyw i'n jëdh yma ow holon ow clamdera pàn wryllyf y remembra, an fordh may savas hy ha minwherthyn orth agan fâss ownek. Me a vynsa ry hanter an dedhyow usy whath ow remainya ragof, a callen hy gweles hy indella unweyth arta.

Saw dystowgh—sconha ès dell allama descrefa—neb chaunj a dheuth wàr hy fâss, chaunj na yllyn styrya na ry acownt anodho, saw chaunj bytegyns. An minwharth a dhyberthas, hag in y le y teuth golok sëgh ha cales; an fâssow rônd a hevelly serth, kepar ha pàn ve neb anken brâs ow qwil mêstry warnodho. An lagasow gloryùs inwedh a gollas aga golow, ha'y form a gollas, yth hevelly dhybm, hy shâp perfect ha'y stauns fyrm.

Me a rùttyas ow lagasow, ow predery me dhe weles tarosvan, poken plegyans an golow galosek dhe dhyfâcya ow golok; ha pàn esen ow qwil indella, an pyllar a flàm a trailyas yn lent ha taredna in kerdh dhe bynag oll dyller usy ow passya aberth in torr an norvÿs brâs, in udn asa Ayesha a'y sav le may feu an flàm.

Kettel veu gyllys an pyllar, Ayesha a gerdhas in rag ryb Leo—yth hevelly dhybm nag esa labm vëth in hy stap—ha hy a istynas in mes hy dorn dh'y settya wàr y scoodh. Me a veras orth hy bregh. Pleth o gyllys y rôndenep marthys ha'y thecter? Yth esa an vregh ow tevy tanow hag ascornek. Hag yth esa hy fâss—re Dhuw a'm ros!—*yth esa hy fâss ow cothhe dhyrag ow lagasow!* Me a sopos Leo dh'y weles inwedh; yn certan ev a gildednas udn stap pò dew.

"Praga, pandr'yw an mater, a Calycratês wheg?" yn medh hy,
ha'y lev—pëth o gyllys cabm gans an mûsyk down ha dynyak-na?
Hy lev o tanow trogh.

"Praga, pÿth ywa—pÿth ywa?" yn medh hy in hy ancombrynsy.
"Yth esoma owth omglêwes amays. Yn sur ny wrug chaunjya gnas
an tan. A yll penlaha an Bêwnans chaunjya? Lavar dhymm, a
Calycratês, yw neb tra camm gans ow dewlagas. Ny welaf dyblans,"
ha hy a dherevys hy dorn dh'y fedn ha tùchya orth hy blew—hag
ogh, *euth dres pùb euth!*—oll hy blew a godhas wàr an leur.

"Ogh, *merowgh!—merowgh!—merowgh!*" Job a grias gans own in lev
tanow uhel; namnag esa y lagasow ow codha in mes a'y bedn hag
yth esa ewon wàr y wessyow. "*Merowgh!—merowgh!—merowgh!* yma
hy ow qwedhra! Yma hy ow trailya dhe sym!" hag ev a godhas wàr
an leur, ow scrynkya hag owth ewony dre shôra.

Gwir lowr—dell esoma ow screfa i'n eur-ma, otta vy ow clamdera
ow remembra glew an wolok uthyk-na—yth esa hy ow qwedhra in
gwir; an sarf owrek a veu adro dh'y fygur grassyùs a godhas dres
hy clunyow dhe'n dor; hy a wrug lehe ha lehe; hy crohen a jaunjyas
lyw, hag in le gwynder perfeth y wolôwder, hy crohen a drailyas
gell plos ha melen, kepar ha darn a barchemyn gwedhrys. Hy a
davas hy fedn; nyns o an dorn mon i'n tor'-na ma's ewyn, skyvel
kepar ha dorn mùmy Ejyptyon, na veu embaumys yn tâ. Ena hy a
gonvedhas pana sort chaunj esa ow passya dresto, ha hy a scrijas—
ogh, hy a scrijas!—hy a rollyas wàr an leur in udn scrija!

Hy a wrug lehe, ha lehe whath, erna veu hy mar vian avell sym.
I'n tor'-na yth o hy crohen crihys in myllyon plegow, hag yth o
bledhydnyow dyvusur dhe redya wàr hy fâss. Bythqweth ny welys
vy tra vëth kepar; ny welas den vëth bythqweth tra vëth kepar ha'n
oos uthyk gravys wàr an bejeth ownek-na, nag o i'n tor'-na brâssa
es fâss flogh dew vis, kynth esa crogen an pedn ow remainya a'n
keth myns pò ogasty. Ha gwrêns pùbonen pesy na wrella ev nefra
gweles golok avell hodna, mars ywa whensys dhe wetha y rêson.

Wàr an dyweth hy a wrowedhas yn cosel, pò ow qwaya gwadn.
Hy, neb a veras orthyn na veu ma's dyw vynysen alena, an venyn
decka, spladnha, moyha nôbyl a welas an bës bythqweth, yth esa
hy a'y groweth heb gwaya dhyragon, ogas dhe falster spladn hy
blew tewl hy honen, mar vunys avell sym ha hager hy semlant—

ogh, re hager dhe vos descrefys. Saw whath, preder a hebma—me
ow honen a'n prederys i'n very tor'-na—hy o an keth benyn!

Yth esa hy ow merwel: ny a'n gwelas, hag a ros grassow dhe
Dhuw—rag pàn esa hy ow pewa, hy a ylly omglôwes—ha pëth o hy
emôcyons? Hy a dherevys hy honen wàr hy dewla ascornek, hag a
veras heb gweles adro dhedhy, in udn lesca hy fedn yn lent
dhyworth tenewen dhe denewen, kepar dell wra cronak ervys. Ny
wely hy tra vëth, rag hy dewlagas gwydnyk o cudhys in dadn gen
cales. Ogh trueth uthek an wolok! Saw whath hy a ylly côwsel.

"A Calycratês," yn medh hy in lev ronk ha trogh, "Na wra ow
ankevy, a Calycratês. Kemmer pyteth a'm meth; me a vynn dos
arta, hag unweyth arta me a vÿdh teg, me a'n te—gwir yw! Ogh-gh-
gh—" ha hy a godhas wàr hy fâss hag a veu cosel.

I'n very spot may ladhas hy Calycratês offeryas moy ès ugans
cansvledhen alena, hy hy honen a godhas dhe'n dor ha merwel.

· · · · · ·

Ny worama pes termyn a wrussyn ny remainya indella. Lies our,
me a grës. Pàn wrug vy egery ow lagasow wàr an dyweth, yth o an
dhew dhen aral istynys whath wàr an leur. Yth esa an golow
gwydnrudh whath ow spladna kepar ha terry an jëdh in nev, hag
yth esa taran rosow Spyrys an Bêwnans whath ow rollya wàr aga
resegva ûsys, rag pàn dhyfunys vy, yth esa an pyllar brâs ow passya
in kerdh. Ena inwedh yth o istynys wàr an leur hager-shâp an sym,
cudhys dre barchemyn melen crebogh, neb a veu kyns ena *Honna*
gloryùs. Ellas! Ny veu hager-hunros—gwiryoneth o, uthyk ha coynt
dres ehen!

Pandra wharva dhe wil an chaunj scruthus-ma? O chaunjys
natur an Tan bewek? A wre va martesen traweythyow danvon in
rag an sùbstans a Vernans in le an sùbstans a Vêwnans? Poken o
an rêson indelma: pàn o fram nebonen cargys der y vertu marthys,
ma na alla an corf-na y berthy na felha, hag indelma a pe an proces
gwrës rag an secùnd treveth—na fors pana bell alena a veu an
kensa treveth—an dhew garg a wrussa obery an eyl warbydn y gela,
ha dyberth in mes dhyworth an corf esens y ow conys ino, ha'y asa
kepar dell o, kyns ès tùchya an very sùbstans a Vêwnans i'n kensa
le? Hedna, ha hedna yn udnyk, a vynsa styrya cothheans sodyn
hag uthyk Ayesha, kepar dell wrug hirder hy dyw vil vledhen gonys
warnedhy. Ny'm beu dowt vëth nag o an corf a'y wroweth dhyragof

ena dhe vos kepar dell via corf benyn, a pe va possybyl dre vainys marthys hy gwetha ow pewa, erna wrella hy merwel ha hy dyw gansvledhen warn ugans bloodh.

Saw pyw a yll leverel pandra wharva? Yth esa an corf marow dhyragon. Yn fenowgh warlergh an prës uthyk-na, me re brederys nag o othem a dhesmyk brâs dhe weles dorn an Ragwelesygeth i'n negys. Ny wrug Ayesha, degës in bàn in hy bedh bew, ow cortos devedhyans hy haror, ny wrug hy chaunjya ma's bohes in ordyr an Bës. Saw Ayesha grev ha lowen in hy herensa, gwyskys in yowynk-neth eternal, in tecter nevek hag in furneth an cansvledhydnyow, a vynsa trailya poblow an bës an peth awartha dhe woles, ha martesen chaunjya destnans Mab Den. Indella hy a settyas orth an laha dyvarow, ha kynth o hy crev, hy a veu scubys ganso wàr dhelergh dhe dra vëth—scubys wàr dhelergh gans sham ha scorn, hager dhe weles!

Me a remainyas a'm groweth nebes mynys ow trailya an taclow uthyk-ma adro i'm brës, pàn esa nerth ow horf ow tewheles dhybm. Me a'n cafas yn scon i'n air bew-na. I'n eur-na me a brederys adro dhe'n re erel, ha sevel in udn drebuchya orth ow threys, dhe weles a yllyn aga dyfuna. Saw kyns oll me a gemeras in bàn pows Ayesha ha'n gweth voll a wre hy keles hy thecter marthys dhyworth lagasow mab den dredhy. Me a drailyas ow fedn ma na wrellen meras orty hag a gudhas an remnant uthyk-na a Ayesha varow, myns a veu gesys a'y thecter hag a'y bêwnans avell benyn. Me a wrug hedna yn uskys, rag dowt Leo dhe dhos dhodho y honen ha'y gweles arta.

Ena, in udn drettya dres cudydnow pals wheg smyllyng hy blew tewl a'ga groweth wàr an tewas, me a blegyas ryb Job, esa istynys wàr y fâss, ha me a'n trailyas dhybm. Pàn wrug vy indella, y vregh a godhas in fordh na'm plêsyas, saw a wrug dhybm trembla, ha me a veras yn lybm orto. Udn wolok a veu lowr. Marow o agan servont coth lel. Y nervow, trogh solabrës dre bùptra a welas ev hag a sùffras ev, a veu terrys yn tien der an syght dewetha uthyk-na, hag ev a verwys dre euth, pò dre shôra sordys gans euth. Lowr o meras orth y fâss dhe weles hedna.

Strocas moy veu; saw martesen mernans Job a vydn gweres an redyor dhe gonvedhes pana uthyk ha pana scruthus veu an experyens a gefsyn ny—nyns esen ny worth y bercêvya re i'n prës-na. Yth hevelly natùral lowr dhyn an gwas truan dhe vos marow. Pàn wrug Leo dyfuna, neppyth a wrug ev gans croffal ha'y esely ow crena adro dhe dheg mynysen wosa hedna, me a dherivas dhodho Job dhe vos marow. Ny worthebys ev ma's "Ô!" Ny veu hedna awos caletter colon, rag ev ha Job a gara y gela yn frâs, hag yma Leo whath ow côwsel yn fenowgh a Job gans kerensa ha meur edrek. Saw i'n tor'-na ny ylly y nervow perthy tra vëth moy. Ny yll harp dylla ma's level strothys a sownd, na fors pana boos a wrer y weskel.

Wêl, me a dhalathas gwil dhe Leo dascafos y warneth. Sewajys brâs veuma, pàn wrug vy dyscudha nag o va marow, saw clamderys yn udnyk. Wàr an dyweth me a spêdyas, dell leverys vy, hag ev a sedhas in bàn. Hag ena me a welas neb tra uthyk moy. Pàn wrussyn entra i'n tyller scruthus-na, lyw y vlew o rudh owrek, saw i'n tor'-na yth esa ev ow trailya loos, ha pàn en ny devedhys dhe'n air wàr ves, y vlew o maga whydn avell an ergh. Ha pelha ev a hevelly ugans bledhen cotha.

"Pandra dal dhyn gwil, a was coth?" yn medh ev in lev sëgh ha marow, pàn o y vrës clerhës nebes, ha cov a'n wharvedhyansow o devedhys dhodho.

"Ny a dal assaya diank, me a grës," yn medhaf vy; "hèn yw mar nyns osta whensys dhe entra aberth in hedna," ha me a dhysqwedhas an pyllar a dan, esa ow rollya drestyn unweyth arta.

"Me a vynsa gwil hedna," yn medh ev in udn wherthyn nebes, "a pen vy certan hedna dhe'm ladha. Ow hockyans molethys a wrug hebma. Na ve me dhe berthy danjer, martesen ny wrussa hy bythqweth whelas dhe dhysqwedhes an fordh dhybm. Saw ny worama. An tan martesen a vynsa gwil an dra gontrary genef vy. Ev a vynsa ow gwil vy dyvarow; hag a was coth, ny'm beus an hir-berthyans dhe wortos nebes mîlyow a vledhydnyow erna wrella hy dewheles, dell wrug hy genef vy. Gwell via genef merwel pàn dheffa an prës ewn—hag yth hevel dhybm nag yw hedna pell dhyworthyf naneyl—ha mos i'm fordh rag hy whelas. Saw te, gwra entra ino mar mynta."

Saw ny wrug avy ma's shakya ow fedn; ow frobmans o gyllys yêyn, ha moy dyvlas dhybm agès bythqweth a veu ow desîr dhe hirhe ow bêwnans mortal. Wàr neb cor ny wodhya onen vëth ahanan pandra vynsa gwil dhyn an tan. An pëth a wrug an tan dhe *Honna* a veu lowr rag gwil dhyn kemeres dyglon, ha heb mar ny wodhyen ny poran prag y teuth an dyweth-na dhedhy.

"Wèl, a vaw," me a leverys, "ny yllyn ny gortos obma erna wrellen ny merwel kepar ha'n re-na," ha me a dhysqwedhes gans ow dorn an crug bian in dadn an bows wydn ha dhe gorf serth Job truan. "Mars eson ny ow tyberth, gwell yw dhyn dyberth. Saw me a grës wàr neb cor fatell yw dyfudhys an lugern," ha me a gemeras onen anodhans in bàn ha meras orto. Dyfudhys o.

"Yma stella nebes oyl i'n vessyl," yn medh Leo, mygyl y lev— "dhe'n lyha, mar nyns ywa terrys."

Me a whythras an vessyl-na—saw o. Me a lenwys an lugern—i'n gwelha prës yth o radn a'n vûben lyn heb lesky. Ena me a wrug aga anowy gans onen a'gan tanbrednyer cor. Pàn esen vy ow qwil hedna, ny a glôwas an pyllar a dan ow tewheles, hag ev ow mos wàr y viaj dydhyweth, mars o an keth pyllar esa ow passya hag ow passya arta kepar hag in kelgh.

"Gesowgh ny dh'y weles ow tos an treveth dewetha," yn medh Leo; "ny wren ny nefra arta gweles tra vëth kepar ha hedna i'n bës-ma."

An negys a hevelly whans dhe wodhvos heb porpos vëth, saw me o kevrednek gans Leo i'n desîr, hag ytho ny a wortas, erna wrug an pyllar flamya ha taredna dreson in udn drailya yn lent. Hag ena me a wovydnas orthyf ow honen pes mil vledhen esa an keth tra na ow wharvos in torr an bës ha pes mil vledhen moy a wre va pêsya. Me a garsa godhvos a wre lagasow mab den aral nefra y weles ow mos adro, pò a wre scovornow mab den aral nefra clôwes y sownd rial owth encressya hag ow lehe. Me a grës na wra den vëth nefra y weles na'y glôwes. Me a grës ny agan dew dhe vos an bobel dhewetha dhe weles an syght marthys-na. Yn scon gyllys o, ha ny inwedh a drailyas dhe dhyberth.

Saw kyns ès ny dhe wil indella, ny agan dew a gemeras dorn yêyn Job in agan dorn ha'y shakya. Fest trist veu an ceremony-na, saw ny'gan beu ken fordh vëth rag dysqwedhes agan revrons dhe'n den marow lel ha dhe solempnya y dhyberth. Ny wrussyn ny dyscudha an crug in dadn an bows wydn. Ny garsen ny meras orth an wolok uthyk arta. Saw ny êth dhe'n blew todnek a godhas dhywarnedhy in tormens pàn veu hy transformys mar uthyk, chaunjyans neb o lacka liesgweyth ès mîlyow a vernansow natùral, ha pùbonen ahanan agan dew a dednas in mes cudyn golow, ha'n cudydnow-na ny a'gan beus whath, an udn covro gesys dhyn a Ayesha, dell wrussyn ny hy gweles in lanwes hy grâssow ha'y glory. Leo a davas an blew, wheg y saworen, gans y wessyow.

"Hy a grias dhybm na wrellen hy ankevy," ev a leverys yn ronk; "hag a dos y whren ny metya arta. Re Dhuw a'm ros! Ny vanaf vy nefra hy ankevy. Obma me a'n te, mar qwren ny bewa dhe dhiank alebma, ny wrama erna vyma ow pewa mellya gans ken benyn vew vëth, ha pynag oll fordh may whryllyf mos, me a vydn hy gortos mar lel dell wrug hy ow gortos vy."

"Ea," me a leverys dhybm ow honen, "mar teu hy ha dewheles mar deg dell wrug vy hy aswon. Saw gesowgh ny soposya hy dhe dhewheles avell hodna!"[29]

Wèl, ena ny a dhyberthas. Ny a dhyberthas ha gasa an re-na aga dew i'n very fenten a'n Bêwnans, saw y cùntellys bys in cowethas yêyn an Mernans. Ass o dygoweth trist aga semlant ow crowedha ena, ha pana vohes esens y ow longya an eyl dh'y gela! An crug bian-na a veu dres dyw vil vledhen an creatur furra, tecka ès moy gothys ès ken benyn vëth—scant ny allama hy gelwel benyn—in oll an bës. Drog o hy gnas inwedh, in hy fordh, saw ellas! mar wadn yw colon mab den, na wrug hy tebel-wrians lehe hy dynyans. In gwir nyns oma certan na wrug hy drocoleth moghhe hy dynyans. Brâs dres ehen o pùptra adro dhedhy. Nyns esa tra vëth munys nag isel ow pertainya dhe Ayesha.

Ha Job truan inwedh! Y brofecy o devedhys gwir, ha hedn o y dhyweth. Wèl, coynt yw in encladhva—bythqweth ny veu tiak dhyworth Norfolk encledhys in tyller mar stranj, ha ny vëdh nefra. Neb tra ywa growedha i'n udn bedh gans remnans *Honna* imperyal.

Ny a veras ortans rag an prës dewetha hag orth an golow gwydnrudh esa adro dhedhans, golow marthys dres ehen. Ena ny a's gasas, agan colon re boos rag geryow, ha ny a gramyas alena, dew dhen trogh, mar drogh may whrussyn ny sconya an chauns a vêwnans eternal ogasty, dre rêson bos gyllys dhyworthyn pùptra

29 Ass yw uthyk an preder, wàr neb cor, mars eson ny ow cara benyn yn town, nag yw agan goos nessa—dhe'n lyha i'n very dallath—an gerensa-na dhe dhos dhyworth aga semlant. Mar teffen ny ha kelly benyn, ha'y dascafos arta saw hy uthyk dhe weles, kyn fe hy an keth in fordhow erel, a vynsen ny whath hy hara?—L.H.H.

esa ow qwil an bêwnans a valew vëth dhyn. Ny a wodhya ena solabrës, mar teffen ny ha hirhe agan dedhyow heb finweth, ny wrussen ny ma's hirhe agan torment. Rag ny a omglôwa—ea, ny agan dew—wosa meras unweyth orth lagasow Ayesha, na alsen ny nefra hy ankevy, hadre ven ny ny agan honen hag abyl dhe berthy cov. Ny a's cara agan dew lebmyn ha bys venary yth o hy stampys ha kervys wàr agan colon, ha ny ylly ken benyn vëth na ken tra vëth kemeres an merk spladn-na dhe ves. Ha me—otta an bros—ny'm beus gwir vëth dhe bredery indella anedhy. Kepar dell leverys hy dhybm, nyns en vy tra vëth dedhy, ha ny vedhama tra vëth dhedhy dres downder dyvusur an Termyn, marnas in gwir, an ambosow a wrello chaunjya, ha ry cubmyas dhe dhew dhen cara an keth benyn, hag y oll aga thry dhe vos lowen warbarth indella. Hèn yw an udn govenek rag ow holon drogh, ha nyns yw ma's govenek feynt. Dres hedna ny'm beus tra vëth. Me re wrug tylly an gaja poos-ma ha nyns oma talvejys ma's hedna obma hag i'n bës usy ow tos, ha hèn yw ow gweryson udnyk. Nyns yw an negys avell hedna gans Leo, hag yn fenowgh y fedhama in avy wherow ganso ow tùchya y dhestnans lowen. Mar qwrug hy leverel an gwiryoneth, ha ny wrug hy furneth ha'y skentoleth fyllel dhedhy wàr an dyweth, owth argya dhyworth hy hâss hy honen, ha nyns yw re wirhaval hedna, yma neb termyn devedhek dhyragtho. Ny'm beus termyn devedhek dhyragof, saw bytegyns—ha gwrewgh nôtya foly ha gwander colon mab den, ha gwrêns an den fur desky furneth dhyworto—saw ny garsen an negys dhe vos ken maner. Yth esof vy ow styrya ow bosama lowen dhe ry an pëth a wrug vy ry hag a vo res dhybm ry rag nefra, ha kemeres avell pêmont an brewyon a vo ow codha dhywar vord ow harores, an cov a nebes geryow caradow, an govenek udn jëdh i'n termyn devedhek lies bledhen in rag a neb minwharth wheg ow leverel hy dhe'm aswon, nebes caradôwder jentyl, nebes grassow rag ow devôcyon dhedhy—ha Leo.

Mar nyns yw hedna gwir-gerensa, ny worama pëth yw, ha ny allama leverel ma's y vos stât pòr druan rag den wàr an tu cabm a gres y oos dhe godha aberth ino.

XXVII

AGAN LABM

Ny a bassyas der an câvyow heb ancombrynsy vëth, saw pàn wrussyn ny drehedhes leder an pykern omwhelys, yth esa dew galetter dhyragon. An kensa o gnas lavurys an ascent, ha'n nessa o an caletter a drouvya an fordh. In gwir na ve me dhe wil nôtyans i'm pedn a'n shâp a'n carrygy dyffrans, me yw certan na wrussen ny spêdya poynt, saw y fien ny ow qwandra adro in torr uthyk an loskveneth—rag me a sopos yth o va neppyth kepar ha hedna—hag indella merwel a sqwithter hag a dhyspêr. Kepar dell o taclow, ny êth yn cabm liesgweyth, hag unweyth namna wrussyn ny codha aberth in fals brâs. Ober morethek o cramyas adro i'n tewlder du ha dhyworth carrek dhe garrek i'n taw uthyk, ha'y whythra in golow feynt an lugern dhe weles mara kyllyn aswon y shâp. Ny wren ny côwsel ma's bohes venowgh, agan colon o re boos rag kestalkya; ny wrussyn ny ma's trebuchya adro, gorth agan kerdh, ow codha traweythyow hag ow trehy agan honen. In gwir agan spyrys o brewys yn tien ha nyns o bern dhyn pynag oll a wrella wharvos dhyn. Saw yn udnyk ny a gresy y codhvia dhyn whelas dhe selwel agan bêwnans mara kyllyn, hag rag leverel an gwir-yoneth agan anyen natùral a'gan inias dh'y wil. Ny êth in rag heb wodhvos pleth esen ny neb try our pò peswar our—ny worama pes termyn poran rag ny'gan be euryor vëth esa whath owth obery. An dhew our dewetha ny o gyllys in stray yn tien, ha me a dhalathas owna ny dhe wil agan fordh aberth in neb pykern cabm, saw wàr an dyweth me a aswonas men pòr vrâs a wrussyn ny mos dresto pàn esen ny ow skydnya, saw nag o mes pellder cot dhyworth an gwartha. Marthus veu me dh'y aswon, hag in gwir an men o passys genen solabrës, ha ny ow mos yn pedrak dhe'n fordh ewn, saw ena me a brederys neppyth coynt dhe vos ow pertainya dhodho, ha me a drailyas wàr dhelergh yn syger, ha dell wharva, hedna a veu an dra neb a'gan selwys.

Warlergh hedna ny a dhrehedhas an grisyow meynek heb na moy caletter, hag ena ny a gafas agan honen arta i'n chambour bian mayth o tregys Nût molethys ha may feu va marow.

Saw i'n tor'-na yth esa euth nowyth dhyragon. An redyor a wra rembember, dre rêson a own hag a gledhecter Job fatell veu herdhys aberth i'n islonk hûjes brâs an blynken a wrussyn ny dos warnedhy dhyworth an kentryn brâs bys i'n men omborth.

Fatla yllyn ny mos dres an islonk heb an blynken?

Nyns o ma's udn gorthyp yn udnyk—rag res o dhyn assaya dhe lebmel dresto, poken remainya in tyller-na erna wrellen merwel a nown. Nyns o an pellder re vrâs, inter udnek tros'hës ha dewdhek tros'hës, me a gresy, ha me a welas Leo ow lebmel pelha ès ugans tros'hës pàn o va gwas yonk i'n coljy; saw i'n tor'-ma bedhens an savla consydrys. Dew dhen sqwith, onen anodhans cotha ès dewgans bloodh, men omborth avell tyller dhe lebmel dhywar-nodho, poynt diantel a garrek nebes tros'hës alês avell tyller dhe lôndya, hag islonk dywoles dhe lebmel dresto in hager-awel grev! Drog lowr, Duw a wor, saw pàn dherivys oll an taclow-ma dhe Leo, ev a leverys wàr verr lavarow, kynth o dydrueth an dôwys, ny a dalvia dôwys inter mernans lent i'n chambour ha mernans uskys i'n air. Heb mar nyns o argùment vëth warbydn hedna, saw udn dra o apert, na yllyn assaya dhe lebmel indella i'n tewolgow. Ny yllyn ny ma's gortos an golowyn a vynsa dewana an islonk orth termyn an howlsedhas. Ny wodhya onen vëth ahanan pana bell pò pana ogas dhyn o an howlsedhas dhyn i'n eur-na. Ny wodhyen ny ma's hebma: pàn dheffa an golow, na wrussa durya ma's nebes mynys dhe'n moyha, hag indella res o dhyn bos parys dhe vetya ganso. Rag hedna ny a erviras dhe gramyas bys in top an men omborth ha growedha yn parys ena. Ny a veu reconcîlys dhe voy êsy dhe hedna der an gwiryoneth fatell o agan lugern ogas gwag—onen anodhans o dyfudhys solabrës, hag yth esa golow an lugarn aral ow terlebmel, kepar dell usy flàm ow qwil in lugarn, pàn vo an oyl gyllys ogasty. Ytho gans an gweres dhyworth golow dewetha an lugarn-na, ny a fystenas dhe gramyas in mes a'n chambour bian, ha dhe grambla tenewen an men brâs in bàn.

Kepar dell wrussyn ny indella an lugarn a dhyfudhas.

Marthys lowr o an dyffrans in agan plît. Awoles i'n chambour bian, ny glôwyn ny ma's ujow an hager-awel avàn—obma ow crowedha agan fâss in dadnon wàr an men omborth, ny a veu heb defens warbydn leun-nerth ha conar an gwyns, dell esa an whethow brâs ow tos par termyn dhyworth an qwarton-ma ha par termyn dhyworth qwartron aral, in udn uja warbydn an âls alosek, ha der an carrygy kepar ha deg mîl enef in dyspêr. Ny a wrowedhas our wosa our ena in euth hag in anken brës mar dhown, na wrama whelas dhe ry acownt anodho. Ny a woslowas orth levow hager-awel in pyt an iffarn-na, kepar dell wrêns y gortheby an eyl y gela dhyworth clegar dhe glegar in udn wil sownd kepar ha mûsyk neb harp uthyk brâs. Ny yll hulla vëth hunrosys gans mab den, ny yll desmyk creatys gans screfor whedhlow bos eqwal dhe euth an tyller-na, na dhe'n levow stranj-na i'n nos, ha ny ow clena orth an men kepar ha marners wàr scath clos, ha ny tossys a-ugh dyveth du ha dywoles an air. I'n gwelha prës nyns o yêyn an air; in gwir an gwyns o tobm, poken ny a wrussa merwel. Indella ny a lenas hag a woslowas. Pàn esen ny spredys in mes wàr an garrek, tra a wharva, mar goynt ha mar leun a styr ino y honen, kyn na veu ma's keswharvedhyans, may whruga encressya an begh wàr agan nervow.

Y fëdh remembrys, pàn esa Ayesha ow sevel wàr an esker, kyns ès ny dhe gerdhes adreus dhe'n men omborth, fatell gemeras an gwyns hy mantel dhywarnedhy, ha'y throyllya in kerdh aberth in duder an islonk, ha ny welsyn ny dhe byle. Wèl—scant ny bleg dhybm derivas an whedhel, rag yth yw mar goynt. Pàn esen ny ow crowedha ena wàr an men omborth, an very mantel-na a dheuth ow neyja in mes a'n spâss du, kepar ha cov dhyworth an re marow, hag a godhas wàr Leo worth y gudha dhia droos dhe bedn. Kyns oll ny wodhyen ny pëth o va, saw yn scon ny a dhyscudhas dre dava an dra. Ena spyrys Leo a dorras rag an kensa prës, ha me a'n clôwas owth ola ena wàr an men. Heb dowt vëth an vantel a veu kechys orth neb pynakyl wàr an âls, hag y feu hy whethys alena dre jauns gans neb wheth; saw whath an wharvedhyans o pòr goynt ha skyla a emôcyon dhyn ny.

Termyn cot warlergh hedna, yn sodyn heb gwarnyans vëth, collan vrâs an golow a dheuth in udn bychya an tewolgow—hag a weskys an men omborth, mayth en ny spredys warnodho, ha powes y boynt lybm wàr an esker adâl dhyn.

"Lebmyn ny a res lebmel," yn medh Leo, "poken ny wren ny y wil nefra."

Ny a savas wàr agan treys, istyna agan esely ha meras orth an darnow a gloudys, lywys gans an colour a woos der an golowyn-na, hag y ow fystena der an downder uthyk in dadnon; ena ny a veras orth an spâss gwag inter an men omborth ha'n garrek dhiantel, hag in agan colon, ny a godhas in dyspêr, hag a wrug ombarusy agan honen dhe verwel. Yn certan ny yllyn lebmel an spâss-na, kyn na'gan beu ken govenek vëth.

"Pyw a wra mos kynsa?" me a wovydnas.

"Te a'n gwra, a gothman coth," Leo a worthebys. "Me a vydn sedha wàr an tu aral a'n men rag y sensy fast. Te a dal ponya kebmys dell ylly, ha lebmel yn uhel; ha re wrello Duw kemeres mercy warnan, me a lever."

Me a acordyas ganso in udn bendroppya. Ena me a wrug neb tra na wrug vy abàn veu Leo maw bian. Me a drailyas, gorra ow dywvregh adro dhodho hag abma dhodho wàr y dâl. Yma hedna ow sowndya kepar ha tra a wrussa den dhyworth Frynk, saw in gwir yth esen ow leverel farwèl dhe dhen, na alsen y gara moy, a pe va dywweyth ow mab ow honen.

"Farwèl dhis, a vaw," me a leverys. "Yma govenek dhybm ny dhe vetya arta, pynag oll dyller may whrellen ny mos dhodho."

Rag leverel an gwiryoneth, nyns esen ow qwetyas bewa dyw vynysen pelha.

Nessa me a gildednas bys in tenewen pelha an men, ha gortos ena teuth adhelergh dhybm onen a whethow an gwyns; ena me a bonyas an men brâs ahës, neb tredhek tros'hes pò peswardhek tros'hës warn ugans hag a labma yn whyls ha pednscav aberth i'n air. Ogh! Assa veuma clâv gans own ha me ow thôwlel ow honen in mes tro ha'n poynt bian-na a garrek, ha'n dyspêr diegrys a'm cachyas pàn wrug vy convedhes me dhe lebmel re got! Saw indella ytho. Ny wrug ow threys bythqweth tùchya orth an poynt. Y a skydnyas aberth i'n spâss; ny wrug ma's ow dewla ha'm corf tava min an esker. Me a'n dalhednas in udn gria, saw onen a'm dewla a slyppyas, ha me a lescas adro, ow sensy an garrek gans an dorn aral, erna veuma adâl an men may whrug vy lebmel dhywarnodho.

Yn whyls me a istynas ow dorn clêdh in bàn hag a spêdyas dhe
sensy clopen a garrek, hag ena me a grogas i'n golow fers rudh, hag
yth esa in dadnof mîlyow a air gwag. Yth esa ow dewla ow sensy
dew denewen an esker awoles, hag indella yth esa min an esker
warbydn ow fedn. Indella, kyn whrellen cafos an nerth dhe dedna
ow honen in bàn, ny alsen y wil. An pëth moyha a alsen gwil a veu
dhe gregy pols hag ena droppya wàr nans aberth in pyt dywoles.
Mar kyll nebonen desmygy plît haccra, gwrêns ev côwsel! Ny
worama ma's hebma: namna wrug torment an vynysen-na gwil
dhybm muskegy.

Me a glôwas Leo ow kelwel, hag ena me a'n gwelas i'n air ow
lebmel in bàn hag in mes kepar ha gavrewyk. Labm marthys veu
an labm a wrug ev in dadn allos y euth ha'y dhyspêr, ow mos dres
an islonk uthyk, kepar ha na ve tra vëth, hag ow skydnya wàr an
min meynek. Ev a dowlas y honen wàr y fâss, ma na wrella codha
wàr nans. Me a glôwas an esker a-uhof ow crena in dadn jag y
labm, ha dell wrug an garrek crena, me a welas an men omborth
hûjes brâs, iselhës gans y labm, spryngya wàr dhelergh wosa ev
dhe neyjya dhywarnodho, hag ena rag an kensa prës in oll an
cansvledhydnyow-na, an men êth dres y gespos, ha codha gans
crack uthyk i'n chambour a ven poran, a wrug pell alena servya
Nût, an fylosofer, avell trigva. Ha certan ov fatell wrug hedna
degea rag nefra in dadn lies ton a garrek an fordh esa ow ledya dhe
Dyller an Bêwnans.

Oll an taclow-na a wharva ajy dhe secùnd, ha coynt lowr, awos
ow flît uthyk, me a nôtyas a'm anvoth, na wre nebonen arta
skydnya an fordh ownek nefra arta.

An nessa pols me a glôwas Leo dhe'm sêsya gans y dhewla adro
dhe godna bregh ow dorn dyhow.

"Te a res lowsya dha dhalhen ha lesca dha honen frank," ev a
leverys, cosel ha fast, "hag ena me a vydn whelas dhe dedna in
bàn, poken ny agan dew a vydn codha warbarth. Osta parys."

Avell gorthyp me a relêssyas ow dalhen, kensa gans ow dorn cle
hag ena gans ow dorn dyhow, hag indella me a lescas in mes frank
dhyworth an garrek valak, hag yth esa oll ow foos ow cregy wàr
dhywvregh Leo. Uthyk o an prës-na. Ev o den galosek, dell
wodhyen, saw a via y nerth lowr rag ow derevel in bàn erna hallen

sêsya top an esker, pàn esa y savla y honen ow ry dhodho pòr vohes dalhen?

Rag udn secùnd pò dew me a lescas in rag ha wàr dhelergh, pàn esa Leo ow cùntell y nerth rag an ober. Ena me a glôwas y geherow

ow crackya a-uhof, hag ev a'm lyftyas in bàn kepar ha pàn ven vy
flogh bian. Me a worras ow bregh gledh adro dhe'n garrek, hag yth
esa ow brest ow powes warnedhy. Remnant an negys a veu êsy.
Wosa dew pò try secùnd moy y feuma wàr an esker, hag yth esen
ny ow crowedha ryb y gela ow tiena hag ow trembla kepar ha
delyow, hag yth esa whes yêyn a own ow tevera dhywar agan
crohen.

Hag ena, kepar ha kyns, an golow a dhyfudhas.

Ny a wrowedhas indella neb hanter-our heb leverel ger veth, hag
ena wàr an dyweth ny a dhalathas cramyas an esker vrâs ahës
gwelha gyllyn i'n tewolgow tew. Kepar dell esen ny ow nessa dhe
enep an âls, bytegyns, esa an esker ow herdhya in mes anedhy
kepar ha spîk dhyworth fos, an golow a encressyas nebes, rag yth
o nos a-uhon. Warlergh hedna whethow an gwyns a wrug spanhe,
ha ny êth in rag dhe well. Wàr an dyweth ny a dhrehedhas ganow
an kensa cav pò keyfordh. Saw lebmyn yth esa caletter nowyth
dhyragon. Gyllys o oll agan oyl ha'n lugern, heb dowt, o brewys
dhe bodn in dadn an men omborth pàn godhas ev. Ny'gan beu
badna dowr kyn fe rag deseha agan sehes, rag ny a evas an dowr
dewetha in chambour Nût. Fatl'alsen ny gweles agan fordh der an
geyfordh-ma ha'n meyn brâs scùllys oll adro inhy?

Apert o na yllyn ny gwil ken tra vëth ès trestya dh'agan sens a
dava, ha whylas mos der an dremenva i'n tewolgow. Ytho ny a
gramyas aberth inhy, ha ny ow perthy own, mar teffen ny dylâtya
ha gwil indella, y fien ny overcùmys der agan sqwîthter, ha dre
lycklod growedha i'n tyller mayth esen ha merwel stag ena.

Ogh, uthycter an geyfordh dhewetha-na! Yth o carrygy scùllys in
pùb le, ha ny a godhas drestans hag a gnoukyas agan honen wàr
aga fydn, erna veun ny ow tevera goos dhyworth lies goly. Ny'gan
beu ma's udn gedyor: tenewen an cav, ha ny a bêsyas worth y
dùchya, ha ny a veu mar sowthenys i'n tewolgow may feun ny sêsys
moy ès unweyth gans an tybyans uthyk ny dhe drailya ha dhe vos
ow mos an fordh gabm. Ny êth in rag dhe wadnha ha dhe wadnha,
our wosa our, ow powes yn fenowgh, rag spênys o oll agan nerth.
Ny a godhas in cùsk unweyth, me a grës, ha res yw ny dhe gùsca
nebes ourys, rag pàn wrussyn dyfuna agan esely o dywethyn, ha'n
goos dhyworth an strocosow ha'n cravasow a gefsyn o sëgh ha cales
wàr agan crohen. Ena ny a wrug draggya agan honen in rag arta,

hag ena, wàr an dyweth, pàn esa dyspêr owth entra in agan colon,
ny a welas unweyth arta golow an jëdh, ha ny a gafas agan honen
avês dhe'n geyfordh, i'n pleg meynek wàr fâss wàr ves a'n âls, dell
vëdh remembrys, esa ow ledya aberth inhy.

Yth o myttyn avarr—ny a ylly gweles hedna dre whecter an air
ha dre semlant an ebron venegys, tra nag esen ny ow qwetyas
gweles nefra arta. Mar ogas dell yllyn ny determya, yth o udn eur
wosa an howlsedhas pàn wrussyn ny entra i'n geyfordh. Rag hedna

yth hevelly fatell wrussyn ny spêna oll an nos ow cramyas der an tyller uthyk-na.

"Res yw dhyn strîvya unweyth pelha, a Leo," me a leverys in udn dhiena, "ha ny a wra drehedhes an leder may ma Bylâly, mar nyns ywa gyllys. Deus, na wra omry," rag ev a dowlas y honen wàr y fâss. Ev a savas in bàn, ha ny, ow posa an eyl wàr y gela, a skydnyas hanter-cans lath an âls-na—ny worama poynt in pana vaner a wrussyn ny spêdya dh'y wil. Nyns esoma ow perthy cov ma's ahanan a'gan groweth gyllys in gron orth troos an âls. Hag ena unweyth arta ny a dhalathas draggya agan honen in rag wàr agan peswar paw bys i'n gellywyk may whrug *Honna* erhy dhe Bylâly gortos erna wrella hy dewheles, rag ny yllyn ny kerdhes udn tros'hës pelha. Nyns en ny gyllys ma's hanter-cans lath indella, pàn dheuth onen a'n servysy omlavar in mes a'n gwëdh aglêdh dhyn, le mayth esa ev, me a grës, ow qwil kerdh myttyn. Ev a nessas dhyn in udn bonya, may halla ev gweles, dell hevelly, pana sort bestas en ny. Ev a veras hag a veras, hag ena derevel y dhewla gans euth, ha namna godhas ev wàr an dor. An nessa tra ev a dhalathas ponya scaffa gylly tro ha'n gellywyk neb dew cans lath dhyworthyn. Nyns o marth ev dhe vos uthykhës der agan semlant, rag res o ny dhe vos tebel-wolok. I'n kensa le, Leo, gans y vlew owrek trailys dhe wydn, y dhyllas sqwerdys dhywar y gorf ogasty, y fâss sqwith ha'y dhewla pystygys ha brêwys, ha cudhys gans goos ha plosethes o syght ahas lowr, hag ev ow whelas tedna y honen an dor ahës. Ha ny'm beus dowt vëth nag en vy ow honen tra vëth gwell ow tùchya semlant. Me a wor pàn wrug vy whythra ow fâss ow honen in neb dowr dew dhëdh wosa hedna, scant na wrug vy aswon ow honen. Ny veuma bythqweth gerys dâ rag ow thecter, saw yth o neppyth moy ès hacter pryntys wàr ow fâss i'n eur-na ha ny spêdyas vy dhe ryddya ow honen anodho bys i'n jëdh hedhyw. Moy ès ken tra vëth yth ywa kepar ha mir sowthenys a vo dhe weles wàr vejeth nebonen, pàn wrella ev dyfuna dhyworth cùsk down. Hag in gwiryoneth nyns o hedna skyla rag marth. An merkyl yw, me a grës, ny dhe dhiank heb kelly agan rêson yn tien.

Yn scon me a veu sewajys brâs pàn welys vy Bylâly coth ow fystena tro ha'n tyller mayth esen, hag ena scant ny yllyn omwetha rag minwherthyn orth an ancombrynsy wàr y vejeth wordhy.

"Ogh, a Vaboun wheg! A Vaboun wheg!" ev a elwys, "ow mab wheg, yw hedna te ha'th Lion? Dar, y vong neb o mar athves avell ÿs, mar wydn ywa lebmyn avell an ergh. Pana dyller esowgh why ow tos dhyworto? Ha ple ma an Porhel, ha ple ma *Honna-a-res-bos-obeyes?*"

"Yth yns y marow aga dew," me a worthebys; "saw na wra govyn qwestyons orthyn; gwra agan gweres; ro dhyn boos ha dowr, poken ny inwedh a wra merwel dhyrag dha lagasow. A ny welta jy agan tavosow dhe vos du awos lack a dhowr? Fatla yllyn ny côwsel ytho?"

"Marow!" ev a leverys, cot y anal. "Ùnpossybyl. *Honna* nag usy ow merwel nefra—marow, fatla yll hedna bos?" hag ena ev a welas, me a grës, an servysy omlavar, neb o devedhys in bàn in udn bonya, dhe whythra y fâs, ev a lettyas y honen, hag a wrug sînys dhedhans dh'agan carya bys i'n camp. Hedna y a wrug.

I'n gwelha prës, pàn wrussyn ny drehedhes, yth esa cowl ow pryjyon wàr an tan, ha Bylâly a'gan magas gans hedna, rag ny o re wadn dhe vaga agan honen. Hag indella, me a grës fest certan, ev a'gan selwys dhyworth mernans dre dhyfygyans. Ena ev a gomondyas an servysy omlavar dhe wolhy an goos ha'n plosethes dhyworthyn gans padnow glëb. Ha warlergh hedna ny a veu settys wàr grugyow a wels wheg saworek, ha dystowgh ny a godhas in cùsk, dyfygys dell en ny in brës hag in corf.

XXVIII

DRES AN MENETH

An nessa tra esoma ow perthy cov anodho a veu an sensacyon i'm esely a serthter ahas, ha preder dyscler ow mos der ow fedn me dhe vos tapît a veu gweskys agensow. Me a egoras ow lagasow ha'n kensa tra a welys a veu fâss wordhy Bylâly, esedhys ryb an gwely rag tro, esen vy ow cùsca warnodho. Yth esa ev ow chersya y varv hir. An syght anodho a dhros dhybm dystowgh an remembrans a'n taclow a wrussyn ny passya dredhans i'n dedhyow dewetha, ha'n cov-na a veu encressys der an vesyon a Leo truan a'y wroweth adâl dhybm, y fâss knoukys dhe gowles ogasty, ha'y vlew teg crùllys trailys dhia velen dhe wydn.[30] Me a dhegeas ow lagasow arta hag a hanajas yn trist.

"Te re gùscas termyn pell, a Vaboun wheg," yn medh Bylâly coth.

"Pes termyn, ow thas?" me a wovydnas.

"Udn resegva a'n howl hag udn resegva a'n loor, udn jëdh hag udn nos te re gùscas. Ha'n Lion inwedh. Mir, yma va whath in cùsk."

"Benegys yw cùsk," me a worthebys, "rag yma va ow lenky an covyon."

"Gwra derivas dhybm," yn medh ev, "pandra wharva dhywgh, ha pandr'yw an whedhel coynt-ma a vernans *Honna* nag usy ow merwel. Preder, a vab; mars yw gwir hebma, ena te ha'n Lion, yth esowgh why agas dew in peryl brâs—nâ, tobm ogasty yw an pot rudh, may fedhowgh why ledhys dredho; ha gwag yw pengasen an re-na yw whensys dh'agas debry. A ny wodhesta an Amahagger-ma, ow flehes, dh'agas hâtya why? Ymowns y worth agas hâtya avell

---

30 Coynt lowr, blew Leo agensow re beu ow tascafos y lyw—hèn yw dhe styrya, y vos i'n tor'-ma loos skylvelen, hag yma nebes govenek dhybm y fëdha compes wàr an dyweth.—L.H.H.

stranjers, ymowns y worth agas hâtya dhe voy dre rêson a'ga breder a wrug *Honna* gorra dhe'n torment rag agas kerensa why. Yn certan, mar towns y unweyth ha clôwes nag eus tra vëth dhe owna dhyworth dorn Hiya uthyk, *Honna-a-res-bos-obeyes*, y a wra agas ladha der an pot. Saw gas vy dhe glôwes dha whedhel, a Vaboun truan.

Comondys del veuma indella, me a omsettyas dhe dherivas ow whedhel—ny dherivys vy pùptra, rag me a brederys nag o vas gwil hedna. Saw me a leverys lowr dhodho rag ow forpos, hèn yw dhe styrya, dhe wil dhodho cresy fatell o *Honna* gyllys in gwir, rag hy dhe godha in tan, ha dell wrug vy clerhe an mater dhodho—rag ny alsa ev convedhes an gwiryoneth—hag indella y feu hy leskys in bàn. Me a dherivas dhodho adro dhe nebes a'n taclow uthyk a wrussyn ny godhevel in udn dhiank, ha'n re-na a wrug argraf brâs warnodho. Saw me a welas dyblans, nag esa ev ow cresy an acownt a vernans Ayesha. Ev a gresy ny dhe bredery hy bos marow, saw ev a gresy hy dhe vos whensys dhe dhyberth dres termyn. Unweyth in dedhyow y das, yn medh ev, hy a wrug indella dres spâss a dhewdhek bledhen, hag yth esa tradycyon i'n pow, nans o lies cansvledhen na wrug denythyans a bobel hy gweles bythqweth, hag ena dystowgh hy a omdhysqwedhas arta, hag a dhystrôwas benyn neb a gemeras warnedhy hy honen an roweth a Vyternes. Ny leverys vy tra vëth warbydn hedna, saw yn udnyk me a shakyas ow fedn yn trist. Ellas! Me a wodhya yn tâ na wre Ayesha apperya nefra, pò dhe'n lyha na wre Bylâly hy gweles arta.

"Ha lebmyn," yn medh Bylâly wàr an dyweth, "pëth a garsesta gwil, a Vaboun wheg?"

"A das," me a leverys, "ny worama. A ny yllyn ny scappya in mes a'n pow-ma?"

Ev a shakyas y bedn.

"Pòr gales yw. Ny yllowgh why mos dre Kôr, rag why a via gwelys, ha peskytter may whrella an re fers-na gweles why dhe vos heb *Honna*, wèl," hag y teuth minwharth a styr brâs dres y fâss, hag ev a wrug sin kepar ha pàn esa ev ow corra hot wàr y bedn. "Saw yma fordh dres an âls, a gôwsys vy dhis unweyth anedhy, may mowns y ow trîvya an gwarthek dhe bory. Ena in hans dhe'n borva y fëdh kerdh try dëdh der an gwernow, ha warlergh hedna ny worama, saw me re glôwas bos ryver galosek pellder kerdhes seyth

dëdh alena, usy ow resek bys i'n dowr du. Mar teffowgh why ha
drehedhes an ryver-na, why a alsa martesen diank, saw in pana
vaner a yllowgh why mos dy?"

"Bylâly," me a leverys, "te a wor fatell wrug vy unweyth selwel
dha vêwnans. Lebmyn gwra astevery an gendon dhybm, a das, ha
gwra selwel ow bêwnans vy ha bêwnans ow hothman, an Lion.
Plesont vëdh dhis predery, pàn dheffo dha dermyn dhe verwel,
hag y fëdh hedna neppyth dhe settya i'n vantol warbydn drog-
oberow dha dhedhyow, mar qwrusta martesen gwil drocoleth. Hag
inwedh, mars yw ewn dha grejyans, ha mar nag usy *Honna* ma's ow
keles hy honen rag termyn, pàn wrella hy dewheles, hy a vydn dha
rewardya."

"A vab, a Vaboun," an cothwas a worthebys, "na breder bos
ùnkynda ow holon. Yth esoma ow perthy cov yn tâ a'n fordh a
wrusta ow selwel, pàn esa an keun-na ow sevel adenewen rag ow
gweles vy budhys. Me a vydn attylly dhis dâ rag dâ, ha mar kylta
bos selwys, me a vydn dha selwel yn certan. Goslow, bedhowgh
parys dhyrag terry an jëdh avowrow, rag y fëdh gravadhow obma
rag agas don dres an menydhyow, ha der an gwernow in hans.
Hebma me a wra, dre rêson y vos arhadow *Honna* me dhe wil
indella. Ha hedna na wrella obeya ger *Honna*, a vëdh boos rag an
bestas gwyls. Ena, pàn vowgh why gyllys dres an gwernow, res vëdh
dhywgh gweskel gans agas dewla agas honen, ha martesen,
mara'gas bëdh fortyn dâ, why a vydn bewa erna dheffowgh why
dhe'n dowr du, a wrusta derivas dhybm adro dhodho. Ha lebmyn,
mir, yma an Lion ow tyfuna, ha res yw dhywgh debry an boos a
wrug vy parusy dhywgh."

Pàn o va dyfunys yn tien, nyns o stât Leo re dhrog dell ylly bos
gwetys dhyworth y semlant. Ha ny agan dew a spêdyas dhe dhebry
prës boos dâ, hag in gwir yth esa othem dhyn a hedna. Wosa hedna
ny a gloppyas wàr nans dhe'n fenten hag a wrug troncas. Ena ny
a dhewhelys hag a gùscas arta bys i'n gordhuwher. I'n eur-na ny
agan dew a dhebras lowr rag pymp den. Gyllys o Bylâly an jëdh-
na, heb dowt rag araya gravadhow ha degoryon, rag ny a veu
dyfunys in cres an nos der an sownd a lies den ow trehedhes agan
camp bian.

An cothwas y honen a dysqwedhas orth terry an jëdh, hag a
dherivas dhyn ev dhe spêdya ha cafos in udn ùsya hanow uthyk

Honna, saw gans nebes caletter bytegyns, an dhegoryon o othem anodhans ha dew gevarwedhor dh'agan hùmbrank dres an gwernow. Ev a'gan inias dhe dhallath dystowgh, hag ev a leverys inwedh ev dhe vos ervirys dos genen rag agan gwetha orth traitury. Tùchys veu ow holon der an caradôwder-na dhyworth an den gwyls sotel tro ha stranjers heb defens vëth. Nyns o mater scav kerdh a dry dëdh—pò in y gâss ev a whegh dëdh, rag ev a resa dewheles— rag den a'y oos ev der an gwernow peryllys-na, saw ev a acordyas dh'y wil yn lowen rag surhe agan sawment. Yma hedna ow prevy bos pobel, hegar aga holon, in mes an Amahagger uthyk-na kyn fe—hag in gwir gans aga cher morethek ha'ga ûsadow fers ha dyowlek y yw an bobel wyls lacka a glôwas vy bythqweth anodhans. Heb mar, y hylly bos fatell esa Bylâly ow predery a'y les y honen. Yth esa ev martesen ow predery y whre *Honna* omdhysqwedhes adhesempys ha demondya dhyworto acownt ahanan, saw whath, pàn vo pùptra kemerys warbarth, y weres ev a veu liesgweyth moy ès dell yllyn ny gwetyas. Ny allama leverel ma's hebma: bys in dyweth ow dedhyow me a vydn gwetha cov fest hegar a Bylâly coth, pò a'm tas dell wrug vy y elwel.

Wosa lenky nebes boos ytho, ny a dhalathas in gravadhow, hy ny owth omglôwes ow tùchya agan corfow marthys haval dhyn agan honen wosa an cùsk ha powes pell. Me a res gasa an stât agan brës dhe dhesmygyans an redyor.

I'n eur-na res o dhyn tedna agan honen an âls in bàn hag ahas veu. Traweythyow yth o an ascent dhe voy natùral, sow moy menowgh yth o igam-ogam an fordh trehys in mes kyns oll gans tregoryon goth Kôr. Yma an Amahagger ow leverel y dhe dhrîvya aga gwarthek gesys dresty unweyth kenyver bledhen rag pory wàr ves. Apert yw an bestas-na dhe vos scav dres ehen wàr aga threys. Heb mar nyns o an gravadhow a les vëth i'n tyller-na. Res o dhyn mos adroos.

Warbydn hanter-dëdh bytegyns ny a dhrehedhas top brâs plat an fos alosek-na a ven, ha spladn lowr o an vu dhyworto, gans plain Kôr wàr an eyl tu, ha ny a wely yn cler pyllars a vagoryow Templa an Gwiryoneth, ha wàr y gela an wern vorethek heb dyweth. An fos-ma a garrek, neb o kyns ena gwelv ganow an loskveneth, o adro dhe udn vildir ha hanter alês, hag yth o hy whath cudhys gans meyn bian a lava cales. Nyns esa tra vëth ow tevy ena, ha nyns o tra vëth orty dhe sewajya an lagas ma's nebes pollow a dhowr glaw (rag codhys o glaw agensow) in tyleryow cow. Ny êth dres an grîben blat a'n gwall galosek-ma, hag ena ny a dhalathas skydnya. Ny veu hedna mar gales avell an ascent, saw yth o va crackya codna lowr, ha ny wrussyn ny y worfedna bys i'n howlsedhas. An nos-na, bytegyns, ny a gampyas yn salow wàr an leder brâs esa ow rollya in kerdh bys i'n wern awoles.

Ternos vyttyn adro dhe udnek eur, y talathas agan viaj trist dres an morow casadow a wern.

Try dëdh luen, dre fler ha lis, ha behys gans own pùpprës agan degoryon a strîvyas wàr aga fordh, ha wàr an dyweth wosa passya dres an pow an kenegednow, tra a via ùnpossybyl heb gedyoryon, ny a dheuth bys in pow egerys heb gonys vÿth ha dre vrâs heb gwëdh, esa ow rollya aberth i'n pellder. Lenwys o bytegyns a gam a bùb sort. Obma an nessa myttyn ny a leverys farwèl dhe Bylâly, gans edrek brâs. Ev a jersyas y varv wydn hag a'gan benegas yn solem.

"Farwèl, a vab, a Vaboun," yn medh ev, "ha farwèl dhis inwedh, a Lion. Ny allama gwil namoy rag agas gweres why. Saw mar tewgh why nefra ha dewheles dh'agas pow why, bedhowgh avîsys, ha na wrewgh aventurya na felha aberth in powyow stranj, rag dowt na wrellowgh why dewheles, saw gasa agas eskern gwydn dhe verkya dyweth aga viajys. Farwèl unweyth arta; me a vydn predery yn fenowgh ahanowgh, ha ny wrêta jy ow ankevy vy, a Vaboun wheg, rag kynth yw hager dha fâss, gwiryon yw dha golon." Hag ena ev a drailyas hag a dhyberthas, ha ganso yth êth an dhegoryon uhel ha grym. Ha hedna a veu an wolok dhewetha a gefsyn a'n Amahagger. Ny a veras ortans, in udn wia aga fordh in kerdh gans an gravadhow gwag kepar ha processyon ow ton tus varow dhyworth an vatel, erna wrug nywl an wern cùntell adro dhedhans ha'ga heles. Hag i'n eur-na heb confort vëth i'n dyveth brâs ny a drailyas ha meras adro hag orth y gela.

Teyr seythen ader dro kyns ena peswar dhen a entras in gwernow Kôr, ha lebmyn yth o marow dew ahanan, ha'n dew dhen erel a gafas aventurs hag a welas taclow mar uthyk, na alsa an mernans y honen bos consydrys lacka. Teyr seythen—teyr seythen yn udnyk! In gwir an termyn a dalvia bos musurys herwyth wharvedhyansow, adar herwyth an ourys ow passya. Yth hevelly dhyn kepar ha deg

bledhen warn ugans abàn welsyn ny agan scath morvil rag an treveth dewetha.

"Res yw dhyn mos tro ha Dowr Zambêsy, Leo," me a leverys, "saw Duw a wor, mar teun ny nefra ha'y dhrehedhes.

Leo a bendroppyas. Ev o gyllys pòr dawesyk agensow; ha ny a dhalathas wàr agan fordh heb tra vëth marnas an dyllas adro dhyn, compas, agan pystols ha'gan godnys hir scav, hag adro dhe dhew cans bùlet. Indella y feu gorfednys agan vysyt dhe vagoryow coth Kôr galosek hag imperyal.

Ow tùchya an aventurs neb a'gan metyas warlergh hedna, kynth êns y coynt hag a lies ehen, ervirys oma obma heb aga derivas

obma. I'n folednow-ma ny wrug vy whelas ma's ry acownt cot ha
dyblans a wharvedhyans, a gresaf vy bos heb eqwal vëth. Hebma
me re wrug, heb porpos vëth a'y dhylla dystowgh, saw yn udnyk rag
settya wàr baper, pàn vowns an taclow fresk whath in agan cov,
manylyon agan viaj ha'n taclow a'n sewyas; y a vëdh a les brâs, me
a grës, dhe'n bës, mar pedhyn ny nefra whensys dh'aga fùblyshya.
Dell leverys vy kyns lebmyn, ervirys on ny sconya dhe wil indella
hadre vo onen vëth ahanan whath ow pewa.

Nyns yw remnant an whedhel a les vëth, rag nyns ywa ma's
kepar ha'n experyens a voy ès udn viajyor dhe Afryca Cres. Lowr
yw leverel fatell wrussyn ny drehedhes Dowr Zambêsy, wosa lies
caletter ha meur a bonvos. Yth o an ryver-na adro dhe cans ha deg
mildir ha try ugans dhyworth an tyller may whrug Bylâly dyberth
dhyworthyn. Y feun ny prysonys ena gans pobel wyls hag a
remainyas ena whegh mis. Y a gresy agan bos creaturs gornaturek,
dre rêson a vejeth yonk Leo ha'y vlew mar wydn avell ergh. Ny a
scappyas wàr an dyweth dhyworth an bobel-ma, ha wosa mos dres
Dowr Zambêsy, ny a wandras in kerdh dhe'n soth. Ena pàn esen
ny ogas dhe verwel dre nown, ny a gafas an fortyn dâ a vetya gans
helhor olyfansas, hanter-Portyngalek ha hanter-Afrycan. Ev a
sewyas bagas a olyfansas pelha aberth i'n pow ès dell wrug ev
bythqweth kyns. An den-na a'gan dyghtyas yn caradow, ha wàr an
dyweth gans y weres, wosa prevy ha sùffra meur, ny a dhrehedhas
Bay Delagoa, moy ès bledhen ha hanter dhyworth an jëdh may
whrussyn ny dos in mes a wernow Kôr. An nessa dëdh poran ny a
spêdyas dhe gafos onen a'n gorholyon tan a vëdh ow côlya dres
Penrîn an Govenek Dâ bys in Pow an Sowson. Fortydnys veu agan
viaj tre, ha ny a settyas troos wàr gay Sothampton dyw vledhen
poran dhyworth dëdh agan dyberth wàr agan whelas gwyls ha
gocky (dell hevelly dhyn i'n tor'-na). Yth esoma lebmyn ow screfa
an geryow-ma i'm rom coth i'm coljy hag yma Leo ow posa dres ow
scoodh. An rom-na yw an keth may teuth ow hothman truan
Vyncy in udn drebuchya aberth ino neb dyw vledhen warn ugans
alebma nos y vernans, hag ev ow ton gansa an cofyr a horn.

    •   •   •   •   •   •

Ha hèn yw dyweth an istory-ma mar bell dell usy ow pertainya
dhe sciens ha dhe'n bës war ves. Ny allama ma's desmygy pandra
vëdh y worfen ow tùchya orthyf ow honen hag orth Leo. Saw ny a

grës nag yw devedhys an dyweth-na whath. Whedhel, neb a
dhalathas moy ès dyw vil vledhen alebma, a yll martesen istyna
pell aberth i'n termyn usy whath ow tos.

Yw Leo carnacyon in gwir a Calycratês coth usy an covscrif ow
côwsel anodho? Pò a veu Ayesha tùllys dre neb hevelep erytys
coynt? Res yw dhe'n redyor determya an mater ragtho y honen.
Ow crejyans yw na veu hy tùllys poynt.

Me a vëdh esedhys yn fenowgh in nos, ow meras gans lagasow
ow brës aberth in duder an termynyow nag yw denythys whath hag
ow covyn orthyf ow honen pana form ha pana semlant a'n jevÿth
an drama brâs wàr an dyweth, ha pyle fëdh tyller an nessa golok
anodho. Ha pàn dheffa an dysplegyans dewetha, ha certan oma
bos res dhe'n dysplegyans-na dos neb termyn, in obedyens dhe
dhestnans na wra nefra cabma ha dhe borpos na yll bos chaunjys,
pana radn a vëdh gwaries gans an Ejyptyones teg-na, Amenartas,
pensevyges a deylu rial an Faros, may whrug Calycratês Offeryas
terry y ambos dhe Îsys rygthy, ha chacys gans venjans dydrueth an
Dhuwes defolys, fia côstys Lyby wàr nans rag sùffra y vernans in
Kôr?

aber *m.* estuary
âbleth *m.* ability, competence
afînys *adj.* decorated, elaborate
Al Modhahabât *pl.* the Golden Verses
allegory *m.* allegory
amfora *f.* amphora
ancrêsya *vb* to disturb, to upset
anpersonek *adj.* impersonal
anterlyk *m.* (*theatrical*) interlude
antyqwary *m., pl.* antyqwarys
    antiquary
anyen *f.* instinct
argraf *m.* impression
argrafa *vb* to impress
ascrîbya *vb* to ascribe
aspior *m., pl.* aspioryon onlooker,
    eyewitness
avlythys *adj.* coarse, hard
awedhyans *m.* influence
baboun *m.* baboon
backen *m.* bacon
baskervyans *m., pl.* baskervyansow
    bas-relief
besythven *m.* (*baptismal*) font
bewdern *m.* refectory
bewesen *f.* pith
bosva *f.* being, existence
bragesy *vb* to ferment
brithweythys *adj.* inlaid
bual *m.* buffalo
bÿthwer *adj.* evergreen
calcoryeth *f.* mathematics; calcoryeth
    uhella higher mathematics
camêo *m.* cameo

cancan *m.* can-can (*dance*)
carnacyon *m.* incarnation
carnatya *vb* to incarnate
casel *f.* aisle
certuster *m.* certainty
Chanslereth *m.* Chancery; Cort *f.* a
    Janslereth Court of Chancery
chasties *adj.* chastened
chif-ogo *f.* chief cave
clabytour *m., pl.* clabytours bittern
cladhgellow *pl.* catacombs
clâvjiores *f., pl.* clâvjioresow (*medical*)
    nurse
cleves *m.* sêson malaria
cobra *m.* cobra
collan *f.* helhy hunting knife
consûmya *vb* to consume
comyttya *vb* to commit
condycyon *m., pl.* condycyons
    condition
confyrmya *vb* to confirm
conqwerrour *m.* conqueror
consols *pl.* consols (*abbreviation for
    consolidated annuities, British
    Government stock first issued in 1752*)
contronen *f.* maggot
corn *m.* denewy funnel
cornwhylen *f., pl.* kernwhyly lapwing
corrhoos *m., pl.* corrheyjy teal
covep *f., pl.* covebow monument
cowdoll *m.* crater
Cowethas *f.* an Cres the Peace Society
cowethes *f.* gwely, *pl.* cowethesow
    gwely concubine

308

cowrbedrevan *m.* iguana

cramvil *m., pl.* cramvilas reptile

crespoynt *m.* central point, centre

crîben *f.* mel honeycomb

Cristyon *adj.* Christian; *m.* Christian; Cristyones *f.* Christian woman

crocodîl *m., pl.* crocodîlys crocodile

crohen *f.* lewpart leopardskin

cron *f.* thong, strap

cronak *m.* ervys tortoise

crowsgador *m., pl.* crowsgadoryon crusader

cùbert *m., pl.* cùbertys cupboard

cùskles *m.* opium

cynykuster *m.* cynicism

cyrcùmstans *m., pl.* cyrcùmstancys circumstance

cytysen *m., pl.* cytysens citizen

cyvyl *adj.* civil, polite

cyvylysacyon *m.* civilisation

dadhelor *m.* barrister

damcanieth *f.* theory

dans *m.* olyfans ivory

darn *m.* pot potsherd, sherd

dascarga *vb* to reload

dasoberyans *m.* reaction

dastewynya *vb* to reflect

degor *m., pl.* degoryon bearer

dêlya *vb* to deal

democratek *adj.* democratic

democratieth *f.* democracy

descrefa *vb* to describe

desînyor *m.* designer

devedhek *m.* future

dhia bàn *conj.* since

dhow *m.* dhow (*small Arabian sailing-ship*)

dînamît *m.* dynamite

diown *adj.* fearless

dogen *m., pl.* dognow dose

dogven *f.* document

dowr *m.* tobm brandy

dowryar *f., pl.* dowyer coot

draftya *vb* to draft

draght *m., pl.* draghtys draught, dose

dryftya *vb* to drift

dryftyans *m.* drifting, drift

dybystyk *adj.* invulnerable

dydhyweth *adj.* endless; an Dydhyweth *m.* the Infinite; Duw *m.* Dydhyweth God Immortal

dyfacya *vb* to blemish

dyfygyans *m.* decay

dygabester *adj.* unrestrained, unbridled

dygorf *adj.* incorporeal

dyhanow *adj.* nameless

dylenus *adj.* illegible

dyrectya *vb.* to direct

dyscarga *vb* to discharge, to unload, to bail out (*water*)

dysobedyens *m.* disobedience

dysobeya *vb* to disobey

dystyr *adj.* meaningless, of small import

dyvusur *adj.* measureless

dywodhaf *adj.* intolerable, unbearable; *adv.* intolerably, unbearably

dywoles *adj.* bottomless

eben *m.* ebony

edhen *m.* mel, *pl.* ȳdhyn mel honeysucker bird

Ejyptologyth *m.* Egyptologist

êland *m., pl.* êlands eland

embaumya *vb* to embalm

embaumyor *m.* embalmer

embracya *vb* to embrace

endûa *vb* to endue

enether *coll.* entrails

entrans *m.* entrance

enwedhow *pl.* information

erghwydn *adj.* snow-white

eternal *adj.* eternal

eternyta *m.* eternity

ethednus *adj.* vaporous, steaming

Express *m.* Express (*type of heavy rifle*)

exystens *m.* existence

fact *m., pl.* factys fact

faro *m., pl.* farôs pharaoh (*king of ancient Egypt*)

fassyans *m.* facing, façade

faverus *adj.* favourable

felshyp *m.* crew

fernewy *vb* to rage, to roar

fîber *m.* losowek vegetable fibre

fîbrek *adj.* fibrous

folnep *m.* folly

forgh *f.* tûnya tuning fork
formyor *m.* creator
franchys *m.* freedom
frodn *f.* dhall blindfold
funen *f., pl.* funednow band, fillet
furvel *f.* formula
fysyologieth *f.* physiology
gallêon *m.* galleon
garan *m., pl.* garanas crane
gavrewyk *f.* antelope
gell *m.* mùmy mummy brown
geologyl *adj.* geological
godn *m. pl.* godnys gun; godn hir rifle;
  godn sportya sporting rifle
golowyn *m., pl.* golowydnow ray
goodh *f., pl.* godhow goose; goodh an
  udn corn the unicorn goose
gornaturek *adj.* supernatural
gorthkenter *f., pl.* gorthkentrow rivet
goscar *adj.* bloodthirsty
gourlion *m.* male lion
gour-olyfans *m.* male elephant, bull
  elephant
grava *m., pl.* gravathow litter,
  palanquin
gravyor *m., pl.* gravyoryon carver,
  engraver
grym *adj.* grim
gwadn-brydydhieth *f.* doggerel
gwariel *f.* toy
gwastattir *m.* plain, level ground
gweder *m.* omdhyvarva shaving mirror
gwelen *f., pl.* gwelyny stick, rod,
  haulyard
gwely *m.* scodhow, *pl.* gweliow
  scodhow litter, palanquin
gwenhal *f.* swallow; shuttle
gwerror *m., pl.* gwerroryon warrior
gwerva *f.* oasis
gwithva *f.* stock, store
gwybesen *f., coll.* gwybes mosquito
gwyscas *m.* layer
hanter-tropek *adj.* subtropical
hâtyor *m.* benenes misogynist
hedarth *adj.* explosive
hendhyscansek *adj.* archaeological
hero *m., pl.* herôs hero

hewol *adj.* vigilant, alert
hirgren *adj.* oval
honensys *m.* identity
hoos *m., pl.* heyjy duck
hynt *m., pl.* hyntys hint
igwana *m.* iguana
imajor *m.* sculptor
imajynacyon *m.* imagination
immortalyta *m.* immortality
impâla *m.* impala
impyryal *adj.* imperial
infynyta *m.* infinity
injynor *m., pl.* injynoryon engineer
injynorieth *f.* engineering
inscrypcyon *m.* inscription
islonk *m.* abyss
isradhek *m., pl.* isradhegyon
  undergraduate
istorek *adj.* historic
jùjment *m.* judgement
jùstyfia *vb* to justify
jùstys *m.* justice
kelghlînen *f.* silhouette
kelhenva *f.* amphitheatre
kemper *m.* confluence
kemynlyther *m.* will, testament
kemynro *m.* legacy
kerhydnya *vb* to surround
kerweyth *m.* fortification
keryans *m.* fortification, masonry
kesvroder *m.* fellow (*of college*)
kesvredereth *m.* fellowship (*of college*)
keswharvedhyans *m.* coincidence
kevarhewy *vb* to invest
kevelek *m., pl.* kevelogas woodcock
kevrînek *adj.* secret
khâteb *m.* (*Arabic*) orator
kigek *adj.* fleshy
kiogh *f., pl.* kiohas snipe
kraal *m.* kraal
kûdû *m.* kudu
kymyst *m.* chemist
lagoun *m.* lagoon
laha *m.* eglos canon law
legryans *m.* corruption
leghven *m.* stone slab
leurlen *f., pl.* leurlednow carpet

logel *f.* sepulchre
losow *coll.* **crîben** magnolia
lytherow *pl.* **gothek** Gothic letters,
 blackletter
lyv *m.* file (*implement*)
manylyon *pl.* details
materyalyth *m.* materialist
medhegieth *f.* **lestus** preventive
 medicine
melodyùs *adj.* melodious
men *m.* **rewyva** glacier stone
menedhyk *m.* hillock
mercyabyl *adj.* merciful
messias *m.* messiah
Methodyst *adj.* Methodist
monsoun *m.* monsoon
moralyst *m.* moralist
mùmy *m.*, *pl.* **mùmys** mummy
mûsyk *m.* music
mûtya *vb* to sulk
mystrestya *vb* to mistrust
mystycal *adj.* mystical, mysterious
nasya *vb* to affect
nessevyn; ow nessevyn êwnterek my
 avuncular relative (*Leo Vyncy's nickname
 for Horace Holly*)
môcyon *m.* motion, movement
nowyth-oylys *adj.* freshly oiled
nygromoncer *m.*, *pl.* **nygromoncers**
 necromancer
oblacyon *m.* offering, oblation
omdednys *adj.* shrunk
omdhyvlâmya *vb* to apologise
omgemeryans *m.* responsibility;
 omgemeryans Stât State
 undertaking
omgerensa *f.* selfishness
omhowla *vb* to sun oneself
ôstyas *m.*, **ôstysy** guest
overgarga *vb* to overload
pajont *m.* pageant
pajontry *m.* pageantry
palmwedhen *f.* palm tree
paljya *vb* to paralyse
paragraf *m.*, *pl.* **paragrafow** paragraph
parhaus *adj.* permanent
patryark *m.* patriarch

paw *m.*; **wàr y beswar paw** on all fours
pedrevan *m.* crib, *pl.* **pedrevanow crib**
 crib iguana
pertainya *vb* to pertain
podn *m.* **strewy** snuff
pollansek *adj.* speculative
polter *m.* powder; **polter godn**
 gunpowder; **polter tardha** blasting
 powder
porthva *f.* wharf
portrayans *m.* portrayal, portrait
practys *m.* practice
priosol *adj.* nuptial
proces *m.* process
profecy *m.* prophecy
pryweyth *m.* **gwedrys** glazed
 earthenware
pùnyshment *m.* punishment
pykern *m.* cone
pylednek *adj.* ragged
pynchya *vb* to pinch
pynsor *m.* tongs, pincers
pyramyd *m.* pyramid
pystol *m.* tro, *pl.* **pystolys tro** revolver
qwagga *m.* quagga (*Equus quagga*)
qwylkyn *m.* tarow, *pl.* **qwylkydnow**
 tarow bull frog
qwynîn *m.* quinine
ragistorek *adj.* prehistoric
ragpreder *m.* precaution
ragresor *m.* forerunner, predecessor
ragwelesygeth *f.* providence
rainya *vb* to reign
reden *coll.* **mytern** tree fern
rejyment *m.* regiment
relêssya *vb* to release
remôcyon *m.* removal
revrons *m.* reverence, respect; **saw
 revrons ahanowgh why** saving your
 reverence
rif *m.* reef
ruysarf *f.* basilisk
rythmek *adj.* rhythmic
sagh *m.* **Gladstone** Gladstone bag
sarf *f.* **dhowr** water snake
scarab *m.* scarab beetle; gem in the
 form of a scarab (*also called* **scarabæus**)

sciensek *adj.* scientific
scrîba *m.* scribe
scrif *m.* ùncyal uncial writing
scryp *m.* golhy dressing case
sêcret *adj.* secret
semblans *m.* semblance
sensacyon *m.* sensation, feeling
sewt *m.* setha shooting suit
soudor *m.* gober, *pl.* soudrys gober mercenary
spâss *m., pl.* spâcys space
spyrysek *adj.* spiritual
statystygyon *pl.* statistics
sybyl *f.* sibyl
strus *m.* ostrich
tanbredn *m.* cor, *pl.* tanbrednyer cor wax match
tapît *m., pl.* tapîtys carpet
tardra *vb* to drill
tavas *m.* pottys "Paysandu" Paysandu potted tongue (*potted meat produced in Paysandu, Uruguay*)
tebel-eth *m., pl.* tebel-ethow evil vapour
tenveynek *adj.* magnetic
torrva *f.* lester shipwreck
towarhek *adj.* peaty
transformya *vb* to transform
trielyn *m., pl.* trielydnow triangle
trongornvil *m.* rhinoceros
trajedy *m.* tragedy
transcrypcyon *m.* transcription
uhelwhans *m.* ambition
usvil *m.* hyena
vyctym *m., pl.* vyctyms victim
warden *m.* guardian
warneth *m.* awareness, consciousness
warrantuster *m.* authenticity
wharheans *m.* civilisation
whethnader *f.* puff adder
ÿs *m.* Cafyr maize
ÿs *m.* Eyndek maize

HENWYN PERSONEK

Abram *m.* Abraham
Achaemenês *m.* Achaemenes
Actaeon *m.* Actaeon
Afrodîtê *f.* Aphrodite
Alexander *m.* Alexander
Allât *m.* Allât
Al Ùzza *m.* Al Uzza
Amenartas *f.* Amenartas
Anûbys *m.* Anubis
Apollo *m.* Apollo
Artaxerxes *m.* Artaxerxes
Astoreth *f.* Astoreth
Ayesha *f.* Ayesha (*the given name of* Honna)
Baal *m.* Baal
Baboun *m.* Baboon (*Billali's nickname for* Holly)
Bacchùs *m.* Bacchus
Barmecîd *m.* Barmecide (*a Barmecide feast is one in which no food is provided*)
Berlewen *f.* the Morning Star, Venus
Best *m.*, an the Beast
Bylâly *m.* Billali
Bylly-Gavar *m.* Billy-Goat (*Job's nickname for* Billali)
Calcondylas a Byzantiùm *m.* Chalcondilas the Byzantine
Calycratês *m.* Kallikrates
Câron *m.* Charon
Cathayan *m.* Chinese, man from China
Caym *m.* Cain
Cesar *m., pl.* Cesars Caesar
Charlemagne *m.* Charlemagne
Charlys *m.*; an Secùnd Charlys Charles II
Circê *f.* Circe
Colyoges *f.* En-dor the Witch of En-dor
Den *m.* Jentyl Coth, an the Old Gentleman (*euphemism for the Devil*)
Dialor *m.* Brâs, an the Great Avenger (*translation of* Tisisthenes)
Ebrow *m.* Hebrew language; *pl.* Ebrowyon Hebrew, Jew

Edward Confessour *m*. Edward the Confessor

Elisabet *f.*; Myternes Elisabet Queen Elizabeth I

Empîr *m*. Bretednek British Empire

Erasmùs *m*. Erasmus

Erod *m*. Herod

Êwnter Horas *m*. Uncle Horace (*Leo's name for* Holly) Ewrop *m*. Europe

Galatea *f*. Galatea

Geoffrey *m*. ha Jordan *m*. Geoffrey and Jordan (*solicitors*); *also* Mêstrysy Geoffrey ha Jordan

Grocyn *m*. William Grocyn (*Tudor humanist and Hellenist*)

Gwener *f*. Venus (goddess)

Hagar *f*. Hagar (*Abraham's slave-girl, mother of* Ismail)

Hak-Hôr *m*. Hak-Hôr (*pharaoh*)

Hamlet *m*. Hamlet

Hiya *f*. Hiya (*the Arabic for 'She', referring to* Ayesha, Honna)

Helen *f*. Helen (*of Troy*)

Holly *m*. Holly; *also* Lùdwig Horas Holly, L. Horas Holly; *see also* Êwnter Horas

Honna *f*. She; *also* Honna-a-res-bos-obeyes She-who-must-be-obeyed; *see also* Ayesha

Ismail *m*. Ismail, Ishmael (*son of* Abraham)

Îsys *f*. Isis

Jovyn; re Synt Jovyn *interj.* by Jove

Jowan *m*. John (*name of a servant*)

Jûnys *m*. Junis (*priest of Kôr*)

Kirk; Syr Jowan Kirk *m*. Sir John Kirk

Mab *m*. Rial an Howl Son of the Royal Sun; *see* Sùten-se-Râ

Mahomed *m*. Mahomed

Manah *m*. Manah

Marat *m*. Jean-Paul Marat (*radical French journalist, assassinated in his bath in 1793*)

Maria *f*. Mary (*Job's Aunt*)

Maria *f*. Myternes Scotas Mary Queen of Scots

Mark Tapley *m*. Mark Tapley (*a permanently cheerful character in Dickens's Martin Chuzzlewit*)

Nasr *m*. Er Hamyar Nasr, the Eagle of Hamyar

Nectanebes *m*. Nectanebes (*also* Nectanebo; *Greek form of* Nekht-nebf, *pharaoh and founder of the last native Egyptian dynasty*)

Nefthys *f*. Nefthis

Nêro *m*. Nero

Nût *m*. Noot

Osîrys *m*. Osiris

Pratt, Edmund *m*. Edmund Pratt (*Tudor scholar of Greek; also known as* Edmundus de Prato)

Profet *m.*, an the Prophet (*of Islam,* Mahomed)

Ptolemy *m*. Ptolemy

Saba *m*. Saba

Salamon *m*. Solomon

Sawâ *m*. Sawâ

Sekhet *f*. Sekhet

Set *m*. Set

Sfynx *m*. Sphynx

Sùten-se-Râ *m*. Royal Son of Râ

Tebel-el *m.*, an the Devil

Tecter *m.*, an the Beauty

Tisisthenes *m*. Tisisthenes

Tysno *m*. Tysno (*a king of Kôr*)

Ùstânê *f*. Ustane

Venùs Victrix *f*. Venus Victrix

Vindex *m*. Vindex (*lit.* Avenger)

Vyncy *m*. Vincey; Dorothea Vyncy *f*. Dorothea Vincey; Jowan Vyncy John Vincey; Leo Vyncy Leo Vincey; Lionel Vyncy Lionel Vincey

Wadd *m*. Wadd

Wella Conqwerrour *m*. William the Conqueror

Yaghûth *m*. Yaghûth

Yârab mab Kâhtan *m*. Yárab son of Kâhtan

Yaûk *m*. Margh Morad Yäûk the Horse of Morad

Yehowah *m*. Jehovah (*the God of the Old Testament*)

Âden *m.* Aden
Afryca *m.* Africa; **Afryca Cres** Central
 Africa; **Afryca Ÿst** East Africa
Afrycan *adj.* African; *m.* African
Afrycanor *m., pl.* **Afrycanoryon**
 Afrikaner
Al **Arab al Ariba** *coll.* Arabs of Arabia
Al **Arab al mostaréba** *coll.* naturalized
 Arabs, the Arab people outside Arabia
Allâh *m.* Allah (*the Arabic name for God*)
Alp; Menydhyow *pl.* **Alp** the Alps
Amahagger *coll.* Amahagger
Arab *m., pl.* **Arabyon, Arabs** Arab
Arabek *adj.* Arab, Arabian; *m.* Arabic
 language; **cragh-Arabek** bastard
 Arabic
Araby *f.* Arabia
Assyryan *adj.* Assyrian
Asya *m.* Asia; **Asya Cres** Central Asia
Asyanes *f.* Asian woman
Athênas *f.* Athens
Babylon *m.* Babylon
Babylonyan *m., pl.* **Babylonyans**
 Babylonian
Bay *m.* **Delagoa** Delagoa Bay (*today*
 Maputo Bay)
Becca *f.* Becca
Breten *f.* **Vian** Brittany
Cathayek *adj.* Chinese
Câvyow *pl.* **Kôr** the Caves of Kôr
Chînek *m.* Chinese
Coljy *m.* **Keresk** Exeter College,
 Oxford
Cyta *f.* **Kôr** the City of Kôr
Darién *m.* Darién
Densher *m.* Devonshire
Dowr Câm *m.* River Cam
Dowr Nîl *m.* River Nile
Dowr Ozy *m.* River Ozy
Dowr Tana *m.* River Tana
Dowr Zambêsy *m.* River Zambesi
Dowrgledh *m.* **Sûez** the Suez Canal
Dundê *m.* Dundee
Ebrow *adj.* Hebrew; *m.* Hebrew
Ejyp *m.* Egypt

Ejyptyon *adj.* Egyptian; *m., pl.*
 Ejyptyons Egyptian; **Ejyptyones** *f.*
 Egyptian woman
El-Karnac *m.* El-Karnac
Ethyopya *f.* Ethiopia
Ethyopyan *m.* Ethiopian
Ewrop *m.* Europe
Fenycyan *m., pl.* **Fenycyans**
 Phoenician
Florens *f.* Florence
Golgotha *m.* Golgotha, Calvary
Grêk *adj.* Greek; *m., pl.* **Grêkys** Greek
 man; Greek language
Grêss *f.* Greece
Hamyar *m.* Hamyar
Hamarytek *m.* Hamaritic (*dialect of*
 Arabic)
Jerùsalem *m.* Jerusalem
Job *m.* Job
Jûdy *f.* Judea
Kergraunt *f.* Cambridge
Keyfordh *f.* **Mownt Cenis** the Mont
 Cenis Tunnel
Kilwa *m.* Kilwa
Koreish *coll.* Koreish (*the dominant tribe*
 in Mecca in the time of the prophet
 Mahomed)
Latyn *m.* Latin language
Loundres *f.* London
Lùmbardy *m.* Lombardy
Lyby *m.* Libya
Madagascar *m.* Madagascar
Mendesek *adj.* Mendesian, of Mendes
Mombasa *m.* Mombasa
Norgagh *m.* Norway
Norfolk *m.* Norfolk; **bugh** *f.* **Norfolk**
 the Norfolk cow
Ôchùs *m.* Ochus
Ozal *m.* Ozal
Peneglos *f.* **Sen Pawl** St Paul's
 Cathedral
Penrîn *m.*, **an; Penrîn an Govenek**
 Dâ the Cape of Good Hope
Persya *f.* Persia
Persyan *adj.* Persian; *m., pl.* **Persyans**
 Persian

Porhel *m.*, **an** the Pig (**Billali's** *nickname for* **Job**)
Portyngalek *adj.* Portuguese
Pow *m.* **an Sowson** England
Pow *m.* **Pobel an Carrygy** the Country of the People of the Rocks
Pyllar *m.* **an Bêwnans** the Pillar of Life
Resohen *m.* Oxford
Rom *f.* Rome
Roman *adj.* Roman; *m.*, *pl.* **Romans** Roman; **Romanek** *adj.* Roman
Rùssya *f.* Russia
Scotlond *m.* Scotland
Sèvres *m. in* **chêny Sèvres** Sèvres china
Somâly *adj.* Somali
Syryek *m.* Syriac language

Templa *f.* **an Gwiryoneth** the Temple of Truth
Thêbys *f.* Thebes
Tiryan *adj.* Tyrian, of Tyre
Tobmen *f.* **Dowr Tamys** the Thames Embankment
Treven *pl.* **Parlement** the Houses of Parliament
Tubek *m.* Tibet
Yaman Lowen *m.* Yaman Felix (*the fertile area of southwestern and southern Arabia*)
Yêdhow *m.*, *pl.* **Yêdhewon** Jew
Yet *m.* **an Tempel** the Temple Gate
Zanzybar *m.* Zanzibar
Zûlûs *pl.* Zulus

Câss Coynt an Doctour Jekyll ha Mêster Hyde
(Robert Louis Stevenson, tr. Nicholas Williams, 2015)

Der an Gweder Meras ha Myns a Gafas Alys Ena
(Lewis Carroll, tr. Nicholas Williams, 2015)

Aventurs Alys in Pow an Anethow (Lewis Carroll, tr. Nicholas Williams, 2015)

Gooth ha Gowvreus (Jane Austen, tr. Nicholas Williams 2015)

An Hobys (J.R.R. Tolkien, tr. Nicholas Williams 2014)

Geryow Gwir: The Lexicon of Revived Cornish (Nicholas Williams 2014)

Tredden in Scath (Jerome K. Jerome, tr. Nicholas Williams 2014)

An Gwyns i'n Helyk (Kenneth Graham, tr. Nicholas Williams 2013)

Gwerryans an Planettys (H. G. Wells, tr. Nicholas Williams 2013)

Ky Teylu Baskerville (Arthur Conan Doyle, tr. Nicholas Williams 2012)

Flehes an Hens Horn (Edith Nesbit, tr. Nicholas Williams 2012)

Desky Kernowek: A Complete Guide to Cornish (Nicholas Williams 2012)

An Beybel Sans: The Holy Bible in Cornish (tr. Nicholas Williams 2011)

Whedhlow ha Drollys a Gernow Goth (Nigel Roberts, tr. Nicholas Williams 2011)

The Beast of Bodmin Moor: Best Goon Brèn (Alan Kent, tr. Neil Kennedy 2011)

Enys Tresour (Robert Louis Stevenson, tr. Nicholas Williams 2010)

Whedhlow Kernowek: Stories in Cornish (A.S.D. Smith, ed. Nicholas Williams 2010)

The Cult of Relics: Devocyon dhe Greryow (Alan Kent, tr. Nicholas Williams, 2010)

Jowal Lethesow (Craig Weatherhill, tr. Nicholas Williams, 2009)

Kensa Lyver Redya (H. Treadwell & M. Free, tr. Eddie Foirbeis Climo, 2009)

Adro dhe'n Bÿs in Peswar Ugans Dëdh (Jules Verne, abridged & tr. K. Hocking, 2009)

.

www.ingramcontent.com/pod-product-compliance
Lightning Source LLC
Chambersburg PA
CBHW030926260626
47169CB00002B/391